国家古籍整理出版专项资助项目

中国古典文学读本丛书典藏

杜甫诗选注

增补本

萧涤非 选注
萧光乾 萧海川 辑补

人民文学出版社

图书在版编目（CIP）数据

杜甫诗选注：增补本/萧涤非选注；萧光乾，萧海川辑补. —2 版. —北京：人民文学出版社，2016（2025.6重印）
（中国古典文学读本丛书典藏）
ISBN 978-7-02-011922-6

Ⅰ.①杜… Ⅱ.①萧…② 萧…③萧… Ⅲ.①杜诗—注释 Ⅳ.①I222.742

中国版本图书馆 CIP 数据核字（2016）第 195464 号

责任编辑　李　俊
装帧设计　陶　雷
责任印制　王重艺

出版发行　人民文学出版社
社　　址　北京市朝内大街 166 号
邮政编码　100705

印　　刷　三河市鑫金马印装有限公司
经　　销　全国新华书店等

字　　数　397 千字
开　　本　880 毫米×1230 毫米　1/32
印　　张　16.5　插页 5
印　　数　36001—39000
版　　次　1979 年 6 月北京第 1 版
　　　　　2017 年 8 月北京第 2 版
印　　次　2025 年 6 月第 11 次印刷

书　　号　978-7-02-011922-6
定　　价　52.00 元

如有印装质量问题，请与本社图书销售中心调换。电话:010-65233595

萧涤非先生(1906—1991)

《杜甫诗选注》1979年初版封面

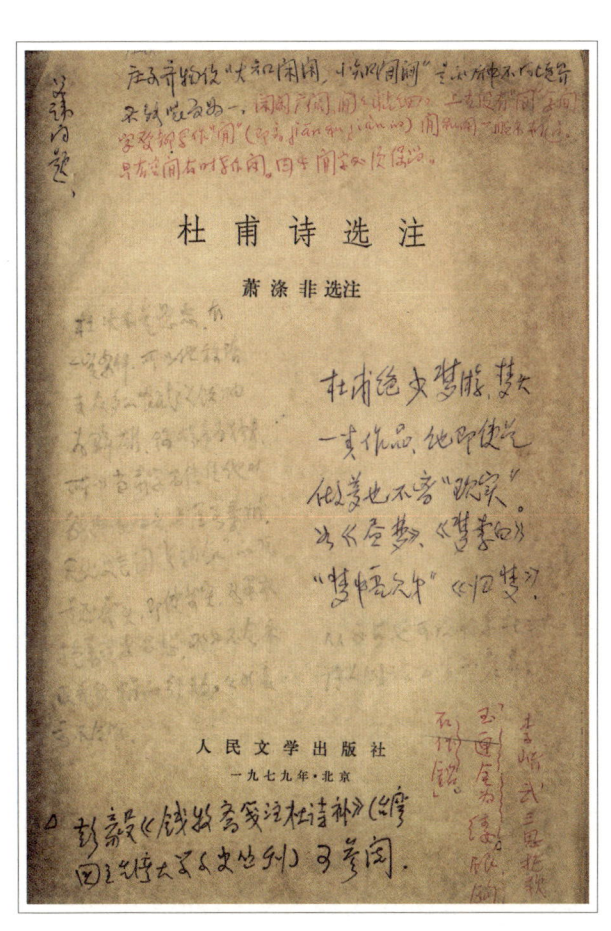

萧涤非先生自存《杜甫诗选注》扉页批注

萧涤非先生自存《杜甫诗选注》内页批注

目 录

诗人杜甫(代前言) 1
例言 1

第一期 读书游历时期
(公元七一二——七四五)

望岳(五古) 2
登兖州城楼(五律) 3
房兵曹胡马(五律) 4
画鹰(五律) 5
夜宴左氏庄(五律) 6
临邑舍弟书至,苦雨,黄河泛溢,堤防之患,簿领所
　忧,因寄此诗,用宽其意(五排) 7
赠李白(五古) 9
陪李北海宴历下亭(五古) 10
赠李白(七绝) 11

第二期 困守长安时期
(公元七四六——七五五)

八仙歌(七古) 14
春日忆李白(五律) 16
送孔巢父谢病归游江东,兼呈李白(七古) 17
高都护骢马行(七古) 19

1

奉赠韦左丞丈二十二韵(五古) 20

乐游园歌(七古) 23

投简咸华两县诸子(七古) 26

兵车行(七古) 27

丽人行(七古) 30

前出塞九首(五古) 33

同诸公登慈恩寺塔(五古) 39

送高三十五书记十五韵(五古) 41

曲江三章章五句(七古) 43

夏日李公见访(五古) 45

秋雨叹三首(七古) 46

九日寄岑参(五古) 48

奉先刘少府新画山水障歌(七古) 49

醉时歌(七古) 52

天育骠骑图歌(七古) 54

官定后戏赠(五律) 56

去矣行(七古) 57

自京赴奉先县咏怀五百字(五古) 58

后出塞五首(五古) 65

第三期 陷安史叛军中、为官时期

(公元七五六——七五九)

月夜(五律) 72

悲陈陶(七古) 73

悲青坂(七古) 74

对雪(五律) 75

春望(五律) 76

哀江头(七古) 77

塞芦子(五古) 80

(以上陷安史叛军中作)

自京窜至凤翔喜达行在所三首(五律) 82

述怀(五古) 84

羌村三首(五古) 86

北征(五古) 90

彭衙行(五古) 99

送郑十八虔贬台州司户,伤其临老陷贼之故,阙为
　　面别,情见于诗(七律) 101

春宿左省(五律) 103

曲江二首(七律) 103

(以上为左拾遗时作)

至德二载,甫自金光门出,间道归凤翔。乾元初,
　　从左拾遗移华州掾,与亲故别,因出此门,有
　　悲往事(五律) 105

望岳(七律拗格) 106

瘦马行(七古) 107

赠卫八处士(五古) 109

洗兵马(七古) 110

新安吏(五古) 117

潼关吏(五古) 121

石壕吏(五古) 122

3

新婚别(五古) 123

垂老别(五古) 125

无家别(五古) 127

(以上为华州掾时作)

秦州杂诗二十首(录四 五律) 128

留花门(五古) 131

月夜忆舍弟(五律) 133

梦李白二首(五古) 134

天末怀李白(五律) 137

捣衣(五律) 138

空囊(五律) 139

病马(五律) 140

送远(五律) 140

佳人(五古) 141

发秦州(五古) 143

寒峡(五古) 144

龙门镇(五古) 146

石龛(五古) 147

凤凰台(五古) 148

乾元中寓居同谷县作歌七首(七古) 149

发同谷县(五古) 154

剑门(五古) 155

成都府(五古) 157

(以上弃官客秦州同谷时作)

第四期 漂泊西南时期

(公元七六〇——七七〇)

卜居(七律) 161

4

为农（五律） 162

蜀相（七律） 163

堂成（七律） 164

江村（七律） 165

宾至（七律） 166

狂夫（七律） 167

野老（七律） 168

客至（七律） 169

遣兴（五律） 170

题壁上韦偃画马歌（七古） 170

恨别（七律） 171

后游（五律） 172

春夜喜雨（五律） 173

江上值水如海势，聊短述（七律） 174

春水生二绝（录一 七绝） 175

所思（七律） 175

绝句漫兴九首（录六 七绝） 176

江畔独步寻花七绝句（录四 七绝） 179

进艇（七律） 181

赠花卿（七绝） 181

三绝句（录二 七绝） 182

送韩十四江东省觐（七律） 183

戏为六绝句（七绝） 184

楠树为风雨所拔叹（七古） 188

茅屋为秋风所破歌（七古） 190

百忧集行(七古) 192

病橘(五古) 193

枯棕(五古) 195

野望(七律) 196

不见(五律) 197

花鸭(五律) 199

遭田父泥饮,美严中丞(五古) 200

大麦行(七古) 203

奉送严公入朝十韵(五排) 203

(以上漂泊成都时作)

客夜(五律) 205

客亭(五律) 206

闻官军收河南河北(七律) 207

九日(七律) 208

有感五首(录一 五律) 209

送陵州路使君赴任(五排) 210

王命(五律) 212

征夫(五律) 213

早花(五律) 214

发阆中(七古) 214

桃竹杖引赠章留后(七古) 215

岁暮(五律) 217

释闷(七排) 218

天边行(七古) 219

阆山歌(七古) 220

阆水歌(七古) 221

将赴成都草堂途中有作先寄
　　严郑公五首(录一　七律)　222
　　　　　　　　(以上漂泊梓州、阆州时作)

草堂(五古)　223

四松(五古)　226

题桃树(七律)　228

绝句四首(录一　七绝)　229

绝句六首(录三　五绝)　230

绝句二首(五绝)　231

登楼(七律)　232

宿府(七律)　233

太子张舍人遗织成褥段(五古)　234

丹青引(七古)　237

送韦讽上阆州录事参军(五古)　240

忆昔二首(七古)　242

除草(五古)　246

去蜀(五律)　247

旅夜书怀(五律)　248

三绝句(七绝)　249

　　　　　　(以上重归成都草堂及漂泊云安时作)

白帝城最高楼(七律拗格)　250

八阵图(五绝)　251

负薪行(七古)　253

最能行(七古)　254

夔州歌十绝句(录三　七绝)　255

古柏行(七古)　256

白帝（七律拗格） 259

存殁口号二首（录一 七绝） 260

诸将五首（七律） 260

秋兴八首（七律） 266

咏怀古迹五首（录三 七律） 279

壮游（五古） 283

昔游（五古） 291

遣怀（五古） 293

宿江边阁（五律） 295

历历（五律） 296

解闷十二首（录五 七绝） 297

阁夜（七律） 300

缚鸡行（七古） 301

愁（七律拗格） 302

麂（五律） 303

昼梦（七律拗格） 304

暮春题瀼西新赁草屋五首（录一 五律） 305

承闻河北诸道节度入朝欢喜口号绝句
　十二首（录三 七绝） 306

驱竖子摘苍耳（五古） 307

复愁十二首（录五 五绝） 309

同元使君舂陵行并序（五古 附：元结诗） 311

又呈吴郎（七律） 316

暇日小园散病，将种秋菜，督勤耕牛，
　兼书触目（五古） 317

登高（七律） 319

九日(七律) 320

虎牙行(七古) 320

写怀二首(录一 五古) 322

观公孙大娘弟子舞剑器行并序(七古) 324

冬至(七律) 329

归雁(五绝) 330

(以上漂泊夔州时作)

短歌行赠王郎司直(七古) 330

江汉(五律) 332

公安送韦二少府匡赞(七律) 333

暮归(七律拗格) 334

晓发公安(七律拗格) 335

蚕谷行(七古) 336

登岳阳楼(五律) 337

岁晏行(七古) 339

南征(五律) 341

遣遇(五古) 342

宿花石戍(五古) 343

客从(五古) 345

清明二首(录一 七排) 346

暮秋枉裴道州手札,率尔遣兴,寄递,呈苏涣侍
　御(七古) 347

楼上(五律) 351

追酬故高蜀州人日见寄并序(七古 附:高适诗) 353

小寒食舟中作(七律) 356

江南逢李龟年(七绝) 357

9

白马(五古) 358

逃难(五古) 359

聂耒阳以仆阻水,书致酒肉,疗饥荒江,诗得代怀,兴
　　尽本韵。至县,呈聂令。陆路去方田驿四十里,舟
　　行一日,时属江涨,泊于方田(五古) 360

暮秋将归秦,留别湖南幕府亲友(五律) 362

长沙送李十一衔(七律) 363

风疾舟中伏枕书怀三十六韵
　　奉呈湖南亲友(五排) 365

　　　　　　　(以上漂泊湖北、湖南时作)

附录:《杜甫诗选注》批注 375
　　批注辑录说明 377
　　正文中批注 381
　　封页等处补注 472
　　附记 486

后记 499

10

诗人杜甫

——代前言

一

杜甫是我国历史上最伟大的现实主义诗人,同时也是我国历史上最同情人民的诗人之一。他的诗,不仅具有极为丰富的社会内容、鲜明的时代色彩和强烈的政治倾向,而且充溢着热爱祖国、热爱人民的崇高精神。自唐以来,他的诗即被公认为"诗史"。

杜甫生于公元七一二年,死于公元七七〇年,他所处的时代,是唐帝国由盛而衰的一个急剧转变的时代。七五五年的安史之乱是这一转变的关键。杜甫经历了安史乱前的所谓开元盛世,也经历了安史之乱的全部过程。杜甫的一生是和他的时代、特别是安史之乱前后二十年间那"万方多难"的时代息息相关的。他和人民共度乱离的生活,这就使他有可能深刻地描绘出那个苦难时代的生活图画。而诗,便是他有力的武器。

杜甫不是贵族,但也并非劳动人民出身。他出生于一个"奉儒守官"的家庭,享有不纳租税、不服兵役等特权。这一历史条件,也就规定了杜甫要成为一个同情人民的诗人,不可能不是一个艰苦的过程。杜甫的生活道路和创作道路正是这样表明着的。

杜甫的一生,约可分为四期。三十五岁以前,是他的读书和游历时期。这时正当开元盛世,他的经济状况也较好。诗人从小就"好学",七岁时已开始吟诗:"七龄思即壮,开口咏凤凰。"由于刻苦学习,使他能够从"读书破万卷"以至"群书万卷常暗诵",为他的创作打下了雄厚的知识基础。从二十岁起,他开始了为时十年以上的漫游。先南游吴、越,后北游齐、赵。在游齐、赵期间,他结交了李白和高适,除打猎取乐外,他们也经常赋诗或论文。对这段游历,诗人晚年还很向往:"放荡齐赵间,裘马颇清狂。快意八九年,西归到咸阳。"但由于这种生活方式,不可能接近人民,深入现实,因此快意诚然是快意,却没有给他的创作带来光彩。在现存不到三十首的诗中,还没有代表性的佳作。这只是他的创作的准备时期。

杜甫走向人民,是从第二期(三十五到四十四岁)十载长安的困守开始的。这是安史大乱的酝酿时期,当权的是奸相李林甫和杨国忠。杜甫不仅不能实现他的"致君尧舜上,再使风俗淳"的政治抱负,而且开始过着"朝扣富儿门,暮随肥马尘"的屈辱生活,以至经常挨饿受冻,"饥卧动即向一旬,敝衣何啻联百结"。诗人已丧失了他的"裘马"了。在饥寒的煎熬下,杜甫也曾想到退隐,作一个"潇洒送日月"的巢父、许由,但他毕竟还是选择了另一条艰苦的道路。这是一个重要的契机。生活折磨了杜甫,也玉成了杜甫,使他逐渐走向人民,深入人民生活,看到人民的痛苦,也看到统治阶级的罪恶,从而写出了《兵车行》、《丽人行》、《赴奉先咏怀》等现实主义杰作。十年困守的结果,使杜甫变成了一个忧国忧民的诗人。这才确定了杜甫此后的生活道路和创作道路。

从四十五岁到四十八岁,是杜甫生活的第三期,陷安史叛军中与为官时期。这是安史大乱最剧烈的时期,国家岌岌可危,人民灾难惨重,诗人也历尽艰险。在陕北,他曾经和人民一起逃难;在沦陷了的长安,他曾经亲眼看到安史叛军的屠杀焚掠,和人民一同感受国亡家破的痛苦。诗人没有丧失气节,消极地等待长安的恢复,而是采取了积极的行动:只身逃出长安。在为官期间,由于和肃宗政见不合,他仍多次获得深入人民生活的机会。在回鄜州的途中,在羌村,在新安道上,他看到了各种惨象,他和父老们、和送行的母亲们,哭在一起。安史之乱,原是由统治阶级内部爆发的一次带有民族矛盾性质的叛乱。由于大野心家安禄山实行民族歧视，到处烧杀淫掠，这就使得唐王朝进行的平乱战争具有维护统一、制止分裂的正义性，得到广大人民的支持。历史表明：当时不仅大河南北的人民纷起抗击，白面书生也拿起了武器："赴敌甘负戈，论兵勇投笔。"（刘长卿《吴中闻潼关失守》）诗人畅当便是其中之一。甚至妇女也自动参军，《旧唐书·肃宗纪》："卫州妇人侯四娘、滑州妇人唐四娘、某州妇人王二娘，相与歃血，请赴行营讨贼，皆补果毅。"回纥等少数民族也出兵"助顺"。这说明平定安史叛乱是符合人民愿望的。杜甫对待这次战争的态度也是积极的。他哀悼那为国牺牲的"四万义军"，他告诫文武官吏要"戮力扫攙枪"，他一方面大力揭露兵役的黑暗，同情人民，一方面还是勉励人民参战。由于深入人民生活，并投入实际斗争，这就使他写出了《悲陈陶》、《哀江头》、《春望》、《羌村》、《北征》、《洗兵马》和"三吏"、"三别"等一系列具有高度的爱国精神的诗篇，并达到了现实主义的高峰。

公元七五九年七月，杜甫弃官由华州经秦州、同谷，吃尽千辛万苦，于这年年底到达成都，开始他最后一期"漂泊西南"的生活。杜甫的弃官，并不是立意要走向人民，但实际上他从此却真是走向人民了。在漂泊的十一年中，除了几个月的幕府生活外，他基本上是生活在人民中间的，所以说"晚憩必村墟"、"田父实为邻"。他爱和劳动人民往来，并有着深厚的友谊，这从"野老来看客，河鱼不取钱"、"枣熟从人打"、"药许邻人劚"一类诗句也可以看出。愈爱人民也就愈憎厌官僚，所以他曾公开的说："不爱入州府，畏人嫌我真。及乎归茅宇，邻舍未曾嗔。"在这漂泊的十一年中，杜甫生活仍然很苦，常常不免要逃难和挨饿受冻。前人说杜甫是个"菜肚老人"（宋刘克庄《后村诗话新集》），实际上他往往是连菜也没得吃，而且也并不始于老年。在他逝世不久以前，还因为逃难而挨了五天饿。可贵的是他在生活上总是向人民看齐，觉得自己比人民还是好得多。但是，不论怎样苦，也不论漂泊到什么地方，杜甫都是一刻也不曾忘记国家、人民和政治的。比如漂泊夔州时，关于朝廷的消息，他就是问之于地方官的，所谓"朝廷问府主"；有时也问之于过往的使者，所谓"相看多使者，一一问函关"。同时，也从不曾忘记或放松他的创作，在漂泊的十一年间，他写了一千多首诗。他说："他乡阅迟暮，不敢废诗篇！"又说："留滞才难尽，艰危气益增！"正是诗人忠实的自白。《茅屋为秋风所破歌》、《闻官军收河南河北》、《又呈吴郎》、《遭田父泥饮》、《诸将》、《秋兴》、《岁晏行》等都是这期最优秀的作品。和前期不同的，是带有更多的抒情性质，形式也更多样化。

杜甫在四川漂泊了八九年，在湖北、湖南漂泊了两三年，七七〇年冬，死在由长沙到岳阳途中的一条破船上。"战血流依旧，军声动至今。"这是他对祖国和人民最后的哀念。在人民被奴役的时代，却要作人民的代言人，诗人的身后萧条，自不在话下。八一三年，仅由他的孙子杜嗣业"收拾乞丐"，才把停在岳阳的灵柩归葬偃师。诗人的遗体还漂泊了四十三年。

从以上简单的叙述，我们已可看出杜甫和人民的关系和他如何接近人民的过程。前人说:学杜诗"须是范希文（范仲淹）专志于诗，又是一生困穷乃得"(清吴乔《围炉诗话》卷四)。不是没有道理的。

杜甫的思想，渊源于儒家，但由于他的接近人民的生活实践，对儒家学说也有所突破。比如，儒家说："穷则独善其身，达则兼善天下。"杜甫却是不管穷达，都要兼善天下；儒家说："不在其位，不谋其政。"杜甫却是不管在位不在位，都要谋其政。前人说杜甫的许多五言律诗都可作"奏疏"看，其实何止五律？儒家也谈"节用爱民"，"民为贵"，但一面又轻视劳动、轻视劳动人民，杜甫与之相反，他热爱劳动人民，也欢喜劳动，并甘心为广大人民的幸福牺牲自己。儒家严"华夷之辨"，杜甫却在一定程度上摆脱了这种狭隘思想，他是反对和亲的，但并非无条件的反对。他说:"似闻赞普更求亲,舅甥和好应难弃。"并责备唐王朝:"朝廷忽用哥舒将,杀伐虚悲公主亲。"由于时代、阶级的限制,他接受了儒家的忠君思想。但是杜甫的忠君是和爱国爱民密切结合的,所以苏轼可以说杜甫"一饭未尝忘君",而周紫芝也可以说"少陵有句皆忧国"。对此,我们必须作具体分析,把精华与糟粕区别开来。

二

毛主席说:"无产阶级对于过去时代的文学艺术作品,也必须首先检查它们对待人民的态度如何,在历史上有无进步意义,而分别采取不同态度。"(《在延安文艺座谈会上的讲话》)杜甫的作品具有深刻的思想性,这从以下几方面都可看出来。

"穷年忧黎元,叹息肠内热。"——对人民的无限同情,是杜甫诗歌深刻的思想性的第一个特征。他不仅广泛地反映了人民的痛苦生活,而且大胆地深刻地表达了人民的思想感情和要求。在"三吏"、"三别"中,反映出各种类型的人民在残酷的兵役下所遭受的痛楚;在《赴奉先咏怀》中,他正确地指出了劳动人民创造物质财富养活了剥削阶级:"彤庭所分帛,本自寒女出。鞭挞其夫家,聚敛贡城阙。"并一针见血地揭穿了封建社会中的黑暗:"朱门酒肉臭,路有冻死骨。"在《又呈吴郎》中,他通过寡妇扑枣的描写,说出了穷人心坎里的话:"不为困穷宁有此?"并进一步把"盗贼"的根源,归咎于封建统治者本身的骄奢荒淫:"不过行俭德,盗贼本王臣!"(《有感》)在《遭田父泥饮》中,他还热情地歌颂了劳动人民那种天真淳朴的优良品质。"指挥过无礼,未觉村野丑",在一千二百多年前,作为一个曾经侍候过皇帝的人,对待劳动人民竟能持此种态度,是极为可贵,富有进步意义的。也正因为诗人是这样一副热心肠,在杜甫笔下,我们才能看到如此众多的人民形象。他对人民的同情竟达到如此高度:只要一想到人民的痛苦,他便忘怀了自身的痛苦,甚至不惜牺牲自己的生命。在"幼子饿已卒"的情况下,他还是"默思失业徒,因念远戍卒"。当茅屋为秋风所破时,他却发出了"安得广厦千万间"的宏愿,并宁愿以"冻死"来换取广大饥寒无告者的温暖。

"济时敢爱死?寂寞壮心惊!"——对祖国的无比热爱,是杜甫诗歌深刻的思想性的第二个特征。正如上引诗句所表明的那样,杜甫是一个不惜自我牺牲的爱国主义者。同时他也要求他的朋友们能够"济时肯杀身"、"临危莫爱身"。因此他的诗歌渗透着爱国的热忱。可以这样说,他的喜怒哀乐是和祖国命运的盛衰起伏相呼应的。当国家危难的时候,他对着三春的花鸟会心痛得流泪,如《春望》:"感时花溅泪,恨别鸟惊心。"一旦大乱初定,他又兴奋得流泪,如《闻官军收河南河北》:"剑外忽传收蓟北,初闻涕泪满衣裳。"也可以这样说,凡是有关国家命运的政治、军事各方面的重大事件,我们几乎都可以在杜甫的诗中找到反映。杜甫从切身体会中感到,要抵抗敌人,就必须拿起武器,进行战斗。因此,他大声疾呼:"猛将宜尝胆,龙泉必在腰!"(《寄董卿嘉荣》)而"哀鸣思战斗,迥立向苍苍"(《秦州杂诗》),也决不只是写的一匹"老骕骦",而是蕴含着一种急欲杀敌致果的报国心情在内的诗人自己的形象。因此,"三吏"、"三别",从最深刻的意义上来说,并非只是揭露兵役黑暗、同情人民痛苦的诗,同时也是爱国诗篇。因为在这些诗中也反映出并歌颂了广大人民忍受一切痛苦的高度的爱国精神。"勿为新婚念,努力事戎行!"这是人民的呼声、时代的呼声,也是诗人通过新娘子的口发出的爱国号召。黄家舒说:"均一兵车行役之泪,而太平黩武,则志在安边;神京陆沉,则义严讨贼。"(《杜诗注解》序)是颇得要领的。

"必若救疮痍,先应去蝥贼!"——一个爱国爱民的诗人,对统治阶级的各种祸国殃民的罪行必然会怀着强烈的憎恨,而这也就是杜诗深刻的思想性的第三个特征。他的讽刺面非常广,也不论对象是谁。在《兵车行》中,他讽刺的矛头直指封建最高统治者唐玄宗,揭露他的穷兵黩武给国家和人民造成的严重灾难:"君不闻汉家山东二百州,千村万落生荆杞。"宰相杨国忠兄妹,当时炙手可热,势倾天下,但杜甫在《丽人行》中却讥讽他们的奢侈荒淫,在《赴奉先咏怀》中并把他们这种生活和人民的苦难联系起来,和国家命运联系起来。他一方面唱出"朝野欢娱后,乾坤震荡中";另一面他又一再警告统治者要节俭,认为:"君臣节俭足,朝野欢呼同。"唐肃宗、代宗父子信用鱼朝恩、李辅国和程元振一班宦官,使掌兵权,杜甫却大骂"关中小儿坏纪纲",认为只有把他们杀掉,国家才会有转机:"不成诛执法,焉得变危机?"在《冬狩行》中,他讽刺地方军阀只知打猎取乐:"草中狐兔尽何益?天子不在咸阳宫!"伴随着叛乱而来的,是官军的屠杀奸淫,《三绝句》之一作了如下的暴露:"殿前兵马虽骁雄,纵暴略与羌浑同。闻道杀人汉水上,妇女多在官军中!"当官吏的贪污剥削有加无已,《岁晏行》就揭露:"况闻处处鬻男女,割慈忍爱还租庸。"针对这些现象,作为一个同情人民疾苦的诗人,就难怪杜甫有时竟是破口大骂,把他们比作虎狼和凶手:"群盗相随剧虎狼,食人更肯留妻子。""万姓疮痍合,群凶嗜欲肥。"但阶级的局限,使杜甫只能把希望寄托在统治者身上:"谁能叩君门,下令减征赋。"并在力所能及的范围内忠告他的朋友们要做清官:"众僚宜洁白,万役但平均。"真是"告诫友朋,若训子弟"(《杜诗胥钞》)。

除上述三方面这些和当时政治、社会直接有关的作品外,在一些咏物写景的诗中,也都渗透着人民的思想感情。比如说,同是一个雨,杜甫有时则表示喜悦,如《春夜喜雨》:"好雨知时节,当春乃发生。随风潜入夜,润物细无声。"即使是大雨,哪怕茅屋漏了,只要对人民有利,他照样是喜悦:"敢辞茅苇漏,已喜禾黍高。"(《大雨》)但当久雨成灾时,他却遏不住他的恼怒:"吁嗟乎苍生,稼穑不可救。安得诛云师,畴能补天漏。"(《九日寄岑参》)可见他的喜怒是从人民的利益出发,以人民的利益为转移的。咏物诗中,如《萤火》、《麂》等,也都可以看作政治讽刺诗。吴乔说"诗出于人,有子美之人,而后有子美之诗",并指出杜甫的为人,是"于黎民,无刻不关其念"(《围炉诗话》卷四),这话很有见地,也是确实的。

杜甫热爱生活,热爱祖国的河山,他那些抒情诗和描写山川风物的纪行诗,也同样可以看到他同情人民的思想感情。"一重一掩吾肺腑,山鸟山花吾友于",祖国的江山竟成了诗人的肺腑。

三

"天意君须会:人间要好诗!"白居易说得对,人民的确是要好诗的,杜甫也确实没有辜负人民的期望,留下了许多好诗。他的诗,是我国最可宝贵的文化遗产的一部分。

杜甫异常重视诗的艺术功夫,除《戏为六绝句》外,和李白、高适、岑参、孟云卿等也常常提到"论文"的事。他对于一篇诗的要求非常严格,即所谓"毫发无遗憾"。为了达到这种完美无缺的艺术境界,他的创作态度也是非常严肃认真的。他不只是"颇学阴何苦用心"、"新诗改罢自长吟",而是"语不惊人死不休!"因此,杜甫的诗不仅具有高度的思想性,而且具有高度的艺术性,内容和形式是统一的。

我们可以先谈谈他的叙事诗。这类诗特别值得我们珍视。杜甫以前,文人写的叙事诗是很少的,叙人民之事的就更少。杜甫的叙事诗,不仅数量多,而且质量高,表现他的现实主义特色最为突出,最为充分。

我觉得,杜甫的叙事诗中,有许多艺术特色值得我们重视。例如,诗人善于选择并概括具有典型意义的社会现象,他的名句"朱门酒肉臭,路有冻死骨",便是通过典型化而收到震撼人心的艺术效果的。杜甫还善于选择和塑造具有典型意义的人物,往往从同一类型的许多人物中只着重描写一个,通过个别,反映一般。例如《兵车行》,只写他和那行人的谈话,但千万行人的悲惨命运也就显示无馀。《前出塞》、《后出塞》等,同样可以作为例证。

寓主观于客观,也就是将自己的主观意识、思想感情融化在客观的具体描写中,而不明白说出。这是杜甫叙事诗最大的特点,也是杜甫最大的本领。比如白居易也是现实主义的大诗人,他的《新丰折臂翁》同样是反对穷兵黩武的名篇,但作者是站出来发言的,我们只要拿来和《兵车行》一对照,马上就可以发现它们之间的差异。孰优孰劣,还可研究,但这差异却是明显的。

杜诗中很注意对话的运用和人物语言的个性化。为了把人物写得生动,杜甫吸收了汉乐府的创作经验,常常运用对话或人物独白,并做到了人物语言的个性化。这种例子很多,《新婚别》写那位新娘子的语言尤为成功。本来是柔肠寸断,痛不欲生,但又不能不顾虑到自己还是个刚过门的新娘子的身份,所以语带羞涩,备极吞吐。由于语言传神,所以我们读杜甫这类诗,总有一种如见其人、如闻其声的感觉。

采用俗语,是杜诗语言的一大特色,也是我国诗歌语言发展上的一大革新。自一般士大夫文人观之,这种俗语是不足以登大雅之堂的。但杜甫在抒情诗中用俗语很多,在叙事诗中则更丰富。因为这些叙事诗许多都是写的人民生活,采用一些俗语,自能增加诗的真实性和亲切感,并有助于人物语言的个性化。如《兵车行》的"爷娘妻子走相送"、"牵衣顿足拦道哭",《新婚别》的"生女有所归,鸡狗亦得将"。至如《前出塞》的"挽弓当挽强,用箭当用长。射人先射马,擒贼先擒王",更是有同谣谚。

他提高了俗语的地位,丰富了诗的语言,使诗更接近生活,接近人民群众;另一方面又通过千锤百炼创造出珠玉般的、字字敲得响、"字字不闲"的诗句。卢世㴶评"万姓疮痍合,群凶嗜欲肥"说:"合字肥字,惨不可读。诗有一字而峻夺人魄者,此也。"这种例子是很多的。在这方面,还很值得我们研究、学习。

作为一个现实主义诗人,杜甫的抒情诗也有自己的风格。抒情一般易流于抽象,杜甫却写得形象和具体。在叙事诗中,杜甫寄情于事,在抒情诗中,则往往寄情于景,融景入情,情景交融。这也有两种情况:一种是情景同时出现,如他的名句:"感时花溅泪,恨别鸟惊心。""江山如有待,花柳更无私"等;另一种是好像只见景,不见情。如《登慈恩寺塔》:"秦山忽破碎,泾渭不可求。俯视但一气,焉能辨皇州?"但其中仍透露了忧国念乱的心情。"五更鼓角声悲壮,三峡星河影动摇。""高江急峡雷霆斗,古木苍藤日月昏。"其中也同样有着诗人跳动的心和那个混乱时代的影子。在叙事诗中,杜甫尽量地有意识地避免发议论,在抒情诗,具体地说在政治抒情诗中,却往往大发议论,提出自己的政见和对时事的批评。为了适应内容的要求,杜甫的叙事诗概用伸缩性较大的五七言古体,而抒情诗则多用五七言近体,因之这类诗,语言特别精练,音乐性也强,耐人含咏。

由于杜甫是一个"集大成"的诗人,因此他对后代的影响和贡献,也是多方面的、深远的和巨大的。在我国诗歌的发展过程中,他占有特殊重要的地位。他把现实主义推向了一个新的更高的阶段。他的现实主义的创作精神,和那"即事名篇"的写作方法,直接开导了中唐时期以白居易为首的新乐府运动。他那些叙事诗,如《兵车行》、"三吏"、"三别"等等,实际上就是新题乐府。

杜甫运用了当时所有的一切诗体,并充分地发挥了各种诗体的功能,为各种诗体树立了榜样。诗,在他手里发挥了很大的作用。他用诗写传记,写游记,写自传,写奏议,写书札,总之,凡是他人用散文来写的,他都可以用诗的形式来写。在他之前,七言律诗,照例是用来歌功颂德或应酬的,但他却用来反映现实,这也是一个值得注意的变革。

最后,有一点我们还必须谈到:杜甫是一个具有政治抱负的爱国爱民的诗人,同时也是一个具有乐观精神和顽强意志的诗人,尽管吃尽苦头,也从不曾悲观消极。这也就决定了他的现实主义,不可能是一种浅薄的现实主义,而是有理想的现实主义。《洗兵马》可为代表。诗一开始就以飘风急雨的笔调写出大快人心的胜利形势:"河广传闻一苇过,胡危命在破竹中。"热情地歌颂了祖国的中兴,赞扬了郭子仪等中兴诸将,充满着鼓舞人心的力量。但另一方面又提醒统治者要安不忘危:"已喜皇威清海岱,常思仙仗过崆峒。三年笛里关山月,万国兵前草木风。"并以幽默而夸张的口吻嘲弄那班因人成事、趋炎附势的王侯:"攀龙附凤势莫当,天下尽化为侯王。"也没有忘记人民的生计:"田家望望惜雨干,布谷处处催春种。"诗的结尾,进一步通过美妙的幻想提出了千千万万人民对未来美好生活的共同愿望:"安得壮士挽天河,净洗甲兵长不用!"全诗的基调是乐观的,气势磅礴,色彩绚丽,但又兼有清醒的现实主义的批判精神。王安石选杜诗,以此篇为压卷,是有眼光的。此外,《凤凰台》、《茅屋为秋风所破歌》,也都是较突出的现实主义的作品。

伟大的诗人杜甫,他的成就是难以尽书的,他对后代的影响也不只是在文学方面。大政治家王安石、民族英雄文天祥、爱国诗人陆游和顾炎武等,都无不受到这位诗人的教益。

一千二百五十年过去了,但当我们读到这位诗人的作品时,还宛如对面。

人民是不朽的,深切关怀人民的杜甫的诗篇,在人民心目中,也必愈益光辉灿烂,万古长存!

本书由拙作《杜甫研究》中的诗选部分改编而成,书的《例言》基本上也就是该卷的《前言》。关于注解,除新注外,对于旧注,也作了较大的修改和补充。这些补充,一般附见于每首诗注的末尾。这篇文章原为纪念杜甫而作,用代前言,似尚无不可,但也作了必要的充实。衷心希望读者的指教!

萧涤非

一九六二年十二月

一九七八年五月再次修改

例　言

本书在注解上,并没有怎样严格的体例,但也有几点想说明一下:

第一,一部杜诗,不只是他那个时代的"诗史",同时也是诗人自己的年谱。浦起龙说:"古人遗集,不得以年月限者,其故有三:生逢治朝,无变故可稽,一也;居有定处,无征途显迹,二也;语在当身,与庶务罕涉,三也。杜皆反是,变故、征途、庶务,交关而可勘,而年月昭昭矣。"又说:"少陵为诗,不啻少陵自为年谱。"所谓"语在当身,与庶务罕涉",也就是说作品不出个人生活的狭小圈子,很少接触国家大事,这确是过去一般诗人的通病。可见关于杜诗,依年编次,最为妥善。因此,我这里也采用了编年体,在编年方面,我利用了前人的成果,这主要是参酌仇兆鳌、浦起龙和杨伦三家的书。

第二,为了显示创作与生活的关系,我把他的诗分成了四个时期,第一期(读书游历时期)的诗现存统共不到三十首,选出的则只九首,和其他三期并列,在比重上原极不相称,但一则因为杜甫在此一时期曾写过好几百首诗,这是事实;再则,这样标出,也许更有助于我们理解杜甫的成长过程,所以我没有把这一期从他的创作史上取消。按杜甫在《同元使君舂陵行》的诗序中曾说:"感而有诗,增诸卷轴,简知我者,不必寄元。"可见他并不是毫无抉择的把所有的诗都写进他的诗卷,第一期作品之所以亡佚特多,可能也由于他自己晚年的删汰或不甚重视。卢世㴶《杜诗胥钞》疑心是"或者子美自选定本",不是没有道理的。为了使读者对每一时期的写作情况和作品特点先有个概括的认识,我在每期之前都作了一个简单"说明"。

1

第三，杜甫的"集大成"，也表现在对各种诗体的擅长方面，这也是为什么在杜诗的编辑上向来就有不少按体分编的缘故。如郭知达的《九家集注》、钱谦益的《杜诗笺注》便分"古诗"和"近体诗"两大类。至如金銮刻的《集千家注杜工部诗集》、胡震亨的《杜诗通》、黄生的《杜诗说》、浦起龙的《读杜心解》，则分体尤细。为了使一般读者易于辨别各种不同诗体，并从而窥见杜甫对各种不同诗体的运用情况，我特在目录上标明每首诗所属的诗体。下面便是在这个选本中各种诗体所占的数字，计：五古七十首，七古五十三首，五律四十八首，七律五十四首（内拗格七首），五绝十二首，七绝三十八首，五言排律四首，七言排律二首。

第四，在注解上，我没有什么一定的章法，大概在题解中，包括诗的写作地点、年代、背景、中心思想和表现手法等，都有简略说明，但也不是每首诗都如此，有话则长，无话则短，也有根本从略的。为了使读者在阅览注解时不太感到枯燥，除一般必要的字注句解之外，个人也往往发挥些议论，作些考证，使注文具有一定的独立性。这些议论不一定对，但为了好让读者开动脑筋，我愿意把自己开动过的脑筋先摊出来。所以偏是碰到比较难解或说法不一致的地方，我偏不肯放过，尽可能提出个人的看法。有些不是三言两语可以解决的问题，则一般放在注解的后面去说。

第五，杜诗和当时史实是密切联系着的，同时为了表达的需要，他又往往使用典故。我们只有首先很好的了解了这些史实和典故，才能透彻的理解原诗；而且有些典故本身就非常生动，也值得作较完整的介绍。但前人因一味求简，往往截头去尾，把一个生动的故事弄得一鳞半爪。比如杜甫因谏房琯罢相，触怒肃宗，几至杀头，故诗中曾先后两次以辛毗牵裾谏魏文帝的故事自比，一见于《建都十二韵》（未选），一见于《风疾舟中伏枕书怀》。我们只有较全面的清楚辛毗牵裾的故事，才能藉以透视出杜甫当时谏诤的真象。但历来注家都摘录过简,有骨无肉,这在一定程度上就妨碍了对原诗乃至杜甫本人的理解。类似这样的地方,这里都根据原书,作了一定的必要的补充。这些补充,我大部分引用了原文,未加翻译,引用原文时,也往往有删节,为浏览顺利,一般不用删节号。

第六,解释杜诗的最好办法,自然是"以杜解杜"。所以注中,往往有引诗互证的地方。我认为这样做,比较容易接近真象。如陷安史叛军中所作《哀江头》的末句:"欲往城南望城北。""望城北",一本作"忘南北",一本又作"忘城北",孰是孰非,注家各执一词,但如证以同一时期写的《悲陈陶》一诗的结语:"都人回面向北啼,日夜更望官军至。"则自当以"望城北"为是。望就是盼望,也不能解作"向"。人之常情,凡心之所思,也就是目之所望,当时政府在长安城北,所以向北望,向北啼。但是,由于个人对全部杜诗还很不熟悉,未能融会贯通,所以对于这一点,做得还很不够。

第七,千百年来,注杜的人很多,清朝人下的功夫最深,成就也较大,注中往往引用他们的说法,仇氏《杜诗详注》外,主要有以下几种:钱谦益《杜诗笺注》、张溍(上若)《杜诗注解》、吴见思《杜诗论文》、黄生《杜诗说》、浦起龙《读杜心解》、杨伦《杜诗镜诠》等,因引用时,或简称某注,或直用人名,特在此作一总交代。

杜诗版本最多,异文也不少,这里斟酌各本,择善而从,有足供参考或应予驳正的,均附见注中。杜诗结构谨严,又多长篇,为便寻求脉络,较长的诗,皆为分段。

前人谓"读唐诗,一读了然,再过亦无异解。惟读杜诗,屡进屡得"(黄生《杜诗概说》),这话颇对。个人知识和力量都有限,解放前和解放后对杜诗虽都曾作过一点工作,讲也不止一次,但还谈不上"屡进"和"屡得"。这个注解,虽经一再易稿,也只能是一种初步探索,脱漏谬误之处,一定不少,希望海内专家和广大读者,多多指教!

一九五七年二月于青岛山东大学
一九六二年十一月酌改

第一期　读书游历时期

（公元七一二——七四五）

为了使我们能够比较容易、比较清楚地看出杜甫创作的发展过程，以及他的创作和他的生活的密切联系，我们把杜甫的诗，大体上分成了四个时期。

这第一期，是读书游历时期，包括他三十四岁以前的作品。据《壮游》诗："七龄思即壮，开口咏凤凰。"又据《进雕赋表》："臣幸赖先臣绪业，自七岁所缀诗笔，向四十载矣，约千有馀篇。"可见，杜甫打七岁时起便已经有诗，到他四十三岁写《进雕赋表》时，连同文章（即所谓"笔"）已有了一千多篇。那么照理推算，其中属于三十四岁以前作的诗，少说也该有个三四百首。可是，据现存的诗来看，我们能确定为这一时期作品的，总共不过二十几首。这自然是一种遗憾，因为使我们不能看到这位诗人的创作全貌。

尽管这期作品遗留的是这样少，但我们认为仍然应该把它作为一个独立的时期来处理。因为在这一时期，杜甫写过好几百首诗，毕竟是一个客观存在，不容抹杀；同时，即从这些诗来看，由于时代和生活的不同，在思想性和艺术性上也都自成一个段落，如果和第二期混淆起来，合并起来，便不易看清杜甫创作的转变和发展的迹象。

杜甫三十四岁以前，正是所谓"开天盛世"，他自己也过着一种"裘马颇清狂"的游历生活，"快意"了"八九年"。因此，这一期的诗，主要是写个人生活或摹写景物，充满一种年少气盛的活力。但在个别诗篇里,我们也可看出诗人杜甫对人民的灾难已流露了他的同情,对上层社会的"机巧",也初步有了憎厌,这正是他此后诗歌成长的根苗。

在诗的体裁方面,这时写得最多也最成熟的是五言律诗,其次是五言古体诗,所谓"长句"的七言古和七言律,这时似很少写(现存的只七律一首)。五言排律和五七言绝句也很少(现存的只五言排律和七绝各一首)。诗的规模也不大,篇幅很短,《临邑舍弟》一首一百二十字,算是最长的了。

总之,第一期,我们可以把它看作杜甫的创作准备时期。

望岳

岱宗夫如何[1]?齐鲁青未了[2]。造化钟神秀[3],阴阳割昏晓[4]。荡胸生层云[5],决眦入归鸟[6]。会当凌绝顶,一览众山小[7]!

中国有五岳,这是望的东岳——泰山。杜甫于开元二十四年(七三六)第一次游齐赵,大概就是这时写的,要算是现存作品中最早的一首。他这时二十五岁,然而气魄的雄伟,语言的警拔,已足够"惊人"了。

〔1〕岱宗,即泰山。夫如何,是自己问自己。初见泰山,有点瞠目结舌,一时感到难以形容,不免心口商度沉吟起来。有人以为"夫"当作"大",便索然无味了。

〔2〕这一句是自答。齐国在泰山北,鲁国在泰山南。青是指山色,

作名词用。未了,没完。是说走出齐鲁的国境,还望得见,极写泰山的高大。只五个字,囊括数千里。

〔3〕造化,即天地或大自然。钟,是结聚或集中的意思。神秀,指山色的奇丽。

〔4〕阴,是山后背日处,阳,是山前向日处,阴处为昏,阳处为晓。割,是分割。《史记》说昆仑之高是"日月所相避隐为光明"的,可悟"割"字的用意。

〔5〕这是倒装的句子。望见山上云气层叠,故心胸为之开豁。

〔6〕决,是裂开。眥,音字,眼角。决眥,形容张目极视的样子。鸟向山飞,目随鸟去,所以说入归鸟。岑参诗:"鸟向望中灭"(《南楼送卫凭》),可与此句互参。这和上句都是写望时的出神,故下文有登山的打算。

〔7〕会当,就是定要。"会当"、"会须"或"会"都是古人口语,多半含有"要"的意思。《通鉴·唐纪四十六》:"会归上都。"胡注:"会,合也,要也。"这两句诗不仅写出了泰山的雄伟,也表现了杜甫的壮志和毅力,能开拓读者的眼界和心胸,鼓舞人们积极向上。韩愈诗:"求观众丘小,必上泰山岑。"本此。据晚年所作《又上后园山脚》诗:"昔我游山东,忆戏东岳阳。穷秋立日观,矫首望八荒。"则杜甫实已"凌绝顶"。但没有留下诗。

登兖州城楼

东郡趋庭日,南楼纵目初〔1〕。浮云连海岱,平野入青徐〔2〕;孤嶂秦碑在,荒城鲁殿馀〔3〕。从来多古意,临眺独踌躇〔4〕。

3

这和前诗《望岳》同是第一次游齐赵时所作。是他现存最早的一首五律。因结构谨严,格律工稳,故前人多取以为式。

〔1〕首二句点出登楼。兖州为汉之东郡。《论语》:"鲤(孔丘的儿子)趋而过庭。"杜甫父亲杜闲这时作兖州司马,他来省视,故曰"趋庭"。初,初次。

〔2〕这两句写登楼纵目所见远景。海岱青徐,都和兖州接境。入,是一直伸展到的意思。

〔3〕这两句写登楼纵目时所见古迹。秦碑,指秦始皇登峄山所刻石碑。馀,残馀。鲁殿,指鲁灵光殿,汉景帝子鲁共王所建。王延寿有《鲁灵光殿赋》。殿在曲阜县东二里。

〔4〕这两句总结。古意承上两句来。临眺与上纵目照应。凭高怀古,故不免踌躇惆怅。

房兵曹胡马

胡马大宛名〔1〕,锋棱瘦骨成。竹批双耳峻〔2〕,风入四蹄轻〔3〕。所向无空阔,真堪托死生〔4〕。骁腾有如此,万里可横行〔5〕。

房兵曹不知是何人。杜甫本善骑射,也很爱马,对马有真感情,故所有咏马的诗都极深刻,往往就寄托了自己的精神。

〔1〕大宛,汉西域国名,出善马。宛,读鸳,平声。大宛名,是说著名的大宛马。

〔2〕《齐民要术》:"马耳欲小而锐,状如斩竹筒。"批,削也。峻,

尖锐。

〔3〕是说奔走时，四蹄轻快如风入。宋楼钥诗"竹批双耳风入蹄"，就是袭用杜甫这两句诗的。

〔4〕这两句进一步写马的气概和品质，简直像一个血性男子。无空阔，不知有空阔，极力形容马之善走，是杜甫的创语。用一"真"字，言外大有人不如马之意。

〔5〕骁腾有如此，总顶上四句。末句一断，并期望房兵曹立功万里之外。

画鹰

素练风霜起[1]，苍鹰画作殊[2]：㩳身思狡兔，侧目似愁胡[3]。绦镟光堪摘，轩楹势可呼[4]。何当击凡鸟，毛血洒平芜[5]！

〔1〕素练，画鹰所用的白绢。风霜，主肃杀，这里形容画鹰的凶猛如挟风霜之气，和画马诗"缟素漠漠开风沙"同一手法，不是形容素练的光洁的。

〔2〕殊，殊异，是说画得非常出色。这句说明上句，同时起下四句。

〔3〕二句以真鹰比拟画鹰。㩳身，就是竦身，是有所思的样子。孙楚《鹰赋》："深目蛾眉，状如愁胡。"一说，胡人碧眼，故以为喻。

〔4〕二句又从画鹰想到真鹰。绦是丝绳，镟是转轴（即辘轳），用绦缚鹰足系在镟上。轩楹，画鹰所在的地点。势可呼，是说可以呼唤去打猎，极言画之逼真。

〔5〕末二句承"势可呼"来，含义甚广，艺术手法甚高，其中有着杜

甫自己的精神。通过这两句诗，我们可以感触到他那种奋发有为的热情和嫉恶如仇的性格。何当犹安得。张上若说："天下事皆庸人误之，未有深意。"把凡鸟作比喻看，是对的。

夜宴左氏庄

风林纤月落[1]，衣露净琴张[2]。暗水流花径，春星带草堂[3]。检书烧烛短[4]，看剑引杯长[5]。诗罢闻吴咏，扁舟意不忘[6]。

　　这个庄，就是庄园。唐时地主庄园经济很发达，不少诗人都有庄园，诗题中也常有"山庄"、"山池"、"池馆"、"别墅"一类名词。

　　[1] 纤月，是未弦之月。所谓"新月曲如眉"。

　　[2] 张，就是弹琴。琴音清，所以说净琴。

　　[3] 这两句写月落后庄园中夜景。因月落，但闻水声，所以说暗水。带，就是映带、拖带。月落，故星光特别显得明亮。按《不寐》诗云："翳翳月沉雾，辉辉星近楼。"可作"带"字的注脚。

　　[4] 这位姓左的主人大概有不少藏书，检阅费时，故烧烛短。

　　[5] 看剑，一作说剑，不确。大概是后人见《庄子》有《说剑》一篇，想替杜诗找出处，因而妄改。说剑不必有剑，看剑，则剑在目前，意境是大不相同的。看剑令人气旺，故喝起酒来也痛快。长，深长。引杯长，即所谓"引满"，也就是喝满杯。

　　[6] 诗罢，即诗成。吴咏，用江南的吴音吟诗。杜甫曾游吴越，今闻

吴咏,故想起旧游。扁舟,小船。

临邑舍弟书至,苦雨,黄河泛溢,堤防之患,簿领所忧,因寄此诗,用宽其意

二仪积风雨,百谷漏波涛[1]。闻道洪河坼[2],遥连沧海高。职司忧悄悄[3],郡国诉嗷嗷[4]。舍弟卑栖邑,防川领簿曹[5]。尺书前日至,版筑不时操[6]。难假鼋鼍力,空瞻乌鹊毛[7]。燕南吹畎亩,济上没蓬蒿[8]。螺蚌满近郭,蛟螭乘九皋[9]。徐关深水府,碣石小秋毫[10]。白屋留孤树,青天失万艘[11]。吾衰同泛梗[12],利涉想蟠桃[13]。却倚天涯钓,犹能掣巨鳌[14]。

这是一首五言排律,只末二句是散行的。杜甫弟有颖、观、丰、占四人,仇兆鳌以此诗"舍弟"是指颖。这首诗的写作年代有些问题。黄鹤据《新唐书·五行志》:"开元二十九年秋,河南河北郡二十四,水害稼"的记载,认为作于是年。张缵则表示怀疑,说开元二十九年杜甫才三十岁,而诗中有"吾衰同泛梗"的话,是岂其少作耶? 按杜甫晚年所作的《上水遣怀》诗曾说:"我衰太平时,身病戎马后。"那么这首诗所说的"吾衰",也不应但从年龄上来解释。从诗的总的情调来看,应该是困守长安以前,亦即三十五岁以前的作品。

[1] 首二句说明河溢的由来。二仪,即天地。积风雨,久雨。诗题先序书至,次序苦雨河泛,诗则先序苦雨河泛,再落到舍弟书至,故不平直,有气势。

7

〔2〕坼，即决口。

〔3〕职司，职在防河的有司(官吏)。《诗经》:"忧心悄悄。"

〔4〕这句是说灾区的地方官吏诉说灾民嗷嗷待哺的惨况。

〔5〕这里才说到自己的弟弟。簿曹，官名。

〔6〕版筑，用版夹土而筑。不时操，是说无时无刻不在筑堤。这以下十一句都是书中所说的话。

〔7〕二句形容版筑的困难。相传周穆王至九江，叱鼋鼍为桥，又七月七日乌鹊填河成桥以渡织女。真能这样，对筑堤防水该多么方便？但不能如愿，所以说"难假"、"空瞻"。假，假借。瞻，仰望。

〔8〕二句言面积之广。燕南，河北省南部。济上，济南、兖州一带。畎音犬，田中小沟。

〔9〕二句言大水久不退，以致螺蚌蛟螭诸水族横行陆地。

〔10〕二句言水势之大。徐关成了水府，碣石小若秋毫。碣石，山名，在渤海东。

〔11〕二句写河溢给人民造成的灾难。白屋，就是百姓住的茅草屋，为水所冲，故只留孤树。青天，是没有狂风暴雨的天，但还是有许多船只失事沉没。

〔12〕此下四句是杜甫自序。《说苑》：土偶谓桃梗曰："子，东园之桃也。刻子以为梗，遇天大雨，水潦并至，必浮去，泛泛乎不知所止。"由于诗的内容是写大水，同时杜甫这时还是一个没有职位的野人，所以自比"泛梗"。

〔13〕是说尽管我如泛梗一般无能，但还是想涉过大水去摘取蟠桃。《山海经》："东海度山有大桃，屈盘三千里，名曰蟠桃。"

〔14〕二句承上，是说要用蟠桃为饵，把大鳌钓上来。掣，就是制服。传说巨鳌能致河溢之灾，故杜甫有此想头。杜甫说这种大话，意在宽慰兄弟。

赠李白

二年客东都[1],所历厌机巧[2]!野人对腥膻,蔬食常不饱[3]。岂无青精饭,使我颜色好[4]?苦乏大药资,山林迹如扫[5]!李侯金闺彦[6],脱身事幽讨[7]。亦有梁宋游[8],方期拾瑶草[9]。

这是天宝三载(七四四)所作。是杜甫赠李白最早的一首诗。前八句自叙,后四句方及李白。

〔1〕东都,洛阳。

〔2〕这句诗说明杜甫对上层社会的憎恶。所历,是凡所经历。见得没有例外,全是些奸刁巧诈的东西。

〔3〕野人,杜甫自谦。腥,鱼类;膻,牛羊之属。朱门大户,顿顿鱼肉,杜甫既不习惯,又憎厌这般人,故有"蔬食常不饱"的话。

〔4〕青精饭,用南烛草木的叶子,杂茎皮煮取汁,浸米蒸饭,即作青色。据说,食之延年。

〔5〕杜甫不愿见这班机巧的人,所以想离开都市到山林去采药,但苦无资财,故终绝迹于山林。迹如扫,没有足迹。大药,就是金丹。唐代道教盛行,统治者和一般士大夫很多炼丹和服食金丹以求长生的。

〔6〕侯,是尊称。金闺,金马门。彦,有才华的人。天宝元年,李白至长安,玄宗(李隆基)命他供奉翰林,专掌密命。

〔7〕李白醉中曾令高力士脱靴,力士以为耻,便对杨贵妃说他的坏话,白自知不为所容,于是自求还山,所以说"脱身"。事幽讨,在山林中

从事于采药和访道。

〔8〕梁宋,开封一带。

〔9〕瑶草,玉芝。看这两句,杜甫游梁宋时,很可能是和李白同时从洛阳出发的。

陪李北海宴历下亭

东藩驻皂盖〔1〕,北渚凌清河〔2〕。海右此亭古,济南名士多〔3〕。云山已发兴,玉珮仍当歌〔4〕。修竹不受暑,交流空涌波〔5〕。蕴真惬所欲〔6〕,落日将如何〔7〕?贵贱俱物役,从公难重过〔8〕!

这是天宝四载(七四五)夏在济南历下亭即席所赋。李北海即李邕,时为北海太守,是当时文豪兼书家。李林甫素忌邕,天宝六载正月就郡杖杀之,时年七十馀。历下亭(今名客亭)在济南大明湖,因历山得名。

〔1〕东藩,指李邕。北海在京师之东,故称东藩。皂盖,青色车盖。汉时太守皆用皂盖。

〔2〕北渚凌清河,是说自北渚乘舟经清河往游历下亭。

〔3〕二句申明往历下亭之故。方位以西为右,以东为左,齐地在海之西,故曰海右。自汉以来的经师如伏生等,皆济南人,又杜甫自注云"时邑人蹇处士等在坐",故曰名士多。这两句诗,因为颂扬得实,已为后人作为对联,悬挂亭中(今改为门联)。

〔4〕唐时宴会有女乐。玉珮,指侑酒的歌伎。当,是当对的当。语

本曹操诗:"对酒当歌。"有人解作应当或读作去声,都不对。

〔5〕这两句是流水对,写环境的清幽。水原也是能生凉的,但因亭有竹林荫蔽,更用不着水,所以说"空涌波"。空是空自或空劳。交流,指历水与洙水,二水同入鹊山湖。以上四句写亭内外景物。

〔6〕蕴真,用谢灵运诗"表灵物莫赏,蕴真谁为传?"是说此亭蕴含真趣(自然美),故以得一游为快。

〔7〕日落则席将散,不能久留。

〔8〕贵指邕,贱杜甫自谓。俱物役,是说无论公私贵贱,同是为事物所役使。因不得自由,故有难重游之叹。邕比杜甫要大三十四岁,称邕为"公",与年龄亦有关。末四句写感想。

赠李白

秋来相顾尚飘蓬[1],未就丹砂愧葛洪[2]。痛饮狂歌空度日,飞扬跋扈为谁雄[3]?

此诗大概作于天宝四载游齐赵时,是现存绝句中最早的一首。

〔1〕相顾,见得彼此一样。时二人都流浪山东,故以飘蓬为比。

〔2〕葛洪,东晋人,闻交趾出丹砂,因求为勾漏令。李白好神仙,自炼丹药,这时又从道士高如贵受"道箓",但丹仍未炼成,杜甫则访问了另一道士华盖君,但未见到,故有此语。

〔3〕这两句是朋友相规的话,末句规意尤明显。跋扈,汉人口语,汉质帝说梁冀是"跋扈将军",李贤注:"跋扈,犹强梁也。"北齐高欢说侯景"常有飞扬跋扈志"(见《北史·齐高祖纪》,仇、杨诸家注引作《侯景

11

传》,误),虽添了两个字,意思也差不多。李白好任侠,曾手杀数人,又傲视一切,故说他跋扈。为谁雄,到底为了哪个而这样呢?见得世无知己。意思是希望李白不要太任性,应该收敛些。李、杜二人有很多共同点,但同中有异。杜甫嗜酒,却不甘心于"空度日";也豪放,却不以"跋扈"为然,这是理解这两句诗所应注意的。

第二期　困守长安时期

（公元七四六——七五五）

　　第二期，包括杜甫三十五岁到四十四岁的十年间的作品。这十年，杜甫差不多一直是住在长安，这些作品也差不多全是在长安作的。

　　杜甫来到长安，在他的生活史上是值得大书特书的，因为这对于他能够成为一个伟大的现实主义诗人有着重大的意义。我们可以这样说：他的来到长安，一方面固然结束了他的游历生活，但另一方面却又正是一个新的富有社会内容和政治内容的游历生活的开始。尽管这种游历生活是痛苦的，是违反他的主观愿望的，然而对于诗人的成长却是必要的。

　　长安，大家知道，这是当时的政治、经济和文化的中心，但也是罪恶的渊薮。它是天堂，又是地狱，有吸血的，也有输血的，阶级的对立，在这里表现得最为明显。由于杜甫在当时社会上有他一定的身份，有机会看到那天堂的一面，同时由于他在政治上的失意和物质生活的奇苦，又有可能看到这地狱的一面，接触到人民生活，这样，就使他对统治阶级有了进一步的憎恨，对人民有了进一步的同情，从而创作出像《兵车行》、《丽人行》、《前出塞》、《后出塞》和《赴奉先咏怀》等具有深刻思想性的诗。单凭这些诗，杜甫就已够不朽的了。

　　据现存的诗来看，杜甫这十年中，写了一百一十首左右的诗。这自然也有亡佚，但数量可能不大。饥寒交迫的生活，使他不可能写出太多的诗。生活的丰富，扩大了杜甫诗的领域，也开展了他的诗的篇幅，这时出现了五百字的长篇，二百字以上的更是常见。在诗的体裁上，特别值得注意的是七言古,他这时竟写了二十八首之多,也是第一期所没有的现象。本来,悲愤激动的心情,是需要这种"长句"来发泄的。

八仙歌

知章骑马似乘船,眼花落井水底眠[1]。汝阳三斗始朝天,道逢麴车口流涎,恨不移封向酒泉[2]。左相日兴费万钱,饮如长鲸吸百川,衔杯乐圣称避贤[3]。宗之潇洒美少年,举觞白眼望青天,皎如玉树临风前[4]。苏晋长斋绣佛前,醉中往往爱逃禅[5]。李白一斗诗百篇,长安市上酒家眠,天子呼来不上船,自称臣是酒中仙[6]。张旭三杯草圣传,脱帽露顶王公前,挥毫落纸如云烟[7]。焦遂五斗方卓然:高谈雄辩惊四筵[8]。

这大概是天宝五载(七四六)杜甫初到长安时所作,往后生活日困,不会有心情写这种歌。八人中,苏晋死于开元二十二年,贺知章、李白,天宝三载已离开长安,可见他们虽都在长安呆过,但并不是同时都在长安,是杜甫把他们结合起来的,是追叙。这首歌,浪漫中也带有真实面目,特别是李白和张旭,同时也可作史料看。

[1] 知章,贺知章,自号四明狂客。他一见李白,便称为"谪仙人",因没酒钱,便解下所佩的金龟换酒为乐。这两句写他的醉态,骑在马上,摇摇晃晃。眼花,醉眼昏花。

[2] 汝阳,汝阳王李琎。这三句写他的好酒。麴车,酒车。酒泉,郡

14

名。郡城下有泉，味如酒，故名酒泉。

〔3〕左相，李适之。据《唐书》本传及《玄宗纪》，适之于天宝元年作左丞相，五载四月罢相（为李林甫所排斥），尝作诗云："避贤初罢相，乐圣且衔杯。为问门前客，今朝几个来？"是年七月贬为宜春太守，到任仰药而死。据此，则此诗最早亦必作于五载四月以后。长鲸吸川，形容豪饮。

〔4〕宗之，崔宗之，也是李白的朋友。晋阮籍能作青白眼，见庸俗的人，便用白眼看他。玉树临风，形容醉态的摇曳。宗之貌美，故以玉树为喻。

〔5〕苏晋是个进士，曾为户、吏两部侍郎。一方面长斋，一方面又贪杯，所以说他爱逃禅（不守法戒）。"逃禅"，与"逃墨"、"逃杨"语法相同。

〔6〕这四句写李白连天子也不放在眼里，写李白豪放性格极形象。一斗诗百篇，是说才饮一斗酒就能写出百篇诗，写李白不但酒兴豪，而且文思敏捷。这是李白的特点。

〔7〕张旭，吴人。嗜酒，每大醉，呼叫狂走乃下笔，或以头濡墨而书，世呼张颠（见《新唐书·文艺传》）。草圣，草书之圣。杜甫《剑器行》诗序说："吴人张旭善草书书帖，常于邺县见公孙大娘舞西河剑器，自此草书长进。"又《杨监见示张旭草书图》云："斯人已云亡，草圣秘难得。"又高适《醉后赠张九旭》云："兴来书自圣，醉后语犹颠。"是旭在当时实有草圣之名。按李颀《赠张旭》诗："露顶据胡床，长叫三五声。兴来洒素壁，挥笔如流星。"可和这几句参看。

〔8〕焦遂，名迹不见他书。袁郊《甘泽谣》："陶岘，开元中家于昆山，自制三舟，有前进士孟彦深、孟云卿、布衣焦遂，共载游山水。"孟云卿也是杜甫的诗友，杜甫在长安时，可能和焦遂有过交接。五斗方卓然，是说喝了五斗之后方始卓然起兴，打开话匣子。高谈雄辩，正是卓然处。

这首诗,在体裁上也是一个创格。看起来好像很乱,其实也有组织,八人中,贺知章资格最老(比李白大四十一岁,比杜甫大五十二岁),所以便放在第一位。其他便按官爵,从王公宰相一直说到布衣。写李白独多一句,并不是为了私人的交谊,而是因为这八人中,李白最为伟大,故有意把他作个重点。——按《开元天宝遗事》卷三"颠饮"条:"长安进士郑愚、郭保衡、王冲、张道隐等十数辈,不拘礼节,旁若无人。每春时,选妖妓三五人,乘小犊车,指名园曲沼,藉草裸形,去其巾帽,叫笑喧呼,谓之颠饮。"亦足见当时纵酒之风。

春日忆李白

白也诗无敌:飘然思不群[1];清新庾开府,俊逸鲍参军[2]。渭北春天树,江东日暮云[3];何时一樽酒,重与细论文[4]?

这是天宝六载(七四七)春杜甫到长安不久后所作。这时生活还好,所以尚有"樽酒论文"的想法。从来文人相轻,而杜甫称白诗无敌,可见他的谦逊态度。

〔1〕这句说明上句,思不群故诗无敌。

〔2〕二句又以二古人赞美白诗。庾开府,庾信。信在北周为骠骑大将军,开府仪同三司,是六朝末期一位大诗人。鲍参军,鲍照,刘宋时曾为前军参军。他的七言诗《行路难》十八首最豪放。

〔3〕二句正写忆。渭北,杜甫所在地。江东,李白所在地。"春树暮云"即景寓情,不明说怀念而怀念之深自见。黄生说:"五句寓言己忆彼,六句悬度彼忆己,七、八遂明言之。"

〔4〕论文,即论诗。六朝以来,通谓诗为文。杜甫最喜欢讨论诗文,集中常常提到。可惜的是,这两位大诗人竟没有再见面。韩愈《醉留东野》诗云:"昔年因读李白、杜甫诗,长恨二人不相从。"这确是一件憾事。

送孔巢父谢病归游江东,兼呈李白

巢父掉头不肯住〔1〕,东将入海随烟雾。诗卷长留天地间〔2〕,钓竿欲拂珊瑚树〔3〕。深山大泽龙蛇远,春寒野阴风景暮〔4〕。蓬莱织女回云车,指点虚无是归路〔5〕。自是君身有仙骨,世人那得知其故〔6〕。惜君只欲苦死留,富贵何如草头露〔7〕?蔡侯静者意有馀,清夜置酒临前除〔8〕。罢琴惆怅月照席〔9〕:"几岁寄我空中书〔10〕?南寻禹穴见李白,道甫问讯今何如〔11〕!"

这也是天宝六载春在长安所作,是杜甫集中最早的一首七言古诗。孔巢父,《旧唐书》有传。他早年和李白等六人隐居山东徂徕山,号"竹溪六逸"。谢病,是托病弃官,不一定是真病。巢父此去,意在求仙访道,故诗中多缥缈恍惚语,有浓厚的浪漫主义色彩。但也可以看出杜甫早期所受屈原的影响。李白这时正在浙东,诗中又怀念到他,故题用"兼呈"。

〔1〕这句写巢父无心功名富贵。掉头,犹摇头。不肯住三字要和下文"苦死留"对看。朋友们要他呆在长安,他总是摇头。

〔2〕这句有两层意思:一方面表明巢父不仅不恋富贵,连自己的诗集也留在人间不要了;另一方面也说明巢父的诗可以长留不朽。巢父诗

今不传,这句赠诗倒成了杜甫的自评。

〔3〕珊瑚树生热带深海中,原由珊瑚虫集结而成,前人不知,见其形如小树,因误以为植物。上言巢父入海,故这里用珊瑚树。

〔4〕二句写东游的境界。上句,字面上用《左传》"深山大泽,实生龙蛇",但含有比意。巢父的遁世高蹈,有似于龙蛇的远处深山大泽。下句兼点明送别是在春天。

〔5〕二句写东游时的遭遇,是幻境。蓬莱,传说中的三仙山之一,在东海中。织女,星名,神话中说是天帝的孙女。这里泛指仙子。虚无,即《庄子》所谓"无何有之乡"。归路,犹归宿。

〔6〕知其故,指弃官访道之故。

〔7〕这是一个转折语。代巢父点醒世人,也可看作转述巢父本人的话。草头露,是说容易消灭。这句和李白诗"功名富贵若长在,汉水亦应西北流"同意。但世人不知,故苦苦相留。苦死留,唐时方言,犹今言拼命留。

〔8〕二句写蔡侯饯行。侯,是尊称,杜甫尝称李白为"李侯"。静者,恬静的人,谓不热衷富贵。别人要留,他却欢送,其意更深,所以说"意有馀"。除,台阶。

〔9〕唐时宴会多用妓乐,送巢父却不合适,所以只用琴。罢琴,弹完了琴。酒阑琴罢,就要分别,故不免"惆怅"。下面三句都是临别时的嘱咐。

〔10〕空中书,泛指仙人寄来的信。把对方看作神仙,故称为空中书。杜甫是不信神仙的。几岁二字很幽默,意思是说不知你何岁何年才成得个神仙。

〔11〕这两句是要巢父见到李白时代为问好。"问讯"一词,汉代已有,唐代诗文中尤多。如韦应物诗"释子来问讯,诗人亦扣关",杜诗如"问讯东桥竹,将军有报书",并含问好意。禹穴有二,这里是指浙江

绍兴县的(详后《秦州杂诗》注)。

高都护骢马行

安西都护胡青骢[1],声价欻然来向东[2]。此马临阵久无敌,与人一心成大功[3]。功成惠养随所致[4],飘飘远自流沙至[5]。雄姿未受伏枥恩[6],猛气犹思战场利[7]。腕促蹄高如踏铁[8],交河几蹴曾冰裂[9]。五花散作云满身[10],万里方看汗流血[11]。长安壮儿不敢骑,走过掣电倾城知[12]。青丝络头为君老,何由却出横门道[13]?

　　都护,官名。唐置六大都护府,统辖边疆地区。高都护是高仙芝。仙芝天宝八载入朝,杜甫这时正困守长安,故借骢马来寄托自己的感叹。此诗分四段,每段四句。起四句说明马的来历,原是一匹立功西域的马。功成四句写马的性格。腕促四句写马的骨相才气。末四句写马的志愿。

　　[1] 安西都护,即高仙芝。唐置安西都护府于龟兹。胡青骢,西域的骏马。马青白色曰骢。
　　[2] 欻同忽。在西域声价已高,现来至东方,自更骤增声价。
　　[3] 写得骢马有品格有感情。
　　[4] 惠养,豢养。随所致,随所托身之主人。
　　[5] 流沙,泛指西北沙漠地带。
　　[6] 枥,马槽。曹操诗:"老骥伏枥,志在千里。"未受,不甘心受。马援愿以马革裹尸,曹植不愿作"圈牢之养物",杜甫虽然"涕泪受拾

遗",但作了拾遗,却偏要管皇帝的"闲事",都是所谓"未受伏枥恩"的表现。

〔7〕是说时刻不忘立功战场。

〔8〕踣音博,踏也。踣铁,言马蹄之坚,踏地如铁。据说马腕要促,促则健;蹄要高(厚二三寸),高则耐险峻。

〔9〕曾同层。几蹴,不止一次。

〔10〕五花,马毛色。云满身,身如云锦。唐代宗赏赐郭子仪九花虬马,额高九寸,毛拳如鳞,身被九花,故以为名。(见《唐语林》卷五)前人谓剪鬃为瓣,或三花,或五花,不确。

〔11〕极写骢马的材力,必须万里,方见流汗。西北有汗血马,汗流如血,故名。

〔12〕掣电,言其速。倾城知,全城无人不晓。

〔13〕末二句代马说话。是说青丝络头,老死槽枥,不是我的志愿。何由却出,即怎样才能出去作战的意思。横音光,汉时长安城西北头第一门叫"横门",是通向西域的大道。

奉赠韦左丞丈二十二韵

纨袴不饿死,儒冠多误身[1]。丈人试静听,贱子请具陈[2]:甫昔少年日,早充观国宾[3]。读书破万卷,下笔如有神[4]。赋料扬雄敌,诗看子建亲[5]。李邕求识面[6],王翰愿卜邻[7]。自谓颇挺出[8],立登要路津[9]。致君尧舜上,再使风俗淳[10]。此意竟萧条,行歌非隐沦[11]。骑驴三十载[12],旅食京华春[13]。朝扣富儿门,暮随肥马尘[14]。残杯与冷炙,到处潜悲辛[15]。主上顷见征[16],欻然欲求伸[17]。青冥却垂翅,蹭蹬无纵鳞[18]。甚愧丈人厚,甚知丈人真。每于百僚上,猥诵佳句新[19]。窃效贡公喜[20],难甘原宪贫[21]。焉能心怏怏[22],只是走踆踆[23]?今欲东入海,即将西去秦[24]。尚怜终南山,回首清渭滨[25]。常拟报一饭,况怀辞大臣[26]。白鸥没浩荡,万里谁能驯[27]?

　　韦济天宝七载作尚书左丞,很赏识杜甫的诗,杜甫这时困守长安,所以便写了这首诗表示感激并抨击当时的社会和政治。

　　[1] 这两句起得很突兀,真是"一肚皮牢骚愤激"。生活的深入,使杜甫对当时社会有了进一步的认识。袴与裤同。"纨袴"是富贵子弟的标志,故以物代人。当时像杨国忠子杨暄,考明经不及格,但考官仍不敢不列为第一名,又御史中丞张倚子奭,一窍不通,也列为首选,所以说纨袴不饿死。"儒冠"也是以物代人的手法,是杜甫自谓。他常以儒者自居。这一句是全诗的骨干:自"甫昔少年日"至"再使风俗淳"是说的儒冠事业,是追叙过去;自"此意竟萧条"至"蹭蹬无纵鳞"是说的误身。

　　[2] 贱子,杜甫自称。具陈,细说。

　　[3] 开元二十三年杜甫由乡贡参加进士考试,时年二十四,所以说"早充观国宾"。"充"即充当。

　　[4] 这两句是杜甫的经验之谈。破是吃透,万卷言其多,这是杜甫能集大成的一个重要原因。

　　[5] 扬雄是西汉大赋家;子建是曹植的字,三国时大诗人。敌是匹敌,亲是接近。以上四句是自负的话。

　　[6] 《新唐书·杜甫传》:"甫少贫,不自振,李邕奇其材,先往见之。"

〔7〕王翰也是当时有名诗人，尝自撰乐歌，在酒席上自唱自舞。二人都是杜甫的前辈。卜邻，择邻。

〔8〕挺出就是特出。

〔9〕《古诗十九首》："何不策高足，先据要路津。"津是渡口，要路津比喻机要的职位。

〔10〕这两句是杜甫的政治理想和志愿。上句是手段，下句是目的。当然，最终的目的还是为了维护封建地主阶级政权。

〔11〕隐沦是隐逸之士，行歌于路，有点像隐士的派头，但自己并不是逃避现实的人，所以说"非隐沦"。

〔12〕"骑驴"正应上文"萧条"。按《示从孙济》诗："平明跨驴出，未知适谁门。"则骑驴乃是事实。卢元昌《杜诗阐》："骑驴三十载，当是骑驴十三载，时杜公年未四十。"

〔13〕京华即京师。春字形容京师的繁华。

〔14〕随，不是步随，是骑着小驴子跟在后面。肥马也是用物代人，即那班纨袴们。

〔15〕潜悲辛是说吃在口里，苦在心头。潜，藏也。以上四句，写屈辱生活，正是"误身"处。

〔16〕天宝六载唐玄宗下诏征求人才。"顷"是说不久以前。

〔17〕欻，同忽。求伸，求实现致君尧、舜的志愿。

〔18〕这两句都是比喻，上句用鸟，下句用鱼。青冥犹青云，指天空。蹭蹬是失势的样子。（"青冥"和"蹭蹬"是叠韵对。）当时李林甫怕文学之士说他的坏话，于是把全部应试的人都落选，还上表称贺："野无遗贤。"诗便指的这件事。这时李林甫还在作宰相，故只好浑说。

〔19〕猥，是古人常用客气字，犹"蒙"或"承"。仇兆鳌解作"频"，不对，因和上句"每"字犯复。唐人重诗，用诗来求知己，也用诗来推荐人，"诵佳句"便是推荐，故可感。

〔20〕汉贡禹与王吉为友，闻吉贵显，高兴得"弹冠"，因为知道自己也将出头。这里杜甫自比贡禹，以王吉期待韦济。

〔21〕原宪是孔子的学生，穷得出名。

〔22〕怏怏，是气愤不平。

〔23〕踆踆，且前且却的样子。

〔24〕秦，即指长安。

〔25〕二句是说欲去又迟迟不忍。终南山和渭水皆在长安。怜，是怜爱。心有所恋，故回首。

〔26〕大臣，指韦济。一饭之德，尚不忘报，何况远辞大臣，又是文章知己，哪能不则声就走？说明赠诗之故。

〔27〕白鸥，自比。没浩荡，灭没于浩荡的烟波之间。谁能驯，谁还能拘束我？末二句显示了杜甫的桀骜性格。——按杜甫作此诗十年后，在《华州试进士策问》中还说："虽遭明主，必致之于尧、舜……驱苍生于仁寿之域，反淳朴于羲皇之上。"可与"致君"二句互参。

乐游园歌

乐游古园崒森爽，烟绵碧草萋萋长[1]。公子华筵势最高，秦川对酒平如掌[2]。长生木瓢示真率，更调鞍马狂欢赏[3]。青春波浪芙蓉园，白日雷霆夹城仗[4]。阊阖晴开昳荡荡，曲江翠幕排银榜[5]。拂水低徊舞袖翻，缘云清切歌声上[6]。却忆年年人醉时，只今未醉已先悲[7]。数茎白发那抛得[8]？百罚深杯亦不辞[9]！圣朝已知贱士丑，一物自荷皇天慈[10]。此身饮罢无归处，独立苍茫自咏诗[11]。

此诗当作于天宝十载(七五一)。题下有自注:"晦日贺兰杨长史筵醉歌。"晦日指正月晦日,是唐时一个节日。德宗时才废正月晦,以二月朔为中和节。乐游园即乐游原,汉宣帝所建,在长安东南郊,地势最高,四望宽敞,为唐时游赏胜地。杜甫这时生活益困,故语多感慨。

〔1〕二句从乐游园写起。崒音足,高貌。森爽,森疏萧爽,写园中乔木参天。烟绵,犹烟笼。

〔2〕二句方写置酒。公子,指杨长史。势最高,酒筵摆在园中最高处,因而也是眼界最宽的地方。用一"最"字,显出这天游园饮宴的还有其他公子。秦川,水名,一名樊川,这里指长安周围的平原。唐人多如此用法,如王维诗:"秦川一半夕阳开。"因居高俯视,故见川原之平如掌。鲍照诗:"九衢平若掌",沈佺期诗:"秦地平如掌",此用其字面。

〔3〕二句写饮酒行乐,兼称美主人。长生木瓢,用长生木做的酒瓢。晋嵇含有《长生木赋》。示真率,是说主人用长生木瓢酌酒与客,来祝客长寿,而不拘于一般繁文缛节,这表示了他的真诚和坦率。更调鞍马,是说酒后又让客人乘马游览。调读平声,有戏弄的意思。狂欢赏三字,挑起下六句。按唐人所谓调马,有二义:一为驯马,许浑诗"胡马调多解汉行";一为戏马,韩翃《看调马》诗:"玉勒斗回初喷沫,金鞭欲下不成嘶。"意当时酒后兼戏马取乐,故诗有"狂欢赏"之文。

〔4〕二句写芙蓉园。芙蓉园在乐游园西南,中有芙蓉池,绿水弥漫。玄宗开元二十年曾自大明宫筑夹城通芙蓉园和曲江。仗,仪仗。白日雷霆,形容仪仗的声音。原来这一天玄宗也出游。

〔5〕二句写曲江。曲江在乐游园南,亦名曲江池。杜甫《哀江头》诗:"江头宫殿锁千门",可见这里宫殿的宏伟。阊阖,天门。这里即指宫殿门。汉乐府《天门歌》:"天门开,詄荡荡。"詄,音迭。詄荡荡,阔大

之意。翠幕,贵族们游宴时所搭华丽的帐幕。银榜,宫殿门端所悬金碧辉煌的匾额。排银榜,是说翠幕之多如云,势排银榜。"排"如杜诗"干排雷雨犹力争"之排。

〔6〕二句总写望中所见芙蓉园和曲江的狂欢情景。上句写舞,下句写歌。王延寿《鲁灵光殿赋》:"缘云直上。"这里形容歌声的嘹亮,愈转愈高,有似缘云而上。浦起龙云:"青春六句,一气读。虽纪游,实感事也。是时诸杨专宠,宫禁荡轶,舆马填塞,幄幕云布,读此如目击矣。"

〔7〕此下为末段,感叹身世。年年,犹往年。人,杜甫自谓。政治黑暗,生活贫困,年复老大,故未醉先悲。

〔8〕杜甫志在兼善天下,不甘心老死无成,所以不觉恨起白发来。与"苦遭白发不相放"同意。

〔9〕即所谓"痛饮"。深杯,满杯。

〔10〕这两句是牢骚话,但用意很曲折,前人解释也颇纷歧。贱士,杜甫自谓。与自谓"腐儒"、"弃物"同一愤激。孔丘曾说:"邦有道,贫且贱焉,耻也!"(《论语》)上句实暗用此意。圣朝,也就是有道之邦。当此圣朝,而长久贫贱,岂不可愧可耻?而自己之丑陋无才也就可知了。丑字兼含深愧耻意。一物,仇注以为指酒,恐非;沈德潜说是杜甫自谓(《杜诗偶评》),也太泥。卢元昌说:"当此春和,一草一木,皆荷皇天之慈,忻忻然有以自乐,独我贱士,见丑圣朝……夫岂皇天悯覆、终遗贱士乎?"(《杜诗阐》)结合目前景物,释一物为一草一木,最为圆通。按杜甫《北征》诗:"雨露之所施,甘苦齐结实。"可作此句注脚。此句承上,是说即使自己是个贱士,但总算是万物中之一物,应该让他活得下去,如今竟穷得像丧家之狗,岂不是也有累于"圣朝"的盛德吗?皇天慈三字要活看。对草木而言为"皇天",对人事而言则为"圣朝"。封建时代通常是把天子的仁慈称作"天恩"的。

〔11〕大家都醉醺醺的骑着马走了,诗人还留在乐游原上,对着那

苍茫的暮色吟出了这首诗。这苍茫,也包含着诗人对时局的忧虑。

投简咸华两县诸子

赤县官曹拥材杰[1],软裘快马当冰雪[2]!长安苦寒谁独悲?杜陵野老骨欲折[3]。南山豆苗早荒秽[4],青门瓜地新冻裂[5]。乡里儿童项领成[6],朝廷故旧礼数绝[7]。自然弃掷与时异[8],况乃疏顽临事拙。饥卧动即向一旬[9],敝衣何啻联百结[10]。君不见空墙日色晚,此老无声泪垂血[11]。

  此诗大概作于天宝十载冬,可以看出杜甫生活的苦况,以及由这种生活所产生的对上层社会的憎恨。投简即投赠。咸华是咸阳和华原二县。

  〔1〕赤县,指长安。《通典·职官·州郡下》:"大唐县,有赤、畿、望、紧、上、中、下七等之差,京都所治为赤县,京之旁邑为畿县。"拥,拥挤着,言其多。
  〔2〕软裘即轻裘,亦即狐裘。有此一句,上句所谓"材杰",便成笑骂。
  〔3〕杜陵在长安南,秦时为杜县地,汉宣帝葬此,因曰杜陵,杜甫曾居住过,故每自称杜陵野老或杜陵布衣。
  〔4〕汉杨恽《报孙会宗书》:"田彼南山,芜秽不治。种一顷豆,落而为萁。"陶潜诗:"种豆南山下,草盛豆苗稀。"
  〔5〕青门,长安城的东门。秦东陵侯召平尝种瓜青门。这两句写自己不但苦寒,而且苦饥。

〔6〕乡里儿童,是骂一般小官僚的话,陶潜骂督邮为"乡里小儿"可证。项领成,是说脖子挺硬,目中无人。《诗经》:"四牡项领",注:"项,大也。"又《后汉书·吕强传》:"群邪项领",注:"项领,自恣也。"

〔7〕是说朝廷亲友也跟我断了来往。礼数,犹礼节。

〔8〕这是倒句,与时异,故见弃掷。自然,理之当然。

〔9〕动即向一句,是说动不动就是十来天,见得不是一次两次。韩愈《答孟郊》诗:"朝餐动及午,夜讽恒至卯。"动和恒对文,可证。向,近也。

〔10〕啻,但也。何啻,犹岂止。

〔11〕君不见,是呼两县诸子而告之。饥寒切身,无可诉说,只有默默泣血而已,想见所受生活压迫之惨重。无声,犹无言。杜甫并非真的无声,这首诗便是不平之鸣。

兵车行

车辚辚[1],马萧萧[2]。行人弓箭各在腰[3]。爷娘妻子走相送,尘埃不见咸阳桥[4]。牵衣顿足拦道哭,哭声直上干云霄!

道旁过者问行人[5],行人但云:"点行频[6]!或从十五北防河[7],便至四十西营田[8]。去时里正与裹头[9],归来头白还戍边!边庭流血成海水,武皇开边意未已[10]!君不闻:汉家山东二百州,千村万落生荆杞[11]。纵有健妇把锄犁,禾生陇亩无东西。况复秦兵耐苦战,被驱不异犬与鸡[12]。长者虽有问,役夫敢申恨[13]?且如今年冬[14],未休关西卒[15]。县官急索租,租税从何出?! 信知生男恶,反是生女好;生女犹得嫁比邻[16],生男埋没随百草! 君不见:青海头[17],古来白骨无人收。新鬼烦冤旧鬼哭,天阴雨湿声啾啾[18]!"

这是反对唐玄宗不断发动不义战争的一首政治讽刺诗。可能作于天宝十载(七五一)。《通鉴》卷二百一十六:"天宝十载四月,鲜于仲通讨南诏,将兵八万,至西洱河,大败,死者六万人,制大募两京(长安、洛阳)及河南、北兵以击南诏。人闻云南多瘴疠,未战,士卒死者十八九,莫肯应募。杨国忠遣御史分道捕人,连枷送诣军所。于是行者愁怨,父母妻子送之,所在哭声振野。"钱谦益认为诗即为此事而作,是很可信的。全诗分两大段,首段摹写送别的惨状,是纪事;问行人以下为第二大段,传达征夫的诉苦,是纪言。由于是一种客观的具体的描写,故感染力极大。在诗的标题上,杜甫不用老一套的《从军行》一类的乐府旧题,而自创新题,写新事,这是他善于学习的地方。

〔1〕辚,音邻,众车声。

〔2〕萧萧,马鸣声。

〔3〕行人,即行役之人。

〔4〕咸阳桥,在咸阳西南渭水上,秦汉时名"便桥",由长安到云南,多经由四川,故也是往西走。爷娘妻子,奔走相送,尘埃涨天,连大桥也淹没了。

〔5〕这个"过者"就是杜甫他自己。

〔6〕点行,就是按名强制征调。频是频繁,即指下防河、营田等。"但云"二字直贯到底,所以这句以下都是行人的答话。

〔7〕"十五"是指年龄。当时因吐蕃侵扰黄河以西各地,曾征召陇

右、关中、朔方诸军集合河西一带防秋,所以说防河。

〔8〕"四十"亦指年龄,营田就是汉时屯田之制。无事种田,有事作战。西营田也是防备吐蕃的。

〔9〕《通典·食货三》:"凡百户为一里,里置正一人。掌按比户口,课植农桑,检察是非,催驱赋役。"古以皂罗三尺裹头曰头巾。因年纪小,所以得里正给他裹头。

〔10〕二句主题所在。《通鉴》卷二百一十六:"天宝八载六月,哥舒翰以兵六万三千,攻吐蕃石堡城,拔之,唐士卒死者数万。"这类事在当时很多。"成海水"是夸大的说法。武皇,汉武帝。一来是唐玄宗好开边,与汉武有类似之处;二来是不敢直斥,故拿汉武帝来比拟他。开边,用武力开辟边疆。意未已,意图还没有停止。

〔11〕此山东,指华山以东之地。《十道四蕃志》:"关以东七道,凡二百一十七州。"唐行"府兵制",兵农未分,穷兵黩武,以致破坏生产。

〔12〕秦兵,即关中之兵。《史记》:"秦人勇于攻战。"岑参诗:"关西老将能苦战,七十行兵仍未休。"耐苦战,即能苦战。因能苦战故被驱使如鸡犬。

〔13〕这里再提"长者"和"役夫",意在点明这些都是役夫自己的话。"敢伸恨"是说不敢伸说自己的愤恨。这句用反问口气,写出人民被压迫的痛苦,所谓"敢怒而不敢言"。当时事实也正是这样,《唐书·杨国忠传》:"自仲通、李宓再举讨蛮之军,凡举二十万人弃之死地,只轮不返,人衔冤毒,无敢言者。"

〔14〕《通鉴》卷二百一十六:"天宝九载(七五○)十二月关西游奕使王难得,击吐蕃,克五桥。拔树敦城,以难得为白水军使。"据此,则"今年冬"当指十载冬。因去冬征兵,今冬又征,故下句有"未休"的话。

〔15〕休,罢也。这句是说因未停止对吐蕃的军事行动,以致关西的兵士都未得到罢遣回家。

29

〔16〕以女形男,诉兵役之苦,写出人民对不义战争的痛苦心情。比邻,犹近邻。唐制:百户为里,五里为乡,四家为邻,五家为保。《新唐书》卷五十一:"凡田:乡有馀,以给比乡;县有馀,以给比县。"可见"比邻"也是唐时习惯语。

〔17〕青海头,即青海边。唐高宗龙朔三年为吐蕃所并。仪凤中,李敬立与吐蕃战,败于青海。玄宗开元中王君㚟、张景顺、张忠亮、崔希逸、皇甫维明、王忠嗣等先后破吐蕃,皆在青海西。

〔18〕啾啾,犹唧唧,是一种鸣咽之声。——元吴师道《吴礼部诗话》云:"杜老《兵车行》'长者虽有问,役夫敢伸恨',寻常读之,不过以为漫语而已。更事之馀,始知此语之信。盖赋敛之苛,贪暴之苦,非无访察之司,陈诉之令,而言之未必见理,或反得害。不然,虽幸复伸,而异时疾怒报复之祸尤酷。此民之所以不敢言也。虽字敢字,曲尽事情。"

丽人行

三月三日天气新〔1〕,长安水边多丽人。态浓意远淑且真〔2〕,肌理细腻骨肉匀〔3〕。绣罗衣裳照暮春,蹙金孔雀银麒麟〔4〕。头上何所有?翠为匎叶垂鬓唇〔5〕。背后何所见?珠压腰衱稳称身〔6〕。
就中云幕椒房亲〔7〕,赐名大国虢与秦〔8〕。紫驼之峰出翠釜〔9〕,水精之盘行素鳞〔10〕。犀箸厌饫久未下〔11〕,鸾刀缕切空纷纶〔12〕。黄门飞鞚不动尘〔13〕,御厨络绎送八珍〔14〕。箫鼓哀吟感鬼神,宾从杂遝实要津〔15〕。后来鞍马何逡巡〔16〕:当轩下马入锦茵〔17〕!杨花雪落覆白蘋〔18〕,青鸟飞去衔红巾[19]。炙手可热势绝伦[20]，慎莫近前丞相嗔[21]！

这是讽刺杨国忠兄妹的荒淫奢侈的。杨国忠天宝十一载十一月作右丞相，这诗当是十二载春所作。首二句提纲，态浓一段写丽人的姿态服饰之美，就中二句点出主角，紫驼一段写饮食之精，后来一段写杨国忠的威风和无耻。不空发议论，只尽情揭露事实，而讽意自见，手法极高。浦起龙说："无一刺讥语，描摹处，语语刺讥。无一慨叹声，点逗处，声声慨叹。"施均父《岘佣说诗》亦云："《丽人行》，前半竭力形容杨氏姊妹之游冶淫佚，后半叙国忠之气焰逼人，绝不作一断语！使人于意外得之，此诗之善讽也。"均甚确。

〔1〕三月三日为上巳日，开元时长安士女多于是日游赏曲江。

〔2〕态浓，姿态浓艳。意远，神气高远。淑且真，是说很端庄。

〔3〕肌理细腻，即《诗经》所谓"肤如凝脂"。匀，匀称。

〔4〕罗衣裳用金银线绣着孔雀和麒麟。

〔5〕翠，翡翠。为一作微。匎音鸽。匎叶，妇人首饰。鬓唇，鬓边。

〔6〕袯音劫。腰袯，即裙带，缀珠其上，压而下垂，因为怕风掀起。

〔7〕就中，犹其中，是从那许多丽人中，特提出几个来说。李白《忆旧游》诗："海内贤豪青云客，就中与君心莫逆。"白居易《西湖留别》诗："处处回头尽堪恋，就中难别是湖边。"又《忆旧游》云："江南旧游凡几处，就中最忆吴江隈。"是就中乃唐人口语。云幕，云雾似的帐幕。椒房，汉代皇后居室，以椒和泥涂壁。故后世称皇后为椒房，皇后亲属为椒房亲。

〔8〕《旧唐书·杨贵妃传》："太真有姊三人，皆有才貌，并封国夫人，大姨封韩国，三姨封虢国，八姨封秦国，并承恩泽，出入宫掖，势倾天下。"

〔9〕驼,即橐驼。唐贵族食品中有驼峰炙。

〔10〕水精即水晶。用水晶盘盛白色的鱼。

〔11〕犀箸是犀牛角作的筷子。饫音裕,厌饫,吃得腻了。久未下,是说都不中吃,所谓"无下箸处"。三字写尽骄奢之状。

〔12〕鸾刀,有铃的刀。缕切,细切。空纷纶,大师傅白忙乱一大阵。

〔13〕黄门,即宦官。鞚,即马勒头。飞鞚,即飞马。

〔14〕御厨,天子之厨。

〔15〕遝音踏。杂遝,众多意。要津,即指国忠兄妹,所谓"虢国门前闹如市"。实字,是嗟叹的口气。

〔16〕后来鞍马,即丞相杨国忠。留丞相二字直到末尾点出,意在使读者得讽刺之意于言外。逡巡,徐行貌。杜诗:"余病不能起,健者勿逡巡。"这里兼有大模大样、旁若无人的意味,即下句所言。

〔17〕锦茵,锦作的地毯。

〔18〕这和下句都是隐语,也是微词,妙在结合当前景致来揭露杨国忠和从妹虢国夫人通奸的丑恶。这里杜甫采用了南朝民歌双关语的办法,用杨花双关杨氏兄妹。《尔雅·释草》:"萍、蓱,其大者蘋。"《埤雅》卷十六:"世说杨花入水化为浮蘋。"据此,是杨花、萍和蘋虽为三物,实出一体,故以杨花覆蘋,影射兄妹苟且。又北魏胡太后尝逼通杨白花,白花惧祸,降梁。(杨华本名白花,降梁后,改名华,见《南史》)胡太后思之,作《杨白华歌》,有"秋去春还双燕子,愿衔杨花入窝里"之句。杜甫这句诗也暗用了这一个淫乱的故事。按唐章碣《曲江》诗有"落絮却笼他树白"之句,可见当时曲江杨柳甚盛,故有"杨花雪落"的景致。

〔19〕青鸟,西王母使者。飞去衔红巾,为杨氏传递消息。红巾,妇人所用红手帕。唐徐夤《尚书筵中咏红手帕》诗:"鹤绫三尺晓霞浓,送与东家二八容。罗带绣裙轻好系,藕丝红缕细初缝。别来拭泪遮桃脸,行去包香坠粉胸。无事把将缠皓腕,为君池上折芙蓉。"可知唐时贵族妇

女多用红巾。

〔20〕炙手可热,言势焰灼人。绝伦,无人能比。

〔21〕丞相,指杨国忠。黄生说:"先时丞相未至,观者犹得近前,及其既至,则呵禁赫然,远近皆为辟易(远远躲开)。此段具文见意,隐然可想。"杨不欲游人窥视,故近前作嗔,其淫乱之意,已露于言外。似含蓄,实尖锐;似幽默,实辛辣。——按杨花入水化为萍,其说始见于苏轼《再次韵曾仲锡荔支》诗自注和陆佃的《埤雅》。我过去沿用仇、浦、杨诸家旧注引《广雅》,实误。茹辛同志据王念孙《广雅疏证》卷十(上)已为指出(见《文学遗产》四三八期)。惟陆佃(苏轼同时人)既云"世说",则在唐代或已有此传说。(顷阅胡震亨《唐音癸签》及朱鹤龄《杜工部诗注》,亦均引作《广雅》,则其误不始于仇氏。)

前出塞九首

戚戚去故里[1],悠悠赴交河[2]。公家有程期[3],亡命婴祸罗[4]。君已富土境,开边一何多[5]!弃绝父母恩,吞声行负戈。

汉乐府有《出塞》、《入塞》曲,李延年造。这九首诗朱鹤龄说是为天宝末年哥舒翰用兵于吐蕃而作,大概可信。诗的主题思想是讽刺穷兵黩武。表现方面的特点是:一、用点来反映面,只集中描写一个征夫的从军过程。二、全部用第一人称来写,让这个征夫直接向读者诉说;由于寓主位于客位,转能畅所欲言,并避免直接批评时政的罪状。三、结构非常紧凑,从第一首的出门,到第九首的论功,循序渐进,层次井然,九首只如一首。四、掌握人物特征,着重心理刻画,从而塑造了一个来自老百姓的淳厚、勇敢和谦逊的士兵形象。

〔1〕戚戚,愁苦貌。因被迫应征,故心怀戚戚。

〔2〕悠悠,犹漫漫,遥远貌。交河在新疆维吾尔自治区吐鲁番县,是唐王朝防吐蕃处。

〔3〕公家,犹官家。有程期,是说赴交河有一定期限。

〔4〕是说如果逃命,又难逃法网。唐行"府兵制",天宝末,还未全废,士兵有户籍,逃则连累父母妻子。

〔5〕这两句点出赴交河之故,是全诗的主脑,是人民的抗议,也是杜甫的斥责。——这首诉说初出门辞别父母的情事。

出门日已远,不受徒旅欺〔6〕。骨肉恩岂断?男儿死无时〔7〕!走马脱辔头〔8〕,手中挑青丝〔9〕。捷下万仞冈〔10〕,俯身试搴旗〔11〕。

〔6〕离家日久,一切习惯了,熟习了,故不再受伙伴们的戏弄和取笑。按《通典》卷一百四十九:"诸将士不得倚作主帅,及恃己力强,欺傲火(伙)人,全无长幼,兼笞挞懦弱,减削粮食衣资,并军器火具,恣意令擎,劳逸不等。"则知当时军中实有欺负人的现象。

〔7〕"死无时"是说时时都有死的可能,不一定在战场。正因为死活毫无把握,所以也就顾不得什么骨肉之恩,说得极深刻。

〔8〕走马,即跑马。辔头,当泛指马的络头。脱是去掉不用。

〔9〕青丝,即马缰。挑是信手的挑着。

〔10〕捷下是飞驰而下。

〔11〕搴,拔取。是说从马上俯下身去练习拔旗。《通典》(卷同

上）："搴旗斩将,陷阵摧锋,上赏。"所以要"试搴旗"。吴昌祺说："走马四句,趫捷自负,而意乃在'死无时'也。"这说法很对。——这是第二首,是接前诉说上路之后的情事。亡命亡不了,吞声也没用,不如索性把命豁出去练上一手。

磨刀鸣咽水[12],水赤刃伤手。欲轻肠断声[13],心绪乱已久[14]。丈夫誓许国[15],愤惋复何有[16]？功名图麒麟[17],战骨当速朽[18]。

〔12〕鸣咽水,指陇头水。《三秦记》："陇山顶有泉,清水四注,俗歌:陇头流水,鸣声鸣咽。遥望秦川,肝肠断绝。"这以下四句即化用陇头歌。

〔13〕轻是轻忽,只当没听见。肠断声指鸣咽的水声。

〔14〕这句是上句的否定。心绪久乱,而水声触耳,想不愁也不行。心不在焉,因而伤手。初尚不知,见水赤才发觉。刻画入微。

〔15〕丈夫,犹言"男儿"、"健儿"或"壮士",是征夫自谓。誓许国,是说决心把生命献给国家。这以下四句征夫的心理有了转变,但是出于无可奈何的,所以语似壮而情实悲,口里说的和心里想的仍有矛盾。

〔16〕这句承上句。既以身许国,此外还有什么值得悲愤和留念的呢？

〔17〕西汉宣帝曾图画霍光、苏武等功臣一十八人于麒麟阁。

〔18〕当字很有意思,好像甘心如此,其实是不甘心。末两句也是反话。所以有此矛盾现象,是由于这个战争不是正义的战争,人民也是被强制去作战的。——这是第三首,诉说一路之上心情的烦乱,时而低沉,时而高亢。

送徒既有长[19],远戍亦有身[20]。生死向前去,不劳吏怒瞋[21]!路逢相识人,附书与六亲[22]:哀哉两决绝,不复同苦辛[23]!

　　[19]送徒有长,是指率领(其实是押解)征夫的头子,刘邦、陈胜都曾做过。
　　[20]远戍,指人说,是征夫自谓。"亦有身"是说我们也有一条命,也是一个人。是反抗和愤恨的话。仇注:"远戍句,此被徒长呵斥而作自怜语。"不对头。
　　[21]这两句是说,死活我们都向前去,决不作孬种,用不着你们吹胡子瞪眼,也是任性使气的话。仇注:"吏即送徒之长。"
　　[22]附书即捎信儿。六亲是父母兄弟妻子。
　　[23]这两句概括书中的大意。决绝,是永别。仿佛是说:"妈呀!爸爸呀!妻呀!儿呀!……我们再也不能见面了!我们苦也不能苦在一起了!"吴瞻泰云:"不言不同欢乐,而言不同苦辛,并苦辛亦不能同,怨之甚也。"——这是第四首,诉说在路上被徒长欺压和驱逼的情事。连托人捎封信他们也怕我们因此逃走。此章用倒叙法,因附书,故行迟,因行迟,故吏怒。若照此顺序,便索然无味。

迢迢万里馀[24],领我赴三军。军中异苦乐[25],主将宁尽闻?隔河见胡骑[26],倏忽数百群[27]。我始为奴仆[28],几时树功勋[29]!

　　[24]迢迢,远貌。
　　[25]异苦乐是说苦乐不均。在剥削阶级的部队中,官兵总是对

立的。

〔26〕隔河的河即交河。"骑"字照以前的习惯读法,应读作去声,因为这是名词,指骑兵。

〔27〕倏忽,一会儿工夫。

〔28〕《通鉴》说当时"戍边者多为边将苦使,利其死而没其财"(卷二百一十六)。可见"为奴仆"确是实际情形。

〔29〕树,立也。——这是第五首,诉说初到军中时所见到另一面的黑暗,当初满想舍命立功,画像麟阁,现在看来也不容易。这一首是九首的分水岭。以下专写军中。

挽弓当挽强,用箭当用长。射人先射马,擒贼先擒王[30]。杀人亦有限[31],立国自有疆[32]。苟能制侵陵,岂在多杀伤[33]?

〔30〕这四句极像谣谚,可能是当时军中流行的作战歌诀。马目标大易射,马倒则人非死即伤,故先射马;蛇无头而不行,王擒则贼自溃散,故先擒王。擒王句乃主意所在,下四句便是引伸这一句的。

〔31〕亦有限,是说也有个限度,有个主从。正承上句意。沈德潜《杜诗偶评》:"诸本杀人亦有限,惟文待诏(文徵明)作杀人亦无限,以开合语出之,较有味。"不确。

〔32〕自有疆,是说总归有个疆界,饶你再开边。和第一首"开边一何多"照应。

〔33〕这两句是说如果能抵制外来侵略的话,那末只要擒其渠魁就行了,又哪在多杀人呢?张远《杜诗会粹》:"大经济语,借戍卒口中说出。"在这里我们相当明显的看到杜甫的政治观点。——这是第六首,征夫诉说他对战略的看法。

37

驱马天雨雪[34],军行入高山。径危抱寒石[35],指落层冰间[36]。已去汉月远[37],何时筑城还?浮云暮南征,可望不可攀[38]!

〔34〕雨作动词用,读去声。雨雪即下雪。
〔35〕山高所以径危。因筑城,故须抱石。
〔36〕指落是手指被冻落。
〔37〕汉月,指祖国。
〔38〕祖国在南方,所以见浮云南去便想攀住它。"暮"字含情。——这是第七首,征夫诉说他在大寒天的高山上筑城戍守的情事。

单于寇我垒[39],百里风尘昏。雄剑四五动[40],彼军为我奔[41]。虏其名王归[42],系颈授辕门[43]。潜身备行列,一胜何足论[44]?

〔39〕单音禅。汉时匈奴称其君长曰单于,这里泛指边疆少数民族君长。
〔40〕古宝剑有雌雄,这里只是取其字面。四五动,是说没费多大气力。
〔41〕奔是奔北,即吃了败仗。
〔42〕名王,如匈奴的左贤王、右贤王。这里泛指贵人。正是所谓"擒贼先擒王"。
〔43〕辕门即军门。
〔44〕这两句主要写有功不居的高尚风格,是第三章"丈夫誓许国"

的具体表现,也是下章"丈夫四方志"的一个过渡。——这是第八首,征夫诉说他初次立功的过程和对立功的态度。

从军十年馀,能无分寸功[45]?众人贵苟得[46],欲语羞雷同[47]。中原有斗争,况在狄与戎[48]?丈夫四方志,安可辞固穷[49]?

〔45〕能无,犹"岂无"、"宁无",但含有估计的意味。分寸功,极谦言功小。观从军十年馀,可知"府兵制"这时已完全破坏。

〔46〕众人,指一般将士。苟得,指争功贪赏。

〔47〕"欲语"二字一顿。想说说自己的功,又不屑跟他们同调,干脆不说也罢。《礼记·曲礼》:"毋勦说,毋雷同。"雷一发声,四下同应,故以比人云亦云。

〔48〕这两句过去解说不一。大意是说:中原尚且有斗争,何况边疆地区?应前"单于寇我垒"。

〔49〕这两句是将自己再提高一步,丈夫志在四方,又哪能怕吃苦?《论语》"君子固穷"。——这是最后一首,这位征夫总结了他"从军十年馀"的经历。我认为杜甫一定接触到这类人物,否则不能写得如此具体深刻。

同诸公登慈恩寺塔

高标跨苍穹,烈风无时休[1]。自非旷士怀,登兹翻百忧[2]。方知象教力,足可追冥搜[3]。仰穿龙蛇窟,始出枝撑幽[4]。

七星在北户,河汉声西流。羲和鞭白日,少昊行清秋[5]。秦山忽破碎,泾渭不可求。俯视但一气,焉能辨皇州[6]?回首叫虞舜,苍梧云正愁[7]。惜哉瑶池饮,日晏昆仑丘[8]。黄鹄去不息,哀鸣何所投[9]?君看随阳雁,各有稻粱谋[10]!

　　这是天宝十一载(七五二)秋所作。诸公,指高适、岑参、储光羲和薛据。他们每人都写了一首登塔的诗(只有薛据的一首失传),据杜甫自注:"时高适、薛据先有此作。"是杜甫作此诗在后,所以说"同诸公"。同,就是和。例如《奉同郭给事汤东灵湫作》、《同元使君春陵行》,都是"和"的意思。慈恩寺是唐高宗(李治)作太子时所建,在长安东南区进昌坊,寺塔六级,高三百尺,为玄奘所立。(慈恩寺塔也叫大雁塔,现仍存在。)这时政治很黑暗,把持相位十九年、"口蜜腹剑"的李林甫还没死(他是这年冬十一月死的),同时杜甫自己在长安熬了六七年还是找不到一点出路,所以诗的感慨和讽刺很深刻。由于他不得不采用一种比兴的象征的手法,把对社会现实的讽刺融化在景物的描写和故事的感叹里,所以需要我们细心领会。

　　〔1〕两句泛写塔之高。苍,天色。穹,穹窿,天形。塔高出天,所以说"跨",因势高,故猛风永无停止。

　　〔2〕旷士,就是超世之士。杜甫自言不是这种人,所以登塔不仅不能消忧,反而增加了无限的忧愁。所谓百忧,即后半所说的。

　　〔3〕佛教假形象以教人,故曰象教。没有佛教,也就不会有这个塔,所以说象教力。黄生说:"冥搜犹言探幽也。登塔,则足不至而目能至之,故曰追。"但此处所谓冥搜,其实是揭露现实,不要为杜甫瞒过。按唐人作诗,用心甚苦,故多以"冥搜"指作诗,如高适诗:"连喝波澜阔,冥搜物象开。"又徐夤诗:"十载公卿早言屈,何须课夏更冥搜。"皆其证。

〔4〕两句概写登塔之状。枝撑,塔中斜柱。

〔5〕此以下八句写登塔所见。这四句是仰观。七星和河汉,都不是白天所能见的,河汉也没有声音,只是极力形容塔之高。艺术的真不一定就是事实的真。羲和,传说是日神的御者,所以可用"鞭"字。白居易《题旧写真图》:"羲和鞭日走,不为我少停。"本此。古典作家往往以日象征人君,这句可能有寓意。少(读去声)昊,白帝,是秋天的神。

〔6〕这四句是俯视。秦山指终南诸山。凭高一望,大小错杂,有如破碎。泾渭二句不是单纯写景,以景物的模糊,象征时局的昏暗。渭水清,泾水浊,泾渭不可求,是清浊不分,善恶不分。好在是实有此景,自然而然,不假捏造,毫无痕迹。下二句也有所寓意。触景生愁,故上有"登兹翻百忧"的话。

〔7〕此以下八句写登塔所感。这四句借故事以寄慨。杜甫要"致君尧舜上",而玄宗却越来越昏庸,故因远望不禁想起虞舜。和屈原的"济沅湘以南征兮,就重华(舜号)而陈辞"同一苦心。传说,舜葬于苍梧之野。仇兆鳌认为是以虞舜苍梧,比太宗昭陵,则为追想国初政治休明的意思。也说得通。

〔8〕《列子》:"周穆王升昆仑之丘,遂宾于西王母,觞于瑶池之上。"玄宗与贵妃游宴骊山,荒淫无度,事有相类,故借以为刺。时当日落,故曰日晏,亦含天下将乱意。

〔9〕黄鹄,比喻好人,也有自比意。去不息,都被排斥,高飞远引。

〔10〕雁是一种候鸟,秋由北而南,春由南而北。这里比喻趋炎附势、自私自利的小人。和《赴奉先咏怀》诗的"顾惟蝼蚁辈,但自求其穴"同意。这四句好在也是登塔时所见实景。

送高三十五书记十五韵

崆峒小麦熟,且愿休王师[1]!请公问主将:焉用穷荒为[2]?

饥鹰未饱肉,侧翅随人飞[3]。高生跨鞍马,有似幽并儿[4]。脱身簿尉中,始与捶楚辞[5]。借问"今何官?触热向武威?"[6]答云"一书记,所愧国士知"[7]。人实不易知,更须慎其仪[8]!十年出幕府,自可持军麾[9]。此行既特达[10],足以慰所思。男儿功名遂,亦在老大时[11]。常恨结欢浅[12],各在天一涯;又如参与商[13],惨惨肠中悲。惊风吹鸿鹄,不得相追随[14],黄尘翳沙漠,念子何当归[15]。边城有馀力,早寄从军诗[16]!

高三十五,即诗人高适(唐人以称呼排行表示尊敬和亲切)。适时为河西节度使哥舒翰掌书记(唐代元帅府及节度使僚属皆有掌书记的官)。翰于天宝十一载尝入朝,适同至长安,诗大概即作于这年。全诗分三段,首四句写边事,是送高的本旨。饥鹰以下写高的为人,有宽慰,有忠告。常恨以下写离别之情。

〔1〕崆峒,山名,在临洮,隶属河西。《唐书·哥舒翰传》:"吐蕃每至麦熟时,即率部众至积石军获取之,共呼为吐蕃麦庄。前后无敢拒之者。至是,翰设伏以待之,杀之略尽。吐蕃屏迹,不敢近青海。"《通鉴》把这件事记在天宝六载十月。按高适有《同吕判官从哥舒大夫破洪济城回登积石军多福七级浮图》诗,是高适实参加了这次战役。今又当麦熟,自应休兵息民,加意防守。

〔2〕首四句是送别的本旨。公,指适。主将,指翰。穷荒,贫瘠边远之地。天宝八载,翰攻吐蕃石堡城,士卒死者数万。

〔3〕饥鹰,比喻高适。《唐书·高适传》:"适少濩落,不事生业,家贫,客于梁宋,以求丐取给。"

〔4〕高适本是"大笑向文士"的诗人,二语能写出他的豪迈性格。

42

幽,河北之地;并,山西之地,俗善骑射,多健儿。

〔5〕适初为封丘县尉,有诗云:"只言小邑无所为,公门百事皆有期。拜迎官长心欲碎,鞭挞黎庶令人悲。"今为书记,可不再鞭挞人民。

〔6〕此下设为问答。触热,冒着炎热。武威,郡名。

〔7〕二句高适答言。国士知,是说不以众人相待。高适客游河西,哥舒翰见而异之,表为掌书记,故适《登垅》诗云:"浅才登一命,孤剑通万里。岂不思故乡,从来感知己。"可见高适对哥舒很信赖。

〔8〕此以下至篇末又都是作者的话。这两句是规戒。杜甫对哥舒的看法和高适不大同,同时高适也很豪放,所以关照他要加倍小心谨慎。

〔9〕这两句是鼓励。高适志在封侯,常说"公侯皆战争",但现在还是一书记,所以杜甫对他说,只要你在军府中熬上个十年八载,自然可以作主将了。军麾,用作指挥的军旗。

〔10〕特达,犹特出,这里有前途远大意。

〔11〕这两句是宽慰。高适这一年已是五十五六岁了。

〔12〕自此以下写自己对高的友谊和惜别之情。浅,短浅。方聚复散,故曰结欢浅。

〔13〕参商二星,一出一没永不相见,是说分手后难得见面。

〔14〕二句是说自己不能同往(杜甫曾有《投赠哥舒开府》诗,但没有生效)。

〔15〕二句是说高适很难回来。翳,蔽。何当,何时。

〔16〕一则由于友谊,再则也由于杜甫很爱高适的诗,所以这样希望他。杨伦说:"观诗,直有家人骨肉之爱,公于同时诸诗人,无不惓惓如此。"

曲江三章章五句

曲江萧条秋气高,菱荷枯折随风涛,游子空嗟垂二毛[1]！白

43

石素沙亦相荡[2],哀鸿独叫求其曹[3]。

这大概是天宝十一载所作,是杜甫的创体。三章都是在第三句作顿,确是"历落可喜"。曲江,汉武帝所造,其水曲折,故名。开元中为游赏胜地,南有芙蓉苑,西有杏园和慈恩寺。

〔1〕二毛,发有黑白二色。秋气感人,故有此叹。
〔2〕白石素沙,也是秋景,因秋日则"水落石出"。不独菱荷枯折,引人嗟叹,即此白石素沙,亦复感荡人情。
〔3〕闻哀鸿独叫,益增身世孤独之感。曹,同类。

即事非今亦非古[4],长歌激越捎林莽[5]。比屋豪华固难数[6]。吾人甘作心似灰,弟侄何伤泪如雨[7]?

〔4〕即事吟诗,随意写怀,既不是今体,也不是古体(此诗七言五句,古体今体都没有这一样式)。所以黄生说:"即事非今亦非古,自目其诗体也。"
〔5〕长歌即指此诗,是长歌当哭的意思。伪宋玉《风赋》:"蹶石伐木,捎杀林莽。"木曰林,草曰莽。捎,摧折。
〔6〕比屋,屋连着屋,多的意思。
〔7〕杜甫死守在长安,意本不在富贵,故能甘心灰冷,但弟侄辈想法不同,所以伤心。《庄子》:"形固可使如槁木,而心固可使如死灰乎?"

自断此生休问天[8]!杜曲幸有桑麻田[9]。故将移住南山边[10]。短衣匹马随李广,看射猛虎终残年[11]。

〔8〕这是极端愤怒,也是十分顽强的话。现实的教训,已使杜甫预见到他自己的前途将是怎样,用不着去问什么天了。

〔9〕杜曲,地名,在长安南。

〔10〕"故将"二字承上句。南山,终南山。

〔11〕李广尝在南山中射虎,又杜甫本善骑射,故有此联想。残年,即馀生。张上若说:"看射猛虎,意在除奸恶,而舒其积愤,又非甘作逸民者,可以观公之志矣。"

夏日李公见访

远林暑气薄〔1〕,公子过我游。贫居类村坞〔2〕,僻近城南楼。旁舍颇淳朴,所须亦易求〔3〕。隔屋唤西家,借问有酒否?墙头过浊醪〔4〕,展席俯长流。清风左右至,客意已惊秋。巢多众鸟喧,叶密鸣蝉稠〔5〕。苦遭此物聒,孰谓吾庐幽〔6〕?水花晚色净,庶足充淹留〔7〕。预恐樽中尽,更起为君谋〔8〕。

李公,李炎,时为太子家令。

〔1〕点明公子来游的原因是为了贪凉。

〔2〕村坞,村庄。村外筑土为堡叫做坞。

〔3〕是说有所需要也容易求得,不似都市中富贵人家的吝啬。

〔4〕这句很有意思。一来显得是贫居,墙低,故酒可以打墙头递过来;二来也显得邻家的淳朴,不打从大门而打从墙头送过来。杜甫之憎富人,爱穷人,是有他的生活体验作基础的。按王建《宫词》:"天子下帘亲考试,宫人手里过茶汤。"又李山甫《柳》诗:"寻常送别无馀事,争忍攀

45

将过与人?"则过,应是唐人口语。

〔5〕稠,众多。

〔6〕此物,指蝉。聒音括,吵闹。二句反用梁王籍诗"蝉噪林逾静"。

〔7〕二句颇幽默。无物款待,只好抬出景色。水花,莲花。

〔8〕西家的酒,也许没有了,不能不更想个办法,总之委屈不了你。从这里也显示了杜甫的淳朴、豪爽。

秋雨叹三首

雨中百草秋烂死,阶下决明颜色鲜[1]。著叶满枝翠羽盖,开花无数黄金钱[2]。凉风萧萧吹汝急,恐汝后时难独立[3]。堂上书生空白头,临风三嗅馨香泣[4]。

《唐书·韦见素传》:"天宝十三年秋,霖雨六十馀日,京师庐舍垣墙,颓毁殆尽,凡一十九坊汙潦。"诗即作于这一年。第一首假物寓意,叹自己的老大无成;第二首实写久雨,叹人民生活之苦;第三首自伤穷困潦倒,兼叹民困难苏,有"长夜漫漫何时旦"之感。

〔1〕百草烂死,而决明独鲜,故喜之。决明,夏初生苗,七月开黄花。可作药材,功能明目,故叫决明。

〔2〕二句实写决明颜色之鲜艳可爱。

〔3〕二句忧决明,也是自忧。汝,指决明。后时,谓日后岁暮天寒。

〔4〕因恐其难久,故特觉可惜。堂上书生即杜甫。杜甫身世,与决明有类似之处,故不禁为之伤心掉泪。

阑风伏雨秋纷纷，四海八荒同一云[5]。去马来牛不复辨，浊泾清渭何当分[6]？禾头生耳黍穗黑，农夫田父无消息[7]。城中斗米换衾裯，相许宁论两相值[8]？

[5] 赵次公说："阑珊之风，沉伏之雨，言其风雨之不已也。"吴见思说："风曰阑风，雨曰伏雨，盖不时飘洒，常见其纷纷也。又四海八荒，同云一色，则无处不雨，无日不雨矣。"

[6] 因久雨，故百川皆盈，致牛马难辨，泾渭莫分。《庄子·秋水篇》："秋水时至，百川灌河，两涘渚涯之间，不辨牛马。"

[7] 《朝野佥载》："俚谚曰：秋雨甲子，禾头生耳。"是说芽蘖萦卷如耳形。黍不耐雨，故穗黑将烂。按《资治通鉴》："天宝十三载八月，上（玄宗）忧雨伤稼，杨国忠取禾之善者献之，曰：雨虽多，不害稼也。上以为然。扶风太守房琯，言所部灾情，国忠使御史推之。是岁，天下无敢言灾者。"（卷二百一十七）灾情严重，而无人敢言，故杜甫有"无消息"之叹。

[8] 按《唐书·玄宗纪》："是秋霖雨，物价暴贵，人多乏食，令出太仓米一百万石，开十场，贱粜以济贫民。"据杜此诗，则所谓"贱粜"，并未解决问题。贪吏舞弊，奸商居奇，人民无奈，只要"相许"，也就不计衾裯和斗米的价值是否相等了。

长安布衣谁比数[9]？反锁衡门守环堵[10]。老夫不出长蓬蒿，稚子无忧走风雨[11]。雨声飕飕催早寒，胡雁翅湿高飞难[12]。秋来未曾见白日，泥污后土何时干[13]。

〔9〕长安布衣,亦杜甫自谓。谁比数,是说人们瞧不起,不肯关心我的死活。司马迁《报任安书》:"刑馀之人,无所比数。"

〔10〕自己也不望救于人,所以从里面把门锁了。衡门,以横木作门,贫者之居。环堵,只有四堵墙。

〔11〕形容稚子无知的光景。大人正以风雨为忧;小孩则反以风雨为乐。

〔12〕有自比意,浦起龙说:"句中有泪。"

〔13〕宋玉《九辩》:"皇天淫溢而秋霖兮,后土何时而得干?"后土,大地。

九日寄岑参

出门复入门,雨脚但仍旧[1]。所向泥活活[2],思君令人瘦。沉吟坐西轩,饭食错昏昼[3]。寸步曲江头,难为一相就[4]。吁嗟乎苍生,稼穑不可救!安得诛云师?畴能补天漏[5]?大明韬日月[6],旷野号禽兽。君子强逶迤,小人困驰骤[7]。维南有崇山,恐与川浸溜[8]。是节东篱菊,纷披为谁秀[9]?岑生多新语,性亦嗜醇酎[10]。采采黄金花,何由满衣袖[11]?

这和《秋雨叹》当是同时之作。岑参,是杜甫诗友之一,与高适齐名,在长安时,也经常和杜甫同游。杜甫无时不关心人民,故于怀友之中,忽发苍生之叹。

〔1〕因为雨所困,故方欲出门访友,又复入门。复,是再三再四。

〔2〕到处是烂泥浆。活音括。泥活活,走在泥淖中所发出的声音。

〔3〕阴雨,不辨昏昼,故饭食颠倒。

〔4〕寸步,是说离得很近。但难得去拜访。

〔5〕想及霖雨给人民(苍生)造成的严重灾难,杜甫就更加气愤。云不散则雨不止,故欲诛云师。云师,云神,名丰隆,一说名屏翳。畴,就是谁。

〔6〕大明即指日月。韬,韬晦。日夜下雨,故日月尽晦。

〔7〕君子,指朝廷官员。逶迤,犹委蛇,从容自得的样子。《诗经·召南》:"委蛇委蛇,退食自公。"这句是说朝官虽有车马,但上朝退朝,来往泥泞,也只能勉强摆出一副官架子。语含讥讽。按白居易《雨雪放朝》诗:"归骑纷纷满九衢,放朝三日为泥途。"可见唐代原有因大雨大雪而放假的办法,但这一年雨下了六十多天,当然不能老放朝。小人,指平民和仆役。他们都是徒步,所以困于奔走。

〔8〕是说水大连高山都要冲走了。溜,是水流漂急。

〔9〕纷披,是盛开。不能赏玩,所以说"为谁秀"。

〔10〕新语一作新诗。醇酎即醇酒。酎音宙。

〔11〕黄金花,指菊花,古人多用菊花制酒。

奉先刘少府新画山水障歌

堂上不合生枫树,怪底江山起烟雾[1]!闻君扫却《赤县图》[2],乘兴遣画沧洲趣[3]。画师亦无数,好手不可遇。对此融心神,知君重毫素[4]。岂但祁岳与郑虔,笔迹远过杨契丹[5]。得非玄圃裂?无乃潇湘翻[6]?悄然坐我天姥下,耳边已似闻清猿[7]。反思前夜风雨急,乃是蒲城鬼神入[8]。元气淋漓障犹湿,真宰上诉天应泣[9]。野亭春还杂花远,渔翁暝踏孤舟立[10]。沧浪水深青溟阔,欹岸侧岛秋毫末[11]。不见湘妃鼓瑟时,至今斑竹临江活[12]。刘侯天机精,爱画入骨髓[13]。自有两儿郎,挥洒亦莫比[14]。大儿聪明到:能添老树巅崖里。小儿心孔开:貌得山僧及童子[15]。若耶溪,云门寺[16]。吾独胡为在泥滓[17]?青鞋布袜从此始[18]!

天宝十三载(七五四),秋雨成灾,长安乏食,杜甫只得携家往奉先安置,奉先县令杨某,是杜甫夫人的同族。此诗即在奉先所作。《文苑英华》本有注云:"奉先尉刘单宅作。"少府就是县尉的尊称(唐时尊称县令则为明府)。山水障,画着山水的屏障。杜甫又有《题李尊师松树障子歌》,可见画的是什么,便叫什么障。唐人也作兴在障子上写诗,如韦庄的《秦妇吟》障子。

〔1〕起二句想落天外,出人意表,正是所谓"惊人语"。堂上是不应当或者说不可能长出枫树的,现在却居然长出来了,更可怪的是,还出现了烟雾缭绕的万里江山。极写画之神妙。底,六朝以来方言,相当于"什么"。

〔2〕君,刘单。扫却,画了。用一扫字,显示工力纯熟,所谓一挥而就。中国古称赤县神州,但唐人也称京师所辖诸县为赤县。《赤县图》,可能是画的长安或奉先县的形势图。这句方点破是画,却又只作陪衬。

〔3〕这句是主。沧洲趣,隐士们流连山水的乐趣,即指上所见山水画。谢朓诗:"既欢怀禄情,复协沧洲趣。"

〔4〕二句是说你将全部心灵都融化在画上,足见你重视画的艺术。

毫素,作画所用的毛笔和绢素。不用丹青,而变用毫素,是为了押韵。

〔5〕祁岳与郑虔,皆杜甫同时人,俱工山水画。杨契丹,隋朝大画家。从这类评比,可以看出杜甫对书画艺术的深厚修养。

〔6〕这两句又用怪叹语气喝起。得非,无乃,都是诘问词,相当于"莫不是"。玄圃,亦作"县圃",在昆仑山巅,仙人所居。潇湘本二水,在湖南零陵县合流,因总称潇湘。玄圃是山,故用裂字;潇湘是水,故用翻字。这以下诸句正写所以"远过杨契丹"处。

〔7〕二句写画之能移人情。天姥,山名,在浙江。杜甫早年曾游历此山。郭知达《九家集注杜诗》引赵次公云:"此诗篇中使字:云不合,云怪底,云得非,云无乃,云似闻,云乃是,皆以形容其所画景物之逼真也;云县圃,云潇湘,云天姥,乃取仙山及人间奇境称比之也。"

〔8〕蒲城,即奉先县。鬼神入,鬼神下降。这两句意未完,须连下两句看。

〔9〕元气,天地自然之气。元气淋漓,形容笔墨的饱满酣畅,巧夺天工。障是新画,故云"障犹湿"。天泣、风雨等,都是从"湿"生发出来的奇想。真宰,天神。杜甫称李白诗:"笔落惊风雨,诗成泣鬼神。"手法与此正同。李贺用"女娲炼石补天处,石破天惊逗秋雨"这样两句来赞美李凭的箜篌声,也是从此化出。

〔10〕此下六句实写画中景物。暝,薄暮时。这幅画大概是以春天的一个傍晚为时间背景。王维诗:"落日山水好。"

〔11〕沧浪,水名。这里用来形容水色之清。青溟,犹碧海。秋毫末,秋毫之末,极言其细。远望岸岛,只隐约可辨。

〔12〕画中有斑竹,因而联想起湘妃的传说。《楚辞·远游》:"使湘灵鼓瑟兮。"又张华《博物志》:"舜崩于苍梧,二妃(娥皇、女英)啼,以泪挥竹,竹尽斑。"贾岛诗:"莫嫌滴沥红斑少,恰是湘妃泪尽时。"(《赠人斑竹挂杖》)

〔13〕上句言天才,下句言工力。点明刘单远过前人之故。

〔14〕亦莫比,也无人能比得上。

〔15〕貌得,画得。貌作动词用,杜诗多如此。

〔16〕若耶溪,在浙江绍兴县若耶山下,溪上有云门寺。

〔17〕泥滓,泥淖。犹言浊世。杜甫这时困守长安已八九年。

〔18〕从此始,从此去遨游山水。浦云:"末忽因画而动出世之思,更有含毫邈然之趣。"按诗意仍在以自己之神往,衬出画之神妙。

醉时歌

诸公衮衮登台省[1],广文先生官独冷[2]。甲第纷纷厌粱肉[3],广文先生饭不足。先生有道出羲皇[4],先生有才过屈宋[5]。德尊一代常坎坷[6],名垂万古知何用[7]!
杜陵野客人更嗤[8],被褐短窄鬓如丝。日籴太仓五升米[9],时赴郑老同襟期[10]。得钱即相觅,沽酒不复疑[11]。忘形到尔汝[12],痛饮真吾师[13]。
清夜沉沉动春酌,灯前细雨檐花落[14]。但觉高歌有鬼神[15],焉知饿死填沟壑[16]?相如逸才亲涤器[17],子云识字终投阁[18]。
先生早赋归去来,石田茅屋荒苍苔[19]。儒术于我何有哉[20]?孔丘盗跖俱尘埃[21]。不须闻此意惨怆,生前相遇且衔杯[22]!

这大概是天宝十四载(七五五)春作的,是杜甫困守长安的第十个年头。在封建社会,诗人几乎没有一个不喝酒的。我们既不能把他们看成贪杯的酒徒,也不能把他们的醉后狂言都看成他们的真正的人生观。此诗充满嘲笑,前段先嘲郑虔,次段嘲自己,其实都是嘲笑世人。三段抬出司马相如、扬雄,仿佛是为自己解嘲,其实是借以进一步的嘲笑整个封建社会。所以末段有等同一切、否定一切的消极虚无的想法。

〔1〕衮衮,多貌。台是御史台,省是中书省、尚书省和门下省。都是当时最重要的政治机构。卢世㴶《杜诗胥钞》:"开手无端波及台省诸公,'世人皆欲杀',恐不独在青莲(李白)矣。"

〔2〕广文先生,指郑虔。《旧唐书·玄宗纪》:"天宝九载七月国子监置广文馆,徙生徒为进士业者。"《新唐书·郑虔传》:"玄宗爱虔才,更为置广文馆,以虔为博士。虔善著书,时号郑广文。"后来广文馆因雨倒塌,也没人来修,郑虔只好搬到国子监去,可见这是个冷门。

〔3〕甲第,头等第宅。汉代贵族官僚住宅有甲乙次第,故曰第。

〔4〕羲皇,指伏羲氏。出,超出。即陶潜所谓"羲皇上人"。

〔5〕屈宋,屈原、宋玉。郑虔曾自写其诗并画以献玄宗,玄宗题曰:"郑虔三绝。"

〔6〕德尊,犹德高。坎𡒄,车行不利,比人不得志。

〔7〕这是愤激的话,并非真认为垂名无用。

〔8〕杜陵野客,杜甫自谓。嗤,笑也。

〔9〕籴音敌。买入米谷曰籴。日籴是天天买,见得无隔宿之粮。太仓,京师所设御仓。因去秋霖雨,故出太仓米开籴。

〔10〕郑虔年龄不可考。杜甫《戏简郑广文》诗称他"才名三十年",《新唐书》和《文苑英华》"三十"都作"四十",大概要比杜甫大二十来岁,所以称他"郑老"。同襟期,谓彼此襟怀性情相同。

53

〔11〕不复疑,毫不迟疑。是说得钱就买酒,更不考虑其他生活问题。

〔12〕忘形,不拘少长等形迹。尔汝,称名道姓你来我去的毫无客套。《文士传》:"祢衡与孔融为尔汝交,时衡年二十馀,融年五十。"

〔13〕是说但能痛饮即为吾师,不一定指郑虔。痛饮是拼命的喝。

〔14〕这两句写饮酒时光景。檐花,指檐前细雨。因为灯光映射,闪烁如花,故曰檐花。按《陪章留后侍御宴南楼》诗:"野云低渡水,檐雨细随风。"亦可证。

〔15〕高歌,即放歌,所谓"放歌破愁绝"。有鬼神,是说有鬼神帮助,即"诗成若有神"意。

〔16〕焉知,犹那知。饿死就饿死,那管得许多,这也是愤慨的话。

〔17〕司马相如和卓文君开酒店,文君当垆,相如亲自洗涤食器。

〔18〕子云,扬雄的字。王莽时,刘棻因献符命得罪,而扬雄尝教刘棻作奇字,遂被连及。时扬雄校书天禄阁,使者来收雄,雄从阁上跳下,差点没摔死。

〔19〕这两句是劝郑虔早些弃官回家。陶潜辞彭泽令时,曾作《归去来辞》。石田,沙石之田,即瘦硗的田。

〔20〕何有,犹何用。

〔21〕申明上句。饶你做到孔丘也还是要和盗跖一样化为尘埃(我们不能据此,说杜甫否定孔丘)。盗跖,姓柳下,名跖,春秋末年奴隶起义的领袖,因被诬为"盗跖"。

〔22〕闻此,指上尘埃句。且衔杯,有何可说,还是喝酒罢。

天育骠骑图歌

吾闻天子之马走千里,今之画图无乃是〔1〕?是何意态雄且杰[2]，骏尾萧梢朔风起[3]。毛为绿缥两耳黄，眼有紫焰双瞳方[4]。矫矫龙性含变化，卓立天骨森开张[5]。伊昔太仆张景顺，监牧攻驹阅清峻[6]。遂令大奴字天育[7]，别养骥子怜神俊[8]。当时四十万匹马，张公叹其材尽下[9]。故独写真传世人，见之座右久更新[10]。年多物化空形影，呜呼健步无由骋[11]。如今岂无骅骝与骐骝？时无王良伯乐死即休[12]！

这大概也是天宝末年所作。天育，马厩名。骠骑，犹飞骑。诗分三段，首段描写画马，因起二句用真马作陪，故"是何"六句，句句说真马，即句句是画马，特觉生动。"伊昔"八句为第二段，追叙画马来历，同时反映了当时养马盛况。"年多"四句为末段，从画马空存，翻出异材常有，只是如今无人识得。叹马实自叹，作诗主意所在。

〔1〕无乃，只怕的意思。是推测之词。

〔2〕是何二字与无乃相呼应，意在证明自己的推测。是，指画的马。

〔3〕萧梢，摇尾的样子。朔风起，朔风为之起。

〔4〕二句实写马形。缥，淡青色。《太平御览·兽部》八引伯乐《相马经》："眼欲得高，眶欲得端正，睛欲如悬铃紫艳光。"

〔5〕二句虚写马神。矫矫，桀骜的意思。古人多以龙拟良马，含变化，有多种多样的神态。天骨，天生的骨格。

〔6〕此下八句追溯画图的来历，足见当时养马的盛况。"伊"是发语词，无意义。《新唐书·兵志》："马者，兵之用也。监牧，所以蕃马也。监牧之制，其官领以太仆。凡马五千为上监、三千为中监、馀为下监。皆有左右，因地为之名。"张说《陇右监牧颂德碑序》云："开元元年，牧马二十四万匹，十三年，乃有四十三万匹。上（玄宗）顾谓太仆少卿兼秦州都

55

督张景顺曰:'吾马蕃息,卿之力也。'"马二岁曰驹。攻是攻治,即训练。

〔7〕大奴,马奴的头目。字就是养。

〔8〕骥子,即此骠骑。爱其神骏,所以在另一处来养。

〔9〕材尽下,都是驽马。用一般马来形容骠骑,是一种反衬手法。

〔10〕点明独画此马之故。因为爱赏,故张挂在座右。观看不厌,所以说久更新。

〔11〕这两句是说画马到底不及真马有用。物化,化为异物,是说真马已死。空形影,只留下一幅画。画马再好,也不能驰骋,故曰无由骋。

〔12〕杜甫往往因小明大,借物寓怀,这两句也是如此。由马说到人、说到自己、说到社会。见得现在也并非没有好马,只是无人识得。表面上是为马叫屈,其实是为奇士、为自己鸣不平。骕骦、骅骝,都是千里马。王良、伯乐,皆春秋时人。王良善御,伯乐善相马。

官定后戏赠

不作河西尉:凄凉为折腰[1]。老夫怕趋走[2],率府且逍遥[3]。耽酒须微禄[4],狂歌托圣朝[5]。故山归兴尽,回首向风飙[6]。

天宝十四载杜甫被任河西县尉,他不肯作,才改任右卫率府胄曹参军(正八品下)。这是一个看守兵甲器仗、管理门禁锁钥的官儿,和他平素"致君尧舜"的政治抱负,未免相差太远。杜甫有点啼笑皆非,所以便写了这首自我解嘲的诗来赠自己。名为戏,其实很伤心。据《夔府书怀》诗:"昔罢河西尉,初兴蓟北师。"则此诗当作于十四载十月前后。

〔1〕说明不作之故。唐时县尉一面要鞭打人民,一面又要拜迎官长,有时自己也不免受鞭笞。

〔2〕趋走,犹奔走,指侍候上司。白居易诗:"一为趋走吏,尘土不开颜。"白时为盩厔县尉,故自称趋走吏。盖本此。说怕,其实是讨厌。

〔3〕是说比作县尉多少自由些,故曰且逍遥。杜甫不是贪图个人逍遥的,所以这是一句牢骚、无聊的话。

〔4〕说明就任率府之故。其实也是牢骚话,所谓"戏语"。杜甫作官,当然不是为了弄几个买酒钱,但这样的官职,又能作出什么对国家人民有利的大事业来呢。

〔5〕托是托庇。是说在这个圣明的朝廷可以纵吟狂歌,无所忌讳,是任率府的又一原因。

〔6〕杜甫这时家在奉先,一官羁绊,回家不得,所以说"归兴尽",但又想回去,所以说"向风飙"。(杜甫不久还是回了家,并写出《赴奉先咏怀》那首名诗。)

去矣行

君不见鞲上鹰,一饱即飞掣[1]!焉能作堂上燕,衔泥附炎热[2]?野人旷荡无靦颜,岂可久在王侯间[3]?未试囊中餐玉法,明朝且入蓝田山[4]。

这大概是为右率府胄曹参军以后不久所作。杜甫最初还以为:"率府且逍遥",现在方感到在许多王侯中间做这个小八品官实在不是味,所以想走之大吉。

〔1〕杜甫多以鹰拟人或自拟,这里也是自比。鞲,放鹰人所著的臂衣。飞掣,犹飞去。

〔2〕燕,比喻小人。

〔3〕二语骂尽上层社会。靦音忝。靦颜,犹厚颜。

〔4〕十分讨厌那班王侯,但不作这官儿,生活又成问题,所以有一试餐玉法的无聊想法。《魏书》卷三十三:"李预居长安,每羡古人餐玉之法,乃采访蓝田,躬往攻掘,得大小百馀,预乃椎七十枚为屑,日服食之。"蓝田,山名,在长安东南三十里,出玉。

自京赴奉先县咏怀五百字

杜陵有布衣[1],老大意转拙[2]:许身一何愚,窃比稷与契[3]!居然成濩落[4],白首甘契阔[5]。盖棺事则已[6],此志常觊豁[7]。穷年忧黎元[8],叹息肠内热。取笑同学翁,浩歌弥激烈[9]。非无江海志,萧洒送日月,生逢尧舜君[10],不忍便永诀[11]。当今廊庙具,构厦岂云缺?葵藿倾太阳,物性固莫夺[12]。顾惟蝼蚁辈,但自求其穴[13]。胡为慕大鲸,辄拟偃溟渤[14]?以兹误生理[15],独耻事干谒[16]。兀兀遂至今,忍为尘埃没[17]?终愧巢与由[18],未能易其节[19]。沉饮聊自遣[20],放歌破愁绝[21]。
岁暮百草零,疾风高冈裂。天衢阴峥嵘,客子中夜发[22]。霜严衣带断,指直不得结。凌晨过骊山,御榻在嵽嵲[23]。

蚩尤塞寒空[24],蹴踏崖谷滑。瑶池气郁律[25],羽林相摩戛[26]。君臣留欢娱,乐动殷胶葛[27]。赐浴皆长缨,与宴非短褐[28]。彤庭所分帛[29],本自寒女出,鞭挞其夫家,聚敛贡城阙[30]！圣人筐篚恩[31],实欲邦国活。臣如忽至理[32],君岂弃此物？多士盈朝廷,仁者宜战栗[33]！况闻内金盘,尽在卫霍室[34]。中堂舞神仙,烟雾蒙玉质[35]。暖客貂鼠裘,悲管逐清瑟。劝客驼蹄羹,霜橙压香橘[36]。朱门酒肉臭,路有冻死骨！荣枯咫尺异,惆怅难再述[37]！

北辕就泾渭,官渡又改辙[38]。群冰从西下,极目高崒兀[39]。疑是崆峒来[40],恐触天柱折[41]。河梁幸未坼[42],枝撑声窸窣[43]。行李相攀援,川广不可越。老妻寄异县[44],十口隔风雪。谁能久不顾？庶往共饥渴[45]！入门闻号咷,幼子饿已卒。吾宁舍一哀,里巷亦呜咽[46]！所愧为人父,无食致夭折！岂知秋禾登,贫窭有仓卒[47]？生常免租税,名不隶征伐[48]。抚迹犹酸辛[49],平人固骚屑[50]。默思失业徒,因念远戍卒。忧端齐终南,澒洞不可掇[51]！

这是玄宗天宝十四载十一月正当安禄山作乱的前夕,杜甫由长安往奉先县探望妻子时所作,在杜甫创作上具有划时代的意义。由于他的热爱人民的思想,所以题目虽然是"咏怀",却忠实的反映了广大人民的苦难,并大胆的揭露了统治阶级的荒淫,实际上是一代的史诗。全诗可分三大段,首段叙述自己一贯忧国忧民的志愿。咏的是过去的怀抱。第二段叙述自京赴奉先,途中所闻所见,咏的是当前

59

的感怀。第三段叙述到家后的事情,咏的是将来的忧怀。"穷年忧黎元",是杜甫的中心思想,也是贯串全诗的骨干。因为"穷年忧黎元",所以能够从"朱门酒肉臭"联系到"路有冻死骨";能够在"幼子饿已卒"的情况下而"默思失业徒,因念远戍卒"。这从文章结构的角度来说,那就是所谓"一篇之中,三致意焉"了。《长安志》:"奉先县,西南至京兆(长安)二百四十里"。

〔1〕杜陵在长安南,杜甫在此住过家,故每自称"杜陵布衣"或"少陵野老"。

〔2〕拙,笨拙也,此句即俗话所谓"越活越回去了"。其实是反话。杜甫是越活越顽强的。卢元昌云:"凡人老大,则工于世故,杜陵布衣独不然,至老弥拙。盖由许身愚,动以稷契自命耳。"

〔3〕"许身"犹"自期"或"自许"。稷是周代的祖先,教百姓耕种;契是殷代的祖先,推行文化教育。《孟子》:"禹思天下有溺者,犹己溺之也,稷思天下有饥者,犹己饥之也。"

〔4〕濩音护,濩落,即廓落,大而无用之意。居然,犹果然。

〔5〕契阔,犹辛苦。

〔6〕《韩诗外传》卷八:"孔子曰:学而不已,阖棺乃止。"阖棺即盖棺。诗意是说"死而后已"。

〔7〕觊音记,希望之意。豁,达也。是说只要不死,总望达到自己的志愿。

〔8〕穷年句是说一年到头都关心人民。

〔9〕翁字外示尊敬,实含讥讽。弥,益也。旁人越是笑我,我却越坚决、越慷慨。

〔10〕比唐玄宗。玄宗初期曾出现"开元之治",李白亦尝称玄宗为"圣明主"。

〔11〕永诀是长别。

〔12〕这以上四句是比喻的说法。廊庙具,比喻朝廷百官很多都是栋梁之材,构造大厦难道就少我这块料?但我的忠君爱国,出于天性,就像葵花的向日一般,所以总想为国家尽点力。《淮南子·说林篇》:"圣人之于道,犹葵之与日也。虽不能与终始哉,其向之诚也。"后来诗文多葵藿连文。藿是豆叶,葵向日,藿并不向日,这是一种"复词偏义"。把自己的忠君比作葵花的向日,这里有着杜甫的阶级烙印和时代烙印。

〔13〕蝼蚁辈比那班自私自利奔走干谒的人。顾惟,犹言转头一想。

〔14〕大鲸是自比,应前"窃比稷与契"。胡为,为啥。渤,渤海,海水溟溟无涯,故称溟渤。二句自嘲自怪。

〔15〕以兹误生理,是说因此耽误了自己的生计。

〔16〕是说以从事钻营为可耻。用一"独"字便见得从事干谒之流,天下皆是。干谒,指登门求见,所谓"干谒走其门",杜甫曾多次向权贵们投诗,究与干谒不尽相同。

〔17〕兀兀,穷困之意。忍为句是问话语气,正是说不能甘心忍受。

〔18〕巢是巢父,由是许由,尧时两个隐士。毕竟不肯学他们的清高,所以说终愧。但并不是真的感到惭愧,只是一种谦虚的说法。

〔19〕节就是节操或意志,也就是上文的"自比稷契"。其字,杜甫自谓,不指巢由。

〔20〕是说聊且以酒自消遣。

〔21〕放歌,放声而歌。鲍照有《放歌行》。愁绝,犹愁极。"破"一作"颇",按《寄刘峡州》诗:"会期吟讽数,益破旅愁凝。"则作破者是。

〔22〕天衢,天空。杜诗"冰雪耀天衢"。中夜发,夜半动身。

〔23〕嶕音迭。嶕嶪,山高貌,指上骊山。骊山距长安六十里。这时玄宗和杨贵妃正在骊山华清宫,他们每年于十月到温汤避寒,所以有"御榻"的话。

〔24〕蚩尤是黄帝时的诸侯,黄帝与蚩尤战,蚩尤作大雾。这里是把

蚩尤用作"雾"的代语。杜甫凌晨过骊山,正是晓雾未开之时。这句可能也兼影射时局的昏暗。

〔25〕瑶池气,即温泉上升之气。郁律,水气氤氲貌。唐玄宗诗:"远看骊岫入云霄,预想汤池起烟雾。烟雾氤氲水殿开,暂拂香轮归去来。"可与此句互参。

〔26〕《唐会要》:"垂拱元年置羽林军",是天子的卫兵。相摩戛,言其众多。

〔27〕殷,盛也。胶葛,天空广大貌,是说乐声彻云霄。

〔28〕长缨,指权贵。郑嵎《津阳门诗》云:"宫娃赐浴长汤池。"自注:"宫内除供奉两汤池,内外更有汤十六所,长汤每赐诸嫔御。"仇注引《明皇杂录》:"上尝于华清宫中置长汤数十,赐从臣浴(今本《杂录》无此四字)。"按《旧唐书·安禄山传》:"玄宗宠禄山,赐华清宫汤浴。"则赐从臣浴盖实有其事。短褐,贱者所服。

〔29〕彤是红色的装饰。彤庭即朝廷。张衡《西京赋》:"玉阶彤庭。"《通鉴》卷二百一十六:"天宝八载二月,引百官观左藏,赐帛有差。是时州县殷富,仓库积粟帛,动以万计。杨钊(国忠)奏请所在粜变为轻货,及征丁租地税皆变布帛输京师。屡奏帑藏充牣,古今罕俦,故上(玄宗)帅群臣观之。上以国用丰衍,故视金帛如粪壤,赏赐贵宠之家,无有限极。"这便是以下几句所反映的历史事实。罗大经说:"彤庭数句,即'尔俸尔禄,民膏民脂'之意。"

〔30〕城阙,指京师。京师有阙,故得称城阙。

〔31〕唐人称天子通曰"圣人",是一种习惯语。筐篚,都是盛物的竹器。筐篚恩,是指天子将聚敛来的锦帛赏赐群臣的恩惠。

〔32〕至理,即上句"实欲邦国活"。忽是忽视。

〔33〕是说凡是稍有良心的朝臣,看见这种滥赏浪费的情形都应该为之战慄惶恐,因为这样下去,是一定要出大乱子的。这以上几句,明刺

群臣,实讽人君。

〔34〕天子宫禁曰内,亦称大内。唐有东内、西内、南内。内金盘就是宫中统治者所用的金盘。卫青、霍去病都是汉武帝时的外戚,故以比杨国忠。

〔35〕舞一作有。神仙是指女乐说的。唐人多谓美女为神仙。烟雾,形容衣裳的轻飘。杜《送魏佑之交广》诗:"侍婢艳倾城,绡绮轻(一作烟)雾霏。"可与此句互参。汉《郊祀歌》:"被华文,厕雾縠。"这是最早用雾来形容衣裳的。唐人更是常用,如李白诗"云想衣裳花想容";白居易诗"浅色縠衫轻似雾,纺花纱袴薄于云";李益诗"雾袖烟裾云母冠"等都是。玉质,形容其肌肤之洁美。

〔36〕这以上四句是用扇对法,即隔句相对。橙橘是北地珍贵的果品,他们都只随意吃,极写贵族的豪华奢侈,以便为下文"路有冻死骨"作有力的对照。

〔37〕这以上四句,束上起下。巧妙的同时也是大胆的根据"铁案如山"的事实来揭露当时统治阶级以及一切阶级社会的罪恶,因而感染力也是巨大的。"路有冻死骨"的路,不是一般的路,乃是杜甫此刻所走的路,所以《杜诗镜铨》说:"拍到路上无痕。"荣,即指朱门。枯,即指冻死骨。宫墙内外,一荣一枯,一生一死,成了两个截然不同的世界,所以说"咫尺异"。语重心长,发人深省。

〔38〕北辕,是说向北走。官渡是泾渭二水的渡口。又改辙,是说过官渡后,又改道。曹植诗:"改辙登高冈。"

〔39〕群冰一作群水,非。极目是一眼望去。崒兀(cù wù),高貌。

〔40〕崆峒,山名,在甘肃岷县。泾、渭二水皆从陇西而下,故疑来自崆峒。

〔41〕写群冰来势之猛。《淮南子·天文训》:"昔者共工与颛顼争为帝,怒而触不周之山,天柱折,地维绝。"王嗣奭说这是"隐语,忧国家

63

将覆"。按王说甚有见。唐玄宗《春晚宴两相》诗序云:"朕以薄德,祗膺历数,正天柱之将倾,纫地维之已绝。"即是以"天柱"喻国家。

〔42〕是说桥幸而未被冲毁。

〔43〕枝撑,是桥的支柱。窸窣,音悉率,桥动有声也。

〔44〕异县,即奉先。客居故曰寄。

〔45〕庶字深厚,有求之不得的意思。是说自己这番去探望妻子,即使不能解决全家生活问题,但能一道过苦日子也是好的。

〔46〕宁,岂能、哪能。舍,割舍。这两句是说,我哪能免掉一场悲痛,连邻居都为我伤心得哭了。

〔47〕卒音猝。秋收之后,粮食不缺,原不该有人饿死,然而穷人却仍然不免发生这种意外事故,所以说"岂知"。即韩愈文所谓"岁暖而儿号寒,年丰而妻啼饥"意。

〔48〕杜甫出身于一个"奉儒守官"的世家,享有免缴租税和免服兵役的特权。但从这种特权上,诗人却进一步体会到人民的加倍苦难。

〔49〕抚迹,犹抚事,指上幼子饿死事。犹,尚且如此。

〔50〕平人,即平民。唐人为避唐太宗李世民的讳,多改"民"为"人",改"世"为"代"。骚屑,动摇不安之意。刘向《九叹》:"风骚屑以摇木兮。"固,更不待言。张溍说:"不自忧,而为天下失业者忧,是何心境?"

〔51〕忧端齐终南是说忧虑烦多,千头万绪,堆积得和终南山一样高。辛弃疾词"新恨云山千叠",与此同意。颍音订。《淮南子·精神训》:"鸿蒙颖洞,莫知其门。"高诱注:"皆无形之象。"这里用来形容忧的汗漫无边,以致不可收拾。所谓"忧从中来,不可断绝"。一结正与开首自比稷契相应。——按《开元天宝遗事》云:"进士杨光远,性多矫饰,不识忌讳,游谒王公之门,干索权豪之族,未尝自足。稍有不从,便多诽谤,常遭有势挞辱,略无改悔。时人多鄙之,皆曰:杨光远惭颜厚如十重铁甲

64

也。"又高适《行路难》诗："有才不肯学干谒,何用年年空读书。"足见当时干谒成风,故杜甫有"独耻事干谒"之言。

后出塞五首

男儿生世间,及壮当封侯。战伐有功业,焉能守旧丘[1]？召募赴蓟门[2],军动不可留。千金装马鞭,百金装刀头[3]。闾里送我行,亲戚拥道周[4]。斑白居上列[5],酒酣进庶羞[6]。少年别有赠[7]：含笑看吴钩[8]。

  这几首诗当作于天宝十四载(七五五)冬安禄山反唐之初。目的在于通过一个脱身归来的士兵的自述,大声疾呼的揭露安禄山的反唐真相,叫唐明皇快快清醒过来。并指出养成禄山反叛的原因,即在于他自己的好大喜功,过宠边将,以致禄山得以边功市宠、形成养虎贻患。可是已经晚了,人民的浩劫已成为不可避免的了。然而杜甫关怀祖国命运的精神是值得我们感动的。此诗表现手法,基本上和《前出塞》相同,都是由一个从军的老百姓以正面人物出场,也都是从辞家写起,五首只如一首。但由于强迫征调与自动应募的不同,人物形象却很有差别。

  [1] 上句"有"字暗含讽意,揭出功业的罪恶本质。"旧丘"犹"故园",即"老家"。

  [2] 召募,这时已实行募兵制的"圹(音廓)骑"。蓟门,点明出塞的地点。其地在今北京一带,当时属渔阳节度使安禄山管辖。

  [3] 这两句模仿《木兰诗》的"东市买骏马,西市买鞍鞯"的句法。

〔4〕道周,即道边。

〔5〕斑白,是发半白,泛指老人。居上列,即坐在上头。

〔6〕酒酣,是酒喝到一半的时候。庶羞,即菜肴。白居易诗"人老意多慈",老人送别,只希望小伙子能多吃点。

〔7〕别有赠,即下句的"吴钩"。"别"字对上文"庶羞"而言。

〔8〕吴钩,春秋时吴王阖闾所作之刀,后通用为宝刀名。深喜所赠宝刀,暗合自己"封侯"的志愿,所以"含笑"而细玩。——第一首从军者自叙应募动机及辞家盛况。浦起龙说:"首章便作高兴语,往从骄帅者,赏易邀,功易就也。"

朝进东门营〔9〕,暮上河阳桥〔10〕。落日照大旗,马鸣风萧萧〔11〕。平沙列万幕〔12〕,部伍各见招〔13〕。中天悬明月,令严夜寂寥〔14〕。悲笳数声动,壮士惨不骄〔15〕。借问大将谁?恐是霍嫖姚〔16〕。

〔9〕洛阳东面门有"上东门",军营在东门,故曰"东门营"。由洛阳往蓟门,须出东门。这句点清征兵的地方。

〔10〕河阳桥在河南孟津县,是黄河上的浮桥,晋杜预所造,为通河北的要津。

〔11〕大旗,大将所用的红旗。《通典》卷一百四十八:"陈(阵)将门旗,各任所色,不得以红,恐乱大将。"这两句也是杜甫的名句,因为抓住了事物的特征,故能集中地表现出那千军万马的壮阔军容。下句化用《诗经》的"萧萧马鸣",加一"风"字,觉全局都动,飒然有关塞之气。

〔12〕幕,帐幕。列,是整齐的排列着。这些帐幕都有一定的方位和距离。

〔13〕因为要宿营,所以各自集合各自的部队。

〔14〕因军令森严，故万幕无声，只见明月高挂天中。上句也是用环境描写来烘托"令严"的。

〔15〕悲笳，静营之号。军令既严，笳声复悲，故惨不骄。

〔16〕大将，指召募统军之将。"嫖姚"同"剽姚"，汉武帝时，霍去病为嫖姚校尉，尝从大将军卫青出塞，故以为比。——第二首接上叙述在路上的情事，尚归美主将。

古人重守边，今人重高勋〔17〕。岂知英雄主，出师亘长云〔18〕。六合已一家，四夷且孤军〔19〕。遂使貔虎士，奋身勇所闻〔20〕。拔剑击大荒〔21〕，日收胡马群〔22〕；誓开玄冥北，持以奉吾君〔23〕！

〔17〕"古人"、"今人"都指边将说。重高勋，即贪图功名。《昔游》诗所谓"将帅望三台"。因贪功名，故边疆多事。

〔18〕边将贪功，本该制止，偏又皇帝好武，所以说"岂知"。有怪叹之意。"亘"是绵亘不断。

〔19〕天地四方为"六合"，这里指全国范围以内。全国既已统一，便无出师必要，但还要孤军深入，故用一"且"字。且，尚也。跟上句"已"字对照。

〔20〕遂使，于是使得。承上"且孤军"来。貔，音琵，即貔貅，猛兽，这里比喻战士。边将贪功，人主好武，这就使得战士们为了统治者的企图而拼命。勇，是勇往；所闻，是指地方说的，即下文的"大荒"、"玄冥"。《汉书·张骞传》："天子(武帝)既闻大宛之属多奇物，乃发间使，数道并出。汉使言大宛有善马，天子既好宛马，闻之甘心，使壮士车令等持千金以请宛王善马。"即此"所闻"二字的本意。

〔21〕大荒，犹穷荒，过去所谓"不毛之地"。

67

〔22〕《安禄山事迹》:"禄山包藏祸心,畜单于护真大马习战斗者数万匹。"诗句当指此。

〔23〕玄冥,传说是北方水神,这里代表极北的地方。这两句要善于体会,因为表面上好像是对皇帝效忠,其实是讽刺,正如沈德潜说的:"玄冥北,岂可开乎?!"——第三首是到蓟门军中之后所起的反感。黄生说:"此章满口夸大,寓讽实深。"这一首很像《前出塞》的第六首,都是大发议论的。从人物方面来说,是一个思想上的转变,由于实践,他已认识到"封侯"的骗局和肮脏。从作者方面来说,则是杜甫微露本相的地方,因为这里面有他自己的政治观点。

献凯日继踵〔24〕,两蕃静无虞〔25〕。渔阳豪侠地〔26〕,击鼓吹笙竽。云帆转辽海,粳稻来东吴〔27〕。越罗与楚练,照耀舆台躯〔28〕。主将位益崇〔29〕,气骄凌上都〔30〕:边人不敢议,议者死路衢〔31〕。

〔24〕上既好武,下自贪功,故奏捷日至。《通鉴》二百一十七:"天宝十三载四月禄山奏击奚破之,虏其王。十四载四月奏破奚、契丹。"

〔25〕点破"献凯"只是虚报邀赏。两蕃,是奚与契丹;静无虞,本无寇警。

〔26〕渔阳,郡名,今河北蓟县一带。其地尚武,多豪士侠客,故曰豪侠地。

〔27〕辽海,即渤海。粳音庚,晚熟而不黏的稻。来东吴,来自东吴。

〔28〕周代封建社会把人分成十等:王、公、大夫、士、皂、舆、隶、僚、仆、台。这里泛指安禄山豢养的爪牙和家僮。罗和练都有光彩,故曰"照耀"。这以上几句,写禄山滥赏以结人心。《通鉴》(同上):"天宝十三载

二月,禄山奏所部将士勋效甚多,乞超资加赏,于是除将军者五百馀人,中郎将者二千馀人。禄山欲反,故先以此收众心也。"即其事

〔29〕主将,即安禄山。天宝七载禄山赐铁券,封柳城郡公;九载,进爵东平郡王,节度使封王,从他开始。

〔30〕上都,指京师,即朝廷。凌,凌犯,目无朝廷。

〔31〕写禄山一方面又用恐怖手段来箝制众口。当时本有人告安禄山反,玄宗为了表示信任,反将告发的人缚送禄山,因之"道路相目,无敢言者"(见《禄山事迹》。)——第四首进一步揭发蓟门主将的骄横,已到了顺我者生、逆我者死的地步。

我本良家子,出师亦多门[32]。将骄益愁思[33],身贵不足论[34]。跃马二十年[35],恐辜明主恩。坐见幽州骑,长驱河洛昏[36]。中夜间道归[37],故里但空村[38]。恶名幸脱免[39],穷老无儿孙。

〔32〕是良家子,故不肯从逆;出师多门,故能揣知主将心事。二句是下文张本。多门,许多门道,有多次意。

〔33〕益,是增益。"思"字照过去读法应作去声。愁思,即忧虑,是名词。

〔34〕所忧在国家,故觉身贵也不值一说。下二句正申"不足论"。

〔35〕跃马,指身贵,兼含从军意。刘孝标《自序》:"敬通(冯衍)当更始之世,手握兵符,跃马食肉。"

〔36〕坐见,有二义:一指时间短促,犹行见、立见;一指无能为力,只是眼看着,这里兼含二义。长驱,言其易。河洛昏,指洛阳行将沦陷。当时安禄山所部皆天下精兵。

〔37〕间读去声。间道归,抄小跑逃回家。

〔38〕这句直照应到第一首。初辞家时,进庶羞的老者,赠吴钩的少年,都不见了,一切都完蛋了。

〔39〕恶名,是叛逆之名。禄山之乱,带有民族矛盾性质,这个士兵不肯背叛,是完全值得肯定的。——第五首诉说脱身经过。不久之后,杜甫自己也有过一次这样的逃亡。

第三期　陷安史叛军中、为官时期

（公元七五六——七五九）

这一期，包括杜甫四十五岁到四十八岁的四年间的作品。我们称这一期为陷安史叛军中、为官时期，只是一个大体上的说法。因为在公元七五六年的七月以前，也就是杜甫在由鄜州投奔灵武的途中被胡兵捉住送到长安以前，杜甫还有一段居住长安和携家逃难的生活，而在公元七五九年的七月，则已弃官客秦州，又有着一段携家逃荒的生活。综计在这四年中，陷安史叛军中为时约九个月，为官约两年零两个月。

这一期，虽只四年，但在杜甫的创作史上却是一个最重要的四年。从作品数量来看，这一期比之长安十年，要多到一倍以上，他一共写了二百四十九首诗。从作品的质量来看，内容也非常充实，并达到了思想性与艺术性的高度统一，在他全部创作中形成一个顶峰。

由于"负恩殊禽兽"的安禄山的倒行逆施，激化了当时的民族矛盾，而杜甫，因为陷身叛军中的关系，又曾亲自尝到国破家亡的痛苦，亲眼看到胡兵的屠杀，所以，作为这一时期作品最突出最显著的特征的，便是杜甫的爱国精神。他的一喜一忧，是那样敏感的和当时一战的一胜一败、一地的一得一失相适应着。

杜甫虽然作了两年多的官，但由于唐肃宗的疏远和贬斥，反而使他能够一再的得到深入现实、深入民间的机会，这就是为什么杜甫在做官时期还能创作出辉煌的现实主义的诗的根本原因。

在诗的体裁的运用上，除五律外，特别值得注意的是五言古体诗这一时期写得最多，竟有九十首。诗集中最长的一篇五古——《北征》——便是写于这时。七言古体也不少,有二十二首。同样,集中最长的一首七古——《洗兵马》——也是这时写的。这当然不是偶然的事情,也不是由于杜甫对古体诗忽然特别感觉兴趣,而是为诗的社会内容、诗的叙事性,这一客观存在所决定的。我们知道,古体诗是颇为自由的,它的伸缩性比近体诗大得多,便于表现比较复杂的事物和感情。这就是为什么这一时期他的古体诗特别显得多的原因了。

月 夜

今夜鄜州月,闺中只独看[1]。遥怜小儿女,未解忆长安[2]。香雾云鬟湿,清辉玉臂寒[3]。何时倚虚幌,双照泪痕干[4]?

这是至德元载(七五六)八月,杜甫为安史叛军所俘沦陷在长安时所作。情感真挚,明白如话,毫不为律所束缚。

〔1〕浦起龙说:"心已驰神到彼,诗从对面飞来。"按:不说自己的痛苦,却关心妻子的悲伤,情深故诗亦深,不应只作表现手法看。鄜音孚,鄜州今陕西鄜县,时杜甫妻子在鄜州。

〔2〕二句流水对。承上点出看月的心事是为了忆长安。未解忆,包含两层意思:一是说小儿女们自己不解想念陷在长安的爸爸;一是说小儿女们无知,不懂得母亲看月的心情是在想念他们的爸爸。故只能是独看、独忆。

〔3〕这两句想象闺中独自看月的形象。雾本无香,香从鬟中膏沐生出。湿、寒二字,写出夜深不寐时光景。忆之深,故望之久。

〔4〕这时,杜甫和他的妻子,死活都很难料,所以有这种愿望。大意

是说:什么时候才能双双的隔着薄帷(虚幌)一同看月,让月光照干我们的泪痕呢!杜甫预料将来即便夫妻能万死重逢,也一定是泪眼相看的(事实也正是这样)。同时,"泪痕干"也反映了今夜泪痕的不能干。黄生说:"照字应月字,双字应独字,语意玲珑,章法紧密,五律至此,无忝称圣矣。"

悲陈陶

孟冬十郡良家子[1],血作陈陶泽中水[2]!野旷天清无战声,四万义军同日死[3]!群胡归来血洗箭,仍唱胡歌饮都市[4]。都人回面向北啼,日夜更望官军至[5]。

这和下篇《悲青坂》都是至德元载(七五六)冬杜甫沦陷在长安时所作。记载的是房琯在和安史叛军作战中的一次惨败,充分表现了杜甫高度的爱国精神。《唐书·房琯传》:"至德元载十月,琯自请将兵,收复京都,肃宗许之。琯分为三军:杨希文将南军,自宜寿入;刘悊将中军,自武功入;李光进将北军,自奉先入,琯自将中军为前锋。辛丑(二十一日),二军(中军北军)先遇贼于咸阳县之陈陶斜,接战,官军败绩。"陈陶斜又叫陈陶泽,在咸阳县东。兵败陈陶,故即以《悲陈陶》为题。

〔1〕孟冬,即十月,记其时。十郡,指陕西地区,记义军的籍贯。

〔2〕见死的人很多,且死得很冤枉。

〔3〕二句悲官军之惨败。《房琯传》:"琯用春秋车战之法,以车二千乘,马(骑兵)步夹之。既战,贼顺风扬尘鼓噪,牛皆震骇,因缚刍纵火

73

焚之，人畜挠败（溃乱），为（安史叛军）所伤杀者四万馀人。"可见当时由于房琯的"食古不化"，官军简直弄得不战自溃，所以说"无战声"。尽管死得冤枉，但他们为国牺牲的精神是不容抹杀的，所以称为"义军"。吴瞻泰云："野旷天清无战声七字，具天地人。盖从来两军交锋，天地变色，军士号呼，乃成苦战。今野旷天清，而人无战声，则天地人皆若不知有战者，而轻轻四万义军同日受戮，岂不可悲！"按岑参《行军》诗："昨闻咸阳败，杀戮净如扫。积尸若丘山，流血涨沣镐。"也是写的这一史实。

〔4〕二句愤安史叛军之骄横。血洗箭，是说箭和其他武器上都沾满了血，就像用血洗过了似的，所谓"匣里金刀血未干"。有的解作"洗箭上之血"，有的解作"用血水以洗箭"，都未免太拘泥。血字一作雪，也不对。杀了你的人不算，仍要在你的家里喝你的酒来庆祝胜利。这情况，是诗人杜甫也是所有的长安居民所痛心的。

〔5〕都人，京都（长安）的人民。这时唐肃宗在灵武，灵武在长安北，故向北啼。这两句正反映了人民再接再厉、不屈不挠的爱国精神。可知明年，唐肃宗一举而收复长安、洛阳，便是依靠了广大人民的爱国力量。——按戎昱《收襄阳城》诗："日暮归来看剑血，将军却恨杀人多。"又李咸用《兵后寻边》诗："剑戟远腥凝血在，山河先暗阵云来。"此诗血洗箭，正是写的武器上的凝血。

悲青坂

我军青坂在东门，天寒饮马太白窟[1]。黄头奚儿日向西[2]，数骑弯弓敢驰突[3]。山雪河冰野萧瑟，青是烽烟白人骨[4]。焉得附书与我军：忍待明年莫仓卒[5]！

74

房琯既以北军、中军败于陈陶,存者只数千人,十月癸卯(二十三日)又率南军作战,复败。(见《唐书·房琯传》)《悲青坂》便是写的这第二次的败仗。地点大概离陈陶斜不远。

〔1〕青坂东门是驻军之地。太白,山名,在武功县,离长安二百里。这里泛指山地。当寒天,住寒山,饮寒水,见得我军处于劣势。

〔2〕奚儿,犹胡儿。黄头,指黄头室韦。《新唐书》卷二百十九:"室韦,契丹别种。分部凡二十馀:曰岭西部、山北部、黄头部,强部也。"又:"奚,亦东胡种。元魏时,自号库真奚。至隋,始去库真,但曰奚。"《安禄山事迹》:"禄山反,发同罗、奚、契丹、室韦、曳落河(胡言壮士)之众,号父子军。"

〔3〕写安史叛军得胜后的骄横。

〔4〕白人骨,即白是人骨。"是"字从上文而省,文章中也常有此格。这两句写败后惨景。

〔5〕仓卒,犹仓猝。是说要作好准备,不要鲁莽急躁。忍,坚忍。《房琯传》说:"琯与贼对垒,欲持重以伺之,为中使(宦官)邢延恩等督战,苍黄失据,遂及于败。"所以希望我方忍待。杜甫这时正陷安史叛军中,行动不自由,又找不到捎信的人,所以很焦急。

对雪

战哭多新鬼[1],愁吟独老翁[2]。乱云低薄暮,急雪舞回风[3]。瓢弃樽无绿,炉存火似红[4]。数州消息断,愁坐正书空[5]。

这也是陷安史叛军中所作。

〔1〕即指上陈陶和青坂惨败事。

〔2〕因想起官军惨败,故不免对雪愁吟。独字感慨很深。当时在长安的唐朝官吏都投降了安禄山,无人关心祖国命运。

〔3〕这两句写景中兼寓世乱时危之象。光景如此,益增愁苦。

〔4〕这两句写生活的穷困。无绿,即无酒。酒色绿,故以绿代酒。沈约诗:"忧来命绿樽。"火似红,是说没有火。生不起火,往往不自觉的伸手向空炉取暖,苦况如画。

〔5〕二句总结。消息,包括妻子弟妹和国家大事。《世说新语·黜免篇》:"殷浩坐废,终日书空,作'咄咄怪事'四字。"

春望

国破山河在,城春草木深[1]。感时花溅泪,恨别鸟惊心[2]。烽火连三月[3],家书抵万金[4]。白头搔更短,浑欲不胜簪[5]。

这是至德二载(七五七)三月所作。春天是个好季节,但当国亡家破时,就反而使人伤心了。

〔1〕起二句是望中所见,极概括,极沉痛。山河在,山河如故,是说江山换了主人。草木深,草木丛生,见得人烟稀少。(胡人入长安曾大肆焚杀)吴见思《杜诗论文》:"杜诗有点一字而神理俱出者,如国破山河在,在字则兴废可悲;城春草木深,深字则荟蔚满目矣。"

〔2〕感时紧接上两句来。杜诗中"时"字,多指"时事"或"时局"

说。如"时危思报主","济时敢爱死","词客哀时且未还"等皆其例。这两句和"晓莺工迸泪,秋月解伤神"(《赠王二十四侍御》)的写法极相似。司马光说:"古人为诗,贵于意在言外,使人思而得之。近世唯杜子美最得诗人之体,如《春望》诗国破山河在,明无馀物矣;城春草木深,明无人迹矣。花鸟平时可娱之物,见之而泣,闻之而悲,则时可知矣。他皆类此,不可遍举。"恨别句起下。

〔3〕三月,指季春三月。连三月,连逢两个三月,是说从去年一直打到现在的仗。

〔4〕抵是抵当。抵万金,极言家书的难得可贵。

〔5〕头上白发本来稀少,不断搔抓,就更少了。差不多连发簪也戴不住了。杜甫的头发是在陷安史叛军期间变白的,所谓"及归尽华发"。——关于"感时"句,有人认为"感时花溅泪","花"并不"溅泪",但诗人有这样的感觉,因此,由带着露水的花,联想到它也在流泪。按果如此说,溅字就很难讲得通。溅泪并不同于一般的流泪,溅是迸发,有跳跃义。谢灵运诗:"花上露犹泫",如果是写带露的花,也许可以说"泫泪",却不能说"溅泪",因为花上的露水是静止的。故此处"泪"字仍以属人为是,所谓"正是花时堪下泪"也。又白居易《闻早莺》诗:"鸟声信如一,分别在人情。"亦可与"鸟惊心"互参。

哀江头

少陵野老吞声哭[1],春日潜行曲江曲[2]。江头宫殿锁千门,细柳新蒲为谁绿[3]?忆昔霓旌下南苑[4],苑中万物生颜色[5]。昭阳殿里第一人[6],同辇随君侍君侧[7]。辇前才

77

人带弓箭[8], 白马嚼啮黄金勒。翻身向天仰射云[9], 一笑正坠双飞翼[10]。明眸皓齿今何在[11]? 血污游魂归不得[12]! 清渭东流剑阁深[13], 去住彼此无消息[14]。人生有情泪沾臆[15]。江草江花岂终极[16]! 黄昏胡骑尘满城, 欲往城南望城北[17]。

这首诗写作和前一首同时。江就是曲江, 在长安城东南, 是当时皇帝贵族官僚以及文士们游赏胜地, 真是说不尽的繁华热闹, 但也正是这种地方特别使人容易感到国破家亡的痛苦, 因为和过去形成强烈的对比。此诗抚今追昔, 意多哀悼, 然主旨则在指出国破家亡的根源, 实由于统治者的骄奢荒淫, 并指出这种骄奢荒淫, 统治者自身也是要"自食其果"的, "明眸皓齿"化作"血污游魂"。

〔1〕少陵是汉宣帝许皇后的墓地, 在杜陵附近, 杜甫曾在这里住过家, 故自称少陵野老。吞声哭, 是把哭声往肚里咽, 不敢哭出来。

〔2〕潜行, 是秘密的行走。曲, 是角落里。因在叛军中, 怕惹起注意。

〔3〕《剧谈录》: "曲江池花草周环, 烟水明媚, 江侧菰蒲葱翠, 柳阴四合, 碧波红蕖, 湛然可爱。"为谁绿三字最痛心。国家一亡, 草木无主, 似怨蒲柳, 实是怨人。以上四句为首段, 写乱后曲江之萧条。

〔4〕此以下八句为第二段, 用忆昔二字领起, 追写安史乱前曲江盛况, 但铺张中便含讽意。霓旌, 云霓般的彩色旗帜, 指天子之旗。南苑, 指芙蓉苑, 在曲江东南。

〔5〕生颜色, 犹增光辉。

〔6〕昭阳殿, 汉殿名。汉成帝宠幸赵飞燕女弟, 居昭阳殿。唐人多以赵飞燕比杨贵妃, 李白诗"汉宫谁第一, 飞燕在昭阳", 也是指杨贵妃。

〔7〕辇音碾,天子之车。这句极写贵妃专宠,而玄宗之好色也就不在话下。这从同辇二字所用的故事可以看出杜甫的作意。《汉书·外戚传》:"成帝游于后庭,尝欲与(班)婕妤同辇载,婕妤辞曰:'观古图画,圣贤之君,皆有名臣在侧,三代末主,乃有嬖女,今欲同辇,得无近似之乎!'上善其言而止。"

〔8〕才人,宫中射生的女官。《新唐书·百官志》:"内官才人七人,正四品。掌叙燕寝、理丝枲,以献岁功。"

〔9〕仰射云,即仰射飞鸟。李益《观射骑》诗云:"边头射雕将,走马出军中。远见平原上,翻身向暮云。"末句虽不必即用杜诗,但可资参证。

〔10〕一笑,指杨贵妃。因为才人射中飞鸟,贵妃为之一笑。下句"明眸皓齿"正写笑容。《左传》:"贾大夫貌丑,取妻而美,三年不言不笑,御以如皋,射雉获之,其妻始笑而言。"黄生说:"一笑二字,正借用如皋射雉事。"一笑,一作"一箭"或"一发",都不对。一则上言"仰射",一箭自不待说;再则杜甫所要写的人物本是贵妃而不是才人;三则说"一笑",方与下句密切关联,并构成尖锐的对照。"正坠双飞翼",也暗含玄宗、贵妃马嵬拆散事。

〔11〕此以下八句为末段,又跌落目前,回到自身作结。明眸皓齿,指贵妃。今何在?是明知故问,为下句蓄势。

〔12〕血污游魂,指贵妃缢死马嵬驿。一来不得好死,二来长安沦陷,所以说归不得。这两句承上陡落,足令统治者惊心动魄。有前日的荒淫,便有今日的恶果。

〔13〕清渭东流,指贵妃藁葬渭滨,马嵬驿南滨渭水。剑阁深,指玄宗入蜀。

〔14〕去住彼此,指玄宗、贵妃。无消息,即《长恨歌》所谓"一别音容两渺茫"。

〔15〕臆,胸膛。泪沾臆,应前"吞声哭"。在沦陷之中,过伤心之

地,对于玄宗和贵妃的下场,杜甫这种同情也是可以理解的。

〔16〕终极,犹穷尽。高适《别王秀才》诗:"赠言岂终极,慎勿滞沧洲。"岂终极,即岂有穷尽意。是说花草无知,年年依旧,蒲柳自绿,又何足怨?

〔17〕欲往,犹将往。杜甫这时住在城南。时已黄昏,应回住处,故欲往城南。望城北者,望官军之北来收复京师。时肃宗在灵武,地当长安之北。应与《悲陈陶》"都人回面向北啼,日夜更望官军至"二语参看。旧注云:"北人谓向为望,欲往城南乃向北,亦不能记南北之意。"杜甫恐不至如此神志不清。《唐音癸签》卷二十二:"灵武行在,正在长安之北,公自言往城南潜行曲江者,欲望城北,冀王师之至耳。若用'忘'字,第作迷所之解,有何意义?"——"望城北"一作"忘南北",一作"忘南北",按王安石集句诗曾两用此句,皆作"望城北",必有所据。

塞芦子

五城何迢迢,迢迢隔河水[1]。边兵尽东征[2],城内空荆杞。思明割怀卫[3],秀岩西未已[4]。回略大荒来,嵴函盖虚尔[5]。延州秦北户[6],关防犹可倚[7]。焉得一万人,疾驱塞芦子?岐有薛大夫,旁制山贼起[8];近闻昆戎徒[9],为退三百里。芦关扼两寇[10],深意实在此。谁能叫帝阍,胡行速如鬼[11]!

芦子,关名,在延安西北。塞,是堵塞。塞断芦子关,所以阻遏敌人西进之路。这诗也是七五七年春在安史叛军中写的,不仅可看出杜甫筹边的策略,同时也可见杜甫"临危莫爱身"的爱国精神。

〔1〕浦起龙云:"起四句从帝所在说起,谓朔方悬远而空虚也。"五城,是定远、丰安和三个受降城。都在黄河北,故曰"隔河水"。

〔2〕边兵,即守五城的兵。因讨安禄山故尽东征。

〔3〕史思明,禄山旧将,突厥人。怀卫,二州名。至德二载思明自博陵进兵太原,舍河北而西,所以说"割"。

〔4〕高秀岩,本哥舒翰部将,后降禄山,这时和史思明合兵而西。

〔5〕回略,是迂回的包抄。大荒,指西北。崤函,指函谷关。崤是崤山,西连函谷,故函谷亦称崤函。地极险要。浦云:"思明四句指出时事危机。统曰大荒,不敢斥言灵武也。盖虚尔者,犹俗言此是空帐,非无备之谓,时已为贼所有也。"

〔6〕浦云:"延州四句乃是扼要本旨。"延州,即延安。秦北户,秦地的北门。曰户,见得是出入必经的要地。

〔7〕关防,即下芦子关。

〔8〕浦云:"岐有四句,插入绝奇。一见设守有成效,一见助守有声援。岐在延西,尚且如此得力,况延州尤据形要而逼贼冲者乎?"至德元载七月以薛景仙为扶风太守,曾击败胡兵。扶风郡,即古时的岐地。

〔9〕昆戎,即吐蕃,亦即上句所谓"山贼"。

〔10〕浦云:"末四句表明本意,复为危词以惕之。"两寇,指思明和秀岩。

〔11〕帝阍,天子之门。叫帝阍,就是赶快提醒朝廷。因为胡兵行动,迅速"如鬼",迟了就怕来不及了。和《悲青坂》的最后两句:"焉得附书与我军,忍待明年莫仓卒!"是同样的一种万分焦虑的心情。无怪他曾对唐肃宗说:"臣以陷身贼庭,愤惋成疾。"(《奉谢口敕放三司推问状》)

自京窜至凤翔喜达行在所三首

西忆岐阳信,无人遂却回[1]。眼穿当落日,心死著寒灰[2]。雾树行相引,连山望忽开[3]。所亲惊老瘦:辛苦贼中来[4]。

诗题从《文苑英华》,各本无"自京窜至凤翔"六字。至德二载(七五七)四月,杜甫冒险由长安逃归凤翔,五月十六日,肃宗拜为左拾遗,这三首诗便是杜甫作左拾遗以后不久痛定思痛之作,因此第三首有"影静千官里"的话。这年二月,肃宗由彭原迁凤翔,为临时政府所在地。蔡邕《独断》:"天子以四海为家,谓所居为行在所。"

〔1〕首二句说明冒险逃归之故。岐阳,即凤翔,凤翔在岐山之南,山南为阳,故称岐阳。凤翔在长安西,故曰西忆。信,是信使或信息。自去冬陈陶斜之败,杜甫急待官军再举,故希望那边有人来。"无人遂却回",无人二字读断,是说天天盼有人来,能得到一点消息,但竟没有人来。遂却回,是说于是决意逃回来。却回二字连读。却过、却出、却入、却到、却望、却去、却寄等,皆唐人习惯语。却字有加重语气的作用。

〔2〕二句写逃窜时的紧张心情。向西走,向西望,故当着落日。一面走,一面望,望得急切,故眼为之穿。当时逃窜是很危险的,一路之上,提心吊胆,所以说"心死著寒灰"。就是心都凉透了的意思。著,置也。《庄子·齐物论》:"形固可使如槁木,而心固可使如死灰乎。"

〔3〕二句写拼命逃窜之状。一路之上,重重烟树就好像在招引着自己向前奔。远树迷蒙,故曰雾树,正因是远树,人望树行,有似树之相引,一本作"茂树",茂字便死。连山,即太白山和武功山,是将到凤翔时

的标志。忽字传神,真是喜出望外。

〔4〕二句写初到时亲友的慰问。以上六句,便是"辛苦"的实际。李因笃云:"抗贼高节,而以老瘦辛苦四字檃括之,所云蕴藉也。入后贤手,必自诮不置矣。"

愁思胡笳夕,凄凉汉苑春[5]。**生还今日事,间道暂时人**[6]。**司隶章初睹,南阳气已新**[7]。**喜心翻倒极:呜咽泪沾巾**[8]。

〔5〕两句追忆陷安史叛军时苦况。入夜则愁闻胡笳,当春则伤心汉苑(如《哀江头》所云)。汉苑是以汉比唐,如曲江、南苑等地。

〔6〕二句是倒叙。活着回来,这只是今天的事情,因为昨天还在逃命,随时有作鬼的可能。间读去声。间道,犹小道,指由僻路逃窜。暂时人,谓生死悬于俄顷,见得十分危险。

〔7〕这两句是上三下二句法,写所见朝廷新气象。借古喻今,以汉光武比唐肃宗。《后汉书·光武纪》:"更始(刘玄)以光武(刘秀)行司隶校尉,于是置僚属,作文移,一如旧章。三辅吏士见司隶僚属,皆欢喜不自胜。老吏或垂涕曰:不图今日复见汉官威仪。"又:"望气者苏伯阿为王莽使,至南阳,遥望见舂陵郭,唶曰:气佳哉,郁郁葱葱然。"光武南阳人。

〔8〕中兴有望,故"喜极而悲"。当歌而哭,当喜而悲,似乎反常,故曰翻倒极。黄生云:"七八真情实语,亦写得出,说得透。从五六读下,则知其悲其喜,不在一己之死生,而关宗社(国家)之大计。"——按谢朓《始出尚书省》诗:"还睹司隶章,复见东都礼",亦用汉光武事,但两句一意,未免合掌。于此可见杜诗用事之精密。

死去凭谁报?归来始自怜[9]!**犹瞻太白雪,喜遇武功**

天〔10〕。影静千官里,心苏七校前〔11〕。今朝汉社稷,新数中兴年〔12〕。

〔9〕这是脱险后的回思。凭谁报,是说如果间道时死去,也无人报信。黄生云:"起语自伤名位卑微,生死不为时所轻重,故其归也,悲喜交集,亦止自知之而已。"甚确。按韩偓《息兵》诗:"正当困辱殊轻死,已过艰危却恋生。"心情与此相似。

〔10〕太白、武功,皆山名,在凤翔附近。太白山最高峰海拔四千一百一十三公尺,终年积雪。《三秦记》:"武功太白,去天三百。"二句是说到此才得复见汉家天日。

〔11〕国家兴复有望,故置身朝班,觉影静而心苏,不似在乱军中时之眼穿而心死。苏是苏醒、苏活。七校,指武卫,汉武帝曾置七校尉。

〔12〕中字,这里读去声。浦注:"七八结出本愿,乃为喜字真命脉。"又云:"文章有对面敲击之法,如此三诗写喜字,反详言危苦情状是也。"

述怀

去年潼关破,妻子隔绝久〔1〕;今夏草木长,脱身得西走〔2〕。
麻鞋见天子,衣袖露两肘〔3〕;朝廷愍生还,亲故伤老丑〔4〕。
涕泪受拾遗,流离主恩厚〔5〕;柴门虽得去,未忍即开口〔6〕。
寄书问三川〔7〕,不知家在否。比闻同罹祸,杀戮到鸡狗〔8〕。
山中漏茅屋,谁复依户牖〔9〕?摧颓苍松根,地冷骨未朽〔10〕。
几人全性命?尽室岂相偶〔11〕?嶔岑猛虎场,郁结回我首[12]。自寄一封书，今已十月后[13]。后畏消息来，寸心亦何有[14]？汉运初中兴[15]，生平老耽酒[16]。沉思欢会处，恐作穷独叟[17]。

这是杜甫逃脱安史叛军拜官后，惊魂稍定，因思及妻子死活而作的一首诗。杜甫无时不关心国家人民，从此诗也可看出。观"麻鞋"句，诗人是化装而逃的。现有出土的汉代麻鞋，形如草鞋。（见一九七八年《文物》第1期）

〔1〕至德元载（七五六）六月禄山破潼关，杜甫不久被俘，至是将一年，故有隔绝久的话。此句是一篇之主。

〔2〕由长安往凤翔得向西走。陶潜诗"孟夏草木长"，杜甫脱离长安时当在四月。草木长，则比较容易逃脱，故下句用一"得"字。不要作泛泛写景语看。

〔3〕这两句是记事实，也透露了一路上奔走流离的苦况。

〔4〕这两句显出杜甫的谦逊，毫不以功臣、节士自居。亲故，即亲旧或亲友。

〔5〕至德二载五月十六日唐肃宗任杜甫为左拾遗。唐制有左右拾遗各二人，虽只是一个从八品的官儿，但因系谏官，能常在皇帝左右，并向皇帝提出不同意见。因在流离之中，益觉主恩之厚，所以涕泪而受官。

〔6〕"柴门"应前妻子。前陷安史叛军中，今逃归，所以说"得去"，即"能去"的意思。吴祥农云："公不顾家而西走，及得去而不敢言归，大忠直节，岂后世所及？"以上十二句为一段，详叙来历，及得去而又未忍去之故。

〔7〕以下十二句为第二段，自己既不能分身，那就只有寄书了。寄书又得不到回信，故多想象揣测之词。三川，县名，在鄜州。

〔8〕比闻,即近闻。口语则为"比来闻道"。罹祸,即遭难。

〔9〕杀得这样惨,不知破茅屋里还有没有一个人剩下。

〔10〕这两句想得更深刻,是希望能够收到妻子的骨头。摧颓,是形容骨头的撑柱狼藉。

〔11〕怎能叫人不作此想:这年头有几个人能活着?希望全家团聚岂非做梦?

〔12〕嶔岑,山高峻貌。猛虎,喻贼寇的残暴。郁结,心上的疙瘩。回我首,摇头叹气。

〔13〕以下八句为末段。由目前的寄书,更想到去年的寄书。恐妻子尽亡,将成一个孤独的人。十月后,是说已经过十个月之久,不是指这年的十月,因为这年闰八月杜甫已回家了。

〔14〕这两句写心理矛盾,极深刻,也极真实。消息不来,还有个万一的想头,消息来了,希望很可能就变成绝望,所以反怕消息来。左不是,右不是,心中是一片空虚。李因笃云:"久客遭乱,莫知存亡,反畏书来。与'近家心转切,不敢问来人'同意,然语更悲矣。"

〔15〕唐人多用汉比拟唐。这时长安、洛阳都还未收复,但已有转机,所以说"初中兴"。

〔16〕耽酒,即嗜酒。

〔17〕国家已有起色,自己又爱喝点儿酒,假如妻子无恙,该多么好。但仔细思索起来,我这种幻想全家欢会的美景,恐怕要变成孤老儿一个的惨局呢。叟,是年老的称呼,杜甫这时四十六岁。

羌村三首

峥嵘赤云西,日脚下平地[1]。柴门鸟雀噪,归客千里至[2]。

妻孥怪我在[3]，惊定还拭泪[4]。世乱遭飘荡，生还偶然遂[5]！邻人满墙头，感叹亦歔欷[6]。夜阑更秉烛，相对如梦寐[7]。

　　杜甫就在他刚作左拾遗的那个月（至德二载五月）因上书援救宰相房琯，触怒肃宗，差点没砍掉脑袋，但从此肃宗便很讨厌他，八月里便命他离开凤翔，回鄜州的羌村去探望家小，这倒给诗人一个深入民间的机会。这三首诗和下面的《北征》便都是这时所作。

　　〔1〕峥嵘，山高峻貌；这里形容云峰。赤云西，即赤云之西，因为太阳在云的西边。古人不知地转，以为太阳在走，故有"日脚"的说法。这两句是未到时的远望。

　　〔2〕因有人来，故宿鸟惊喧。杜甫是走回来的，所谓"白头拾遗徒步归"，他曾向一个官员借马，没借到，"千里至"三字，辛酸中包含着喜悦。

　　〔3〕妻孥，即妻子。杜甫的妻这时以前虽已接到杜甫的信，明知未死，但对于他的突然出现，仍不免惊疑，只是发愣，所以说"怪我在"。

　　〔4〕惊魂既定，心情复常，方信是真，一时悲喜交集，不觉流下泪来。这两句写得极深刻、生动，是一个绝妙的镜头。

　　〔5〕遂，是如愿以偿。这两句是上两句的说明，下四句的引子。偶然二字含有极丰富的内容，和无限的感慨。杜甫陷叛军数月，可以死，脱离叛军亡归，可以死，疏救房琯，触怒肃宗，可以死，即如此次回鄜，一路之上，风霜疾病、盗贼虎豹，也无不可以死，现在竟得生还，岂不是太偶然了吗？妻子之怪，又何足怪呢。

　　〔6〕歔音虚，欷音戏，悲泣之声。在这些感叹悲泣声中，我们仿佛听到父老们（邻人）对于这位民族诗人的赞叹。

87

〔7〕夜阑,深夜。更读去声,夜深当去睡,今反高烧蜡烛,所以说"更"。这是因为万死一生,久别初逢,过于兴奋,不忍去睡,也不能入睡。因事太偶然,故虽在灯前,面面相对,仍疑心是在梦中。——这第一首写初到家惊喜的情况。

晚岁迫偷生〔8〕,还家少欢趣〔9〕。娇儿不离膝:畏我复却去〔10〕。忆昔好追凉〔11〕,故绕池边树。萧萧北风劲〔12〕,抚事煎百虑〔13〕。赖知禾黍收〔14〕,已觉糟床注〔15〕。如今足斟酌,且用慰迟暮〔16〕。

〔8〕晚岁,即老年。迫偷生,指这次奉诏回家。杜甫心在国家,故直以诏许回家为偷生苟活。

〔9〕正因为杜甫认为当此万方多难的时候却呆在家里是一种可耻的偷生,所以感到"少欢趣"。少字有分寸,不是没有。

〔10〕这句当在"畏"字读断,是上一下四的句法。这里的"却"字,作"即"字讲。却去犹即去或便去。是说孩子们怕爸爸回家不几天就又要走了,因为他们已发觉爸爸的"少欢趣"。金圣叹云:"娇儿心孔千灵,眼光百利,早见此归,不是本意,于是绕膝慰留,畏爷复去。"

〔11〕忆昔,指去年六七月间。追凉,追逐凉爽的地方,即指下句。

〔12〕杜甫回来在闰八月,西北早寒,故有此景象。萧萧,兼写落叶。

〔13〕抚是抚念。抚念家事则满目凄凉,抚念国事则胡骑猖獗,因而忧心如焚。

〔14〕赖字有全亏它的意思,要是再没酒,简直就得愁死。

〔15〕糟床,即酒醡。注,流也,指酒。

〔16〕这两句预计的话,因为酒还没酿出。足斟酌是说有够喝的酒。"且用慰迟暮",姑且用它(酒)来麻醉自己一下吧。这只是一句话,并不

是真心话。——第二首写得还家以后的矛盾心情。

群鸡正乱叫,客至鸡斗争。驱鸡上树木,始闻叩柴荆[17]。父老四五人,问我久远行[18]:手中各有携,倾榼浊复清[19]。苦辞"酒味薄[20],黍地无人耕,兵革既未息,儿童尽东征"。"请为父老歌[21]:艰难愧深情[22]!"歌罢仰天叹[23],四座泪纵横。

〔17〕柴荆,犹柴门,也有用荆柴、荆扉的。最初的叩门声为鸡声所掩,这时才听见,所以说"始闻"。——按养鸡之法,今古不同,南北亦异。《诗经》说"鸡栖于埘",汉乐府却说"鸡鸣高树颠",又似栖于树。石声汉《齐民要术今释》谓"黄河流域养鸡,到唐代还一直有让它们栖息在树上的,所以杜甫诗中还有'驱鸡上树木'的句子。"按杜甫《湖城东遇孟云卿复归刘颢宅宿宴饮散因为醉歌》末云"庭树鸡鸣泪如线"。湖城在潼关附近,属黄河流域,诗作于将晓时,而云"庭树鸡鸣",尤足为证。驱鸡上树,等于赶鸡回窝,自然就安静下来。

〔18〕问是问遗,即带着礼物去慰问人,以物遥赠也叫做"问"。父老们带着酒来看杜甫,所以说"问我"。

〔19〕榼,酒器。浊清,指酒的颜色。

〔20〕"苦辞酒味薄"是说苦苦的以酒味劣薄为辞。苦辞,就是再三的说,觉得很抱歉似的,写出父老们的淳厚。下面并说出酒味薄的缘故。苦辞、苦忆、苦爱等也都是唐人习惯语,刘叉《答孟东野》诗:"酸寒孟夫子,苦爱老叉诗。"都不含痛苦或伤心的意思。

〔21〕请为父老歌,一来表示感谢,二来宽解父老。但因为是强为欢笑,所以"歌"也就变成了"哭"。

〔22〕这句就是歌词。艰难二字紧对父老所说的苦况。来处不易，故曰艰难。惟其出于艰难，故见得情深，不独令人感，而且令人愧。从这里可以看到人民的品质对诗人的感化力量。

〔23〕杜甫是一个"自比稷与契"、"穷年忧黎元"的诗人，这时又正作左拾遗，面对着这灾难深重的"黎元"，而且自己还喝着他们的酒，哪得不叹？哪得不仰天而叹以至泪流满面呢？——第三首写邻人的携酒慰问。通过父老们的话，反映出广大人民的生活。

北征

皇帝二载秋〔1〕，闰八月初吉〔2〕；杜子将北征，苍茫问家室〔3〕。维时遭艰虞〔4〕，朝野少暇日；顾惭恩私被〔5〕，诏许归蓬荜〔6〕。拜辞诣阙下〔7〕，怵惕久未出〔8〕。虽乏谏诤姿，恐君有遗失〔9〕。君诚中兴主，经纬固密勿〔10〕。东胡反未已，臣甫愤所切〔11〕。挥涕恋行在〔12〕，道途犹恍惚〔13〕。乾坤含疮痍，忧虞何时毕〔14〕？

这是杜甫回家后为追叙这次回家的经过而作的。由凤翔到鄜州得向东北走，所以叫做"北征"。《北征》写作的目的是在于：一方面根据自己的亲身见闻，写出人民的生活情况，来唤起唐肃宗的密切注意；另一方面表示自己对借用回纥兵的意见，来提高唐肃宗的警惕。杜甫这时是一个谏官，这首诗便是他的谏草，格式也很像奏议。全诗共七百字，是杜甫五言古体诗中最长的一篇。可分为五大段落，但其间却贯串着一个总的忧国忧民的精神。由于杜甫的思想是属于封建思想体系的,所以他这种精神,又不可避免的杂有忠君恋主的封建糟粕,这就需要我们善于区别的来看。手法上的特点,则是表情曲折,描写细腻,结构完密。

〔1〕皇帝二载,即唐肃宗至德二年(七五七)。这时尚沿旧习改年为载。

〔2〕初吉,朔日,即初一。头两句一上来就抬出皇帝并写明年月日,这是为了表示郑重和严肃。因为这诗主要是写国家大事。白居易《游悟真寺诗》:"元和九年秋,八月月上弦。我游悟真寺,寺在王顺山。"显然是模仿《北征》的。但只写个人的游览,似乎不必戴这种大帽子。

〔3〕苍茫,犹渺茫。时当乱世,死活难料,故有此感觉。金圣叹《杜诗解》:"起四句,竟如古文辞。只插苍茫二字,便将一时胸中为在为亡,无数狐疑,一并写出。"这以上四句是全诗的总纲,下面说的便全是问家室或与问家室有关的事情。

〔4〕维时,犹是时。

〔5〕恩私被,恩独加于个人,所以自顾怀惭,这是门面话。

〔6〕肃宗因救房琯事很讨厌杜甫,便命他去探视家小,所以说"诏许"。蓬荜,即蓬门荜户,穷人所居。

〔7〕诣音意,到也。阙,宫阙,指朝廷。

〔8〕怵惕,恐惧不安。

〔9〕两句说明怵惕之故。杜甫作拾遗,谏诤是他的职守。在封建时代,皇帝的一举一动,关系很大,故恐有不够周密之处。

〔10〕密勿犹勤谨。经纬是对军国大事的计划措施。

〔11〕这年正月,安庆绪杀安禄山,仍盘踞洛阳称帝,故曰东胡反未已。臣甫,是用的一般章奏上的字面。由此可见,杜甫写此诗的目的,确是准备给肃宗看的。

〔12〕行在,见前《自京窜至凤翔喜达行在所三首》题解。

〔13〕身在途中,心悬阙下,所以心神恍惚。

〔14〕这两句说出自己的心事。正因"乾坤含疮痍"所以至于"挥涕恋行在"。疮与创同,痍,伤也。到处在流血,所以说"含"。——这是第一大段,写将归时自己对于国事的关切心情。"道途"句起下一段。

靡靡逾阡陌[15],人烟眇萧瑟[16]。所遇多被伤,呻吟更流血。回首凤翔县,旌旗晚明灭[17]。前登寒山重,屡得饮马窟[18]。邠郊入地底,泾水中荡潏[19]。猛虎立我前,苍崖吼时裂。菊垂今秋花,石戴古车辙。青云动高兴,幽事亦可悦[20]:山果多琐细,罗生杂橡栗[21];或红如丹砂,或黑如点漆[22];雨露之所濡,甘苦齐结实[23]。缅思桃源内,益叹身世拙[24]!坡陀望鄜畤[25],岩谷互出没。我行已水滨,我仆犹木末[26]。鸱鸮鸣黄桑,野鼠拱乱穴[27]。夜深经战场,寒月照白骨。潼关百万师,往者散何卒[28]?遂令半秦民,残害为异物[29]。

〔15〕靡靡,犹迟迟。逾,越过。阡陌,田间道路。

〔16〕萧瑟,犹萧条。眇,少也。

〔17〕心在朝廷,因而回望。日光反照,旌旗飘动,故或明或灭。

〔18〕寒山,犹秋山。重,重叠也。屡得,多次碰到。一路是饮马窟,正战时现象。

〔19〕邠,邠州,今陕西邠县。郊,郊原,即盆地。杜甫时在山上,故见邠郊如入地底。潏音聿。荡潏,水涌貌。中,邠郊之中。吴瞻泰《杜诗提要》:"邠郊四句写秦中险阻,真是天险。猛虎,状苍崖之蹲踞。"

〔20〕身在山头故曰青云。幽事,即下所见山中景物。幽事本来可

悦,因心有忧虑,故曰"亦可悦"。二句结上转下。

〔21〕橡,栎实,似栗而小。

〔22〕点漆,黑而小的山果。

〔23〕濡,沾濡。这两句是总写。言外有草木尚各得其所,而人反不能及的感慨。

〔24〕缅思,犹遥想。桃源,是古人虚构的理想社会,晋陶潜有《桃花源记》。因见山中景物,故想起桃源生活。但杜甫是个现实主义者,从这里他立即回到现实世界,而所谓"可悦"也就变成叹息了。

〔25〕鄜畤本是秦文公所筑祭天的坛场,这里即指鄜州。杜甫家在鄜,望鄜畤实即望家。坡陀是风陵起伏之貌。

〔26〕犹,尚也。木末,犹树梢,字面上是用《楚辞》的"搴芙蓉兮木末"。此泛指山上。杜甫归心急,故不觉走得快,反把仆人拉下了。

〔27〕拱是拱立。拱乱穴,如人拱着手似的立在乱穴中间。古有所谓"拱鼠",能交其前足而立。

〔28〕据《唐书》,哥舒翰以兵二十万守潼关,因杨国忠督促出战,为安禄山所败,坠黄河死者数万人,十不存一二,这里说"百万"是一种夸大。卒,仓猝。杜甫就所见战场的白骨,追究这些白骨的成因,因而提出潼关之败。这在当时是极有现实意义的。

〔29〕半秦民,一半的秦地人民。为异物,即化为异物,谓死亡。——这是第二大段,写一路之上所见景物和社会状况。重点则在后者,景物不过是陪衬点缀。"被伤""呻吟"、"流血"、"白骨",这些才是所关心的,所要写出的。在结构上,这一段便是前段"乾坤含疮痍"的注脚。杜甫的流亡也和潼关的失守有关,故下一段便说到自己身上。

况我堕胡尘,及归尽华发〔30〕。经年至茅屋,妻子衣百结〔31〕。恸哭松声回,悲泉共幽咽〔32〕。平生所娇儿,颜色白

93

胜雪[33]。见耶背面啼[34],垢腻脚不袜。床前两小女,补绽才过膝[35]。海图坼波涛,旧绣移曲折;天吴及紫凤,颠倒在短褐[36]。老夫情怀恶,呕泄卧数日[37]。那无囊中帛,救汝寒凛慄[38]?粉黛亦解包,衾裯稍罗列[39]。瘦妻面复光,痴女头自栉[40];学母无不为,晓妆随手抹[41];移时施朱铅,狼藉画眉阔[42]。生还对童稚,似欲忘饥渴。问事竞挽须,谁能即嗔喝[43]?翻思在贼愁,甘受杂乱聒[44]。新归且慰意,生理焉得说[45]?

〔30〕堕胡尘,指陷叛军中。及归,指由长安逃归凤翔,因悲愤,所以头发全都花白了。

〔31〕杜甫至德元载七月离开鄜州,二载闰八月才回来,所以说"经年"。百结,打满补钉。

〔32〕这两句借景物极写恸哭之悲哀。无情的松泉,仿佛也在为人鸣咽。

〔33〕白胜雪,指过去养得很白净,与下垢腻对照,有人以为是说"饥色"的苍白,不对。古典文学中一般都是用雪来形容颜色的美丽,如江淹《美人春游》诗"白雪凝琼貌",张籍《寄菖蒲》诗"仙人劝我食,令我头青面如雪"。小说如《水浒》第六十六回:"哥哥,你又露出雪也似白面来,亦不像忍饥受饿的人!"皆其例。金圣叹云:"儿上写平生所骄,正与今日见爷背面映出久别苦况也。平生骄儿,其颜胜雪,下若云,今日还看,其黑如铁,便是张打油恶诗。看他只用背面二字轻避过今昔黑白不同丑语,却别以脚上垢腻,似对不对,反形之。"娇,亦作骄。

〔34〕耶,即爷字,俗称父曰爷。杜甫这里全用素描,故用口头俗语。

〔35〕补绽,补缀。

〔36〕这四句要连看。海图是绣着海景的图障,梁锽《观王美人海图障子》诗云:"自从图渤海,谁为觅湘娥。白鹭栖脂粉,赪鲂跃绮罗。"天吴是水神(虎身人面,八手八足八尾),和紫凤都是障上所绣。因为没有布,用这种东西来缝补小儿的短衣,所以波纹坼裂,绣纹错乱,天吴紫凤,东歪西倒。这四句本写贫困,却带幽默。李因笃说:"四句写尽大家乱后,仓卒无衣之苦。"

〔37〕情怀恶,心情不好。呕泄,吐泻。卧,卧病。

〔38〕寒凛慄,冷得哆嗦。

〔39〕黛,古时妇女画眉的黑粉。解包,解开包裹。衾,被也。裯,床帐。

〔40〕面复光,光字可想。人情忧愁则面色暗淡。头自栉,自动梳起头来。

〔41〕无不为,一一照着做。随手抹,信手胡乱涂抹。

〔42〕移时,费了很大的工夫。朱铅,红粉。汉和唐,女子画眉都以阔为美,张谔《岐王美人诗》云:"半额画双蛾,盈盈烛下歌。"又张籍《倡女词》"轻鬓丛梳阔画眉"。狼藉,不整洁。以上四句,本写妻的加意梳掠,却借痴女影衬。

〔43〕问事,问长问短,诸如陷叛军中、亡命等等。竞是争着。嗔喝,生气的喝止。嗔一作瞋。写娇女幼儿的情状,极逼真。

〔44〕杂乱,指上问事挽须。聒,吵闹。

〔45〕生理,即生计。叛军未平,万方多难,一家生计又哪谈得到?——这是第三大段,写到家以后的悲喜情形。这一段是《北征》应有的正面文章,但并不是全诗的主体,杜甫写他一家的穷困,也是作为"乾坤含疮痍"的一部分来写的。杜甫从不把悲哀局限在自己身上,因此,翻思四句,忽又撇开家庭细节,回到国家大事上来。这就过渡到下

一段。

至尊尚蒙尘[46],几日休练卒[47]?仰观天色改,坐觉妖氛豁[48]。阴风西北来,惨淡随回纥[49]。其王愿助顺,其俗善驰突[50]。送兵五千人,驱马一万匹[51]。此辈少为贵,四方服勇决[52]。所用皆鹰腾,破敌过箭疾[53]。圣心颇虚伫,时议气欲夺[54]。伊洛指掌收,西京不足拔[55]。官军请深入,蓄锐可俱发[56]。此举开青徐,旋瞻略恒碣[57]。昊天积霜露,正气有肃杀[58]。祸转亡胡岁,势成擒胡月。胡命其能久?皇纲未宜绝[59]。

〔46〕封建时代称皇帝为"至尊",此指肃宗。皇帝流落在外叫做"蒙尘"。

〔47〕是说什么时候才能不练兵呢?

〔48〕豁,犹开朗、澄清。

〔49〕回纥,即今维吾尔族、裕固族等古称。

〔50〕助顺,帮助朝廷。善驰突,善骑射。《通鉴》卷二百二十:"至德二载九月,郭子仪以回纥兵精,劝上益征其兵以击贼。怀仁可汗遣其子叶护及将军帝德等将精兵四千来至凤翔。元帅广平王俶,见叶护,约为兄弟,叶护大喜,谓俶为兄。"

〔51〕一人两马,故有一万匹。

〔52〕杜甫认为借用回纥的兵,越多越难应付,故云"少为贵"。勇决,骁勇果决。

〔53〕鹰,猛禽。鹰腾,言送来的皆劲兵。过箭疾,极言破敌之速。

〔54〕圣心二句,是说肃宗想依靠回纥,虚心以待,"惟其所欲",朝

廷百官虽不同意,却不敢坚持。气夺,慑于皇帝的威严,气为之夺。

〔55〕伊洛,二水名。此指东京(洛阳)。指掌,是说容易。西京,长安。

〔56〕但用官军,即可消灭安史,这就是当时的"时议"。

〔57〕青徐,青州、徐州,今山东、苏北一带。"恒碣",恒山和碣石山,指河北一带。旋瞻,眼看。略,略取。

〔58〕这两句是杜甫根据自然界的规律叫唐肃宗积极备战。

〔59〕"皇纲"指唐帝业传统,也是国运的象征,相当于《述怀》诗的"汉运"。浦云:"祸转数语,犹岳少保(飞)所谓'与诸君痛饮'者也。"——这是第四大段,对借兵回纥,表示忧虑;对如何消灭安史叛军,提供意见,正是"恐君有遗失"的具体表现。下段即由往事和人心说明"未宜绝"的理由,脉络甚细。

忆昨狼狈初〔60〕,事与古先别:奸臣竟菹醢〔61〕,同恶随荡析〔62〕;不闻夏殷衰,中自诛褒妲〔63〕。周汉获再兴,宣光果明哲〔64〕。桓桓陈将军,仗钺奋忠烈〔65〕。微尔人尽非〔66〕,于今国犹活。凄凉大同殿,寂寞白兽闼〔67〕。都人望翠华,佳气向金阙〔68〕。园陵固有神,洒扫数不缺〔69〕。煌煌太宗业,树立甚宏达〔70〕。

〔60〕这是追溯去年六月唐玄宗逃往四川的事,当时走得非常慌张,路上饭都找不到一口,走到马嵬六军又不进,所以用"狼狈"二字概括。

〔61〕菹音居,醢音海。菹醢,肉酱。奸臣,指杨国忠。《唐书·杨国忠传》:"上(玄宗)至马嵬驿,军士饥,愤怒。龙武将军陈玄礼谓军士曰:'今天下崩离,万乘震荡,岂不由国忠割剥氓庶,朝野怨咨,以至此耶?

若不诛之,何以塞四海之怨愤?'众曰:'念之久矣,事行身死,固所愿也。'……遂斩首以徇,韩国、虢国二夫人亦为乱兵所杀。"

〔62〕《新唐书·玄宗纪》:"次马嵬,左龙武大将军陈玄礼杀杨国忠及御史大夫魏方进、太常卿杨暄(国忠之子)。"即所谓"同恶随荡析"。荡析,犹消灭。

〔63〕夏殷衰,指夏桀王和殷纣王。夏桀嬖妹喜,殷纣嬖妲己。褒是褒姒,周幽王的女宠。有人以为"夏殷"当作"殷周",或将"褒妲"改为"妹妲"(仇注即作妹妲),才符合史实。浦起龙云:"本应作妹妲,痛快疾书,涉笔成误。"李因笃云:"不言周,不言妹喜,此古人互文之妙,正不必作误笔。自八股兴,无人解此法矣。"按李说是,不必改动。所谓"互文",指上句举夏、殷以包括周,下句举褒、妲以包括妹喜。"中自"即主动。唐玄宗赐杨贵妃死,实出于被动,但不好正面揭穿,只好从侧面点破,观下文明言陈玄礼"仗钺奋忠烈"可见。在当时危急存亡的情况下,把皇帝说成一个昏君,便要影响举国上下"同仇敌忾"的情绪,这可能是杜甫为什么要把官军的逼迫说成天子的"圣断"的用心。

〔64〕宣光,周宣王和汉光武,比唐肃宗。

〔65〕桓桓,武勇貌。陈将军即陈玄礼。称其官号,表示敬意。"仗钺奋忠烈"事,见上〔61〕、〔62〕注。

〔66〕这句用《论语》孔丘赞美管仲的话:"微管仲,吾其被发左衽矣!"微,没有。尔,你,指陈玄礼。人尽非,人民将受到安史的野蛮统治。黄生云:"诛杨氏所以泄天下之愤,愤泄,然后足以鼓忠义之气,而恢复可望,故归功于陈如此。"

〔67〕大同殿在南内兴庆宫中勤政楼之北,玄宗所游之地。白兽闼,即白兽门,这两句意在激励肃宗的故国之思。

〔68〕翠华,天子之旗。望翠华,盼望肃宗克服京师。都人,指长安人民。杜甫曾陷身长安数月,所以知道这种情况。金阙,是用金饰的

阙门。

〔69〕园陵,皇帝的坟墓。数,礼数。

〔70〕提出太宗来,一则为了激励肃宗,再则也为了提高大家的自信心。唐太宗接受隋末农民起义的教训,取得"贞观之治"的业绩,贞观四年,并被"四夷君长"推尊为"天可汗",故有"煌煌"句。——这是第五大段,是全诗的总结,也是安史之乱的初步总结,有歌颂表扬,也有口诛笔伐。目的总不外希望肃宗能成为一个好皇帝,早日结束"乾坤含疮痍"的局面。

彭衙行

忆昔避贼初〔1〕,北走经险艰。夜深彭衙道,月照白水山〔2〕。尽室久徒步,逢人多厚颜〔3〕。参差谷鸟鸣,不见游子还〔4〕。痴女饥咬我,啼畏虎狼闻。怀中掩其口,反侧声愈嗔〔5〕。小儿强解事,故索苦李餐〔6〕。一旬半雷雨,泥泞相牵攀。既无御雨备,径滑衣又寒〔7〕。有时经契阔〔8〕,竟日数里间〔9〕。野果充糇粮〔10〕,卑枝成屋椽〔11〕。早行石上水,暮宿天边烟〔12〕。小留同家洼,欲出芦子关〔13〕。故人有孙宰〔14〕,高义薄层云:延客已曛黑,张灯启重门。暖汤濯我足,剪纸招我魂〔15〕。从此出妻孥,相视涕阑干〔16〕。众雏烂熳睡,唤起沾盘飧〔17〕。"誓将与夫子,永结为弟昆〔18〕!"遂空所坐堂,安居奉我欢。谁肯艰难际,豁达露心肝〔19〕?别来岁月周〔20〕,胡羯仍构患。何当有翅翎,飞去坠尔前〔21〕!

这是一首感谢朋友的诗,写的是一年前(至德元载——公元七五六年)全家逃难的一个片断。杜甫这次回鄜,路经彭衙之西,因而忆起去年孙宰的深厚友谊,但不能枉道相访,故作此诗以志感。彭衙在陕西白水县东北六十里,现在的彭衙堡。

〔1〕通篇皆追叙往事,只末四句是作诗时的话,故用"忆昔"二字领起。

〔2〕白水山,白水县的山。杜甫于至德元载六月自白水逃难鄜州。

〔3〕多厚颜,觉得很不好意思。尽室,犹全家。

〔4〕这两句写一路很荒凉,所以找不到吃的,也找不到住处。

〔5〕怕虎狼寻声而来,故掩其口使不出声。但小孩因感到不舒服,哭得更厉害了,真是令人急煞。反侧,挣扎。声愈嗔,声愈大。

〔6〕强解事,即所谓"强作解事"。故,故意,犹"不是故离群"、"清秋燕子故飞飞"之"故"。索,索取。二句是说小儿们自以为比小妹懂事些,只要求吃些道旁的苦李,他们哪知道苦李是吃不得的呢。庾信《归田诗》:"苦李无人摘。"以上数语写小儿女情态,真乃"画不能到"。

〔7〕备,工具。衣又寒,因衣被雨打湿。

〔8〕经契阔,是说碰到特别难走处。

〔9〕竟日是整天。

〔10〕餱粮,干粮。

〔11〕橼是屋顶上的圆木条,这里屋橼就是屋宇的意思。

〔12〕因下了半旬雷雨,故老在水里走;因露宿山中,所以说天边烟。这个烟字不能作人烟解。

〔13〕同家洼,即孙宰的家。小留是短期的逗留。杜甫初意拟挈家直达灵武行在,故欲北出芦子关。

〔14〕宰,是唐人对县令的一种尊称,孙大概做过县令。

〔15〕剪纸作旐,以招人魂,是古时风俗习惯,这里不必死看,认为果

有此事,只是写孙宰的安慰无微不至而已。

〔16〕阑干,横斜貌,是形容涕泪之多。见得孙宰妻子也十分同情他们的遭遇。

〔17〕众雏,即上痴女小儿。烂熳睡,小儿睡得十分香甜的样子。沾字含感激意。飧音孙,晚餐。

〔18〕这两句是代述孙宰的话,亦即下文所谓"露心肝"。夫子,是孙宰谓杜甫。

〔19〕这两句总结上文,艰难指"避贼"以下,露心肝指"故人"以下。不写艰难,便显不出孙宰的高义。浦起龙说:"尽室以下,追叙一句以内所历之苦,正以反蹴下文延客奉欢一段深情也。"

〔20〕岁月周,满一年。

〔21〕何当,哪得。末即《诗经》所谓"静言思之,不能奋飞"意。——按唐人称县令为"明府"或"宰",皆含敬意,李白有《献从叔当涂宰阳冰》诗,阳冰时为当涂县令而称为"宰",即其证。

送郑十八虔贬台州司户,伤其临老陷贼之故,阙为面别,情见于诗

郑公樗散鬓成丝[1],酒后常称老画师[2]。万里伤心严谴日,百年垂死中兴时[3]。苍惶已就长途往,邂逅无端出饯迟[4]。便与先生应永诀[5],九重泉路尽交期[6]。

这大概是公元七五七年冬杜甫由鄜还长安时所作。郑虔,即郑

广文,十八是郑的排行。禄山之乱,虔陷叛军中,禄山授虔水部郎中,虔称病,并暗中与唐政府通消息。至德二载十二月,陷叛军中官六等定罪,虔在三等,故贬台州。他是杜甫最要好的朋友之一。

〔1〕樗音初。落叶乔木,质松而白,有臭气。《庄子·逍遥游》:"吾有大树,人谓之樗。"又《人间世》:"匠石之齐,见栎社树,其大蔽牛,谓弟子曰:散木也,无所可用。"杜甫就是据此创为"樗散"一词的。言郑才不合世用。

〔2〕常称,郑自称。郑善画山水。老画师有老废物意,是牢骚话。因为唐代风气,轻视画师。《唐书·阎立本传》:"立本善图画,太宗尝与侍臣泛舟春苑,池中有异鸟,召立本令写焉。时阁外传呼云'画师阎立本'。时已为主爵郎中,奔走流汗,俯伏池侧,手挥丹青,瞻望宾座,不胜愧赧。退诫其子曰:吾少好读书,惟以丹青见知,躬斯役之务,辱莫大焉,汝宜深戒,勿习末伎。"又《唐诗纪事》卷七十一:"孙鲂,南昌人,有能诗声。鲂父,画工也。王彻为中书舍人,草鲂诰词云:'李陵桥上,不吟取次之诗;顾凯笔头,岂画寻常之物。'鲂终身恨之。"可见当时画家地位甚卑,画师一名为士大夫所羞称。今虔却常常自称,正是牢骚。

〔3〕两句为虔惋惜。万里,指台州。严谴,严厉的处罚。百年,指人的一生。垂死含两层意:一则虔年已老,眼看要死;再则遭贬,更足以速其死。当时两京收复,故曰中兴时。中字读去声。

〔4〕两句写"阙为面别"之故。一个匆促上道,一个因故来迟。邂逅无端,是说碰着意外的事故。

〔5〕永诀,死别。郑虔已是一把年纪,又相去万里,以常理推之,料难再见,故曰"应永诀"(此后果未能相见)。

〔6〕九重泉,犹九泉或黄泉,谓死后葬于地下。

春宿左省

花隐掖垣暮,啾啾栖鸟过[1]。星临万户动,月傍九霄多[2]。不寝听金钥,因风想玉珂[3]。明朝有封事,数问夜如何[4]。

这是乾元元年(七五八)春所作。杜甫为左拾遗,属门下省。门下省在东,故曰左省。宿是值宿。仇注:"自暮而夜而朝,叙述详明。而忠勤为国之意,即在其中。"

〔1〕二句写黄昏时景。

〔2〕二句写夜中景。九霄指天。宫殿高入云霄,接近月亮,故觉其得月独多。白居易诗:"雁断知风急,湖平得月多",可互参。

〔3〕二句写不寝时的心情。金钥,金锁。玉珂,马饰,百官上朝皆骑马。风吹铎鸣,有似玉珂,故因而想及。杜甫怕耽误上朝,所以如此。

〔4〕二句写不寝之故。封事,即密奏。唐时拾遗,掌供奉讽谏,大事廷诤,小则上封事。

曲江二首

一片花飞减却春,风飘万点正愁人[1]。且看欲尽花经眼[2],莫厌伤多酒入唇[3]。江上小堂巢翡翠,苑边高冢卧麒麟[4]。细推物理须行乐[5],何用浮名绊此身[6]?

这两首诗亦作于乾元元年春任左拾遗时。虽身居谏职,而志不得行,故不免满腹牢愁。看似伤春,实感人事。

〔1〕方回曰:"起二句绝妙。一片花飞且不可,而况于万点乎?"减却春,减了春色。

〔2〕欲尽花,将尽之花。杜甫《阆山歌》:"松浮欲尽不尽云,江动将崩未崩石。"欲字与将字互文。经眼,犹过眼。经字下得细,因为写的是飞花。

〔3〕伤多酒,过多之酒,即超过饮量的酒。齐己《野鸭》诗:"长生缘甚瘦,近死为伤肥。"伤肥亦即过肥。前人有的解为"伤心之事多于酒",误。此二句为上五下二句法,当在花字、酒字读断。

〔4〕安史之乱,曲江建筑多被毁,公卿多被杀。小堂无主,故翡翠来巢;高冢绝后,故石兽仆卧。苑,指芙蓉苑,在曲江西南。杜甫往往用丽句写荒凉,这也是一例。

〔5〕此句承上二句来。物理,指事物之盛衰变化而言。见得有盛必有衰,春之来去,人之生死,也是物理之常,故应及时行乐。

〔6〕浮名,虚名。有尸位素餐之慨。王嗣奭云:"名乃名位之名。官居拾遗,而不能尽职,特浮名耳!"甚确。徐而庵云:"诗作流连光景语,其意甚于痛哭!"又云:"此不是公旷达,是极伤怀处。大率看公诗,另要一副心肝、一双眼睛待他,才是。"这话也很有见地。

朝回日日典春衣[7],每日江头尽醉归。酒债寻常行处有[8],人生七十古来稀[9]。穿花蛱蝶深深见,点水蜻蜓款款飞[10]。传语风光共流转,暂时相赏莫相违[11]!

〔7〕朝回,退朝回家。典,典当。是一种用实物作抵押的贷款形式,

利息很重。当春日而典春衣,明已无物可典。穷极,亦无聊之极。下句正申明典衣之故,是为了买醉。

〔8〕是说随便走到哪儿都欠有酒债,因为每天都是"不醉无归"的"尽醉"。

〔9〕这句又说明尽醉的缘故。这种人生观是消极的,在杜诗中极少见,但也可以看出他此时处境的恶劣和心情的苦闷。这句诗已成流行的口头语。

〔10〕二句写曲江春景。蛱蝶,即蝴蝶。不用蝴字,是平仄关系。蛱蝶恋花,回环来往,故曰"穿";蜻蜓蘸水,一触即起,故曰"点"。见,同现。深深现,谓忽隐忽现,或如隐如现,因为蝶身就有花纹。款款飞,犹缓缓飞。写蜻蜓之游戏从容。

〔11〕二句用拟人法。传语,犹传告。共流转,犹共盘桓。莫相违,不要抛人而去。即"花飞有底急?老去愿春迟"意。——王嗣奭曰:"此二诗盖忧愤而托之行乐者。时已暮春,至六月,遂出为华州掾(即华州司功参军)。"

至德二载,甫自金光门出,间道归凤翔。乾元初,从左拾遗移华州掾,与亲故别,因出此门,有悲往事

此道昔归顺[1],西郊胡正繁。至今犹破胆,应有未招魂[2]。近侍归京邑[3],移官岂至尊[4]?无才日衰老,驻马望千门[5]。

此诗当作于乾元元年(七五八)六月,时杜甫因直言,复坐房琯

党,由左拾遗贬官为华州司功参军。不说贬,而说"移",门面话。这是杜甫在政治上一个转捩点,也是他在创作上一个大关键:由侍奉皇帝走向人民。长安外郭城西面有三门:北曰开远门,中曰金光门,南曰延平门。

〔1〕归顺,脱叛军归唐。

〔2〕是说回想那时冒险情形,现在还觉心惊胆战。

〔3〕近侍,指左拾遗。《曲江陪郑八丈》诗"近侍即今难浪迹",亦指左拾遗。京邑,指华州,华州离长安不远,故曰京邑。

〔4〕移官,实即贬官。至尊指肃宗。岂至尊,难道是皇帝的意思吗?这是反话。不欲直言,而讽意自见。

〔5〕无才句是又归咎于自己的无用。杜甫总想通过皇帝来做一番事业,立马回望,不忍遽去。千门,指宫殿。

望岳

西岳崚嶒竦处尊[1],诸峰罗立如儿孙[2]。安得仙人九节杖,拄到玉女洗头盆[3]?车箱入谷无归路,箭栝通天有一门[4]。稍待西风凉冷后,高寻白帝问真源[5]。

这是杜甫贬官华州时所作。岳,西岳华山。

〔1〕崚嶒,高峻貌。竦处,最高处。

〔2〕如儿孙,是说俯视诸峰,大者如儿,小者如孙。用人的长幼形容山的高下,是创语。

〔3〕二句说欲登。《列仙传》:"王烈授赤城老人九节苍藤竹杖,行

地马不能追。"《集仙录》："明星玉女居华山祠,前有五石臼,号曰玉女洗头盆。"

〔4〕二句写华山险峻,含难登意,故下有"稍待"的话。华山下有车箱谷,深不可测。岐山有箭筈岭,此或借用其字面。

〔5〕白帝,即指华山,传说少昊为白帝,治西岳。真源,群仙所居之地,有访道之意。由于政治上的挫折,杜甫这时是颇为苦闷的。

瘦马行

东郊瘦马使我伤:骨骼硉兀如堵墙[1]。绊之欲动转欹侧[2],此岂有意仍腾骧[3]?细看六印带官字[4],众道三军遗路傍。皮干剥落杂泥滓[5],毛暗萧条连雪霜[6]。去岁奔波逐馀寇[7],骅骝不惯不得将[8]。士卒多骑内厩马,惆怅恐是病乘黄[9]。当时历块误一蹶[10],委弃非汝能周防[11]。见人惨澹若哀诉,失主错莫无晶光[12]。天寒远放雁为伴,日暮不收乌啄疮[13]。谁家且养愿终惠,更试明年春草长[14]。

这是乾元元年(七五八)冬杜甫贬官作华州司功时所作。是一篇写实而兼抒情的作品。一则杜甫本极爱马,二则这匹被遗弃的官马,和他这时处境有着共同之点,故借马以寄托自己的身世之感。前人多说是杜甫"自伤贬官而作",是可信的。诗中"失主"、"远放"便是自影不得于君和贬官的,"日暮不收"便是自影日暮途穷的。全诗分两段,首八句写瘦马憔悴的外形,次十二句写瘦马悲楚的内心。

107

〔1〕骼,音格。硸兀,形容马骨出如石。如堵墙,也是说瘦。

〔2〕绊之,用马缰绊动马足。攲侧,歪歪倒倒。

〔3〕腾骧,飞跃。这句有"岂复有意于用世"的意思。

〔4〕六印带官字,是说马身所印六个印子,其中有一个官字印。《唐六典》:"诸牧监(官马坊),凡在牧之马,皆印印。右膊以小官字,右髀以年辰,尾侧以监名。皆依左右厢。若形容端正,拟送尚(上)乘,不用监名。二岁(马齿)始春,则量其力,又以飞字印印其左髀髆。细马次马以龙形印印其项左。送尚乘者,尾侧依左右闲(马厩)印以三花。其馀杂马送尚乘者,以风字印印左髀,以飞字印印左髀。"

〔5〕剥落,脱落。

〔6〕马病毛头生尘,故曰毛暗。连雪霜,是说身带雪霜,和上句都是写瘦马的可怜的。

〔7〕至德二载九月收复长安,十月收复洛阳,去岁句指此。

〔8〕骅骝,古良马名。这句是说非惯战的骅骝便不得参与逐寇,现在这匹瘦马是参与逐寇的,可见是一匹有功的良马。将,与也。

〔9〕内厩,犹御厩、天厩,指天子马厩。这时马少,三军多骑内厩所养的马。而内厩多好马,故有"恐是病乘黄"的推断。乘黄,也是古良马名,此指瘦马。

〔10〕王褒《圣主得贤臣颂》:"过都越国,蹶如历块。"历块本言马行之速,这里指逐寇说。误一蹶,失足跌倒。杜甫疏救房琯,触怒肃宗,一跌不起,有似于此马。

〔11〕汝,指马。周防,犹提防。原谅马的无辜,也就是诉说自己的无罪。

〔12〕这两句又写瘦马可伤的神情。错莫,犹落寞、索莫。鲍照诗:"今日见我颜色衰,意中索莫与先异。"

〔13〕放,放牧。皮干剥落,转动无力,故乌啄其疮。极写瘦马之

可哀。

〔14〕明年草长马肥,更试其材,必有可观,故希望有人能收养。杜甫总是积极的,所以他笔下的马也老是想立功的马。(参看《高都护骢马行》)

赠卫八处士

人生不相见,动如参与商〔1〕。今夕复何夕,共此灯烛光!少壮能几时?鬓发各已苍〔2〕!访旧半为鬼〔3〕,惊呼热中肠〔4〕。焉知二十载,重上君子堂。昔别君未婚,儿女忽成行〔5〕。怡然敬父执〔6〕,问我"来何方?"问答未及已〔7〕,儿女罗酒浆〔8〕。夜雨剪春韭,新炊间黄粱〔9〕。主称"会面难"〔10〕,一举累十觞〔11〕。十觞亦不醉:感子故意长〔12〕。明日隔山岳〔13〕,世事两茫茫〔14〕。

这首诗大概是乾元二年(七五九)春杜甫作华州司功时所作。处士是隐居不仕的人,八是处士的排行。由于这首诗表现了乱离时代一般人所共有的"沧海桑田"和"别易会难"之感,同时又写得非常生动自然,所以向来为人们所爱读。

〔1〕参商,二星名,又作参辰,一出一没,永不相见,故以为比。动如,是说动不动就像。见得这情况是经常的。

〔2〕苍,灰白色。

〔3〕打听故旧亲友,已死亡一半。

〔4〕意外的死亡,使人惊呼怪叫以至心中感到火辣辣的难受。

〔5〕行音杭。成行,儿女众多。

〔6〕"父执"词出《礼记·曲礼》:"见父之执。"意即父亲的执友。执是接的借字,接友,即常相接近之友。

〔7〕未及已,还未等说完。

〔8〕"儿女"一作"驱儿"。罗,罗列酒菜。

〔9〕间,读去声,掺和的意思。黄粱,即黄米。新炊是刚煮的新鲜饭。

〔10〕主,主人,即卫八。称就是说。曹植诗:"主称千金寿。"

〔11〕累,接连。

〔12〕故意长,老朋友的情谊深长。

〔13〕山岳,指西岳华山。这句是说明天便要分手。

〔14〕世事,包括社会和个人。两茫茫,是说明天分手后,命运如何,便彼此都不相知了。极言会面之难,正见今夕相会之乐。这时大乱还未定,故杜甫有此感觉。根据末两句,这首诗乃是饮酒的当晚写成的。

洗兵马 原注:"收京后作。"

中兴诸将收山东[1],捷书夜报清昼同[2]。河广传闻一苇过[3],胡危命在破竹中[4]。只残邺城不日得[5],独任朔方无限功[6]。京师皆骑汗血马[7],回纥餧肉葡萄宫[8]。已喜皇威清海岱[9],常思仙仗过崆峒[10]。三年笛里关山月[11],万国兵前草木风[12]。

成王功大心转小[13],郭相谋深古来少[14]。司徒清鉴悬明镜[15],尚书气与秋天杳[16]。二三豪俊为时出[17],整顿乾坤济时了[18]：东走无复忆鲈鱼[19]，南飞觉有安巢鸟[20]。青春复随冠冕入[21]，紫禁正耐烟花绕[22]。鹤驾通宵凤辇备，鸡鸣问寝龙楼晓[23]。

攀龙附凤势莫当[24]，天下尽化为侯王[25]。汝等岂知蒙帝力[26]？时来不得夸身强[27]！关中既留萧丞相[28]，幕下复用张子房[29]。张公一生江海客，身长九尺须眉苍；征起适遇风云会，扶颠始知筹策良[30]，青袍白马更何有[31]？后汉今周喜再昌[32]。

寸地尺天皆入贡，奇祥异瑞争来送[33]：不知何国致白环[34]，复道诸山得银瓮[35]。隐士休歌紫芝曲[36]，词人解撰河清颂[37]。田家望望惜雨干[38]，布谷处处催春种[39]。淇上健儿归莫懒[40]；城南思妇愁多梦[41]。安得壮士挽天河，净洗甲兵长不用[42]！

这大概是乾元二年（七五九）春二月杜甫在洛阳时所作的。表现了杜甫高度的爱国主义和清醒的现实主义精神。由于这时国家大势有它好的一面，也有它坏的一面，所以杜甫这时的心情也是矛盾的，有点"一则以喜，一则以惧"。因而这首诗一方面对祖国的走向复兴，用他洪亮的声调，壮丽的词句，表示了极大的喜悦和歌颂；另一方面为了取得更大的彻底的胜利并早日结束战争，对当时朝廷存在的弊政，也以寓讽刺于颂祷之中的手法提出了严厉的指斥和"意味深长"的警告。所以这首诗，在当时是具有鼓舞和警惕的双重作用的。全诗共四段，每段一韵，每韵十二句，且平韵和仄韵轮用，诗句也非常整丽，和一般七古不同，是杜甫一篇精心的作品。王安石选杜诗，以此诗为"压卷"。

〔1〕中兴诸将,即下成王、郭相等。唐人所谓"山东"指华山以东,包括河北地带。

〔2〕清昼同,昼夜频传,见得捷报完全可信。

〔3〕河,指黄河。《诗经·卫风·河广》篇:"谁谓河广?一苇航之!"一芦苇可航,极言其易。

〔4〕胡,指安庆绪、史思明。命在破竹中,言胡之灭亡已在眼前。《晋书·杜预传》:"今兵威已振,势如破竹,数节之后,迎刃而解。"《唐书·肃宗纪》:"至德二载十一月下制曰:朕亲总元戎,扫清群孽。势若摧枯,易同破竹。"杜甫也兼采用了制文。

〔5〕只残,只剩下。邺城,即相州,今河南省安阳县。这时安庆绪困守邺城。不日得,很快便可克复。

〔6〕朔方,指朔方军和朔方节度使郭子仪。独任,是专任和信任。这句有深意,指出胜利根源,在依靠本国兵力和对将帅的信任。在杜甫写此诗之后,不到一个月,九节度之师溃于相州,便由于肃宗信任宦官鱼朝恩而不信任将帅所致。

〔7〕京师,指长安。汗血马,胡马。是说胜利后,长安的官员们也都有胡马可骑了。

〔8〕餧同喂,饲养。是说胜利之后,回纥的将士们也都在葡萄宫大吃大喝。这两句在铺张中含有讽意,杜甫始终反对借用回纥兵。《通鉴》卷二百二十:"至德二载十月,回纥叶护自东京(洛阳)还,上(肃宗)命百官迎之于长乐驿,上与宴于宣政殿。"可见肃宗对回纥的优待。汉元帝尝宴单于葡萄宫,这里只是借用。

〔9〕《尚书·禹贡》:"海岱惟青州。"这时河北尚未全复,所以只说"清海岱",是有分寸的。

〔10〕这句意在警告肃宗不要被胜利冲昏了头脑,应当"安不忘

危",常想到过去的狼狈情形。与当时元结所上《时议》,希望肃宗"能视今日之安,如灵武之危,事无大小,皆若灵武",用意正同。仙仗,天子的仪仗。崆峒,山名。有四个。这里是指甘肃平凉县的。肃宗在灵武、凤翔时,往来常经过崆峒山。

〔11〕这句是要肃宗不要忘记苦战的将士。三年,从时间上写战乱之久。从天宝十四载(七五五)十一月安禄山造反,到乾元二年(七五九)春二月,计三年零三个月。《关山月》,是汉乐府横吹曲中的一曲。横吹曲是一种军乐、战歌。三年以来,一直没停。

〔12〕这句是要肃宗更要想到人民所受战乱的痛苦。万国,从空间上写战祸之广。所谓人心惶惶,草木皆兵。淝水之战,苻坚登城望晋军,见"八公山上草木,皆类人形,怃然有惧色",及战,大败,坚单骑逃遁,"闻风声鹤唳,皆谓晋师之至"(见《晋书》卷一百十四《苻坚载记》)。胡应麟云:"老杜'三年笛里关山月,万国兵前草木风',以和平端雅之调,寓愤郁悽惋之思,古今壮句者难及此。"(《诗薮》卷五)这以上四句抚今追昔,真是"淋漓悲壮""极抑扬顿宕之致"。

〔13〕成王,李俶(肃宗之子,即后来的唐代宗)。乾元元年三月李俶自楚王徙封成王。在收复两京中,俶为天下兵马元帅,所以说"功大"。这句歌颂中寓规戒。

〔14〕郭相,郭子仪。乾元元年八月子仪为中书令,故称郭相。

〔15〕司徒,指李光弼。至德二载四月光弼为司徒。光弼御军严肃,天下服其威名,又曾逆料史思明诈降,终必复反。所以说他清鉴悬明镜。

〔16〕尚书,指王思礼。思礼,高丽人,时为兵部尚书。气与秋天杳,气概和秋天一样的高远,形容为人开朗。

〔17〕为时出,犹所谓"应运而生"。

〔18〕《通鉴》卷二百二十:"至德二载十一月,郭子仪来自东京,上劳子仪曰:吾之家国,由卿再造。"故许他们以"整顿乾坤"。大概古人都

是抱着一种"英雄造时势"的观点,杜甫也不例外。济时了,渡过了难关。下面便是实际情况。

〔19〕这句翻用晋张翰的话。《世说新语》:"张翰见秋风起,乃思吴中莼羹鲈鱼,遂命驾东归。"翰意实在避乱,而现在再不必这样了,可以放心做官了。这句说官吏。

〔20〕这句翻用曹操《短歌行》:"月明星稀,乌鹊南飞;绕树三匝,何枝可依?"是说一般人民也有家可归。觉有二字很有分寸。因为这时时局刚好转。

〔21〕入,指下紫禁。这以下四句又说到皇帝方面的情况。

〔22〕紫禁,天子之宫。正耐,犹正合、正要。这两句写重整朝仪。

〔23〕这两句大意是说而今皇帝(肃宗)也能和上皇(玄宗)住在一起,实行"昏定晨省"的子道了。这都是那二三豪俊整顿乾坤的功绩。太子之驾曰鹤驾,《艺文类聚》:"太子晋乘白鹤仙去,故后世称太子之驾曰鹤驾。"这里鹤驾所替代的太子,钱谦益以为指肃宗,所以得出"不欲其成乎成君(不把他当皇帝看)也"的结论,恐非杜甫本意。浦起龙据乾元元年四月立成王李俶为皇太子的史实,认为是指李俶。下凤辇(天子之车)才是指肃宗。所以他解释说:"此二句正须看得活相,益显天伦之乐。鹤驾既来,凤辇亦备,父子相随以朝寝门,欢然交忻,龙楼(指玄宗所居)待晓,岂不休哉。此以走马为对仗,乃杜公长伎。"这说法是接近真实的。果如钱说,则"鹤驾"不仅与"凤辇"犯重,且势必将太子李俶漏掉。肃宗须问寝,作为皇孙的太子李俶反不须问寝乎?但肃宗和他的父亲玄宗之间是有矛盾的,许多事好说,杜甫单单提出"问寝",自非偶然。所以有人以为这两句颂赞中含有讥讽肃宗之意,是很可能的。

〔24〕《法言·渊骞篇》:"攀龙鳞,附凤翼。"这里指攀附肃宗和张淑妃的一班小人,如王玙、李辅国等。《通鉴》卷二百二十:"乾元元年二月以李辅国兼太仆卿,辅国依附张淑妃,料元帅府行军司马,势倾朝野。"

〔25〕批评朝廷官爵太滥。当时加封蜀郡(跟玄宗入蜀的)和灵武(跟肃宗在灵武的)扈从功臣。说天下,是夸大的写法。

〔26〕汝等,是斥骂的称呼,指上侯王辈。蒙帝力三字,婉而多讽。明斥王侯的无能无耻,暗讽肃宗的偏私。

〔27〕是说你们不过是走运,因人成事,不要自以为有什么功劳。

〔28〕刘邦以萧何留守关中,使镇抚百姓。这里以比房琯。琯自蜀奉传国宝及玉册至灵武传位,并留相肃宗。

〔29〕刘邦尝说:"运筹帷幄之中,决胜千里之外,吾不如子房。"这里比张镐。镐为谏议大夫,又代房琯为相。这时房、张二人皆已罢相,杜甫希望肃宗能再用他们。故特加表章。按乾元元年六月,房琯由太子少师出为邠州刺史,邠州属关内道,地在关中,故云"关中既留";又同年五月,张镐由平章事罢为荆州大都督府长史兼本州防御使,仍身居幕府,故曰"幕下复用"。不明言二人被罢黜,此措词深婉处。

〔30〕这以上四句皆写张镐。江海客,指镐"居身清廉"、"不事中要"。身长句,指镐"风仪魁岸"。征起,犹起用。风云会,指禄山之乱。扶颠,犹救亡。镐尝逆料史思明的诈降。

〔31〕青袍白马用侯景事,《梁书·侯景传》:"普通中,童谣曰:'青丝白马寿阳来。'后景果骑白马,兵皆青衣。"侯景也是胡人,又乱梁,胡以比史思明、安庆绪。更何有,是说不足平。

〔32〕这是以历史上中兴之主汉光武、周宣王比肃宗。

〔33〕这以下六句承上极写中兴气象,但美中带刺。寸地尺天,即所谓"普天之下"。《通鉴》卷二百二十:"上(肃宗)颇好鬼神,太常少卿王玙,专依鬼神以求媚。每议礼仪,多杂以巫祝俚俗。上悦之,以玙为中书侍郎,同平章事。"所以当时郡县官吏也有争献祥瑞的现象。

〔34〕传说虞舜时,西王母来朝,献白环玉玦。

〔35〕传说王者刑罚中,则银瓮出。白环银瓮,即上所谓奇祥异瑞。

说"不知",说"复道",言献者之多。言外便见得官吏们的攀附。

〔36〕是说隐士们不必再隐居避乱。秦末"四皓"隐居商山,作《紫芝歌》。

〔37〕是说文士们都大写其歌颂文章。如杨炎灵武受命、凤翔出师之类。宋文帝元嘉中,河济俱清,当时以为瑞,鲍照作《河清颂》。

〔38〕当官吏们忙着献祥瑞,文士们忙着献颂词时,农民却正苦得要死。望望,是望而又望。乾元二年春有旱灾,故农民盼雨。大家都报喜不报忧,这种情况是没人来反映的。

〔39〕布谷,催耕之鸟。

〔40〕这句遥接前只残邺城句。淇上健儿,指围攻邺城的战士。淇是淇水,在邺城附近。

〔41〕城南思妇,泛指战士的妻子。不必泥定长安城南。这是用爱情来鼓励士卒作战的。

〔42〕战事一天不结束,战士便一天不能团聚,社会也一天不能安定,故杜甫有此愿望。杜甫当他表达对天下后世的迫切愿望时,总是在诗的结尾用"安得"两字。这里他是切盼他所表扬的二三豪俊能成为这样的一个"壮士"的。——关于这首诗的题旨,前人说法颇纷歧,且展开了争论。钱谦益以为"刺肃宗不能尽子道,且不能信任父之贤臣以致太平",是有见地的,但句句都解作刺肃宗,却未免"深文",且不近人情,违反诗的基本情调。不过,像浦起龙所说"钱笺此等,坏心术,堕诗教",也是唯心的论调。因为问题是在于能不能恰如其分地说明作者写作此诗时的真实情况。如果杜甫意实在刺,我们便应当指出这是刺,不能因为"坏心术"而加以歪曲。——关于此诗写作年代,我因一时还难确定,所以注文一开始就用了"大概"二字。有的同志肯定此诗作于乾元元年三月以后,五月以前,还值得商榷。按《通鉴》卷二百二十一:"乾元二年二月,郭子仪等九节度使围邺城,……自冬涉春,安庆绪坚守以待史思明,

食尽，一鼠值钱四千，淘墙麸及马矢以食马。人皆以为克在朝夕。"这"克在朝夕"与诗所云"不日得"正相吻合，如作于元年三月，则其时九节度尚未围攻邺城，未免言之过早，不切实际。杜诗称人官爵，也很有变化，如乾元二年，郭子仪早已由左仆射改中书令，但《新安吏》却仍旧称他为"仆射"。由此可见，根据不称太子而称"成王"，来定此诗的写作年代，也是靠不住的。还有，王思礼加兵部尚书，事在肃宗乾元元年八月，见《旧唐书·肃宗纪》，如此诗作于乾元元年三月至五月，则杜甫何得预称王思礼为"尚书"？此尤为此诗必作于乾元元年八月以后之明证。其他姑不具论。

新安吏

客行新安道[1]，喧呼闻点兵。"借问新安吏：县小更无丁？"[2]"府帖昨夜下，次选中男行。"[3]"中男绝短小，何以守王城？"[4]肥男有母送，瘦男独伶俜。白水暮东流，青山犹哭声[5]！"莫自使眼枯，收汝泪纵横！眼枯即见骨，天地终无情[6]！我军取相州，日夕望其平[7]。岂意贼难料，归军星散营[8]。就粮近故垒，练卒依旧京。掘壕不到水，牧马役亦轻[9]。况乃王师顺，抚养甚分明。送行勿泣血，仆射如父兄[10]。"

新安，即今河南新安县。这以下六首诗，历来称为"三吏"、"三别"，是杜甫有计划、有安排而写成的组诗。从文学源流来说，它们是《诗经》、汉乐府的苗裔，是白居易诸人的新乐府的祖师，从杜甫本人

117

创作过程来说,则是他的现实主义的一个光辉的顶点,是他那种"穷年忧黎元"的进步思想和"毫发无遗憾"的艺术要求的高度结合的典范。"惊心动魄,一字千金",不是《古诗十九首》,而是"三吏"、"三别"。这六首诗的写作年代是乾元二年(七五九)的三月间。这个月的初三,郭子仪、李光弼、王思礼等九个节度使的兵六十万大败于邺城,"战马万匹,惟存三千,甲仗十万,遗弃殆尽",结果"诸节度各溃归本镇","子仪以朔方军断河阳桥保东京(洛阳)。"(俱见《通鉴》卷二百二十一)可见当时国家局势十分危急。为了迅速补充兵力,统治者便实行了漫无限制、毫无章法、惨无人道的公开的拉夫政策。但是统治者的这种罪恶,以及人民在这种罪恶的政策下隐忍一切痛苦去服兵役的爱国精神,史书并无记录,是由诗人杜甫来填补这一空白的。《通鉴》说,邺城败后,"东京士民惊骇,散奔山谷",杜甫大概就是在这时由洛阳赶回华州,所以有机会亲眼看到这些可歌可泣可悲可恨的现象,从而写成这六首杰作。杜甫写这六首诗时的心情是极端矛盾、极端痛苦的。这矛盾,这痛苦,也是当时广大人民所共有的。产生这种矛盾心情的根源,则是和这次战争性质有关。这次战争,已不是天宝年间所进行的穷兵黩武的战争,而是一个救亡图存的战争。正因为是这样,所以杜甫一方面大力揭露兵役的黑暗,大骂"天地终无情",另一方面又不得不拥护这种兵役;一方面同情人民的痛苦,"为民请命",另一方面却又不得不含着眼泪安慰、劝勉那些未成丁的中男走上前线。客观情况,使杜甫不能不站在更高的——整个祖国整个民族长远利益的立场上来考虑问题,处理问题。他不能像在写《兵车行》时那样反战。也正因为这样,所以当时人民即使是在这种难以忍受的残酷压迫下也仍然妻劝其夫,母送其子的先后走上战场,甚至老妪也毅然地献出了她的生命。在丝毫不留情面的揭露统治阶级的凶残苛暴的同时,以无限的同情和感激,以惟妙惟肖的笔触,来反映并歌颂广大人民的这种高度的爱国精神,便是这六首诗的基本内容和总的倾向。"三吏"、"三别"在表现手法上有一个显著的不同之点,即浦起龙所谓:"'三吏'夹带问答叙事,'三别'纯托送者行者之词。"因为夹带问答,所以在"三吏"中杜甫本人是出场的;因为通篇都是人物的独白,所以在"三别"中杜甫没有露面。在押韵上,"三吏"除《新安吏》外俱换韵,"三别"则一韵到底,这和问答与独白有关。

〔1〕客,杜甫自谓。

〔2〕《杜臆》:"借问二句,公问词。更无丁,言岂无馀丁乎?"按杜甫《春日梓州登楼》诗:"战场今始定,移柳更能存?"更字一作岂,可知二字相通。

〔3〕这二句是吏的解释。逼于军令,不得不尔。唐制:男女始生为黄,四岁为小,十六为中,二十一为丁,六十为老。天宝三载令民十八以上为中男,二十三以上成丁。府帖即军帖,唐为府兵制,故曰府帖。

〔4〕这两句又是客的反问。绝短小,极短小。

〔5〕白水即大河。仇注:"白水流,比行者。青山哭,指居者。"这两句妙在能融景入情,从而构成一种仿佛山川也为之感恸的悲惨气氛。如果直言儿子已去,母亲还在哭,便单薄无力量。

〔6〕自"莫自"句至篇末皆客人宽勉之词。这四句是代送者行者发抒怨愤的话。眼枯句是说即使把眼哭瞎了,也留不住自己的孩子。天地,影射朝廷,因不敢亦不便直言。

〔7〕相州,即邺城,今河南安阳县。日夕,犹早晚,有切盼意。平,克复。

〔8〕《唐书·郭子仪传》:"帝(肃宗)以子仪、光弼俱是元勋,难相统属,故不立元帅……王师虽众,军无统帅,进退无所承禀,自冬徂春,竟未

119

破贼。"可知邺城之败,实由"人谋不臧"。杜甫在这里只好浑说带过,故归之"贼难料"。星散营,是说像星子一般散乱地屯着营。

〔9〕这四句是宽慰解劝的话。仇注:"就粮,见有食也。练卒,非临阵也。掘壕牧马,见役无险也。"旧京,即洛阳。

〔10〕这四句是进一步宽慰和鼓励的话。王师,王者之师。本指天子的军旅,后来诗词中多用以指反抗侵略的政府军,在这里也就是杜甫所说的"义军"。顺,是说名正言顺,合乎正义。抚养分明,即指下"仆射如父兄"而言。仆射,官名,谓郭子仪。子仪至德元载(七五六)五月曾贬官左仆射。不称他现任官爵(中书令),而称其旧官爵,钱谦益以为"亦《春秋》之书法",是有道理的。待部下有恩,故曰如父兄。这里,杜甫也含有表扬的意思,希望其他将领也都能像郭子仪一样爱护士兵,减轻人民痛苦。——关于"仆射如父兄"句,旧注都未能指实,今按《通鉴》卷二百二十一:"乾元二年(七五九)七月,以李光弼代(子仪)为朔方节度使、兵马元帅,士卒涕泣,遮中使(拦阻天子使臣),请留子仪。"同书卷二百二十三:"广德二年(七六四)正月,李抱真知怀恩有异志,脱身归京师。上(代宗)方以怀恩为忧,召见抱真问计,对曰:'此不足忧也。朔方将士思郭子仪,如子弟之思父兄。怀恩欺其众,云郭子仪已为鱼朝恩所杀,众信之,故为其用耳。陛下诚以子仪领朔方,彼皆不召而来耳。'上然之。"这两件事,虽略后于此诗的写作年代,但仍足证明郭子仪善待士卒的一贯作风。有同志将此诗"我军取相州"以下解释为新安吏的话,有人又割取"况乃王师顺"两句,说杜甫"违背了真实",都值得考虑。

又"眼枯即见骨"句,"即"字,《四部丛刊》影宋刻《分门集注杜工部诗》、宋刻郭知达《九家集注杜诗》及元刻刘会孟评点《集千家注杜诗》俱作"却"。疑作"却"者乃原文。后人不知唐时"却"字可作"即"字讲,因而妄改;又二字形相近,也可能是传写之讹。但商务印书馆影宋刻《杜工部诗》已作"即",今姑仍而不改,仅著所见于此。

潼关吏

士卒何草草[1]，筑城潼关道。大城铁不如，小城万丈馀[2]。借问潼关吏，——修关还备胡[3]！要我下马行，为我指山隅："连云列战格[4]，飞鸟不能逾[5]。胡来但自守；岂复忧西都[6]！丈人视要处[7]，窄狭容单车。艰难奋长戟，万古用一夫[8]。哀哉桃林战，百万化为鱼。请嘱防关将：慎勿学哥舒[9]！"

潼关在陕西省潼关县，古为桃林塞，是洛阳通向长安的咽喉。此篇意在警告守关者勿轻战。

〔1〕草草，疲劳不堪之貌。

〔2〕上句言坚，下句言高，其义互见。城在山上故曰万丈馀。

〔3〕这句解说不同，仇注："修关句，公问词。"吴见思《杜诗论文》："公借问何为，吏告以备边也。"按这句当作叙述语看。修关备胡，本不待问，亦不须答，而明知故问者，用意只在提出一"还"字。因为哥舒翰曾经失守过一次。这句话很冷峭，仿佛是说："啊！原来如此这般。"

〔4〕这句以下至末，都是吏的答话。连云言其高。战格即战栅，所以捍御敌人的。

〔5〕逾，越也。

〔6〕西都，长安也。

〔7〕丈人，吏尊称杜甫。杜甫这时已四十八岁，又做过左拾遗。要处，要害的地方。

〔8〕极言其险。当有事之秋,从古以来都是只用一个人把守就够了。

〔9〕哥舒即哥舒翰。哥舒翰以兵二十万守潼关,因杨国忠促战,遂败于桃林,潼关失守,坠黄河死者数万人。末四句,仇注以为是杜甫对关吏说的话,希望他转告守将,接受过去的惨痛教训。李因笃则认为:"连云以下,直以吏对终篇,与汉人《董娇娆》篇用'请谢彼姝'相同。"按两说俱可通,从前说则为杜甫自发议论,从后说则是寓议论于叙述之中。但细玩"嘱"字,似根上"丈人"字来,关吏位卑,对守将不合用"嘱"。如为杜甫对关吏之言,则"请嘱"当作"为报"才合身份。故这里标点采用后一说。——按卢元昌《杜诗阐》云:"我为吏者,但知筑城,至于防关,自有大将,请丈人嘱防关者以哥舒为鉴,此则我所云'胡来但自守'意也。"结合上文为解,尤为有据。

石壕吏

暮投石壕村[1],有吏夜捉人。老翁逾墙走,老妇出门看。吏呼一何怒!妇啼一何苦!听妇前致词:"三男邺城戍。一男附书至[2],二男新战死。存者且偷生,死者长已矣!室中更无人,惟有乳下孙[3]。有孙母未去,出入无完裙[4]。老妪力虽衰,请从吏夜归。急应河阳役[5],犹得备晨炊。"夜久语声绝,如闻泣幽咽[6]。天明登前途,独与老翁别[7]。

石壕村在陕州东。这首诗写老妇被抓应役,真实地揭露了封建王朝的残酷,是《新安吏》"天地终无情"一句的注脚。同时也深刻地反映了人民那种忍痛负重的爱国精神。这位老妇,一下子献出了三个孩子,最后还挺身而出,献出自己一条老命,虽由强迫,也不是没有义愤。这也许是杜甫在这里为什么表现得特别冷静的一个原因吧。

〔1〕投是投宿。投字兼写出大乱时一种苍黄急遽之状。贾岛诗"落日恐行人",在乱世更有此感觉。

〔2〕邺城,即相州。附书就是捎信。

〔3〕更无人,再没有人。乳下孙,正在吃奶的小孙儿。正证明上句。

〔4〕这两句一作:"孙母未便出,见吏无完裙。"可能是杜甫的原稿。

〔5〕河阳在今河南省孟县。时郭子仪守河阳。

〔6〕咽字,在这里读入声"叶"。幽咽,哭声窒塞。老妇被捉去,媳妇想起婆婆,想到战死的丈夫以及将来的命运等,因而啜泣。有泪无声叫做"泣"。也许因为有客人(杜甫)住在家中,不便放声大哭。

〔7〕独与老翁别,是杜甫和老翁告别。老翁在天明以前,已偷偷回到家中,杜甫就是住在这位老翁家里的,所以和他告别。说独与老翁别,则老妇被捉去已不言可知。一方面由于这件事的本身便是最有力的批评,不必大发议论,画蛇添足;另一方面也由于这时国家民族正面临着千钧一发的危机,不好泼凉水,所以故事一完,便戛然而止。

新婚别

兔丝附蓬麻,引蔓故不长[1]。嫁女与征夫,不如弃路旁。结发为妻子,席不暖君床。暮婚晨告别,无乃太匆忙!君行虽不远,守边赴河阳[2]。妾身未分明,何以拜姑嫜[3]?父母养我时,日夜令我藏。生女有所归,鸡狗亦得将[4]。君今往死地,沉痛迫中肠!誓欲随君去,形势反苍黄[5]!勿为新婚念,努力事戎行[6]!妇人在军中,兵气恐不扬[7]。自嗟贫家女,久致罗襦裳[8]。罗襦不复施,对君洗红妆[9]!仰视百鸟飞,大小必双翔。人事多错迕[10],与君永相望[11]!

这和以下《垂老别》、《无家别》,都是通篇作本人语气的,是另一种表现手法。这诗是新娘子的话,是居者送别之词,反映了兵役加给人民痛苦的另一类型。

〔1〕首二句是比喻。兔丝是蔓生的草。蓬和麻都是小植物,附生其上,所以引蔓不长。比如嫁给征夫一样,很难"白头偕老"。浦注:"此诗比体起,比体结,语出新人口,情绪纷而语言涩。"

〔2〕二句有言外之意,弦外之音。守边竟守到河阳,守到自己家里来了。与李白诗"天津成塞垣",同一用意。

〔3〕过去称丈夫的母亲曰姑,丈夫的父亲曰嫜。未分明,是说媳妇的身分尚未明确,难与一家相见。

〔4〕女子出嫁亦曰归。将,随也,与也。即俗语所谓"嫁鸡随鸡,嫁狗随狗"。女大当嫁,即嫁给征夫又有什么办法呢?

〔5〕苍黄,犹仓皇,意谓多所不便。二句是说本想跟你去,又怕事情弄得反糟糕。(妇女从军是封建传统习惯所不许的。)在杜甫写此诗的前一年,有妇女侯四娘、唐四娘、王二娘结伴参军,见《旧唐书·肃宗纪》,则当时军中已实有妇人。新娘子欲随夫从军,并鼓励丈夫努力作战,看来是很可能的。

〔6〕行音杭,二句鼓励丈夫努力作战,反映了当时广大人民的爱国精神。

〔7〕二句正申明"反苍黄"之故。兵气不扬,是说士气不振。《汉

书·李陵传》:"我士气少衰,而鼓不起者,何也? 军中岂有女子乎? 陵搜得,皆剑斩之。"

〔8〕襦,短衣。久致,许久才制成。年轻的姑娘,又是新娘子,谁不想穿件漂亮的衣服,然而现在好不容易做成了,又穿不上身,岂不可悲。杜甫真是揣摩入微,真是写得深刻,写得逼真。

〔9〕不复施,不再穿。洗红妆,不再打扮。新人为了鼓励丈夫一心一意地去作战,所以这样的来表示她对丈夫的爱的专一。惨在"对君"二字。

〔10〕错迕,错杂交迕,就是不如意的意思。迕音午。

〔11〕表示自己的爱情始终不渝。意仍在鼓励。使丈夫满怀信心、满怀希望的走上战场。——按王建《促刺词》云:"少年虽嫁不得归,头白犹着父母衣。田边旧宅非我有,我身不及逐鸡飞。"则嫁鸡随鸡之谚,唐时确已有之。秦韬玉《贫女》诗:"苦恨年年压金线,为他人作嫁衣裳。"则贫家女之所谓"藏",亦不至于脱离劳动。

垂老别

四郊未宁静,垂老不得安。子孙阵亡尽,焉用身独完[1]?! 投杖出门去,同行为辛酸[2]。幸有牙齿存,所悲骨髓干。男儿既介胄,长揖别上官[3]。老妻卧路啼,岁暮衣裳单。孰知是死别[4],且复伤其寒! 此去必不归,还闻劝"加餐"! 土门壁甚坚,杏园度亦难[5]。势异邺城下[6],纵死时犹宽[7]。人生有离合,岂择盛衰端[8]? 忆昔少壮日,迟回竟长叹[9]。万国尽征戍,烽火被冈峦。积尸草木腥,流血川原丹[10]。

125

何乡为乐土？安敢尚盘桓[11]！弃绝蓬室居,塌然摧肺肝。

　　这一首写一个子孙死尽,愤而参军的老人和他的妻子告别,是行者之词。首段八句叙出门；中段"男儿"以下八句叙与妻别,千曲百折；末段十六句,由低调转入高亢,自宽处,正是自痛处。

　　〔1〕焉用,犹哪用。完,全也,活也。是说一个人还活着干吗。

　　〔2〕辛酸,犹伤心。

　　〔3〕介胄,犹甲胄,谓军服。《汉书·周亚夫传》:文帝入细柳营,亚夫揖曰"介胄之士不拜",所以说"长揖"。自称"男儿",写出老人不服老的性格。

　　〔4〕孰知,即熟知,是说分明知道这一别是死别。这上下六句写老夫老妻彼此关怀的爱情极深刻。"卧路"有阻夫前去意。"劝加餐"是老妻的话。

　　〔5〕土门,即土门口,为太行八陉之第五陉。杏园在河南省汲县,都是当时控制河北的要地。

　　〔6〕势异句,是说情况和围攻邺城时不同。

　　〔7〕即使死,也还有个相当长的时间。这几句是老人安慰老妻的话。

　　〔8〕有离合,实际是说有离散,古人很多这种"复词偏义"的习惯语。盛谓壮年,衰谓老年。盛衰二字也是"复词偏义"。岂择句,是说哪管我们的年老呢？

　　〔9〕迟回,徘徊不进貌。少壮日,过去太平的日子。

　　〔10〕丹,红也。流血多,故川原都染红了。

　　〔11〕盘桓,留念不进之貌。

126

无家别

寂寞天宝后,园庐但蒿藜[1]！我里百馀家,世乱各东西。存者无消息,死者为尘泥。贱子因阵败[2],归来寻旧蹊。久行见空巷,日瘦气惨悽[3]。但对狐与狸,竖毛怒我啼[4]！四邻何所有？一二老寡妻。宿鸟恋本枝,安辞且穷栖[5]？方春独荷锄,日暮还灌畦。县吏知我至,召令习鼓鞞[6]。虽从本州役,内顾无所携[7]。近行止一身,远去终转迷[8]。家乡既荡尽,远近理亦齐[9]！永痛长病母,五年委沟溪[10]。生我不得力,终身两酸嘶[11]。人生无家别,何以为蒸黎[12]？

《无家别》篇,是说孑然一身,无家可别。这是重被征召去当兵的独身汉的话,也是行者之词。但由于这个行者没有家,没有告别的对象,所以只是自言自语,又好像对客人诉说。

〔1〕天宝后,指安禄山之乱。《新婚别》用比喻起,《垂老别》用直叙起,这篇则用追叙起,追溯无家的根由。庐,就是房子。"但"字概括,也极沉痛。什么都没有,只有蒿藜了。

〔2〕贱子,无家者自谓。阵败,即指九节度之兵溃于相州。

〔3〕这句也是融景入情的手法。日瘦是杜甫创语,是说日光淡薄。王嗣奭曰:"日安有肥瘦,剙云日瘦,而惨悽宛然在目。"

〔4〕怒我啼,怒我而啼叫也。狐狸竟敢鼓怒向人,则乡村已成鬼窟

可知。

〔5〕上句是比,犹云人生恋本土,故虽困守穷栖,仍在所不辞。

〔6〕又要他去打仗。

〔7〕携,离也。无所携,是说家中没有人可以告别的。上无父母,下无妻子。上句自幸,这一句又自伤。

〔8〕这两句又是以服役本州自幸。觉得近行到底比远去的漂泊要好些。

〔9〕齐是齐同。这两句又翻进一层,又是自伤的话。见得在本州和在外县正是一样,因为横竖是个无家的光蛋。这以上六句,层层深入,对人物心理的矛盾活动真是刻画入微。

〔10〕自天宝十四载安禄山作乱到这一年恰是五个年头。

〔11〕声破曰嘶。两酸嘶,是说母子二人都饮恨。

〔12〕蒸,众也。黎,黑也。蒸黎就是劳动人民。浦注:"末二以点(按谓点题)作结。何以为蒸黎?可作六篇总结,反其言以相质,直可云:何以为民上?"按此解甚确,是符合杜甫的本意的。——通过这六首诗,我们不仅可以看出人民的痛苦,虽老弱妇孺,也难逃兵役;同时也可以看出人民的力量和爱国精神。王嗣奭说:"目击成诗,遂下千年之泪。《新安》悯中男,其词如慈母保赤,《石壕》作老妇语,《新婚》作新妇语,《垂老》、《无家》,其苦自知而不能自达,一一刻画宛至,同工异曲,随物赋形,真造化手!"所谓"造化手",实即现实主义的手法。——按《太平广记》卷一百十二"墨君和"条:"母怀妊之时,曾梦胡僧携一孺子,面色光黑,授之曰:'与尔为子,他日必大得力。'"则"得力"乃唐人口语。不得力,谓不能救母于死。

秦州杂诗二十首(录四)

满目悲生事[1],因人作远游[2]。迟回度陇怯,浩荡及关愁[3]。水落鱼龙夜,山空鸟鼠秋[4]。西征问烽火,心折此淹留[5]。

这是七五九年秋杜甫由华州弃官往秦州时所作。二十首都是五律。据末首,大概是寄给朝廷旧日同僚的。秦州,今甘肃天水县。

〔1〕这年关中大饥,又有战争,故生活艰难。说满目,便不止自身,包括所有人民了。

〔2〕因人,依靠人。

〔3〕陇,指陇山,亦名陇阪。关,指陇关,亦名大震关。陇阪九折,故曰迟回。关势高峻,故曰浩荡。生活无着,前路茫茫,故胆怯心愁。

〔4〕鱼龙,川名;鸟鼠,山名,皆在秦州。黄生云:"五六本以鱼龙水,鸟鼠山叙所经之地,乃拆而用之,则鱼龙鸟鼠皆成活物,益见造句之妙,莫如杜公矣。"

〔5〕杜甫这时要往西走,故曰西征。恐前路不静,故问有无战事。烽火,指吐蕃之乱。心折此淹留,是说不想在秦州久留,但又不能不居留,所以心中抑郁。

鼓角缘边郡[6],川原欲夜时。秋听殷地发,风散入云悲[7]。抱叶寒蝉静,归山独鸟迟[8]。万方声一概,吾道竟何之[9]!

〔6〕四面都是鼓角声,故曰缘。《礼记》注:"缘,边饰也。"有回环的意思,故此作动词用。

〔7〕二句承首句鼓角。听,读平声,殷,读上声。仇注:"殷地发,鼓声震动;入云悲,角吹凄凉。"范廷谋《杜诗直解》:"殷,雷声也。雷至八月已收声,今自秋听之,如雷在地中而发声。"

〔8〕二句承次句夜时写景物。蝉抱叶,鸟归山,俱各得其所,反兴自己的无处安身。旧注以为自比,恐非。

〔9〕遍地都是鼓角连天,我到底往哪儿去呢。一概,齐同。之,往也。杜甫原以为秦州太平无事,谁知也不然。故又由边郡推及到万方。

莽莽万重山,孤城山谷间。无风云出塞,不夜月临关〔10〕。属国归何晚〔11〕,楼兰斩未还〔12〕。烟尘一长望,衰飒正摧颜〔13〕。

〔10〕起四句写秦州地势。高空的云往往无风而动。不夜,月光如昼。沈德潜云:"起手壁立万仞。无风二句奇语,偶然写出。或以无风、不夜为地名,不但穿凿,亦令杜诗无味。"按写景中含有边愁。故下即写边事。

〔11〕属国,用苏武出使匈奴事。苏武留匈奴十九年,回汉朝后,做典属国(外交官)。大概这时唐朝有使臣为吐蕃拘留不得归。

〔12〕这句用傅介子事。杜甫意思是希望使臣能像傅介子一样斩楼兰王的头而归。

〔13〕摧颜,是说叫人发愁,疾首蹙頞。

唐尧真自圣,野老复何知〔14〕!晒药能无妇?应门亦有儿〔15〕!藏书闻禹穴,读记忆仇池〔16〕。为报鸳行旧:鹪鹩在一枝〔17〕。

〔14〕这是杂诗最后一首,带有总结性。此诗充满愤恨和对抗情绪,全用反说法,要善于体会。唐尧,指唐肃宗。首二句仿佛是说:古人说

"后从谏则圣",而你陛下却真是天生的圣帝,我这老匹夫又懂得什么呢!你贬斥我,是不足怪的啦!意本在讽肃宗昏庸,表面上却偏恭维他是"真自圣",他自己本是"读书破万卷"的,却偏说成一无所知。

〔15〕这两句也是愤激的话。尽管你贬斥了我,我还不是活得很好吗。把可怜的生活偏说得很得意。王引之《经传释词》:"能,岂能也。"按能无,即岂无,犹言"难道没有吗"。杜甫懂得一些医道,困守长安时曾"卖药都市"以谋生,晚年他自己又多病,所以常常采药和种药,自行医治。晒药,便是把采来的药材晒干,以便服用和保存。应门,看管门户。李密《陈情表》:"内无应门五尺之童。"

〔16〕这两句也是故作满意语。意思是说这儿还有名胜古迹可供游览。禹穴有二,一在浙江省绍兴县会稽山上,相传为夏禹藏书之处;一在陕西省洵阳县东。这一句只是陪说。仇池,山名,在甘肃省成县(同谷县)西。《三秦记》:"山本名仇维,其上有池,故云仇池。"仇注:"《仇池记》云:'仇池百顷,周回九千四十步,东西二门,上则冈阜低昂,泉流交灌。'公之惓惓于仇池者,盖为是也。"

〔17〕观末二语,可知杂诗二十首是以诗歌来代替书札的。鸳与鹓通;行,音杭,班行或行列的意思。古人以"鸳行"比喻朝官,故"鸳行旧",乃专指同朝旧友,非一般同事(杜甫曾做过左拾遗)。鹪鹩,小鸟。《庄子·逍遥游》:"鹪鹩巢于深林,不过一枝。"我们知道,杜甫早就说过"自比稷与契"的话,这儿却自比于志在一枝的鹪鹩小鸟,显然也是在发牢骚,说反话。如果我们便信以为真,说杜甫这时真的想隐居起来作个自了汉,那便"差之毫厘,谬以千里"了。

留花门

花门天骄子[1],饱肉气勇决[2]。高秋马肥健,挟矢射汉月[3]。自古以为患,诗人厌薄伐[4]。修德使其来,羁縻固不绝[5]。胡为倾国至,出入暗金阙[6]?中原有驱除[7],隐忍用此物[8]。公主歌黄鹄,君王指白日[9]。连云屯左辅,百里见积雪[10]。长戟鸟休飞,哀笳晓幽咽。田家最恐惧:麦倒桑枝折[11]。沙苑临清渭,泉香草丰洁。渡河不用船,千骑常撇烈[12]。胡尘逾太行,杂种抵京室[13]。花门既须留,原野转萧瑟[14]!

花门,回纥之别名。回纥西南千里有花门山堡,故杜诗多以回纥为花门。这首诗大约作于乾元二年秋,题为"留花门",实则是说花门不可留。对唐肃宗一味依赖回纥,表示了极大的愤慨和忧虑,较《北征》更为露骨。

〔1〕天骄子,即天之骄子。《汉书·匈奴传》:"胡者,天之骄子也。"言其强悍。

〔2〕饱肉,是说回纥以肉为食。

〔3〕射汉月,即侵入汉地,言其可畏。

〔4〕这两句承上,引古作证,见得唐肃宗恰相反。《诗经》:"薄伐猃狁。"薄,发语词,无义。厌是厌烦。

〔5〕修德,即怀柔政策。羁縻,是说保持一定的联系。

〔6〕胡为,即何为。倾国,犹举国,极言来的人多。暗金阙,写其骄横,随便出入宫殿。

〔7〕有驱除,指禄山之乱,这时史思明还存在。

〔8〕隐忍用,不得已而用。此物,指回纥兵,这个词有着传统的"华夷之见"。

〔9〕上句用汉乌孙公主故事,武帝以公主嫁乌孙王,公主悲秋作

歌,有"愿为黄鹄兮归故乡"句,所以说"歌黄鹄"。但实际是指的时事。乾元元年七月,肃宗把幼女宁国公主嫁给回纥可汗,亲自送至咸阳磁门驿,公主告辞说:"国家事重,死且无恨。"肃宗才流涕而还。这里不便直说,所以便使了一个典故。下句用《诗经》:"谓予不信,有如皎日。"是说肃宗指天发誓的求回纥援救。

〔10〕连云,众多。左辅即下"沙苑"。沙苑一名沙阜,在冯翊县南十二里,东西八十里,南北三十里。回纥之俗,衣冠皆白,又旗帜亦用白色,所以说"见积雪"。

〔11〕回纥骑兵,糟蹋庄稼,故农民最怕。

〔12〕是说回纥常乘马渡河。撇烈,摆跃之状。

〔13〕这里"胡尘"、"杂种",皆指史思明。乾元二年九月史思明由范阳引兵渡河而南,攻占汴州、郑州,并陷洛阳,洛阳唐时为东京,所以说抵京室。

〔14〕萧瑟,犹萧索,萧条。应上田家二句。来得越多,住得越久,农作物就越遭殃,所以说转萧瑟。末句很冷峭、含蓄。抬出事实,不言反对,而反对之意自见。

月夜忆舍弟

戍鼓断人行,边秋一雁声[1]。露从今夜白,月是故乡明[2]。
有弟皆分散,无家问死生[3]。寄书长不达,况乃未收兵[4]。

此诗亦流寓秦州时所作。杜甫有四弟:颖、观、丰、占。此时惟占相随,其他分散在山东、河南。过去对人称弟为"舍弟",犹称"家兄"、"家父"。

〔1〕戍鼓,将夜时戍楼所击禁鼓。赵嘏《西江晚泊》诗:"戍鼓一声帆影尽",因禁止船只往来,故云帆影尽。戍鼓一声,人行即断,但闻长空雁叫,写出战时肃杀气氛。正是忆弟之根。一雁,即孤雁,不用孤雁,是平仄关系。古人以雁行喻兄弟,说一雁,已含兄弟分散意。

〔2〕二句是上一下四句法,露、月二字应略顿。露无夜不白,但感在今夜,又适逢白露节,故曰露从今夜白。月无处不明,但心在故乡,故曰月是故乡明。尽管头上所见乃是秦州的月亮,却把月亮派给了故乡。岑参《忆长安曲》云:"东望望长安,正值日初出。长安不可见,喜见长安日。"也是因为心在长安,所以说"长安日",正可互参。

〔3〕分散而有家,则谁死谁生,尚可从家中问知;现在是既分散而又无家,连死活都无问处。语极悲切。杜甫在洛阳附近的老家,毁于安史之乱。

〔4〕这年九月,史思明复陷洛阳,十月,又进攻河阳,为李光弼所败。故曰未收兵。

梦李白二首

死别已吞声,生别常恻恻[1]!江南瘴疠地,逐客无消息[2]。故人入我梦,明我长相忆[3]。恐非平生魂[4],路远不可测。魂来枫林青,魂返关塞黑[5]。君今在罗网[6],何以有羽翼[7]?落月满屋梁,犹疑照颜色[8]。水深波浪阔,无使蛟龙得[9]。

这是乾元二年(七五九)秋杜甫流寓秦州时所作。杜甫最推崇李白的天才,也最爱李白的豪放性格。至德二载(七五七)李白因参预永王李璘(玄宗第十六子)的军事行动,坐系浔阳(九江)狱,乾元元年(七五八)长流夜郎(贵州桐梓县境),乾元二年遇赦得还。但杜甫一直没得到他的消息,因而忧念成梦,也就成功了这两首诗,充分表现了杜甫对李白生死不渝的兄弟般的友谊和他们共同的不幸遭遇。诗分三段,首四句叙白放逐,是致梦之因;故人八句叙梦中情况,白在放逐中,故不免将信将疑;末四句写梦后心事。

〔1〕这两句是说生别比死别还要痛苦。已,止也。对下句常字而言。死别绝望,故其痛止于吞声一恸;生别则不能忘情,时常牵挂,痛苦也就没底。这是做梦的根由,也是全诗的起点。

〔2〕浔阳和夜郎都在江南。南方炎热,所以过去有"瘴疠地"的说法。逐客是被统治者放逐到边远地区的人,指李白。

〔3〕故人入梦,这正表明我的相思之深。长相忆,即上常恻恻。

〔4〕恐非平生,疑心李白死于狱中或道路。

〔5〕这两句正写路远之苦。上句说白魂自江南而来,下句说白魂又自秦州而返。江南多枫林,(《楚辞·招魂》:"湛湛江水兮上有枫。")秦州多关塞。魂来魂去,都在夜间,所以说青和黑。

〔6〕罗网,即法网,应前逐客。

〔7〕上句用罗网为比,故此句也就用羽翼。本意是担心李白不能脱祸,重获自由。也是申明"恐非平生魂"一句的。

〔8〕这两句写初醒时光景。梦中十分分明,故梦后犹如见其人。

〔9〕这是祝福也是告诫朋友的话。表面上说的是江南水深多蛟,骨子里却说的是政治环境的险恶,叫李白要多加小心。"蛟龙得",为恶人所陷害。杜《不见》诗云:"世人皆欲杀",足见当时人必欲置李白于死地。

浮云终日行,游子久不至[10]。三夜频梦君,情亲见君意[11]。告归常局促[12],苦道"来不易:江湖多风波,舟楫恐失坠[13]!"出门搔白首,若负平生志[14]。冠盖满京华,斯人独憔悴[15]!孰云网恢恢?将老身反累[16]!千秋万岁名,寂寞身后事[17]!

〔10〕此首为频梦而作。浮云飘荡,因见浮云,联想到游子,所谓"浮云游子意"。但终只见浮云来去,却始终不见游子的到来,怎能不叫人恻恻系念呢?不至,故入梦;久不至,故频入梦。游子,指李白。

〔11〕你身虽不至,魂却一连三夜频来,足见你对我的情亲。

〔12〕这以下六句皆写梦中事。告归,即告辞。局促,是不安不快的样子。因为不忍便去。

〔13〕这以上三句是述李白告归时所说的话。

〔14〕这两句是写李白告归时的神态。李白登华山曾说过:"恨不能携谢朓惊人句来,搔首问青天"的话,搔首,大概是李白不如意时的习惯举动。

〔15〕这两句为李白抱不平。冠,帽子。盖,车盖。冠盖,代表官僚。斯人,指李白。斯人一词在过去的用法上,本身便含有赞叹的意义。憔悴,困顿。这以下六句是醒后感慨。

〔16〕这两句进一步指斥天道的无知。老子《道德经》:"天网恢恢,疏而不漏。"天网,犹天理,恢恢,广大貌。孰云,即谁说,是反诘口气,是说那话儿不足信。陶潜诗:"积善云有报,夷齐在西山!"即此两句意。李白这时年五十九,故云"将老"。

〔17〕末二句与"名垂万古知何用"同意。身后,死后。杜甫知李白必名垂万古,但究无补生前,故云"寂寞"。——黄生云:"交非泛交,故

梦非泛梦,诗亦非泛作。若他人交情与诗情俱不至,自难勉强效颦耳。"——此二诗,诸家皆列入秦州诗内。细玩"久不至"三字,当是由华州赴秦州途中所作。秦州距华州九百六十里,非数日间可达,故云久不至。游子乃杜自谓,不指李白。李既"在罗网",杜本人又在行役中,自不应作此期待语。前解未谛,姑录而存之。

天末怀李白

凉风起天末,君子意如何[1]?鸿雁几时到?江湖秋水多[2]!文章憎命达[3],魑魅喜人过[4]。应共冤魂语,投诗赠汨罗[5]。

这和《梦李白二首》当是同时之作。天末,天的尽头。秦州地当边塞,所以说天末。有人以为天末指夜郎,未确。

[1] 君子,指李白。

[2] 鸿雁,比音信,是希望得到李白消息。秋水多,是说风波险阻,不易得到。与《梦李白》"江湖多风波"同意。

[3] 即所谓"诗穷而后益工"的意思。在不合理的封建社会而飞黄腾达,也确写不出有价值的文章。屈原、司马迁、曹植、陶潜等都是证明人。

[4] 魑,音痴,山神兽形。魅,怪物。是说夜郎乃魑魅之地,要提防不为所食。

[5] 冤魂,指屈原,屈原无罪被放,投汨罗江而死。杜甫深知李白的从永王李璘,也是出于爱国。今遭流放,正是和屈原一样冤枉。——黄

生云:"不曰吊而曰赠,说得冤魂活现。"钟伯敬云:"赠字说得精神,若用予字,则浅矣。"按用予字或吊字,则只是同情屈原之冤,用赠字方能显示出李白与屈原同冤,所谓"同病相怜"。

捣衣

亦知戍不返,秋至拭清砧[1]。已近苦寒月,况经长别心[2]。宁辞捣熨倦,一寄塞垣深[3]?——用尽闺中力:君听空外音[4]!

此诗前六句是托为戍妇的话,末二句则是作者的话,是杜甫闻砧有感时事而作。杨慎《丹铅录》:"古人捣衣,两女子对立执一杵如舂米然,今易作卧杵。"按王建《捣衣曲》:"月明庭中捣衣石,掩帷下堂来捣衣。妇姑相对神力生,双揎白腕调杵声。"则唐时捣衣仍为二人对立。但不必拘于二人。

〔1〕起句极深刻沉痛,因为已撇过许多话许多痛苦才说出来的。黄生云:"思妇必望征人之返,开口即云亦知戍不返,可见安史之乱,官兵死亡者甚众,家人亦不意生还。举笔动关时事,岂若他人拈题泛咏哉!"又云:"望归而寄衣者,常情也,知不返而必寄衣者,至情也,亦苦情也。安此一句于首,便觉通篇字字是至情,字字是苦情。"此解甚确。砧,捣衣石。

〔2〕两句说明捣衣的心情。一来天冷,二来久别。

〔3〕二句承上而来。熨,音运,用火斗按平布帛。倦,疲劳。熨一作衣,不对。因与下句"塞垣"不相称。这里捣熨也是"复词偏义"。塞垣,

丈夫征戍之地。

〔4〕捣衣之声。响彻空外,可见用尽了闺中的力量。这正是爱情和苦心的表达啦。黄生云:"君字乃诗人代为之辞,赵(次公)谓全首皆托为戍妇之语,非也。以君字为指夫,益谬。"按末二句乃杜甫同情戍妇的话,君字当指所有的读者。——此诗多用虚字斡旋,故特别显得缠绵婉转。前人说此诗"中四语起皆用虚字,亦其语病",未免教条。不知此诗如不用虚字,对戍妇的心理状态便难以作深入的曲折的刻画。

空　囊

翠柏苦犹食,明霞高可餐[1]。世人共鲁莽,吾道属艰难[2]!不爨井晨冻,无衣床夜寒[3]。囊空恐羞涩:留得一钱看[4]。

杜甫在秦州同谷生活极苦,诗即作于此时。囊,钱袋。

〔1〕首二句正写囊空和不畏艰难的精神。无钱买食物,只好餐霞食柏,是无聊,也是自负的话。《列仙传》:"赤松子好食柏实。"司马相如《大人赋》:"呼吸沆瀣餐朝霞。"

〔2〕这两句说出囊空之故。"世人共鲁莽"犹"众人贵苟得"。鲁莽,粗疏也。谓世人不分是非,甘者即食,卑者亦餐。自己既不肯同流合污,那吃苦自属当然了。与"我辈本常贫"同意。浦注:"三四以庄语见清操。"

〔3〕这两句实写囊空。上句说无食,下句说无衣。不爨,没有米不能举火,自然也不必打水了。说床夜寒,则不仅无衣,且无襆被可知。

〔4〕羞涩,即不好意思。看,看守钱袋。为了顾全面子,所以留着一个钱不花。杜甫常用幽默的口吻写自己的苦况,此亦一例。

病马

乘尔亦已久,天寒关塞深[1]。尘中老尽力,岁晚病伤心[2]。毛骨岂殊众[3]?驯良犹至今。物微意不浅,感动一沉吟[4]。

这也是一首有寄托的咏物诗,其中有着作者自身的影子。

[1] 二句是说这马和自己患难相依很久。深,远也,险也。

[2] 这两句句法,一句作三折。在风尘之中,而且老了,还在为我尽力;当岁晚天寒之时,况又有病,哪得不使人为之伤心。

[3] 殊,异也。

[4] 马之为物虽微,可是对人的情分倒很深厚,使我不禁为之感动而沉吟起来。沉吟二字感慨很深,有人不如马之叹。杜甫既受到统治者的弃斥,同时又很少得到人们的关怀和同情,这也是他为什么往往把犬马——特别是马看成知己朋友并感到它们所给予他的温暖的一个客观原因。申涵光说:"杜公每遇废弃之物,便说得性情相关,如病马、除架是也。"其所以如此,是和他自己便是一个"废弃之物"的身世密切相关的。

送远

带甲满天地,胡为君远行[1]!亲朋尽一哭:鞍马去孤城[2]。草木岁月晚,关河霜雪清[3]。别离已昨日,因见古人情[4]。

〔1〕带甲,披甲的士兵。言到处皆兵,即所谓"天地干戈满"。起得极雄壮矫健。沈德潜云:"何等起手,读杜要从此种著眼。"胡为,犹何为。

〔2〕尽一哭,犹同声一哭。下句说明上句,世乱远行,所以哭别。

〔3〕二句写别后途中之景。上句五字全是仄声,下句有四字全平,可见杜甫在必要时即不惜打破声律。

〔4〕是说别离已成过去,心仍念念不忘,至此方知古人所以殷殷惜别的心情。——浦注:"不言所送,盖自送也。知公已发秦州。玩下四,当是就道后作。上四,从道中追写起身之情事,感慨悲歌。五六,乃眼前身历之景。"按如果解作自送,则第二句"君"字乃杜甫自谓。杜甫有《官定后戏赠》一诗,也是自赠自的。

佳人

绝代有佳人,幽居在空谷[1]。自云"良家子,零落依草木[2]。关中昔丧乱,兄弟遭杀戮[3]。官高何足论?不得收骨肉[4]。世情恶衰歇,万事随转烛[5]。夫婿轻薄儿,新人美如玉。合昏尚知时,鸳鸯不独宿[6]。但见新人笑,那闻旧人哭!在山泉水清,出山泉水浊[7]。侍婢卖珠回,牵萝补茅屋[8]。摘花不插发,采柏动盈掬[9]。"——天寒翠袖薄,日暮倚修竹[10]。

这首诗,仇兆鳌以为是写实,陈沆(《诗比兴笺》卷三)则以为全是寄托,黄生云:"偶有此人,有此事,适切放臣之感,故作此诗。"此解最确。因有同感,所以在这位佳人身上我们看到诗人自身的影子和性格。我认为这首诗的写作过程和白居易的《琵琶行》差不多,只是杜甫没有明白说出"同是天涯沦落人,相逢何必曾相识"而已。张远《杜诗会稡》:"此诗只起结四句叙事,中间俱承'自言'二字来,备极悲凄。至末二句,益难为情。"这里标点,即从张说。

〔1〕上句言其色之美,下句言其品之高。《李延年歌》:"北方有佳人,绝世而独立。"绝代,犹绝世,举世无双意。

〔2〕零落,犹飘零。依草木,应上在空谷。

〔3〕函谷关以西概称关中,此实指长安,天宝十五载六月,安禄山陷长安。

〔4〕连兄弟的骨头都不能收葬,官高又有何用?

〔5〕二句慨叹人情冷暖,世态炎凉,母家衰败,夫婿也就厌恶我了。蔡梦弼《草堂诗笺》:"转烛,言世态不常也。烛影随风转而无定。"杜甫《写怀》:"鄙夫到巫峡,三岁如转烛。"按杜甫在夔州,首尾凡三年,初居西阁,后迁居赤甲、瀼西、东屯等地,故以转烛为喻。

〔6〕合昏,即夜合花,其花朝开夜合,故名。鸳鸯,水鸟,雌雄常相随。花亦有情,鸟亦有谊,但夫婿却只见新人之笑,不闻旧人之哭,连花鸟也不如,正写其轻薄。

〔7〕二句是比,但解说颇纷歧,徐而庵云:"此二句,见谁则知我?泉水,佳人自喻,山,喻夫婿之家。妇人在夫家,为夫所爱,即是在山之泉水,世便谓是清的;妇人为夫所弃,不在夫家,即是出山之泉水,世便谓是浊的。"(《说唐诗》卷一)按此解近是。封建社会女子为夫所弃是被人瞧不起的。

〔8〕二句言生活之苦。卖珠,见饮食不继。牵萝补屋,见所居破败。

〔9〕上句言无心修饰,不插发,不戴在头上。下句言清苦自甘。柏

味最苦,故以为比。掬,音菊,两手捧取曰掬。

〔10〕末二句具体描写佳人的坚贞形象,不发空论,自有无限同情和尊敬。

发秦州

我衰更懒拙,生事不自谋[1]。无食问乐土,无衣思南州[2]。汉源十月交,天气凉如秋。草木未黄落,况闻山水幽[3]。栗亭名更嘉,下有良田畴。充肠多薯蓣,崖蜜亦易求[4]。密竹复冬笋,清池可方舟。虽伤旅寓远,庶遂平生游[5]。此邦俯要冲,实恐人事稠[6]。应接非本性,登临未销忧[7]。溪谷无异石,塞田始微收[8]。岂复慰老夫,惘然难久留[9]。日色隐孤戍,乌啼满城头[10]。中宵驱车去[11],饮马寒塘流。磊落星月高,苍茫云雾浮[12]。大哉乾坤内,吾道长悠悠[13]。

原注:"乾元二年(七五九),自秦州赴同谷纪行。"诗言"十月交",知从秦州出发是在这年十月。唐时同谷,在今甘肃省成县。在这次行程中,杜甫按所经路线写了十二首纪行诗。这是第一首,序诗。

〔1〕生事,即下所言衣食之事。

〔2〕二句正言"不自谋",语苦而趣。问,寻求。乐土,富裕地区。因无食故欲就乐土。南州,犹南方。这里指同谷,同谷在秦州之南。南

143

州气暖,因无衣故思往南州。寒苦人实有此想。以上四句叙去秦州而赴同谷的根由。

〔3〕以上四句写同谷气候和暖,可解决无衣问题。汉源,同谷邻县。"闻"字紧要。下面八句也是根据传闻来写的。杜甫此时尚未至同谷。

〔4〕以上四句写同谷物产丰富,可解决无食问题。栗亭,属同谷县。薯蓣,俗名山药。崖蜜,一名石蜜,野蜂在山崖和石壁间所酿之蜜。

〔5〕以上四句写同谷景物宜人,并可供游览。方舟,两舟并行,实即泛舟意,但用方舟,见得池面甚广。

〔6〕此以下八句追述去秦州的原因。此邦,指秦州。要冲,要道或要塞。地势高,故曰俯。稠,烦杂。

〔7〕二句是说既要应接来往官员,又无山水可以登临。

〔8〕异石,奇石。塞田,山田。微收,收成很少。

〔9〕因有以上种种原因,再也呆不下去。

〔10〕此以下八句写发秦州时情景,方是写实。

〔11〕中宵,夜半。杜甫在旅途中多半夜出发,并因此得病,所以说"征途乃侵星,得使诸病入"。

〔12〕二句出门时仰望天空所见,景中含情。诗人之胸襟,正如星月之磊落,云雾苍茫,终不能掩。

〔13〕二句因小见大,由近及远。"吾道"二字双关,充分表现了诗人百折不挠的顽强意志。可与前《空囊》诗"吾道属艰难"一语互参。

寒　峡

行迈日悄悄[1],山谷势多端[2]。云门转绝岸[3],积阻霾天寒[4]。寒峡不可渡:我实衣裳单[5];况当仲冬交[6],泝沿增波澜^[7]。野人寻烟语,行子傍水餐^[8]。此生免荷殳,未敢辞路难^[9]。

这以下四首诗也都是杜甫由秦州往同谷所作的纪行诗。在这些山川跋涉的纪行诗中,杜甫仍不时的流露出他对祖国和人民的深切关怀。寒峡,地名。

〔1〕迈,远行。寒噤不能说话,所以只是悄悄地走。

〔2〕是说山的形态变化多端。

〔3〕云门,指峡口。转出峡口,又逢绝岸。绝岸,陡峭的岸。

〔4〕积阻,重山叠嶂。黄生云:"积阻之气,至于霾天,著此一句,寒峡方显。"按此句写峡中之阴森。

〔5〕单,单薄。一不可渡。吴瞻泰云:"一实字,哀诉如闻。'听猿实下三声泪',亦妙在实字。"

〔6〕仲冬交,快到十一月。二不可渡。

〔7〕泝,音诉,与溯同,沿水逆流而上。沿,缘水而下。仲冬风急,所以说"增波澜"。冬天又傍着水走,更冷。三不可渡。

〔8〕这两句写寒峡的荒凉。上句,蔡梦弼的解释是:"谓寻火烟,乃得野人与之语,则知路少行人也。"

〔9〕殳,音殊,兵器。免荷殳,是说可以不去当兵打仗。这时所有的壮丁乃至妇孺老弱都被征调,所以杜甫有这种话。这两句和《赴奉先咏怀》"生常免租税,名不隶征伐"的意思相同。杜甫的眼睛总是向下看的,总是注视着人民生活,因此觉得人民比自己更苦。这在他的思想感情上是一种提高。也确是一种安慰。

龙门镇

细泉兼轻冰,沮洳栈道湿[1]。不辞辛苦行:迫此短景急[2]。石门云雪隘[3],古镇峰峦集[4]。旌竿暮惨澹[5],风水白刃涩[6]。胡马屯成皋[7],防虞此何及[8]?嗟尔远戍人,山寒夜中泣[9]。

在甘肃巩昌县。这首诗写出了自己的辛苦,也传达了戍卒的悲泣。

〔1〕轻冰,薄冰。道上有水又有冰,所以泥泞难行。栈道,即阁道。

〔2〕短景,指冬日短。

〔3〕石门,即指龙门。云雪一作云雷。隘,音爱,窄狭。

〔4〕古镇,即龙门镇。四面环山,故云峰峦集。

〔5〕旌竿,指军旗。在暮色中,显得非常黯淡。

〔6〕涩,是不光滑,也就钝涩。白刃,是说戍卒的刀枪。这以上四句写到镇上所见。

〔7〕成皋,地名,在洛阳附近。乾元二年九月史思明陷东京及齐、汝、郑、滑四州。诗即指此事。

〔8〕防虞,犹防患。此,指龙门镇。胡马屯于成皋,而置戍于龙门,辽阔不相及,无补于实际,所以说"此何及"。批评当时军事布置不当。

〔9〕观"夜"字,杜甫是在龙门镇上住宿的。但他分明没有睡着。戍卒在哭泣,诗人在嗟叹。

石龛

熊罴咆我东,虎豹号我西。我后鬼长啸,我前狖又啼[1]。天寒昏无日[2],山远道路迷。驱车石龛下,仲冬见虹霓[3]。伐竹者谁子？悲歌上云梯[4]。"为官采美箭,五岁供梁齐[5]。"苦云"直幹尽,无以充提携[6]"。奈何渔阳骑,飒飒惊蒸黎[7]！

龛,音刊；石龛,犹石室。沈佺期诗："危峰石作龛。"这首诗主要是在写自己的经历和所见人民服徭役的痛苦,故对石龛本身,不作任何描写。

〔1〕这四句写山路险恶可怕,前后左右,无非异物。狖,音戎,猿类,尾作金色,俗谓之金线狖。

〔2〕昏无日,昏暗没有日色。是上四句的说明。

〔3〕这是记载此地气候的殊异的。因为按一般情况,十月没有虹。

〔4〕上云梯,攀登高山。李白《梦游天姥吟》："脚著谢公屐,身登青云梯。"

〔5〕这两句也是伐竹者的答辞。"苦云"二字,倒安在下,便不直突。五岁,自天宝十四载(七五五)至乾元二年(七五九)。梁齐,指河南山东地区,当时唐政府对安史作战多在这一带。

〔6〕直幹尽,可以作箭干的竹子都砍完了。句意是说手中空无所携。因采不到箭,交不了差,所以悲歌。

〔7〕渔阳骑,是指安禄山和史思明,安禄山所部皆渔阳突骑。飒飒,

147

本凤声,这里形容军声。惊蒸黎,使老百姓不得安生。杜甫就采箭一事而追究其起因。——按钱起有《夕发箭场岩下作》及《奉使采箭篯竹谷中晨兴赴岭》二诗,知当时采箭设有专使。钱虽躬预其事,但诗中对此种苦况,反无所反映。

凤凰台

亭亭凤凰台,北对西康州[1]。西伯今寂寞,凤声亦悠悠[2]。山峻路绝踪,石林气高浮。安得万丈梯,为君上上头?恐有无母雏,饥寒日啾啾[3]。我能剖心血,饮啄慰孤愁[4]。心以当竹实,炯然无外求[5]。血以当醴泉,岂徒比清流[6]?所重王者瑞,敢辞微命休[7]?坐看彩翮长,纵意八极周[8]。自天衔瑞图,飞下十二楼[9]。图以奉至尊,凤以垂鸿猷[10]。再光中兴业,一洗苍生忧。深衷正为此,群盗何淹留[11]?

  台在同谷县凤凰山。原注:"山峻,人不能至其顶。"此诗主旨,卢元昌说是为肃宗惑于张良娣,残害诸子而作,未免附会史实。浦注:"是诗想入非非,要只是凤台本地风光,亦只是老杜平生血性,不惜此身颠沛,但期国运中兴,刿心沥血,兴会淋漓。"此说最为通达。

  [1] 亭亭,耸立貌。西康州,即同谷县。
  [2] 西伯,周文王。传说文王时凤鸣岐山。寂寞,谓死去。亦悠悠,也听不见了。浦注:"西伯二句为一篇命脉。兹台非岐山鸣处,公特因台

148

名想到凤声,因凤声想到西伯,先将注想太平之意,于此逗出。"

〔3〕啾啾,鸣声。恐有二字,领起下文,全是想象之辞。

〔4〕孤,指无母雏。

〔5〕当读去声。传说凤凰非竹实不食,今以心为竹实,故不必寻求于外。

〔6〕醴泉,甘泉。传说凤凰非醴泉不饮。清流,即醴泉。岂徒比,是说胜过醴泉。

〔7〕此以下申明剖心血以饮啄凤雏,目的乃在于致太平。古人以凤凰见为王者之瑞。敢辞,犹言岂敢辞。

〔8〕坐看,犹行看或立见,意谓不久。八极周,周游八方。

〔9〕《春秋元命苞》:"黄帝游洛水,凤凰衔图置帝前。"传说昆仑山有玉楼十二,为仙人所居。

〔10〕垂鸿猷,垂盛德于后世。

〔11〕我之甘剖心血,深意实在为国为民。群盗,指安史馀孽。何淹留,怪群盗久未灭。末句冷刺当时诸将。

乾元中寓居同谷县作歌七首

有客有客字子美[1],白头乱发垂过耳。岁拾橡栗随狙公[2],天寒日暮山谷里。中原无书归不得,手脚冻皴皮肉死[3]。呜呼一歌兮歌已哀,悲风为我从天来[4]!

这是乾元二年十一月所作。这一年是杜甫行路最多的一年。所谓"一岁四行役",便是说的这一年。也是他一生中最苦的一年,像这七首所写的,真是到了"惨绝人寰"的境地,他采用七古这一体裁,大概也就是为了"长歌可以当哭"吧。在结构上,七首相同,首二句点出主题,中四句叙事,末二句感叹。

〔1〕《诗经·周颂》:"有客有客,亦白其马。"杜甫是寓居,故自称有客。子美,杜甫的字。杜甫和李白一样,都喜欢在诗中用自己的姓名或字号。

〔2〕岁拾之"岁",指岁暮,因下句有"天寒日暮"之文,故可从省,兼以避重。旧诗因受字数限制,往往使用从上文或从下文而省的手法,必须合看,不能孤立作解。如杜《昔游》诗:"昔者与高李,晚登单父台。"观下文"寒芜"、"清霜"诸句,知所谓"晚",实指岁晚,亦因为字数所限而略去岁字。施鸿保《读杜诗说》疑"岁拾"当作"饥拾"亦非。橡,是一种落叶乔木,种类很多,名称也不一,南京叫栎树,浙江和东北都叫橡树,四川叫青杠树,是一种有食用价值的野生植物。橡栗,即橡子,江南人尝用来做成豆腐。狙,音居,猕猴。狙公,养狙之人。《庄子·齐物论》:"狙公赋芧,曰,朝三而暮四,众狙皆怒。曰,然则朝四而暮三,众狙皆悦。"芧,音序,亦即橡子。随狙公,可能是事实,因第四首提到林猿,可见这里是有猴子的。王维诗"行随拾栗猿"。

〔3〕皴,音村。皮肤因受冻而坼裂。皮肉死,失了感觉。

〔4〕末句是作者主观的感情作用。仿佛风也为我而悲恸。——第一首从自身作客的窘困说起。

长镵长镵白木柄[5],我生托子以为命[6]!黄独无苗山雪盛[7],短衣数挽不掩胫[8]。此时与子空归来[9],男呻女吟四壁静[10]。呜呼二歌兮歌始放,闾里为我色惆怅!

〔5〕鑱,音蝉,锄类。

〔6〕子,是称呼长鑱。李因笃说:"说长鑱宛如良友。"杨伦说:"叫得亲切。"其实,这种感情乃是从惨痛的生活体验中产生的。没有锄头,便掘不到黄独,性命交关,所以说"托子以为命"。

〔7〕黄独,是一种野生的土芋,可以充饥。戴叔伦诗"地瘦无黄独"。因雪大,所以无苗,难于寻找。

〔8〕胫,膝以下。衣短,故不及胫。

〔9〕子,仍指长鑱。因雪盛无苗可寻,故只好荷鑱空归。

〔10〕这句是说空室之中,除单调的呻吟声外,别无所有,别无所闻。愈呻吟,就愈觉得静悄悄的。——第二首写全家因饥饿而病倒的惨况。

有弟有弟在远方,三人各瘦何人强[11]?生别展转不相见[12],胡尘暗天道路长[13]。东飞鴐鹅后鹙鸧,安得送我置汝旁[14]!呜呼三歌兮歌三发,汝归何处收兄骨[15]?

〔11〕杜甫有四弟:颖、观、丰、占。这时只有占跟着杜甫。强,强健。何人强,是说没有一个强健的。

〔12〕展转,到处流转。

〔13〕这句申明不相见之故。

〔14〕鴐,音加。鴐鹅,似雁而大。鹙鸧,音秋仓,即秃鹙。弟在东方,故见鸟东飞而生"送我"之想。

〔15〕结语又翻进一层,莫说各自漂流,你纵得归故乡,而我究不知何往,你又到哪儿去收我的骨头呢?——第三首写怀念兄弟。

有妹有妹在钟离[16],良人早殁诸孤痴[17]。长淮浪高蛟龙

151

怒[18],十年不见来何时？扁舟欲往箭满眼,杳杳南国多旌旗[19]。呜呼四歌兮歌四奏,林猿为我啼清昼[20]！

〔16〕钟离,今安徽凤阳县。

〔17〕良人,丈夫。痴,幼稚。

〔18〕钟离在淮水南。浪高蛟龙怒,形容水路的艰险。

〔19〕南国,犹南方,指江汉一带。箭满眼,多旌旗,极言兵乱。二句补写不见之由。

〔20〕猿多夜啼,今乃白昼啼,足见我之悲哀,竟使物类感动。同谷多猿,故有此事。林猿旧作竹林,云是鸟名,非。——第四首写怀念寡妹。

四山多风溪水急,寒雨飒飒枯树湿。黄蒿古城云不开[21],白狐跳梁黄狐立[22]。我生何为在穷谷？中夜起坐万感集[23]！呜呼五歌兮歌正长,魂招不来归故乡[24]！

〔21〕蔡梦弼说:"同谷,汉属武都郡,唐天宝元年更名同谷,其城皆生黄蒿,故云古城。"云不开,云雾晦冥。

〔22〕跳梁,犹跳跃。人少,故狐狸活跃。

〔23〕穷谷,即上面四句所写的。中夜,半夜。阮籍《咏怀诗》:"中夜不能寐,起坐弹鸣琴。"在旧社会,一个有良心的诗人是没有出路的。

〔24〕这是倒句。魂早归故乡去了,故招之不来。古人招魂有两种:一招死者的魂,一招活人的魂。——第五首,由悲弟妹又回到自身,由淮南、山东又回到同谷。

南有龙兮在山湫[25],古木岜岚枝相樛[26]。木叶黄落龙正蛰[27],蝮蛇东来水上游[28]。我行怪此安敢出[29],拔剑欲斩且复休[30]。呜呼六歌兮歌思迟,溪壑为我回春姿[31]!

〔25〕同谷万丈潭有龙,杜甫有万丈潭诗。湫音秋,龙潭。

〔26〕岜岚,音聋竦,槎枒貌。樛,音鸠,枝曲下垂貌。

〔27〕蛰,音哲,伏藏。

〔28〕蝮蛇,一种毒蛇。

〔29〕这句是说蝮蛇竟敢出游于龙湫,未免可怪。杨伦释"怪"作"畏",以为杜甫怕蝮蛇而不敢出,恐非。

〔30〕为什么欲斩且复休?前人有两说:一谓"权不在己","力不能殄",一谓"不足污吾刃"。按杜甫自言"疾恶如仇",这里面确有文章。

〔31〕心有犹疑,故歌思亦迟,迟则从容不迫,故觉得溪壑也好像带有春意。——这是第六首。由一身一家说到国家大局。诗中的龙和蛇,大概是有所指的,但到底指什么人,也很难说。浦注谓龙指皇帝,蝮蛇指安禄山、史思明。但如果真指安史,为什么又欲斩复休呢?沈德潜说:"言外有君子潜伏,小人横行之意。"也不见得妥当。我们只好不去猜了。

男儿生不成名身已老[32],三年饥走荒山道[33]。长安卿相多少年,富贵应须致身早[34]。山中儒生旧相识,但话宿昔伤怀抱[35]。呜呼七歌兮悄终曲,仰视皇天白日速[36]!

〔32〕杜甫这年才四十八岁,过多的苦难,已使他变得衰老了。

〔33〕从至德二载(七五七)至乾元二年(七五九)为三年。

〔34〕这两句是愤激、嘲笑的话。并不是杜甫真的羡慕富贵,真的劝人争取富贵。

〔35〕宿昔,曩昔,即昔日。

〔36〕杜甫是一个入世主义者,又有他的政治抱负,而今年老无成,故觉得时间过得特别快。——沈德潜云:"七歌,原本平子(张衡)《四愁》、明远(鲍照)《行路难》等篇,然能神明变化,不屑屑于摹仿,斯为大家。"按文天祥曾拟此体作歌六首。

发同谷县

贤有不黔突,圣有不暖席[1]。况我饥愚人,焉能尚安宅[2]?始来兹山中,休驾喜地僻[3]。奈何迫物累[4],一岁四行役[5]!忡忡去绝境[6],杳杳更远适。停骖龙潭云,回首虎崖石[7]。临歧别数子,握手泪再滴[8]。交情无旧深[9],穷老多惨感。平生懒拙意,偶值栖遁迹[10]。去住与愿违,仰惭林间翮[11]。

原注:"乾元二年十二月一日,自陇右赴剑南纪行。"赴剑南,指赴成都。唐时成都属剑南道。在这次行程中,杜甫同样写了十二首纪行诗,这第一首是序诗。杜甫在同谷,住了一个月左右,衣食问题并未得解决。但他对同谷仍有好感,和发秦州时的心情不同。

〔1〕《淮南子》:"孔子无黔突,墨子无暖席。"班固《答宾戏》则云:"孔席不暖,墨突不黔。"此诗从后一说。贤指墨翟,圣指孔丘。这是传统的看法。黔,黑。突,烟囱。席,指坐席。二句言圣贤也不能安居。

〔2〕安宅,即安居。宅作动词用。

〔3〕休驾,即息驾,指卜居同谷。

〔4〕迫物累,为衣食之累所驱迫。

〔5〕这年春,杜甫由洛阳回华州,秋又由华州来秦州,冬十月复由秦州至同谷,而今十二月又去同谷赴成都,故云"一岁四行役"。行役与一般旅行不同,多出于无可奈何。

〔6〕忡忡,忧愁貌。绝境,犹胜地,指同谷山川之美。

〔7〕二句实写"绝境"。龙潭,指"万丈潭"。因不忍遽去,故为之驻马停车。骖,原指车子两旁的两匹马,这里是活用。虎崖,可能就是《寄赞上人》诗所云"徘徊虎穴上"的虎穴,在同谷县西。回首,回顾。

〔8〕二句写同谷人情之厚。歧,歧路,即岔道口,指分手的地方。送别的人都握着诗人的手一再地为他的遭遇而掉泪。

〔9〕杜甫和同谷的人们原是萍水相逢的新交,但他们的情谊却如此深厚,所以说"交情无旧深",犹言交情不旧而深。是赞叹语,也是铭感语。

〔10〕杜甫流寓同谷山中,其迹象有似隐居遁世,故曰"栖遁迹"。但不是他的本心,故曰"偶值"。

〔11〕不愿去偏得去,愿住下偏住不下,故曰"去住与愿违"。陶渊明诗:"迟迟出林翮",又"望云惭高鸟",因不如鸟之来往自由,故不觉怀愧。翮,鸟两翅的劲羽,这里即指鸟。杜诗中也有以"翼"代鸟的,如"仰看西飞翼"(《破船》)、"村墟过翼稀"(《夜》)、"一笑正坠双飞翼"(《哀江头》)。以个体代整体,文学作品中常有。

剑门

惟天有设险[1],剑门天下壮。连山抱西南,石角皆北向[2]。

两崖崇墉倚,刻画城郭状〔3〕。一夫怒临关,百万未可傍〔4〕。珠玉走中原,岷峨气悽怆〔5〕。三皇五帝前,鸡犬各相放〔6〕。后王尚柔远,职贡道已丧〔7〕。至今英雄人,高视见霸王〔8〕;并吞与割据,极力不相让〔9〕。吾将罪真宰,意欲铲叠嶂〔10〕!恐此复偶然,临风默惆怅〔11〕。

这是乾元二年十二月杜甫自同谷县赴成都经剑阁时所作。此诗意在提醒朝廷,注意镇蜀人选,并减轻剥削,以免形成割据。李白《蜀道难》:"所守或非亲,化为狼与豺。"杜甫《诸将》:"西蜀地形天下险,安危须仗出群才。"便是此诗主旨,非泛写剑门之险。剑门即剑阁,山名。《一统志》说:其山峭壁中断,如门之辟,如剑之植,故名。

〔1〕天本无知无为,但观剑门之险,又好似天故意制造出来的。惟,发语词,无义。

〔2〕这两句写景中包含着杜甫的政治见解和态度。抱西南,见有利于地方割据;角北向,见显与中原朝廷为敌。为篇末欲铲叠嶂的根由。

〔3〕是说两崖高耸,有似墙壁,砌垒之状,宛如城郭。

〔4〕即李白《蜀道难》"一夫当关,万夫莫开"意。傍,靠近。以上言剑门之险。

〔5〕此下发议论。上句说朝廷剥削,所以珠玉等物日往中原;下句说蜀民穷困,以至山川气色也为之悽怆。《韩诗外传》卷六:"夫珠出于江海,玉出于昆山,无足而至者,犹(同由)主君好之也。"即此句走字所本。岷峨,岷山和峨眉山,都在四川。

〔6〕三皇,一般指燧人、伏羲、神农。五帝,指黄帝、颛顼、帝喾、尧、舜。是说上古时代,四川未通中原,那时人们不分彼此,鸡犬也是乱放的。

〔7〕后王,指夏、商、周三代的君王。柔远,怀柔远方。《周礼》:"制其职,各以其所能;制其贡,各以其所有。"这里职贡,专指贡物说。名为纳贡,实同掠夺,所以说"道已丧"。道,即上"鸡犬各相放"之道。

〔8〕至今二句,是说秦汉以后的野心家据此高视,以分王霸。

〔9〕并吞,指王者,如秦始皇、汉光武等。割据,指霸者,如公孙述、刘备等。极力句,是说彼此拼命厮杀。

〔10〕杜甫主张国家统一,反对分裂割据,因为在互相争夺各不相让的情况下,不知要牺牲多少人民的生命财产。但剑门却和他的主观愿望相反,所以他欲问罪真宰而削平剑阁。真宰,即上帝。当然,在阶级社会里,即使铲除了这个叠嶂,人民也还是过不了太平日子的。

〔11〕恐此句,是说恐复有凭险割据之事。时安史之乱未平,杜甫担心历史上的割据现象说不定会复见于今日,但又感到无能为力,所以只好临风惆怅。此诗乃登上剑阁时所赋,身在高山,故曰临风。吴见思说:"天地多事,设险何为?吾将铲平叠嶂,庶争夺可已。又恐山川高下,亦偶然耳,何足怪哉。求其故而不得,惟默然惆怅而已。"此说亦可参考。——施均父《岘佣说诗》云:"《剑门》诗,议论雄阔。然惟剑门则可,盖其地古今阨塞,英雄所必争,故有此感慨。若寻常关隘,即作此大议论,反不称矣。此理不可不知。"

成都府

翳翳桑榆日,照我征衣裳[1]。我行山川异,忽在天一方[2]。
但逢新人民,未卜见故乡[3]。大江东流去,游子日月长[4]。
曾城填华屋[5],季冬树木苍。喧然名都会,吹箫间笙簧[6]。

信美无与适,侧身望川梁[7]。鸟雀夜各归,中原杳茫茫[8]。初月出不高,众星尚争光[9]。自古有羁旅,我何苦哀伤!

据诗中"季冬"字,知此诗乃乾元二年十二月刚到成都时所作。从此杜甫便正式开始了他"漂泊西南天地间"的生活。

〔1〕翳翳,朦胧的样子。桑榆日,即晚日。《淮南子》:"日西垂,景在树端,谓之桑榆。"征衣,犹客衣,此以衣裳代人。

〔2〕这一年杜甫从华州经秦州、同谷到达成都,经历了千山万水,所以说"我行山川异"。现在不觉又到了成都,所以说忽在天一方。

〔3〕上句是喜悦,下句是感伤。成都是一个"城中十万户"的大都会,语言、衣着等又与中原不同,故有种新鲜感觉。未卜,难料或说不定。

〔4〕大江,即岷江。日月长,犹岁月长。是说此后得长期地过着游子生涯。

〔5〕曾,同层;曾城,犹重城。填,充满着。华屋,华丽的房子。曹植诗:"生存华屋处。"

〔6〕喧然,喧阗热闹。都会,犹都市。成都在唐代,经济繁荣仅次于扬州。当时有"扬一益二"的说法。间,读去声,夹杂的意思。以上四句概括地描写成都的市面和气候,是正面文字。

〔7〕信美二字,用王粲《登楼赋》"虽信美而非吾土兮,曾何足以少留"。这两句是说,成都诚然不错,但我这远客却无所适从(依靠),只有不安的(侧身)望望景物而已。这个川梁,大概就是万里桥。下四句亦皆望中所见。

〔8〕因见鸟雀归巢,更感到家乡的遥远。杜甫家在中原(洛阳)。

〔9〕这二句写景中寓时事。因避乱,故想到寇乱未平。黄生说:"初月二句,寓中兴草创,群盗尚炽。末二句姑为自解之辞。"

第四期　漂泊西南时期

（公元七六〇——七七〇）

这第四期,是最后一期,包括杜甫四十九岁到五十九岁的十一年间的作品。杜甫这十一年间的漂泊生活和创作生活,大体上可划分为三个阶段:夔州以前是第一阶段,计六年多(七六〇年正月——七六六年四月),其中住在成都草堂前后约五年;在这一阶段里,杜甫写了四百八十五首诗。移居夔州是第二阶段,约二年(七六六年四月——七六八年正月),时间虽不长,作品却最多,他一共写了四百三十七首诗。夔州以后漂泊湖北和湖南是第三阶段,为时不到三年(七六八年春——七七〇年冬);这时诗人杜甫已是一个残废的老头了,但他还是写了一百五十首诗。

把杜甫在这一时期的三个阶段里所写的作品的数字加起来和前此的三个时期作一比较,这并非毫无意义的事。统计数字告诉我们:杜甫在这十一年中总共写了一千零七十二首诗。占现存作品总数量的百分之七十三强,约等于第二期(长安十年)的十倍,和第三期的四倍半以上。由此可见,在创作的道路上,杜甫是"老当益壮"、"死而后已"的。这种始终如一的艰苦卓绝的创作精神,首先就值得我们肯定。

由于时代、生活和年龄等关系,杜甫这期作品的基本特征,是诗的抒情的性质。也就是抒情诗特别多,纯粹的叙事诗很少。这些抒情诗的内容,是多种多样的,有描写景物的抒情诗,有写劳动生活的抒情诗,有回忆往事的抒情诗,有咏怀古迹的抒情诗。有的大声疾呼、直写胸臆;有的回肠荡气、曲达友情。所有这些抒情诗,不仅洋溢着真情,而且也浸透着现实。但是,最值得我们注意和珍视的还是他的政治抒情诗——这主要是政治讽刺诗。我们知道,杜甫是一个"穷年忧黎元"的诗人,然而在他漂泊西南的十一年中,人民生活一直没有改善,国家命运一直没有多少好转,所以这类政治讽刺诗也就一直贯串着他这一时期的三个阶段。这些讽刺,有的是尖锐而精辟的议论,如:"不过行俭德,盗贼本王臣!""莫令鞭血地,再湿汉臣衣!"有的是借用景物,出以比兴,如《枯椶》、《病橘》等诗;有的则驱使典故来揭露丑事,如《诸将》:"昨日玉鱼蒙葬地,早时金碗出人间。"写皇家坟墓的被发掘。其他直接反映现实的诗,也往往在叙事中夹杂议论或感愤,带有浓厚的抒情气息。这种现象是前此所少有的。

由于诗的内容主要是抒情,所以在诗的形式(体裁)方面也有了新的发展。这就是大量地更多地使用近体诗——律诗和绝句。他的三十一首五绝,全部是这时写的;他的一百零七首七绝,有一百零五首是这时写的。同时他还写了四百八十一首五律和一百二十五首七律,五言排律这时也写得最多,最长的一首(《秋日夔府咏怀一百韵》)也是这时写的。律诗由于种种限制,不适宜于叙事而比较适宜于抒情,这就是为什么这一期律诗特多的原因之一。不过,律诗也有它的长处,因为它本身具有一种音乐性和精练性,它要求更高的概括。所以有时用来作为讽刺武器,显得特别铿锵有力,能够起着一种匕首投枪的作用,一针见血,以少胜多。上面举出的一些诗句便都可为例。有的同志过分贬低杜甫律诗的价值,忽视他的律诗的战斗性,那是不全面、不公允的。但在接受上,往往需要读者具有较高的艺术修养和文化水平,那也是事实。

总之,杜甫那些史诗般的叙事诗固然具有崇高的价值,他的抒情诗也同样值得我们重视,通过这些优美的抒情诗,读者更可以直接接触到这位诗人的伟大心灵和高尚人格。

卜居

浣花溪水水西头[1]，主人为卜林塘幽[2]。已知出郭少尘事，更有澄江销客忧。无数蜻蜓齐上下，一双鸂鶒对沉浮[3]。东行万里堪乘兴，须向山阴上小舟[4]。

这是上元元年（七六〇）春天杜甫开始卜居成都西郭草堂时所作。饱经忧患、备尝困苦、又正当"一岁四行役"之后的杜甫，现在忽然得到这样一个安身处所，自然是喜不自禁。卜居，选择居住的地方。

〔1〕浣花溪在成都西郭外，一名百花潭，杜甫草堂便在这里。

〔2〕林塘幽三字领起全篇，下四句都是描写林塘之幽的。主人，黄鹤等以为指剑南节度使裴冕，顾宸以为"此说无据，裴为公结庐，则诗题当特标裴冀公，而诗中亦不当以主人卜林塘一句轻叙矣"。仇兆鳌却说："主人，公自谓。为卜者，为此而卜居也。此从浣花溪叙入，即可称花溪主人，后归成都诗云：'锦里逢迎有主人'，亦可称锦里主人矣。"按细玩全诗语意，主人当有所指。再则杜甫初到成都，又当穷困，林塘虽幽，恐难自行卜居，主人虽不一定是裴冕，但必有其人，决非杜甫自谓。（杜甫在草堂，一花一木，都是用诗句向人家换来的。像这样的一块好地皮，哪能自由霸占？）

〔3〕齐字和对字，能写出物情之闲适。正见林塘之幽。

〔4〕这两句再推开说，见得不仅是林塘幽，而且交通甚便，只要登上小船，便可直到山阴。堪，可也。杜甫壮年，曾游吴越故有此想头。山

阴县在浙江,是历史上有名的风景区。《世说·言语篇》:"王子敬云,从山阴道上行,山川自相映发,使人应接不暇。"《华阳国志》:"蜀使费祎聘吴,孔明送之,祎叹曰:'万里之行,始于此矣!'"又《世说·任诞篇》:"王子猷居山阴,雪夜,忽忆戴安道,即乘轻船就之。既造门,不前,便返。人问其故,曰:'吾本乘兴而行,兴尽而返。'"末二句化用这些事。

为农

锦里烟尘外[1],江村八九家。圆荷浮小叶,细麦落轻花。卜宅从兹老[2],为农去国赊[3]。远惭勾漏令,不得问丹砂[4]。

　　这是开始卜居成都草堂时所作。是杜甫生活史上一个转变的标志。

　　[1] 锦里,即指成都。成都号称"锦官城",故曰锦里。烟尘,古人多用作战火的代名词。如高适诗"汉家烟尘在东北"。这时遍地干戈,惟成都尚无战事,故曰烟尘外。

　　[2] 杜甫经过长期流浪,在政治上又碰了多次的壁,故有终老之意。

　　[3] 赊,远也。国,指长安。杜甫始终不能忘怀国事,即此可见。

　　[4] 勾漏令,指晋葛洪。洪年老欲炼丹以求长寿,闻交趾出丹砂,因求为勾漏令,帝以洪资高,不许。洪曰:"非欲为荣,以有丹耳。"帝从之(见《晋书·葛洪传》)。杜甫自言不能如葛洪一样弃世求仙,所以说惭。其实是一种姑妄言之的戏词。

蜀 相

丞相祠堂何处寻？锦官城外柏森森[1]。映阶碧草自春色，隔叶黄鹂空好音[2]。三顾频烦天下计，两朝开济老臣心[3]。出师未捷身先死，长使英雄泪满襟[4]。

　　这是七六〇年春杜甫居成都游武侯祠时所作。公元二二一年，刘备即帝位，以诸葛亮为丞相，故称"蜀相"。杜甫有他的政治抱负和热情，又生当安史之乱，故对"鞠躬尽瘁，死而后已"的诸葛亮极推崇。

　　[1] 首二句自问自答，指示祠堂所在地。丞相祠，即今武侯祠，在成都城南二里许。

　　[2] 二句写祠内景物。杜甫极推重诸葛亮，他此来并非为了赏玩美景，"自"、"空"二字含情。是说碧草映阶，不过自为春色；黄鹂隔叶，亦不过空作好音，我并无心赏玩、倾听。因为自己景仰的人物已不可得见。

　　[3] 二句从大处着眼，写诸葛亮的才德，已括尽一生。亮初隐居隆中，刘备三次往见，恳求出山相助，故《出师表》有"三顾臣于草庐之中"的话。天下计，天下大计。指《隆中对》所言：东连孙权，北抗曹操，西取刘璋（四川）。亮佐刘备（先主）开基创业，后辅刘禅（后主）济美守成，故云两朝开济。《三国志·诸葛亮传》："先主病笃，谓亮曰：'嗣子可辅，辅之；如其不才，君可自取！'亮涕泣曰：'臣敢效忠贞之节，继之以死。'初，亮自表后主曰：'臣死之日，不使内有馀帛，外有赢财，以负陛下。'及卒，

如其所言。"即所谓老臣心。当时安史之乱未平,是很需要这样的人物的。

〔4〕公元二三四年亮出兵据武功五丈原,与司马懿对抗于渭南,相持百馀日,病死军中。末二句凭吊之感。泪满襟的英雄,即杜甫自己。用"长使"二字,便把所有读者都拉在内,从而感染了他们。——《宋史·宗泽传》:"泽请上(宋高宗)还京,二十馀奏,为黄潜善等所抑,忧愤成疾。诸将入问疾,泽曰:'吾以二帝(徽宗、钦宗)蒙尘,积愤至此,汝等能歼敌,则我死无恨。'众皆涕泣曰:'敢不尽力。'诸将出,泽叹曰:'出师未捷身先死,长使英雄泪满襟。'无一语及家事,但呼'过河'者三而薨。"宗泽是当时爱国将领,足见诗的感化力量之巨大。

堂 成

背郭堂成荫白茅[1],缘江路熟俯青郊[2]。桤林碍日吟风叶,笼竹和烟滴露梢[3]。暂止飞乌将数子,频来语燕定新巢[4]。旁人错比扬雄宅,懒惰无心作解嘲[5]。

堂,即"草堂"。成,落成。此诗当作于七六〇年暮春。

〔1〕背郭,背负城郭。草堂在成都城西南三里,故曰背郭。荫白茅,用茅草覆盖。

〔2〕堂在浣花溪上,溪近锦江,故得通称江。江边原无路,因营草堂,缘江往来,竟走出来一条路,故曰缘江路熟。熟,有成熟意。俯青郊,面对郊原。堂势较高,故用俯字。二句写堂之形势及所用材料。

〔3〕二句写草堂竹木之佳,语有倒装。顺说就是:桤木之叶,碍日吟

风;笼竹之梢,和烟滴露。蜀人称大竹为笼竹。

〔4〕二句写草堂禽鸟之适。将,率领。罗大经《鹤林玉露》云:"诗莫尚乎兴。兴者,因物感触,言在于此,而意在于彼。非若比、赋之直言其事也。故兴多兼比、赋,比、赋不兼兴。……暂止飞乌将数子,频来语燕定新巢,盖因乌飞燕语,而喜己之携雏卜居,其乐与之相似。此比也,亦兴也。"

〔5〕扬雄,西汉末年大赋家。其宅在成都少城西南角,一名"草玄堂"。扬雄尝闭门草《太玄经》,有人嘲笑他,他便写了一篇《解嘲》文。扬雄蜀人,自可终老于蜀,杜甫不过暂居(他曾有诗:"此生那老蜀?不死会归秦!"),所以说"错比"。但也不想像扬雄一样专门写篇文章来表明自己的心意。——关于这首诗的写作年代,浦起龙有不同看法。他说:"旧编上元元年(七六〇)初置草堂时。今按:诗云'桤林碍日'、'笼竹和烟',则是竹木成林矣。初筑时,方各处乞栽种,未必速成如此也。公《寄题草堂》诗曰:'经营上元始,断手宝应年。'又宝应元年(七六二)春有诗曰:'畏人成小筑,褊性合幽栖。'当是其时作也。"因此,他把这首诗的写作推迟了两年。他的说法虽也有根据,但未免过泥。郭知达《九家集注》引赵次公云:"桤林笼竹,正川中之物。二物必于公卜居处,先有之矣。"说初置草堂时原就有此二物,是很有可能,也是符合实际的。《卜居》诗说"主人为卜林塘幽"。可见从一开始,草堂周围就有"林"。杜甫到处向人乞求各种树苗,不过嫌林木不够多,并不能证明这里就没有林。据《楠树为风雨所拔叹》一诗,我们还可以知道,当初置时,草堂旁边还有一棵"故老相传二百年"的大楠树呢。再从全诗的语气和情调来看,也和初置草堂时吻合。因此,我们还是定此诗为本年所作。

江村

清江一曲抱村流,长夏江村事事幽:自去自来堂上燕,相亲相近水中鸥[1]；老妻画纸为棋局，稚子敲针作钓钩[2]。但有故人供禄米[3]，微躯此外更何求[4]？

此诗作于草堂落成后，一种怡然自足的情调也很相似。

〔1〕二句写景物之幽。燕贴村说，鸥贴江说。相亲，谓群鸥自相亲。相近，谓鸥与人接近，无相猜之意。

〔2〕二句写人事之幽。仍一贴村，一贴江。

〔3〕此句各本多作"多病所须惟药物"，此从《文苑英华》。仇注云："局字物字，叠用入声，当从《英华》为是；且禄米分给，包得妻子在内。"朱瀚亦云："通首神脉，全在第七句，犹云'万事俱备，只欠东风'。与'厚禄故人书断绝'参看。若作'多病所须惟药物'，意味顿减，声势亦欠稳顺。"按杜好改诗，"但有"句，可能是最后定稿，故传本不一。

〔4〕微躯，犹谦称贱躯。此，指禄米，或以为指江村，误。杜甫所求的很多，但对他个人来说，确是很少。不应理解成自了汉的话。

宾至

幽栖地僻经过少[1]，老病人扶再拜难[2]。岂有文章惊海内？漫劳车马驻江干[3]！竟日淹留佳客坐，百年粗粝腐儒餐[4]。不嫌野外无供给，乘兴还来看药栏[5]。

此亦居成都时作，题一作"有客"。这位"不速之客"，大概是杜甫所不乐见的"俗物"，所以诗题不写出他的尊姓大名，诗的语气也很傲岸，带嘲讽。

〔1〕过,读平声。经过少,过访人少。

〔2〕来者大概是个大官僚,杜甫不愿为礼,故托言老病不能再拜。

〔3〕二句自谦中带自负。漫劳,犹空劳、徒劳。江干,江边。这位客人大概是慕杜甫的文名而来的。

〔4〕二句表示歉意。竟日,即整天。百年,犹终身。粝,音厉,粗粝,犹粗糙。

〔5〕末二句也含不满之意。无供给,没有美酒佳肴来款待。药栏,花药之栏槛。看药栏,意即看花。一方面杜甫不欲以能文自居,另一方面这位客人也不是文章知己,所以只请他来看看花。

狂 夫

万里桥西一草堂[1],百花潭水即沧浪[2]。风含翠筱娟娟净,雨裛红蕖冉冉香[3]。厚禄故人书断绝[4],恒饥稚子色凄凉[5]。欲填沟壑惟疏放[6],自笑狂夫老更狂。

〔1〕万里桥在成都南门外,诸葛亮送费祎处。

〔2〕百花潭,即浣花溪。沧浪用《孟子》"沧浪之水清兮,可以濯我缨"。即沧浪,即字有"岂其食鱼,必河之鲂"意。

〔3〕二句写草堂景色。上句风中有雨,下句雨中有风。翠筱,绿竹。红蕖,荷花。娟娟,美好貌。净,竹色光洁。冉冉,婉弱貌。

〔4〕一句含四层意:既是故人,又作大官,却连信也没有,则新交可知。

〔5〕这一句也含四层意:饥而曰恒,乃及幼子,至形于颜色,则全家

可知。色悽凉,可怜相。这些,都正是吃了狂放的亏。

〔6〕填沟壑,指死。欲,将然未然之词。这句是说尽管全家眼看就要饿死,还是一味疏放,不能改其故态,仰面向人。

野老

野老篱边江岸回[1],柴门不正逐江开[2]。渔人网集澄潭下,贾客船随返照来[3]。长路关心悲剑阁[4],片云何意傍琴台[5]?王师未报收东郡[6],城阙秋生画角哀[7]。

〔1〕野老,杜甫自谓。有人以为是杜甫赠江头野老诗,不确。杜甫《绝句四首》有"门泊东吴万里船"句,则其门前实为渔人贾客集中之地。

〔2〕江岸纡回,而门逐江开,故不正。

〔3〕二句江间景。下是下网。黄生说:"日西落则倒景于东,船自西来,若随之然。"这两句是上三下四句法。

〔4〕此以下四句写漂泊之感。这句是说想北归秦中。归路甚长,而最关心的则在剑阁,因剑阁最险,又常为乱军所据,故悲其难越。

〔5〕这句是说不愿留在成都,景中含情。片云,犹孤云,杜甫自喻(《江汉》诗"片云天共远",也是写景而兼自喻的)。自家不愿,却怪及片云,诗人往往如此。何意一作何事。成都有琴台(现存遗址),传说为司马相如与文君贳酒处,在浣花溪北。杜甫有《琴台》诗。

〔6〕上元元年(七六〇)六月田神功破史思明于郑州,但东京与诸郡犹未收复。正说明不得不留在成都之故。

〔7〕这里的城阙指成都。至德二载升成都府为南京,故得称城阙。

画角,古军乐,长五尺,形如竹筒,外加彩绘,故曰画角,其声哀厉高亢,军中吹之,以警昏晓。

客至

舍南舍北皆春水,但见群鸥日日来[1]。花径不曾缘客扫,蓬门今始为君开[2]。盘飧市远无兼味,樽酒家贫只旧醅[3]。肯与邻翁相对饮,隔篱呼取尽馀杯[4]。

杜甫自注:"喜崔明府相过。"明府,是唐人对县令的一种尊称。崔名不详。把这首诗和上《宾至》一首对照着读很有意思。张𬘡说:"前宾至诗,有敬之(按当云敬而远之)之意,此有亲之之意。"陈秋田说:"宾至,是贵介之宾,客,是相知之客,与前诗各见用意所在。"这些话都很对。这也就是前诗为什么不注明那位来宾贵姓大名的原因。

〔1〕但见二字,暗含讽意,见得只有群鸥不嫌弃。交游冷淡,自在言外。

〔2〕二句流水对。写喜客之至。黄生云:"花径不曾缘客扫,今始缘君扫;蓬门不曾为客开,今始为君开,上下两意交互成对。"

〔3〕客来了就得款待,二句写待客。兼味犹重味,无兼味,谦言菜太少。醅音培,即指酒。黄生云:"盘飧因市远,故无兼味;樽酒因家贫,只是旧醅。市远、家贫二字,从旁插入。"按古人好饮新酒,故杜甫以旧醅待客为歉。如白居易《问刘十九》诗:"绿蚁新醅酒,红泥小火炉。晚来天欲雪,能饮一杯无?"即可证。

169

〔4〕杜甫自己是肯而且欢喜与野老田父相对饮的,但不知崔明府是否肯,所以征求他的同意。

遣兴

干戈犹未定,弟妹各何之〔1〕?拭泪沾襟血,梳头满面丝〔2〕。地卑荒野大,天远暮江迟〔3〕;衰疾那能久?应无见汝期〔4〕!

〔1〕各何之,都到哪儿去了。
〔2〕二句沉痛。上句言思念弟妹,沾襟,见血泪之多。下句言自己衰老。满面丝,见头发尽白,为下"衰疾"句之根。
〔3〕成都地势本不低,因四远皆山,故云卑。远望天边,故觉江流迟缓。这两句写望弟妹时所见之景,有"念吾一身,飘然旷野"之感。
〔4〕又老又病,又流寓荒野,哪能久于人世呢?大概没有见你们的日子了。

题壁上韦偃画马歌

韦侯别我有所适〔1〕,知我怜君画无敌〔2〕。戏拈秃笔扫骅骝〔3〕,欻见麒麟出东壁〔4〕。一匹龁草一匹嘶,坐看千里当霜蹄〔5〕。时危安得真致此?与人同生亦同死〔6〕!

仇注引朱景玄《画断》:"韦偃,京兆(长安)人,寓居于蜀。常以越笔点簇鞍马,千变万态。……或头一点,或尾一抹,巧妙离奇,韩幹之匹也。"唐人好在墙壁上作画或题诗,这里的壁,就是草堂的墙壁。

〔1〕别我,向我告别。有所适,要到某一地方去。安史之乱,造成"天下学士亦奔波"的局面,名画家也四处漂泊。韦偃离开成都,大概也是为了谋生。

〔2〕怜,爱。韦偃知杜甫爱他的画,故一来告别,二来作画留迹。

〔3〕这句是加一倍写法。孔子说"工欲善其事,必先利其器",现在韦偃画千里马却只用秃笔。说"戏拈",写韦造诣之高。画来全不费力,只如游戏。

〔4〕欻见,即忽见。写其神速。麒麟,传说是一种瑞兽,也善走,故以喻良马。"出"字与《丹青引》"须臾九重真龙出"同妙。以假为真。

〔5〕坐看,犹眼看。当,对也。这句专写昂首长鸣的那匹马,大概在这匹马的面前展开一条长道。句意谓千里之遥,眼看就要消失在它的霜蹄之下。可与"所向无空阔"(《房兵曹胡马》)一句互参。《庄子·马蹄篇》:"马蹄可以践霜雪。"故谓马蹄为霜蹄。亦犹松柏耐霜雪,故称松根为"霜根"。

〔6〕杜甫总是念念不忘国家的灾难,哪怕是一些题画的诗也往往流露出这种爱国精神。因此,浦起龙说:"结联,见公本色。"

恨别

洛城一别四千里,胡骑长驱五六年[1]。草木变衰行剑外[2],兵戈阻绝老江边[3]。思家步月清宵立,忆弟看云白日眠[4]。闻道河阳近乘胜,司徒急为破幽燕[5]!

上元元年(七六〇)夏成都作。由于叛乱未定,以至长别家园,故热望祖国早日复兴。句句不说恨,却句句都是恨。

〔1〕首二句对起,极自然。四千里,恨别之远;五六年,恨别之久。胡骑,指安史之乱。自天宝十四载(七五五)至此凡五六年。这是别恨的根源。

〔2〕剑外,犹剑南。称剑门之南为剑外,与称洞庭湖之南为"湖外"同例。杜甫是十二月来到四川的,草木变衰,指来时之景,非作诗时之景。

〔3〕江边,锦江边,草堂所在地。

〔4〕宵立昼眠,颠倒错乱,不能自主,通过日常生活细节来表达思家忆弟的深情,极具体,极深刻。

〔5〕司徒,李光弼,时光弼为检校司徒。《通鉴》卷二百二十一:"上元元年三月光弼破安太清于怀州,夏四月破史思明于河阳西渚。"即乘胜的史实。乾元二年(七五九)四月史思明更国号曰大燕,以范阳为燕京。幽燕破,则叛乱平,可以回到洛城。

后游

寺忆曾游处,桥怜再渡时〔1〕。江山如有待,花柳更无私〔2〕。野润烟光薄,沙暄日色迟〔3〕。客愁全为减,舍此复何之〔4〕?

上元二年(七六一)春,杜甫曾一度至新津县,因游修觉寺,有《游修觉寺》诗。这是重游,故题作《后游》。

172

〔1〕怜,爱。是说第二次过桥时不觉对桥也有了感情。

〔2〕这两句也是杜诗的名句。如有待,好像在等待我之再度登临。更无私,再没有一点偏私,凡来游者都可以尽情观赏。杜甫热爱生活,也热爱大自然之美,在他的心目中,江山、花柳都显得有情。

〔3〕二句写景,是倒装句。烟光薄,故野润;日色迟,故沙暖。仇注:"日色迟留,是昼景。"

〔4〕此,指修觉寺。复何之,更何往。

春夜喜雨

好雨知时节,当春乃发生[1]。随风潜入夜,润物细无声[2]。野径云俱黑,江船火独明[3]。晓看红湿处,花重锦官城[4]。

这虽是一首小诗,但也可看出杜甫的思想情感,因为他之所以喜雨,主要是因为它具有"润物"的功用。全诗不露喜字,但却充满喜意。

〔1〕春天正需要雨,而雨也就来了,岂不是"好雨"?岂不是"知时节"?岂不可喜?看无情作有情,看无知作有知,诗人往往如此。乃字一作及,作及字,则"发生"当指万物说。

〔2〕二句流水对。实写"好雨"。好雨也就是细雨,因雨细而不骤,才能润物。细雨之来,不为人所觉察,故曰潜入夜。"润物细无声",写出好雨的灵魂。

〔3〕二句从云黑写雨意正浓,亦含喜意。火独明,正是写云俱黑的,这句是陪衬。

173

〔4〕花着雨而湿,故加重。若暴雨,则花且受摧残矣。黄生云:"结语更有风味,春雨万物无所不润,花其一耳。三四是诗人胸襟,七八是诗人兴趣。"——李文炜《杜律通解》云:"小雨应期而发生,则知时节之当然矣,宁不谓之好雨乎?其随风也,知当昼则妨夫耕作,而潜入夜焉;其润物也,知过暴则伤其性情,而细无声焉,是其能因风以泽物,而不爽乎时,不违乎节矣,何喜如之?然而无声之雨,何以知其细能润物也?待晓看锦官城之花,垂垂而湿,较不雨尤加重焉,而不见其飘残,此雨之所以好,此雨之所以可喜也。"按此说亦能发明诗意。张谓诗"柳枝经雨重,松色带烟深",则花重,实指雨湿而言。

江上值水如海势,聊短述

为人性僻耽佳句,语不惊人死不休[1]!老去诗篇浑漫与[2],春来花鸟莫深愁[3]。新添水槛供垂钓,故著浮槎替入舟[4]。焉得思如陶谢手,令渠述作与同游[5]!

值奇景,无佳句,故曰聊短述。聊,姑且之意。杜甫当时也许打算写一首长诗。

〔1〕二句杜甫自道其创作经验。可见杜甫作诗的苦心。性僻,性情有所偏,这是自谦的话。不管是什么内容,诗总得有好的句子。耽,嗜好。惊人,打动读者。死不休,死也不罢手。极言求工。

〔2〕是说如今年老,已不像过去那样刻苦琢磨。漫与,随意付与。(这话不能死看,杜老年做诗也并不轻率,不过由于功夫深了,他自己觉得有点近于随意罢了。)

〔3〕此句承上而来。愁,属花鸟说。诗人形容刻画,就是花鸟也要愁怕,是调笑花鸟之辞。韩愈《赠贾岛》诗:"孟郊死葬北邙山,从此风云得暂闲。"又姜白石赠杨万里诗:"年年花月无闲处,处处江山怕见君。"(《送朝天集归诚斋时在金陵》)可以互参。

〔4〕新添,初做成的。水槛,水边木栏。故,因也。跟新字作对,是借对法。槎,木筏。

〔5〕陶谢,陶渊明、谢灵运,皆工于描写景物,故想到他们。思,即"飘然思不群"、"思飘云物外"的思。令渠句,是说让他们来做诗,而自己则只是陪同游览。语谦而有趣。

春水生二绝(录一)

一夜水高二尺强,数日不可更禁当〔1〕。南市津头有船卖,无钱即买系篱旁〔2〕!

此忧水涨而作。杜甫绝句,多用方言俗语点化入诗,故特觉活泼,此亦一例。

〔1〕是说水涨愈来愈猛,抵当不起。二尺强,多于二尺。
〔2〕末句是叹词。因怕淹,想到买船。

所思

苦忆荆州醉司马〔1〕,谪官樽酒定常开〔2〕。九江日落醒何处?一柱观头眠几回[3]?可怜怀抱向人尽[4],欲问平安无使来。故凭锦水将双泪,好过瞿塘滟滪堆[5]!

〔1〕苦忆,苦苦的想念,苦字是副词。全诗只写苦忆二字。司马,崔漪。因嗜酒,故称为"醉司马"。

〔2〕谪官,指崔由吏部贬荆州司马。定,是料其必然。谪官失意,故须借酒排遣。

〔3〕二句想象崔的醉态,正见樽酒常开。九江和一柱观皆切合荆州说。《尚书·禹贡》:"过九江至于东陵。"注云:"江分为九道,在荆州。"一柱观,宋临川王刘义庆镇江陵时所建。张说《一柱观》诗:"奇功非长世,今馀草露台。"则开元时已废。

〔4〕是说崔的满腹牢骚,无知己可告诉,只好独自痛饮酒,所以说向人尽。此人字指俗物。杜甫《秋尽》诗:"不辞万里长为客,怀抱何时得好开?"怀抱向人尽,即怀抱不得好开。

〔5〕既苦忆,又无使来,故寄诗慰问。锦水,即锦江,杜甫所居。双泪,实指这首诗。这首诗也确实是用泪写成的。杨伦云:"二句即太白诗'我寄愁心与明月,随风直到夜郎西'意。"这是不错的。瞿塘峡口有滟滪堆,下荆州所必经,最险。杜甫希望自己的友谊,能给崔以温暖,故嘱咐双泪,好生渡过滟滪堆,这种友谊,真是再深刻再纯洁没有!

绝句漫兴九首(录六)

眼见客愁愁不醒,无赖春色到江亭[1]:即遣花开深造次,便教莺语太丁宁[2]!

漫兴,随兴所到。杜甫对绝句往往纵笔所之,不甚留意。但正因为如此,所以他的绝句别有一种天然标格和风趣。

〔1〕眼,指春之眼。客自愁,春自到,无半点相关之意,岂非无赖? 无赖,本指人说,这里是骂春色。

〔2〕深造次,是说花开的太快太鲁莽。不管客愁怎样,即遣花开,便教莺语,岂非无赖? 总缘人在愁中,故反觉春色无赖。

手种桃李非无主,野老墙低还是家〔3〕。恰似春风相欺得〔4〕,夜来吹折数枝花。

〔3〕二句见得不宜相欺。

〔4〕相欺得,是说欺负人(野老)。得字是语助词。有人解作春风欺负花,非。此诗盖嗔人偷折其花。妙在托之夜来春风,使人不觉。墙低二字可玩。

孰知茅斋绝低小〔5〕,江上燕子故来频〔6〕。衔泥点污琴书内,更接飞虫打着人〔7〕。

〔5〕孰知,即熟知,指燕子说。张籍《省试行不由径》诗:"田里有微径,贤人不复行。孰知求捷步,又恐异端成。"可见孰知是唐时俗语。绝,异常。

〔6〕故来频,故意频频飞来,恼恨之词。

〔7〕这句张溍解释说:"燕啄飞虫,虫避之,遂击人。"亦可通。

二月已破三月来[8],渐老逢春能几回？莫思身外无穷事,且尽生前有限杯[9]！

〔8〕破,突破。黄生云:"破乃破除之破,分明换却过字,然亦必俗语如此。"

〔9〕这两句好像很颓废,其实中有激情。王嗣奭说是"亦无可奈何而自宽之词",这理解是对的。所以,尽管他这样说,但并没有这样做,他一直愁到死,一直在关心着自身以外的许多国家大事。黄生说:"果如所言,则达矣。"其实果如所言,应该说是"则糟矣"。

肠断春江欲尽头,杖藜徐步立芳洲。颠狂柳絮随风舞,轻薄桃花逐水流[10]。

〔10〕二句正肠断之故。仇注:"颠狂、轻薄,是借人比物,亦是托物讽人。"按后来词中往往以柳絮比喻小人,实滥觞于杜。

隔户垂杨弱袅袅,恰似十五女儿腰。谁谓朝来不作意[11],狂风挽断最长条。

〔11〕谁谓,犹哪知道。作意,有著意、注意或立意等义,盖唐时俗语。杜甫《花鸭》诗:"稻粱沾汝在,作意莫先鸣。"张籍《招周处士》诗:"已扫书斋安药灶,山人作意早经过。"又《寄王中丞》诗:"春风石瓮寺,作意共君游。"蒋防《玄都观桃》诗:"红软满枝须作意,莫教方朔施偷将。"即其证。这里的不作意,犹言没注意。吴见思以不作意为不意,非。

江畔独步寻花七绝句(录四)

稠花乱叶裹江滨[1],行步欹危实怕春[2]。诗酒尚堪驱使在[3],未须料理白头人[4]。

〔1〕夹岸皆花,故曰裹,即刘禹锡《浪淘沙》词所谓"濯锦江边两岸花"。黄生说"裹字是俗语,若文言则披字也"。

〔2〕欹危,歪歪斜斜的。因年老故反怕春色撩人,与"欢娱恨白头"同意。

〔3〕在字是当时口语,含义不一,可作"得"或"着"解。这里相当于"得"字。是说还能吟诗饮酒。

〔4〕料理,犹照料或照管,是六朝以来的口语。见得自己还能写诗饮酒,排遣春愁,故不要旁人料理。即此也可想见杜甫的顽强性格。

黄师塔前江水东[5],春光懒困倚微风[6]。桃花一簇开无主,可爱深红爱浅红[7]?

〔5〕黄师塔,是和尚所葬之塔。

〔6〕这句杜甫自谓。

〔7〕无主,任人赏玩。可字贯串两个爱字,是说你到底爱深红色的呢?还是爱浅红色的?极写桃花盛开,令人目不暇接。

黄四娘家花满蹊[8],千朵万朵压枝低。留连戏蝶时时舞,自在娇莺恰恰啼〔9〕。

〔8〕浦注:"黄四娘自是妓人,用戏蝶娇莺恰合。"按娘子乃唐时妇女的美称(如《唐书·贵妃传》:"宫中呼为娘子",又《杨国忠传》:"国忠谓姊妹(虢国夫人等)曰:今东宫监国,当与娘子等并命矣。"),又唐人以称呼行第为尊敬,浦氏未免望文生义。有同志认为,"娘子"虽是唐时妇女尊称,却与冠姓而称其排行为某某娘者有别,并举唐人传奇中杨六娘等皆属下层妇女为证。按肃宗时,因参军而为武官之妇女有唐四娘、王二娘等,则知此种称呼,仍是尊称,不能据以定黄四娘之为妓人。至于称妓人亦为某某娘,可能是当时一种习惯上的体面称呼,犹称妓女为校书之类。

〔9〕恰恰啼,正好叫唤起来。按"恰恰"乃唐人口语,通常只用一"恰"字与动词结合,如"恰有"、"恰似"、"恰值"、"恰受"之类,不胜枚举,均为"正好"或"适当"之意。其"恰恰"连文,杜此诗外,个人所见尚有两处:一为王绩《春日》诗:"年光恰恰来,满瓮营春酒。"所谓恰恰来,即正好来。春光可贵,不宜错过,故欲多酿酒。有同志解为"不断地"或"紧紧地"来,并援以解释杜此诗,实非。另一为《降魔变文》:"便向厩中选壮象,开库纯驼紫磨金。峻岭高岑总安致(置),恰恰遍布不容针。"所谓恰恰遍布,亦即正好遍布之意。此一口语,宋仍沿用。黄山谷《同孙不愚过昆阳》诗:"田园恰恰值春忙,驱马悠悠昆水阳。"此恰恰应解作正好,更无可疑。杜此诗题为"独步寻花",蝶时时舞,而莺则非时时啼,今独步来时,莺歌适起,有似迎客,故特觉可喜耳。

不是爱花即欲死〔10〕,只恐花尽老相催。繁枝容易纷纷落,嫩蕊商量细细开〔11〕!

〔10〕这句一作"不是看花即索死",索死即要死,唐人俗语。是说连性命也不顾。

〔11〕二句是嘱咐语。繁枝,指盛开的花。细蕊,指含苞待放的花。盛开的无法挽留,所以希望未开的酌量慢慢的开。商量二字生动,一似花真解语。——黄生云:"诸绝中,多入方言,益知其仿竹枝(民歌)。"

进艇

南京久客耕南亩[1],北望伤神坐北窗[2]。昼引老妻乘小艇,晴看稚子浴清江。俱飞蛱蝶元相逐,并蒂芙蓉本自双[3]。茗饮蔗浆携所有,瓷罂无谢玉为缸[4]。

七六一年成都作。进艇,即划小船。

〔1〕七五六年唐玄宗避禄山之乱来成都,因号成都为南京,上元元年(七六〇)罢。诗作于初罢不久,为了与下句作对,故仍以南京代成都。杜甫并未躬耕南亩,但在草堂也从事种树、种药、刈草等劳动。

〔2〕北望,北望中原。因朝廷和故乡都在北方。二句进艇之由。

〔3〕仇注:"中四,喜妻子相聚,赋而兼比。"范廷谋《杜诗直解》:"曰元相逐、本自双,亦见夫妇原当聚处。"芙蓉,即荷花。

〔4〕茗饮,茶水。蔗浆,蔗汁。句意谓没有美酒佳肴。瓷罂,盛茶浆之器。无谢,犹不愧或不让。是说比之富贵人家所用玉缸并无逊色。

赠花卿

锦城丝管日纷纷,半入江风半入云。此曲只应天上有,人间能得几回闻[1]?

花卿,花敬定,崔旰的部将,曾平定段子璋之乱。卿,当时对地位、年辈较低的人一种客气称呼。胡应麟以为指歌妓,不确。杜甫《戏作花卿歌》云:"成都猛将有花卿,学语小儿知姓名。"就是这个花卿。

[1] 这句有两种不同说法,杨慎以为是讽刺,他说:"花卿在蜀,颇僭用天子礼乐,子美作此讥之,而意在言外,最得诗人之旨。"黄生则以为只是赞美歌曲之妙,他说:"花卿以为妓女,固非;以为花敬定,而刺其僭用天子礼乐,亦煞附会。史但言其大掠东蜀,未尝及僭拟朝廷,用修(杨慎)止据天上二字,遂漫为此说,元瑞(胡应麟)讥之,是矣。予谓当时梨园弟子,流落人间者不少,如《寄郑(审)李(之芳)百韵诗》'南内开元曲,当时弟子传',自注云:'柏中丞筵,闻梨园弟子李仙奴歌。'所云天上有者,亦即此类。盖赞其曲之妙,应是当时供奉所遗,非人间所得常闻耳。顾况《李供奉箜篌歌》云:'除却天上化下来,若向人间实难得。'盖以天乐比之,杜甫正与此类。"按黄生说近是。刘禹锡《田顺郎歌》云:"清歌不是世间音,玉殿常开君主心。唯有顺郎全学得,一声飞出九重深。"则唐时宫中乐曲,流传世间,本属常事,歌者自歌,听者自听,说不上什么"僭"。

三绝句(录二)

楸树馨香倚钓矶[1],斩新花叶未应飞[2]。不如醉里风吹尽,可忍醒时雨打稀[3]?

182

〔1〕倚钓矶,是说楸树紧靠着钓台。

〔2〕斩新,极新。也作崭新,唐人方言。

〔3〕可忍,哪忍的意思。是说不忍醒时眼看花落。风吹雨打,也都是口语。

无数春笋满林生,柴门密掩断人行。会须上番看成竹〔4〕,客至从嗔不出迎〔5〕!

〔4〕会须,犹应须,即定要的意思。《隋唐嘉话》:"太宗罢朝,怒曰:会须杀此田舍翁(指魏徵)!"则会须乃当时口语。番字读去声,上番,亦唐人方言,犹轮番。唐时兵制,兵丁每年依道路远近要轮番去京师当宿卫。《新唐书·兵志》:"二千里外为十二番,皆一月上(十二个月轮到一次)。"看,是看守、看护的意思。杜甫爱竹,所以如此。

〔5〕从嗔,随他嗔怪去。

送韩十四江东省觐

兵戈不见老莱衣,叹息人间万事非〔1〕!我已无家寻弟妹,君今何处访庭闱〔2〕?黄牛峡静滩声转,白马江寒树影稀〔3〕。此别应须各努力,故乡犹恐未同归〔4〕。

省觐,省视父母。十四,是称呼韩的排行。

〔1〕首二句喷薄而出,感慨甚大甚深。韩是去寻访父母的,故用老

莱子故事,便已扣紧题目。《列女传》:"老莱子行年七十,著五色之衣,作婴儿戏于亲侧。"干戈扰攘,亲子离散,故不见此事。下句更推向大处,推向当时整个社会,见得可痛的不止此一事,万事都反了常。可悲者也不止我们一两个人。杜甫总是从大处着眼。

〔2〕二句落到题上,是流水对。无家,即无处。庭闱,父母所居,即指父母。将重点放在韩一边,故宾主分明。

〔3〕二句是想象中之景,不是写送别时当前之景。黄牛峡、白马江,皆韩出峡往江东所必经之地。黄牛峡在湖北宜昌县西。旧注,江陵有白马洲。杜甫关心对方,故特地指出前路的重重艰险,已含下"应努力"意。不发空论,而即景寓情,最有味。顾宸云:"曰静曰寒,亦见寇乱凄凉意。"黄生云:"凡情真则语易率,得五、六二句,全诗皆有色矣。"

〔4〕各努力,各自努力为归乡之计。上面曾用自己作陪,所以这里用一"各"字来绾合。韩十四当是杜甫的同乡,故有故乡同归的话。

戏为六绝句

庾信文章老更成[1],凌云健笔意纵横。今人嗤点流传赋[2],不觉前贤畏后生[3]。

这六首绝句可作文艺批评看,也可作杜甫个人的学习经验和创作经验看,是针对当时诗学界所存在的贵古贱今、好高骛远、夜郎自大等毛病而作的,值得我们借鉴。杜甫不欲"自以为是",同时也为了冲淡教训人的气味,所以题作"戏为"。其实态度很严肃,议论很正大,教训也很不客气。

〔1〕老更成,老年更成功。下句证实。杜赠高适诗云"交情老更亲"。老,亦指老年。

〔2〕嗤点,嗤笑指点。如《周书·庾信传赞》说庾信是"词赋之罪人",即其例。

〔3〕这句很幽默。前贤,即指庾信。古人说"后生可畏"(见《论语》),从现在看来,不觉正应了这句话呢!浦注:"为前贤称屈,正使后生知警,反言以警醒之。"按杜甫并不是一般的菲薄后生,而是有所区别的。所以他曾推崇元结说:"粲粲元道州,前圣畏后生。"

王杨卢骆当时体〔4〕,轻薄为文哂未休〔5〕。尔曹身与名俱灭〔6〕,不废江河万古流〔7〕。

〔4〕王勃、杨炯、卢照邻、骆宾王,是所谓初唐四杰。当时体,那个时代(初唐)的体裁,是说时代条件不同,不可执一而论。

〔5〕轻薄指人说,所谓轻薄子。即下"尔曹"。《贫交行》"纷纷轻薄何须数",亦指人说。哂音审,笑也。

〔6〕尔曹,是一种不客气的称呼,指哂笑的人们。只知苛责前贤,不能反求诸己,生虽哗众取宠,死即寂寥无闻,所谓身名俱灭。

〔7〕不废,犹不害、不伤。江河,喻四杰。是说无损于四杰的万古流传。此虽论文,亦可见杜甫"嫉恶怀刚肠"的性格。

纵使卢王操翰墨,劣于汉魏近风骚〔8〕。龙文虎脊皆君驭〔9〕,历块过都见尔曹〔10〕。

〔8〕劣于二字读断,汉魏近风骚五字连读。是说即使四杰的作品,

不及汉魏的接近《国风》和楚骚，但也有可取之处，不可一概抹杀。

〔9〕龙文、虎脊，都是名马，比喻四杰。这句承上，言四杰之作，虽不及汉魏，但仍不失为良马，都可以充国君的驾驭。君，应解作国君或君王，统治者是不驾驭驽马的。

〔10〕历块过都（出处见《瘦马行》），是说越过一个国都就像越过一块土块一般，这里比喻创作实践。意思是说你们哂笑四杰，何不写写看，恐怕那时你们就要感到自己不济事了。

才力应难跨数公〔11〕**，凡今谁是出群雄？或看翡翠兰苕上，未掣鲸鱼碧海中**〔12〕**！**

〔11〕数公，指庾信及四杰。跨，超过。

〔12〕两句也是比喻的说法，见得今人小巧，不及前贤之大，郭璞《游仙诗》："翡翠戏兰苕。"翡翠，小鸟。兰苕，香草。掣，牵引。鲸，大鱼。是说当时摹写景物，研揣声病的作品，还可以看到些，至于反映巨大的社会现实，那他们就都办不到了。杜甫以"秀句"目王维、孟浩然，而极赞元结《舂陵行》，说是"两章对秋月，一字偕华星"，道理也就在此。

不薄今人爱古人〔13〕**，清词丽句必为邻**〔14〕**。窃攀屈宋宜方驾，恐与齐梁作后尘**〔15〕**。**

〔13〕这也是杜甫的自道，是他的现身说法，因为当时存在着一种盲目的是古非今的现象。杜甫不仅对齐梁、四杰，不妄加菲薄，即对同时代诗人也多所推崇。浦注："此与末章，乃推广而正告之，意重在不薄今人边。统言今人，则齐梁而下，四杰而外，皆是。统言古人，则汉魏以上，风

骚以还,皆是。窃攀、恐与,直指附远漫近之病根而药之也。"

〔14〕说明不薄今人之故。必为邻,是说离不开或少不了。因为诗毕竟是精练的语言。

〔15〕这两句是说,你们一心要高攀屈原、宋玉,原是对的,但应当从实质上争取和他们并驾齐驱,否则的话,尽管你们鄙薄齐梁,恐怕还得给齐梁作尾巴呢。——《钝吟杂录》卷四:"千古会看齐梁诗,莫如老杜。晓得他好处,又晓得他短处,他人都是望影架子话。"

未及前贤更勿疑〔16〕**,递相祖述复先谁**〔17〕**?别裁伪体亲风雅**〔18〕**,转益多师是汝师**〔19〕**!**

〔16〕前贤包括自古至当代的作家。轻薄辈往往无自知之明,故杜甫直告以"更勿疑"。

〔17〕浦注:"递相祖述,前贤各有师承,如宗支之代嬗也。祖述,钱氏(钱谦益)解为'沿流而失源',误矣。以齐梁以下为沿流,正是后生附远漫近之张本,不且自相矛盾耶?复先谁者,诘以轻嗤轻哂,妄分先后也。此三字,正笼起多师二字。"按先字作动词用,如《孟子》:"北方之学者未能或之先也"之先。是说既然不及前贤,那么前贤对我们就都有值得学习的地方,何必捧这个,笑那个呢。

〔18〕别是区别,裁是裁汰。伪体,即形式主义的诗。伪体和《风》、《雅》对举,显然是指坏的思想内容而言。《风》、《雅》,《诗经》的十五《国风》和《大雅》、《小雅》。《国风》几全是民歌,《小雅》中也有民歌,是我们最早也是最优秀的现实主义的诗。这句是说学习前贤或继承遗产时也要善于区别其精华和糟粕,而分别对待。如杜甫只称许庾信晚年作品,便是有所别裁的。尽管《诗经》历来奉为经典,但他只说亲《风》、《雅》,决不说亲《颂》,也同样是有所别裁。又所谓亲《风》、《雅》,是说

亲《风》、《雅》的精神实质，而不是它的形式。杜甫不曾写一首四言体的诗，便是证明。

〔19〕汝，即上所谓尔曹。这句是说如能虚心向前贤学习，老师越来越多，这才是你们真正的老师。像庾信、王、杨、卢、骆诸人，又何尝不可以成为你们的老师？末二句真是语重心长。杜甫个人的成功和他对后来文学的巨大影响，跟他这种善于批判的吸收祖国文学遗产的态度有密切关系。概括地说：别裁伪体亲风雅，主要表明他在诗的思想内容上的主张，而转益多师是汝师，则主要表明他对于诗的艺术形式的看法。前者是思想内容问题，而后者则是关于表现的手法问题，可以博采旁通。杜诗在思想内容方面被称为"诗史"，在艺术风格方面又被称为"集大成"，是和他这种全面的观点分不开的。钱注："六绝寓言以自况也。退之诗'李杜文章在，光焰万丈长。不知群儿愚，何用故谤伤。蚍蜉撼大树，可笑不自量'。然则当公之世，谤伤亦不少矣，故借庾信、四子以发其意。"按杜甫《莫相疑行》："寄语悠悠世上儿，不争好恶莫相疑。"是此诗确亦有所感而作。

楠树为风雨所拔叹

倚江楠树草堂前，故老相传二百年。诛茅卜居总为此[1]，五月仿佛闻寒蝉[2]。东南飘风动地至，江翻石走流云气[3]。干排雷雨犹力争，根断泉源岂天意[4]！沧波老树性所爱[5]，浦上童童一青盖[6]。野客频留惧雪霜，行人不过听竽籁[7]。虎倒龙颠委榛棘，泪痕血点垂胸臆[8]。我有新诗何处吟？草堂自此无颜色[9]！

这是上元二年(七六一)在成都时所作。"叹"本是曲调的一种,如"歌"、"行"、"吟"之类,这里兼具表情作用。杜甫本深爱此楠树,常在这树下吟诗,又目击楠树与风搏斗,卒为风所拔,和他自己的性格、命运也都有着相同之点,故写来极有生气。全诗十六句,每四句一转意。起四句追叙未拔之前;东南飘风四句正写为风雨所拔;沧波老树四句写拔后回思之情,两句切自己写,两句写一般人;末四句深致哀悼。

〔1〕诛茅,剪除茅草。总为此,全都为了这棵楠树。

〔2〕楠树高大,故发出的声音,有似寒蝉。寒蝉,蝉的一种,深秋时鸣于日暮,声音幽抑。

〔3〕极写风力之大。流云气,因兼有雷雨。

〔4〕二句摹写楠树和风雨斗争的状态,字字惊心动魄,我们仿佛看到杜甫本人和丑恶的现实作斗争的形象。浦注:"犹力争,壮其节也。岂天意,非其罪也。"

〔5〕树倚清江,故曰沧波老树。

〔6〕浦,水边。童童,一作亭亭。青,一作车。按《高楠》诗:"楠树色冥冥,江边一盖青。"则当作青。

〔7〕树大荫浓,可避雪霜,故野老频留树下;树高迎风,如吹笙竽,故行人低回倾听,不忍即过。见得楠树,人所共爱。

〔8〕虎倒龙颠,写老楠僵仆之状。杜甫多用龙虎形容松柏等古木。如《双松图歌》:"白摧朽骨龙虎死。"《病柏》:"偃蹙龙虎姿。"委,弃也。泪痕血点句作写树看更好,树经雨湿,躺在地上有如泪痕血点满垂胸臆,是一种拟人的写法。但也包含了自己的痛惜。

〔9〕无颜色,即大为减色。浦注:"虎倒龙颠,英雄末路;泪痕血点,人树兼悲。无颜色,收应老辣。叹楠耶?自叹耶?"

茅屋为秋风所破歌

八月秋高风怒号[1],卷我屋上三重茅[2]。茅飞渡江洒江郊,高者挂罥长林梢[3],下者飘转沉塘坳[4]。南村群童欺我老无力:忍能对面为盗贼[5],公然抱茅入竹去[6],唇焦口燥呼不得[7]!归来倚杖自叹息[8]。俄顷风定云墨色[9],秋天漠漠向昏黑[10]。布衾多年冷似铁[11],娇儿恶卧踏里裂[12]。床头屋漏无干处,雨脚如麻未断绝[13]。自经丧乱少睡眠[14],长夜沾湿何由彻[15]?安得广厦千万间,大庇天下寒士俱欢颜,风雨不动安如山[16]!呜呼!何时眼前突兀见此屋[17]?吾庐独破受冻死亦足!

这是杜甫有名的一首诗,对后来大诗人白居易和大政治家王安石以及其他广大的读者都起过很大的教育作用。是上元二年(居成都草堂的第二年)秋天写的。杜甫不是"但自求其穴"的蝼蚁之辈,所以尽管自己的茅屋破了,却希望广大的穷人都有坚牢的房子住,并不惜以自己的冻死为代价,充分表现了他对人民的同情和热爱。

〔1〕号,读平声。风无所谓怒不怒,这是一种人格化的写法,杜甫常用。有时还用"怒"字来形容静止的东西,如"西溪五里石,奋怒向我落。"秋日天高气清,故曰秋高。浦注:"起五句完题,笔亦如飘风之来,疾卷了当。"

〔2〕重,读平声。三重,三层。从"茅茨疏易湿"、"敢辞茅苇漏"这类诗句来推测,所谓三重,是不会很厚的。

〔3〕罥,音绢。挂罥,挂结的意思。因为茅草吹得飞起来,所以挂上树杪。

〔4〕坳,音凹,低洼的地方。以上写狂风破屋。

〔5〕这句写群童的顽皮,故意和我这老头儿恶作剧。忍能,是说竟忍这样的当面作贼。能字这里作"这样"讲。(参阅张相《诗词曲语辞汇释》三二四页)按《泛溪》诗:"童戏左右岸,罟弋毕提携。翻倒荷芰乱,指挥径路迷。得鱼已割鳞,采藕不洗泥。"此诗作于前一年,所泛溪即浣花溪。据此可知,溪之南北两岸原有一批顽童,我疑心诗中"群童"就是这些顽童。他们敢于欺负人,以抱茅为戏,因而激怒了诗人,以至破口大骂。过去我把群童全看成穷孩子,是不符合实际情况,至少是很片面的。

〔6〕公然,明目张胆的,即上句所谓"对面"。正是顽童行径。按王昌龄《浣纱女》诗:"吴王在时不得出,今日公然来浣纱。"则"公然"也是唐人口语。

〔7〕呼不得,喝不住。一来群童欺杜甫年老,二来隔着一条江(浣花溪),他们更不怕,所以任凭杜甫叫喊。汉乐府《善哉行》:"来日大难,舌燥唇干。"以上写顽童们的欺侮。

〔8〕这是一个独立的句子,是全篇的过脉,感慨很深。浦注:"单句缩住,黯然。"要重买这些茅草,对杜甫来说,是个很大的负担。他在《王录事许修草堂赀,不到,聊小诘》一诗中说:"为嗔王录事,不寄草堂赀。昨属愁春雨,能忘欲漏时?"要修葺一下,也得朋友帮忙,如今要重盖,他哪能不急?

〔9〕俄顷,不久,所谓顷刻之间。云墨色,云黑如墨,天要下雨。

〔10〕漠漠,阴沉迷濛之状。向,将近。

〔11〕布衾,布被子。多年的老棉絮,又碰到屋漏,故特别冷。

191

〔12〕恶卧,小孩睡相不好,两脚乱蹬,故被里破裂。

〔13〕雨脚如麻,形容密雨,不是疏疏落落的雨。

〔14〕丧乱,指安史之乱。自七五五年到七六一年的这几年间,杜甫的确是经历了千辛万苦的。他的少睡,和逃难漂泊有关,所谓"征途乃侵星",和年老多病也有关,所谓"气衰甘少寐"。但主要是由于他的关心国事。比如他做官时是"不寝听金钥",弃官后是"不眠忧战伐"。

〔15〕彻,彻晓。何由彻,是说怎样才能挨到天亮呢。痛苦的时间总是觉得特别长的。以上写屋破后夜雨侵迫之痛。

〔16〕这几句是杜甫从自己切身痛苦的生活体验中产生的一种伟大愿望。广厦,大房子。大庇,全部庇覆。风雨二字总承上文。安得,是欲得而不能得的一种假想的说法,表现了理想与现实的矛盾。这两个字,杜甫常用,如"安得壮士挽天河,净洗甲兵长不用!"又如"安得务农息战斗,普天无吏横索钱!"也都体现了人民的愿望。

〔17〕突兀,高耸的样子,这里形容广厦。——按此诗"寒士",虽指贫寒的书生,但可以而且应当理解为"寒人"。从杜甫全人以及"穷年忧黎元"、"一洗苍生忧"这类诗句来看,作这样的引伸是合乎实际的,并非美化。王安石题杜甫画像诗:"宁令吾庐独破受冻死,不忍四海赤子寒飕飕",便是把"寒士"引伸为老百姓的。

百忧集行

忆年十五心尚孩[1],健如黄犊走复来[2]:庭前八月梨枣熟,一日上树能千回。即今倏忽已五十,坐卧只多少行立[3]。强将笑语供主人[4],悲见生涯百忧集。入门依旧四壁空[5],老妻睹我颜色同[6]。痴儿不知父子礼,叫怒索饭啼门东[7]。

据诗中"已五十"一语,可断定是上元二年所作。可以同时看到他少年生活的一个片断。

〔1〕心尚孩,还有孩子气。杜甫十四五岁时已被当时文豪比作班固、扬雄,原来他那时还是这样天真。

〔2〕犊,小牛。健,即指下二句。

〔3〕少行立,走和站的时候少,是说身体衰了。

〔4〕强,读上声。强将笑语,犹强为笑语,杜甫作客依人,故有此说不出的苦处。真是"声中有泪,泪下无声"。主人,泛指所有曾向之求援的人。

〔5〕依旧二字痛心。尽管百般将就,却仍然得不到人家的援助,穷得只有四壁。

〔6〕是说老妻看见我这样愁眉不展也面有忧色。

〔7〕古时庖厨之门在东。这二句写出小儿的稚气,也写出了杜甫的慈祥和悲哀。他自己早说过:"所愧为人父,无食致夭折。"(《赴奉先咏怀》)但也正是这种生活实践,使杜甫对人民能具有深刻的了解和同情。

病橘

群橘少生意,虽多亦奚为[1]?惜哉结实小,酸涩如棠梨。剖之尽蠹虫,采掇爽所宜[2]。纷然不适口,岂止存其皮[3]?

萧萧半死叶,未忍别故枝[4]。玄冬霜雪积,况乃回风吹[5]！尝闻蓬莱殿[6],罗列潇湘姿[7]。此物岁不稔[8],玉食失光辉[9]。寇盗尚凭陵[10],当君减膳时[11]。汝病是天意,吾愁罪有司[12]。忆昔南海使,奔腾献荔枝：百马死山谷,到今耆旧悲[13]。

这一首讽刺统治者以口腹残民,希望肃宗能停止贡橘之事。诗中也含有比意。

〔1〕亦奚为,又有什么用。

〔2〕采掇,采摘。爽,失。所宜,一作其宜,是说征敛非时。

〔3〕不适口,不中吃。岂止句,是说难道只要它的皮吗？橘皮可以制药。

〔4〕杜甫常常以人情来体会物情,所以无知的景物,往往也显得有情。

〔5〕玄冬,即冬天。玄,黑色。古人以黑色配冬,故冬神也叫"黑帝"、"玄冥"。浦注："死叶别枝,穷而离散；霜雪回风,又迫以刑威,比意如此,而其文则隐指贡橘也。"

〔6〕《太真外传》："开元末,江陵进乳柑橘,上(玄宗)以十枝种于蓬莱宫。"

〔7〕鲍照诗："橘生潇湘侧。"二句是说统治者曾吃很多的橘子。

〔8〕此物,指橘。橘结实,一年多,必一年少,所以说岁不稔。稔,熟也。

〔9〕玉食,美食如玉,此指皇帝的饮食。失光辉,因缺少远方名橘,显得不够味。

〔10〕凭陵,犹横行或充斥。

〔11〕减膳，封建时代，如果碰到大灾大乱，皇帝便来一个"减膳"，表示他的关怀和忧虑，其实，是骗人的把戏。君，指唐肃宗。

〔12〕汝，指橘。病则不能进贡，但碰到皇帝减膳，所以说"是天意"。但我终恐皇帝要加罪于地方官吏，这样一来，倒霉的还是百姓。这一定是肃宗时，有献橘之事。

〔13〕末四句是借记忆犹新的往事来作警告的。但不正面说穿，转觉意味深长。杨贵妃好吃荔枝，南海所生更好，每年飞驰以进，到长安，味不变。耆旧，老人熟悉旧事的。

枯棕

蜀门多棕榈[1]，高者十八九[2]。其皮割剥甚，虽众亦易朽。徒布如云叶[3]，青青岁寒后[4]。交横集斧斤，凋丧先蒲柳[5]。伤时苦军乏，一物官尽取[6]。嗟尔江汉人，生成复何有[7]？有同枯棕木[8]，使我沉叹久。死者即已休，生者何自守[9]？啾啾黄雀啅[10]，侧见寒蓬走。念尔形影干[11]，摧残没藜莠[12]。

这和上一首，都是上元二年所作。当时军兴赋繁，故作此为蜀民请命。写实中兼有比喻。杜甫是一向关心人民的，所以写景赋物，往往必有所感触。即如此诗，也不是为赋枯棕而赋枯棕的，他是由棕之枯，看出了剥削的残酷和人民的痛苦，因而写了这首诗。

〔1〕蜀门，犹蜀中，即成都。棕，一名栟榈，常绿乔木。棕榈皮上有毛，称棕毛，可制绳、帚、刷等，故下有"割剥"语。起八句写其枯。

〔2〕十八九,十有八九。

〔3〕樱梧有叶无枝,状如蒲葵。

〔4〕《论语》:"岁寒然后知松柏之后凋。"是说樱梧和松柏一样经冬不凋。

〔5〕因割剥太厉害,故反先蒲柳而枯死。

〔6〕军乏,军用缺乏。取字,这里读zhǒu。这以下八句联系到人民和时事,说明了所以枯之故。伤时二句,是一诗的主旨。因一物尽取,故殃及于樱树。

〔7〕生成,即上所谓物。生是地之所生,成是人之所成。总之什么都被剥一空。

〔8〕是说如同樱木的被斧斤割剥以至于死。

〔9〕这两句双关人和木。死者即已休,如樱之已被剥多而枯死;生者何自守,如樱之未甚遭割剥但终当被割剥而死。何自守,是说凭什么来保住自己的生命呢?

〔10〕末四句慨叹其枯。啁,群雀噪声。啁字一作啄。

〔11〕尔,指枯樱,亦双关人民。

〔12〕莠,狗尾草。摧残二字和上文"割剥甚"、"一物尽取"照应。

野 望

西山白雪三城戍,南浦清江万里桥[1]。海内风尘诸弟隔,天涯涕泪一身遥。惟将迟暮供多病[2],未有涓埃答圣朝[3]。跨马出郊时极目,不堪人事日萧条[4]。

此诗当是七六一年,成都作。时严武尚未镇蜀。

〔1〕二句写望。上句远景,下句近景,已含人事萧条之感。西山在成都西,因终年积雪,一名雪岭。杜诗:"雪岭界天白。"由于平仄关系,杜甫有时亦称"西岭",如"窗含西岭千秋雪"。当时因受吐蕃侵扰,曾在松、维、堡三城设戍。

〔2〕杜甫这年五十岁,故云迟暮。杜甫困守长安时已患了肺病、疟疾,到成都后又得了头风等症,故曰多病。供字沉痛。对一个有作为的人说来,不多的迟暮光景,是尤为可贵的。

〔3〕涓,细流。埃,微尘。句意谓未曾为国家做得一点事。

〔4〕极目,放眼远望。朱瀚云:"不堪人事萧条,欲忘忧,反添忧也。时国步多艰,虽有天命,亦由人事,故结句郑重言之。"(《杜诗解意》卷二)

不见

不见李生久,佯狂真可哀〔1〕。世人皆欲杀,吾意独怜才〔2〕。敏捷诗千首,飘零酒一杯〔3〕。匡山读书处,头白好归来〔4〕。

这是杜甫怀念李白的最后一首诗,题下有自注:"近无李白消息。"诗当作于肃宗上元二年(七六一)。按次年,肃宗宝应元年,李白卒于当涂,杜甫无诗哀悼,可能未曾作诗,也可能有诗而今已失传。

〔1〕杜甫从七四五年和李白在山东分手后一直未见面,所以说"不见李生久"。佯狂,诈为狂人。李白的头脑原是清醒的,他的从永王李璘起兵也是为了保卫祖国,所谓"扫清江汉始应还",决不像肃宗和他的一

班爪牙们所想的是要帮助永王来夺取皇位。但这种赤诚和苦心,只有杜甫才能了解。

〔2〕七五七年李白坐永王事,系浔阳狱,七五八年长流夜郎,七五九年行至巫山,遇赦得释,此后三年,漂泊于浔阳、金陵、宣城、历阳等地。即"世人皆欲杀"之证。

〔3〕张上若云:"二句可括太白一生,品题甚确。"按上句承上写李白天才,下句为李白抱屈。酒一杯,是说借酒消愁,即李白诗"举杯消愁愁更愁"。

〔4〕在这种恶劣环境中杜甫担心李白在外,不免闯祸,所以希望他能回到故乡。郭知达《九家集注杜诗》卷二十四引杜田《杜诗补遗》云:"白厥先,避仇客居蜀之彰明,太白生焉。彰明有大、小匡山,白读书于大匡山,有读书台尚存。其宅在清廉乡,后废为僧坊,号陇西院,盖以太白得名。院有太白像,唐绵州刺史高忱及崔令钦记。所谓匡山,乃彰明之大匡山,非匡庐也。"《唐诗纪事》卷十八引杨天惠《彰明逸事》云:"元符(宋哲宗年号)二年(一○九九)天惠补令于此,窃从学士大夫求问逸事,闻唐李太白,本邑人,居大匡山,杜甫诗云:'匡山读书处,头白好归来。'然学者多疑太白为山东人,又以匡山为匡庐,皆非也。今大匡山犹有读书台。"按唐郑谷《蜀中》诗"云藏李白读书山",亦即指大匡山。黄鹤、钱谦益、仇兆鳌诸家皆以匡山为指九江的匡庐(庐山),是不对的。第一,太白蜀人,非九江人,如指匡庐,则"归来"二字讲不通。因为所谓"归来",一般都指故乡说。陶渊明的《归去来辞》,也是他由彭泽县回到他的家乡——柴桑而作的。况诗明言"头白",则归来自应指故乡。第二,杜甫怀念李白,见诸梦寐,这时适在李白故乡,又长久不见,故急盼其归来,如指九江之匡庐,则杜甫自在四川,李白自往庐山,还是见不了面。本欲见其人,反挥之使去,这也不近人情!第三,称庐山为匡山虽始于六朝,然唐人一般皆称庐山。李白有《庐山谣》,不曰匡山谣。杜诗中如

"巫山不见庐山远"、"似得庐山路"、"隐居欲就庐山远",也都不说匡山。假如是指庐山,杜甫在这里完全没有任何必要不直说庐山而"自乱其例"的忽然又改称起"匡山"来。第四,白浪游各地,安陆、任城、金陵、会稽,皆其旧游处,为什么独独希望他回到庐山去呢?——清薛雪《一瓢诗话》云:"敏捷诗千卷(当作首),不过一时推许之词,如'安得思如陶谢手,令渠述作与同游'、'李侯有佳句,往往似阴铿'之类,非直以敏捷为美事也。若以敏捷为美,则'晚岁渐于诗律细'、'语不惊人死不休',又何谓乎?大凡人具敏捷之才,断不可有敏捷之作。温太原(温庭筠)八叉手而八韵成,致有'丝飘弱柳平桥晚,雪点寒梅小苑春',上下情景不相属,竟是园亭对子,非以敏捷误之乎?李青莲(李白)倚马而万言,未必果然。"

花鸭

花鸭无泥滓,阶前每缓行[1]。羽毛知独立,黑白太分明[2]。
不觉群心妒,休牵俗眼惊[3]!稻粱沾汝在,作意莫先鸣[4]!

这是杜甫在成都所作《江头五咏》(丁香、丽春、栀子、鸂鶒、花鸭)的最后一首。这五首诗都是借咏物以自咏的,而花鸭一首,结合自身经历,讽刺特深。旧注以为"戒多言",还是肤浅和片面的看法。

〔1〕二句以花鸭之无泥,喻自己之洁身;以花鸭之缓行,喻自己之从容自得。

〔2〕上句以羽毛独立喻自己的才能,下句以黑白分明喻自己的品德。所谓黑白分明,也就是是非分明,善恶分明。杜甫所咏的花鸭,羽毛

应当是分黑白两色的。说"太分明",似有贬抑意,其实是极力赞扬。这句诗充分表现了杜甫"疾恶如仇"的性格,在旧社会,是极可贵的。

〔3〕仇注:"下四作警戒之词。群心众眼,指诸鸭言。然惟独立,故群心妒;惟分明,故众眼惊。"按群心众眼,比一般俗物。

〔4〕稻粱,喻禄位;先鸣,喻直言。(作意,见前注。)末二句含义极深广,意在揭露权贵们用威迫利诱的手段来垄断言路,使大家都不敢则声。这种现象在旧社会是极为普遍的,如《新唐书·李林甫传》:"林甫居相位十九年,固宠市权,蔽欺天子耳目,谏官皆持禄养资,无敢正言者。补阙杜琎再上疏言政事,斥为下邽令,因以语动其馀(其他官吏)曰:'明主在上,群臣将顺不暇,亦何所论?君等独不见立仗马乎?终日无声,而饫三品刍豆。一鸣,则黜之矣。后虽欲不鸣,得乎?'由是谏诤路绝。"(陆游《长饥诗》:"早年羞学仗下马。"即用此事。)所谓立仗马,就是摆样子的马。《新唐书》卷四十七:"飞龙厩日以八马列宫门之外,号'南衙立仗马'。仗下,乃退。"杜甫由左拾遗贬华州司功参军,也正是由于好开腔,好管"闲事",以至触怒了唐肃宗和他的亲信。但是杜甫并不后悔,而且一直鸣到死,这就是他的伟大过人处。所以把这两句单看作警戒的话是很不够的。

遭田父泥饮,美严中丞

步屧随春风,村村自花柳[1]。田翁逼社日[2],邀我尝春酒。酒酣夸新尹[3]:"畜眼未见有[4]!"回头指大男:"渠是弓弩手[5]。名在飞骑籍,长番岁时久[6]。前日放营农,辛苦救衰朽[7]。差科死则已,誓不举家走[8]!今年大作社[9],拾遗能住否[10]？"叫妇开大瓶，盆中为吾取[11]。感此气扬扬，须知风化首[12]。语多虽杂乱，说尹终在口[13]。朝来偶然出，自卯将及西[14]。久客惜人情，如何拒邻叟[15]？高声索果栗，欲起时被肘[16]。指挥过无礼，未觉村野丑[17]。月出遮我留[18]，仍嗔问升斗[19]。

这是宝应元年(七六二)在成都草堂所作。从这首诗可以清楚地看出杜甫对劳动人民的热爱以及劳动人民那种豪爽天真的品质。遭，是不期而遇。泥，读去声，缠着不放的意思。泥饮，缠着对方喝酒。严中丞，严武，时为成都尹兼御史中丞。美中丞，是说田父赞美严武，美作动词用。

〔1〕屦，草鞋。是说穿着草鞋信步去玩春景。即下文所谓"偶然出"。万方多难，百忧交集，然而花柳无情，并不随人事为转移，自红自绿，故花柳上用一"自"字。与"天下兵虽满，春光日自浓"的"自"，含义正同。

〔2〕逼，逼近。社日有二：春社、秋社。这是春社，在春分前后。

〔3〕酒酣，有几分酒意的时候。严武是去年十二月做的成都尹，新上任，所以说新尹。

〔4〕畜，同蓄。畜眼，犹老眼。是说长了眼睛从未见过这样的好官。先极口赞美一句，下说明事实。

〔5〕指大男，指着他的大儿子对杜甫说。渠，他。弓弩手，是说被征去当兵。《通典》卷一百四十八："中军四千人，内取战兵二千八百人。战兵内，弩手四百人，弓手四百人。"

〔6〕飞骑，军名，《新唐书·兵志》："择材勇者为番头，颇习弩射，又有羽林军、飞骑，亦习弩。"长番，是说得长远当兵，没有轮番更换。

201

〔7〕放营农,放归使从事农耕生产。衰朽,即衰老,田翁自谓。这句是倒装句法。顺说即"救衰老辛苦"。

〔8〕二句田翁表示感激,欲以死报。差科,指一切徭役赋税。

〔9〕大作社,是说社日要大大的热闹一番。

〔10〕杜甫曾作左拾遗,所以田父便这样称他一声。

〔11〕叫,是粗声大气的叫喊,如果说"唤妇",便不能写出田父的粗豪神气。浦注:"叫妇二字一读,如闻其声。"取字,读 zhǒu。取,是说取酒。

〔12〕这两句是杜甫的评断,也是写此诗的主旨所在。风化首,是说为政的首要任务在于爱民。田父的意气扬扬,不避差科,就是因为他的儿子被放回营农。

〔13〕因为感激,所以口口声声总离不了成都尹。即所谓"美"。

〔14〕上午五点到七点为卯时。下午五点到七点为酉时。

〔15〕二句说明打扰田父一天还不走,并非为了贪杯,实由盛情难却。惜,是珍重。久客,故人情尤可珍惜。

〔16〕肘字作动词用。是说屡次要起身告辞,屡次被他以手掣肘(拖住或按下)。

〔17〕指挥二字,很形象,也很幽默。村野,犹鄙野,相当于现在说的"老粗"。杜甫爱的是真诚,恶的是"机巧"("所历厌机巧"),故不觉其为丑。白居易《观稼诗》:"言动任天真,未觉农人恶。"句意本此。

〔18〕遮,遮拦,就是拦住不让走。

〔19〕嗔,嗔怪,就是生气。田父意在尽醉,所以当杜甫最后问到今天喝了多少酒时,他还生气。意思是说:"酒有的是,你不用问。"极写田父的真朴慷慨。关于这句,浦起龙有不同的解释,他说:"问升斗,旧云问酒数,吾谓是问生产也。见有此好官,不须记挂口料,不怕没饭吃,吾曹今日只管开怀痛饮耳。"我以为还是指酒说更合情理些。

大麦行

大麦干枯小麦黄,妇女行泣夫走藏。东至集壁西梁洋[1],问谁腰镰胡与羌[2]!岂无蜀兵三千人?部领辛苦江山长[3]!安得如鸟有羽翅,托身白云还故乡[4]?

　　肃宗宝应元年(七六二),党项羌攻梁州,吐蕃陷成、渭等州,麦熟而为羌胡所收割,士兵既少,复疲于奔命,不能保护,故有此作。

　　[1] 集壁梁洋,四个州名,唐属山南西道。言寇掠范围之广。腰镰,腰间插着镰刀,指收割。鲍照诗:"腰镰刈葵藿。"

　　[2] 这一句中,自具问答,上四字问,下三字作答,句法实本后汉桓帝时童谣:"小麦青青大麦枯,谁当获者妇与姑。"

　　[3] 是说道路悠长,疲于奔命,故不能及时救护。

　　[4] 浦注:"《大麦行》,大麦谣也。曷言乎谣也?代为遣调者之言也。梁州之民,被寇流亡,诸羌因粮于野,客兵难与争锋,思去而归耳。刺寇横,伤兵疲,言外无穷恺切。仇氏误认托身归乡为自欲避之。了无意味。且公在蜀中,与梁州风马牛不相及。"

奉送严公入朝十韵

鼎湖瞻望远,象阙宪章新[1]。四海犹多难,中原忆旧臣[2]。与时安反侧,自昔有经纶[3]。感激张天步,从容静塞尘[4]。

南图回羽翮,北极捧星辰[5]。漏鼓还思昼,宫莺罢啭春[6]。空留玉帐术,愁杀锦城人[7]。阁道通丹地,江潭隐白蘋[8]。此生那老蜀?不死会归秦[9]!——公若登台辅,临危莫爱身[10]!

这是一首五言排律。严公,严武,是杜甫的朋友严挺之的儿子,对杜甫来说,是所谓"忘年之交"。肃宗上元二年(七六一)十二月,严武为成都尹,次年,肃宗宝应元年四月,玄宗和肃宗相继死,七月,代宗召武还朝,所以杜甫便写了这首诗送他。从这首诗的结语,我们可以看出杜甫的为人和他对朋友的态度。

〔1〕上句以黄帝的升天来说明玄宗和肃宗的去世。《汉书·郊祀志》:"黄帝采首山铜铸鼎于荆山下,鼎既成,有龙垂胡髯下迎,后世因名其处曰鼎湖。"《旧唐书·严武传》:"二圣山陵,以武为桥道使。"因和还朝有直接关系,所以从这件事说起。下句是说代宗即位。象阙指朝廷,沈约《上建阙表》:"宜诏匠人,建兹象阙。"宪章,法制。

〔2〕时祸乱未平,所以说犹多难。严武在玄宗时已为侍御史,肃宗时又为京兆少尹兼御史中丞(时年三十二),所以称为旧臣。

〔3〕以下四句追叙严武的武功,见得召还并非偶然。安反侧,指平安史之乱。经纶,是用治丝的事情来比喻一个人的文武才干的。

〔4〕感激,奋发。张天步,犹张国运,指收复京师。从容,有应付裕如之意。静塞尘,指镇守四川。

〔5〕上句是说自蜀召还,下句是说入朝辅政。北极五星,其一曰北辰,是天之最尊星,《论语》:"为政以德,譬如北辰,居其所,而众星拱之。"故古人多以喻朝廷或皇帝。

〔6〕杨注:"上句承南图句,指蜀人思旧署也。下句承北极句,言以

夏时入觐。"古漏刻,昼有朝、禺、中、晡、夕,夜有甲、乙、丙、丁、戊。漏鼓,报漏刻之鼓。

〔7〕《新唐书·艺文志》载李靖有《玉帐经》一卷。玉帐术,用兵之术。严武去蜀,故云空留。

〔8〕以下写送别。上句言武由蜀入朝。阁道,犹栈道。丹地,以丹漆涂地,指朝廷。下句自伤留滞成都。

〔9〕二句流水对。那,岂也。会,定也。秦指长安。

〔10〕末二句是赠诗主旨。送大将还朝,而预祝其"见危授命",在他人必不敢,亦不能,以杜甫本身即一"济时肯杀身"之人也。观此,知遭田父泥饮之美严武,用意亦在诱导,非阿谀以谋求一己之私利。台,是三台,星名,古人以三台比三公,台辅,即宰辅的意思。

客夜

客睡何曾着,秋天不肯明〔1〕!入帘残月影,高枕远江声〔2〕。计拙无衣食,途穷仗友生〔3〕。老妻书数纸,应悉未归情〔4〕。

这是宝应元年(七六二)秋,流落梓州(四川三台)时所作。这年七月,杜甫送严武还朝,一直送到绵州奉济驿,正要回头,适徐知道在成都作乱,只好避往梓州。这时他的家仍住在成都草堂。

〔1〕这句即《古诗十九首》"愁多知夜长"意。仿佛老天爷故意和人过不去似的,所以说"不肯"。黄生云:"起句用俗语而不俗,笔健故尔。接句不肯字,索性以俗语作对,声口隐出纸上。"

〔2〕这两句是写不寐时所见所闻。残月,将要落的月亮。因夜深,

故见月残。高枕句,仇氏引洪仲注云:"高枕对入帘,谓江声高于枕上,此以实字作活字用。"按洪注据上句"入"字,将形容词"高"也看作动词,甚是。高字属江声,不属枕,不能理解为"高枕无忧"的高枕。但说是"江声高于枕上",却仍费解。私意以为:江声本来自远方,但枕上卧而听之,一似高高出于头上,故曰"高枕"。因夜静,故闻远江之声亦高。

〔3〕这两句是不寐的心事。仗友生,靠朋友。

〔4〕杜甫本很愁苦,妻子又来信催归,所以益发睡不着了。应悉未归情,是说应当了解我迟迟未归的苦衷。即五、六二句所说的。仇注:"书乃寄妻之书。"非。

客亭

秋窗犹曙色[1],落木更天风。日出寒山外,江流宿雾中[2]。圣朝无弃物,老病已成翁[3]。多少残生事,飘零任转蓬[4]。

这和前诗是同时之作。

〔1〕犹曙色,到底还是天亮了。下三句写秋晓之景。

〔2〕宿雾,早晨的雾。因由前夜而来,故曰宿。

〔3〕这两句是矛盾的。自己并非没有才德,如今却老病成翁,这算什么"圣朝"?又哪能说得上"无弃物"?杜甫往往使用这种说反话的矛盾手法来反映当时政治黑暗的真相。

〔4〕残生,犹馀生。转蓬,言人之飘零无定如蓬之转。这是由愤慨而灰心绝望的话,碰着这种"圣朝",还有什么可说,这辈子只有随它去了。其实这种飘零生活,对杜甫创作倒大有裨益。

闻官军收河南河北

剑外忽传收蓟北[1],初闻涕泪满衣裳[2]。却看妻子愁何在[3]?漫卷诗书喜欲狂[4]!白日放歌须纵酒[5],青春作伴好还乡[6]。即从巴峡穿巫峡,便下襄阳向洛阳[7]。

这是七六三年(代宗广德元年)春在梓州作的。这年的正月史朝义自缢,他的部将李怀仙斩其首来献,并以幽州降,延长到七八年之久的安史大乱,到此算是告一结束。杜甫是一个热爱祖国而又饱经丧乱的诗人,听到这消息,所以不禁惊喜欲狂,手舞足蹈,并冲口而出的唱出了这一首有名的七律。通过这首诗,我们不仅可以看出杜甫爱国的精神,天真的性格,充沛的热情,而且可以看出他那"炉火纯青"的工力。全诗八句,后六句都是对偶,但却明白自然像说话一般,使人忘其为"回忌声病"的律诗,有水到渠成之妙,所以特别为人所爱读。

〔1〕这七个字里面便包含着眼泪。人是远在剑南,消息是来得这样出人意外,而这消息又正是有关整个国家的大喜事,哪能不惊喜掉泪?称剑南为剑外,犹称湖南为湖外,岭南为岭外,乃唐人习惯语。蓟北,即河北。

〔2〕这是痛定思痛、喜极而悲的眼泪。

〔3〕这句应结合杜甫一家的经历来理解。杜甫和他的妻子都是死里逃生吃够了苦的,现在看见妻子无恙(时已迎家来梓州),故有"愁何在"的快感。按白居易《入峡次巴东》诗云:"不知远郡何时到,犹喜全家

去此同。"又《自咏老身示诸家属》诗云:"家居虽荡落,眷属幸团圆。"白未经大丧乱,尚且如此,杜甫这时的快感,就更是人情之常了。

〔4〕漫卷,胡乱地卷起(这时还没有刻板的书)。是说书也无心看了。杜甫当时大概正在看书,情状逼肖。

〔5〕放歌,放声高歌。纵酒,开怀痛饮。

〔6〕春日还乡,一路之上,柳暗花明,山青水秀,毫不寂寞,故曰青春作伴好还乡。这里青春是人格化了的。刘希夷《出塞》诗:"晓光随马度,春色伴人归。"此以下三句皆预拟将来的话。

〔7〕二句即写还乡所采取的路线。即,是即刻。峡险而狭,故曰穿,出峡水顺而易,故曰下,由襄阳往洛阳,又要换陆路,故用向字。人还在梓州,心已飞向家园,想见杜甫那时的喜悦。杜甫自注:"余有田园在东京(洛阳)。"——浦注:"八句诗,其疾如飞,题事只一句,馀俱写情。生平第一首快诗也!"——按《太平御览》卷六五引《三巴记》云:"阆、白二水合流,自汉中至始宁城下,入武陵,曲折三曲,有如巴字,亦曰巴江,经峻峡中,谓之巴峡。"阆、白二水,即嘉陵江上游,杜诗巴峡,盖指此。若长江中巴东三峡之巴峡,乃在巫峡之东,杜时在梓州,不得云"从巴峡穿巫峡",注解多误。

九 日

去年登高郪县北[1],今日重在涪江滨[2]。苦遭白发不相放[3],羞见黄花无数新[4]。世乱郁郁久为客[5],路难悠悠常傍人[6]。酒阑却忆十年事[7]:肠断骊山清路尘[8]。

七六三年秋流亡梓州时所作。是一首拗体七律。九日,指九月九日,即重阳日。

〔1〕六朝以后,士大夫们有重九登高的习气。郪,音妻。郪县,属梓州。

〔2〕涪,音浮。涪江滨,指梓州。重,读平声,重在,仍在。

〔3〕不相放,不饶人。不甘心衰老,却天天见老,故恨白发之欺人。

〔4〕人老花新,故曰羞见。黄花,菊花。此二句亦以口语作对者。

〔5〕郁郁,悒郁不快。

〔6〕悠悠,忧思貌。老是靠人生活,所以忧愁。

〔7〕酒阑,指酒罢客散,此时最容易追思往事。十年事,十年以前未乱时的事。

〔8〕骊山为十年前唐玄宗和贵妃游玩的地方。清路尘,天子出行要清道。玄宗的荒淫,造成禄山之乱,而这个乱子,又正是杜甫"为客""傍人"的根由,故不禁想起为之肠断。

有感五首(录一)

洛下舟车入,天中贡赋均[1]。日闻红粟腐,寒待翠华春[2]。莫取金汤固,长令宇宙新[3]。不过行俭德,盗贼本王臣[4]!

这五首诗当作于七六三年秋,因这年冬十月吐蕃陷长安,诗中未提及。这五首和当时国家的政治军事有密切关系,我们选录第三首。这一首是反对迁都洛阳之议的,希望朝廷能力行俭约,减轻人民疾苦。

〔1〕洛下,即洛阳。古人以洛阳为天下之中,四方入贡,道里均等,故曰"天中贡赋均"。

〔2〕这两句讽刺统治阶级只知聚敛贡赋,不管人民冻馁。红粟腐,见储粟之多。《汉书·食货志》:"太仓之粟,陈陈相因,腐败而不可食。"日闻,是不断的听说。寒,指人民。翠华,天子之旗,即指天子。春,作动词用,犹温暖。是说应散储粟以赡济穷民。

〔3〕二句一警戒,一开导。莫取,犹莫恃、莫凭。金汤,即所谓金城汤池,这里影射洛阳。险固不足恃,故告以莫取。意在反对迁都洛阳。宇宙新,即人民安居乐业。其具体办法,即下所云行俭德。

〔4〕本王臣,原来都是你皇帝陛下的好百姓。这里杜甫指出了所谓"盗贼"的根源即在于统治阶级尤其是皇帝本身的奢侈剥削。"官逼民反",原是一个极平凡的道理,但却无人肯说、敢说。过字读平声。道理本很简单,故曰"不过"。

送陵州路使君赴任

王室比多难^{〔1〕},高官皆武臣^{〔2〕}。幽燕通使者,岳牧用词人^{〔3〕}。国待贤良急,君当拔擢新^{〔4〕}。佩刀成气象,行盖出风尘^{〔5〕}。战伐乾坤破,疮痍府库贫^{〔6〕}。众寮宜洁白,万役但平均^{〔7〕}!霄汉瞻佳士,泥涂任此身^{〔8〕}。秋天正摇落,回首大江滨^{〔9〕}。

此诗亦广德元年(七六三)秋,在梓州所作。陵州,今四川仁寿县。东汉时称太守为使君,唐之刺史相当于汉之太守,故亦称刺史为使君。路使君,名未详。

〔1〕王室,指朝廷,实即国家。比,音 bǐ,犹近来。多难,指安史之乱。

〔2〕因多难,朝廷急于赏功,故武将多在高位,所谓"杂虏横戈数,功臣甲第高"(《收京》),"苍生破碎,诸将功勋"(《祭故相国清河房公文》)。按《旧唐书》卷一百十一《房琯传》:"时多以武将兼领刺史,法度堕废,州县廨宇并为军营,官吏侵夺百姓室屋以居,人甚弊之。"可见当时地方长官亦多由武将兼任。

〔3〕二句承上一转。言如今安史之乱已平,故朝廷开始简用词人。词人犹文人,指路使君。通使者,朝廷使命可以通行。相传尧、舜时有四岳十二牧的官,后因泛称州郡官为岳牧。浦起龙云:"起四句,述简用之由。一往一今,综括玄、肃、代三朝之局,令千载了然。"按作诗之意,则在提醒路使君重视这一次的简用。

〔4〕由武臣兼领到用词人,是一个转变,故曰"新"。

〔5〕当时文人多不敢领郡,所以杜甫有"领郡辄无色"的话。这两句写得冠冕。意在鼓其锐气,壮其行色。《晋中兴书》(《丛书集成》本):"初,魏徐州刺史任城吕虔有佩刀,工相之,以为必三公可服此刀。虔谓别驾王祥曰:'苟非其人,刀或为害。卿有公辅之量,故以相与。'"此句是以古人期待路使君。成气象,言其有威。盖,车盖。因方赴任,故曰"行盖",犹曹植诗所谓"飞盖"("飞盖相追随")。出风尘,出于风尘之中。时战争未已,风尘未息。

〔6〕上句言战祸之烈,下句言剥削之惨。疮痍,谓百姓创伤。

〔7〕二句即承上来。宜洁白,戒以勿贪污;但平均,告以勿畏豪强。

〔8〕霄汉二字双关。表面上指官位的高贵,实际上是指品质的高洁。二句是说只要你能做一个受人瞻仰的好刺史,那么我个人即使穷途潦倒也可以随它去。朱瀚评"战伐乾坤破"以下数语云:"一段悲悯深

211

心,随风雅溢出。告诫友朋,若训子弟! 不如此,则诗不真;不如此,则诗不厚。又云'霄汉瞻佳士,泥涂任此身',则人我之相都融,拯救之思益切矣!"

〔9〕二句点送别之时与地,又动之以友谊。浦云:"结语,望其念我流寓,正欲其思我箴规也。"

王命

汉北豺狼满,巴西道路难〔1〕。血埋诸将甲,骨断使臣鞍〔2〕。牢落新烧栈,苍茫旧筑坛〔3〕。深怀喻蜀意,恸哭望王官〔4〕。

七六三年八月四日,杜甫的知己房琯死于阆州僧舍,他于九月由梓州赴吊,此诗即在阆州时作。这年七月,"吐蕃大寇河陇,陷我秦、成、渭三州,入大震关,陷兰、廓、河、鄯、洮、岷等州,盗有陇右之地"(见《旧唐书·代宗纪》)。便是此诗的历史背景。王命,这里指王朝的命将、命官。《诗经》有"王命南仲"、"王命召伯"等语。

〔1〕汉北,汉水源之北,即上举诸州地。巴西,原为郡名,此犹言川西。

〔2〕二句承"汉北"。上句言战则无功,下句言和亦徒劳。埋,埋没。血埋,极言将士战死者之多。骨断,骨折。是说使臣鞍马往来,骨为之折。《通鉴》卷二百二十二:"广德元年四月,遣兼御史大夫李之芳等,使于吐蕃,为房所留。"诗当即指此事。

〔3〕二句承"巴西",下即专言四川。栈,栈道。牢落,形容被烧栈道的残破。大概为防吐蕃深入而自行烧断。坛,将坛。汉高祖曾筑坛拜

韩信为大将。按自七六二年七月严武去蜀后,蜀多变乱,杜甫思得严武再镇蜀,但事殊渺茫,故有"苍茫"之感。杜《八哀诗》云:"公来雪山重,公去雪山轻。"又《诸将》诗:"西蜀地形天下险,安危须仗出群才。"就都是称美严武的。

〔4〕汉武帝命唐蒙通夜郎(汉时南彝国名,今贵州西境),蒙擅自"发军兴制"、"转粟运输",民多逃亡。武帝因遣司马相如使蜀,相如作《喻巴蜀檄》,向巴蜀人民说明,那都不是朝廷本意。杜甫切盼代宗能注意镇蜀的人选,盼望之切,故至于恸哭。

征夫

十室几人在?千山空自多[1]!路衢惟见哭,城市不闻歌[2]。漂梗无安地[3],衔枚有荷戈[4]。官军未通蜀,吾道竟如何[5]?

这也是七六三年冬初在阆州时所作。时吐蕃围松州,蜀中人民又苦于征戍。

〔1〕起二句沉痛。几人在,是说没有几个人在。不见人,只见山,然而人少山多,又有何用?故曰空自多。

〔2〕人民普遍苦于征戍,故有此反常现象。

〔3〕这句是杜甫自叹无安身之地。《说苑》:"土偶谓桃梗曰:子东园之桃也,刻子以为梗,遇天大雨,必浮子,泛泛乎不知所止。"杜甫流寓,故以漂梗自比。

〔4〕这句是说有见皆荷戈的征夫。枚状如筷子,横衔之,以止言语。

荷戈,指兵士。

〔5〕有走投无路之感。

早花

西京安稳未?不见一人来[1]!腊月巴江曲,山花已自开[2]。盈盈当雪杏,艳艳待春梅[3]。直苦风尘暗,谁忧客鬓催[4]!

此亦阆州作。见早花而伤国难。

〔1〕西京,长安。七六三年十月,吐蕃陷长安,焚掠一空。代宗先期奔陕州,至十二月方还都。因无人来,故不知长安之安定与否。

〔2〕腊月,阴历十二月。蜀中气暖,故腊月花开。"已"字写早花。"自"字正承首二句来,含情无限。花本可爱,诗人亦自爱花,所谓"不是爱花即欲死";但由于感时伤事,故转觉花开之可怪可恼。怪其开得不合时宜,恼其偏开得自由自在,全不了解人意。

〔3〕杏花斗雪而开,故曰当雪杏。梅花先春而放,故曰待春梅。盈盈、艳艳,皆形容已放之花。

〔4〕直苦,但苦。二句是说自己所关心的只是国家的战乱,而不是个人的衰老。时方为客,故曰客鬓。

发阆中

前有毒蛇后猛虎,溪行尽日无村坞[1]。江风萧萧云拂地,山木惨惨天欲雨[2]。女病妻忧归意速,秋花锦石谁复数[3]？别家三月一得书,避地何时免愁苦[4]？

此七六三年冬,由阆回梓途中所作。

〔1〕二句写人烟稀少。坐了一整天的船也碰不到一个村庄。
〔2〕二句写溪行之景。云拂地,写云随风掠地而过,正是将雨之象。
〔3〕意不在景物,故曰谁复数。锦石,水底有花纹的小石。杜诗:"碧萝长似带,锦石小如钱。"(《秋日夔府咏怀》)亦见水之清澈。
〔4〕避地,为避难而流寓异地。杜甫自七五九年由华州避地秦州后,转徙至今,已近五年,故有"何时"之叹。

桃竹杖引赠章留后

江心蟠石生桃竹,苍波喷浸尺度足[1]。斩根削皮如紫玉,江妃水仙惜不得[2]。梓潼使君开一束,满堂宾客皆叹息[3]。怜我老病赠两茎,出入爪甲铿有声[4]。老夫复欲东南征,乘涛鼓枻白帝城[5]。路幽必为鬼神夺,拔剑或与蛟龙争[6]。重为告曰[7]:杖兮杖兮,尔之生也甚正直,慎勿见水踊跃学变化为龙[8]。使我不得尔之扶持,灭迹于君山湖上之青峰[9]。噫！风尘㵐洞兮豺虎咬人,忽失双杖兮吾将曷从[10]？

此七六三年冬由阆回梓时作。语多赞美,而意存规讽。桃竹一名桃枝竹,今名棕竹,四川特产。左思《蜀都赋》"灵寿桃枝",刘渊林注:"桃枝,竹属,出垫江县(唐改曰合州),可以为杖。"按《新唐书·地理志》载合州土贡尚有"桃竹箸(筷子)"。"引"是曲调之名,汉乐府有《箜篌引》。章留后,章彝。留后是官名,始于唐中叶。凡节度使出缺,由部属代领其众,称为留后,意谓留主后务。章以刺史摄行东川节度使职权,故称章留后。

〔1〕二句写出生之地。江心,江中。尺度足,长短适合拄杖的尺度。

〔2〕二句写其奇异,连神仙也爱。江妃和水仙,泛指男女水神,因竹生江心。

〔3〕二句写章以杖遍赠宾客。一束,一捆。梓潼,即梓州。章为刺史,故又称为使君。

〔4〕二句写章赠己独厚。两茎,两根。桃竹节密而中实,故拄地铿然作响。

〔5〕二句写赠杖很及时。东南征,出峡东游。白帝城在四川奉节县,为出峡必经之地。枻,音曳。鼓枻,荡桨。

〔6〕二句再写杖之珍贵,与"江妃"句同一手法。

〔7〕重,读平声。"重曰"和"乱曰",都是辞赋中的习用语(汉乐府中也有用"乱曰"的),有总结上文、重点突出的作用,故经常出现在一篇的结尾。这里"重为告曰",是说更有所奉告。

〔8〕尔,指桃竹杖。《后汉书》卷一百十二(下)《费长房传》:"长房辞归,翁(壶公)与一竹杖曰:'骑此任所之,则自至矣。既至,可以杖投葛陂中也。'长房乘杖,须臾来归。即以杖投陂,顾视则龙也。"(亦见《神仙传》卷五)又《晋书》卷三十六《张华传》:晋时,斗牛间常有紫气,张华问雷焕,知是剑气,乃以焕为丰城令。焕到县,乃掘县狱深四丈馀,得剑两枚,一送张华,一自佩。华诛,失剑所在;焕卒,其子持剑过延平津,"剑忽于腰间跃出堕水,使人没水取之,不见剑,但见两龙,各长数丈。"这一

句实兼用这两个故事。龙,封建时代用以象征人君,这里暗讽章彝不要步当时军阀后尘,割据一方,搞独立王国。

〔9〕灭迹,犹扫迹或绝迹,是说不能去游历。君山一名湘山,在洞庭湖中,周七里有奇,正对岳阳县城西门之岳阳楼。李白诗:"淡扫明湖开玉镜,丹青画出是君山。"可想见境界之美。

〔10〕结语绾合时事。颍洞,犹弥漫。豺虎,喻寇盗。双杖,应"两茎"。曷从,何从。是说无从走出此豺虎之窟。杜诗:"胆销豺虎窟,泪入犬羊天。"(《览镜呈柏中丞》)——沈德潜《杜诗偶评》云:"字字腾掷跳跃,何等笔力!"

岁　暮

岁暮远为客,边隅还用兵。烟尘犯雪岭,鼓角动江城[1]。天地日流血[2],朝廷谁请缨[3]?济时敢爱死[4]?寂寞壮心惊[5]!

七六三年十二月吐蕃陷松、维、保三州,诗即作于此时。

〔1〕两句承上用兵写吐蕃兵势的浩大。雪岭,在松州嘉城县东八十里,春夏常有积雪,故名。

〔2〕到处流血,天天流血,故曰天地日流血。

〔3〕用汉终军请缨事。见得当时没有能奋不顾身以殉国难的人。

〔4〕爱,是爱惜,是说如果于国有补,我敢惜一死吗?

〔5〕寂寞,是说没有事情做,指自己为朝廷所弃,他乡作客。不甘懒散偷生,而事与愿违,所以心惊。惊,跳动。

释闷

四海十年不解兵[1]，犬戎也复临咸京[2]。失道非关出襄野，扬鞭忽是过湖城[3]。豺狼塞路人断绝，烽火照夜尸纵横。天子亦应厌奔走，群公固合思升平[4]。但恐诛求不改辙[5]，闻道嬖孽能全生[6]。江边老翁错料事，眼暗不见风尘清[7]。

  这是一首七言排律。诗云"十年"，当作于广德二年（七六四）春。时复自梓州来阆州，拟由嘉陵江入长江出峡。释闷，犹排闷。所谓"排闷强裁诗"也。杜又有《遣闷》、《拨闷》等诗。

  〔1〕自天宝十四年（七五五）至此凡十年。

  〔2〕咸京，即指长安。秦都咸阳，在京师（长安）附近，故变言咸京以便押韵。七六三年十月，吐蕃入长安。

  〔3〕二句用典。《庄子·徐无鬼篇》："黄帝将见大隗于具茨之山，至于襄城之野，七圣皆迷，无所问途。"失道，即迷失道路。代宗出奔陕州，是为了避吐蕃之乱，不同于黄帝之访道，故曰"非关"。《晋书》卷六《明帝纪》："（王）敦将举兵内向，帝乃乘巴滇骏马，微行至于湖（据同书《王敦传》，于湖即芜湖），阴察敦营垒。敦使五骑追帝，帝亦驰去。见旅逆卖食妪，以七宝鞭与之曰：'后有骑来，可以此示也！'俄而追者至，问妪，妪因以鞭示之。五骑传玩，稽留遂久，而止不追。"（又见《世说新语·假谲篇》）代宗奔陕，有似于晋明帝之微服出行；但晋明帝尚有准备，有目的，代宗则只为逃难，因事起仓卒，故曰"忽是"。这两句都是用的

反衬的手法。

〔4〕二句婉而多讽。下二句正言致"升平"之道。

〔5〕减轻剥削,是致升平的第一件事。辙,车行之迹。曹植诗:"改辙登高岗。"这里借言改变旧政,施行新政。

〔6〕诛锄宵小,是致升平的第二件事。嬖孽,指宦官程元振。《通鉴》卷二百二十三:"元振专权,人畏之甚于李辅国。吐蕃入寇,元振不以时奏,致上(代宗)狼狈出幸。太常博士柳伉上疏(请)斩元振,上削元振官爵,放归田里。"故曰"能全生"。责代宗之护恶。

〔7〕江,指嘉陵江。诛求应当改辙,却偏未改辙;嬖孽不应全生,却偏能全生,国事竟是这样出人意料之外,所以说"错料事"。这当然是在说反话,所以终不免有"不见风尘清"的慨叹。

天边行

天边老人归未得,日暮东临大江哭[1]:陇右河源不种田,胡骑羌兵入巴蜀[2]。洪涛滔天风拔木,前飞秃鹙后鸿鹄[3]。九度附书向洛阳,十年骨肉无消息[4]。

此诗亦重到阆州时作。杜诗往往以篇首二字为题,此亦一例。

〔1〕天边老人,杜甫自谓。大江,嘉陵江。声泪俱下曰哭。

〔2〕二句申言临江哭泣之故,亦即归未得之故,是国家大事。陇右,陇右道,唐代十道之一。今甘肃陇山以西,新疆乌鲁木齐以东及青海东北部地。河源,在青海省境。七六三年七月,吐蕃"尽取河西、陇右之地",十月"入长安",十二月"陷松、维、保三州,及云山、新筑二城"(《通

鉴》卷二百二十三)。即此二句所咏之事。

〔3〕二句临江所见,即景寓情。上句含世乱之象,下句慨己之不能奋飞。秃鹜,水鸟。"后鸿鹄",犹言后飞鸿鹄,飞字从上文而省,句法与"东飞驾鹅后鹜鸧"(《同谷县歌》)正同。

〔4〕二句再申言哭泣之故,是家事。骨肉,这里指兄弟。九度,九次。极言其多,不一定是九次。

阆山歌

阆州城东灵山白,阆州城北玉台碧[1]。松浮欲尽不尽云,江动将崩未崩石[2]。那知根无鬼神会?已觉气与嵩华敌[3]。中原格斗且未归,应结茅斋看青壁[4]。

此和下《阆水歌》并同时之作。此篇专咏阆山之胜。

〔1〕二句点出阆州名山及其方位。灵山在阆州城东北十里,传说蜀王鳖灵登此山,因名灵山。玉台山在阆州城北七里,上有玉台观,唐滕王(李元婴)所造。杜甫另有《玉台观》诗。

〔2〕上句写山上,欲尽不尽云,即所谓薄云。下句写山脚,将崩未崩石,即所谓危石。

〔3〕这两句,先写山脚,后写山上。根,石根,亦即山根。江流汹涌而石根不崩,安知不是有鬼神呵护。所以浦起龙说:"那知其无,正见其有。"气,气象。嵩华,中岳嵩山与西岳华山。敌,匹敌,即"草敌虚岚翠"之"敌"。是说灵山、玉台可与嵩华并高。见阆山而联想嵩、华,已逗下"中原未归"意。

〔4〕青壁,即石崖。青表其色,壁状其峭。

阆水歌

嘉陵江色何所似?石黛碧玉相因依[1]。正怜日破浪花出,更复春从沙际归[2]。巴童荡桨欹侧过,水鸡衔鱼来去飞[3]。阆中胜事可肠断[4],阆州城南天下稀[5]!

此专咏阆水之胜。阆水,即嘉陵江。

〔1〕形容江色之清绿。石黛,即石墨。青黑色,诗词中因多称"青黛"。古时妇女用为画眉墨。相因依,犹相融和。因兼有黛碧二色。

〔2〕仇注:"日出浪中,照水加丽;春回沙际,映水倍妍。"沙际,犹言水边岸边。岸草先绿,故春似从沙际而归。

〔3〕水鸡,水鸟名。

〔4〕阆中是举全部而言。《旧唐书·地理志》:"阆水迂曲经郡三面,故曰阆中。"胜事,这里指山水之美。可肠断,极言其美之可爱。《杜臆》:"阆中胜事,总结上文,而赞云'可肠断',犹赞韦曲之花,而曰'恼杀人'也。"(杜甫《奉陪郑驸马韦曲》诗:"韦曲花无赖,家家恼杀人。")

〔5〕阆州城南三里有锦屏山。错绣如锦屏,号为天下第一。

将赴成都草堂途中有作先寄严郑公五首(录一)

常苦沙崩损药栏,也从江槛落风湍[1]。新松恨不高千尺,恶竹应须斩万竿[2]!生理只凭黄阁老,衰颜欲付紫金丹[3]。三年奔走空皮骨,信有人间行路难[4]。

七六四年正月杜甫携家由梓州赴阆州,准备出峡。二月,闻严武再为成都尹兼剑南节度使,同时严武又先有信邀请,于是便决定重还成都。这几首诗就是由阆州还成都的途中所作。七六三年,严武封郑国公,故称严郑公。

〔1〕首四句都是预拟整理草堂之事。杜甫在成都草堂曾设置水槛,所谓"新添水槛供垂钓",其目的在于防护沙岸崩塌,损坏药栏。现在一年多没回去,恐怕药栏也要随从江槛一道儿落进水里了。是说打算回去后修补栏槛。

〔2〕二句言回草堂后还要清理一切花木。新松,指前此手种的四棵小松。这两句斩钉截铁的话也流露了杜甫那种善恶分明、爱憎分明的思想和性格,富有教育意义。如果以为杜甫只是对"新松"、"恶竹"而发,那是很不够的。《齐民要术》:"竹之丑者有四:曰青苦、白苦、紫苦、黄苦。"所谓恶竹,当指此类。

〔3〕二句自诉穷老,希望朋友照顾,是寄诗本意。黄阁老,指严武。唐时两省(中书省和门下省)官员相呼为"阁老"。严武此时以黄门侍郎

为成都尹,故称"黄阁老"。紫金丹,烧炼的丹药。这句是说怕只有神药仙丹才能挽救我的衰老呢。

〔4〕二句申明上文。七六二年七月杜甫与严武分别后,漂泊梓州、阆州,至是,前后搭三年。空皮骨,只剩下皮包骨头。前闻其语,今身经其事,故曰信有。古乐府有《行路难》曲。

草堂

昔我去草堂,蛮夷塞成都;今我归草堂,成都适无虞[1]。请陈初乱时,反复乃须臾。大将赴朝廷,群小起异图[2]。中宵斩白马,盟歃气已粗[3]。西取邛南兵,北断剑阁隅[4]。布衣数十人,亦拥专城居[5]。其势不两大,始闻蕃汉殊[6]。西卒却倒戈,贼臣互相诛[7]。焉知肘腋祸,自及枭獍徒[8]。义士皆痛愤,纪纲乱相逾[9]。一国实三公,万人欲为鱼[10]。唱和作威福,孰肯辨无辜[11]?眼前列杻械[12],背后吹笙竽。谈笑行杀戮,溅血满长衢。到今用钺地,风雨闻号呼[13]。鬼妾与鬼马,色悲充尔娱[14]。国家法令在,此又足惊吁[15]!

贱子且奔走,三年望东吴[16]。弧矢暗江海,难为游五湖[17]。不忍竟舍此,复来薙榛芜[18]。入门四松在,步屟万竹疏[19]。旧犬喜我归,低徊入衣裾。邻里喜我归,沽酒携胡芦。大官喜我来,遣骑问所须[20]。城郭喜我来,宾客隘村墟[21]。

天下尚未宁,健儿胜腐儒[22]。飘飘风尘际,何地置老夫[23]!于时见疣赘[24],骨髓幸未枯。饮啄愧残生,食薇不敢馀[25]。

严武既再镇蜀,杜甫也便在"殊方又喜故人来"的心情下,于三月间自阆州率领妻子再回到成都草堂。此诗即初回时所作。杨伦评此诗云:"以草堂去来为主,而叙西川一时寇乱情形,并带入天下,铺陈终始,畅极淋漓,岂非诗史?"

〔1〕仇注:"以成都治乱,为草堂去来,四句领起全意。"适无虞,刚刚安定。

〔2〕七六二年七月,严武被召还朝,徐知道据成都反。大将,指严武;群小,指知道等。

〔3〕歃,音霎,即歃血(以口含血)。盟歃,即歃血为盟以表示诚信。为了要用马血,故斩白马。

〔4〕邛,邛州,在成都西,西取邛南,所以张声势;剑阁在成都北,北断剑阁,所以绝援师。

〔5〕汉乐府《陌上桑》:"四十专城居。"专城居,指太守,此指从知道造反伪为刺史的人。

〔6〕不两大,是说蕃汉争长,谁也不服谁。《汉书》:"两大不相事。"徐知道统领汉兵,又胁诱羌夷共反,至是发生分裂。

〔7〕西卒,指蕃兵。徐知道为其部下李忠厚所杀,故曰"贼臣互相诛"。

〔8〕知道为部下所杀,是祸起肘腋,自食其果。《汉书·郊祀志》:"枭,鸟名,食母。破镜(通作獍),兽名,食父。"此以比贼徒。——自请陈初乱时至此为一段,叙徐知道倡乱而自败。

〔9〕仇注:"义士,当时倡议讨乱者。"

〔10〕仇注:"三公,与李忠厚同辈者。"《左传·僖公五年》:"晋士艻退赋云:一国三公,吾谁适从?"因借用成语,故著一"实"字,以明其果然如此。《秋兴》诗"听猿实下三声泪",与此同例。按二句是说知道虽死,但成都仍极混乱,老百姓成了俎上鱼肉。

〔11〕唱和一词,本用于诗歌,所谓"一唱一和"。此则用之于作威福,极新鲜。仇注:"借名诛逆,殃及平民,故曰孰辨无辜。"辜,罪也。

〔12〕杻械,刑具。《尔雅》:"杻谓之桎,械谓之梏。"

〔13〕因冤死者多,故风宵雨夕,辄闻鬼哭。

〔14〕赵次公云:"已杀其主而夺之,故谓之鬼妾鬼马,如匈奴以亡者之妻为鬼妻也。"色悲充尔娱,是说含悲供贼徒娱乐。

〔15〕仇注:"前乱未宁,后患加甚,故曰又足惊呼。"——自义士至此为一段,叙贼徒的乘乱而残民。以上两段皆申明昔我去草堂二句。

〔16〕自七六二至七六四年,杜甫往来梓、阆,欲往吴越而不果,故曰三年望东吴。

〔17〕二句正申明望字。弧矢,犹弓箭;东吴滨海带江,也是处处兵戈,故曰暗江海。此五湖,指江苏的太湖,亦在东吴。

〔18〕舍,读上声,谓舍去。杜甫经营成都草堂是费了一番心血精力的,所以不忍舍去。薙,音替,除草也。

〔19〕杜甫爱松爱竹,所以一入门,首先就注意到。疏,疏朗。

〔20〕大官,即严武。须,需要。

〔21〕是说欢迎的人多。以上八句句法本《木兰诗》。——自贱子至此为一段,写初归草堂的喜悦。申明今我归草堂二句。

〔22〕腐儒,杜甫自谓。

〔23〕风尘际,犹干戈际。何地置老夫,是说没有地方用得着我这老头子。

225

〔24〕《庄子·大宗师》:"彼以生为附赘悬疣。"疣,音尤,赘,音坠。疣赘,是皮肤上长出的肉瘤,所以通常比喻多馀无用的东西。时当用兵,腐儒无用,故杜甫自觉有如疣赘,成了个多馀的人。

〔25〕《庄子·养生主》:"泽雉十步一啄,百步一饮。"这里杜甫以禽鸟自比。这二句是说自己既无用,那么能在世上吃口饭,已足令人惭愧了,还敢嫌吃的不好吗?薇,草名。高二三尺,嫩时可食。不敢馀,是说食之尽,不敢剩下。这种精神和前此所说"吾道属艰难"正是一贯的。——这最后八句为一段。是全诗的总结。杜甫不是自了汉,他并没有把草堂当作他的世外桃源,所以当他想到天下国家时,一时的喜悦便立即变成无限的感慨了。

四松

四松初移时,大抵三尺强[1]。别来忽三载,离立如人长[2]。会看根不拔,莫计枝凋伤[3]。幽色幸秀发,疏柯亦昂藏[4]。所插小藩篱,本亦有堤防。终然扶拨损,得愧千叶黄[5]?敢为故林主?黎庶犹未康[6]!避贼今始归,春草满空堂[7]。览物叹衰谢,及兹慰凄凉[8]。清风为我起,洒面若微霜[9]。足为送老资,聊待偃盖张[10]。我生无根蒂,配尔亦茫茫[11]。有情且赋诗,事迹可两忘[12]。勿矜千载后,惨澹蟠穹苍[13]!

这和《草堂》一首是同时之作。由于性格的契合,杜甫极爱松柏,往往把它们看成良师益友。这四棵小松是他开始经营草堂时向一位姓何的要来的,因为是他自己亲手栽培的,花过一番心血,所以对之特别有情。当他避徐知道之乱流亡梓州时,还念念不忘这四棵小松,如《寄题江外草堂》云:"尚念四小松,蔓草易拘缠。霜骨不甚长,永为邻里怜。"现在四松别来无恙,他的欣喜是可想见的。但杜甫并没有因此而感到飘飘然,一想到苦难的人民,他的喜悦便变为慨叹了。

〔1〕大抵三尺强,大约三尺多高。

〔2〕杜甫七六二年离开草堂,七六四年始归,前后搭三年。《礼记·曲礼》:"离坐离立,毋往参焉。"郑玄注:"离,两也。"是说两人相并而坐,相并而立。按小松有四,两两作对,故得云"离",以松拟人,所以说"立"。

〔3〕这两句是未归时心事。会看,犹但看。是说但得根固,即枝伤可勿计较。

〔4〕这两句是既归后所见。出乎意外的,小松不但未凋伤,且长得颇好,所以说"幸"。昂藏,气度轩昂,这也是拟人的写法。

〔5〕这四句是追叙当时对四松的保护。大意是说,当初插藩篱以为防卫,但终于为人或物所触损,得不愧千叶之枯黄乎?抷,音程。抷拨,触动的意思。以上为第一段。

〔6〕杜甫是"自比稷与契"、"穷年忧黎元"的诗人,他不能陶醉在个人的小天地里,所以对着四松便又发出浩叹。故林,即指成都草堂,不指故乡。敢为句,是说不敢作此想。

〔7〕堂既空,又长满了草,极言荒芜。

〔8〕览物,承上春草,兼指其他如水槛、破船等。叹衰谢,动衰年之叹。及兹,指四松,四松独昂藏秀发,故足慰凄凉。

〔9〕清风,松间之风。为我二字,写得四松有情。松风拂面生寒,故曰若微霜。

227

〔10〕松树成长甚慢,不及待而姑待之,故曰聊待。偃盖张,枝叶四布如伞盖之张,古松如此。《抱朴子》:"天陵偃盖之松。"

〔11〕尔,谓四松。松有根而已无定,故不足相配。

〔12〕张上若云:"事迹即指已无根蒂,松有根蒂言。"可两忘,不必去计较配得上或配不上。

〔13〕是说不要去矜羡千载之后四松高盖蟠空的雄姿,如今暂时相赏,便足为送老之资了。仇注:"惨澹,萧森之状。"以上为第二段,四松已成了作者诉说怀抱和身世之感的知己。

题桃树

小径升堂旧不斜,五株桃树亦从遮〔1〕。高秋总馈贫人食,来岁还舒满眼花〔2〕。帘户每宜通乳燕,儿童莫信打慈鸦〔3〕。寡妻群盗非今日,天下车书正一家〔4〕。

此亦七六四年再回成都草堂时作。题桃树,并不是把诗写在桃树上,与"芭蕉叶上自题诗"以及一般"题壁"不同。这个"题"字兼有品题的意思。

〔1〕小径升堂,即升堂小径,倒文以协平仄。旧不斜,原不斜,指一年多以前离开草堂时说的。不料这次回来,桃树已大,遮断了路,但不忍剪伐,所以说"亦从遮"。从,听任。

〔2〕二句紧接上文,申明"亦从遮"之故。见得桃树不仅有经济价值,可以疗饥;而且有审美价值,可以悦目。馈,是以食物赠人。用一馈字,写得桃树有情,新颖生动。总馈,是说靠得住,年年如此。杜甫经常

挨饿,所以能体会到桃树这种好处。来岁,犹明年。写此诗时,桃花已过。

〔3〕二句又由爱护桃树进一步说到还应爱护他物。妙在结合眼前实景和日常生活,故不流于说教。物始生曰乳。乳燕,雏燕,这里兼指将雏之母燕。通,是说卷起门帘让燕子自由出入。杜牧诗:"燕子嗔垂一桁帘。"传说乌鸦能反哺其母,故曰慈鸦。仇注:"莫信,莫任其伤残。"

〔4〕寡妻,犹言"寡人之妻"。群盗杀人,使得许多人的妻都成了寡妇。非今日,是说已成过去,不再是今天的事情了。车书正一家,是说国家正在混一车书,走向统一。《礼记·中庸》:"今天下车同轨(同一的轨辙),书同文(同一的文字)。"这时安史之乱初定,严武再来镇蜀,太平可望,故杜甫有此想法。但说"正一家",而不说"已一家",下语还是很有分寸的。——吴见思云:"因桃树而念及贫人,因贫人而兼及鸦燕,因鸦燕而遂及寡妻群盗,相连而下。"顾宸云:"题属桃树,寓意却甚大。公一生稷契心事,尽于此诗中。以堂中作天下观,以天下作堂中观。"

绝句四首(录一)

两个黄鹂鸣翠柳,一行白鹭上青天。窗含西岭千秋雪[1],门泊东吴万里船。

这也是七六四年春初回草堂时所作。全诗四句皆对,一句一景,似各不相干,其实是一个整体,因为具有同一的喜悦情调。杜甫曾说:"藩篱无限景,恣意买江天",这就是他买得的景色了。

〔1〕西岭,即雪岭。西山白雪,千年不化,故曰千秋雪。窗对雪岭,有似口含,故曰窗含。——宋程大昌《演繁露》(卷四)云:"诗思丰狭,自其胸中来。若思同而句韵殊者,皆象其人,不可强求也。张祜送人游云南,固尝张大其境矣,曰'江连万里海,峡入一条天'。至老杜则曰'窗含西岭千秋雪,门泊东吴万里船',又曰'路经滟滪双蓬鬓,天入沧浪一钓舟',以较祜语,雄伟而又优裕矣。"

绝句六首(录三)

蔼蔼花蕊乱,飞飞蜂蝶多〔1〕。幽栖身懒动,客至欲如何〔2〕?

这也是复归草堂时所作。正当"三年奔走空皮骨"之后,故觉草堂景物特别可爱。

〔1〕这两句语对而意不对,蜂蝶之多,乃由于花开之盛。
〔2〕即"客至从嗔不出迎"意。

急雨捎溪足〔3〕,斜晖转树腰〔4〕。隔巢黄鸟并〔5〕,翻藻白鱼跳。

〔3〕捎,是掠过,描写急雨。
〔4〕转,是横穿,描写斜日。树腰,树半中腰。二句写急雨忽晴之景。
〔5〕是写一对黄鹂隔巢对坐,整理被雨打湿的羽毛。

江动月移石^{〔6〕},溪虚云傍花^{〔7〕}。鸟栖知故道^{〔8〕},帆过宿谁家。

〔6〕月照水上,石在水旁,水动,故恍若月光移石而去。

〔7〕云在天上,因溪水虚明,投影水中,与岸上的花影相毗连,故见云之傍花。二句写景精细,从观察中得来。

〔8〕是说鸟在夜间,尚知循旧路回巢栖息,反兴人之不如鸟,此过帆,当系商人船只。

绝句二首

迟日江山丽^{〔1〕},春风花草香。泥融飞燕子^{〔2〕},沙暖睡鸳鸯^{〔3〕}。

〔1〕迟日,指春天的太阳。《诗经·七月》:"春日迟迟。"

〔2〕因泥融,燕子衔泥作巢,故飞来飞去。

〔3〕因沙暖,故鸳鸯贪睡。四句写景物,而愉快之情自见。

江碧鸟逾白,山青花欲然^{〔4〕}。今春看又过,何日是归年^{〔5〕}?

〔4〕因江碧故越显得鸟之白,因山青故越显得花之红。然,即燃字。花欲然,花红得像火一般要燃烧起来了。庾信《奉和赵王隐士》诗:"山花焰火然。"

〔5〕景色未尝不美,可惜不是故乡,所以反而引起漂泊之感。

231

登楼

花近高楼伤客心:万方多难此登临[1]！锦江春色来天地,玉垒浮云变古今[2]。北极朝廷终不改,西山寇盗莫相侵[3]！可怜后主还祠庙,日暮聊为梁甫吟[4]。

这也是初回成都时所作,是杜甫有名的一首七律。

〔1〕花近高楼,正好赏玩,却说伤客心,这是因为正当万方多难之秋。起势突兀峻耸,这和用倒装手法有关,即用第二句注释第一句。如果顺过来说,就平直无气势了。

〔2〕二句紧承上"登临"写所见之景,并即景寓情。正当伤心之时,而锦江春色,却从四面八方向我包围而来,玉垒浮云,苍狗变幻,又宛如多难的人生,岂不更加使人伤心吗？二句取景壮阔,故伤心之中,并无衰飒之气。沈德潜评此诗:"气象雄伟,笼盖宇宙",主要是根据这两句。玉垒,山名,在灌县西。

〔3〕二句正写万方多难。不可能全写,所以只重点地写吐蕃陷京师、扰四川等一二事,这是多难中的大难。由于作者对祖国充满信心,所以并没有因此而流于悲观。北极,北辰也。以喻朝廷的安固。广德元年十月吐蕃入长安,立广武王承宏为帝(作傀儡),改元,大赦,置百官,凡留十五日而退。十二月,代宗由陕州还长安,承宏逃匿草野,赦不诛。因吐蕃曾经一度立帝,故曰朝廷终不改。"西山寇盗",即指吐蕃。这年十二月,吐蕃陷松、维、保三州及云山、新筑二城,西川节度使高适不能救,于是剑南西山诸州亦入于吐蕃(均见《通鉴》卷二百二十三)。因朝廷既

终不改,故告以莫相侵。这两句也是流水对。

〔4〕末二句就登楼所见古迹以寄慨;寓感极深,用意甚曲,故向来解说,亦颇纷歧。大意是说,像蜀后主这样一个昏庸亡国之君,本不配有祠庙,然而由于先主和武侯对四川人民做过一些好事,人心不忘,所以还是有了祠庙,何况大唐立国,百有余年,当今皇上(代宗),又不比后主更坏,即使万方多难,"盗寇"相侵,也决不会就此灭亡。这句和《北征》结语"皇皇太宗业,树立甚宏达"同旨。但这只是一面。另一面,杜甫对信任宦官程元振和鱼朝恩以致造成万方多难"寇盗"相侵这一局势的负责人——代宗,也给予了尖锐而深刻的讽刺。因为他把代宗比作后主,则代宗之为代宗,也就够可怜的了。总之,这句诗,确是话中有话的。末句是自伤寂寞。杜甫是一个"济时肯杀身"、"时危思报主"的人,可是,当此万方多难之时,自己却只能像躬耕陇亩时的诸葛亮"好为《梁甫吟》"一样,在这儿登登楼,吟吟诗,岂不无聊?岂不可叹?聊为,是不甘心这样做而姑且这样做的意思。梁甫,泰山下一小山。《梁甫吟》,是挽歌一类的歌曲,《三国志》说诸葛亮好为《梁甫吟》,是说他欢喜唱这种曲子,后人把现存的一首《梁甫吟》题为诸葛亮作,是错误的。这里的"梁甫吟",即指这首《登楼》诗。

宿府

清秋幕府井梧寒[1],独宿江城蜡炬残。永夜角声悲自语,中天月色好谁看[2]?风尘荏苒音书绝[3],关塞萧条行路难。已忍伶俜十年事[4],强移栖息一枝安[5]。

广德二年(七六四)在成都作。时为严武节度参谋。

〔1〕幕府,犹军署,古时行军,以帐幕为府署,故曰幕府。

〔2〕二句独宿时所闻所见。是上五下二句法,应在悲字和好字读断。自语,指角声。南朝乐府《神弦歌》:"破纸窗间自语。"

〔3〕荏苒,犹展转。风尘荏苒,是说兵乱连绵。

〔4〕伶俜,困苦貌。见得自大乱以来,已忍受了十年的苦难。

〔5〕强,读上声,勉强的意思。杜甫不愿作节度参谋,只是为了一家生活和彼此友谊,所谓"束缚酬知己,蹉跎效小忠"(《遣闷奉呈严公》)。故曰"强移"。《庄子·逍遥游》:"鹪鹩巢于深林,不过一枝。"

太子张舍人遗织成褥段

客从西北来,遗我翠织成[1]。开缄风涛涌,中有掉尾鲸。逶迤罗水族,琐细不足名[2]。客云"充君褥,承君终宴荣。空堂魑魅走,高枕形神清[3]"。领客珍重意,顾我非公卿。留之惧不祥,施之混柴荆[4]。服饰定尊卑,大哉万古程[5]。今我一贱老,裋褐更无营[6]。煌煌珠宫物,寝处祸所婴[7]。叹息当路子[8],干戈尚纵横。掌握有权柄,衣马自肥轻[9]。李鼎死岐阳,实以骄贵盈[10]。来瑱赐自尽,气豪直阻兵[11]。皆闻黄金多,坐见悔吝生[12]。奈何田舍翁,受此厚貺情[13]!锦鲸卷还客,始觉心和平。振我粗席尘,愧客茹藜羹[14]。

这大概是广德二年(七六四)回成都后所作。"太子张舍人",实即张太子舍人。"太子舍人"是东宫官,属太子,杜甫怕引起误会,故把它拆开,将"太子"二字放在姓"张"的前面。这也是他细心处。《新唐书》卷四十九(上):"太子舍人四人,正六品上,掌令书表启。"通过这首诗,我们更可以看出杜甫的为人,即使在困难中,对于一物的去取,他也是丝毫不肯苟且的。"吾道属艰难",这便是他的实践。织成褥段,是用丝织成的床褥。古人称丝织品曰段,张衡《四愁》诗"美人赠我锦绣段"。

〔1〕二句句法本《古诗十九首》:"客从远方来,遗我一端绮。"这首诗并不是写给张舍人的,所以称"客"而不称"君"。不直说从长安来,而说从西北来,是不想把话说得太露骨。织成,可作名词用,《后汉书》卷四十《舆服志》:"衣裳玉佩备章彩,乘舆、刺史、公、侯、九卿以下皆织成,陈留襄邑献之云。"又《宋书》卷十八《礼志》:"诸织成衣帽、锦帐、纯金银器、云母从广一寸以上物者,皆为禁物。"

〔2〕四句描写褥上的织纹。胡夏客云:"刘禹锡诗(《历阳书事七十韵》)'华茵织斗鲸'。知唐时锦样多织鲸也。"不足名,不足数。

〔3〕四句转述张舍人赠送褥段的话。充,供也。承,奉也。醉后高眠,鬼怪见而惊走,形神交泰,岂非宝物?

〔4〕自领客以下至末是杜甫说明不能接受的道理。客意诚可感,但我愧非公卿,留而不用,既怕惹祸;用嘛,又和我这田舍人家不相称。混,混乱,混淆。

〔5〕万古程,不变的法度。

〔6〕裋,音竖,僮竖所著布衣。褐,贱者所服。更无营,是说裋褐之外,更无所营求。

〔7〕珠宫,犹龙宫。这个褥段一定是宫廷中御用的禁物,故曰珠宫物。封建时代,僭用禁物,是有罪的,所以说"寝处祸所婴"。《说文》:"婴,绕也。"以上说明于自己身份不合,是不能接受的第一个理由。

〔8〕当路子,当权的人。阮籍诗:"如何当路子,磬折忘所归?"

235

〔9〕掌握,犹言手中。《论语》:"乘肥马,衣轻裘。"自字含蓄。是说只要有权,便自然而然的一切都有了。

〔10〕李鼎之死,史无明文。按《唐书》卷十《肃宗纪》:"上元元年十二月以羽林军大将军李鼎为凤翔尹,兴、凤、陇等州节度使。……二年二月,党项寇宝鸡,入散关,陷凤州,杀刺史萧愐,凤翔李鼎邀击之。……六月,以凤翔尹李鼎为鄜州刺史,陇右节度、营田等使。"则李鼎盖有军功,其死,必缘恃功骄贵。岐阳,即凤翔。

〔11〕《唐书》卷一百十四《来瑱传》载:瑱慷慨有大志,上元三年(即宝应元年——七六二年)充山南东道节度,裴茙表瑱崛强难制,代宗潜令裴茙图之,瑱擒茙于申口,入朝谢罪。宝应二年(即广德元年——七六三年)正月贬播州县尉。翌日,赐死于鄠县。籍没其家。赐自尽,即赐死。

〔12〕悔吝,犹悔恨。

〔13〕他们尚且如此,我一个田舍翁,怎敢领此盛情?以上用眼前事实,说明奢侈适足以杀身,是不能接受的第二个理由。

〔14〕末四句总结。"卷还"与前"开缄"相应,"茹藜羹"与前"终宴荣"相应。茹,食也。藜羹,犹菜汤。对这位太子舍人的厚贶,杜甫是反而白白地赔上了一顿酒饭(杜甫常常赊酒待客,藜羹不过是谦言菜不好而已)。——关于此诗的写作目的,钱谦益笺注有所阐明:"史称严武累年在蜀,肆志逞欲,恣行猛政,穷极奢靡,赏赐无度(按见《唐书·严武传》),公在武幕下,此诗特借以讽谕,朋友责善之道也。不然,辞一织成之遗,而侈谈杀身自尽之祸,不疾而呻,岂诗人之意乎?"吴祥农则认为:"借此以戒大臣豪侈纵欲者,不第武也。"其说皆可信。

丹青引 赠曹将军霸

将军魏武之子孙[1],于今为庶为清门[2]。英雄割据虽已矣[3],文采风流今尚存[4]:学书初学卫夫人[5],但恨无过王右军[6],丹青不知老将至,富贵于我如浮云[7]。开元之中常引见[8],承恩数上南熏殿[9]。凌烟功臣少颜色[10],将军下笔开生面[11]。良相头上进贤冠,猛将腰间大羽箭[12]。褒公鄂公毛发动[13],英姿飒爽来酣战[14]。
先帝御马玉花骢[15],画工如山貌不同[16]。是日牵来赤墀下[17],迥立阊阖生长风[18]。诏谓将军拂绢素[19],意匠惨淡经营中[20]。斯须九重真龙出[21],一洗万古凡马空[22]!玉花却在御榻上[23],榻上庭前屹相向[24]。至尊含笑催赐金,圉人太仆皆惆怅[25]。弟子韩幹早入室,亦能画马穷殊相[26]。幹惟画肉不画骨,忍使骅骝气凋丧[27]?
将军善画盖有神,必逢佳士亦写真[28]。即今漂泊干戈际,屡貌寻常行路人[29]。穷途反遭俗眼白[30],世上未有如公贫。但看古来盛名下,终日坎壈缠其身[31]。

这是杜甫有名的一首七古。大概作于七六四年。可以看出杜甫的艺术修养,和当时高度的艺术成就对他的诗作的影响。有曹霸的丹青,才有杜甫的《丹青引》。丹青,是画时所用红绿等颜料,故称画

237

为丹青。《历代名画记》:"曹霸,魏曹髦(曹操曾孙)之后,髦画称于后代,霸在开元中已得名,天宝末每诏写御马及功臣,官至左武卫将军。"蔡梦弼《草堂诗笺》:"霸,玄宗末年得罪,削籍为庶人。"此诗共四十句,每八句一换韵,平韵仄韵互换,和《洗兵马》相同,是杜甫在七古中的创格。值得注意的,是换韵的地方也就是换意的地方,形成一种自然而然的段落。

〔1〕魏武,魏武帝曹操。

〔2〕为庶,为庶人,即布衣。清门,寒门。

〔3〕是说曹操割据中原的霸业虽成过去。

〔4〕是说曹操的文采风流却未绝传。曹操能诗,而霸工于书画,书画也是文艺的一部分,所以可以说"文采尚存"。

〔5〕卫夫人,晋时人,名铄,字茂漪,李矩之妻,王羲之尝师之。

〔6〕王右军,即王羲之。羲之书为古今之冠,官右军将军。无过,没能超过。

〔7〕这两句是说霸热爱自己的艺术,用心专一,至于忘老,忘富贵。词句则是化用《论语》的"其为人也,发愤忘食,乐以忘忧,不知老之将至","不义而富且贵,于我如浮云"。都是孔丘说他自己的。——这以上八句为第一段。从曹霸的家世渊源说到他的艺术,并用学书作陪衬。

〔8〕开元,玄宗年号。引见,被召见。

〔9〕南熏殿在南内兴庆宫中。

〔10〕唐太宗贞观十七年(六四三)二月命阎立本图画功臣二十四人于凌烟阁,并自作赞文。阁在西内三清殿侧。少颜色,指旧画颜色黯淡。

〔11〕开生面,指重画新像,面目如生。

〔12〕这两句概写所画二十四个功臣,上句文官,下句武将。文官只写进贤冠,武将只写大羽箭,则是一种特征的写法。进贤冠,文官戴的

帽。唐太宗好用四羽大干长箭。

〔13〕褒公,褒国公段志玄(第十人)。鄂公,鄂国公尉迟敬德(第七人)。二人皆猛将。

〔14〕飒爽,所谓威风凛凛。来酣战,就活像要和谁厮杀个痛快似的。酣,如酣饮、酣睡之酣。二十四人中只写此二人,大概这二人画得最突出、最生动。——以上八句为第二段,追叙曹霸的奉诏画功臣。对画马来说,则仍是陪衬,逐步深入。

〔15〕先帝,指玄宗,玄宗死于七六二年。玄宗所乘马有玉花骢、照夜白。"御马"一作"天马"。

〔16〕画工如山,是说许多画师。貌,作动词用。貌不同,画不像。

〔17〕赤墀,也叫丹墀,殿廷中的台阶。

〔18〕迥立,昂头卓立。闾阖,天子宫门。生长风;写马飞动神骏的气势。

〔19〕是说玄宗叫曹霸在绢上画马。用一"拂"字下得轻妙,显出曹霸的本领和玄宗的信任。

〔20〕意匠,犹构思。惨淡经营,犹苦心计划。写曹霸在未画之前,先有个通盘打算,不是看一眼,画一笔。这句和"更觉良工心独苦"同意。

〔21〕斯须,一作须臾,都是不久的意思,见得画得很快。九重,指皇宫,因为天子有九重门。马画得逼真,所以说"真龙出"。马高八尺曰龙,此即指玉花骢。

〔22〕是说空前未有的杰作。一洗,犹一扫。——这以上八句为第三段。追叙曹霸奉诏画马,是正面文章。

〔23〕这句和"堂上不合生松树"同是画中见真的手法。不合在而在,故曰却在。

〔24〕庭前,指赤墀下的真马。画马与真马难分,故云"屹相向"。

239

屹,屹然如山。

〔25〕圉人,养马的人。太仆,掌马的官。这两句都是从旁观者的态度上来写画马的神似的。惆怅,更深于含笑,是感到无法赞美因而付之叹息。黄生云:"非惆怅二字,不能尽马官踌躅审顾之状。"

〔26〕凡得先生嫡传的叫做"入室弟子"。《论语》:"由也升堂矣,未入于室也。"《历代名画记》:"韩幹,大梁人。善写貌人物,尤工鞍马。初师曹霸,后自独擅,遂为古今独步。"穷殊相,曲尽变态。

〔27〕韩幹画马肥大,所以说"画肉"。多肉则丧气。——这以上八句为第四段。承上段再极赞曹霸画马之妙。以上三段写昔日之盛。

〔28〕二句束上起下。必字见得不肯随便。亦字对画马说。

〔29〕即今句,与第一段于今为庶照应。漂泊干戈,指避安史之乱。寻常行路人,即杜甫所痛恨的"俗物"。为了餬口,不得不画画他们的尊容。

〔30〕白眼,是不用正眼看人的一种瞧不起对方的表示。晋诗人阮籍能作青、白眼。

〔31〕末两句说向大处来,是宽慰也是愤激的话,有同病相怜之意。盛名,犹大名。坎壈,即困穷意。——这最后八句为第五段。由过去回到现在,极写今日之衰,直与第一段"为庶为清门"照应。

送韦讽上阆州录事参军

国步犹艰难[1],兵革未休息。万方哀嗷嗷,十载供军食[2]。庶官务割剥,不暇忧反侧[3]。诛求何多门[4],贤者贵为德。韦生富春秋,洞彻有清识[5]。操持纲纪地,喜见朱丝直[6]。

当令豪夺吏,自此无颜色[7]。必若救疮痍,先应去蟊贼[8]！挥泪临大江,高天意悽恻[9]。行行树佳政,慰我深相忆[10]！

据诗"十载供军食",当作于广德二年。浦注:"韦讽,成都人。上,恐当作赴。公宝应初（七六二）,先有送韦摄阆诗,兹岂归后即真,公复送欤?"按上,犹赴也。唐人多赴上连文。《唐书·来瑱传》:"以瑱充淮西申、安十五州节度观察使,瑱上表称淮西无粮馈军,请待收麦毕赴上。"又《国史补》:"德宗非时召吴凑为京兆尹,便令赴上。"是其证。也可以单用一"上"字,如储光羲《终南幽居,献苏侍郎三首,时拜太祝,未上》未上,即未赴上,是说还未去做太祝的官。又李商隐《白居易墓碑铭》:"（太和）九年,除同州,不上。"不上,是说不去做同州刺史。浦氏疑上当作赴,非。浦又云:"起四句,述时艰,中段抉积弊而正告之,后四句,丁宁以送之。不独为当时药石,直说破千古病痛！"

〔1〕国步,犹国运。《诗经·小雅·白华》:"天步艰难。"又《大雅·桑柔》:"国步斯频。"

〔2〕自天宝十四载（七五五）禄山造反至广德二年（七六四）为十载。嗷嗷,哀鸣声。

〔3〕庶官,指一般下级官吏。他们缺乏远见,不知剥削过甚,百姓反侧不安,就要引起大乱。

〔4〕诛求多门,苛捐杂税五花八门。

〔5〕二句赞美韦讽。富春秋,谓年少。《汉书·高五王传》:"皇帝富春秋。"颜师古注:"言年幼也。比之于财力,未匮竭,故谓之富。"洞彻,犹通达。

〔6〕《白帖》:"录事参军,谓之纲纪掾。"鲍照《白头吟》:"直如朱丝

绳。"操持纲纪,纠弹贪污,正须正直的人,故曰喜见。

〔7〕豪夺,犹强夺。无颜色,犹没脸面。意谓使污吏害怕,不敢恣意侵渔百姓。

〔8〕必若,如果一定要。二句可谓一针见血。疮痍,谓人民。螟贼,比豪夺吏。《诗经》:"去其螟螣,及其蟊贼。"注:"食根曰蟊,食节曰贼。"黄生云:"军国事繁,征求固所不免,尤苦贪墨之吏,从中更朘削耳。有司宽一分,则民受一分之赐。必若二语,亦无奈何中作此痛哭流涕之论耳。"

〔9〕二句写送别。杜甫关切人民痛苦,对韦存在着很大希望,故既告之以理,又动之以情。这挥泪,不只是为私人交谊。

〔10〕行行句,是希望韦讽此去不断的为人民做点好事。末句也是利用友谊来勉励对方的。反过来说:"如果你此去不能树立佳政,那就对不起我这老头了。"

忆昔二首

忆昔先皇巡朔方〔1〕,千乘万骑入咸阳〔2〕。阴山骄子汗血马,长驱东胡胡走藏〔3〕。邺城反覆不足怪〔4〕,关中小儿坏纪纲〔5〕。张后不乐上为忙〔6〕。至令今上犹拨乱〔7〕,劳心焦思补四方。我昔近侍叨奉引〔8〕,出兵整肃不可当〔9〕。为留猛士守未央〔10〕;致使岐雍防西羌〔11〕。犬戎直来坐御床〔12〕,百官跣足随天王〔13〕。愿见北地傅介子〔14〕,老儒不用尚书郎〔15〕!

这两首诗当作于广德二年(七六四)。题目虽曰忆昔,其实是讽今。第一首忆的是唐肃宗的信任宦官和惧怕老婆,目的在于警戒代宗不要走他老子的老道;第二首忆的是玄宗时的开元盛世,目的在于鼓舞代宗恢复往日繁荣,并不是为忆昔而忆昔。

〔1〕先皇巡朔方,指肃宗在灵武、凤翔时期。

〔2〕入咸阳,即入长安。至德二载九月收复长安,十月肃宗还京。

〔3〕阴山骄子,指回纥。大宛国有汗血马。东胡,指安庆绪。肃宗借兵回纥,收复两京,安庆绪奔河北,所以说胡走藏。

〔4〕邺城反覆,指史思明既降又叛,救安庆绪于邺城,复陷东京事。思明被迫投降,反覆无常,乃意料中事,故云不足怪。

〔5〕关中小儿,指李辅国。《唐书·宦官传》:"辅国,闲厩马家小儿,为仆,事高力士。"《通鉴》卷二百一十八胡注:"时监牧、五坊、禁苑之卒,率谓之小儿。"表面上骂辅国,其实是讽刺肃宗的信任,所谓"以心腹委之"。

〔6〕《唐书·后妃传》:"张后宠遇专房,与辅国持权禁中,干预政事,帝颇不悦,无如之何。"上,指肃宗。"为忙"二字写肃宗诚惶诚恐多方讨好之状,很幽默,也很辛辣。

〔7〕至令,一作至今。今上,当今皇上,此指代宗。

〔8〕我昔,指为拾遗时。在皇帝左右,故曰近侍。又拾遗职掌供奉扈从,故曰叨奉引。叨,忝也,自谦之词。

〔9〕指代宗当时以广平王拜天下兵马元帅,先后收复两京。

〔10〕猛士,指郭子仪。宝应元年(七六二)代宗听信宦官程元振谗言,夺子仪兵柄,使居留长安。未央,汉宫名,在长安。这句翻用刘邦《大风歌》:"安得猛士兮守四方。"

〔11〕这以下三句写夺子仪兵柄所引起的恶果。岐雍,唐凤翔关内地。边兵入卫,岐雍一带,兵力单薄,遂不能防敌于国门之外。

〔12〕广德元年(七六三)十月,吐蕃入侵,代宗逃到陕州,长安第二次沦陷,府库间舍,焚掠一空。

〔13〕跣足,打赤足。写逃跑时的狼狈,鞋子都来不及穿。讽刺也就在其中。

〔14〕傅介子,西汉时北地人,曾斩楼兰王头,悬之北阙。杜甫意在湔雪国耻,故愿见能有这种人物。

〔15〕老儒,杜甫自谓。意思是说只要国家能灭寇中兴,我个人做不做官倒没关系,故云"不用尚书郎"。杜甫在写这两首诗的前一年曾辞京兆功曹,不赴召;而在写此诗时,已授检校工部员外郎。这句套用《木兰诗》:"可汗问所欲,木兰不用尚书郎。"

忆昔开元全盛日,小邑犹藏万家室〔16〕;稻米流脂粟米白,公私仓廪俱丰实〔17〕;九州道路无豺虎,远行不劳吉日出〔18〕;齐纨鲁缟车班班〔19〕,男耕女桑不相失〔20〕;宫中圣人奏云门〔21〕,天下朋友皆胶漆〔22〕;百馀年间未灾变〔23〕,叔孙礼乐萧何律〔24〕。岂闻一绢直万钱〔25〕,有田种谷今流血〔26〕;洛阳宫殿烧焚尽,宗庙新除狐兔穴〔27〕。伤心不忍问耆旧,复恐初从乱离说〔28〕。小臣鲁钝无所能,朝廷记识蒙禄秩〔29〕。周宣中兴望我皇,洒血江汉身衰疾〔30〕。

〔16〕这句写全盛时人口的繁殖。说小邑,则大邑可知。

〔17〕这两句写全盛时农业生产的繁荣。藏谷的曰仓,藏米的曰廪。

〔18〕这两句写全盛时社会秩序的安定,不必选好日子出门。豺虎喻寇盗。按《光禄坂行》云:"安得更似开元中,道路即今多拥隔。"又《通鉴》卷二百一十四:"开元二十八年,海内富安,行者万里,不持寸兵。"

〔19〕这句写全盛时手工业和商业的发达。商贾络绎,不绝于道。班班,众车声。

〔20〕桑作动词用,是说妇女养蚕织布。因无战争,故夫妇相守不失。

〔21〕唐人称天子为"圣人"。云门,乐名。《周礼》:"大司乐舞《云门》以祀天神。"是说这时统治者也能作乐以敬天祭祖,与下文"宗庙狐兔"作反照。

〔22〕胶漆,古人以喻爱情或友谊。《古诗十九首》:"以胶投漆中,谁能别离此?"因生活较好,人与人之间的关系也较密切。

〔23〕唐自开国——六一八年至开元末——七四一年凡百馀年。

〔24〕西汉初年,叔孙通制礼仪,萧何作律九章。这是以汉的盛世来比开元的。

〔25〕岂闻二字陡转,写安史乱后情况,句句和上文作尖锐对比。一绢万钱,和齐纨鲁缟相反。

〔26〕有田流血,和稻米流脂相反。

〔27〕宫殿烧焚,宗庙狐兔,和奏云门、无豺虎相反。这次吐蕃入长安,盘踞了十五天,代宗于十二月复还长安。诗作于代宗还京不久之后,所以说"新除"。

〔28〕这两句极概括。耆旧都经历过开元盛世和天宝之乱,怕他们又从禄山陷京说起,惹得彼此伤起心来,故"不忍问"。

〔29〕小臣,杜甫自谓。识,音志。记识一作记忆。蒙禄秩,指授检校工部员外郎。

〔30〕洒血,极言自己盼望中兴之切迫。这是作诗的主旨。——浦注:"前章戒词,此章祝词,述开元之民风国势,津津不容于口,全为后幅想望中兴样子也。前说开元,岂闻四句,直说目下,中间隔一大段时光,故用伤心二句搭连之。意以其间乱离之事,不忍再提,但远追盛事,以冀

今之克还其旧耳。"

除草

草有害于人,曾何生阻修[1]！其毒甚蜂虿[2],其多弥道周[3]。清晨步前林,江色未散忧[4]。芒刺在我眼,焉能待高秋[5]！霜露一沾凝,蕙草亦难留[6]。荷锄先童稚,日入仍讨求[7]。转致水中央,岂无双钓舟[8]？顽根易滋蔓,敢使依旧丘[9]？自兹藩篱旷,更觉松竹幽。芟夷不可阙,疾恶信如雠[10]！

代宗永泰元年(七六五)正月,杜甫辞去节度参谋的职务,回到草堂,这首诗应是回草堂后所作,是借除草以喻除奸的。一方面可以看到杜甫的劳动生活,另一方面也可以看到杜甫疾恶如仇的政治态度。所除的草是一种藜(音潜)草,叶如苎麻,有毛能螫(音室)人,故以比恶人。

〔1〕阻修,指道路。《诗经》："道阻且修。"曾何,犹"则何",亦即"那么为什么",是诘责的话。

〔2〕虿,读钗去声,蝎类。这句正写有害。

〔3〕弥,满也。生满道边,比恶人之多而当权。

〔4〕是说自然风景也不能解愁。

〔5〕高秋,指九月。意思是说除恶贵速,不能听其自生自死。

〔6〕意思是说到了高秋,香草也得凋枯,若对恶草不加以斩除,善恶同尽,又有何区别呢？

〔7〕"先"就是带头。讨求,即寻找。但用讨字便兼表憎恨的感情。

〔8〕转致句,是说由岸上送到水里去。岂无双钓舟,正是说有船转致。

〔9〕这两句说明为什么要转致水中央的缘故,所谓"除恶务尽"。

〔10〕芟,音山;芟夷,即锄去。末句点破本意,由除草说到为政。杜甫辞幕府,大概也有小人从中作祟。

去蜀

五载客蜀郡[1],一年居梓州。如何关塞阻,转作潇湘游[2]?万事已黄发[3],残生随白鸥[4]。安危大臣在,不必泪长流[5]。

永泰元年(七六五)四月杜甫的朋友剑南节度使严武死了,他失去依靠,便于五月离开成都,乘舟东下,故以《去蜀》为题。按浦注谓此诗作于武死之前,诗中"大臣",乃指严武,待考。

〔1〕蜀郡,即成都。杜甫在成都,前后合计约五年。

〔2〕关山险阻,遍地干戈,本不应作远游,所以说"转作"。转,反也。但不得已的苦衷也就不待多言。金圣叹云:"如何关塞一转,不觉失声怪叫。看他游字,下得愤极!今日岂得游之日?我岂得游之人?然此行不谓之游,又谓之何?"潇、湘,二水名,在湖南。

〔3〕万事,一作世事,杜甫是有政治抱负的,他回思过去,万事无成,今人已老大,尚复何望?故不胜慨叹。黄发,谓老年,人老发白转黄。

〔4〕这句感叹将来。过去是万事无成,现在是一头黄发,今后是仍

将像白鸥一样飘飘无所定。但杜甫从不把悲哀停留在个人身上,所以下面又说到国家的安危。

〔5〕这两句也是反说,要从反面看。表面好像恭维大臣,其实是讽刺大臣;好像是宽慰自己,其实是放心不下。口说"不必泪长流",其实正在泪长流。金圣叹云:"有大臣在,关塞何至又阻?正暗用《左传》'肉食者谋之'语。而彼自以为大臣,我亦因而称之为大臣耳。"

旅夜书怀

细草微风岸,危樯独夜舟[1]:星垂平野阔,月涌大江流[2]。名岂文章著[3]?官应老病休[4]!飘飘何所似?天地一沙鸥[5]!

这首诗大概就是由成都经乐山、重庆到忠州的途中所作。杜甫并非乐于漂泊的,所以情感很愤激。

〔1〕首二句先点清地点、时间和个人处境,是下文的张本。危,高貌。樯,桅竿。

〔2〕这两句写景阔大雄壮,其中包含着杜甫的感情和性格。因平野阔,故见星点遥挂如垂;因大江流,故见月光下照如涌。

〔3〕这是不服气的话。一般人都认为我献赋蒙赏,以文章著名,哪知我的志愿并不在文章呢。

〔4〕这是反话。因为杜甫明明是由疏救房琯、议论时政为统治者所排斥而罢官的,并不是由于老病。罢官和漂泊有直接联系,所以想到这件事。

〔5〕沙鸥,即景自况。不是悲伤而是愤慨。黄生云:"一沙鸥,何其渺! 天地,何其大! 合而言之曰天地一沙鸥,作者吞声,读者失笑。"金圣叹云:"夫天地大矣,一沙鸥何所当于其间,乃言一沙鸥而必带言天地者? 天地自不以沙鸥为意,沙鸥自无日不以天地为意。"此论亦能阐明杜之精神。

三绝句

前年渝州杀刺史,今年开州杀刺史[1]。群盗相随剧虎狼[2],食人更肯留妻子[3]?

这三首当是永泰元年(七六五)去蜀之后所作。有高度现实主义精神,可以说是绝句中的"三吏"、"三别"。绝句的基本特征是四句;此三诗虽不用平仄,仍是绝句,所谓"古绝句"。这一首痛骂地方军阀的专横残暴。

〔1〕渝州,重庆。开州,四川开县。渝州和开州,唐时均属"山南西道"。这两次杀刺史,史书没有记载。
〔2〕前年杀,今年又杀,所以说相随。剧,甚也、过也。是说比虎狼还狠毒。
〔3〕浦注:"更肯,岂更肯也。指群盗言。仇谓指虎狼,非。"

二十一家同入蜀[4],唯残一人出骆谷[5]。自说二女啮臂时[6],回头却向秦云哭[7]。

〔4〕这首写民间生离死别之惨。大概是逃难入蜀的。

〔5〕残,残馀,即剩下。骆谷,在陕西盩屋县西南。

〔6〕啮,音臬,咬也。啮臂,是说啮臂而别。一般表示决心,这里有狠心和不忍意。恐父女不两全,故只得抛弃。

〔7〕来自秦中,故向秦云而哭。浦注:"回头句,乃状此人说时情景,非述二女哭也。此句添毫。"

殿前兵马虽骁雄〔8〕,纵暴略与羌浑同〔9〕:闻道杀人汉水上,妇女多在官军中〔10〕。

〔8〕这首写官军的抢掠奸淫,婉而多讽,是另一手法。殿前兵马,指禁军。先捧上一句,下句再骂,就显得更有力。

〔9〕羌,吐蕃、党项之属。浑,吐谷浑。

〔10〕官军,即殿前兵马。这两句抬出事实,证明第二句的论断,见得不是"无的放矢"。

白帝城最高楼

城尖径仄旌旆愁〔1〕,独立缥缈之飞楼〔2〕。峡坼云霾龙虎睡,江清日抱鼋鼍游〔3〕。扶桑西枝对断石,弱水东影随长流〔4〕。杖藜叹世者谁子〔5〕?泣血迸空回白头〔6〕。

大历元年(七六六)暮春,杜甫由云安到夔州,这首诗大概是初到夔州时所作。是一首自创音节的拗体七律,充满勃郁不平之气。白帝城在夔州之东一山头上,西南临大江,瞰之目眩。

〔1〕白帝山尖峭,城在其上,故曰城尖。旌旆,军旗。旌旆无知之物,说旌旆愁,一来见得地势高危,二来见得时尚用兵。旌旆尚愁,则人可知。杜甫《送韦评事》诗:"吹角向月窟,苍山旌旆愁。"都是加倍的渲染法。

〔2〕缥缈,高远不明之貌。楼高势若飞,故曰飞楼。

〔3〕二句写登楼所见近景,是实景。上句写山,下句写水。龙虎,形容山峡突兀盘踞之状,峡静,故曰睡。鼋鼍,形容江流湍急闪烁之状,水动,故曰游。日抱,日照江面如环抱。都是摹写登高临深时所见的一种迷离恍惚之景的。

〔4〕二句写所见远景,是虚景。扶桑,神木,传说为日出处。断石,指峡。弱水,《山海经》:"昆仑之丘,其下有弱水。"注:"其水不胜鸿毛。"长流,指江。朱长孺云:"峡之高,可望扶桑西向,江之远,可接弱水东来。"吴见思云:"二句远景,言举天地之大,尽在目前。"极力刻画"最高"二字。

〔5〕叹世,见得不是为了个人而叹。谁子,是"谁氏之子"的省文,即"哪一个"。

〔6〕迸,散也、洒也。身在高楼,泪散空中,所以说"迸空"。回白头,是说摇头叹气。

八阵图

功盖三分国,名成八阵图[1]。江流石不转[2],遗恨失吞吴〔3〕。

八阵,是天、地、风、云、龙、虎、鸟、蛇八种阵势。按东汉时窦宪尝勒八阵击匈奴,是诸葛亮以前已有了。亮所布八阵凡四:一在沔阳县(属陕西)之高平旧垒,一在新都县之八阵乡,一在鱼复县(即夔州)永安宫南江滩水上,一在广都,均属四川省。其中以夔州之八阵图为最著名,即此诗所咏。又《夔府咏怀一百韵》云:"阵图沙岸北",亦指此八阵图。

〔1〕二句对起。三国之中,曹操和孙权都有所凭藉,惟诸葛亮佐刘备,差不多是从无到有的,所以说他功盖三分国。

〔2〕刘禹锡《嘉话录》:"夔州西市,俯临江沙,下有诸葛亮八阵图,聚石分布,宛然犹存,峡水大时,三蜀雪消之际,颒涌滉漾,大木十围,枯槎百丈,随波而下,及乎水落川平,万物皆失故态,诸葛小石之堆,标聚行列依然。如是者近六百年,迄今不动。"即"石不转"的事实。此句也翻用了《诗经》的"我心匪石,不可转也"。下句申明为什么不转的缘故。

〔3〕遗恨二字即承上"石不转"来。石实无所谓恨不恨,诗人往往无中生有,这也是诗的妙用。关于"失吞吴",历来解说不一,大致可分为两派:一派把"失"解作丧失,也就是说以未得吞吴为恨;一派把"失"解作过失,也就是说以失策于吞吴为恨。第一派的说法较直截了当。浦注:"说是诗者,言人人殊,大率皆以吞吴失计之恨,与武侯失于谏止(刘备征吴)之恨,坐杀武侯心上著解,抛却石不转三字,致全诗走作。岂知遗恨从石不转生出耶?盖阵图正当控扼东吴之口,故假石以寄其惋惜。云此石不为江水所转,天若欲为千载留遗此恨迹耳。如此才是咏阵图之诗,彼纷纷推测者,皆不免脱母(脱离主题)。"此说最通达。诸葛亮的联吴,其实是一种吞吴的手段,并不是他的目的。

负薪行

夔州处女发半华,四十五十无夫家[1]。更遭丧乱嫁不售[2],一生抱恨长咨嗟。土风坐男使女立[3],应当门户女出入[4]:十犹八九负薪归,卖薪得钱应供给[5]。至老双鬟只垂颈,野花山叶银钗并[6]。筋力登危集市门[7],死生射利兼盐井[8]。面妆首饰杂啼痕,地褊衣寒困石根[9]。若道巫山女粗丑,何得此有昭君村[10]?

这也是杜甫到夔州后不久所作。把贫苦的劳动妇女作为题材并寄以深厚同情,在全部古典诗歌史上都是少见的。诗写土风,故文字也就朴素。诗共十六句,每四句一换韵。

〔1〕半华,斑白。见得是老处女。四十五十,是说有的四十岁,有的五十岁。

〔2〕嫁不售,即嫁不出去。

〔3〕土风,当地风俗习惯。重男轻女,故男坐女立。此以下四句是统说一般妇女们,不专指未嫁的老处女。

〔4〕"应"一作"男","应当门户"一作"应门当户"。下即写妇女出入操劳的事情。

〔5〕十犹八九,即十有八九,见得极普遍。应供给,供给一家生活及缴纳苛捐杂税。

〔6〕此以下四句,复承前处女而言。因未嫁,故犹结双鬟(这是处女的标志)。因穷,故野花山叶与银钗并插。

253

〔7〕登危,是说登高山去打柴。集市门,入市卖柴。

〔8〕死生射利,不顾死生的去挣点钱。负薪之外,又负盐,所以说兼盐井。杜甫在云安诗:"负盐出井此溪女。"(《十二月一日》)

〔9〕这两句是同情的话。石根,犹山根。

〔10〕这两句是代抱不平的话。是说她们的丑,乃由于生活的折磨,并非由于什么地理环境,故抬出昭君作证。王嫱字昭君,西汉元帝时宫女,后嫁匈奴。归州(湖北秭归县)东北四十里有昭君村。归州与夔州接壤。

最能行

峡中丈夫绝轻死:少在公门多在水[1]。富豪有钱驾大舸[2],贫穷取给行艓子[3]。小儿学问止《论语》[4],大儿结束随商旅[5]。欹帆侧舵入波涛,撇漩捎濆无险阻[6]。朝发白帝暮江陵[7],顷来目击信有征[8]。瞿塘漫天虎须怒[9],归州长年行最能[10]。此乡之人气量窄,误竞南风疏北客[11]。若道士无英俊才,何得山有屈原宅[12]?

此诗和《负薪行》是同时之作,结构也相似。最能,驾船的能手,刘须溪以最能为水手之称。

〔1〕公门,即衙门,句意是说不重读书,多习驾船。

〔2〕大船曰舸。

〔3〕艓,音叶,小船。穷人则驾小船谋生。

〔4〕《论语》,书名。孔丘弟子所辑,是封建社会的教科书之一。

〔5〕随商旅,即指驾船。小儿、大儿都指驾大舸的富豪的儿子。

〔6〕这两句插写操舟的技巧。漩,是漩涡;溃,是溃涌。《蜀谚》:"溃起如屋,漩下如井。"驾船的遇漩则撇开,遇溃则捎过。无险阻,如履平地。

〔7〕《水经注》:"自三峡七百里中,两岸连山,略无缺处。有时朝发白帝(夔州),暮到江陵(宜昌),虽乘奔御风,不以疾也。"又李白诗:"朝辞白帝彩云间,千里江陵一日还。"

〔8〕目击,亲眼看见。征,征验。

〔9〕瞿塘,峡名。虎须,滩名。

〔10〕《宋景文笔记》:"蜀人谓舵师为长年三老。"舵师,即艄公。行最能,谓通瞿塘、虎须很容易。"行"一作"与"。

〔11〕《左传》:"南风不竞。"浦注:"竞南疏北者,竞为南中轻生逐利之风,而疏于北方文物冠裳之客也。解者以为恃强慢客,谬甚。"

〔12〕杜甫认为气量狭窄,并非由地理环境决定,而是因为缺乏教育,故以屈原为证。秭归县北有屈原故宅。"士"一作"土"。

夔州歌十绝句(录三)

中巴之东巴东山〔1〕,江水开辟流其间〔2〕。白帝高为三峡镇〔3〕,夔州险过百牢关〔4〕。

大概作于七六六年夏,多写夔州的山川形势和古迹。很像竹枝。

〔1〕东汉末年刘璋所分三巴,有东巴、西巴和中巴。夔州属巴东郡,在中巴之东。巴东山,即三峡。

〔2〕是说从天地开辟以来,江水即流于巴东群山之间。如"开辟多天险"、"岸疏开辟水"、"鱼龙开辟有",都是指开辟之时说的。

〔3〕白帝,白帝城。三峡:瞿塘峡、巫峡、西陵峡,两岸连山,七百馀里。城扼瞿塘峡口,足资镇压,故曰高为三峡镇。

〔4〕百牢关在汉中,两壁山相对,六十里不断,汉水流其间,因与夔州的瞿塘相似,故以为比。

赤甲白盐俱刺天〔5〕,间阎缭绕接山颠〔6〕。枫林橘树丹青合〔7〕,复道重楼锦绣悬〔8〕。

〔5〕赤甲、白盐,二山名。俱刺天,都很高。
〔6〕是说从山脚到山顶都有人家。缭绕,盘旋。
〔7〕枫叶丹,橘叶青,又两山相对,所以说丹青合。
〔8〕复道,楼阁通行之道,因上下有道故谓之复道。间阎缭绕,远望有似复道重楼。锦绣,形容景物之美观。

武侯祠堂不可忘〔9〕:中有松柏参天长;干戈满地客愁破,云日如火炎天凉。

〔9〕"不可忘"三字,领起以下三句。

古柏行

孔明庙前有老柏〔1〕,柯如青铜根如石〔2〕。霜皮溜雨四十围,黛色参天二千尺[3]。君臣已与时际会,树木犹为人爱惜[4]。云来气接巫峡长,月出寒通雪山白[5]。忆昨路绕锦亭东[6],先主武侯同闷宫[7]。崔嵬枝干郊原古,窈窕丹青户牖空[8]。落落盘据虽得地,冥冥孤高多烈风[9]。扶持自是神明力,正直元因造化工[10]。大厦如倾要梁栋,万牛回首丘山重[11]。不露文章世已惊,未辞剪伐谁能送[12]?苦心岂免容蝼蚁,香叶终经宿鸾凤[13]。志士幽人莫怨嗟:古来材大难为用[14]。

这和《夔州歌十绝句》当为同时之作,借古柏以自咏怀抱,正意全在末一段。此诗对偶句特多,凡押三韵,每韵八句,自成段落,格式与《洗兵马》极相似。

〔1〕 成都的武侯祠附在先主庙中,夔州的孔明庙则和先主庙分开,这是夔州的孔明庙。

〔2〕 这句写柏之古老。柯,枝柯。

〔3〕 二句写柏之高大,是夸大的写法。霜皮,一作苍皮,形容皮色的苍白。溜雨,形容皮的光滑。四十围,四十人合抱。

〔4〕 这两句是插叙。张上若云:"补出孔明生前德业一层,方有原委。"按意谓由于刘备和孔明君臣二人有功德在民,人民不加剪伐,故柏树才长得这般高大;柏树的高大,正说明孔明的遗爱。际会,犹遇合。

〔5〕 这两句再承三四句极力形容咏叹柏树之高大。赵次公云:"巫峡在夔之下(按当言东),巫峡之云来而柏之气与接;雪山在夔之西,雪山之月出而柏之寒与通,皆言其高大也。"宋人刘须溪认为云来二句当在君臣二句前,君臣二句当在云来二句后(仇兆鳌把这四句倒置,就是依据刘说的),实太主观大胆。因为这样一来,似乎是通顺些,但文章却显得

平庸没有气势,所以黄生斥为"小儿之见"。——这是第一段,是咏古柏的正文。

〔6〕此下四句宕开,以成都古柏作陪。杜甫是去年才离开成都的,所以说忆昨。杜甫成都草堂紧靠锦江(《杜鹃》诗:"结庐锦水边。"),草堂中有亭(《寄题江外草堂》诗:"台亭随高下,敞豁当清川。"),所以说锦亭(严武有《寄题杜二锦江野亭》诗)。武侯祠在亭东,所以说路绕锦亭东。亭,一作城,非。

〔7〕闷宫,即祠庙。

〔8〕仇注:"郊原古,有古致也。户牖空,虚无人也。"窈窕,深邃貌。

〔9〕此下四句收归夔州古柏。是说夔州庙柏生在高山,苦于烈风,不如成都庙柏之生于平原。落落,出群貌。因生在孔明庙前,有人爱惜,故曰得地。但树高招风,又在高山上,就更要经常为烈风所撼。冥冥,高空的颜色。

〔10〕不为烈风所拔,似有神灵呵护,故曰神明力。柏之正直,本出自然,故曰造化功。正因为正直,故得神明扶持,二句语虽对,而意实一贯。——这是第二段。由古柏之高大,进一步写出古柏之正直。

〔11〕这以下又宕开,借古柏之难载,以喻大才之难为世用。《文中子》:"大厦之倾,非一木所支。"古柏重如丘山,故万头牛也拖不动。

〔12〕二句中有着杜甫自己的影子。古柏不知自炫,故曰不露文章。古柏本可作栋梁,故曰未辞剪伐。这就杜甫为人来说,即不怕牺牲,与"我能剖心血,饮啄慰孤愁","济时敢爱死,寂寞壮心惊"正是一副心肠。送,就木说,是移送;就人说,是保送或推荐。

〔13〕柏心味苦,故曰苦心。柏叶有香气,故曰香叶。这两句也含有身世之感。

〔14〕结二句吐出本意,但材大二字仍包括古柏在内。在封建社会,一个真正想为国家人民做点事的人,是并不为统治者所欢迎的。古来,

是说不独今日如此,从古以来就如此。——这是第三段。黄生云:"大厦一段,口中说物,意中说人。结句人物双关,用笔省便。"杨伦云:"大厦以后,寄托遥深,极沉郁顿挫之致。"

白帝

白帝城中云出门[1],白帝城下雨翻盆[2]。高江急峡雷霆斗[3],古木苍藤日月昏[4]。戎马不如归马逸[5],千家今有百家存[6]。哀哀寡妇诛求尽,恸哭秋原何处村[7]?

[1] 白帝城在山上,故云气从城门出。

[2] 翻盆,犹倾盆,形容雨势猛暴。

[3] 这和下句都是即景寓情,在这景物中便含有那个战乱时代的影子,不要单作景语看。江水暴涨,为峡所束,故声如雷霆之斗。

[4] 乌云大雨,笼罩山林,故日色无光。日月二字,复词偏义。

[5] 这以下四句,由大雨又说到人民生活。戎马,作战的马。归马,从事生产的马。《尚书·武成》篇:"归马于华山之阳。"逸,安逸,见得马亦厌战。

[6] 是说人民死亡惨重,十分存一。有的死于征戍,有的死于剥削。

[7] 连寡妇都剥削得精光,岂不重可哀痛,故曰哀哀。秋天是收获季节,秋尚恸哭,则春夏冬可知。何处村,是说村村皆哭,故不辨其究竟在哪一个村子里。

存殁口号二首(录一)

郑公粉绘随长夜[1],曹霸丹青已白头[2]。天下何曾有山水[3]?人间不解重骅骝[4]!

号,读平声。口号,信口唱出。诗中人物,一死一活,故曰存殁口号。

[1] 郑公,郑虔。七六四年死于台州。长夜,谓死。人死了,画也成绝笔了,故曰随长夜。
[2] 曹霸,详《丹青引》。
[3] 这句承第一句,指郑虔。虔善画山水。虔死后,画山水的虽有人,但都不工,故曰何曾有。
[4] 这句承第二句,指曹霸。霸善画马。不解重,是说世人不识货。杜甫在这里很有同慨,因为他的伟大的诗作,在当时也是不为人所重的,像殷璠的《河岳英灵集》、高仲武的《中兴间气集》,都没有选杜甫的诗。

诸将五首

汉朝陵墓对南山[1],胡虏千秋尚入关[2]。昨日玉鱼蒙葬地,早时金碗出人间[3]。见愁汗马西戎逼,曾闪朱旗北斗殷[4]。多少材官守泾渭[5]?将军且莫破愁颜[6]!

这五首诗是七六六年秋在夔州作，和《有感》五首都可以看作杜甫的政论律诗。这时安史之乱虽平，边患却没有根除，所以杜甫便针对当时武官们所存在的各种毛病，加以揭发讽刺，从而激励他们的爱国思想。有些事情不好直说，杜甫只好采取用丽词写丑事，用典故代时事的办法，所以在理解上不免有些困难。这是第一首，写吐蕃发掘陵墓，警告诸将要加强防御，不要高枕苟安。

〔1〕说汉朝，其实是指唐朝。朱瀚《杜诗详意》："汉字作唐字看，千秋作当时看，便自了然。"皇帝的坟叫做陵，诸王以下的叫做墓。南山，即终南山。对南山，是说险固可守，又近在内地。

〔2〕胡虏，指吐蕃。这个关是萧关。汉朝陵墓被发掘，如今千年之后又发生这样的事，所以说"尚"。

〔3〕按广德元年，吐蕃入京师，劫宫阙，焚陵寝（《通鉴》卷二百二十三）。这两句便是实写陵墓被发掘之惨的。这是极可耻的事，故借用典故，意在激怒诸将的羞恶之心。汉楚王戊太子葬时，以玉鱼一双为殓（见九家注引《西京杂记》）。汉武帝的茂陵有玉碗，曾被人盗卖（见《太平御览·皇王部》十三引《汉武故事》）。《南史》卷六十九《沈炯传》："炯尝独行，经汉武通天台，为表奏之曰：'甲帐珠帘，一朝零落，茂陵玉碗，遂出人间。'"诗本当说"玉碗出人间"才切合皇帝的陵墓。但和上句"玉鱼"犯重，故改用金碗。但也不是随便改用，因为金碗也是一个崔氏女子殓葬之物（见《搜神记》），故可通融。早时，今天早上，见得很快就被发掘，毫无保障。蒙，犹蔽也，是说蒙蔽于地下。

〔4〕二句写吐蕃的不断入寇。见同现。七六三年十月吐蕃入长安。七六五年八月吐蕃又寇奉天，都是眼前的事情，所以说见愁。殷，赤色。唐人多以"殷"作"红"字用，如李绅《红蕉花》诗："叶满丛深殷似火"，又杜牧《池州送孟迟先辈》诗："晓日殷鲜血。"这句是说吐蕃势盛，闪动朱旗而北斗亦为之赤。（乾按：海川指出：据巴卧·祖拉陈瓦（1504—

261

1566)撰藏文典籍名著《贤者喜宴:吐蕃史》所载,吐蕃军队多有红旗,如"红色吉祥旗、花边红旗、红色狮子旗"等。可以佐证,朱旗亦可指吐蕃一方。萧纲《度关山》:"锐气且横行,朱旗乱日精。"汪遵《破陈》诗:"猎猎朱旗映彩霞,纷纷白刃入陈家。"均指反方。所谓只指唐军或己方、正方之说,实误。另有详考。)

〔5〕这句忧边防兵力薄弱。材官,武技之臣。多少,实际是说没有多少。

〔6〕当时独孤及上疏说:"拥兵者,第馆亘街陌,奴婢厌酒肉。"(《通鉴》卷二百二十三)可见武官们的腐化,所以戒以"且莫破愁颜"。这一结,是用警戒的语气。

韩公本意筑三城[7],拟绝天骄拔汉旌[8]。岂谓尽烦回纥马,翻然远救朔方兵[9]!胡来不觉潼关隘[10],龙起犹闻晋水清[11]。独使至尊忧社稷,诸君何以答升平[12]?

〔7〕这首责诸将的无用,不能制止外患,反而借助外力。韩公,指张仁愿,张封韩国公。神龙三年(七〇七)曾于河北筑三受降城以拒突厥。

〔8〕这句即筑城本意,是说本打算制止外族的入侵。《汉书》:"匈奴自称为天之骄子。"《史记·淮阴侯传》:"驰入赵壁,拔赵旗,立汉赤帜。"此拔字所本。

〔9〕二句讽刺今日诸将的无耻无能,意在激励他们向张仁愿看齐。岂谓,犹岂料,见得事出意外。尽烦,犹多劳。郭子仪收京,败吐蕃,皆借助回纥,故曰尽烦。回纥马,即天骄。翻然,犹反而。朔方兵,郭子仪所统。

〔10〕胡来,指安禄山陷潼关及后来回纥和吐蕃为仆固怀恩所诱,连兵入寇等事。潼关非不险隘,然胡来不觉其隘,正是讥诮诸将无人。

〔11〕一行《并州起义堂颂》:"我高祖龙跃晋水,凤翔太原。"这句是

以唐高祖的起兵晋阳来赞美广平王(即代宗)的收复京师的。钱笺引《册府元龟》:"高祖师次龙门县,代水清。"而至德二载七月,岚州合关河清三十里,九月广平王收西京,因事有相似,故以为比。犹闻,是过去听说,现在还听说。

〔12〕至尊,指代宗。末句责诸将只知坐享太平,不图报国。与"攀龙附凤势莫当,天下尽化为侯王"同意。这一结,用反问的语气。

洛阳宫殿化为烽[13],休道秦关百二重[14]。沧海未全归禹贡,蓟门何处尽尧封[15]?朝廷衮职虽多预[16],天下军储不自供[17]。稍喜临边王相国,肯销金甲事春农[18]。

〔13〕这首责诸将不知屯田务农,以解决军食。化为烽,指洛阳宫殿焚于兵火。七五五年一毁于安禄山,七五九年再毁于史思明。

〔14〕宫殿都保不住,足见险不足凭,故曰休道(即不要夸口的意思)。百二,是说秦关(潼关)险固,二万人足抵当百万人。重,犹险也。

〔15〕二句紧接休道,言河北藩镇跋扈,国内并未完全统一。沧海,指淄青等处,蓟门,指卢龙等处。《禹贡》,原为《书经》的一篇,详述九州的山川、物产,这里的用法,和"尧封"一样,都是指版图说的。仇注:"周封尧后于蓟,故曰尧封。"

〔16〕衮职,指三公。当时武将及诸镇节度使,多兼中书令、平章事等衔,故曰多预。见得诸将恩宠已极。

〔17〕当时地方军阀,不知屯田积谷,但知加强赋敛和扣留朝廷粮饷,故曰不自供。

〔18〕王相国,王缙。广德二年(七六四)拜同平章事,迁河南副元帅。稍喜,亦不满之词。见得当时将帅,连王缙也不如。表扬王缙,所以深愧诸将。这一结,用鼓励的语气。

回首扶桑铜柱标[19],冥冥氛祲未全销[20]:越裳翡翠无消息,南海明珠久寂寥[21]。殊锡曾为大司马[22],总戎皆插侍中貂[23]。炎风朔雪天王地[24],只在忠良翊圣朝[25]。

〔19〕这首责诸将徒享高爵厚禄,不知效忠国家。黄生云:"前三首皆道两京之事,此首则道南中之事,以回首二字发端,则前三首皆翘首北顾而言可知。他人诗皆从纸上写出,惟公诗从胸中流出,口中道出,而且道时之神情面目,俨然可想,所以千载犹有生气也。"扶桑,泛指南海一带。唐时岭南道有扶桑县,属禹州。铜柱,东汉马援所立,玄宗时,何履光以兵定南诏,曾复立马援铜柱(《新唐书·南蛮传》)。

〔20〕氛祲,即所谓"妖氛"。时南诏背唐与吐蕃连结。

〔21〕二句写南方朝贡断绝。正见氛祲未销。越裳,周代南方国名。唐时安南都护府有越裳县。翡,赤雀。翠,青雀。唐岭南道有南海县,属广州。其地出珠。

〔22〕殊锡,犹异宠。大司马,即太尉。唐以太尉、司徒、司空为三公,并正一品。当时中兴诸将中惟郭子仪、李光弼曾进位太尉,所以称为"殊锡"。

〔23〕这句泛指一般将帅及节度使而带"侍中"之衔的。没有例外,所以说"皆"。唐门下省有侍中二人,正二品,其冠以貂尾为饰,插在左边。这两句和"将帅蒙恩泽"(《有感》)、"高官皆武臣"(《送路使君》)同意。

〔24〕末二句勉励诸将,为国效命,恢复国家旧有的版图。炎风指南方之地,即前四句所说。朔雪,指北方之地。春秋称周天子为"天王"。天王地,即《诗经》所谓:"普天之下,莫非王土。"

〔25〕翊,辅佐。这一结,用勉励的语气。——按《唐书·代宗纪》载:广德二年七月,太尉李光弼薨于徐州。九月,河东副元帅、中书令、汾阳郡王郭子仪加太尉,子仪三表恳让太尉。《郭子仪传》曾载其词,略

云：“臣位为上相，爵为真王，恩荣已极，功业已成，太尉职雄任重，窃忧非据。”可见太尉一职的崇高。钱谦益谓此诗乃戒朝廷不当使中官为将，故以殊锡为指李辅国，未免歪曲事实。

锦江春色逐人来，巫峡清秋万壑哀[26]。正忆往时严仆射，共迎中使望乡台[27]。主恩前后三持节[28]，军令分明数举杯[29]。西蜀地形天下险，安危须仗出群材[30]！

[26] 这一首赞美严武，责镇蜀诸将的平庸。永泰元年(七六五)四月，严武卒，杜甫无所依，五月，携家离成都草堂，因时当春后，又被逼离去，有似被驱逐，故曰锦江春色逐人来。夔州地接巫峡，又时当秋季，心中复追念着知己的朋友，而这位朋友又是国家难得的良将，所以只觉得万壑生哀。

[27] 严武死后，赠尚书左仆射(从二品)。天子私使叫做中使。望乡台，在成都之北。

[28] 严武初为东川节度使，再为成都尹，最后又为剑南节度使，故曰三持节。节，符节，古之出使者，持以为信。魏晋以后，遂有持节的名称。

[29] 军令分明，是说信赏必罚，令出如山。正因为这样，所以能"好整以暇"，常常饮酒赋诗(武与杜甫，有诗唱和)。

[30] 赵次公云：“安危，安其危也。”按末二句亦即《奉待严大夫》诗所谓“重镇还须济世才”意。七六二年严武初镇蜀而罢，高适代之，即有徐知道之乱，及松、维、保三州之沦陷；七六五年武再镇蜀而死，郭英乂代之，不数月即有崔旰之乱，英乂反为旰所杀。末二句便是从这些事实中总结出来的理论。这一结，用提醒的语气。——郝楚望云：“此以诗当纪传，议论时事，非吟风弄月，登眺游览，可任兴漫作也。必有子美忧时之真心，又有其识学笔力，乃能斟酌裁补，合度如律，其各首纵横开合，宛然一章奏议。”(《杜诗本义》下卷引)

秋兴八首

玉露凋伤枫树林,巫山巫峡气萧森[1]。江间波浪兼天涌,塞上风云接地阴[2]。丛菊两开他日泪,孤舟一系故园心[3]。寒衣处处催刀尺,白帝城高急暮砧[4]。

《秋兴八首》是七六六年(大历元年)秋杜甫在夔州时所作的一组七言律诗。秋兴的兴,读去声,因秋以发兴,故曰秋兴。自七五九年杜甫弃官客秦州,到现在,他足足过了七个年头的漂泊生活,而在这七年中,国家命运也并未好转,当此秋气萧飒,自然要触景伤情了。《秋兴八首》的中心思想是"故国之思",是对祖国的无限关怀,个人的哀怨牢骚也是从此出发的。篇中"每依北斗望京华"、"故国平居有所思",是全诗的纲目。由于心怀故国,所以虽身在夔州,而写夔州的反少,写长安的反多。长安,原可以说是杜甫的第二故乡,在这里他困守过十年,做过官,也有过田园,所谓"杜曲幸有桑麻田",所谓"故里樊川菊",因而在第一首里便有"孤舟一系故园心"的话。但由于杜甫所最关心的不是个人狭小的家园,而是整个国家,所以关于长安的描写又全是有关国家兴衰治乱的大去处,如曲江、昆明池等,而对于"杜曲桑麻"、"樊川秋菊",反而撇在脑后,全未触及。这种爱祖国胜于爱家园的精神,便是《秋兴八首》的真正价值之所在。《秋兴八首》的结构,从全诗来说,可分两部,而以第四首为过渡。大抵前三首详夔州而略长安,后五首详长安而略夔州;前三首由夔州而思及长安,后五首则由思长安而归结到夔州;前三首由现实走向回忆,后五首则由回忆回到现实。至各首之间,则亦首尾相衔,有一定次第,不能移易,八首只如一首。《秋兴八首》为杜甫惨淡经营之作,或即景含情,或借古为喻,或直斥无隐,或欲说还休,必须细心体会。律诗本是一种具有音乐性的诗体,诗人完成一首律诗,往往不是用笔写出来而是用口吟出来的。因此,对于一首律诗特别是像《秋兴八首》这样的七律的鉴赏,更需要下一点吟咏的功夫。这倒不是单纯为了欣赏诗的音节的铿锵,而是为了通过抑扬亢堕的音节来更好地感受作者那种沉雄勃郁的心情。前人评《秋兴八首》,谓"浑浑吟讽,佳趣当自得之",是不错的。

〔1〕首二句点出所在地点,开门见山。玉露,即白露。杜诗多用白露,这里不用,大概是因为白字属重唇开口呼,其音重浊,用在这里不合适,而玉字属牙音合口呼,其音轻徐,用作开篇第一字,读起来自有"其来于于"之妙。又下文有白帝城,为了避免重复,也最好不用。《水经注·江水注》:"江水历峡,东迳新崩滩,其下十馀里有大巫山,其间首尾百六十里谓之巫峡,盖因山为名也。自山峡七百里中,两岸连山,略无缺处,重岩叠嶂,隐天蔽日,自非亭午夜分,不见曦月。"萧森,萧瑟阴森。

〔2〕江间,即巫峡;塞上,即巫山。波浪蹴天,故曰兼天涌;风云匝地,故曰接地阴。二句极写景物萧森阴晦之状,自含勃郁不平之气。身世飘零,国家丧乱,一切无不包括其中,语长而意阔。

〔3〕二句落到自身,感叹身世之萧条。杜甫去年秋在云安,今年秋又在夔州,从离成都以后算起,所以说"两开"。开字双关,菊开泪亦随之而开,所谓"飒飒开啼眼"(《得舍弟观书》)。"他日"有两种相反的含义,一指过去,犹往日或前日;一指将来,犹来日或日后。《南史》卷六十二《徐陵传》:"初,(陈)后主为文示陵,云他日所作,陵嗤之曰:都不成词句。后主衔之。"所谓"他日所作"即前日所作。此诗他日泪,亦犹前日

267

泪,见得不始于今秋,乃是流了多年的老泪。杜甫把回乡的希望都寄托在一条船上,然而这条船却总是停泊江边开不出去,所以说"孤舟一系故园心"。系字也是双关,王嗣奭云:"此一首便包括后七首,而故园心,乃画龙点睛处,至四章故国思,读者当另著眼,易家为国,其意甚远!后面四章,又包括于其中。"

〔4〕催刀尺,为裁新衣;急暮砧,为捣旧衣。处处催,见得家家如此,言外便有客子无衣之感。

夔府孤城落日斜,每依北斗望京华[5]。听猿实下三声泪[6],奉使虚随八月槎[7]。画省香炉违伏枕[8],山楼粉堞隐悲笳[9]。请看石上藤萝月,已映洲前芦荻花[10]。

〔5〕徐而庵云:"前以暮字结,此以落日起。落日斜,装在孤城二字下,惨澹之极,又如亲见子美一身立于斜阳中也。"夜夜如此,所以说"每依"。京华,即长安。长安城上直北斗,号北斗城。长安不可得而望见,所可得而望见者,只有上直长安之北斗星,故每依北斗为标准以望长安。北斗一作南斗,大谬。按杜甫《中夜》诗:"中夜江山静,危楼望北辰。"又《太岁日》诗:"西江元下蜀,北斗故临秦。"又《月》诗:"故园当北斗,直想照西秦。"又《历历》诗:"巫峡西江外,秦城北斗边。"又《哭王彭州》诗:"巫峡长云雨,秦城近斗杓。"又《夜》诗:"步檐倚杖看牛斗,银汉遥应接凤城。"皆可为证。如谓杜甫身在南方,故依南斗,不仅不合情理,抑且意味索然。

〔6〕三、四二句,申上望京华,因想望京华,故听猿下泪。《水经注·江水注》:"每至晴初霜旦,林寒涧肃,常有高猿长啸,属引悽异,空谷传响,哀转久绝。故渔者歌曰:'巴东三峡巫峡长,猿鸣三声泪沾

裳。'"昔闻其语,今身经其事,故下一"实"字。

〔7〕槎,木筏。《博物志》:旧说云天河与海通,近世有人居海渚者,年年八月有浮槎去来不失期,人赍粮乘槎而去,十馀日,至天河。又《荆楚岁时记》:汉武帝令张骞穷河源,乘槎经月,至天河。这句诗便是化用这两个故事的,而主意则在以张骞比严武,以至天河比还朝廷。杜甫以检校尚书工部员外郎的朝官身份作严武的参谋,故得云"奉使"。《奉赠萧使君》诗:"昔在严公幕,俱为蜀使臣。"则已明言之。杜原拟随武还朝,《立秋雨院中有作》云:"主将归调鼎,吾还访旧丘。"可证,但第二年四月,严武死在成都,还朝的打算落了空,所以说"虚随"。"八月槎"实即"博望槎"(张骞封博望侯),"八月",只是字面的借用。因为用"八月槎",才能显出是秋天,同时也才能和上句"三声泪"作对。前人于此,多纠缠不清。

〔8〕《汉官仪》:"尚书省中,皆以胡粉涂壁,青紫界之,画古贤人烈女。尚书郎更直,给女侍史二人,执香炉烧熏,从入护衣服。"是画省即尚书省,香炉乃省中供具。按宋之问《和李员外寓直》诗云:"起草溪仙阁,焚香卧直庐。"又岑参《和成员外秋夜寓直》诗云:"黄门持被覆,侍女捧香烧。"可知唐时直省,与汉略同。杜甫作过左拾遗(属门下省),有《春宿左省》诗,同时,他这时还是一个检校工部员外郎(从六品上),属尚书省。《唐书·职官志》:"凡尚书省官,每日一人宿直。"可见他此时仍有入"画省"的资格,故因望京华而想起这种生活。伏枕,犹卧病。杜诗:"伏枕云安县","伏枕因超忽","悠悠伏枕左书空",都是说的卧病。违伏枕,是说因多病之故,而违去画省,不能还朝,即所谓"不去非无汉署香"。按杜甫罢官,乃由于肃宗的贬斥,和代宗的疏远,说"违伏枕",是客气话,与"官应老病休"同一感慨。

〔9〕山楼,白帝城楼。粉堞,城上涂白色的女墙。笳本胡乐,军中多用之。笳声隐伏于城楼之间,故曰隐悲笳,与"万国城头吹画角"略同。

这句是说兵戈未休,还京无期。

〔10〕因思念之切,故忘其伫望之久,忽见月移洲前,方才觉得又望到深夜。杜甫仿佛怕人不相信,所以用了"请看"二字。言外兼有时光迅速之感。

千家山郭静朝晖,日日江楼坐翠微[11]。信宿渔人还泛泛,清秋燕子故飞飞[12]。匡衡抗疏功名薄,刘向传经心事违[13]。同学少年多不贱,五陵衣马自轻肥[14]。

〔11〕第一首写暮,第二首写夜,这是第三首,写朝,也是有次第的。翠微是山色,环楼皆山,如置身山色之中,故曰坐翠微。天天只是如此,极写无聊。

〔12〕这两句写楼头所见之景,但景中有情,从"还"字和"故"字透露出。钱注:"渔人延缘荻苇,携家啸歌,羁旅之客殆有弗如。还泛泛者,亦羡之之词也。《九辩》曰:'燕翩翩其辞归兮,蝉寂寞而无声。'已则系舟伏枕,而燕乃下上辞归,飞翔促数,搅余心焉。曰故飞飞者,恼乱之词,亦触迕也。"按故,即故意。秋分燕子当归,现在它却偏不急于归,偏要在客人面前飞来飞去,好像故意嘲笑客人无家可归似的,故觉其可厌。《夔府咏怀》诗云:"局促看秋燕!"可与此句互参。

〔13〕二句借古为喻,是江楼独坐时的心事。《汉书·匡衡传》:元帝初,衡数上疏陈便宜,迁光禄大夫、太子少傅。又《刘向传》:宣帝令向讲论五经于石渠,成帝即位,诏向领校中五经秘书。杜甫为左拾遗,曾上疏救房琯,故以抗疏之匡衡自比;但结果反遭贬斥,所以说"功名薄"。杜甫家素业儒,故又以传经之刘向自比;但即欲如刘向之典校五经亦不可得,而是"白头趋幕府","垂老见飘零",所以说"心事违"。二句上四字一读,下三字则是杜甫的自慨。

〔14〕末二句又由自身的贫贱想到同学们的富贵，意极不平，语却含蓄。汉时长安有五陵：长陵、安陵、阳陵、茂陵、平陵。汉徙豪杰名家于诸陵，故五陵为豪侠所聚。《论语·雍也篇》："赤之适于齐也，乘肥马，衣轻裘。"衣马，即裘马，裘字阳平，上一字"陵"也是阳平，故易"裘"为"衣"。"自轻肥"，一"自"字，婉而多讽。《论语·公冶长篇》："子曰：'盍各言尔志。'子路曰：'愿车马，衣轻裘，与朋友共，敝之而无憾。'"诗亦翻用此语，"自"字便是"共"的反面。李梦沙云："四句合看，总见公一肚皮不合时宜处。言同学少年既非抗疏之匡衡，又非传经之刘向，志趣寄托，与公绝不相同，彼所谓富贵赫奕，自鸣其不贱者，不过五陵衣马自轻肥而已。极意夷落语，却只如叹羡：乃见少陵立言酝藉之妙！"（顾宸《杜诗注解》卷四引）

闻道长安似弈棋，百年世事不胜悲〔15〕：王侯第宅皆新主，文武衣冠异昔时〔16〕。直北关山金鼓振，征西车马羽书驰〔17〕。——鱼龙寂寞秋江冷〔18〕，故国平居有所思〔19〕。

〔15〕此首为八首之枢纽，前三首多就夔州言，此以下五首多就长安言。由第一首之"故国"，第二首之"京华"，第三首之"五陵"，杜甫已把读者一步步引向长安，故不觉突兀。首二句虚虚喝起，笼罩全篇，下四句即"不胜悲"的事实。杜甫往往把千真万确的事，故意托之耳闻，语便摇曳多姿。如《即事》："闻道花门破，和亲事却非。"又如《遣愤》："闻道花门将，论功未尽归。"与此同一手法。似弈棋，是说长安政局彼争此夺，或得或失，就像下棋一样，见得当时国事有同儿戏。百年，是虚数，犹人生不过百年之百年，杜甫自谓平生经历。前人多谓自唐高祖开国至大历初为百年，不确。徐而庵云："不曰国政，而曰世事者，盖微词也！"

〔16〕二句紧接上文，申言"似弈棋"和"不胜悲"。《唐书·马璘

271

传》:"天宝中,贵戚勋家,已务奢靡,而垣屋犹存制度。然卫公李靖家庙,已为嬖臣杨氏马厩矣。及安史大乱之后,法度寖弛,内臣(宦官)戎帅(军阀),竞务奢豪,亭馆第舍,力穷乃止,时谓木妖。"可见安史乱后,王侯第宅有了很大的变动,换了一批新主人。肃宗和代宗都信任宦官,宝应元年,李辅国加中书令,是以宦官而拜相矣;广德元年,鱼朝恩为"天下观军容宣慰处置使",是以宦官而为元帅矣;《唐书·鱼朝恩传》:"朝恩自谓有文武才干,上(代宗)加判国子监事。"是又以宦官而溷迹儒林矣;又《代宗纪》:"永泰元年(七六五)诏裴冕、郭英义、白志贞等十三人,并集贤待诏。上以勋臣罢节制者,京师无职事,乃合于禁门书院间,以文儒公卿宠之也。"按英义、志贞,皆武夫不知书,亦为集贤待诏,是又文武不分,冠弁杂糅矣。这些现象,以前都没有,所以说"异昔时"。

〔17〕二句就西北边患申言"不胜悲"。上句指回纥,下句指吐蕃。金鼓,是军中所击,以进退军旅者。羽书,是插羽于书,取其迅速。曰金鼓振、曰羽书驰,极言边情紧急。回忆开元天宝时那种"河陇降王款圣朝"的盛况,自不胜今昔之感。驰,一作迟,不可从。

〔18〕前六句说长安,说国家大事,这一句才收归夔州,回到自身,陡落振起,语含比兴。鱼龙寂寞,写秋景兼自喻。《水经注》:"鱼龙以秋日为夜,秋分而降,蛰寝于渊也。"当此万方多难,却一筹莫展,只是每依北斗,日坐江楼,如蟠伏之鱼龙,岂不可悲?

〔19〕浦注:"故国思,缴本首之长安,应前者之望京,起后诸首之分写,通身锁钥。"平居,平日所居。杜甫在长安先后居住过十多年。

蓬莱宫阙对南山,承露金茎霄汉间[20]。西望瑶池降王母,东来紫气满函关[21]。云移雉尾开宫扇,日绕龙鳞识圣颜[22]。——一卧沧江惊岁晚,几回青琐点朝班[23]。

〔20〕这首写宫阙朝仪之盛及自己立朝经过,是为所思之一。南山,终南山。《唐会要》卷三十:"龙朔二年,修旧大明宫,改名蓬莱宫,北据高原,南望终南山如指掌。"承露,承露盘。金茎,铜柱。霄汉,言其高。汉武帝作柏梁铜柱,承露仙人掌。班固《西都赋》:"抗仙掌以承露,擢双立之金茎。"唐时宫中并无承露盘,此特借汉事以为形容。

〔21〕二句极写宫阙气象之宏敞崔巍。瑶池、王母、紫气、函关,总为帝京设色,并无刺讥玄宗好神仙、女色之意。有人以王母为指贵妃,函关为指道士,殊穿凿。王母,西王母,是个神话中有名的人物。瑶池,王母所居,在西,故曰西望。降,望其自瑶池而下降也。《关尹内传》:"关令尹喜常登楼,望见东极有紫气西迈,曰:'应有圣人经过。'果见老君乘青牛车来。"老子自洛阳入函关,故曰东来。

〔22〕按《莫相疑行》云:"忆献三赋蓬莱宫,自怪一日声辉赫。"大概杜甫因献赋,曾一度入朝,这里云移二句,也正是回忆此事。雉尾,即雉尾扇,缉雉羽做的。云移,像云彩一般的分开。《唐会要》卷二十四:"开元中,萧嵩奏:'每月朔望,皇帝受朝于宣政殿,宸仪肃穆,升降俯仰,众人不合得而见之,请备羽扇于殿两厢,上将出,扇合,坐定,乃去扇。'"龙鳞,皇帝衣上所绣的龙纹。圣颜,天子之颜,指玄宗。唐时上朝甚早,故必待日出才能辨识皇帝的面容。对于玄宗,杜甫还是有一种文章知己之感的。有同志认为此诗前六句皆言官拾遗之事,"圣颜"指肃宗。按拾遗乃近臣,杜诗所谓"天颜有喜近臣知",显与"识"字不吻合;又前六句所写景象,也不像安史乱后的长安。

〔23〕结二句又收归夔州,回到现实。一卧,有一蹶不复振之慨。岁晚,切秋,兼伤老大(杜甫时年五十五)。末句,指肃宗时为左拾遗事。青琐,指宫门。点,传点。王建诗:"殿前传点各依班。"又刘禹锡有《阙下待传点呈诸同舍》诗,皆可证。或解作点辱,不确。上朝时依官职大小排列班次先后,故曰朝班。几回,是说到底有几回呢?见在朝时间很短。

瞿塘峡口曲江头，万里风烟接素秋[24]。花萼夹城通御气，芙蓉小苑入边愁[25]。珠帘绣柱围黄鹄，锦缆牙樯起白鸥[26]。回首可怜歌舞地，秦中自古帝王州[27]。

〔24〕这首写曲江，是为所思之二。瞿塘峡是三峡的第一个峡，在夔州东，是所在之地。曲江，在长安，开元中疏凿为胜境，烟水明媚，与乐游园、杏园、慈恩寺相近，是所思之处。风烟二字，写景中兼含兵象。秋当西方，属金，色白，故曰素秋。接者，是说两地虽万里相悬，而秋色无边，正遥遥若接。其实是作者的感情作用。黄生云："一、二，分明言在此地思彼地耳，却只写景。杜诗至化处，景即是情也。"

〔25〕二句主要的意思还是回忆当日曲江的盛况，见得不仅是都人游赏的处所，而且是天子游幸的池苑，江头有花萼夹城，芙蓉小苑，好不风光。上句故毫无讽意，下句"入边愁"三字，讽刺之意亦轻，惋惜之意反重。黄生云："四句叙禄山陷长安事，浑雅之极。稍粗率，即为全诗之累。三、四，首藏初时、后来四字。"花萼，花萼楼。《唐书·让皇帝（李宪）传》："玄宗于兴庆宫西南置楼，西面题曰花萼相辉之楼，南面题曰勤政务本之楼。"又《玄宗纪》："开元二十年六月，遣范安及于长安广花萼楼，筑夹城，至芙蓉园。"御气，天子之气，玄宗从花萼楼夹城来至曲江，故曰通御气。钱笺："禄山反报至，帝欲迁幸，登兴庆宫花萼楼，置酒，四顾凄怆，此所谓小苑入边愁也。"金圣叹云："御气用一通字，何等融和，边愁用一入字，出人意外。先生字法不尚纤巧，而耀人心目如此。"

〔26〕二句撇开边愁，再极力追叙曲江之繁华景象，正是下文"可怜"二字的张本。珠帘绣柱，指江头宫殿的华丽；锦缆牙樯，指江中舟楫之炫耀。《西京杂记》："昭帝始元元年，黄鹄下建章（宫名）太液池中，帝作歌。"宫殿林立，到处环绕，故黄鹄之举若受包围；舟楫众多，箫鼓喧阗，

故白鸥之游为之惊起。

〔27〕末二句承上陡转,但语极吞吐,意在言外,须细心寻玩。歌舞地,即指曲江,杜甫《乐游园歌》云:"曲江翠幕排银榜,拂水低回舞袖翻,缘云清切歌声上。"亦可证。回首可怜,是说回想当初的繁华,不能不使人可怜现在的荒凉落寞。回首二字缴前,可怜二字却没有着落,因为作者并未说出,黄生谓此句为"歇后句",很对。末句放开,由曲江一地说到整个秦中,由当代说到自古,意在借古讽今,激励执政者的自强,并警戒统治者的荒淫佚乐。以"自古帝王州"这般形胜之地,一朝化为戎马交驰之场,岂止令人可怜?简直叫人愧煞!

昆明池水汉时功,武帝旌旗在眼中〔28〕。织女机丝虚夜月,石鲸鳞甲动秋风〔29〕。波漂菰米沉云黑,露冷莲房坠粉红〔30〕。——关塞极天惟鸟道,江湖满地一渔翁〔31〕。

〔28〕这首写昆明池景物之盛,是为所思之三。昆明池在长安县西南,周回四十里,汉武帝元狩三年所穿,故曰"汉时功"。《通鉴》卷二百九:"安乐公主请昆明池,上(中宗)以百姓蒲鱼所资,不许。"足见向为贵族垂涎的好去处。武帝穿池,本以习水战,故用"旌旗"二字。从前看过,今犹若在眼中,言印象之深。杜甫和唐代其他诗人多以汉武比玄宗,又杜甫《寄贾严两阁老》诗:"无复云台仗,虚修水战船。"可知玄宗在昆明池亦曾置战船,故以为比。

〔29〕二句写池畔之景。曹毗《志怪》:"昆明池作二石人,东西相望,象牵牛、织女。"《西京杂记》:"昆明池刻玉石为鲸鱼,每至雷雨,常鸣吼,鬐尾皆动。"夜月虽明,却不织布,故曰"虚夜月"。虚夜月,状织女之闲静;动秋风,状石鲸之生动。杜甫往往把死的东西说得活灵活现。

〔30〕二句写池中之景。菰,即茭白,其台中有黑者谓之茭郁,秋结

实,即菰米。故《行官张望补稻畦水归》诗云:"秋菰成黑米。"沉云黑,言菰米之繁殖,一望如云之黑。张籍诗"家家桑麻满地黑",黑亦茂盛意。莲房,莲蓬。莲花色红,秋时凋落,故曰坠粉红。上句"云"字和下句"粉"字都是借用,都是比喻。仇注:"织女二句,记池景之壮丽;波漂二句,想池景之苍凉。"按白居易《昆明春》云:"渔者仍丰网罟资,贫人又获菰蒲利。诏以昆明近帝城,官家不得收其征。菰蒲无租鱼无税,近水之人感君惠。"又云:"今来净渌水照天,游鱼鲅鲅莲田田。"又韩愈《曲江荷花行》云:"问言何处芙蓉多,撑舟昆明渡云锦。"可见到中唐时,昆明池的菰米莲花还是很多,足证此二句乃是追思繁盛,而不是感慨苍凉,仇说未确。

〔31〕这首诗的结构和"蓬莱宫阙"一首最相似,因为都是前六句说长安说过去,末二句才回到夔州回到现在的,都应在第六句分截。前人狃于律诗以四句为一解的说法,便多误解。关塞,即第一首的塞上。极天,言其高。杜《天池》诗:"天池马不到,岚壁鸟才通。"即所谓鸟道。极言其险。夔州四面皆山,故曰惟鸟道。一"惟"字,便将上文所说的旌旗、织女、石鲸、菰米、莲房等等一扫而空,见得那些东西只存在于个人想象之中,而眼前所见,则只有"峻极于天"的鸟道高山,岂不大可悲痛!但如果没有前六句的煊赫,也就难以衬出末二句的凄凉。《庄子》曾说过:"水之积也不厚,则其负大舟也无力。"我以为此诗前六句便是水,后两句便是舟。浦注:"江湖满地,犹云漂流处处也。"渔翁,杜甫自谓。沈德潜云:"身阻鸟道,迹比渔翁,见还京无期也。"浦注:"夜月秋风,波漂露冷,就所值之时,染所思之色,盖此章秋意,即借彼处映出,故结到夔府,不复带秋也。"

昆吾御宿自逶迤,紫阁峰阴入渼陂〔32〕。香稻啄馀鹦鹉粒,碧梧栖老凤凰枝〔33〕。佳人拾翠春相问,仙侣同舟晚更移[34]。——彩笔昔曾干气象,白头吟望苦低垂[35]。

〔32〕这首写渼陂旧游之乐,是为所思之四。前三首所思蓬莱、曲江、昆明,皆属朝廷之事,此则个人游赏,故放在最后作收场。《汉书·扬雄传》:"武帝广开上林,东南至宜春鼎湖,昆吾御宿。"晋灼曰:"昆吾,地名也,有亭。"颜师古曰:"御宿,在樊川西。"《三秦记》:"樊川一名御宿川。"自长安往游渼陂,必经昆吾、御宿二地,一路行来,故曰逶迤。《通志》:"紫阁峰在圭峰东,旭日射之,烂然而紫,其形上耸,若楼阁然。"《长安志》:"渼陂在鄠县西。"《十道志》:"陂鱼甚美,因名之。"按杜甫《渼陂行》云:"半陂以南纯浸山,动影袅窕冲融间。"即此所谓"峰阴入陂"。

〔33〕香稻,一作红豆。顾宸云:"旧注以香稻一联,为倒装法,今观诗意,本谓香稻乃鹦鹉啄馀之粒,碧梧则凤凰栖老之枝,盖举鹦鹉、凤凰以形容二物之美,非实事也。重在稻与梧,不重在鹦鹉、凤凰。若云鹦鹉啄馀香稻粒,凤凰栖老碧梧枝,则实有鹦鹉、凤凰矣。少陵倒装句,固不少,惟此一联,不宜牵合。首联记山川之胜,此联记物产之美,下联则写士女游观之盛。"黄生云:"三、四旧谓之倒装法,余易名倒剔。盖倒装则韵脚俱动,倒剔不动韵脚也。设云鹦鹉啄馀红豆粒,凤凰栖老碧梧枝,亦自稳顺,第本赋红豆、碧梧,换转,即似赋凤凰、鹦鹉矣。杜之精意,固不苟也。"浦注:"鹦鹉粒,即是红豆;凤凰枝,即是碧梧。犹饲鹤则云鹤料,巢燕则云燕泥耳。二句铺排精丽。"

〔34〕相问,彼此互相问遗,即互赠礼物。曹植《洛神赋》:"或采明珠,或拾翠羽。"《后汉书·郭太(泰)传》:"太与李膺同舟而济,众宾望之,以为神仙焉。"杜甫曾与岑参兄弟同游渼陂,所作《渼陂行》有:"船舷暝戛云际寺,水面月出蓝田关。"即所谓"仙侣同舟晚更移"。晚更移,是说移棹夜游,乐而忘返。

〔35〕上六皆言长安,末二句收归自身作结,并总结八首。望字遥应

第二首的望京华。昔曾,一作昔游;吟望,一作今望,都不对。干,冲犯。钱笺:"公诗(《留赠集贤院崔于二学士》)云:'气冲星象表,词感帝王尊。'(按指献赋事)所谓彩笔昔游干气象也。"朱鹤龄云:"气象句,当与题郑监湖上亭'赋诗分气象'参看,钱解作赋诗干主,非也。"浦注:"公诗云:'词感帝王尊',又云:'赋诗分气象',兼此两意。"按此二句与《莫相疑行》之"往时文彩动人主,今日饥寒趋路旁"同意,钱解最得要领。《秋兴八首》的写作核心,本在君国身世,不在景物气象,故必如钱解,方通结得八首,如指山水之气象,则只结得这一首,至多也只结得后四首,却结不得八首。再说,"昔曾"二字也欠交代,难道昔日文章能干山水之气象,而今日文章反不能了吗? 我们不能这样看,杜甫自己也不会这样想。杜甫是有政治抱负的诗人,所以他有时也颇以文章自负,但并不是或者说主要不是为了能摹山范水干大自然之气象,而是为了能够同时也曾经打动过人主干天子之气象。这也就是杜甫为什么老是念念不忘献赋那件事的原因。当此日暮穷途,遥望京国,又复想起这件得意的事,更是十分自然的。韩愈《雪后寄崔二十六丞公》诗:"几欲犯严出荐口,气象硉兀未可攀。"也是以气象来形容天子的尊严的。此句承上,再极力一扬,有"鸢飞戾天"之势,转落下句,方更有力。这也就是所谓"顿挫"。"吟望"是仰首,"低垂"是俯首,"苦低垂"是苦苦的只管低垂着,一味的低垂着,与"苦辞酒味薄"、"苦道来不易"、"苦忆荆州醉司马"诸苦字同意。在这里,我们清楚地看到诗人杜甫给他自己塑造的形象。每当读到这一句,我便有一种宛如对面的亲切的感觉,他白发萧疏,低头无语。有什么可奇怪的,诗人杜甫的负担,实在太沉重了,他"一身不自保",却要"一洗苍生忧"! 然而,也正因为如此,所以他给予我们的印象,不是软弱,而是顽强;不是可怜,而是可敬,可感。

咏怀古迹五首(录三)

支离东北风尘际,漂泊西南天地间[1]。三峡楼台淹日月,五溪衣服共云山[2]。羯胡事主终无赖,词客哀时且未还[3]。庾信平生最萧瑟,暮年诗赋动江关[4]。

借古迹以咏己怀,故题曰《咏怀古迹》,不是为咏古迹而咏古迹。第一首怀庾信,第二首怀宋玉,第三首怀王昭君,第四首怀刘备,第五首怀诸葛亮。我们这里选录前三首,一则因为五首并无一定的内在联系,再则后二首思想并不高,不如前三首还有着较多的作者自己的身世感情。

〔1〕这一首自伤漂泊。首两句是杜甫自安史之乱以来全部生活的概括。支离,犹流离。安史乱后,杜甫由长安逃难至鄜州,欲往灵武,又被俘至长安,复由长安窜归凤翔,至鄜州探视家小,长安克复后,贬官华州,旋弃官,客秦州,经同谷入蜀,故曰"支离东北风尘际"。当时战争激烈,故曰风尘际。入蜀后,先后居留成都约五年,流寓梓州、阆州一年,严武死后,由成都至云安,今又由云安来夔州,故曰"漂泊西南天地间"。只叙事实,感慨自深。

〔2〕二句即承上漂泊西南,点明所在之地。楼台,或以为指杜甫所居的"西阁",或以为指白帝城之属,按杜诗:"殊俗状巢居,层台俯风渚。"(《雨三首》)又:"峡人鸟兽居,其室附层巅。"(《赠李十五丈别》)又《夔州歌》云:"阆阎缭绕接山巅,复道重楼锦绣悬。"则此处楼台当泛指当地居民,不能作为一般的楼台来理解。淹日月,见漂泊之久。五溪,在

湖南、贵州交界处。《后汉书·南蛮传》:"武陵五溪蛮,好五彩衣服。"共云山,是说共居处。此句见漂流之远。

〔3〕这两句追究支离漂泊的起因。羯胡,指安禄山,禄山曾封东平郡王,玄宗待之,"恩如父子"(《通鉴》卷二百一十九张兴语),故骂曰"终无赖!"词客,杜甫自谓。这两句是双管齐下,因为在咏怀之中兼含咏史之意,它既是自己咏怀,又是代古人——庾信——咏怀。本来,禄山之叛唐,即有似于侯景之叛梁,杜甫遭禄山之乱,而庾信亦值侯景之乱;杜甫支离漂泊,感时念乱,而庾信亦被留北朝,作《哀江南赋》,因身世颇相类,故不无"同病相怜"之感。正由于是双管齐下,所以这两句不只是承上文,同时也起下文。

〔4〕上二句明自咏,暗咏庾信;末二句明咏庾信,暗自咏。庾信字子山,初仕梁,侯景作乱,信奔江陵,梁元帝即位江陵,遣信聘于西魏,适值西魏攻梁,陷江陵,信遂长留北朝,达二十七年之久,所以说他"平生最萧瑟"。信在梁时与徐陵齐名,"文并绮艳,世号徐庾体",风格是不高的。及入北朝,风格始大变,因"常有乡关之思,乃作《哀江南赋》以致其意"。《周书》本传并全载其文。所以说他"暮年诗赋动江关"。杜甫晚年在蜀,情况也差不多,他曾对一位慕名来访的客人说:"岂有文章惊海内,漫劳车马驻江干。"动江关,犹惊海内。从这里,也可以看出生活环境对作家的巨大影响。

摇落深知宋玉悲,风流儒雅亦吾师〔5〕。怅望千秋一洒泪,萧条异代不同时〔6〕。江山故宅空文藻,云雨荒台岂梦思〔7〕?最是楚宫俱泯灭,舟人指点到今疑〔8〕。

〔5〕此首因宋玉故宅的古迹而怀宋玉,想念其文采风流。宋玉《九辩》:"悲哉,秋之为气也,萧瑟兮草木摇落而变衰。"风流,言其标格;儒

280

雅,言其文学。亦吾师,亦字,虽无不满之意,却极有分寸。

〔6〕二句流水对,应一直读。因思其人,又身世萧条相同,故以生不同时为恨,以至怅望洒泪。异代,即不同时。

〔7〕二句正写风流儒雅。归州、荆州都有宋玉宅,此指归州宅。归州在三峡内,故曰江山故宅。其宅虽存,其人已殁,惟留文藻,故曰空文藻。宋玉《高唐赋》:"昔者先王(怀王)尝游高唐,梦见一妇人,曰:妾巫山之女也。王因幸之。去而辞曰:妾在巫山之阳,高丘之岨,旦为朝云,暮为行雨,朝朝暮暮,阳台之下。旦朝视之,如言。故为立庙,号曰朝云。"岂梦思,是说难道真是说梦吗?顾宸云:"岂字妙,何曾实有是梦,文人之寓言耳。"沈德潜云:"谓高唐之赋,乃假托之词,以讽淫惑,非真有梦也。"

〔8〕最是二字,以楚宫为比,极力赞扬宋玉。仇注:"俱泯灭,与故宅俱亡矣。"按仇说非是。俱泯灭,专对楚宫言,犹云全都毁灭,故当地舟人,指指点点,不知究在何处,反形宋玉故宅,乃如"灵光"之岿然独存。抑楚宫,即所以扬故宅,扬故宅,亦即所以扬宋玉。与李白"屈平词赋悬日月,楚王台榭空山丘"同意。

群山万壑赴荆门,生长明妃尚有村〔9〕。一去紫台连朔漠,独留青冢向黄昏〔10〕。画图省识春风面,环珮空归月夜魂〔11〕。千载琵琶作胡语,分明怨恨曲中论〔12〕。

〔9〕这首因昭君村的古迹而怀王昭君。写昭君之怨恨,亦即自写其怨恨。昭君名嫱,西晋时避司马昭讳,改称明君,石崇有《王明君词》。明妃即明君。昭君村在荆门山附近,按崔涂《过昭君故宅》诗:"不堪逢旧宅,寥落对江渍。"则唐时村中尚有昭君故居。赴字极生动,写三峡连山,势若奔赴。美其人,故奇其地。吴瞻泰云:"发端突兀,是七律中第一

等起句。谓山水逶迤,钟灵毓秀,始产一明妃,说得窈窕红颜,惊天动地。"

〔10〕二句概述昭君一身,不发议论,而感慨无穷。紫台,即紫宫或紫禁,天子所居。一去紫台,犹言一去汉宫。朔漠,北方沙漠之地,指匈奴。《汉书·匈奴传》:"竟宁(元帝年号)元年(公元前三三年),单于(呼韩邪单于)来朝,自言愿婿汉。元帝以后宫良家子王嫱,字昭君(《后汉书·南匈奴传》云昭君字嫱),赐单于。单于欢喜,上书,愿保塞,请罢边备,以休天子之民。昭君号宁胡阏氏,生一男伊屠智牙师,为右日逐王。呼韩邪立二十八年,建始(成帝年号)二年(公元前三一年)死。子雕陶莫皋立,为复株累若鞮单于,复妻王昭君(按《后汉书》云昭君上书求归,成帝令从胡俗),生二女,长女云为须卜居次(居次犹公主),小女为当于居次。"这就是上句所咏的史实。青冢,即王昭君墓,在今内蒙古自治区呼和浩特市城南二十里。《太平寰宇记》:"其上草色常青,故曰青冢。"清宋荦《筠廊偶笔》:"墓无草木,远而望之,冥蒙作黛(同黛)色,故云青冢。"朱瀚云:"连字写出塞之景,向字写思汉之心,笔下有神。"

〔11〕二句刺元帝之昏庸。上句承第三句,追叙所以远嫁异国之故。下句承第四句,言明君死犹不忘故国。《西京杂记》:"元帝后宫既多,不得常见,乃使画工图形,按图召幸。宫人皆赂画工,昭君自恃容貌,独不肯与,工人乃丑图之,遂不得见。后匈奴入朝,求美人,上案图以昭君行。及去,召见,貌为后宫第一,帝悔之,而重信于外国,故不复更人。乃穷案其事,画工毛延寿弃市。"省字,或解作约略,或以为是"岂省"的省文,按省识,犹觉识或解识,与"黑鹰不省人间有"、"秋来未省见白日"等省字意相近。是说假使当初元帝能发现画图之非真,解识春风真面,又何至有青冢独留、环珮空归之恨呢?春风面,言其美。环珮,妇女所珮的饰物。《史记》:"南子环珮玉声璆然。"

〔12〕末二句是说其人虽已亡,其恨犹传于千载之后。琵琶,本胡

乐,推手向前曰琵,却手向后曰琶。作胡语,实即作胡音。《琴操》:"昭君在匈奴,恨帝始不见遇,乃作怨思之歌。"按《乐府诗集》卷五十九《琴曲歌辞》有四言《明君怨》一首,题作"汉王嫱",不可信,当是后人同情昭君之作。又卷二十九《相和歌辞》《吟叹曲》有《王明君》、《王昭君》、《明君词》、《昭君叹》等,足见后人对昭君的普遍同情。——《贞一斋诗说》云:"音节一道,难以言传,有略可浅为指示者,亦得因类悟入。如杜律:'群山万壑赴荆门。'使用千山万壑,便不入调,此轻重清浊法也。又如龙标(王昌龄)绝句:'不斩楼兰更不还。'俗本作终不还,便属钝句,此平仄一定法也。又杜五言:'曲留明怨惜,梦尽失欢娱。'怨惜换怨恨,不稳叶,此仄声中分辨法也。"按杜《征夫》诗:"十室几人在?千山空自多!"不用群山而用千山,都确有道理,不是偶然。

壮游

往昔十四五,出游翰墨场[1]。斯文崔魏原注:崔郑州尚,魏豫州启心。徒,以我似班扬[2]。七龄思即壮,开口咏凤凰[3]。九龄书大字,有作成一囊[4]。性豪业嗜酒,嫉恶怀刚肠[5]。脱略小时辈,结交皆老苍[6]。饮酣视八极,俗物多茫茫[7]。东下姑苏台,已具浮海航[8]。到今有遗恨,不得穷扶桑[9]。王谢风流远,阖庐丘墓荒[10]。剑池石壁仄,长洲荷芰香[11]。嵯峨阊门北,清庙映回塘。每趋吴太伯,抚事泪浪浪[12]。蒸鱼闻匕首,除道哂要章[13]。枕戈忆勾践,渡浙想秦皇[14]。越女天下白,鉴湖五月凉[15]。剡溪蕴秀异,欲罢不能忘[16]。

283

归帆拂天姥,中岁贡旧乡[17]。气劚屈贾垒,目短曹刘墙[18]。忤下考功第,独辞京尹堂[19]。放荡齐赵间,裘马颇清狂[20]:春歌丛台上,冬猎青丘旁。呼鹰皂枥林,逐兽云雪冈[21]。射飞曾纵鞚,引臂落鹜鸧[22]。苏侯据鞍喜,忽如携葛强[23]。快意八九年,西归到咸阳[24]。

许与必词伯,赏游实贤王[25]。曳裾置醴地,奏赋入明光[26]。天子废食召,群公会轩裳[27]。脱身无所爱,痛饮信行藏[28]。黑貂宁免敝?斑鬓兀称觞[29]。杜曲换耆旧,四郊多白杨[30]。坐深乡党敬,日觉死生忙[31]。朱门务倾夺,赤族迭罹殃[32]。国马竭粟豆,官鸡输稻粱[33]。举隅见烦费,引古惜兴亡[34]。河朔风尘起,岷山行幸长[35]。两宫各警跸,万里遥相望[36]。崆峒杀气黑,少海旌旗黄[37]。禹功亦命子,涿鹿亲戎行[38]。翠华拥吴岳,螭虎啖豺狼[39]。爪牙一不中,胡兵更陆梁[40]。大军载草草,凋瘵满膏肓[41]。备员窃补衮[42],忧愤心飞扬。上感九庙焚,下悯万民疮[43]。斯时伏青蒲,廷诤守御床[44]。君辱敢爱死?赫怒幸无伤[45]。圣哲体仁恕,宇县复小康[46]。哭庙灰烬中,鼻酸朝未央[47]。

小臣议论绝,老病客殊方[48]。郁郁苦不展,羽翮困低昂[49]。秋风动哀壑,碧蕙捐微芳[50]。之推避赏从,渔父濯沧浪[51]。荣华敌勋业,岁暮有严霜[52]。吾观鸱夷子,才格出寻常[53]。群凶逆未定,侧伫英俊翔[54]。

这和下《昔游》、《遣怀》都是七六六年夔州所作自传性的回忆诗,从其中不仅可看到杜甫个人生活,还可以看到当时的社会情况。特别是《壮游》这一首,从童年起,一直写到晚年,简直是一篇诗的自传,为研究杜甫生平、思想、性格的最可贵的材料。壮字,不单指壮年,兼有豪壮和壮阔的意味。

〔1〕翰墨场,即文场。

〔2〕斯文,出自《论语》,这里有文坛领袖意。崔尚,武则天久视二年(七〇一)进士。魏启心,中宗神龙三年(七〇七)及第。班扬,班固和扬雄。

〔3〕开口,有随口之意。杜甫既提到这件事,大概这首诗人的处女作还不坏,可惜没传下来。

〔4〕有作,指诗作。以上四句是倒溯上去。一个十四五岁的青年,便得到文章似班扬的评价,不能不使人怀疑,所以这补叙是有必要的。

〔5〕业,既也,又也。性情豪爽,又有好喝酒的习惯,再加上嫉恶如仇的思想作风,哪能不一生潦倒?但杜甫能成为一个不朽的诗人也正在此。

〔6〕脱略,犹轻易,即不以为意。江淹《恨赋》(仇注引作孔融《荐祢衡表》,误):"脱略公卿,跌宕文史。"小时辈,小字用作动词。杜甫的诗友,如高适、李白都大杜甫十多岁,"求识面"的李邕和"愿卜邻"的王翰,都大二三十岁,此外郑虔、王维等也要大一二十岁,所以说"结交皆老苍"。

〔7〕多茫茫,是说看不见,不放在眼里。这和"眼高四海空无人"的李白很相似。自负与自满不同,自负是有着一种自知之明的自信,自满则是无知的"夜郎自大"。杜甫很自负,但也很虚心,所以从不自满,作诗常常要改,一直到晚年还嫌诗写得拙劣,所谓"病减诗仍拙"。以上为第一段,叙少年(二十以前)的壮游,并概括介绍自己的为人。

〔8〕航,大船。姑苏台在苏州姑苏山上,吴王阖闾所建。

〔9〕扶桑,木名,传说日出于扶桑,这里指日本国。

〔10〕此下历叙在吴越所见古迹名胜。王谢,是东晋时的两大名族,出了不少风流人物。阖庐(一作阖闾)墓在苏州阊门外,葬三日,有白虎踞其上,故号曰虎丘。

〔11〕剑池在虎丘山上,有石壁高数丈。长洲,苑名,亦在苏州。二句承上,言今所存者惟剑池石壁,长洲荷芰而已。

〔12〕四句写谒太伯庙。阊门,苏州西门。《史记·吴太伯世家》:"太伯弟仲雍,皆周太王之子,而王季历之兄也。季历贤而有圣子昌(即周文王),太王欲立季历以及昌。于是太伯、仲雍二人,乃奔荆蛮,以避季历。"《吴郡志》:"太伯庙,东汉太守糜豹建于阊门外。"杜甫感太伯之能让,故抚事泪流。下二句举公子光及朱买臣事,正见太伯之不可及。

〔13〕《史记·刺客列传》:"伍子胥知公子光欲杀吴王僚,乃进专诸于公子光。光具酒请王僚,使专诸置匕首鱼炙之腹中而进之。既至王前,专诸擘鱼,因以匕首刺王僚,王僚立死。公子光遂自立为王,是为阖闾。"除道,即修路。要与腰通,要章,腰间的印绶。《汉书·朱买臣传》:"买臣家贫,好读书,担束薪,行且诵书,妻数止买臣,买臣愈益疾歌,妻羞之,求去。买臣不能留。其后,买臣负薪墓间,故妻与夫家俱上冢,见买臣饥寒,呼饭饮之。后数岁,买臣拜会稽太守。初,买臣尝从会稽守邸者寄居饭食。拜为太守,买臣衣故衣(穿旧衣服),怀其印绶,步归郡邸,守邸与共食。食且饱,少见(读现,故意露出)其绶,守邸前引其绶,视其印,会稽太守章也!守邸惊,出语上计掾吏,陈列中庭拜谒。会稽闻太守且至,发民除道。入吴界,见其故妻、妻夫治道,买臣驻车,令后车载其夫妻到太守舍,置园中,给食之。居一月,妻自经死。"杜甫认为朱买臣这种庸俗、势利、狭隘的行径很可笑,故曰"哂要章"。以上皆吴中事。杨注:

286

"二句旧在'渡浙想秦皇'下,吴越事,不应错出,今从仇本易转。"

〔14〕"枕戈待旦,志清中原",本晋刘琨事,因越王勾践曾"卧薪尝胆",思报吴仇,故得借用。秦始皇尝游会稽,渡浙江。

〔15〕鉴湖,一名镜湖,在浙江绍兴县。

〔16〕剡溪,在浙江嵊县。风景幽美,故曰蕴秀异。六句写越中事。以上为第二段,写吴越之游,约自二十至二十四岁。

〔17〕二句言由吴越回洛阳参加进士考试。天姥山,在浙江剡县,船打天姥山经过,故曰"拂天姥"。杜甫时年二十四,故曰"中岁"。《新唐书·选举志》:"唐制取士之科,大要有三:由学馆者曰生徒,由州县者曰乡贡,其天子自诏者曰制举。"这年进士考试在洛阳举行,杜甫家居河南,由州县推荐,故曰"贡旧乡"。

〔18〕劘,音摩,是说文章可以匹敌屈原、贾谊,俯视曹植、刘桢。

〔19〕二句是说文章不合时宜,因而没考取,但也满不在乎。开元二十三年以前,进士考试由吏部考功员外郎主持,二十四年改由礼部侍郎主持。

〔20〕放荡齐赵,是杜甫第二次游历。

〔21〕四句正写放荡清狂。丛台,六国时赵王故台,在河北邯郸县。青丘、皂枥林、云雪冈,皆齐地名。

〔22〕二句自叙骑射之妙。射飞,射飞鸟。纵鞚,驰马。引臂,发箭。李白好剑术,而杜甫善骑射,在武艺上,这两位大诗人也是各有千秋的。

〔23〕苏侯,原注:"监门胄曹苏预。"按即苏源明,杜甫老朋友,《八哀诗》有《故秘书少监武功苏公源明》一篇。葛强,晋山简的爱将,是杜甫自比。

〔24〕上句结本段,下句起下段。咸阳,指长安。按杜甫开元二十四年(七三六)初游齐赵,至天宝五载(七四六)回长安,盖十年左右,但中间开元二十九年(七四一)曾回洛阳,至天宝三载(七四四)始再游齐赵,

故云"八九年"。以上为第三段叙齐赵之游,约自二十五至三十五岁,是杜甫最快意的时代,可以说是他的"壮年"的"壮游"。自第一段至此,相当于我们所说的"读书游历时期"。

〔25〕接上句叙到咸阳以后事。许与,犹称许,《哭台州郑司户苏少监诗》:"许与才虽薄,追随迹未拘。"词伯,犹文豪或诗伯(《石砚》诗:"平公今诗伯。"),指郑虔、韦济、岑参、高适等。贤王,即《八仙歌》中之汝阳王李琎。

〔26〕上句言为贤王所尊礼,《汉书·楚元王传》:"穆生不嗜酒,元王每置酒,常为穆生设醴。"醴即甜酒。下句即献三大礼赋事。明光,汉宫名,此借用。

〔27〕杜甫献赋,玄宗奇之,命待制集贤院,命宰相试文章。《莫相疑行》:"忆献三赋蓬莱宫,自怪一日声辉赫。集贤学士如堵墙,观我落笔中书堂。"即所谓群公会轩裳。

〔28〕无所爱,指辞河西尉事。信行藏,有官无官都随它去。《论语》:"用之则行,舍之则藏。"此行藏二字所本。

〔29〕此以下六句自叹穷老。黑貂别名紫貂,是我国东北名贵特产。这里是指貂裘。黑貂敝,用苏秦事,不过借以言穷,因为事实上杜甫这时是"敝衣何啻联百结",哪里谈得上什么黑貂。兀称觞,穷也不管,还是痛饮。兀,兀自,有"还"、"尚"、"犹"等义,是当时口头语,后来词曲中仍用。

〔30〕是说老辈日少,坟墓日多。杜曲,即杜陵,杜甫有家在此。古人坟旁多栽白杨。

〔31〕坐深,犹但深。见得除因年老取得乡里尊敬外,便一事无成。吴见思《杜诗论文》:"年齿日长,故坐次日高;凋谢既多,则死生可感。"

〔32〕此以下六句感慨朝事。赤族,灭族。迭,更迭。指李林甫、杨国忠陷害朝士。

〔33〕国马,指所养"舞马"和"立仗马"等。《新唐书·李林甫传》:"君等独不见立仗马乎?终日无声,而饫三品刍豆。"又《通鉴》卷二百一十八:"初,上皇(玄宗)教舞马百匹,衔杯上寿。"胡注:"帝以马百匹,盛饰,分左右,施三重榻,舞'倾杯'数十曲,壮士举榻,马不动。刘昫曰:帝即内厩,引蹀马三十匹,为倾杯乐曲,奋首鼓尾,纵横应节。又施三层板床,乘马而上,抃转而舞。"官鸡,所养斗鸡。杜《斗鸡》诗:"斗鸡初赐锦,舞马既登床。"一再说及,足见统治者嗜好之深。

〔34〕举隅,即指上国马、官鸡事。《论语·述而篇》:"举一隅,不以三隅反,则不复也。"诗意谓举此一端,则其他方面的奢侈浪费即可见。根据勤俭必兴、奢侈必亡的历史经验,不能不令人感叹国家之将亡。兴亡二字,复词偏义,实即衰亡。这句是下段安史之乱的过脉。以上为第四段,叙长安之游,时间是自天宝五载至十四载,相当于我们所说的"困守长安时期"。

〔35〕禄山起兵河北,故曰河朔风尘起;玄宗逃往四川,故曰岷山行幸长。封建时代,皇帝出走曰"幸"。

〔36〕两宫,指玄宗和肃宗。一在成都,一在灵武,都不在京城,故曰各警跸。天子出入时的警戒叫做警跸。

〔37〕崆峒,山名,在甘肃。上句指肃宗至平凉收兵兴复,下句谓肃宗以太子身份即位灵武,故曰少海旌旗黄(惟天子旌旗得用黄色)。《东宫故事》:"太子比少海。"按《旧唐书·音乐志》《懿德太子庙乐章》第四首:"沧溟赴海还称少,素月开轮即是重。"又骆宾王《自叙状》:"沐少海之波澜,照重光之丽景。"卢僎《上皇太子新院应制》诗:"前星迎北极,少海被南风。"皆唐人称太子为"少海"之证。

〔38〕禹受舜禅,复传子,故以比肃宗命子(广平王俶)亲征。黄帝与蚩尤战于涿鹿,这里以蚩尤比禄山。

〔39〕上句言肃宗由灵武镇凤翔,吴岳,即吴山,在凤翔附近。下句

言国内外兵力悉集。《通鉴》卷二百一十九:"至德二载二月,上至凤翔旬日,陇右、河西、安西、西域之兵皆会。"

〔40〕指至德元载十月房琯陈陶斜之败。《诗经·祈父》:"祈父,予王之爪牙。"一不中,一击未中。陆梁,猖獗。

〔41〕大军,官军。至德二载五月郭子仪又败于清渠,故曰载草草。无充分准备,故曰草草。瘝,音倌,病也。膏肓,也是病,这里指痛苦的人民。

〔42〕补衮,指作左拾遗。备员,犹充数,是谦词。

〔43〕二句申明"忧愤"及"廷诤"之故。

〔44〕《汉书·史丹传》:"丹直入卧内,伏青蒲上泣谏。"孟康曰:"以蒲青为席,用蔽地也。"浦注:"时必有极陈时弊之事,惜不复传。玩文气,不专指救房琯也。"廷诤,公开谏诤,即所谓"面折廷诤"。

〔45〕房琯罢相,杜甫上疏争论,肃宗怒,诏三司推问,因张镐救护得免。

〔46〕宇县,犹言宇内、天下。时两京恢复,故曰小康。

〔47〕写随肃宗还京师。京师虽复,而九庙被焚,故哭于灰烬之中。汉有未央宫,此借用。以上为第五段,叙禄山之乱及谏省之游。时间是从至德元载(七五六)至乾元元年(七五八),约当于我们所说的"陷安史乱军中与为官时期"。因题目是《壮游》,故将陷乱军一段悲惨经历略过不提。

〔48〕乾元元年六月杜甫由左拾遗贬官华州司功参军,二年七月弃官经秦州入蜀,故有此二句。拾遗是个"从八品上"的小官,但因是谏官,能发议论,今罢斥,故曰"小臣议论绝"。

〔49〕以鸟自比。困低昂,不能奋飞。

〔50〕杨注:"公以被谮而出,二句即景寓意。"捐,犹丧也。

〔51〕二句是说尽管为统治者所弃,但也没有什么怨恨。春秋时,介

之推从晋文公出亡,凡十九年,及文公还国,赏不及,亦不言,乃与母隐于绵山。杜甫窜归凤翔,又扈从还京,后复弃官,故以自比。渔父亦是自况。

〔52〕"荣华敌勋业",即前"朱门务倾夺"意。"岁暮有严霜",也是即景寓意,犹云世乱有危机。阮籍《咏怀》诗:"繁华有憔悴,堂上生荆杞。"见得荣华中也有危险,慨世兼以自解。

〔53〕范蠡佐勾践破吴,后适齐,号鸱夷子皮。可能是指李泌,泌佐肃宗破贼,时归隐衡山。

〔54〕侧仁,侧身伫盼。只要有人能为国定乱,我希望他们能飞翔,个人的"羽翮困低昂"是不足计较的。以上为第六段,叙入蜀以后的近事,相当于我们所说的"漂泊西南时期"。

昔游

昔者与高李,晚登单父台[1]。寒芜际碣石,万里风云来[2]。桑柘叶如雨,飞藿共徘徊。清霜大泽冻,禽兽有馀哀[3]。是时仓廪实,洞达寰区开[4]。猛士思灭胡,将帅望三台[5]。君王无所惜[6],驾驭英雄材。幽燕盛用武[7],供给亦劳哉!吴门转粟帛,泛海陵蓬莱[8]。肉食三十万,猎射起黄埃[9]。隔河忆长眺,青岁已摧颓[10]。不及少年日,无复故人杯[11]。赋诗独流涕,乱世想贤才。有能市骏骨,莫恨少龙媒[12]:商山议得失,蜀主脱嫌猜。吕尚封国邑,傅说已盐梅[13]。景晏楚山深,水鹤去低回。庞公任本性,携子卧苍苔[14]。

这一篇专忆与高适、李白游宋、齐事,可作《壮游》的补充。

〔1〕单父,音善甫,单父台即宓子贱琴台。子贱,孔丘的学生,曾作单父宰,鸣琴而治,后人思之,因名其台曰琴台,在今山东单县,有的注解说"在今开封",误。晚,岁晚。登台当在冬日。

〔2〕碣石,山名,在幽燕境内。远望平芜,直到碣石,万里风云,争来入目。

〔3〕以上是首段,写登台所见所闻。

〔4〕杜甫与高、李同游,在天宝三四年间,"是时"即指此一时期。(按高适《宓公琴台诗序》云:"甲申岁,适登子贱琴台,赋诗三首。"甲申是天宝三载〔公元七四四年〕,是其证。仇注谓"公遇高、李于齐兖,在天宝四载",误)洞达句,谓道路四通无阻。

〔5〕猛士想立边功,将帅想作宰相。三台,三公。蔡梦弼注:"禄山领范阳节度使,求平章事。"

〔6〕谓对禄山,有求必应。如天宝六载,赐禄山铁券,九载封东平郡王。

〔7〕幽燕,即指禄山。

〔8〕二句正写供给之劳。观此,知唐时,江苏与山东、河北已通海运。

〔9〕肉食,指供养之厚。与《后出塞》:"越罗与楚练,照耀舆台躯。"同旨。以上为次段,写当时环境,是登台所感。

〔10〕浦注:"隔河长眺,正忆登台望碣石时也。"其时方当青壮之年,今则已衰颓矣。

〔11〕时高、李皆亡,欲如昔游时的欢饮,已不可得。

〔12〕二句是说只要人主肯求贤才,不必愁没有贤才。市骏骨,用燕昭王购骏马骨事。龙媒,良马,喻贤才。

〔13〕上四句举史实为"有能"二句作证。汉高祖、蜀先主、周文王、武王和殷高宗，便是能市骏骨的；四皓、诸葛亮、吕尚和傅说，便是"龙媒"了。商山，商山四皓。汉高祖欲废太子，四人调护之。蜀主，刘备。《三国志·诸葛亮传》："先主与亮情好日密，关羽、张飞等不悦，先主解之曰：'孤之有孔明，犹鱼之有水也！愿诸君勿复言！'羽、飞乃止。"故曰脱嫌猜。周武王封吕尚于齐。殷高宗以傅说为相。《尚书·说命篇》："若作和羹，尔为盐梅！"盐咸梅酸，为调羹所需，如贤才为国所急。

〔14〕末四句自叹老困于楚山，非治乱贤才，只能如庞德公（三国时人）之携妻子，隐鹿门山而已。以上为末段，是上两段的反面。自己则由壮而老，时代则由治而乱。

遣怀

昔我游宋中，惟梁孝王都[1]。名今陈留亚，剧则贝魏俱[2]。邑中九万家，高栋照通衢。舟车半天下，主客多欢娱[3]。白刃雠不义，黄金倾有无[4]。杀人红尘里，报答在斯须[5]。忆与高李辈，论交入酒垆。两公壮藻思，得我色敷腴[6]。气酣登吹台，怀古视平芜[7]。芒砀云一去，雁鹜空相呼[8]。先帝正好武，寰海未凋枯[9]。猛将收西域，长戟破林胡[10]。百万攻一城，献捷不云输[11]。组练弃如泥，尺土负百夫[12]。拓境功未已，元和辞大炉[13]。

乱离朋友尽，合沓岁月徂[14]。吾衰将焉托？存殁再呜呼[15]！萧条益堪愧，独在天一隅[16]。乘黄已去矣，凡马徒区区[17]。不复见颜鲍,系舟卧荆巫[18]。临餐吐更食,常恐违抚孤[19]。

和《昔游》大体相同,但《昔游》多自悼,此则兼悼亡友。刘克庄《后村诗话》新集:"《遣怀》篇末有抚孤之句,公飘飘一羁旅,而葛帔练裙之念如此,高、李岂无厚禄故人,闻之得无愧乎?"按:据此诗则杜于高适、李白之友谊,终始无间。高与李晚年容有隔阂。杜自己无可托孤,却想到为朋友抚孤,虽力不从心,未免流于空言,其意则亦厚矣。

〔1〕宋中,今河南商丘之地。《汉书·梁孝王传》:"孝王筑东苑,方三百馀里,广睢阳城七十里。"睢阳,春秋时宋地。

〔2〕是说现在的宋中,名望虽在陈留之下,但习尚豪华,烦剧难治,却与贝州、魏州相同。贝、魏皆在大河北。

〔3〕主人好客,故主客多欢娱。

〔4〕二句言任侠慷慨。倾有无,罄其所有。有无是复词偏义。

〔5〕斯须,片刻。浦注:"首段从宋中形胜风俗说起,雄姿侠气,足以助发豪情。"

〔6〕杜甫称李白:"笔落惊风雨,诗成泣鬼神。"又称高适:"骅骝开道路,鹰隼出风尘。"即所谓"壮藻思"。敷腴,喜悦貌。汉乐府《陇西行》:"颜色正敷腴。"

〔7〕吹台,即繁台,在今开封东南六里。怀古,即下汉高事。

〔8〕《汉书·高祖纪》:"高祖隐于芒砀山泽间,所居,上常有云气。"二句是说,汉高一死,此地无人,空有雁鹜相呼而已。浦注:"次段入高、李同游事。"

〔9〕先帝,玄宗。

〔10〕收西域，如王忠嗣、哥舒翰等之攻吐蕃；破林胡，如安禄山、张守珪等之攻契丹。契丹，即战国林胡地。

〔11〕百万，指兵力。因蒙蔽邀功，故虽败而报捷。《唐韵》："俗谓负为输。"可知杜甫是用口语入诗。

〔12〕上句言不惜物力，下句言不惜民命。为争尺土，牺牲百人，故曰负百夫。组练，组甲练袍，谓军装。

〔13〕拓境，即开边。元和，太平和乐的气象。句意谓天下大乱，即指禄山造反。《庄子》："以天地为大炉。"浦注："三段，带述明皇黩武，指出盛衰聚散关头。"

〔14〕朋友尽，兼指高、李外，如郑虔、苏源明、严武等人。合沓，相继貌。徂，逝也。

〔15〕七六二年李白死，七六五年高适又死，故曰再呜呼。呜呼，恸哭也。

〔16〕"益堪愧"一作"病益盛"，"独在"一作"块独"。

〔17〕杜甫最爱才，故对高、李之死，十分痛惜。乘黄，骏马，喻高、李。凡马，杜甫自谓，兼指同时作者。徒区区，徒劳不顶事。

〔18〕颜鲍，颜延之和鲍照，以比高、李。荆巫，荆州巫峡，指漂泊夔州。

〔19〕自顾不暇，仍恐速死，不能照顾遗孤，努力加餐，吐而复食，杜甫的友谊是这样深厚。浦注："末段，遣怀本旨。客怀交谊，一往情深，此老生平肝膈，于斯见焉。"

宿江边阁

暝色延山径[1]，高斋次水门[2]。薄云岩际宿，孤月浪中翻[3]。鹳鹤追飞静,豺狼得食喧[4]。不眠忧战伐,无力正乾坤[5]!

这是大历元年(七六六)在夔州所作。

〔1〕暝色,暮色。延,如延接之延。暮色由远而近,好像由山径接引而来。这是倒装句法。

〔2〕次水门,犹临水门。

〔3〕二句不眠时所见。云过山头,停岩似宿;月浮水面,浪动若翻。

〔4〕二句不眠时所闻。静,一作尽。

〔5〕二句是不眠的心事。正乾坤,即整顿乾坤。杜甫总是关心国家和人民的。

历历

历历开元事[1],分明在眼前。无端盗贼起[2],忽已岁时迁[3]。巫峡西江外[4],秦城北斗边[5]。为郎从白首[6],卧病数秋天[7]。

这是一首回忆诗,大概也作于大历元年。以首二字名篇。

〔1〕历历,众多而分明的样子。

〔2〕无端,犹无故。盗贼,指安史之乱。此乱实起于玄宗的骄奢荒淫,穷兵黩武,并非无缘无故,仇兆鳌以为是"讳言",其实是一种幽默的讽刺,天下宁有无端而起之事故? 况是安史大乱。分明是说反话。

〔3〕从七五五年至此凡十年馀,故曰岁时迁。

〔4〕这句写自己所在之地。蜀江从西来,故谓之西江。

〔5〕这句写心中怀念之处。秦城,指长安。长安城也叫北斗城。

〔6〕广德二年严武表荐杜甫为检校工部员外郎,故自称"郎"。从,听任之意,表示不甘心。荀悦《汉纪》:"冯唐白首,屈于郎署。"

〔7〕数秋天,屡经秋日。

解闷十二首(录五)

草阁柴扉星散居〔1〕,浪翻江黑雨飞初。山禽引子哺红果,溪女得钱留白鱼〔2〕。

杜常作诗排解愁闷,所以说"排闷强裁诗"、"遣兴莫过诗"。但有时也无效,所以又说"愁极本凭诗遣兴,诗成吟咏转凄凉"。杜甫的愁闷是多方面的,所以这十二首诗内容相当庞杂。

〔1〕这一首写夔州的风景习俗。四句全对。"草阁柴扉"和下句的"浪翻江黑"都是当句对。星字对下句雨字,则是借对。

〔2〕"溪女"一作"溪友"。按《负薪行》:"应当门户女出入,卖薪得钱应供给。"又《云安》诗:"负盐出井此溪女。"则溪女卖鱼,正是夔州常事。

商胡离别下扬州〔3〕,忆上西陵故驿楼〔4〕。为问淮南米贵贱〔5〕,老夫乘兴欲东游〔6〕。

〔3〕这是一首赠别商胡的诗。商胡,胡人之为商者。《洛阳伽蓝记》:"商胡贩客,日奔塞下。"汉代多称"贾胡"(见《后汉书·马援传》)。《唐书·田神功传》:"上元元年(七六〇)神功至扬州,大掠百姓商人资产,郡内比屋,发掘将遍,商胡波斯被杀者数千人。"可知唐代的扬州实为外商集居之地。

〔4〕杜甫早年曾游吴越,因而忆及。西陵,驿名,在浙江萧山县。白居易《答元稹泊西陵驿见寄》诗云:"烟波尽处一点白,应是西陵古驿台。"可知其地风景幽美。

〔5〕这是嘱咐商胡的话。

〔6〕申明上句。一方面想东游,一方面又穷,得先问问米价,很幽默。

陶冶性灵存底物〔7〕?新诗改罢自长吟〔8〕。孰知二谢将能事〔9〕,颇学阴何苦用心〔10〕。

〔7〕这一首是杜甫自言作诗的经验。底物,犹何物或何事。存底物,就是凭什么东西。陶是制瓦器,冶是铸铁器,这里陶冶二字相当于"调节"。

〔8〕从这里可以看出杜甫作诗的刻苦性。唐诗兼重音律,特别是律诗,所以必须吟。

〔9〕孰知,犹熟知,即明知意。二谢,谢灵运和谢朓。将能事,用其能事。谦言不能如二谢之得心应手,不假改窜。"能事"是赞美之词,杜诗中常用,如《题王宰山水图歌》:"十日画一水,五日画一石,能事不受相促迫,王宰始肯留真迹。"又《遣兴》诗:"君看渥洼种,态与驽骀异。不在蹄啮间,逍遥有能事。"又《寄章侍御》诗:"指挥能事回天地,训练强兵动鬼神。"

〔10〕阴,阴铿;何,何逊。杜甫也是很自负的,尝说"赋料扬雄敌,诗看子建亲"。又说"气劘屈贾垒,目短曹刘墙"。但对于梁陈间诸小诗人,也能汲取他们的优点,这正是他告诫我们的"转益多师是汝师"的具体表现之一。

先帝贵妃俱寂寞,荔枝还复入长安〔11〕。炎方每续朱樱献,玉座应悲白露团〔12〕。

〔11〕这一首是讽刺代宗恢复明皇时代进贡荔枝的弊政的。代宗大概假借了荐庙的名义,所以杜甫便从这一方面来加以揭露。话是有些隐晦的。先帝,指唐明皇。俱寂寞,是说爱吃荔枝的都死了。

〔12〕炎方,指四川。朱樱献,用樱桃献庙。玉座,指先帝(明皇)。这两句大意是说,当你(代宗)把四川贡来的荔枝继樱桃之后而荐庙时,如果先帝有灵,看见荔枝也许要悲伤起来吧。还不如不献的好。杜甫是曾亲眼看见也曾说到过贡荔枝的害民情况的(见《病橘》)。

侧生野岸及江浦〔13〕,不熟丹宫满玉壶〔14〕。云壑布衣鲐背死,劳生重马翠眉须〔15〕。

〔13〕 这一首追咎明皇的好色,致有贡荔枝之事。侧生,指荔枝。

〔14〕不熟丹宫,不熟于丹宫(天子之宫)。但因统治者嗜好,故满玉壶。

〔15〕这两句刺明皇重色而不重人才。《诗经》:"黄发鲐背。"注:"老人背有鲐文。"是说背皮粗黑如鲐鱼。鲐背死,即老死。劳生,即劳民。重字读平声。重马,一人两马,以防倒毙,杨贵妃爱吃(即所谓"翠

眉须"），也就在所不惜了。

阁夜

岁暮阴阳催短景[1]，天涯霜雪霁寒宵[2]。五更鼓角声悲壮，三峡星河影动摇[3]。野哭千家闻战伐，夷歌几处起渔樵[4]。卧龙跃马终黄土[5]，人事音书漫寂寥[6]。

　　这是七六六年冬在夔州西阁夜中所作，八句全对。这时杜甫的好朋友郑虔、苏源明、李白、严武、高适都死了；同时四川又有崔旰之乱，从去年十月起到这年八月混战才算告一结束，所以他写这首诗时，心情是非常沉重的。

　　[1] 阴阳，犹日月。冬天日短，故曰短景。

　　[2] 天涯，指夔州，点明自己所在地不是故乡。雨过天晴曰霁，这里借以形容雪光的明朗。

　　[3] 二句写夜中所闻所见之景，一种悲歌慷慨的心情也就在其中。吴见思云："三四顶寒宵句。天霁则鼓角益响，而又在五更之时，故声悲壮。天霁则星辰益朗，而又映三峡之水，故影动摇也。"按星河犹天河。《通典》卷一百四十九："行军在外，日出日入，挝鼓千槌。三百三十三槌为一通。鼓音止，角音动，吹十二声为一叠。角音止，鼓音动。如此三角三鼓，而昏明毕之。"

　　[4] 二句天将晓时所闻。"野哭"、"夷歌"，都是使杜甫听来伤心的。一闻战伐，千家皆哭，见死者之多。"夷歌"，彝人之歌。左思《蜀都赋》："陪以白狼，夷歌成章。"起渔樵，起于渔樵。渔樵之人而唱彝歌，见

习俗之变。

〔5〕卧龙,指诸葛亮。跃马,指公孙述。《蜀都赋》:"公孙跃马而称帝。"终黄土,言同归于尽。二人在夔州都有祠庙,所以忽然想到他们。

〔6〕人事音书,应分别看。用杜甫自己的话来说,那么"朝廷记忆疏",便是人事方面的寂寥;"亲朋无一字",便是音书方面的寂寥。从朝廷到朋友,似乎所有的人都把我忘记了,岂不叫人伤心?但转而一想,就是作得诸葛亮也还是一死,而且广大的人民天天在死,不是死于战伐,便是死于诛求,这样想来,我个人这点孤独寂寞又算得什么呢。漫,是随它去。语似颓唐,其实异常愤激。

缚鸡行

小奴缚鸡向市卖,鸡被缚急相喧争。家中厌鸡食虫蚁,不知鸡卖还遭烹。虫鸡于人何厚薄[1]?吾叱奴人解其缚。鸡虫得失无了时,注目寒江倚山阁[2]。

大概也是七六六年冬在夔州西阁所作,因末句有"山阁"字样。这首诗很别致,耐人寻味。我们应当从作者那种冷漠的神态中看出他的现实主义精神。

〔1〕这是反驳家人的话。何厚薄,是说何必厚于虫而薄于鸡。

〔2〕这两句是作诗的本旨。赵次公说:"一篇之妙,在乎落句。"这话很对。但也带来理解上的麻烦,因为作者既未明言,我们得进行臆测。《杜臆》说:"鸡得则虫失,虫得则鸡失,世间类此者甚多,故云无了时。计无所出,只得注目寒江倚山阁而已。写出一时情景如画。"《杜诗阐》

则说:"叱奴解缚,使虫鸡得失,自还虫鸡,于虫不任怨,于鸡不任德。注目寒江,独倚山阁,天下皆可作虫鸡观,我心何必存虫鸡见也。"这两种解释不同,但有一点相同,即都认为杜甫已由鸡虫得失联想到现实问题,所谓"天下""世事"。指出这一点很重要,不然,杜甫态度上的突变便不好理解了。从杜甫的主导思想来看,前一说似更为接近杜甫当时的思想实际。感到"无力正乾坤"的诗人是很难做到飘飘然的。白居易有这样两句诗:"外容闲暇中心苦,似是而非谁得知?"我以为这对于我们理解杜甫这一貌似达观的形象很有帮助。

愁

江草日日唤愁生[1],巫峡泠泠非世情[2]。盘涡鹭浴底心性[3]?独树花发自分明[4]!十年戎马暗万国[5],异域宾客老孤城[6]。渭水秦山得见否?人今罢病虎纵横[7]!

七六七年春在夔州作。杜甫自注:"强戏为吴体。"吴体,即拗体,杜甫这类七律很多,但这首的平仄,几乎全是拗的,所以特别标出。

〔1〕春草日生,引起愁绪,故曰唤愁。这是怪草。
〔2〕泠泠,水声,写巫峡萧森之气。非世情,不近人情。这是怪水。
〔3〕底,何也。底心性,啥意思。这是怪鹭。杜甫一生经历过许多险恶场面,有如惊弓之鸟,所以看见鹭浴于漩涡之中也觉得可怪。
〔4〕花开自好,不解人愁。这是怪花。总之心烦意乱,故觉山水花鸟,触目可憎。
〔5〕这以下四句是愁的根。这句愁国家的混乱,自禄山造反至此

凡十年。

〔6〕这句愁自身的漂泊。异域,犹异乡。夔州接近边荒,故用异域字。

〔7〕末二句愁人民活不了,自己也还不了乡。渭水秦山,指长安。罢,同疲。人罢病,言民力已竭。虎纵横,比军阀、苛吏横行。杜甫的愁,是这样大,这样深,这就难怪他对眼前的一切江草江花都感到恼恨了。

麂

永与清溪别[1],蒙将玉馔俱[2]。无才逐仙隐[3],不敢恨庖厨[4]。乱世轻全物[5],微声及祸枢[6]。衣冠兼盗贼,饕餮用斯须[7]!

此诗当是大历二年(七六七)所作。杜甫咏物诗很多都是借题发挥,别有寄托。此诗全篇代麂说话,其实是借麂以骂世。麂,鹿类,无角。

〔1〕清溪,麂所游息之地,为猎人所捕,遂与清溪长别。

〔2〕将,与也。玉馔俱,与其他玉食珍羞并登几席。用一蒙字,好像多蒙拔擢似的,把满腔愤恨说成感激,是一种冷刺手法,更有力量。

〔3〕古代传说,仙人多乘鹿车或骑鹿,麂自言才不及鹿,不能随仙人隐去,致为衣冠们所食。

〔4〕二句流水对。话说得很有分寸。烹调的虽然是厨子,而享用的却不是厨子,乃是衣冠们。所以说不敢恨。

〔5〕这句说向大处来。也是经验之谈。轻全物,不以全活物命为

意,是说残忍好杀,与《宿凿石浦》诗"乱世少恩惠"同意。

〔6〕声,是声名,是说因美味得名。自谦,故曰微声。及,遭也。祸枢,犹祸机。此句亦是因小见大,与阮籍《咏怀》诗"夸名还误身"同旨。

〔7〕这两句是代麂痛骂的话,充分表现了人民的愤怒。衣冠,王公贵人,即享玉馔的人。衣冠其表,盗贼其中,所以说兼盗贼。(杜甫所说的盗贼,有不同的涵义。)饕音滔,餮音铁去声。旧训:贪财为饕,贪食为餮。这里只是狼吞虎咽的意思。用斯须,是说只消片刻,便把我吃光了。杜甫往往因小见大,这首诗也就是整个剥削阶级吸吮人民汗血的写照。黄生说:"结语将衣冠盗贼作一处说,其骂世至矣!后半语不离咏物,意全不是咏物,此之谓大手笔!"吴乔云:"《麂》诗,为黎元也。衣冠盗贼,四字同用,笔罚严矣。其曰蒙将,曰无才,曰不敢恨,悲愤之中饰词也。"(《围炉诗话》卷二)

昼梦

二月饶睡昏昏然〔1〕,不独夜短昼分眠〔2〕。桃花气暖眼自醉,春渚日落梦相牵〔3〕。故乡门巷荆棘底,中原君臣豺虎边〔4〕。安得务农息战斗,普天无吏横索钱〔5〕!

七六七年在夔州作。也是拗律。

〔1〕饶,多也,饶睡,有贪睡意。

〔2〕是说不独因为夜短缺睡才昼眠,而是还有其他原因,即下四句所说。昼分,犹正午。

〔3〕眼自醉,形容眼之自闭。日落梦相牵,是说日落时还在做梦,言

睡之久。

〔4〕这种政治气候也使得杜甫昏昏欲睡,所谓"世情只益睡"(《雨村》),不必拘拘说是梦境。史言安史乱后,洛阳数百里内化为丘墟,故曰荆棘底。吐蕃入侵,藩镇跋扈,宦官弄权,皆所谓豺虎。

〔5〕二句写愿望。结束战斗,从事生产,使官吏们不得借口军需,勒索财物,这些正是当时人民的迫切愿望。杜甫似乎知道这种主观愿望不易实现,所以说"安得"。索钱,即要钱,杜《遣遇》云:"索钱多门户。"又张籍《赠任道人》诗:"药铺医人乱索钱。"是索钱乃唐人口语。

暮春题瀼西新赁草屋五首(录一)

彩云阴复白〔1〕,锦树晓来青〔2〕。身世双蓬鬓,乾坤一草亭〔3〕。哀歌时自短,醉舞为谁醒〔4〕?细雨荷锄立,江猿吟翠屏〔5〕。

七六七年三月杜甫由夔州的赤甲迁居瀼西。

〔1〕彩云,春云。云阴复白,正是细雨时景。

〔2〕锦树,春树。

〔3〕这两句,上说老,下说穷。身世之事,一无所成,唯一的成就,便是一双蓬鬓;天地之大,一无所有,唯一的财产,便是租来的草亭。

〔4〕这两句,上言哀歌不能长,下言沉醉不愿醒。你说你的,统治者是"充耳不闻"。

〔5〕翠屏,形容春山的美丽像画屏一般。"细雨荷锄立"和陶渊明"带月荷锄归"的形象,同其美妙。

承闻河北诸道节度入朝欢喜口号绝句十二首(录三)

禄山作逆降天诛,更有思明亦已无〔1〕。汹汹人寰犹不定,时时战斗欲何须〔2〕?

按七六六年(大历元年)十月,代宗生日,诸道节度使献金帛为寿。七六七年春,淮南、汴宋、凤翔诸道节度使曾先后入朝,至于河北诸道节度,则始终未入朝,杜甫远在夔州,可能是根据一时传闻,所谓"喧喧道路多歌谣"。尽管不是事实,但也体现了他的爱国精神。

〔1〕七五七年正月安禄山为其子庆绪所杀。七六一年三月史思明为其子朝义所杀。亦已无,也完蛋了。这两句是以安、史二人的下场来作个示众榜样的。
〔2〕汹汹,大水声,喻社会的不安定。欲何须,犹欲何求。作反诘语,使其自悟。杨伦评这两句说:"大声唤醒群迷,一言带十斗血泪!"

喧喧道路多歌谣,河北将军尽入朝。始是乾坤王室正,却教江汉客魂销〔3〕。

〔3〕乾坤反正,国内统一,可以归而不能归,故转伤流落。

东逾辽水北滹沱,星象风云喜共和〔4〕。紫气关临天地阔,黄金台贮俊贤多〔5〕。

〔4〕北逾滹沱，是说北逾滹沱，逾字从上而省。辽水在奉天，滹沱河在山西。皆当时河北之地。过去对抗，今皆入朝，君臣相得，全国一统，故曰喜共和。《史记·周本纪》："厉王出奔，召公、周公二相行政，号曰共和。"韦昭注："公卿相与和而修政事，号曰共和也。"喜共和，一作喜气和。

〔5〕二句出以唱叹，极雄壮，充满喜悦的心情。紫气关这名称是杜甫创造的，实即函谷关。（事详《秋兴》第五首注。）黄金台在河北易水东南，战国时燕昭王所筑。昭王置千金于台上以延天下之士，故号黄金台。入朝的是河北诸节度，所以便用了这个当地的故事来嘉奖他们。

驱竖子摘苍耳

江上秋已分，林中瘴犹剧[1]。畦丁告劳苦，无以供日夕[2]。蓬莠犹不翦，野蔬暗泉石[3]。卷耳况疗风，童儿且时摘[4]。侵星驱之去[5]，烂熳任远适[6]。放筐亭午际[7]，洗剥相蒙幂[8]。登床半生熟[9]，下筯还小益[10]。加点瓜薤间，依稀橘奴迹[11]。乱世诛求急，黎民糠籺窄[12]。饱食复何心？荒哉膏粱客[13]！富豪厨肉臭，战地骸骨白[14]。寄语恶少年，黄金且休掷[15]！

七六七年在夔州作。对于这一件小事，杜甫也会想到广大的人民身上去，足见他那种"穷年忧黎元"的精神。竖子，此指童仆。苍耳,即卷耳,形似鼠耳,丛生如盘。

〔1〕秋已分,即已秋分。瘴犹剧,瘴热还很厉害,是说天旱。

〔2〕畦丁,园丁。杜甫这时请了几个雇工。因秋旱,早晚食物缺乏,所以说无以供日夕。

〔3〕这两句是说野生的东西不因旱而焦枯,还是长得很繁盛。

〔4〕不但可供食,而且可治风疾(杜甫有此病),所以说"况"。且时摘,且及时往摘。以上八句为一段,叙述摘苍耳的缘故。

〔5〕侵星,星还未落时。

〔6〕烂熳是无所拘束。任远适,任凭到远处去摘。

〔7〕放筐,指归来说。亭午,正午。

〔8〕洗其土,剥其毛。幂,音觅。浦注:"相蒙幂,乃信手堆放之谓,不必以幂字作覆食巾实用。"

〔9〕凡放置器物之架,古人多曰床,如笔床、墨床、琴床、笛床之类。登床,犹登俎,放在食盘里拿上饭桌。半生熟是半生半熟,取其脆。

〔10〕筋,即筷子。以苍耳供食,原出不得已,所以只说是"还小益"。

〔11〕加点,是说掺用一点苍耳在瓜薤里面。古人多用橘调和食味。杜预《七规》:"庶羞既异,五味代臻,糅以丹橘,杂以芳鳞。"又种橘可以发财,故李衡有"千头木奴"的话。庾信诗:"甘橘万头奴。"这里只是用它的字面。依稀,犹仿佛。把苍耳比橘奴,也是一种幽默的说法。以上八句为一段,叙摘苍耳及食苍耳之法。

〔12〕诛求,是残酷的剥削。籺,音核,是一种粗屑。窄,不够,是说连糠籺也吃不上。

〔13〕这是痛骂一班官僚地主的话。荒,荒唐,荒谬。哉,感叹词。

〔14〕这两句和"朱门酒肉臭,路有冻死骨"用意和造句都差不多,但各有其特定的时代内涵。此诗作于安史之乱的十年以后,人民多死于

308

战争,故特提到"战地"。

〔15〕末二句是教训。恶少年也就是膏粱子弟。黄金且休掷,不要挥金如土。掷,抛掷。亦可解作赌钱。以上八句为一段,由自身说到人民和整个社会,是作诗的本旨。

复愁十二首(录五)

万国尚戎马,故园今若何？昔归相识少,早已战场多〔1〕。

大约作于七六七年秋。杜甫几乎是无时不愁。复愁,是一愁未已,一愁复至。

〔1〕乾元元年(七五八)冬杜甫曾由华州回洛阳,那时相识的人已少,而今又屡经战乱,大概根本就没有相识的人了。

胡虏何曾盛？干戈不肯休〔2〕！闾阎听小子,谈笑觅封侯〔3〕！

〔2〕《通鉴》卷二百二十三:"广德二年(七六四)郭子仪以安史昔据洛阳,故诸道置节度使以制其要冲;今大盗已平,而所在聚兵,耗蠹百姓,表请罢之,仍自河中为始。"但当时诸将皆拥兵自重,故杜甫有此感慨。所谓"干戈"实指诸将。

〔3〕长期的战争,和"高官皆武臣"的局势,造成了一种喜乱乐祸的反常心理,而且影响到乡里儿童,所以杜甫不胜慨叹。

今日翔麟马〔4〕,先宜驾鼓车〔5〕。无劳问河北:诸将角荣华〔6〕!

〔4〕唐太宗所乘十骥,其九曰翔麟紫。

〔5〕鼓车,皇帝出行时的乐队。鼓,鼓吹。这两句是说今日之事,先宜息战,和《有感》诗"大君先息战,归马华山阳"同意。《晋书》卷五十六《江统传》:"昔汉光武皇帝时,有献千里马及宝剑者,马以驾鼓车,剑以赐骑士。高世之主,不尚尤物,故能正天下之俗,刑四方之风。"

〔6〕角,角逐,即争夺的意思。河北虽跋扈不臣,但如起兵问罪,徒然为诸将争功邀赏、角逐荣华造机会,所以说"无劳问"。一方面提醒代宗先注意内部问题,一方面也讽刺将军们的骄惰。无劳问,非不欲问罪,特将骄不可用,问不如不问之为愈。乃一时权宜之计。

任转江淮粟,休添苑囿兵〔7〕:由来貔虎士,不满凤凰城〔8〕!

〔7〕转,指漕运。苑囿兵,指禁兵。首二句是说,转运军饷,虽然困难,但可不去说它,任凭你转运多少都行,只是有一条,就是不要用来增添禁兵。为什么呢?下两句才正言点破。

〔8〕二句申言其故。见得欲求国家安全,应加强边防。由来,自古以来。貔虎士,精兵。凤凰城,即长安城,后来凡是说京师,也通称凤城。时代宗信任宦官鱼朝恩,使为天下观军容宣慰处置使,总禁兵,领神策军屯禁苑,因供应困难,以至"百姓捋穗以给禁军"(俱见《通鉴》卷二百二十三)。杜甫此诗,实际上是反对宦官掌握兵权,挟制朝廷。

病减诗仍拙〔9〕,吟多意有余〔10〕。莫看江总老,犹被赏时鱼[11]。

〔9〕观此句可见杜甫在创作上对自己要求的严格。

〔10〕观此句,可知杜甫诗之所以真实。这几首绝句,多感慨时事,但意仍有未尽,故曰意有馀,其实是愁有馀。

〔11〕末二句亦庄亦谐。是说莫看我老,我也曾做过官,吃过俸,至今还佩着鱼袋,对国家灾难,又哪能不愁呢?江总,初仕梁、陈,陈破入隋,后复归老江南。总亦工诗,故以自比。被,服也,佩也。赏时鱼,当时所赏之鱼袋。严武曾表荐杜甫为检校工部员外郎,赐绯、鱼袋。《唐会要》:"开元中,张嘉贞奏曰:'致仕及内外五品以上检校试判,听准正员例,许终身佩鱼。以理去任,亦许佩鱼。'自后赏绯紫,例兼鱼袋,谓之章服。"杜甫大概把这个鱼袋常佩在身上,故又有句云"银章破在腰"。

同元使君舂陵行并序

览道州元使君结《舂陵行》兼《贼退后示官吏作》二首[1],志之曰:当天子分忧之地,效汉朝良吏之目[2]。今盗贼未息,知民疾苦,得结辈十数公,落落然参错天下为邦伯,万物吐气,天下小安,可待矣[3]!不意复见比兴体制、微婉顿挫之词[4]。感而有诗,增诸卷轴,简知我者,不必寄元[5]。

遭乱发尽白,转衰病相婴。沉绵盗贼际,狼狈江汉行。叹时药力薄,为客羸瘵成[6]。吾人诗家流,博采世上名。粲粲元道州,前圣畏后生[7]。观乎《舂陵》作,欻见俊哲情,复览

《贼退》篇,结也实国桢。贾谊昔流恸,匡衡常引经[8]。道州忧黎庶,词气浩纵横。两章对秋月,一字偕华星[9]!致君唐虞际,纯朴忆大庭[10]。何时降玺书,用尔为丹青[11]?狱讼永衰息,岂唯偃甲兵[12]!悽恻念诛求,薄敛近休明[13]。乃知正人意:不苟飞长缨[14]!凉飙振南岳,之子宠若惊。色沮金印大,兴含沧浪清[15]。我多长卿病[16],日夕思朝廷。肺枯渴太甚,漂泊公孙城[17]。呼儿具纸笔,隐几临轩楹。作诗呻吟内,墨淡字欹倾。感彼危苦词,庶几知者听[18]。

这是大历二年(七六七)夔州所作。元使君,元结,字次山,号漫叟。同就是和,是杜甫有感于元结的《春陵行》而作的。通过这首诗,不仅可以看出杜甫热爱人民的伟大精神,而且可以看出他的有意识的现实主义的文学主张。他在序中所说的"比兴体制",实质上就是白居易所提出的"诗歌合为事而作"的同义语。他极力表扬元结的《春陵行》,显然是企图为当时作者指出一个方向,希望他们向元结看齐,多反映些人民的疾苦。此外,通过这首诗,我们还可以看出杜甫奖掖后进和"乐道人之善"的良好作风,这些都值得我们注意和学习。

〔1〕二诗见后附录。浦注:"元诗作于甲辰岁,系广德二年(七六四),至是(七六六)凡三年矣,何传致之迟欤!"按当时交通不便,又无印刷,元作此诗,亦未必寄杜,故事隔二三年才读到。

〔2〕二句赞美元结。汉宣帝曾说:"庶民所以安其田里,而亡叹息愁恨之心者,政平讼理也。与我共此者,其唯良二千石乎!"(《汉书·循

吏传》)二千石指太守,元为道州刺史,故曰当天子分忧之地。

〔3〕自"今盗贼未息"至此,是作诗的本旨。邦伯,即州牧,这里指刺史。"万物吐气"一作"万姓壮气"。

〔4〕不意,不料。有喜出望外意。当时诗人很多,作品很多,但如元结这样能同情人民的诗篇却如凤毛麟角,所以杜甫不禁有一种"空谷足音"喜出望外之感。

〔5〕和诗目的,本在救世,不在应酬,故不必寄原作者。

〔6〕首段六句自叙。因长病,所以说沉绵。因忧患重,故吃药不见效。羸,音雷,弱也。瘵,音债,病也。黄生云:"前后皆自叙,自叙多言病,其筋节在'叹时药力薄'五字,则知此诗全是借酒杯,浇块磊,盖身疾可医,心疾不可医耳。"

〔7〕四句承上"叹时"接入元结。"流"一作"秀"。吴论:"吾人既为诗家之秀,必博采世上之名士,而道州之才,前圣所谓后生可畏者非耶?"《论语·子罕篇》:"子曰:'后生可畏,焉知来者之不如今也?'"按元小杜甫十一岁,故可用后生字样。

〔8〕贾谊、匡衡,皆所谓国桢,以比元结。贾谊《陈政事疏》:"臣窃惟事势,可为痛哭者一,可为流涕者二,可为长太息者六。"《汉书·匡衡传》:"衡上疏陈便宜,及朝廷有政议,傅经以对,言多法义。"

〔9〕二句即"与日月争光"意。第二段赞美元结的诗品。备极推崇,意亦在转移文风。

〔10〕言元结之心乃欲致君尧舜,使民安乐。《庄子·胠箧篇》:"昔容成氏、大庭氏结绳而用之,若此之时,则至治已。"

〔11〕二句希望元结能居大位。丹青,以绘事为喻。《盐铁论》:"公卿者,神化之丹青。"

〔12〕二句言朝廷如大用元结,则将使天下无讼狱,岂但偃甲息兵?

〔13〕《新唐书·元结传》:"结以人困甚,请免百姓租税及和市杂物

313

十三万缗,为民营舍给田,免徭役,流亡归者数万。"

〔14〕是说不肯苟且的牺牲人命来保持自己的官儿。缨,冠系,这里用长缨代表高官。《碧溪诗话》:"漫叟所以能然者,先民后己,轻官爵而重人命故也。观其赋《石鱼》诗云:'金鱼吾不须(唐时官员佩金鱼袋),轩冕吾不爱。'此所以能不徇权势而专务爱民也。杜云:'乃知正人意,不苟飞长缨。'可谓相知深矣!"

〔15〕以上为第三段,进一步赞美元结的人品。意亦在激劝其他官吏。南岳,衡山,在道州邻近,故即以其地之名山,美其人之标格。凉飙,犹清风。官高任重,故金印大而色反沮丧。元诗有"思欲委符节……穷老江湖边"之句,故云"兴含沧浪清"。

〔16〕司马相如字长卿,有消渴病。

〔17〕公孙城,即白帝城,西汉末公孙述尝据此城。

〔18〕末段仍以自叙作结,说明和诗之意。刘克庄《后村诗话》后集:"杜公为诗家宗祖,然于前辈如陈拾遗、李北海,极其尊敬,于朋友如郑虔、李白、高适、岑参,尤所推让。白固对垒者,于虔则云'德尊一代、名垂万古',于适则云'美名人不及,佳句法如何',又云'独步诗名在',于参则云'谢朓每篇堪讽咏',未尝有竞名之意。晚见《舂陵行》,则云'粲粲元道州,前贤畏后生',至有秋月、华星之褒,其接引后辈又如此。名重而能谦,才高服善,今古一人而已。"

附:元结诗

春陵行 并序

　　癸卯岁(代宗广德元年,公元七六三年),漫叟授道州刺史。道州旧四万馀户,经贼以来,不满四千,大半不胜赋税。到官未五十日,承诸使征求符牒,二百馀封。皆曰:失其限(期限)者,罪至贬削!於戏!若悉应其命,则州县破乱,刺史欲焉逃罪?若不应命,又即获罪戾,必不免也。吾将守官,静以安人,待罪而已。此州是舂陵故地,故作《舂陵行》,以达下情。

军国多所须,切责在有司。有司临郡县,刑法竞欲施。供给岂不忧?征敛又可悲!州小经乱亡,遗人实困疲。大乡无十家,大族命单羸。朝餐是草根,暮食仍木皮。出言气欲绝,意速行步迟。追呼尚不忍,况乃鞭扑之!邮亭传急符,来往迹相追。更无宽大恩,但有追促期。欲令鬻儿女,言发恐乱随。悉使索其家,而又无生资。听彼道路言,怨伤谁复知?去冬山贼来,杀夺几无遗。所愿见王官,抚养以惠慈。奈何重驱逐,不使存活为。安人天子命,符节我所持。州县忽乱亡,得罪复是谁?逋缓违诏令,蒙责固其宜。前贤重守分,恶以祸福移。亦云贵守官,不爱能适时。顾惟孱弱者(作者自谦),正直当不亏。何人采国风?吾欲献此辞。

贼退示官吏 并序

癸卯岁,西原贼入道州,焚掠几尽而去。明年,贼又攻永、破邵,不犯此州边鄙而退。岂力能制敌欤?盖蒙其伤怜而已!诸使何为忍苦征敛?故作诗一篇,以示官吏。

昔岁逢太平,山林二十年。泉源在庭户,洞壑当门前。井税有常期,日晏犹得眠。忽然遭世变,数岁亲戎旃。今来典斯郡,山夷又纷然。城小贼不屠,人贫伤可怜。是以陷邻境,此州独见全。使臣将王命,岂不如贼焉!今彼征敛者,迫之如火煎。谁能绝人命,以作时世贤?思欲委符节,引竿自刺船。将家就鱼麦,穷老江湖边。

又呈吴郎

堂前扑枣任西邻[1],无食无儿一妇人[2]。不为困穷宁有此[3]?只缘恐惧转须亲[4]!即防远客虽多事,便插疏篱却甚真[5]!已诉征求贫到骨,正思戎马泪沾巾[6]。

七六七年夏杜甫原住在瀼西草堂,那时有邻家寡妇常到他堂前来扑枣。这年秋天,杜甫搬家到"东屯"去,将草堂让给他的一个亲戚姓吴的住。这姓吴的一来便插上篱笆,防止打枣,寡妇来向杜甫诉苦,杜甫因此写了这首诗给姓吴的,是一封"诗的书札"。杜甫曾说过:"安得广厦千万间,大庇天下寒士俱欢颜。"这便是他的具体表现。

〔1〕任,是放任,毫不加干涉的意思。

〔2〕这一句包含四层可怜的意思,无食无儿,又是一个无夫的寡妇。

〔3〕此,指扑枣之事。不是穷得无可奈何,又何至打人家的枣呢?这句为寡妇开脱。

〔4〕我虽不加干涉,她还是不免害怕,因为她心里总觉得是在窃取别人的东西。但正因为如此,所以我们就更应当表示亲切。恐惧二字,体贴深至。以上四句,杜甫自述以前对寡妇的态度,意在启发吴郎。

〔5〕远客,远方作客的人,指吴郎。(杜甫也常自称远客。)这两句是说:妇人一见你插篱马上就提防或疑心你拒绝她打枣,虽未免多心过虑;但你一住下便插上篱笆,却也很像是真的拒绝她呢。言外便见得你这位远客大有不体贴处,难怪她疑心你。为了顾全吴郎的面子,使他容易接受意见,不正面戳穿吴郎的意图,却反而说妇人多心,这话是说的十分委婉,也是煞费苦心的。

〔6〕征求,就是诛求,剥削。贫到骨,即所谓"穷愁但有骨","三年奔走空皮骨",杜甫自己原来也穷到这般田地。民贫由于征求,征求由于戎马(战争),这是病根所在,杜甫并没有说错,但他却无法解决,所以只有流泪。用意亦在感化吴郎,叫他不要太小气,晓得天下穷苦的人正多着呢,现在碰着这样一个无食无儿的寡妇,为啥要吝惜几颗枣子不救她一命呢!这些都是言外之意。这首诗大概是生了效的。

暇日小园散病,将种秋菜,
督勤耕牛,兼书触目

不爱入州府,畏人嫌我真!及乎归茅宇,旁舍未曾嗔[1]。老

病忌拘束,应接丧精神。江村意自放,林木心所欣。秋耕属地湿,山雨近甚匀。冬菁饭之半[2],牛力晚来新。深耕种数亩,未甚后四邻。嘉蔬既不一,名数颇具陈[3]。荆巫非苦寒,采撷接青春[4]。

飞来两白鹤,暮啄泥中芹。雄者左翮垂,损伤已露筋。一步再流血,尚惊矰缴勤[5]。三步六号叫,志屈悲哀频。鸾凤不相待,侧颈诉高旻[6]。杖藜俯沙渚,为汝鼻酸辛[7]!

这是七六七年秋夔州所作,可以看出杜甫的性格。全诗依题目可分三段:不爱入州府以下八句,写暇日小园散病;秋耕属地湿以下十句,写将种秋菜督勤耕牛;飞来两白鹤至末,为兼书触目。

[1] 观首四句,可知杜甫到晚年对官僚们越来越憎恶,而对劳动人民则有着一种由衷的热爱。由于生活上的接近,因而在情感上也有了默契。州府,便是统治阶级;旁舍,便是劳动人民。未曾嗔,从来没有讨厌过我。黄生云:"真本美德,而时人以为嫌,则世情之好假可知矣。应接之际,一味虚文,高士深所厌苦,而时人乐此不为疲,宜其戛戛不相入,至于绝迹人外,侣渔樵而友麋鹿,岂得已哉?"

[2] 浦注:"冬菁,芜菁、蔓菁之属,盖约举秋菜之名。饭之半,谓其功,半可敌饭。按冬菁饭之半,俭岁贫人之计也。如此则菜之功用亦重,所以须督牛耕种,以供采撷接春之需。旧以饭之半,作饭半解,殊无理!"

[3] 二句是说所种秋菜,不止一种。

[4] 二句是说夔州地气暖,各种相接,一直可以采撷到春天。

[5] 是说还要时刻为防备矰缴之多而惊心。

[6] 二句有寓意,鸾凤高飞,比得意的人。高旻,高天。

[7] 杜甫身世有类于受伤之白鹤,故不禁为之酸辛。

登高

风急天高猿啸哀[1],渚清沙白鸟飞回[2]。无边落木萧萧下,不尽长江滚滚来[3]。万里悲秋常作客,百年多病独登台[4]。艰难苦恨繁霜鬓,潦倒新停浊酒杯[5]。

这是杜甫最有名的一首七律。虽是一首悲歌,却是"拔山扛鼎"式的悲歌。它给予我们的感受:不是悲哀,而是悲壮;不是消沉,而是激动;不是眼光狭小,而是心胸阔大。语言的精练,对仗的自然(此首亦八句皆对),也都达到登峰造极的地步。因此,胡应麟曾推为古今七言律第一。

〔1〕巫峡多猿,鸣声甚哀。风急二字紧要,猿哀、鸟回、落木萧萧、长江滚滚,皆从此生出。

〔2〕回,回旋。

〔3〕二句从大处写秋景。因风急,故叶落萧萧,江流滚滚。以上四句写景,是下文悲秋的张本。其实景中已自有情。

〔4〕这两句共含有八九层意思,凝炼而不堆垛。百年,犹一生,见得原就很短促。

〔5〕末二句用当句对法,艰难对苦恨,潦倒对新停。繁霜鬓,白发日多。艰难苦恨四个字含有许多文章,概括了当时整个社会现实,是"悲秋"、"多病",同时也是"繁霜鬓"的根由。潦倒,犹衰颓,因多病故潦倒,《夔府咏怀》诗云"形容真潦倒",可证。时杜甫因肺病戒酒,故曰新停。消愁借酒,今又因病不能举杯,岂不更可恨。

319

九日

重阳独酌杯中酒,抱病起登江上台[1]。竹叶于人既无分[2],菊花从此不须开[3]!殊方日落玄猿哭,旧国霜前白雁来[4]。弟妹萧条各何在?干戈衰谢两相催[5]!

　　[1]古人以九为阳数,重阳,即九月九日。虽酌酒杯中,实际却未饮(观第三句可见)。独对一樽,全无饮兴,于是掷杯而起,扶病登台。
　　[2]竹叶,酒名,对下句菊花,是借对法(也叫做真假对)。于人的人,杜甫自谓。时因病戒酒,故曰无分。分字读去声。
　　[3]无心赏菊,又古人九日登高饮菊花酒,今既不能饮,故曰不须开。诗人常有这种使性子的话,杜甫特别多。
　　[4]这两句是登台所闻所见,和岑参的"见雁思乡信,闻猿积泪痕"同意。殊方,异乡。玄猿,黑色的猿。白雁,似雁而小,来则霜降,北人谓之霜信。旧国,犹故国、故乡。
　　[5]因见白雁,思及故乡,更进而想到弟妹的分散。衰谢,犹衰老。催,催着人死去。干戈在催着,时间又在催着,故曰两相催。杜甫担心活不长,见不着弟妹。——此诗亦八句全对。

虎牙行

秋风欻吸吹南国[1],天地惨惨无颜色。洞庭扬波江汉回,虎牙铜柱皆倾侧[2]。巫峡阴岑朔漠气[3],峰峦窈窕谿谷黑。杜鹃不来猿狖寒,山鬼幽阴雪霜逼[4]。楚老长嗟忆炎瘴[5],三尺角弓两斛力[6]。壁立石城横塞起,金错旌竿满云直[7]。渔阳突骑猎青丘[8],犬戎锁甲围丹极[9]。八荒十年防盗贼[10],征戍诛求寡妻哭[11],远客中宵泪沾臆[12]。

这是大历二年在夔州所作。由天气的反常说到战争和人民被剥削的痛苦。虎牙,山名,和长江南岸荆门山相对。在三峡下游,不在夔州,因诗中有虎牙二字,故摘以为题。

〔1〕欻吸,风声。南国,犹南方。

〔2〕两句写风势之大。江汉回,是说江水汉水为之倒流。铜柱,汉时马援所立。

〔3〕朔漠气,即北方寒气。

〔4〕杜鹃、猿狖、山鬼,皆巫峡所有,因天气忽变,也都改常了。狖,音柚,猴类。

〔5〕炎瘴蒸热,本可畏,不足忆。因天气特寒,衣又单薄,故反而思念。

〔6〕天寒弓硬,故特费力。古人开弓,用斛力计算,《南史》:"齐鱼腹侯子响,勇力绝人,开弓四斛力。"以上十句写巫峡苦寒之景。

〔7〕石城,指白帝城,因在山上故名石城。旌竿,指军旗。金错,军旗上的装饰。满云直,竖立如云,言其多。此以下因天气的阴惨严寒,想到人民的灾难深重。

〔8〕渔阳突骑,指安禄山的胡骑。青丘,指山东一带。

〔9〕指吐蕃陷长安。锁甲,铁甲。丹极,皇帝所居。

〔10〕八荒,八方边远处,犹言天下。

〔11〕寡妻哭,则其他人民之哭不言可知。

〔12〕远客,杜甫自谓。按末三句,每句押韵,贼字臆字在职韵,哭字在屋韵,但屋韵与职韵,唐人古诗通押。所以末三句形成三个独立的单行的句子,显得很奇特,也很有力。

写怀二首(录一)

劳生共乾坤,何处异风俗[1]?冉冉自趋竞[2],行行见羁束[3]。无贵贱不悲,无富贫亦足[4]。万古一骸骨,邻家递歌哭[5]。鄙夫到巫峡,三岁如转烛[6]。全命甘留滞,忘情任荣辱[7]。朝班及暮齿,日给还脱粟[8]。编蓬石城东,采药山北谷[9]。用心霜雪间,不必条蔓绿[10]。非关故安排,曾是顺幽独[11]。达士如弦直,小人似钩曲[12]。曲直吾不知,负暄候樵牧[13]。

这是大历二年(七六七)冬杜甫在夔州时所作。长期痛苦的生活实践,使他认识到人民痛苦的根源,实在于贫富的悬殊。话仿佛说得很达观,其实充满愤恨。

〔1〕劳生,本《庄子》:"大块载我以形,劳我以生。"这里指所有的人们。何处异风俗,是说到处一样,所谓"滔滔者天下皆是",即下二句所云。

〔2〕冉冉,行貌。自趋竞,即古谚所谓:"天下熙熙,皆为利来;天下攘攘,皆为利往。"

〔3〕见羁束,是说不自由。

〔4〕这两句是说如果没有贵人,则贱人也不会感到悲痛,如果没有富人,则贫人也不会感到不足,因为大家一样。正因为社会有贵贱贫富的不同,所以也就有悲有喜有趋竞和羁束。

〔5〕这两句是愤激的话。意谓饶你"贵为天子,富有天下",也难逃一死,而且是万古如斯,没有例外的。递,是更递,递歌哭,一会儿歌,一会儿哭。

〔6〕这以下说到自己。鄙夫,杜甫自谓。杜甫永泰元年(七六五)赴云安,至此凡三年。转烛,言生活不安定,兼形容时间的迅速。庾肩吾诗:"聊持转风烛,暂映广陵琴。"

〔7〕留滞,指漂泊他乡。荣辱,指世俗的贵贱。

〔8〕封建时代,百官上朝要站班,所以叫朝班。朝班及暮齿,是说暮年还挂了一个工部员外郎的名。日给,犹日食。脱粟,仅脱去秆壳的粗米。

〔9〕编蓬,即结茅屋。杜甫在夔州的瀼西、东屯皆有草屋。石城,即夔州城。杜甫本多病,也懂得一点医道,常常自己种药或采药。

〔10〕这两句是借采药来说明自己的人生态度的。用心霜雪间,即"不热中"意,是说只要能保持自己的人格,不必荣华富贵,所谓"吾道属艰难"。

〔11〕这两句多少有点说反话。因为杜甫这样做,实出于故意的安排。正如他说:"杖藜妨跃马,不是故离群"一样。他很讨厌那般官僚。曾是,犹乃是。幽独,指性情。

〔12〕后汉顺帝时童谣:"直如弦,死道边;曲如钩,反封侯。"

〔13〕这也是说反话,如果以为杜甫真是一个不知曲直、不分是非的达观者流,那就大错而特错了。这是对那个黑暗社会恨到了家的话。负暄是"负日之暄",即晒太阳。《列子·杨朱篇》说:宋国有个农民,穿麻衣过冬,觉得晒太阳很暖和,便对他的妻说:"负日之暄,人莫知者,以献

323

吾君,当有重赏。"杜甫这时常常写到他晒太阳的情况,如"杖藜寻巷晚,炙背近墙暄。"看来他在夔州的生活虽有好转,但也很有限。

观公孙大娘弟子舞剑器行并序

　　大历二年十月十九日[1],夔州别驾元持宅,见临颍李十二娘舞剑器,壮其蔚跂[2]。问其所师?曰:"余,公孙大娘弟子也。"开元五(一作三)载,余尚童稚,记于郾城观公孙氏舞剑器浑脱[3],浏漓顿挫,独出冠时。自高头宜春、梨园二伎坊内人,洎外供奉舞女[4],晓是舞者,圣文神武皇帝初[5],公孙一人而已!玉貌锦衣,况余白首[6]!今兹弟子,亦匪盛颜[7]。既辨其由来,知波澜莫二[8]。抚事慷慨,聊为《剑器行》。昔者吴人张旭善草书、书帖,数尝于邺县见公孙大娘舞西河剑器,自此草书长进,豪荡感激,即公孙可知矣[9]!

昔有佳人公孙氏,一舞剑器动四方。观者如山色沮丧,天地为之久低昂[10]。㸌如羿射九日落,矫如群帝骖龙翔。来如雷霆收震怒,罢如江海凝清光[11]。绛唇珠袖两寂寞[12],晚有弟子传芬芳。临颍美人在白帝,妙舞此曲神扬扬。与余问答既有以[13],感时抚事增惋伤。
先帝侍女八千人,公孙剑器初第一[14]。五十年间似反掌,风尘洊洞昏王室[15]!梨园弟子散如烟,女乐馀姿映寒日[16]。

金粟堆南木已拱,瞿唐石城草萧瑟[17]。玳筵急管曲复终,乐极哀来月东出[18]。老夫不知其所往,足茧荒山转愁疾[19]!

这是一首"感时抚事"的诗,在一件小事情上,杜甫往往也会想到整个国家命运。杜甫对艺术有广泛爱好,当时不少书画家和艺人都得到他的赞美,以至为后代所熟悉。公孙大娘便是艺人之一。为了更好地描写这种"豪宕感激"的剑器舞并表达这种激动的感情,所以他使用了歌行体。所谓"剑器",是唐代"健舞曲"之一,健舞也就是"武舞"。剑器舞的特点是"女子雄装",唐司空图《剑器诗》:"楼下公孙昔擅场,空教女子爱军装。"至于"舞剑器",是否即如陈寅恪先生解释的"舞双剑",虽不敢断言,但舞者手中有剑,非空手而舞,却可肯定,因诗有"罢如江海凝清光"之句。这篇诗序,也富有诗意,可以看出杜甫在散文上的造诣。朱彝尊说:"序,佳绝!"李因笃说:"绝妙好词!序以错落妙,诗以整妙。错落中有悠扬之致,整中有跌宕之风。"确是值得注意的。

〔1〕黄生云:"观舞细事尔,序首特纪岁月,盖与开元三年句打照;并与诗中五十年间句针线。无数今昔之悲,盛衰之感,俱于纪年见之。"

〔2〕浦注:"蔚跂,言其光彩蔚然,而有举足凌厉之势。"

〔3〕脱,读平声,音驼。浑脱也是一种舞名。《通鉴》卷二百九:"上(唐中宗)数与近臣学士宴集,令各效伎艺以为乐。工部尚书张锡舞谈容娘,将作大匠宗晋卿舞浑脱。"胡三省注:"长孙无忌(太宗时人)以乌羊毛为浑脱毡帽,人多效之,谓之赵公(无忌封赵国公)浑脱,因演以为舞。"剑器浑脱,是剑器与浑脱二舞的综合。

〔4〕伎坊,即教坊。崔令钦《教坊记》:"右教坊在光宅坊,左教坊在

325

延政坊,右多善歌,左多工舞。妓女入宜春院,谓之内人,亦曰前头人,常在上(皇帝)前头也。"浦注:"按高头,疑即前头之谓。"《雍录》:"开元二年,置教坊于蓬莱宫侧,上自教法曲,谓之梨园弟子。"洎,音既,及也。宜春、梨园设在宫禁内,是内教坊,也可以说是内供奉。外供奉,则指设在宫禁外的左、右教坊,以及其他一些杂应官妓。

〔5〕圣文神武皇帝,指玄宗。唐代作兴给统治者上尊号,"圣文神武"便是玄宗在开元二十七年所加的尊号。到天宝十二载,这个尊号已长至"开元天地大宝圣文神武孝德证道"十二个字了。黄生云:"特书尊号于声色之事,非微文刺讥,盖欲与上文文势相配耳。"

〔6〕这两句很含蓄。是说那时我尚童稚,而公孙大娘已是一个妙龄女郎,现在连我都白了头,公孙大娘就更不用提了。有人说"况余"二字与上文不接,有人又疑为"晚余"二字之误,皆未细玩。

〔7〕弟子,即李十二娘。连徒弟都不似当年老师的年轻,说明历时之久。

〔8〕是说既弄清了她的师授渊源,因而也就知道她的舞法和公孙大娘没有什么两样。

〔9〕张旭,详《八仙歌》。李肇《国史补》:"旭常言始吾见公主担夫争路,而得笔法之意,后见公孙氏舞剑器,而得其神。"西河剑器,大概是剑器舞的一种,所以别于其他剑器,西河当指产生的地区。陈寅恪先生云:"西河疑即河西或河湟之异称,乃与西域交通之孔道……明此伎实际出西胡也。"(《元白诗笺证稿》页一四七)旧注:"子美以诗为散文,故意多顿促。此序引张颠草书隐映,颇达情态,非公不闻此妙。"公孙之舞,乃能启发"草圣",那么她的舞也就可知了。即,犹则也。

〔10〕因名动四方,故观者如山如海。因惊心动魄,故面为变色。天地句,也是从效果上极力形容舞旋之神妙,观者目眩,故有此感觉。

〔11〕以上四句是对舞的本身作具体描写。上二句状其忽然而伏,

忽然而起，下二句状其忽然而来，忽然而罢，一切都是这样变化莫测，出人意表。㸌，音霍，光芒闪灼貌。羿，后羿，古善射者。《淮南子·本经训》："尧之时，十日并出，焦禾稼，杀草木，尧乃使羿射十日。"矫，夭矫或矫健。夏侯玄赋："又如东方群帝兮，腾龙驾而翱翔。"（按《全三国文》有玄所作《皇胤赋》佚文，无此二语，此据宋人郭、蔡诸家注。）状其凌空飞腾。剑器舞有声乐（主要是鼓）伴奏，大概舞者趁鼓声将落时登场，故其来也如雷霆之收震怒，写出舞容之严肃。唐人多以秋水、青蛇比喻剑光，如白居易《李都尉古剑》诗："湛然玉匣中，秋水澄不流。"郭元振《宝剑篇》："精光黯黯青蛇色。"又韦庄《秦妇吟》："匣中秋水拔青蛇。"此诗"江海凝清光"，也应当是以水色喻剑光的。由此可见，剑器舞，必用剑，否则不可能有此境界。元稹《说剑》云："霆雷满室光，蛟龙绕身走。"亦可为证。但剑外是否有其他器仗，则难断言。

〔12〕绛唇，指人。珠袖，指舞。两寂寞，人与舞俱亡。

〔13〕既有以，既有根由。因见诗序，故从略。

〔14〕初，始也，本也。是说自始就推她第一。

〔15〕自开元五年（七一七）至大历二年（七六七）凡五十一年。风尘澒洞，指禄山之乱。

〔16〕禄山之乱，京师乐工，多流落江南，这句是同情李十二娘的话。"馀姿"，即序所谓"亦匪盛颜"。时在十月故曰"寒日"，兼含日暮穷途意。

〔17〕上句伤玄宗，下句自伤。玄宗葬金粟山。玄宗死在七六二年四月，至此已五年多，故曰木已拱。

〔18〕二句切别驾元持宅。观舞虽同，而时代身世大异，故不禁乐极哀来。

〔19〕茧，足板厚皮。杜甫半生奔走，故足上生茧，不良于行。《入衡州》诗云："隐忍枳棘刺，迁延胝胼疮。"亦可证。疾，速也。仇注："足

327

茧行迟,反愁太疾,临去而不忍其去也。"疾,一作寂。——关于剑器舞是不是舞剑,任半塘和陈寅恪先生有不同看法,但同样是根据如下的一段《明皇杂录》:"上素晓音律,时有公孙大娘者,善舞剑,能为邻里曲,裴将军满堂势,西河剑器浑脱。遗(?)妍妙皆冠于时。"任云:"不知《杂录》明明将剑与剑器,分作两事举之,中间且隔有'邻里曲'与'满堂势',文意无牵混可能,何从强合二者为一?"(《敦煌曲初探》页一七八)"邻里曲"的内容,现不可知,至"裴将军满堂势",则据任所举:《白孔六帖》三十二引《明皇杂录》,《太平广记》二一二《吴道玄》条引《唐画断》及《独异志》,我们知道所谓"满堂势"者,即指裴旻或斐旻之舞剑。以此推之,我疑心"邻里曲"、"满堂势"和"剑器",大概都以"舞剑"为同一的基本内容。必"善舞剑",才能为邻里曲、满堂势和剑器。这样来理解《明皇杂录》的话,舞剑和剑器并没有什么矛盾。剑器用剑,由唐人诗中也可得到证明,如苏涣《赠零陵僧》诗(一作《怀素上人草书歌》):"西河舞剑气凌云,孤蓬自振唯有君。"这里明言"西河舞剑"。又如郑嵎《津阳门》诗:"公孙剑伎方神奇。"注云:"有公孙大娘舞剑,当时号为雄妙。"又姚合《剑器词》:"掉剑龙缠背,开旗火满身。"考周以后舞曲,通常以舞者所执,因而名舞。如周有帗舞、羽舞、皇舞、旄舞、干舞、人舞等六种舞,郭茂倩云:"帗舞者,析五彩缯,若汉灵星舞子所持是也;羽舞者,析羽也;皇舞者,杂五彩羽如凤凰色,持之以舞也;旄舞者,氂牛之尾也;干舞者,兵舞,持盾而舞也;人舞者,无所执,以手袖为威仪也。"(《乐府诗集》卷五十二)汉以后,如鞞舞、铎舞、巾舞、拂舞、槃舞、杯槃舞等,亦均因舞者所执以名舞。这是从历来名舞的惯例上也可以推知剑器舞之必有剑。至隋代之鞞、铎、巾、拂四舞,文帝令"舞人不须捉鞞、拂等",此自是特殊的例外,不足引以为证。

冬至

年年至日长为客,忽忽穷愁泥杀人[1]！江上形容吾独老,天边风俗自相亲[2]。杖藜雪后临丹壑,鸣玉朝来散紫宸[3]。心折此时无一寸,路迷何处望三秦[4]？

〔1〕忽忽,犹郁郁。泥,读去声,纠缠不放之意。此诗作于大历二年(七六七),自乾元二年(七五九)弃官客秦州以来,杜甫已作了八九年的客了。

〔2〕自相亲,是说人们自相亲,而不与我亲,此即汉乐府"入门各自媚,谁肯相谓言"意。

〔3〕二句要连看。是说当我杖藜徐步之日,正百官散朝之时。杜甫曾作拾遗,又总希望能在朝廷做出一番事业,因而想到散朝的事。冬天山谷间,有翠柏,也有丹枫,颜色非一,故曰丹壑。当时百官上朝皆骑马,鸣玉,是"乘马鸣玉珂"的省文。紫宸,殿名,在大明宫。

〔4〕二句承上,因想到长安,更增愁恨。心大不过方寸,故曰寸心。心折,犹心碎,因心折,故曰无一寸。项羽曾三分关中(陕西)之地,分王秦的三个降将,故有"三秦"的说法,这里实际是指长安说的,为了和上句一寸作对,故用三秦。然语虽对,而意则一贯,望乡尚不辨何处望,还乡就更不用说了,此正心折之由。

归雁

东来万里客,乱定几年归[1]?肠断江城雁:高高向北飞[2]!

浦注:"神味高远。旧编广德二年(七六四)自梓、阆还成都作,则'东来'字不合。当是大历三年(七六八)出峡后诗。"信如浦说,则此乃杜甫最后的一首五言绝句。

[1] 二句,自问自。客,指自己。几年,犹几时。
[2] 末句正是申明"肠断"之故。

短歌行赠王郎司直

王郎酒酣拔剑斫地歌莫哀[1]!我能拔尔抑塞磊落之奇才[2]。豫章翻风白日动,鲸鱼跋浪沧溟开[3]。且脱佩剑休徘徊[4]!西得诸侯棹锦水[5],欲向何门趿珠履[6]?仲宣楼头春色深[7]:青眼高歌望吾子[8],眼中之人吾老矣[9]!

大历三年(七六八)正月杜甫自夔出峡,寓居湖北江陵,诗当作于是年春暮。汉乐府有《短歌行》,这是用的旧题。"郎"是对少年的美称。司直,司法官。《旧唐书》卷四十四《职官志》:"大理寺司直六人,从六品上,掌出使推核。"王郎怀才不遇,因作诗慰之,通首皆赠王郎语。按王郎，不知名。杜甫《戏赠友》诗："元年建巳月，官有王司直。马惊折左臂，骨折面如墨。"大概是一个豪侠之士。诗作于宝应元年（七六二），时寓成都草堂。又皇甫冉亦有《送王司直》诗，当系一人。

〔1〕一起便画出一个英俊少年。酒酣，半醉。鲍照《行路难》"拔剑击柱长叹息"，拔剑斫地也是一种愤慨的表现。浦注："首句莫哀二字，另读。斫剑而歌，哀情发矣，故劝之莫哀也。"

〔2〕拔，提拔。抑塞，犹抑郁，谓有才不得伸展。磊落，光明坦荡。

〔3〕二句以大木、大鱼形容王郎的奇才。豫章，两种大木。豫亦名枕木，章亦名樟木。跋浪，犹乘浪。沧溟，即碧海。白日动，白日为之动。沧溟开，沧溟为之开。

〔4〕浦注："徘徊，即哀歌之态。曰'脱'曰'休'，即'莫哀'意，重言以劝之也。"按句意谓有才如此，终必见用，故曰"且"。

〔5〕时王郎将西入蜀。诸侯，指蜀中节镇。得，得其信任。锦水，即锦江，在成都。棹，作动词用，犹言泛。李白诗："稽山无贺老，却棹酒船回。"亦作动词用。此句有倒装，顺说即"西棹锦水得诸侯"。

〔6〕跋，音洒，说文："跋，进足有所撷取也。"《史记·春申君传》："春申君客三千馀人，其上客皆蹑珠履。"向何门，勉其择人，勿入凶门。

〔7〕这句点明送别之地和时。王粲字仲宣，"建安七子"之一，避乱，依刘表于荆州（时荆州治今湖北省襄阳县），曾作《登楼赋》，后人因称所登楼为"仲宣楼"。楼所在地，向有襄阳、当阳和江陵三种不同说法。郭知达《九家集注杜诗》卷十引赵次公云："楼，指言荆州。王粲字仲宣，自来荆，尝登楼作赋，今直以荆州楼为仲宣楼，祖出梁元帝诗'朝出屠羊县，夕返仲宣楼'（按诗题为《出江陵县还》）。盖以仲宣一世名人，故得以名之。犹之天子之天禄阁，可谓之子云阁。"（按所据为谢灵运诗："既笑沮溺苦，又哂子云阁。"）按赵说甚是。仲宣楼，杜诗屡用，如：

"戎马相逢更何日,春风回首仲宣楼。"(《将赴荆南寄别李剑州弟》)又"此时同一醉,应在仲宣楼"(《舍弟观归蓝田迎新妇示两篇》)。又"天寒出巫峡,醉别仲宣楼"(《夜雨》)。都是借以泛指荆州的。江陵是否有或应不应有仲宣楼,并没有什么关系。

〔8〕《晋书·阮籍传》:"籍又能为青白眼。"青眼表示好感,白眼表示蔑视。高歌,犹放歌,即放声而歌,意在鼓舞对方。吾子,是亲密的称呼,指王郎。望是望其能遇知己以施展奇才。

〔9〕眼中之人,向有两说:一说指杜甫,一说指王郎。按杜甫《与严二郎奉礼别》诗:"别君谁暖眼?将老病缠身。"暖眼二字甚新,意即此所谓眼中之人。据此,则当指王郎,是呼而告之的口气,应略顿。吾老矣,是说自己已不中用了,要求王郎及时努力,所谓"济世宜公等"、"飞腾急济时"。——卢世㴶《杜诗胥钞》评此诗云:"突兀横绝,跌宕悲凉,曰青眼高歌望吾子,待少年人如此肫挚,直是肠热心清,盛德之至耳。"

江汉

江汉思归客,乾坤一腐儒[1]。片云天共远,永夜月同孤[2]。落日心犹壮,秋风病欲苏[3]。古来存老马,不必取长途[4]。

诗言"江汉",当是漂泊湖北时所作。尽管人愈来愈老,环境愈来愈恶劣,但杜甫的心并没有老,这种顽强的精神是很动人的。

〔1〕黄生云:"一腐儒上着乾坤字,自鄙而兼自负之辞。身在草野,心忧社稷,乾坤之内,此腐儒能有几人?"

〔2〕这两句正写思归之情。如果顺说,便是"共片云在远天,与孤

月同长夜"。但说"共远"、"同孤",便将情感和景物密切结合,融成一片。孤月片云,兼有自况意。

〔3〕这两句承腐儒。杜甫这种"自强不息"、"锲而不舍"的积极精神,也确是于儒家为近。落日二字,不是实景,乃是比喻年老和环境的困难,所谓"日薄西山"、"日暮途穷"。所以"落日"二字的涵义是很广阔很丰富的。前人批评这首诗说"日月并见"未免矛盾,实属皮相。从对法上来看,则"落日"对"秋风"为借对。苏,苏活。病欲苏,病都要好了。

〔4〕存,留养。老马,杜甫自比。《韩非子》:"桓公伐孤竹,返,迷惑失道,管仲曰:'老马之智可用也。'乃放老马而随之,遂得道焉。"末二句极怨恨,意思是说,难道我这腐儒,连一匹老马也不如了吗?

公安送韦二少府匡赞

逍遥公后世多贤[1],送尔维舟惜此筵[2]。念我能书数字至,将诗不必万人传[3]!时危兵革黄尘里,日短江湖白发前[4]。古往今来皆涕泪[5],断肠分手各风烟[6]。

这是七六八年暮秋漂泊湖北公安县时所作。这年八月,吐蕃十万攻灵武、邠州,京师戒严,所以诗中有时危兵革的话。二,是韦的排行。少府,是韦的官职。匡赞,是韦的名字。杜甫在公安受尽冷落,非常孤独,没有谁到他这条破船上来,韦却特来看望并向他辞行,所以便把积压已久的感时惜别的辛酸涕泪,对着这位即将分手的青年朋友尽情地倾泻。

〔1〕韦的祖先韦夐,北周明帝时号为逍遥公;又韦嗣立,唐中宗时

亦封为逍遥公。

〔2〕韦大概是杜甫的后生知己,故直呼为"尔",更不客套。维舟,系舟。黄生说:"此字有力,若云惜别筵即弱矣。"按此字所以有力,在于能表达出老人的心情。后会难期,故特觉可惜。

〔3〕这两句都是上二下五的句法,上二字一读。意思是说,此番别后,如承相念,只要(这里的能字作"只"字或"但"字讲)写几个字的短信来,我这老头便感激不尽了。至于诗,倒不劳向万人传播(韦大概很爱杜诗)。杜甫因为自己的诗讽刺面很广,随便乱传,可能招致无谓的中伤,所以在《送魏仓曹》诗中也告诫他说:"将诗莫浪传!"

〔4〕这两句根上"念我"写自己的苦况。上句说兵荒马乱,是时代环境;下句说漂泊江湖,是个人环境。黄尘扰攘,本由兵甲而生,今兵甲不休,所以说"兵革黄尘里"。酒摆在船上,所以说"江湖白发前"。时局已危,而兵甲不休,是危而又危也;来日已短,而江湖漂泊,是短而又短也。二句含无限悲痛。

〔5〕极端的痛苦,使杜甫觉得古往今来都只是一场悲剧。

〔6〕但一想到分手之后,各自都走向风烟,死活不知,后会难料,还是不能不断肠了。风烟,指兵革。按"能书"一作"常能",黄生说:"常字深一层,而'数字',即书也。今从之。"按常字虽深一层,反觉不近情,因为要求对方常常来信,未免有点过高过多。不如"能书"自然。

暮归

霜黄碧梧白鹤栖,城上击柝复乌啼[1]。客子入门月皎皎,谁家捣练风凄凄[2]。南渡桂水阙舟楫,北归秦川多鼓鼙[3]。年过半百不称意,明日看云还杖藜[4]。

七六八年暮秋杜甫由江陵寓居公安时作。

〔1〕二句写暮。霜黄碧梧，犹言"霜凋碧树"，黄字用作动词。梧叶本碧，为霜所黄。申涵光曰："黄碧白三字，看他安插顿挫之妙。李空同（李梦阳，明代"前七子"的首领）云：'野寺霜黄锁碧梧'，此偷用杜句，黄碧之中，隔一锁字，而文义却难通矣。"击柝，即打更。柝是打更用的木梆。

〔2〕二句写归。客子，杜甫自谓。练，白绢。皎皎凄凄，写秋月秋风，景中含情，已起下思归意。

〔3〕二句抒情。桂水在湖南郴县。阙，同缺。鼓鼙，指战争。《通鉴》卷二百二十四："大历三年（七六八）八月，吐蕃十万众寇灵武，尚赞摩二万众寇邠州，京师戒严。"故曰"多鼓鼙"。秦川，注见《乐游园歌》。

〔4〕杜甫是年五十七岁。不称意，犹不如意。南渡不可，北归不能，万方多难，一筹莫展，皆不称意事。范廷谋《杜诗直解》："瞻云望故乡，人情最属无聊。公因暮，想到明日，又就明日，想其景况还是杖藜，还是看云，到底无称意事，无北归时。一'还'字，有无限惆怅，无限曲折。"朱瀚《杜诗解意》："玩'还'字，则知此日亦是杖藜看云归也。"——这是一首拗体七律。乍读似聱牙诘屈，其实仍声调和谐。所以卢世㴶说"读去如《竹枝》、《乐府》"。

晓发公安

北城击柝复欲罢[1]，东方明星亦不迟[2]。邻鸡野哭如昨日，物色生态能几时[3]？舟楫眇然自此去，江湖远适无前期[4]。出门转眄已陈迹[5],药饵扶吾随所之[6]。

七六八年冬由公安往岳阳时作。杜甫自注:"数月憩息此县。"

〔1〕柝,见《暮归》注。罢,读疲,是韵脚。用一复字,便见得前此已饱闻。

〔2〕明星,即金星,是太阳系九大行星之一,亦名太白、长庚、启明(晨出东方为启明,昏见西方为长庚)。亦不迟,是说柝声一歇,启明星也就出现在东方,仿佛也在催人早发。

〔3〕不断加深的人民的痛苦和个人无止境的漂泊生活,使杜甫对人生有一种幻灭之感。听邻鸡之鸣,野哭之声,一如昨日,然而今天已是要离开这里的时候了。物色,指物。生态,犹生意,指人。能几时,是说都不能长久。

〔4〕无前期,浪荡江湖,没有预定的目的地。

〔5〕眄,音免。转眄,即转眼。脚才一跨出门,转眼之间,一切便已成一去不复返的陈迹了,时间是这样快得可怕。

〔6〕杜甫这年五十七岁。一身是病,故全靠药饵扶持。之,往也。随所之,走到哪儿算哪儿。——浦注:"信手信心,一气旋转,不烦绳削,化境也。"

蚕谷行

天下郡国向万城[1],无有一城无甲兵!焉得铸甲作农器[2],一寸荒田牛得耕?牛尽耕[3],蚕亦成。不劳烈士泪滂沱[4],男谷女丝行复歌[5]。

这诗确实年代难定,诸家说法不一,大概作于大历元年至大历四年之间。这时安史之乱,基本上已扑灭,故杜甫希望战争早日停止,让战士都能解甲归田,反映了当时广大人民的愿望。

〔1〕向,差不多的意思。

〔2〕这可能也是当时的实际情况。十多年的战争,使得铸作生产工具的铁都感到缺乏,必须用武器来改造了。

〔3〕一本"耕"下有"田"字。

〔4〕烈士,指战士。滂沱,雨大貌,这里形容落泪。

〔5〕男谷女丝,即男耕女织,以名词作动词,是杜甫用字变化处。行复歌,一边走,一边唱。

登岳阳楼

昔闻洞庭水,今上岳阳楼[1]。吴楚东南坼,乾坤日夜浮[2]。
亲朋无一字,老病有孤舟[3]。戎马关山北,凭轩涕泗流[4]。

大历三年(七六八)冬十二月,杜甫由湖北的江陵、公安一路又漂泊到湖南的岳州(岳阳)。这里有海内名胜洞庭湖和岳阳楼,一天,杜甫独自登上这座楼,没有问题,他并不是来痛哭的,但是壮阔伟丽的湖山和万方多难的现实,是这样不相称,这样矛盾,使他始而喜,继而悲,终而涕泗横流。这并不是杜甫的"大煞风景",而是他的现实主义精神的自然流露。十几年前,杜甫写《登慈恩塔》诗时便说过:"自非旷士怀,登兹翻百忧。"正可以拿来理解他这回登楼的心情。岳阳楼,在岳阳县城西门上,开元中张说所建,诗人孟浩然曾题过诗,李白也在这里写过诗。

〔1〕洞庭水,即洞庭湖。昔闻其名,今临其境,言外见得这也是一件快事。

〔2〕二句写登楼所见,极力形容洞庭湖的壮阔。坼,分裂之意。湖在楚之东,吴之南(大致的说法),若中分之,故曰坼。《水经·湘水注》说:"洞庭湖水,广圆五百馀里,日月若出没其中。"这两句使用"当句对"法。

〔3〕二句写登楼所引起的个人身世之感。跟上两句,一景一情,一大一小,一阔一狭,似极不相称、极不相干,其实是有着内部联系的。因为境界的空阔,在一定情况下,往往能逗引或加强人们的飘零孤独之感。比如北朝民歌:"念吾一身,飘然旷野。"便是很好的例子。增加这位行人"一身飘然"之感的,不是别的,正是那无边的"旷野"。杜甫这年是五十七岁,困守长安时,他便患了肺病和恶性疟疾,在成都时,又患风痹,到夔州后,病况加重,右臂偏枯了,左耳也聋了,牙齿也一半落了,到这时,正是一身是病痛。我们不能轻易滑过这个"病"字,杜甫决不是无病呻吟的。

〔4〕《通鉴》卷二百二十四:"大历三年八月,壬戌,吐蕃十万众寇灵武。丁卯,吐蕃尚赞摩二万众寇邠州,京师戒严,邠宁节度使马璘击破之。九月,命郭子仪将兵五万屯奉天以备吐蕃。朔方骑将白元光破吐蕃二万众于灵武。吐蕃释灵州之围而去,京师解严。十一月,郭子仪还河中,元载(当时宰相)以吐蕃连岁入寇,马璘以四镇兵屯邠宁,力不能拒,乃使子仪以朔方兵镇邠州。"据此,可知当时京师北面边防很吃紧,所以有"戎马关山北"的话。关于这个结语,黄生曾解释说:"前半写景,如此阔大,转落五六,身世如此落寞,诗境阔狭顿异,结语凑泊极难,不图转出'戎马关山北'五字,胸襟气象,一等相称!"这话很有见地。所谓胸襟,

即作者的心情,所谓气象,即洞庭的景色,洞庭湖大,杜甫也大,所以说"一等相称"。但他把这种"相称"看成手法问题,却是不正确的。没有思想作基础,是转不出来,或者说是转不到这上面去。同时,杜甫在写作此诗时,也并不是为了取得所谓"相称"才来这样"转"的。方回《瀛奎律髓》云:"尝登岳阳楼,左序毬门壁间,大书孟(浩然)诗,右书杜诗,后人不敢复题。"按郑谷《卷末偶题》云:"七岁侍行湖外去,岳阳楼上敢题诗。"则晚唐时已然。

岁晏行

岁云暮矣多北风[1],潇湘洞庭白雪中。渔父天寒网罟冻,莫徭射雁鸣桑弓[2]。去年米贵缺军食[3],今年米贱大伤农。高马达官厌酒肉,此辈杼柚茅茨空[4]。楚人重鱼不重鸟[5],汝休枉杀南飞鸿[6]。况闻处处鬻男女[7],割慈忍爱还租庸[8]。往日用钱捉私铸,今许铅铁和青铜[9]。刻泥为之最易得[10],好恶不合长相蒙[11]!万国城头吹画角,此曲哀怨何时终[12]?

这诗作于湖南,因为诗中说到潇湘洞庭。不是大历三年(七六八)冬,便是大历四年冬,亦即杜甫死的前一年或二年作的。可以看出杜甫关心人民。他不只是"穷年忧黎元",简直是"到死忧黎元"。

〔1〕云,语助词,无义。
〔2〕莫徭,少数民族。《隋书·地理志下》:"长沙郡又杂有夷蜒(音但),名曰莫徭。自云其先祖有功,常免徭役,故以为名。"他们都善射

猎,刘禹锡有《连州腊日观莫徭猎西山》诗。桑弓,桑木作的弓。弓开有声,故曰鸣。

〔3〕《唐书·代宗纪》:"大历二年十月,减京官职田三分之一给军粮。十一月,率百官、京城士庶,出钱以助军。"朱鹤龄注据此,定此诗作于大历三年,但此诗作于湖南,大历二年湖南是否米贵,还难确断。

〔4〕高马,高头大马,《周礼·廋人》:"马八尺以上为龙。"达官,显达之官。厌,同餍。《孟子》:"良人出,则必餍酒肉而后反。"此辈,即上渔父、莫徭和农民们。杼柚,织布机。《诗经·大东》:"小东大东,杼柚其空。"茨,音慈,茅茨,即茅屋。极言被剥削之惨。

〔5〕《风俗通》:"吴楚之人嗜鱼盐,不重禽兽之肉。"

〔6〕汝,指莫徭。莫徭虽善射,但楚人既不重鸟,射到也没啥用,岂非枉杀?鸿,大于雁。

〔7〕鬻,音育,出卖。

〔8〕唐时剥削制度有租、庸、调三种:租是每丁岁纳租粟二石或稻三斛。调是每户纳绢二匹(宽一尺八寸,长四丈),绫绝(绌)各二丈,绵三两。如纳布加五分之一,并输麻三斤。庸是每丁岁役二十日,有闰月加二日,不能应役,纳绫绢绝每日三尺。安史乱起,这种正规剥削也被破坏,已到了所谓"一物官尽取"、"刻剥及锥刀"的地步。因此,这里说的租庸,实包括一切勒索在内。

〔9〕私铸,即盗铸。唐制:"盗铸者身死,家口配没。"(《唐书·食货志》)铅铁和青铜,用铅铁羼杂在青铜中,因为不这样,便无利可图,这就是所谓"恶钱"。当时富商地主多铸此种恶钱,统治者也不管,所以说"今许"。这样,吃亏的当然是老百姓。

〔10〕这是痛恨透顶的话。意思是说你们何不干脆用泥巴作钱来骗取人民的物资呢,这样岂不是更容易得到,更不费成本吗!

〔11〕是说应当及时禁绝私铸恶钱,不使恶钱和好钱长相蒙混,同时

通用。

〔12〕这两句总结。万国吹角,是说各处在用兵,而兵戈不息,则以上的一些情况便不可能得到改善,故不觉为之长叹。此曲,兼指他自己所作的这首《岁晏行》。的确,在人民受压迫剥削的社会里,这种哀怨的曲子是唱不完的,杜甫便一直唱到他的死。

南征

春岸桃花水,云帆枫树林〔1〕。偷生长避地,适远更沾襟〔2〕。老病南征日,君恩北望心〔3〕。百年歌自苦,未见有知音〔4〕!

这是七六九年春由岳阳往长沙时所作。诗人杜甫对他自己的诗,作了一个充满自信和自负的自我评价。

〔1〕首二句写南征途中之景。桃花水,即春水,因水生于桃花开放时,故谓之桃花水。以对"枫树林",为借对。

〔2〕苟全性命,到处逃难,故眼前景物虽美,转使人伤心流泪。

〔3〕二句流水对。是说自己老了病了,照说应北归才是,现在却更向南走,岂不可悲?尽管如此,然心则未尝一日忘怀朝廷。君,指代宗。杜甫在成都时,代宗曾召他补京兆功曹,杜甫没接受,后因严武表荐,授检校工部员外郎,赐绯鱼袋,所谓"君恩",当与此事有关。

〔4〕末二句结出不得不老病南征之故。在当时社会里,文章上的知音,往往也就是事业上的援手或生活上的东道主人。这两句感慨很深,很大,自视也很高。不能不使杜甫伤感:对于同时代大诗人或较有成就的诗人,他本着"乐道人之善"的态度差不多全都评论到,全都给以应

得的公正的评价,他成了他们的知音。然而,却很少有人谈论到他的诗,他自己却找不到一个知音。天宝末,殷璠编《河岳英灵集》,高适、岑参、薛据等还有一些实在不高明的作家都入了选,独独杜甫却"名落孙山"。杜甫死后不久,高仲武编《中兴间气集》,选录了至德到大历末年二十六位作家的诗,也没有杜甫的份。但杜甫并不急于求人知,也并不因此而丧失了自己的自信。

遣 遇

磬折辞主人[1],开帆驾洪涛。春水满南国,朱崖云日高[2]。舟子废寝食,飘风争所操[3]。我行匪利涉[4],谢尔从者劳[5]。石间采蕨女,鬻市输官曹[6]。丈夫死百役,暮返空村号[7]。闻见事略同[8]:刻剥及锥刀[9]。贵人岂不仁?视汝如莠蒿[10]!索钱多门户,丧乱纷嗷嗷[11]。奈何黠吏徒,渔夺成逋逃[12]!自喜遂生理,花时甘缊袍[13]。

这是大历四年(七六九)杜甫在由岳阳往长沙的途中所作。所谓"遣遇",是说排遣所遇见的叫人愤恨的事情,其实是"遣愤"。杜甫的目光到死都是注视着人民的痛苦。

〔1〕磬,是一种屈形的玉或石作的乐器。磬折,形容作揖时弯腰的样子,这里有恭敬意。

〔2〕朱崖,即长沙的丹崖。

〔3〕是说船夫和风浪搏斗。

〔4〕《易经·需卦》:"利涉大川。"是说自己这次舟行很不顺利。

〔5〕谢,有愧对或抱歉意。从者,指舟子。

〔6〕这以下就是所遇之事。市,一作菜。输,是输税。官曹,即官府。分科办事的机关叫作曹。

〔7〕死百役,死于各种各样的徭役。可见这是一位寡妇。号,读平声,号哭。

〔8〕平日所闻和一路所见情况大略相同,即指下句。浦注:"以闻见略同句,推广畅论,极淋漓恺恻之致。"

〔9〕锥刀,喻细微的物资。是说官吏剥削,无孔不入。

〔10〕岂不仁,是一种反说的讽刺手法,阳褒阴贬,杜诗多有。如莠蒿,即如草芥。

〔11〕多门户,即五花八门。纷嗷嗷,到处啼饥号寒,一片哭声。

〔12〕黠吏徒,奸猾的小吏们。渔夺,是说侵夺百姓的财物如渔人取鱼一般。成逋逃,造成人民的逃亡。

〔13〕自喜,犹自幸。人民全都活不下去了,自己虽苦,总还能活下去,所以自喜自甘。花时,暮春三月百花盛开的时候。唐人多以春日为花时,朱庆馀《宫中词》:"寂寂花时闭院门。"湖南的三月,天气已相当热了,因没有春衣更换,所以杜甫还穿着破棉袍。缊袍,是用旧絮,或碎麻填充的袍子。

宿花石戍

午辞空灵岑[1],夕得花石戍[2]。岸流开辟水[3],木杂古今树。地蒸南风盛,春热西日暮[4]。四序本平分,气候何回互[5]?茫茫天地间,理乱岂恒数[6]?系舟盘藤轮[7],杖策

343

古樵路[8]。罢人不在村[9],野圃泉自注。柴扉虽芜没,农器尚牢固[10]。山东残逆气[11],吴楚守王度[12]。谁能叩君门,下令减征赋[13]?

这是大历四年春由长沙往衡州时所作。《新唐书》卷四十一《地理志》:"长沙有渌口、花石二戍。"按花石戍在长沙之南。杜甫利用停泊的时间,特地上岸对这个地方的民间情况作了一番实际的观察。

〔1〕空灵,峡名,由空灵南行四十五里即抵花石戍。杜甫有《次空灵岸》诗。

〔2〕夕得,傍晚到达。

〔3〕开辟水,开天辟地以来就有了的水。与下句俱写戍前之景。

〔4〕二句写花石戍时令之异。春季日暮还觉得热。

〔5〕春温夏热秋凉冬冷,所谓本平分,今当春而热,是春行夏令,所以说"气候何回互"。回互,错互不齐之意。

〔6〕理乱,即治乱。唐人避高宗李治的讳,改"治"为"理"。恒数,即常数或定数。是说自然现象尚且有时不齐,何况人世治乱,又岂能有常数。这两句是发议论,从气候说到人事。

〔7〕盘藤轮,浦注:"轮,疑即转水之具。盘藤,久废而藤盘其上。"

〔8〕杜甫这时五十八岁。一身是病,非杖不能行。古樵路,樵夫所走的荒僻小路。

〔9〕罢,音疲,罢人,即疲病的人民。不在村,逃亡一空。

〔10〕柴扉芜没,门内外长满了草,见逃亡已久。农具尚在,见老百姓仍想回家从事生产。

〔11〕残,是残馀。山东逆气,指河北诸降将薛嵩等,他们都是目无朝廷,不纳贡赋的。

〔12〕守王度,犹守王法,是说江南地区秩序尚好。这也是从"农器尚牢固"看出来的。

〔13〕人民的逃亡,以至铤而走险,都由于统治者过分的剥削,故有"减征赋"的呼吁。杜甫担心这样下去,那就连守王度的吴楚也要出乱子。

客从

客从南溟来,遗我泉客珠[1]。珠中有隐字,欲辨不成书[2]。缄之箧笥久,以俟公家须[3]。开视化为血,哀今征敛无[4]!

这大约是大历四年(七六九)在长沙作,是一首寓言式的政治讽刺诗。"征伐诛求寡妇哭"、"已诉征求贫到骨",便是这首诗的主题。杜甫巧妙地、准确地运用了传说,用"泉客"象征广大的被剥削的劳动人民,用泉客的"珠"象征由人民血汗创造出来的劳动果实。

〔1〕这两句仿仿汉乐府民歌"客从远方来,遗我双鲤鱼"的格式,但别生新意。"客"和"我"都是虚构的。南溟,南海。遗,问遗,即赠送。泉客,即鲛人,也叫泉仙或渊客(左思《吴都赋》"渊客慷慨而泣珠")。古代传说:南海有鲛人,水居如鱼,能织绡,他们的眼泪能变成珠子。关于珠的传说是相当多的,如明月珠、夜光珠等,为什么一定要用泉客珠呢?赵次公说:"必用泉客珠,言其珠从眼泪所出也。"(郭注卷十五引)这话很能揭示作者的用心所在。

〔2〕有隐字,有一个隐约不清的字。因为隐约不清,所以辨认不出是个什么字。书,即文字。珠由泪点所成,故从珠上想出"有隐字",这

个字说穿了便是"泪"字。它是如此模糊,却又如此清晰。意在警告统治阶级应该看到他们所剥削的一切财物其中都含着人民的血泪。

〔3〕缄,封藏。箧笥,藏物的箱子。俟,等待。公家,官家。须,需要,即下所谓"征敛"。

〔4〕最后点明做诗本旨。化为血,实即化为乌有,但说化为血,更能显示出人民遭受残酷剥削的惨痛。这又是从泪化为珠想出来的。原有的财物,既剥夺一光,而公家的征敛,仍有加无已,所以说"哀今征敛无",意谓而今再没有什么东西可供搜刮的。

清明二首(录一)

此身漂泊苦西东,右臂偏枯半耳聋[1]。寂寂系舟双下泪,悠悠伏枕左书空[2]。十年蹴鞠将雏远,万里秋千习俗同[3]。旅雁上云归紫塞,家人钻火用青枫[4]。秦城楼阁烟花里,汉主山河锦绣中[5]。春去春来洞庭阔,白蘋愁杀白头翁[6]。

这是一首七言排律,大概是七六九年春在湖南所作。可以看出杜甫晚年的健康情况和他的"自强不息"的积极精神。

〔1〕据《复阴》诗:"夔子之国杜陵翁,牙齿半落左耳聋。"则所谓半耳聋,当即指左耳聋。

〔2〕杜甫出峡后,多住在船上,船便是他的家。双下泪,即两眼流泪,意思是说只有两眼还未瞎。应合上句看。伏枕,即卧病。书空,是说用手指在空中虚画字形。《世说·黜免篇》:"殷中军(殷浩)被废,终日恒书空作字,窃视,唯作'咄咄怪事'四字而已。"因右臂偏枯,所以说"左

书空"。这里也反映了杜甫的顽强。右手不中用了,左手还是要写。以上四句写漂泊和病废。

〔3〕杜甫七五九年十二月入蜀,至是凡十年有馀。蹴,踢。鞠,用皮革做的毬。蹴鞠,即打毬,和现在的踢球相像。将雏,谓携子女。古时清明有打毬、秋千、施钩等游戏。同,同于故乡。

〔4〕相传秦筑长城,土色紫,故曰紫塞。这里泛指北方。钻火,钻木以取火。楚地多枫,故钻火用青枫,与北方用榆柳不同。以上四句就清明这一节候上写漂泊之久和远。

〔5〕二句因清明而遥想京国的美景。与下文作对照。

〔6〕末二句又回到现实,点出所在地点。是说风景自好,徒增漂泊之感。末二句是所谓"蹉对",也叫"交股对"。因上句用二"春"字,下句用二"白"字,而位置并不相当。

暮秋枉裴道州手札,率尔遣兴,寄递,呈苏涣侍御

久客多枉友朋书,素书一月凡一束。虚名但蒙寒暄问,泛爱不救沟壑辱[1]!齿落未是无心人,舌存耻作穷途哭[2]!道州手札适复至,纸长要自三过读[3]:盈把那须沧海珠?入怀本倚昆山玉[4]。拨弃潭州百斛酒,芜没潇岸千株菊[5]。使我昼立烦儿孙,令我夜坐费灯烛[6]。

忆子初尉永嘉去,红颜白面花映肉[7]。军符侯印取岂迟?紫燕骝耳行甚速[8]。圣朝尚飞战斗尘,济世宜引英俊人[9]。黎元愁痛会苏息[10],戎狄跋扈徒逡巡[11]。授钺筑

347

坛闻意旨[12],颓纲漏网期弥纶[13]。郭钦上书见大计[14],刘毅答诏惊群臣[15]。
他日更仆语不浅,明公论兵气益振[16]。倾壶箫管黑白发,舞剑霜雪吹青春[17]。宴筵曾语苏季子,后来杰出云孙比[18]。茅斋定王城郭门,药物楚老渔商市[19]。市北肩舆每联袂,郭南抱瓮亦隐几[20]。
无数将军西第成,早作丞相东山起[21]。鸟雀苦肥秋粟菽,蛟龙欲蛰寒沙水[22]。天下鼓角何时休?阵前部曲终日死。附书与裴因示苏[23],此生已愧须人扶[24]。致君尧舜付公等,早据要路思捐躯[25]!

这是大历四年(七六九)秋在长沙所作,裴道州,裴虬。从这首诗,可以看出杜甫的倔强劲和积极精神。他自己老残废了,但仍把致君安民的愿望寄托在朋友们身上。此诗押韵也是平仄轮换的,首仄韵,次换平,再换仄,最后又换平。值得注意的是意转而韵不转,故不能照其他诗一样根据换韵来分段落。

〔1〕这两句,讽刺得很幽默,也很尖锐。寒暄问,是一种问寒问暖的臭客套、瞎恭维。泛爱,空言表示同情。说的怪美,实际是一毛不拔,见死不救。揭破这些书信的虚伪可厌,正所以形容裴虬手札的真诚可喜。

〔2〕二句说明自己的态度。意思是说,诸位放心罢,我并不会麻烦你们!据夔州诗,杜甫那时牙齿已落了一半。舌存,用张仪事。《史记·张仪传》:"仪游说诸侯,尝从楚相饮,楚相亡璧,门下意张仪,共执仪掠笞数百。其妻曰:'子毋读书游说,安得此辱乎!'仪谓其妻曰:'视吾舌,尚在不?'其妻笑曰:'舌在也。'仪曰:'足矣!'"穷途哭,用阮籍事。

〔3〕二句接人得裴手札。尽管信很长,但因为好,所以还是要读上好几遍。下正申明其故。

〔4〕二句以珠和玉赞美裴的手札。见得珠玉就在我掌上怀中,不必外求。《古诗十九首》:"置书怀袖中。"

〔5〕二句写得手札的喜悦。酒也无心饮,花也无心看。《荆州记》:"长沙郡有酃湖,取湖水为酒,极甘美。"

〔6〕二句言得书,读之昼夜忘倦。烦儿孙,烦儿孙扶持也。儿孙二字,复词偏义,因为杜甫这时并没有孙子。费灯烛三字,颇趣,同时透露了自己的穷况。傅玄《秦女休行》:"县令解印绶,令我伤心不忍听。刑部垂头塞耳,令我吏举不能成。"是此二句句法所本。

〔7〕此以下为第二段,是对裴的期望。此二句,因得裴书,故忆起旧事。杜甫困守长安时(七五四年)有《送裴二虬尉永嘉》诗。尉永嘉为永嘉县尉。尉,用作动词。

〔8〕二句言裴今已为道州刺史,掌握军符侯印,如良马登途,飞腾甚速。紫燕,汉文帝良马名。骎耳,周穆王八骏之一。浦注:"忆子四句,另为一段,韵脚仍前,意思领下。盖以昔年送尉作波致,以起期望之因。下段皆望裴之词也。"

〔9〕二句言世乱未平,正宜引用英俊。英俊,即指裴。下六句即实写英俊济世。

〔10〕会,定也。英俊用事则人民痛苦定可解除。

〔11〕外族虽强梁,也将畏缩,逡巡而不敢前。徒,空也。

〔12〕古时拜将,多筑坛,并授以节钺。闻意旨,亲承皇帝的意旨。

〔13〕此句承上句而来。纲和网,比喻国家法制。弥纶,弥缝。

〔14〕这句和下句都是以古人来期望裴虬的。晋武帝太康元年(二八〇),郭钦上疏曰:"戎狄强犷,历古为患。宜及平吴之威,谋臣猛将之略,渐徙内郡杂胡于边地,峻四夷出入之防,明先王荒服之制,此万世之

349

长策也。"

〔15〕《晋书·刘毅传》(卷四十五):"帝(武帝)尝喟然问毅曰:'卿以朕方汉何帝也?'对曰:'可方桓、灵。'帝曰:'吾平吴会,混一天下,方之桓、灵,其已甚乎!'对曰:'桓、灵卖官,钱入官库,陛下卖官,钱入私门,以此言之,殆不如也!'帝大笑曰:'桓、灵之世,不闻此言。'散骑常侍邹湛曰:'刘毅言犯顺,而陛下欢然,以此相较,圣德乃过之矣。'"按韩愈《裴复墓志》云:"父虬,有气略,敢谏诤,官谏议大夫。"可见裴虬确是直鲠的人,故以郭钦、刘毅来要求他。

〔16〕此以下为第三段,由裴虬说到苏涣。苏涣情况和裴不同,故对裴是期待,对苏则是同情。他日,前日。更仆,更换侍仆,因为谈话久了(语出《礼记·儒行篇》)。语不浅,军国大事无所不谈。要明了这一段,得追叙一件事。大概是这年夏天,裴虬往道州上任,路过长沙,当地地方官曾在湘江饯行,杜甫和苏涣都在座,杜甫并有《湘江宴饯裴二端公赴道州》诗。大概在这宴会上他们有过长时间的交谈,并且谈到苏涣(这是杜甫颇为倾倒的一位新相知),这里的"他日",便是指的这一日。仇注将此二句属上文,不确。

〔17〕二句写那次宴会上的歌舞。黑字,动词。黑白发,极言欢乐,所谓"白间生黑丝"。霜雪,形容剑光。《西京杂记》:"高帝斩白蛇剑,十二年一加磨莹,刃上常若霜雪。"霜雪吹青春,形容剑舞之妙,就在春天,也觉寒光霜气逼人。

〔18〕二句是说在宴会上裴虬曾语及苏涣,他真不愧为苏季子(苏秦)杰出的云孙,可与祖先相比。云孙是第七世孙,这里只是"远孙"的意思。苏秦是纵横家,苏涣的作风也是这一流,所以在古代姓苏的人物中独挑出苏秦。

〔19〕二句言苏虽有才干,但不得志,结茅长沙郭门,只和我这穷老头打交道。定王城,即长沙城,长沙有定王庙。渔商市,杜甫所居。仇

注:"公昔进三大礼赋,表中有'卖药都市'句,知此处药物楚老,当属自谓。"

〔20〕二句写与苏彼此过从,相得甚欢。有时苏肩舆而来,访我于市北,有时我亦访苏于郭南,相与抱瓮而灌园,凭几而谈心。

〔21〕此以下为末段,是说国家大局不妙,希望他们努力,是寄裴和呈苏的本意。这两句是说,将军不像将军,只知大造府第;丞相也不像丞相,只知赶快下山。东汉时外戚梁冀,为大将军,起别第于城西,当时名儒马融,作大将军《西第颂》,为正直所羞(见《后汉书·梁冀传》《马融传》)。《晋书·谢安传》:"中丞高崧戏安曰:'卿累违朝旨,高卧东山,诸人每相与言:安石不肯出,将如苍生何?苍生今亦将如卿何!'安甚有愧色。"有人以为早作丞相,是望裴、苏早大用,按如此解,则与末"早据要路"重复,不可从。

〔22〕二句用比喻。鸟雀喻小人,蛟龙喻贤者。蛰,潜藏。张远《杜诗会稡》:"此段正咏率尔遣兴。前四句,大有'五陵衣马自轻肥'及'臣朔饥欲死,侏儒饱欲死'意。"

〔23〕这句双绾。因示苏,是说把这首诗让苏看。

〔24〕意思是说,我这一辈子算完啦,只有看你们的了。杜甫这年才五十八岁,通常还不到须人扶的时候,所以说"已愧"。

〔25〕这是一句很不客气,也是很沉痛的忠告。真是"一片热血飞洒"。人们一旦居高位,享厚禄,是往往会变得自私,变得怕死的。所以,既预祝他们"早据要津",又预诫他们要"思捐躯"。《古诗十九首》:"何不策高足,先据要路津。"

楼上

天地空搔首[1],频抽白玉簪[2];皇舆三极北[3],身事五湖南[4]。恋阙劳肝肺[5],论才愧杞楠[6]。乱离难自救,终是老湘潭[7]。

这是杜甫死的那年或前一年(七六九——七七〇)漂泊长沙时所作,尽管自救不暇,但他仍没忘记国家。

〔1〕时代是"乾坤含疮痍",而自己却是"无力正乾坤",远望天地之大,竟一筹莫展,故只有搔头。而搔头又不能解决问题,所以说空搔首。这形象是十分动人的,千载而下,犹宛然如在我们的眼前。

〔2〕这句正写搔首的样子。黄生说:"天地二字之下,却押一极细之事,读之失笑。然作者始吟出口,必定失声欲哭也。天地二字已奇,更奇在空搔首之下,仍接次句五字,其词愈缓,其意愈悲矣。"按天地二字,跟楼上来,如身不在高楼,则天地二字便奇得有点可怪了。

〔3〕皇舆,比国君。《离骚》:"恐皇舆之败绩。"地有四极,皇舆在东西南之北,故曰三极北。

〔4〕五湖说法不一,一般指具区、兆滆、彭蠡、青草和洞庭。心欲报国,而身在江湖,此正搔首之故。

〔5〕恋阙,犹恋主。杜甫始终把忧国忧民的希望寄托在皇帝身上。关心之极,故曰劳肝肺。

〔6〕自谦无大才。杞楠,皆大木。

〔7〕是说乱离之中,一身尚不能自救,更何能报国,也只有老死湖南而已。这些矛盾,也都是搔首的根源。

追酬故高蜀州人日见寄并序

　　开文书帙中,检所遗忘[1],因得故高常侍适[2]——往居在成都时,高任蜀州刺史——人日相忆见寄诗,泪洒行间[3]!读终篇末!自枉诗,已十馀年;莫记存殁,又六七年矣[4]!老病怀旧,生意可知。今海内忘形故人[5],独汉中王瑀与昭州敬使君超先在[6]。爱而不见,情见乎辞。大历五年正月二十一日,却追酬高公此作,因寄王及敬弟[7]。

自蒙蜀州人日作,不意清诗久零落。今晨散帙眼忽开,迸泪幽吟事如昨[8]。呜呼壮士多慷慨,合沓高名动寥廓。叹我悽悽求友篇,感君郁郁匡时略[9]。锦里春光空烂熳,瑶墀侍臣已冥寞。潇湘水国傍鼋鼍,鄠杜秋天失雕鹗[10]。
东西南北更谁论?白首扁舟病独存[11]!遥拱北辰缠寇盗,欲倾东海洗乾坤。边塞西蕃最充斥,衣冠南渡多崩奔[12]。鼓瑟至今悲帝子,曳裾何处觅王门[13]?文章曹植波澜阔,服食刘安德业尊[14]。长笛邻家乱愁思,昭州词翰与招魂[15]!

　　这也是一首血泪之作。杜甫写此诗时,高适已死,故曰"追酬"。卢世㴶曰:"生死交情,极真极稚。"高适赠诗时为蜀州刺史,故称其当时官职。世俗相传农历正月初七日为人日。这首诗的诗序也是一篇诗的散文,可与《剑器行》、《同元使君舂陵行》二诗诗序参读。

〔1〕杜甫大概要查对什么,所以便去翻书。帙,书套。

〔2〕高适做过左散骑常侍。

〔3〕四字概括,有力。行,读杭。行间,即所谓"字里行间",指高适的诗。

〔4〕此诗作于大历五年(七七〇),上距高适赠诗(七六一)实不满十年,距高适之死(七六五年正月)亦不满六年。所云"十馀年"、"六七年",盖约略言之。

〔5〕忘形故人,不拘形迹的知友。《醉时歌》所谓"忘形到尔汝"。

〔6〕汉中王瑀,唐宗室李瑀,封汉中王。昭州,今广西平乐县。敬超先,可能是昭州人。大历四年,杜甫有《湖南送敬十使君适广陵》一诗,开头便说:"相见各头白,其如离别何。"大概就是此人。

〔7〕敬之年龄小于杜甫,又是"忘形故人",故直呼为"敬弟"。

〔8〕首四句叙明发现赠诗的经过。杜甫把赠诗卷在书卷里,故尔"久零落"。由于一种意外的感触,因而眼泪一时迸散,像断了线的珠子。

〔9〕以上四句赞叹高之才望,兼带叙高对己之友谊。呜呼,叹美之词。壮士,指高,所谓"高生跨鞍马,有似幽并儿"(《送高三十五书记》)。合沓,重沓。高适能诗,也能用兵。寥廓,天空;动寥廓,犹动天地。求友篇,指高赠诗。高赠诗,对杜的遭遇表示了深切的同情,故曰"叹我悽悽"。匡时略,济时的策略。郁郁,郁抑而不伸。

〔10〕以上四句哀悼高的死。锦里,指成都草堂,追溯当时唱和所在。瑶墀,玉阶,指朝廷。冥寞,谓死亡。潇湘句,自伤漂泊湖南,更无知己,但与鼋鼍为伍。鄂杜句,伤高适之亡,朝廷失一直臣。鄂、杜二地,皆在长安附近,高死于长安,故借以指长安。《唐书·高适传》:"适负气敢言,权幸惮之。"故比之"雕鹗"。雕鹗当秋天尤矫健。

〔11〕以下换平声韵,自成一段。孔丘曾说过:"丘也,东西南北之人也。"杜亦自谓"甫也南北人"(《谒文公上方》)。而高赠诗有"愧尔东西南北人"之句,这对杜甫不只是一种关切,实含有敬意,所以杜甫特地挑出这句来作答。更谁论,是说现在任凭怎样漂泊再也没人管我的死活。

〔12〕以上四句,即分说东西南北。但不是个人行踪,而是整个国家局势。杜甫知道,这些情况,也是他的亡友所关心的。北辰,指朝廷。西蕃,吐蕃。充斥,犹充塞,谓众多,高适死后的几年,吐蕃仍屡入寇。安史乱后,中原衣冠士庶,多投江南,故借用晋元帝南渡事。崩奔,逃窜避乱。

〔13〕二句束上起下。上句言世乱未平,以致至今仍流落湘潭,行吟泽畔,有如鼓瑟悲歌之帝子。下句言亦思曳裾王门,而北归无路,即过渡到汉中王。《楚辞·九歌·湘夫人》:"帝子临兮北渚。"又《远游》篇:"使湘灵鼓瑟兮。"帝子和湘灵都是指尧之二女,亦即舜之二妃娥皇和女英。相传舜死于苍梧之野,二妃悲泣,投湘水死,遂为湘灵(湘水女神),常鼓瑟悲歌。张溍谓"鼓瑟句,言之悲思玄宗,如二妃思舜"。未免过泥。

〔14〕二句寄汉中王。曹植是魏宗室,封陈王;刘安是汉宗室,封淮南王,故以为比。服食,服食丹药。刘安好神仙,有白日升天的传说。

〔15〕二句寄敬超先。晋向秀与嵇康为友,康既被杀,秀经其旧宅,邻人有吹笛者,发声嘹亮,追想昔日游宴之好,乃作《思旧赋》(《晋书·向秀传》)。这里以向秀思嵇康,比己之思高适。但自己闻笛而愁思纷乱,不能如向秀之作《思旧赋》(其实这首诗便是《思旧赋》),故希望敬超先能像宋玉之于屈原一样,替自己作篇《招魂》以招高适之魂。宋玉哀屈原,尝作《招魂》。

附:高适诗

人日寄杜二拾遗

人日题诗寄草堂,遥怜故人思故乡。柳条弄色不忍见,梅花满枝堪断肠。身在南蕃无所预(谓甫不预政事),心怀百忧复千虑。今年人日空相忆,明年此日知何处?一卧东山三十春(指杜甫),岂知书剑老风尘!龙钟还忝二千石(高自谦),愧尔东西南北人(至亲无文,故直称杜为"尔")!

小寒食舟中作

佳辰强饮食犹寒[1],隐几萧条戴鹖冠[2]。春水船如天上坐,老年花似雾中看[3]。娟娟戏蝶过闲幔,片片轻鸥下急湍[4]。云白山青万馀里,愁看直北是长安[5]。

大历五年(七七〇)在长沙时作。杜甫自到长沙后,总住在船上。小寒食,寒食的次日。因禁火,故冷食。

〔1〕强饮,勉强的喝点酒。饮一作饭。

〔2〕隐几,凭几。鹖冠,隐士的冠。

〔3〕二句是上三下四句法。因为眼花,所以说似雾中看。

〔4〕二句语含比兴。见蝶鸥往来自由,各得其所,益觉自己的不得自由。娟娟,状蝶之戏。片片,状鸥之轻。闲幔,一作开幔。

〔5〕云白山青与上"佳辰"相应,愁看直北与上"隐几"相应。《唐书·地理志》:"潭州长沙郡在京师南二千四百四十五里。"

江南逢李龟年

岐王宅里寻常见,崔九堂前几度闻[1]。正是江南好风景,落花时节又逢君[2]。

这是大历五年(七七〇)也就是杜甫死的这一年在长沙时所作。是杜甫绝句中最晚的也是最有名的一首。钱注:"《项羽纪》,徙义帝于江南,《楚辞章句》,襄王迁屈原于江南,是江南在江湘之间,龟年方流落江潭,故曰江南。"《明皇杂录》:"开元中,乐工李龟年善歌,特承顾遇,于东都(洛阳)大起第宅。其后流落江南,每遇良辰胜景,为人歌数阕,座中闻之,莫不掩泣罢酒。杜甫尝赠诗(即此首)。"原注:"崔九,即殿中监涤也,中书令湜之弟也。"

〔1〕首二句写过去的关系和承平气象,是感慨的张本。岐王,唐睿宗之子,玄宗之弟李范。黄生云:"二句俱藏一歌字。"

〔2〕二句极概括,有无限感慨。江南好风景,指山水说,即所谓"湖南清绝地"。多年老相识,一旦阔别重逢,又是在山明水秀的湖南,本该极端高兴,然而却碰着这样一个不景气的"落花时节",这就只有使人扫兴,以至感慨系之了。"落花时节"四字,弹性极大,彼此的衰老飘零,社会的凋弊丧乱,都在其中,不能看得太简单,认为杜甫只是在伤春。一"又"字,绾合过去和现在,构成尖锐的今昔对比,有"风景不殊"而世事全非之感。——黄生云:"此诗与《剑器行》同意,今昔盛衰之感,言外黯然欲绝。见风韵于行间,寓感慨于字里,即使龙标(王昌龄)、供奉(李白)操笔,亦无以过。乃知公于此体,非不能为正声,直不屑耳。"蘅塘退

士(孙洙)云:"世运之治乱,年华之盛衰,彼此之悽凉流落,俱在其中。少陵七绝,此为压卷。"这些评语都很精到。黄生所说的"字里",是指的虚字。按李端(大历十才子之一)有《赠李龟年》诗云:"青春事汉主,白首入秦城。遍识才人字,多知旧曲名。风流随故事,语笑合新声。独有垂杨树,偏伤日暮情。"观"白首入秦城"句,那么这位老歌手后来曾回到长安,而杜甫则终于死在江南。

白马

白马东北来,空鞍贯双箭[1]。可怜马上郎,意气今谁见?近时主将戮,中夜伤于战[2]。丧乱死多门,呜呼泪如霰[3]!

大历五年(七七〇)四月八日,湖南兵马使臧玠杀潭州刺史兼湖南都团练观察使崔瓘,据潭州为乱。杜甫这时正在潭州(长沙),因事变发生在夜里,所以他也就不得不"中夜混黎氓,脱身亦奔窜"(《入衡州》),和人民一道逃难。从城里逃回他自己的船上后,便南往衡州。这首诗便是写途中所见的。

〔1〕这句是说骑马的人已死于兵乱,只见马带着双箭回来。

〔2〕主将,即指崔瓘。伤于战,指马上郎。

〔3〕仇注:"丧乱一语,极惨!或死于寇贼,或死于官兵,或死于赋役,或死于饥馁,或死于奔窜流离,或死于寒暑暴露。唯身历忧患,始知其情状。"——浦注:"诗凡四层,逐层抽出。马来,一层。见马而伤马上郎,一层。因马上郎,推到主将被戮本事,一层。又因本事,而徧慨死非其命者,一层。"

逃难

五十白头翁[1],南北逃世难[2]。疏布缠枯骨,奔走苦不暖。已衰病方入,四海一涂炭[3]。乾坤万里内,莫见容身畔[4]。妻孥复随我,回首共悲叹。故国莽丘墟[5],邻里各分散。归路从此迷,涕尽湘江岸。

这诗有人疑为伪作,我看是没有根据的。这是杜甫替他自己一生的逃难作了一个总结。根据末句,大概作于大历五年(七七〇),也就是他死的这一年避臧玠之乱的时候。

〔1〕浦注:"肃宗上元二年,公年五十,时周流蜀中,注家释世难者,以是年段子璋反东川当之。公值难甚多,何独举此耶?盖公自乾元二年客秦入蜀,时年四十八,是为逃难之始耳,言五十,举成数也。"按杜甫逃难实开始于至德元载,时年四十五,次年由安史乱军中逃归,头发尽白,说"五十白头翁"是一个大体上的和特征的说法,因为在通常情况下,五十不应白头。高适诗:"郑侯应悽惶,五十头尽白。"也是所以纪异的。

〔2〕最初在北方,由奉先逃白水,由白水逃鄜州,他自己又由沦陷了的长安逃归凤翔,后来才由华州经秦州、同谷逃到了四川(南方)。但在四川又碰到段子璋、徐知道和崔旰之乱,如今在湖南又要逃臧玠之乱,所以说"南北逃世难"。

〔3〕涂炭,烂泥和炭火。一涂炭,是说全国人民都在水深火热之中,没有例外。

〔4〕畔,边际,如泽畔、田畔。即"人寰难容身"意。以乾坤之大,竟

找不到一块安身之地,极写世乱,也显出诗人杜甫之不为当道所容。

〔5〕莽,是莽莽然,草木丛生的样子。安史乱后,洛阳附近数百里内都变成了废墟,杜甫家正在这一区域内。

聂耒阳以仆阻水,书致酒肉,疗饥荒江,
诗得代怀,兴尽本韵。至县,呈聂令。
陆路去方田驿四十里,舟行一日,
时属江涨,泊于方田

耒阳驰尺素,见访荒江渺[1]。义士烈女家,风流吾贤绍[2]。昨见狄相孙,许公人伦表[3]。前朝翰林后,屈迹县邑小[4]。知我碍湍涛,半旬获浩溔[5]。麾下杀元戎,湖边有飞旐[6]。孤舟增郁郁,僻路殊悄悄。侧惊猿猱捷,仰羡鹳鹤矫[7]。礼过宰肥羊,愁当置清醥[8]。人非西喻蜀,兴在北坑赵[9]。方行郴岸静,未话长沙扰[10]。崔师乞已至,澧卒用矜少[11]。问罪消息真,开颜憩亭沼[12]。

这是杜甫最后一首谢人馈食的诗,但并不是杜甫的绝笔。我们选录这首诗的目的,一方面在使读者明了诗人杜甫死前不久的生活状况和思想状况,另一方面,也是主要的方面,则在于借以证明"饫死"一说的虚伪,因为自来就有不少人相信杜甫死于"牛肉白酒",而其根据也正是这首诗。七七〇年四月,杜甫避臧玠之乱,由长沙到衡阳,这时他的舅父崔伟做郴州的录事参军,写信要他去,此诗即赴郴

途中所作。聂耒阳,耒阳县令聂某(其名不详)。兴尽本韵,兴字,去声,指诗的意兴。李因笃云:"兴尽本韵者,盖篇中所押之字,皆《广韵》三十小部。唐制,二十九筱、三十小,近体通用,而此首专用小韵,不及筱韵,故云然。"方田驿,即阻水之处。由衡至耒阳一百六十馀里,至郴,四百馀里。

〔1〕首二句叙聂令的急难慷慨。尺素,书信。渺,渺茫,时江涨水大。

〔2〕二句赞美聂令的家风,实承上文来。义士,聂政。烈女,聂政姊。聂政为严仲子杀韩相侠累,因自披面抉眼,自屠出肠,韩暴其尸于市,悬赏购问,莫知为谁。政姊荣闻之,乃至韩市,伏尸哭极哀,死政之旁。晋、楚、齐、卫闻之,皆曰:"非独政能也,乃其姊亦烈女也。"(见《史记·刺客列传》)

〔3〕二句赞美聂令本人品格。狄相孙,狄仁杰之孙博济。杜甫在夔有《寄狄明府博济》诗云:"梁公曾孙我姨弟。"当即此人。昨见,犹前见。许,推许。表,表率。

〔4〕二句为聂令抱屈。不在朝廷,只作个小地方官。聂令祖父大概作过翰林,故有上句。以上为第一段,是赞美语,也是感激语。观狄公推许之文,可知非亲非故,但可感也正在此。

〔5〕浩漾,水无际貌。张溍云:"获,言所得者,止大水耳,别无所有。"按此句是说挨了五天饿。

〔6〕二句即指臧玠杀崔瓘事。飞旐,指崔瓘灵柩所悬之素旌。

〔7〕四句写阻水心情。伤心兵乱,故增郁郁;为水所困,故羡猿猱鸐鹤。矫,举也。

〔8〕二句感聂令致酒肉,应上"见访"和"知我"。古人以牛羊豕三者具备为太牢,无牛只有羊豕则为少牢,聂令送的大概是牛肉,所以说"礼过宰肥羊"。愁,指杀元戎。句意谓聂令的酒送得很及时,正当愁

361

时，兼送清酒。以上为第二段，叙乱离而兼阻水窘状，以见聂令馈食之可感。麾下句，是末段张本。

〔9〕二句是说，我此行虽未负有传檄的责任，但私愿却在于彻底消灭叛徒。司马相如尝出使西蜀，有《喻巴蜀檄》。秦将白起破赵，坑降卒四十万人。杜甫是坚决反对无原则的姑息，所以《舟中苦热》诗也有"此流须卒斩"的话。

〔10〕郴岸，即指方田驿。是说还没来得及对聂令细说臧玠的变乱。

〔11〕杜甫自注："闻崔侍御漢乞师于洪府，师已至袁州北，杨中丞琳问罪将士，自澧上达长沙。"用矜少，言自矜恃其兵精。

〔12〕开颜，开颜一笑。问罪既确，故愁颜为之一开。憩，游息。以上为末段，写阻水的心事。杜甫在任何艰苦情况下都关心国家大事，后人所谓"平生无饱饭，抵死只忧时"，于此诗尤可见。

暮秋将归秦，留别湖南幕府亲友

水阔苍梧野，天高白帝秋[1]。途穷那免哭？身老不禁愁[2]。大府才能会，诸公德业优[3]。北归冲雨雪，谁悯敝貂裘[4]？

这是七七〇年秋在长沙所作，是杜甫最后的一首五律，目的是希望亲友们能送点盘川。这年夏四月八日，长沙曾发生臧玠的乱子。这个乱子到底是什么时候、是怎样平下来的，我们虽不十分清楚，但据《唐书·代宗纪》："大历五年五月，癸未，以羽林大将军辛京杲为潭州刺史、湖南观察使。"又《新唐书》卷一百四十七《辛京杲传》："京

362

杲,肃宗时累迁鸿胪卿,为英武军使。代宗立,封庸国公,迁左金吾卫大将军,进晋昌郡王,历湖南观察使,后为工部尚书,致仕。"可见这位新湖南观察使,乃是皇帝左右很重要的一员大将,这个乱子,大概就是由他来收拾的。时间,则当在六月。我们提出这一点,相当重要,因为可以帮助我们理解杜甫为什么忽然改变原来南下郴州的计划,又由耒阳折回长沙的过程。杜甫无时无刻不想北归,避乱南下,本是万不得已,现在乱子既已平定,他自然要掉转船头北归了。这是毫无足怪的。(可参看集中《回棹》一诗)

〔1〕上句记地,切湖南。下句记时,切暮秋。白帝,是司秋的神,与白帝城无涉。二句有举目非故乡之感。

〔2〕二句自叙。杜甫的愁很大,少壮时,还可以"放歌破愁绝","一酌散千忧",而今都不行了,所以说"不禁愁"。

〔3〕二句颂辛京杲和亲友。唐时谓节度使府为"大府",这里指观察使。才能会,所谓济济多士。

〔4〕暮秋从湖南出发,到秦中,已是冬季了,故曰冲雨雪。黄生云:"接联(第二联)及尾联,口角愈伤悲,身份愈高傲,由其气足以振之故也。"

长沙送李十一衔

与子避地西康州,洞庭相逢十二秋[1]。远愧尚方曾赐履,竟非吾土倦登楼[2]。久存胶漆应难并,一辱泥涂遂晚收[3]。李杜齐名真忝窃,朔云寒菊倍离忧[4]。

这和前一首当是同时之作,为杜甫最后的一首七律。

〔1〕首二句写久别重逢。避地,避乱而寄居异地。仇注:"此诗,黄鹤编在大历五年。西康州,即同谷县。公以乾元二年(七五九)冬寓同谷,至大历五年(七七〇),为十二秋,此亦五年秋自衡归潭之一证也。"

〔2〕二句向朋友叙别后十二年来的行踪。上句用王乔事。《后汉书》卷一百十二《王乔传》:"乔为叶令,有神术,每月朔望常自县诣台朝,帝(明帝)怪其来数,而不见车骑,令太史伺望之。言其临至,辄有双凫飞来。于是候凫至,举罗张之,但得一只舄焉。乃诏上方诊视,则四年中所赐尚书官属履也。"上方,即尚方,是主作皇帝御用器物的官。七六四年,严武表荐杜甫为检校工部员外郎,赐绯鱼袋。故借尚方赐履来比为郎赐绯。但这郎官是遥授的,一直挂名,未能登朝,所以说"远愧"。下句翻用王粲事。王粲作《登楼赋》,尽管也曾慨叹的说:"虽信美而非吾土兮,曾何足以少留!"但他毕竟还常去登楼,而我呢,则连楼也懒得去登了。见得为客日久。

〔3〕二句,上句感李衔对自己的友谊,坚如胶漆,历久不衰。应难并,料无人可比并。下句自伤从左拾遗贬官后遂一蹶不振。晚收,老去无成。正因已困泥涂,始益见李之胶漆。

〔4〕末二句收到惜别。后汉李固和杜乔,李云和杜众,李膺和杜密,皆齐名,并称"李杜"。忝窃,杜甫自谦言有愧于与李衔齐名。这个齐名,当指仕宦,不指文章。末句即景含情。杜甫北人,送别在秋,故有朔云、寒菊的话。李衔这次大概是由长沙回长安的,这就更加引起杜甫的故国之思,所以说"倍离忧"。——按刘克庄《后村诗话》云:"韩公(韩愈)字东野(孟郊),名籍(张籍)、湜(皇甫湜),而籍哭韩诗,乃有'后学号韩张'之句。……甫、白真一行辈,而杜公云'李杜齐名真忝窃',其忠厚如此。"是刘氏以李为指李白。或当时李衔曾以杜甫比李白,而杜甫表示不敢当。说亦可通。大约当杜甫晚年,已有李杜齐名之论。杨凭《赠

364

窦牟》诗云:"直用天才众却瞋,应欺李杜久为尘。"凭,大历中进士,年代与杜甫相接,已合称"李杜",亦一佐证也。

风疾舟中伏枕书怀三十六韵奉呈湖南亲友

轩辕休制律,虞舜罢弹琴。尚错雄鸣管,犹伤半死心[1]。圣贤名古邈,羁旅病年侵[2]。舟泊常依震,湖平早见参[3]。如闻马融笛,若倚仲宣襟[4]。故国悲寒望,群云惨岁阴[5]。水乡霾白屋,枫岸叠青岑[6]。郁郁冬炎瘴,濛濛雨滞淫[7]。鼓迎非祭鬼,弹落似鸮禽[8]。兴尽才无闷,愁来遽不禁[9]。生涯相汩没,时物正萧森[10]。

疑惑樽中弩,淹留冠上簪[11]。牵裾惊魏帝,投阁为刘歆[12]。狂走终奚适?微才谢所钦[13]。吾安藜不糁,汝贵玉为琛[14]。乌几重重缚,鹑衣寸寸针[15]。哀伤同庾信,述作异陈琳[16]。十暑岷山葛,三霜楚户砧[17]。叨陪锦帐座,久放白头吟[18]。反朴时难遇,忘机陆易沉[19]。应过数粒食,得近四知金[20]。

春草封归恨,源花费独寻[21]。转蓬忧悄悄,行药病涔涔[22]。瘗夭追潘岳,持危觅邓林[23]。蹉跎翻学步,感激在知音[24]。却假苏张舌,高夸周宋镡[25]。纳流迷浩汗,峻址得嵚崟[26]。城府开清旭,松筠起碧浔[27]。披颜争倩倩,逸足竞駸駸[28]。朗鉴存愚直,皇天实照临[29]!

公孙仍恃险,侯景未生擒[30]。书信中原阔,干戈北斗深[31]。畏人千里井,问俗九州箴[32]。战血流依旧,军声动至今[33]。葛洪尸定解,许靖力难任[34]。家事丹砂诀,无成涕作霖[35]!

这篇五言排律是诗人杜甫的绝笔,是七七〇年冬他由长沙往岳阳经洞庭湖时所作。这首诗也可以说是他自写的一通"讣闻"和托孤的遗嘱,所以浦注说:"仇本以是诗为绝笔,玩其气味,酷类将死之言,宜若有见。"但杜甫至死也未曾忘怀仍在苦难中的人民。伏枕,即卧病,题云"伏枕书怀",亦可见是力疾写成的。杜甫有不少以述怀、遣怀、咏怀、写怀等为题的诗,但加上"伏枕"二字的,只有这一首。据《遣闷奉呈严公》诗"老妻忧坐痹,幼女问头风",知早在成都时杜甫便得了这种病。又据《催宗文树鸡栅》诗"愈风传乌鸡",则知在夔州时,此病仍常发,且讫未根除。这首诗大体可分四段,这四段,可以依照诗的标题来划分。首段风疾舟中,次段书怀,后两段奉呈亲友(当然,书怀也即在其中)。前人评杜诗"无一字无来历",对排律来说,这话并不错。

〔1〕这四句得连看,因第三句申明第一句,第四句申明第二句。这一个开头,相当离奇,但正是说的风疾。风疾和轩辕(即黄帝)制律、虞舜弹琴有什么相干呢?这是因为相传黄帝制律以调八方之风,舜弹五弦之琴以歌南风(歌词有"南风之薰兮,可以解吾民之愠兮"),然而现在我却大发其头风,这岂不是由于他们的律管有错,琴心有伤吗?既然如此,那就大可不必制、不必弹了。这种无聊的想法,无理的埋怨,正说明风疾给杜甫的痛苦。雄鸣管,《汉书·律历志》:"黄帝使伶伦制十二筒(竹管)以听凤之鸣,其雄鸣为六,雌鸣亦六。"半死心,枚乘《七发》:"龙门之

桐,高百尺而无枝,其根半死半生。于是使琴挚斫斩以为琴,野茧之丝以为弦。"这里"半死心"兼有自比之意。

〔2〕二句撇上起下。圣贤,指轩辕、虞舜。邈,音莫,远也。杜甫也觉得无端埋怨古代圣贤,未免荒唐可笑,所以立即言归正传,指出病源乃在自己的"羁旅"生活——杜甫前此就说过:"征途乃侵星,得使诸病入。"

〔3〕震,东方。参,西方七宿之一,晓星也。湖,洞庭湖。湖平无所障蔽,故早见。

〔4〕按杜《水宿遣兴》诗:"耳聋须画字。"又《元日示宗武》诗:"汝啼吾手战。"则此二句当是写风疾发作时的耳鸣和手战。马融善吹笛,有《长笛赋》。仲宣,王粲字,其《登楼赋》云:"凭轩槛以遥望兮,向北风而开襟。"

〔5〕观此二句,知诗作于冬季。眺望于冬寒之时,故曰寒望。岁阴,岁晚,秋冬为阴也。此下八句,写舟中所见"时物"。

〔6〕白屋,茅屋。水气如雾,故曰霾。青岑,犹青山,"秋尽江南草未凋",故山色尚青。

〔7〕湖南地气暖,故冬日犹炎瘴郁郁。濛濛,微雨貌。滞淫,细雨连绵。

〔8〕二句写所见土俗。非祭鬼,指淫祀之鬼。《论语》:"非其鬼而祭之,谄也。"贾谊《鵩鸟赋》:"鵩似鸮,不祥鸟也。"

〔9〕二句是说才略一高兴开怀,又复愁来而不胜凄绝。"兴尽"束上,"愁来"挑起下段。

〔10〕汩没,沉沦。是说生活既相压迫,眼前景物又助人伤感。以上为第一段,写风疾及舟中所见。

〔11〕此下接上"愁来",追叙入湖南以前往事。疑惑句,言世路险恶,不免疑畏多端。《风俗通》:"应彬请杜宣饮酒,壁上悬赤弩,照于杯

367

中,影如蛇,宣恶之,及饮得疾。后彬知之,延宣于旧处设酒,指谓宣曰:此乃弩影耳。宣病遂瘳。"淹留句,言长期流落,未得归朝。冠上簪,谓朝簪。杜甫这时还是一个挂名的"工部员外郎"。

〔12〕二句指出"羁旅"、"淹留"的来由。七五七年杜甫为左拾遗时,因谏房琯罢相事,触怒肃宗,虽说"赫怒幸无伤",但在七五八年还是因此贬官华州,第二年他自己又索性弃官不做,羁旅淹留便是从此开始的。这件事在他生活史上确是一个转捩点,所以常提到。《三国志·魏志》卷二十五《辛毗传》:"帝(文帝)欲徙冀州士家十万户实河南,毗曰:'陛下欲徙士家,其计安出?'帝曰:'卿谓我徙之非邪?'毗曰:'诚以为非也!'帝曰:'吾不与卿共议也!'毗曰:'陛下不以臣不肖,厕之谋议之官,安得不与臣议邪?臣所言,非私也,乃社稷之虑也,安得怒臣?'帝不答,起入内,毗随而引其裾。帝奋衣不还。良久乃出,曰:'佐治(毗字)!卿持我何太急邪!'""卿持我何太急",就是说:你拖我拖得好凶啊! 杜甫是怎样触怒肃宗的,史无明文,但据《壮游》诗,杜甫自言:"斯时伏青蒲,廷诤守御床!"看样子,也很不客气,故以"牵裾"事为比。投阁事,见《醉时歌》。扬雄投阁欲自杀,本为刘歆之子刘棻所牵连,为了趁韵,故借用父名。

〔13〕狂走,指弃官客秦州以后。谢,愧也。所钦,所钦敬的人,这里是反语,指朝贵。

〔14〕《庄子·让王篇》:"孔子穷于陈蔡之间,七日不火食,藜羹不糁。"糁,音伞,米粒。藜不糁,以藜为羹而无米粒,言己之穷。这句就是"安贫亦士常"意。汝,亦指朝贵。琛,宝玉。《晋书》卷九十四《宋纤传》:"纤少有远操,酒泉太守马岌造焉,纤不见。岌铭诗于石壁曰:其人如玉,维国之琛。"这句也是反话。浦注:"吾自为吾,汝自为汝,苦乐各不相谋也。所钦字,汝字,泛指朝贵言。解者俱指湖南亲友,便与后复,且嫌面谩,无是体也。"按浦说甚是。这些亲友,并不是杜甫的"忘形到尔汝"的至交,所以诗题也很客气的用"奉呈"二字,称他们为"汝",确是

不近情理的。《秋兴八首》云:"同学少年多不贱,五陵衣马自轻肥。"这个"汝"主要是指这班同学少年。

〔15〕因朝贵们不肯援手,所以弄得很穷。乌几,即乌皮几(以乌羔皮蒙几上),是杜甫心爱的一张桌子,从成都时候起便一直伴随着他。因为日久损坏,所以用绳子层层缚起。鹑,音纯,鸟名,形似小鸡,其尾短秃,故以形容衣服的破烂。寸寸针,补而又补。杜甫在成都时尝有诗云:"过懒从衣结,频游任履穿。"可知是实情。

〔16〕二句写羁旅、淹留中的心情。庾信流落北朝,尝作《哀江南赋》。同庾信,同其忧国伤时。陈琳,建安七子之一,《三国志·魏志·陈琳传》注引《典略》云:"琳作诸书及草檄成,呈太祖(曹操),太祖先苦头风,是日疾发,卧,读琳所作,翕然曰:'此愈我疾。'"杜甫自谦不能,故曰异陈琳。

〔17〕二句总结羁旅淹留的年数和地区,在蜀十年,在楚三年。葛,葛衣,暑天所服。岷山,点明是在蜀。杜甫自乾元二年(七五九)入蜀,至大历三年(七六八)始出峡,故曰"十暑"。赵次公云:"大历二年有闰六月,又可以当一暑矣,盖言九暑可也,著十字,以见其闰焉。"砧,捣衣石。《史记·项羽本纪》:"楚虽三户,亡秦必楚。"自大历三年出峡至今年凡三年,故曰"三霜"。

〔18〕二句是说十三年中,虽所至谬承地方官接待,得陪侍锦帐,但到底合不来,还是写自己的诗。"放",即"放歌破愁绝"、"白日放歌须纵酒"之"放"。汉乐府民歌有《白头吟》,这里借用,也含有年老意。

〔19〕二句写十三年中作客苦况,感慨很深。《老子》:"还淳返朴。"这句是说世俗浇薄,自己不得不"苦摇求食尾","强将语笑供主人"。忘机,是一切贵贱荣辱都不去计较。不愿与世周旋,自然就更容易沉沦下去。《庄子·则阳篇》:"方且与世违,而心不屑与之俱,是陆沉者也。"注:"人中隐者,譬无水而沉也。"

〔20〕二句言己虽甚穷,却从没有接受暗昧的财物。过,读平声锅。数粒食,极言穷。张华《鹪鹩赋》:"巢林不过一枝,每食不过数粒。"《后汉书·杨震传》:"王密怀金十斤遗震,曰:'暮夜无知者。'震曰:'天知、地知、子知、我知,何谓无知!'"杜甫退还太子张舍人所送锦褥,事正相近(可参看原诗)。以上为第二段,追述得罪贬官以及长期漂泊的经历,是《书怀》主要部分。对并非故交的亲友们作一简要的自我介绍,在向他们求援的当儿,是很必要的。

〔21〕这两句才过渡到湖南。杜甫大历三年春出峡至江陵,欲归不果,所以说"春草封归恨"。封,是封隔或封断。杜甫不得北归,实由人事,非关春草,说"春草封",是一种诗的象征性的写法。同时,春草也确能挑拨离情别绪,杜甫就指出过:"江草日日唤愁生。"所以归咎春草,也不是完全没来由。不能北归,只好南下,于是便到了湖南,"源花"即"桃花源",陶潜有《桃花源记》,相传即在湖南。杜甫到湖南想找个安身的处所,也是实情,但却找不到,所以说"费独寻"。

〔22〕此二句和下二句都是叙入湖南后的生活近况的。"转蓬"句,自伤流落,如蓬草之随风飘转。杜甫大历三年冬末至岳阳,四年春,由岳阳往长沙,夏,又往衡州,不久,复回长沙;五年四月,避臧玠之乱,又再由长沙往衡州,因欲往郴州,遂至耒阳,嗣因计划改变,又由耒阳折回衡州,现在则是在由长沙往岳阳的途中。故以"转蓬"自比。曹植《吁嗟篇》:"吁嗟此转蓬,居世何独然!长辞本根逝,夙夜无休闲。……当南而更北,谓东而反西。"杜甫正有同感。"行药"句,自伤病重。行药,吃药后散步缓行以宣导药气。鲍照有《行药至城东桥》诗,又《北史·邢峦传》:"孝文因行药,至司空府南,见峦宅。"按元稹诗:"行药步墙阴。"陆龟蒙诗:"偶因行药到村前。"知唐时还是这样。但这种药不是普通药,而是一种"五石散"的丹药,所以南北朝人也有称"行药"为"行散"的。此诗"行药",只是吃药。如张籍诗"救病自行药"之行药。涔涔,烦闷的意

思,是说吃药不生效。汉宣帝许皇后临产,霍光的妻子使女医投毒药以饮皇后,有顷,后曰:"我头岑岑也,药中得无有毒?"(见《汉书·外戚传》)

〔23〕瘗夭句,痛儿女夭亡。邓林句,伤老病须杖而后行。瘗,音意,埋葬。潘岳,西晋诗人,在往长安途中,一子生数月夭亡,故《西征赋》云:"夭赤子于新安,坎路侧而瘗之。"杜甫在湖南也有小女夭亡,因潘岳在前,故曰"追"。《论语·季氏篇》:"危而不持,颠而不扶。"此持危二字所本。这里是指身体孱弱,行步欹危。觅邓林,即觅杖,但兼含仰仗湖南亲友之意。《山海经》:"夸父与日逐,道渴死,弃其杖,化为邓林。"

〔24〕此二句才说到湖南的亲友。蹉跎二字总承上来。十暑岷山,三霜楚户,一直是碰壁。明知"自古圣贤多薄命,奸雄恶少皆封侯"(《锦树行》)。但还要效法古人的"愚直",伤时感事,直言不讳,所以说"翻学步"。《庄子·秋水篇》:"寿陵馀子学行于邯郸,未得国能,又失其故步,直匍匐而归耳。"知音,指湖南亲友。《古诗十九首》:"不惜歌者苦,但伤知音稀。"

〔25〕假,有借重意。苏张,苏秦和张仪,战国时纵横家,有口才,这里以比湖南亲友。镡,音寻,剑鼻,也叫做剑珥或剑环,即剑柄下形如覆盂的东西。《庄子·说剑篇》:"天子之剑,以燕谿石城为锋,齐岱为锷,晋卫为脊,周宋为镡,韩魏为铗。"这两句是流水对,意思是说,你们的吹嘘,实在使我惭愧,使我感激。郭受《赠杜甫》诗说:"新诗海内流传遍。"韦迢赠诗也说:"大名诗独步。"杜甫在入湖南以前,还从未得过这样高的推崇和荣誉。

〔26〕二句称美湖南亲友。杨注:"纳流峻址,言诸公能包容而合小以成大也。二句即'泰山不让土壤,故能成其高,河海不择细流,故能就其深'意。"浩汗,水大貌。嶔崟,山高貌。

〔27〕二句写湖南幕府所在地,既美其人,因美其地。清旭,朝晖。

筠,竹。浔,水边。松竹皆具有岁寒不凋的品质,故不曰生而曰"起"。

〔28〕披颜,开颜。倩倩,笑貌,《诗经·硕人篇》:"巧笑倩兮。"这句是说亲友们对自己的欢迎,一见面有说有笑。逸足,良马。骎骎,奔驰。这句是说亲友们都是有才能的"上驷"。

〔29〕朗鉴,清鉴,指亲友。存,体谅和包涵。杜甫在湖南曾写过"虚名但蒙寒暄问,泛爱不救沟壑辱"一类的诗句(见《暮秋枉裴道州手札》),这话确太老实,是要得罪人的,所以希望他们能原谅。"皇天实照临",是向亲友发誓。见得如果你们能原谅我的愚直,当我死后,照拂家小,则此恩此德,皇天在上,实照临之。这是极沉痛,也是极愤慨的话。以上为第三段,叙入湖南以后情事,主要是对湖南亲友的高谊,表示感谢。

〔30〕二句写时事。公孙,公孙述,东汉初,尝割据四川。四川是所谓"西蜀地形天下险"的,所以说"恃险"。这里指当时的藩镇。侯景,梁的叛将,尝陷台城。这里指当时作乱的军阀,如湖南的臧玠便是。

〔31〕中原,指洛阳。阔,阔绝。是说许久得不到家书。北斗,指长安。深,深入。所谓"犬戎直来坐御床"、"犬戎也复临咸京"。

〔32〕二句言作客很可怕,常有生命之虞。千里井,赵次公云:"考千里井有两事:谚云:'千里井,不泻刺(饲马的草料)。'以其有汲饮之日也。唐有《苏氏演义》小说者,载《金陵记》云:'日南(郡名)计吏,止于传舍间,及将就路,以马残草,泻于井中而去,谓无再过之期。不久,复由此,饮于此井,遂为昔时刺节刺喉而死。故后人戒之曰:'千里井,不泻刺!'或又云:'千里井,不堪唾。'亦是古语。故陈徐陵作《玉台新咏》,载刘勋妻王氏杂诗云:'千里不唾井,况乃昔所奉。'为客于外,所逢者,皆千里之井也。然谓之'畏人',则刺节刺喉,于义为近。"《礼记·曲礼上》:"入竟(境)而问禁,入国而问俗。"因怕触犯忌讳,故须问俗。箴,是一种寓规诫的文体。《汉书·扬雄传赞》:"雄以为箴莫善于虞箴,作州

箴。"扬雄有《十二州箴》,见《古文苑》。古代分中国为九州,问俗而至于九州,见得作客还不是在一个地头。

〔33〕依旧,至今,是通计七五五年至七七〇年说的。兵乱如此,看来真是"为客无时了"了。

〔34〕二句回到风疾。尸定解,是说必死于道路。又老、又穷、又作客、又有病、吃药又无效、世上又这样乱、伤心的事又这样多,岂非必死无疑?《晋中兴书》:"葛洪止罗浮山(在广东增城县东)炼丹,亡时,颜色如平生,体亦软弱,举尸入棺,其轻如空衣,时咸以为尸解得仙。"尸解是道家术语,《后汉书·方技传(王和平传)》注:"尸解者,言将登仙,假托为尸以解化也。"不想直说死,故用葛洪尸解自比。《三国志·蜀志·许靖传》:"董卓秉政,靖惧诛,奔豫州刺史孔伷,伷卒,依扬州刺史陈祎,祎死,依会稽太守王朗。孙策东渡江,靖走交州避难,身坐岸边,先载附从,疏亲悉发,乃从后去。当时见者,莫不叹息。每有患急,常先人后己,与九族中外,同其饥寒。后入蜀,先主以靖为太傅。年逾七十,卒。"杜甫挈家逃难,有似许靖,故以自比。但不免死于道路,半途撇下家小,所以又说"力难任"。

〔35〕浦注:"结联语妙,思之失笑。家事只靠丹砂,则将登仙乎?况又无成也。作霖,乃活人之本,而以涕为之,则是饮泣待毙耳。言外若曰:亲友亦念之否?"按此解极精到,并深得"作"字意。以上为末段,言兵戈尚乱,而一命垂危,不得不以八口相累,希望亲友们原谅、哀怜。为呈诗主意所在。我们不难推想:这首可以"动天地、泣鬼神"而又"精妙绝伦"的诗,是生了效的。否则,他死后的一家生活,殆难想象。论到杜甫的作品,我们认为杜甫往往用五言排律来写投赠诗,为的是可以"因难见巧",显示个人的学力和艺术修养。这话虽不错,但还不全面。我们知道,唐代是以诗取士的,如果就所用诗体来说,其实是以"五言排律"取士,因为参加进士考试的照例是写一首五言排律。可知"五言排律"乃

373

是当时官方批准的一种正规诗体。因此，用这一诗体来赠人（特别是一般权贵或亲友），还含有表示郑重其事和尊重对方的意味。而这，也就是杜甫在伏枕呻吟的情况下还不能不采用这一诗体的客观的社会的原因。然而，这并没有把杜甫难倒，他恰如其分地说出了他所要说的话。"读书破万卷，下笔如有神。"这是他最后的一篇示范了。按李白因附永王璘，坐系浔阳狱，中丞宋若思为之推覆清雪，释其囚，并使参谋军事，故白所作《中丞宋公以吴兵三千赴河南，军次浔阳，脱余之囚，参谋幕府，因赠之》一诗，即用五言排律体。意亦在表示郑重。李白本不喜作律诗，排律尤少，仅三首，其赠诗采用此一诗体，显然也是为了适应当时社会的习气。——此诗首段，郭老说是杜甫"大历三年冬初来长沙时的回忆"，似可商榷。一，杜甫来长沙，不是大历三年冬，而是四年春，如是回忆，所写景物应是春景，不应有"岁阴"之文。二，诗言"时物正萧森"，时物乃指当时所见之物，与回忆口吻不合。三，诗言"舟泊常依震"，此舟当即诗题"风疾舟中"之舟，不可能是回忆中之虚舟。四，如果一开头就是一大段回忆，杜甫照例要用"忆昔"、"忆昨"、"往者"一类字样向读者作交代，现在这段诗中却连一点回忆的痕迹都没有。因此，我仍然认为这首诗写于大历五年冬，是杜甫的绝笔。

附　录
《杜甫诗选注》批注

萧涤非　批注
萧光乾　萧海川　辑补

批注辑录说明

萧涤非先生的《杜甫诗选注》出版后,先生仍系念于心,每有所获,辄随手在书上眉批边注或夹小纸片,不断充实完善。前后凡12年,计193条。这些补注,翔实有见,似不无参考价值。他耄耋之年,仍矻矻以求,有似仇氏。2001年,时任中宣部副部长的李从军师兄嘱编《萧涤非全集》,遂于整理之际辑出。今说明如下:

一、先生批注主要写在人民文学出版社1979年版自存本之书中。

二、辑录均以先生手迹为准,非甚有碍,不加点窜,以存真相;但辑录中可能有不妥处,又未经先生过目,故仅供参考。

三、补注一般对应于原书各页之诗、句、注释,辑录时依次编列。一条补注内容较多者,则按其时代、作者或体裁归并次第。原无对应的如封页等处,归于"补遗",附于篇末。

四、辑录格式大概是,先以[ ]表示原诗原句原注,之后为补注。补注中原有的"按"、括符,一仍其旧;惟批注原有曲线和着重号,是作者提醒处,料读者当能会意,故依编者意见删去了,不是我们擅改。

五、补注所引资料,辑录时都做了必要的复按。偶有笔误,径改不注;个别不能确认的字,以□代之。

六、凡辑录者的话,均用"乾按"加括符出之,以作区别。但因系辑录,或有语气不接、语意重复或误植误抄之处,敬请读者谅之正之。

七、关于杜诗《诸将》"见愁汗马西戎逼,曾闪朱旗北斗殷"的解释,萧先生十分关注,不仅在《杜甫诗选注》中批注较多,在其他书中或纸片也多有批点评论,今据相关笔记手迹备加辑录,条理为"附记",并据以在诗注中破例增补了一个朱旗指吐蕃军的按语,一则以见先生治学

377

不辍之精神,二则以便于读者参考。

二〇〇五年五月十六日

又,萧先生于1991年逝世后,本书曾因读者需要而旧版纸型磨损,又重排了"中国古典文学读本丛书"、"大学生必读书目"等两个版本两万册。从1979年算起,累计印数不下几十万册(这在当今个人学术专著中是相当可观的),可惜都未及收入先生的这些补注。现在,人民文学出版社拟重印,故附之书末,以飨读者。谨向人民文学出版社编辑同志和海内外广大读者朋友长期以来对本书的关爱,再次深表感激和钦敬。

二〇〇七年八月三十一日

关于批注辑录的补充说明

这是著者生前最后十二年间,陆续补充的批注。从他1991年逝世后,我们辑录成稿并于2005年交稿后迄今,又过了十馀年,可谓一波三折。现在终于要出版,为负责起见,还有几个问题说明一下。

1、此批注中多有带括符的问号"(?)"。这个情况在萧先生《汉魏六朝乐府文学史》增补本中也有,这是他的读书习惯。不少人也是如此。读书偶得,浮想联翩,信笔写下,往往全凭记忆。如果感觉记忆不确,就随手打个问号,以便核查;如果感觉说法不对,也打个问号,以俟辨析等等。所以带括号的问号,是表示加注,萧先生说:"有时原文有明显错误,应随时用夹注法()。"(《萧涤非文选·杜甫全集校注审稿枝言》第308页)总之用夹注法,标注存在问题。这正是先生治学严谨、苦用心处。例如补注《咏怀古迹》引《昭君》诗:"猛将谋臣徒自贵,蛾眉一笑塞尘清。"对于作者,先生批作"李义山"但觉不确,便打了个问号,经先生提示一查,作者是晚唐汪遵。如果去掉这个问号,后果严重。既不符合事实,也陷作者于自以为是,更误导读者。又如对《又呈吴郎》的补注引《杜诗捃》一段话,是树靶子,要驳他的,所以连用三个(?)。先生接着说:"言杜使寡妇插篱,殊属臆测。诗明言堂前,何'界口'之云?"可见批注里的"括符问号"是有意义的,是万不可妄删的!

2、此书批注中引用的书名,都是规范的全称。其实并非如此。这是经过整理后的结果。手迹原样都用简称。如《左氏·成公二年》原作"左氏·成·二";《新唐书·肃宗纪》原作"新·肃纪";虞集《杜律虞注》原作"虞注"等。本书《例言》已说明注释使用"简称",并特此"作一总交代"。萧先生主编《杜甫全集校注》说:"必须简化,否则引文一两句,书名一大串,太不相称。"(《萧涤非文选·杜甫全集校注审稿枝言》,第301页)事实上,匆忙之间,根本无暇用全名,只能用简称。这个真相应当说明。

3、本书所谓"批注",其实就是作者对自己著作《杜甫诗选注》原有篇目注释的补充注释。这一点,萧先生是从仇氏得来的,深受仇兆鳌的启发和教育。仇氏晚年有一条"自述"说:"辛卯(1711年)致政南归,舟次辑成,聊补前书之疏略。时年七十有四矣!"前书,即《杜诗详注》。萧先生"深有感于仇氏之言",是因为"仇氏《杜诗详注》刻成之后,他并未终止注释工作,所以经过八年,他又写成一卷《杜诗补注》,自述中所谓'辑成',即指这卷《补注》说的。"他并指出:"《补注》既因拆散而被取消,同时移置时又未标明'补注'字样,这样,仇氏这条'自述'所谓'聊补前书之疏略'的话就不免落空,而通过补注所显示出来的那种锲而不舍的刻苦精神也就不免被冲淡,不易为读者所注意。而这点是很

379

有教育意义的。"(《〈杜甫研究〉再版前言》,《萧涤非文选》第193—194页)当然,这里无论叫批注还是叫补注,都是可以的,但这里面所蕴含的为萧先生所看重的"那种锲而不舍的刻苦精神"是不应"被冲淡"的;他所希望的那种"聊补前书之疏略"的良苦用心,也是不应被忘却的。

  本书批注计诗118题七万馀字。凝聚着作者心血,深蒙大家厚爱。先后曾得到萧先生好友游国恩、王季思、臧克家、任继愈、王运熙、费振刚、廖仲安诸先生的关怀;得到萧老先生高足李从军、林继中和佘正松、吴明贤、刘文忠、徐向红及美国耶鲁大学博士车淑珊教授等的支持;得到中央文献室逄先知、李捷、陈晋、孙东升等的鼓励,得到山东大学领导李建军、王琪珑、刘海、仵从巨、张桂珍、唐子恒、郑训佐、李剑锋、单丙波、牟峰和乔幼梅、孔范今、王承瑞及文学院、儒学院的帮助;得到新华社朋友陈新洲、冯斌、韩冰、丁锡国、王洪峰、罗博、王海鹰、刘宝森、张志龙、徐祗军、张漫子等的关照;得到家人萧光照、萧光来和山月星、史美莉两哥嫂的信任。李俊同志提出许多宝贵意见,大力协助。济南市中心医院医护杨艳萍、耿庆信、李晓红、董晓琳、马丽新、李莉、刁丽霞、娄宁等为治沉疴。济南七中及友人郑恩典、董萍、朱振宇、路庆会、曲毅、杨洁、魏绪霞、巩双林、吕雯、赵梅、郭玉霞、张兴华夫妇等多有帮助。恕不一一。所有做了好事的人都不应忘记。谨在此一并深致谢意!

萧光乾 萧海川
又识于二〇一七年八月二十日

正文中批注

第一期　读书游历时期

1.《望岳》

《唐宋诗本》卷四十二引吴昌祺曰:"此诗(《望岳》)造语有不惊不休之意。夫字,衬得妙!"又引某氏曰:"句句是望岳,作登岳解不得。"张潛曰:"'齐鲁青未了'五字,雄盖一世。"何焯曰:"'夫如何'三字,尽望之神理。'夫如何'三字几不成语,然非三字无以成下句有数万里之气象。"卢世㴆曰:"试思他人千言万语,有加于'齐鲁青未了'者乎?"此诗上六,皆极目时所见,在山麓或在山上不可能见此种景界。李白《望庐山五老峰》:"庐山东南五老峰,青天削出金芙蓉。"自是在庐山下始可望见其全貌。我尝经五老峰下,始知李诗之妙。

　　[岱宗夫如何]　《通鉴》卷二一〇:姚崇问齐澣:"然则竟如何?"
　　[齐鲁青未了。　注2:"青是指山色。只五个字,囊括数千里。"]
　　唐卢载有句云:"五千里地望皆见,七十二峰中最高。"(衡山祝融峰位值离宫)可为注脚。正谓在齐、鲁二国之外犹能望见也。欧阳修《黄牛峡祠》:"朝朝暮暮见黄牛,徒使行人见此愁。山高更远望犹见,不是黄牛滞客舟。"明曾棨《茌平早行望岳》:"昆仑以为父,四岳以为兄,匡庐峨眉乃其子,此外培塿皆云礽。'齐鲁青未了',此语何足凭? 其上万里天,亦借兹山青……"近人孙揆均一联云:"七十二峰青未了,万八千株芳不孤。"皆指山色。陈子昂《感遇》诗:"丛石何纷纠,赤山复翕赩。远望多众容,逼之无异色。"韩愈诗:"草色遥看近却无。"苏轼《过宜宾见夷中乱山》:"行人挹孤光,飞鸟投远碧。"明莫如忠《登东郡望岳

381

楼》:"齐鲁到今青未了,题诗谁继杜陵人?"

[决眦入归鸟。 注6:"决眦,形容张目极视的样子。"] 温庭筠《过潼关》:"片时无事溪泉好,尽日凝眸岳色秋。"所谓决眦也。《野望》:"射洪春酒寒仍绿,极目伤神谁为携?""跨马出郊时极目,不堪人事日萧条。"《杂诗》:"抱叶寒蝉静,归山独鸟迟。"

[会当凌绝顶。 注7:"会当,就是定要。会当、会须或会,都是古人口语,多半含有"要"的意思。"] 旧《辞海》"会当"条:"《新方言释言》:'凡心有所豫期,常言曰会当。'"《三国志·魏志》卷十二《崔琰传》:"琰与杨训书曰:'时乎时乎,会当有变时。'太祖(曹操)怒曰:'会当有变时,意指不逊。'于是训、琰为徒隶。"又,注引《吴书》曰:"子伯,(娄圭字)少有猛志,尝叹息曰:'男儿居世,会当得数万兵、千匹骑著后耳。'"《通鉴》卷二八六:"契丹主登城楼,遣通事谕之曰:'我亦人也,汝曹勿惧,会当使汝曹苏息。'"王勃《春思赋》:"会当一举绝风尘,翠盖朱轩临上春。"李白《古风》:"宝剑双蛟龙,雪花照芙蓉。……一去别金匣,飞沉失相从。……雌雄终不隔,神物会当逢。"王安石《杂咏绝句》:"投老安能长忍垢,会当归此濯寒泉!"僧无可《冬日与诸公会宿姚端公宅,怀永乐殷侍御》:"会当随假务,一就白云禅。"李白:"会须一饮三百杯。"裴夷直《南诏朱藤杖》:"会须将入深山去,倚看云泉作老夫。"

《孔雀东南飞》:"会不相从许。"杜甫:"不死会归秦。"省用一会字。唐杜淹《咏寒食斗鸡》:"虽然百战胜,会自不论功。"犹云定自也。《通鉴》卷二二〇:史思明将杀耿仁智,欲活之,复召入,仁智大呼曰:'人生会有一死,得尽忠义,死之善者也。'"会有即定有之意。《广记》卷二五二引《北梦琐言》:"他日会杀此竖子。"会亦定义。

明刘玺《岱岳登望》:"尝闻东岳峻,今上最高峰。吴楚苍茫外,燕齐指顾中。"

2.《登兖州城楼》

［从来多古意］ 高适《酬庞十兵曹》："梁城多古意,携手共悽恻。"

3.《房兵曹胡马》

［风入四蹄轻］ 徐渭《赋得风入四蹄轻四首》自注云："雷总戎尝骑千里马,风掣其衣,仅存襟背。"又云："赵总戎亦然,故三章云。"(按第三首末云："曾听将军说,双双碎袂衣。"其第一首云："骏马四蹄风,形容有杜公。一尘不动外,千里飒然中。白草连天靡,苍鹰踢翅从。檀溪不须跃,随意过从容。")

4.《赠李白》

［野人对腥膻,蔬食常不饱。 注3："野人,杜甫自谦。朱门大户,顿顿鱼肉,杜甫既不习惯,又憎厌这般人,故有'蔬食常不饱'的话。"］

王维《戏赠张五弟諲》："吾生好清净,蔬食去情尘。"王维好吃素。杜甫以一个蔬食常不得饱的寒士,对此种大鱼大肉、大吃大喝的场面也很有反感,食不下咽。按白居易《东南行一百韵》："鼎腻愁烹鳖,盘腥厌脍鲈。"以不习惯,故反厌之。

5.《陪李北海宴历下亭》

［修竹不受暑］ 钱起《太子李舍人城东别业与二三文友逃暑》。

［注8："邕比杜甫要大三十四岁。"］ 应作"大三十七岁"。《千唐志》有李邕墓碑,碑文证明李邕死时年七十三。

6.《赠李白》

［痛饮狂歌空度日,飞扬跋扈为谁雄？ 注3："李贤注：'跋扈,犹

383

强梁也.'"] "痛饮狂歌",当句对法。唐崔琬《劾宗楚客等疏》:"臣
谬参直指,义在触邪(琬时为监察御史,故云),请除巨蠹,用答天造,楚
客、处讷(纪处讷)、晋卿(苗晋卿)等,骄恣跋扈,人神同疾,不加天诛,
讵清王度?"知唐人用"跋扈"一词,实非好语。李白《九日登巴陵置
酒》:"龌龊东篱下,渊明不足群。"嘲陶。"投汨笑古人"。李白有《嘲
王历阳不肯饮酒》、《嘲鲁儒》诸诗,饭颗山之作,颇合李之习性。

[注3:"李杜二人有很多共同点,但同中有异。杜甫嗜酒,却不甘
心于'空度日';也豪放,却不以'跋扈'为然,这是理解这两句诗所应注
意的。] 摧眉折腰,杖藜跃马,岂可久在王侯间之类。

第二期 困守长安时期

7.《八仙歌》

[李白一斗诗百篇,长安市上酒家眠,天子呼来不上船,自称臣是
酒中仙。 注6:"这四句写李白连天子也不放在眼里。"] 应补充
玄宗泛白莲池事,否则"船"欠着落。杜诗"龙舟移棹晚"可为旁证。
(乾按:杜诗见《寄李十二白二十韵》,《九家注》引赵次公云:"范传正
《李翰林新墓碑》曰:'玄宗泛白莲池,公不在宴,明皇欢既洽,召公作
序。白既被酒于翰苑中,命高力士扶以登舟。'今句盖言停舟以待
白矣。")

[焦遂五斗方卓然。 注8:"焦遂,名迹不见他书。袁郊《甘泽
谣》:'陶岘,开元中家于昆山,自制三舟,有前进士孟彦深、孟云卿、布
衣焦遂,共载游山水。'] 《全唐诗话》:"陶岘,开元末家昆山,泛游
江湖,自制三舟,与孟彦深、孟云卿、焦遂共载。吴越之士,号为'水
仙'。"

8.《高都护骢马行》

[五花散作云满身。 注10:"五花,马毛色。云满身,身如云锦。前人谓剪鬃为瓣,或三花,或五花,不确。"] 《黄石师院学报》1984年第2期有邓长风《谈唐诗中的五花马》一文。白居易诗:"舞衣裁四叶,马鬣剪三毛。"又,"凤笺书五色,马鬣剪三花。"岑参亦有"平明剪出三鬃高"句。此自是一种马饰,然无所谓"剪五花"者。中唐人朱景玄《唐朝名通录》:"内厩有飞黄、照袍、浮云、五花之乘。"足证"五花"是天生丽质,绝非剪鬣。误出王琦注。如是剪鬣,岂得云"满身"?

岑诗中似亦有之。(乾按:岑参诗中凡两见,《全唐诗》卷一九九《感遇》:"五花骢马七香车,云是平阳帝子家。"又,卷二〇〇《送赵侍御归上都》:"骢马五花毛,青云归处高。"此处有父亲眉批:"即所谓五花马。")

9.《奉赠韦左丞丈二十二韵》

[读书破万卷,下笔如有神。 注4:"这两句是杜甫的经验之谈。"] 岑参《北庭贻宗学士道别》:"读书破万卷,何事来从戎?"又,《与独孤渐道别》:"怜君白面一书生,读书千卷未成名。"杜与自己的创作联系。李贺《啁少年》:"生来不读半行书,只把黄金买身贵。"

[注18:"蹭蹬是失势的样子。"] 张敬忠《戏咏》:"谁知脚蹭蹬,几落省墙东。"

[尚怜终南山。 注25:"怜,是怜爱。"] 唐人诗多怜爱互文对用,赵嘏《十无》诗:"孔融襟抱称名儒,爱物怜才与世殊。"又,"不知贵拥旌旗后,犹暇怜诗爱酒无?"怜即爱也。

[常拟报一饭] 刘长卿《漂母墓》诗:"昔贤怀一饭,兹主已千秋。"李白诗:"令人惭漂母,三谢不能餐。"

[白鸥没浩荡。 注27:"没浩荡,灭没于浩荡的烟波之间。"] 濮

阳瓘《出笼鹘》："以君能惠好,不敢没遥空。"又,杜牧诗："长空澹澹孤鸟没。"与杜诗用法同。非必入水,始谓之没。《后山诗注补笺》卷四："《寄侍读苏尚书》:'遥知丹地开黄卷,解记清波没白鸥。'笺引《能改斋漫录》……"陈后山《从苏公登后楼》："白鸥没浩荡,爱惜鬓毛斑。"任渊注引杜诗此句,亦无异文。

 10.《乐游园歌》
 [更调鞍马狂欢赏。 注3:"按唐人所谓调马,有二义:一为驯马;二为戏马。意当时酒后兼戏马取乐,故诗有'狂欢赏'之文。"]《齐废帝东昏侯本纪》(乾按:见《南史》卷五,又见《南齐书》卷七)："(帝)自江祐、始安王遥光等诛后,无所忌惮,日夜于后堂戏马,鼓谍为乐。"是知唐以前贵戚即有以戏马为乐之习。《通鉴》卷一九四："马周上疏:'……王长通、白明达皆乐工,韦槃提、斛斯正止能调马,纵使技能出众,正可赉之金帛,岂得超授官爵,鸣玉曳履,与士君子比肩而立,同坐而食,臣窃耻之。'"此当指戏马。中宗有"景龙四年……会吐蕃骑马之戏……联句。"(乾按:见《全唐诗》卷二)又,李端《赠郭驸马》："新开金埒看调马,旧赐铜山许铸钱。"李白《登敬亭北二小山,时余送客,逢崔侍御,并登此地》："屈盘戏白马,大笑上青山。"杜"调鞍马",即李所谓"戏马"。又《醉后答丁十八》："作诗调我惊逸兴,白云绕笔窗前飞。"调我,戏我也。
 [曲江翠幕排银牓。 注5:"银牓,宫殿门端所悬金碧辉煌的匾额。"] 张玄素《重上直言谏东宫启》(高宗时)："出入银牓之前,旦暮铜楼之下。"
 [圣朝已知贱士丑,一物自荷皇天慈。 注10:"贱士,杜甫自谓。与自谓'腐儒'、'弃物'同一愤激。一物,仇注以为指酒,恐非;沈德潜说是杜甫自谓,也太泥。卢元昌释为一草一木,最为圆通。"] 罗隐

386

《曲江春感》:"圣代也知无弃物,侯门未必用非才。一船明月一竿竹,家住五湖归去来。"李邕《淄州刺史谢上表》:"元造加于万方,圣兹周于一物。"刘得仁《省试日上崔侍郎》:"如今主圣臣贤日,岂致人间一物冤。"此"一物"即指人,指作者自身。王勃《秋晚入洛,于毕公宅别》序:"充皇王之万姓,预乾坤之一物。"蒋清翊注引《列子·天瑞篇》:"我即天地之一物。"作自谓为是。

11.《投简咸华两县诸子》

[赤县官曹拥材杰。 注1:"赤县,指长安。《元和郡县志》:'京都所治为赤县,京之旁邑为畿县。'"] 咸阳、华原二县皆畿县,赤县官曹不包括"诸子"。仇注可从。(乾按:仇注:"赤县官曹,本谓长安贵人,不指两县诸子。盖投简诸子者,另有其人也。")

[自然弃掷与时异] 自然弃掷:与时异。

[君不见空墙日色晚] "炙背"句互参。[乾按:杜甫《忆幼子》诗:"忆渠愁只睡,炙背俯晴轩。"《九家注》云:"炙背者,负暄之义也。"又《晚》:"杖藜寻晚巷,炙背近墙暄。"可见"饥寒切身"之状。]

12.《兵车行》

[题解:"可能作于天宝十载(七五一)。《通鉴》卷二一六:'天宝十载四月,鲜于仲通讨南诏,将兵八万,至西洱河,大败,死者六万人。……'"] 《兵车行》编年。(黄)鹤曰:"吕公、梁权道皆为天宝十一载作,然以'且如今年冬,未休关西卒',当是九载诗。见注。"按鹤注引:"《通鉴》九载冬十二月,关西游奕使王难得击吐蕃,克五桥,拔树敦城。"——按果如鹤说,则此诗乃作于冬末矣。待细究。按诗如作于十载,于"未休关西卒"一句,亦自说得通。盖虽已拔其城而仍不罢兵,故曰未休。可休应休而不休,尤可怨也。《中兴间气集》有刘湾《云南

曲》,末云:"哀哀云南行,十万同已矣。"

[题解:"首段摹写送别的惨状,是纪事。"] 可参阅《老舍新诗选》189页:"(头五句)的确用了类似今天的快板的形式,而且的确确是诗。""杜甫时常把固定的形式加以变化,不永远死守陈规,所以他的诗,专以形式而言,就千变万化,令人感到新颖。"又:"专凭形式,连进士也成不了诗人(《书屈陶合刻后》'变风以后属灵均')""中国话是中国话,不能以任何别国的来代替。"自由诗也得讲点形式。

[马萧萧] 刘长卿《送徐大夫赴广州》:"军动马萧萧。"

[武皇开边意未已] 王建《赠阎少保》:"问事爱知天宝里,识人皆是武皇前。"唐人专以汉武比唐玄宗。王昌龄诗中亦有。

13.《丽人行》

[题解:"这是讽刺杨国忠兄妹的荒淫奢侈的。施均父云:'《丽人行》,前半竭力形容杨氏姊妹之游冶淫佚,后半叙国忠之气焰逼人,绝不作一断语!使人于意外得之,此诗之善讽也。'"] 张潜:"杜诗每前褒后讽,阳褒阴讽,委曲若讳,深得诗人之意。骤看之,似前后矛盾,正是用意处。非深于此道者不知。"

[注8:"《旧唐书·杨贵妃传》:'三姨封虢国。'"] 辽宁省博物馆藏"宋赵佶摹虢国夫人游春图"(锦盒装),1979年4月文物出版社出版。

[宾从杂遝实要津。 注15:"实字,是嗟叹的口气。"] "人实不易知","实欲邦国活","实不爱微躯","经济实藉英雄姿","深意实在此","丹陛实呎尺","我实衣裳单","结也实国桢","治中实弃捐","南方实有未招魂","听猿实下三声泪","一国实三公"。(乾按:上引皆杜句,句中实字均含嗟叹语气。)

[后来鞍马何逡巡。 注16:"逡巡,徐行貌。这里兼有大模大样、

旁若无人的意味。"] 高适《谢上剑南节度使表》:"顾臣愚庸,岂合祗拜,远奉恩制,不敢逡巡。"

[杨花雪落覆白蘋。 注18:"这和下句都是隐语,也是微词,妙在结合当前景致来揭露杨国忠和从妹虢国夫人通奸的丑恶。以杨花覆蘋,影射兄妹苟且。"] 《唐诗纪事》卷二七:"李泌赋柳诗,杨国忠以为讥己,玄宗斥之。"据此可见当时确有影射风气,故国忠耻柳为杨。

[青鸟飞去衔红巾] 韩愈《华山女》诗:"豪家少年岂知道?来绕百匝脚不停。云窗雾阁事恍惚,重重翠幕深金屏。仙梯难攀俗缘重,浪凭青鸟通丁宁。"李白《捣衣篇》:"摘尽庭兰不见君,红巾拭泪生氤氲。"

14.《前出塞九首》

其二

[男儿死无时] 思家无益。

其三

[丈夫誓许国] 心理。作自解之词。中华民族的韧坚的爱国精神。

其四

[生死向前去] 誓许国。生死,唐人口语,见变文,犹言死活。

其六

[擒贼先擒王] 《红楼梦》第五十五回:"如今俗语说:'擒贼必先擒王。'他如今要作法开端,一定是先拿我开端。"可能在杜甫的当时,这已是俗语了。杜特用之耳,非杜创语。

其七

[已去汉月远……浮云暮南征] 到此只见汉月浮云,连不相识之人亦无有。

其八

[百里风尘昏] 言是劲敌。

[雄剑四五动。 注40:"四五动,是说没费多大气力。"] "雄剑一击不退,而动至四五,亦复鏖战。"

其九

[中原有斗争,况在狄与戎?] 《青城说杜》:"使我有言则众必争,争之不已必斗,而自相戮贼,中原即有斗争矣,岂在敌与戎哉？敢与戎敌斗争者,必不斗争于中原,今但思与中原斗争者,知其必不能斗争于戎敌矣。众之无耻可羞极矣。"

15.《同诸公登慈恩寺塔》

[题解:"同,就是和。"] 白居易《和答诗十首序》:"其间所见,同者因不能自异,异者亦不能强同,同者谓之和,异者谓之答。"

[题解:"慈恩寺塔也叫大雁塔,现仍存在。"] 刘得仁有诗,盖避暑胜地。刘得仁《夏日游慈恩寺》:"何处消长日,慈恩精舍频。……闲上凌虚塔,相逢避暑人。"又《慈恩寺塔下避暑》:"古松凌巨塔,修竹映空廊。竟日闻虚籁,深山止此凉。僧真生我敬,水瀸发茶香。坐久东楼上,钟声送夕阳。"(乾按:此条以台历1984年3月31日页为别签夹入。诗见《全唐诗》卷五百四十四,小传云:"得仁出入举场三十年,卒无成。")

[方知象教力。 注3:"佛教假形象以教人,故曰象教。"] 象教,《文学评论》1980年第1期33—34页:借塑雕佛象以宣传佛教思想的一种方法。

[各有稻粱谋] 任注山谷诗(卷七)引作"自有稻粱谋"。

16.《送高三十五书记十五韵》

[脱身簿尉中,始与捶楚辞。 注5:"适初为封丘县尉,有诗云:'拜迎官长心欲碎,鞭挞黎庶令人悲。'今为书记,可不再鞭挞人民。"]

补白:按唐时县尉既鞭挞人民,其自身亦不免受鞭挞。见韩愈诸人诗,并可参《太平广记》卷一七二引《逸史》,又卷二五〇引《御史台记》。白居易《自咏》:"迎送宾客懒,鞭挞黎庶难。"白居易《论和籴状》(卷五八):"号为和籴,其实害人……臣久处村间,曾为和籴之户,亲被迫蹙,实不堪命。臣近为畿尉,曾领和籴之司,亲自鞭挞,所不忍睹。"然则县尉鞭挞黎庶,乃是常事,与尉自身受挞毕竟不侔。(乾按:《太平广记》卷一七二"孟简"条:"有前诸暨县尉包君者,与一土豪百姓来往。……以倚恃前资,擅至百姓庄搅扰,决臂杖十下,土豪以前为县官,罚二十功。"出《逸史》。萧先生批注:此亦唐时县尉受杖,而县官则不受杖之一证。"又卷二五〇"萧诚"条:"唐萧诚初拜员外,于朝列安闲自若。侍御史王旭曰:'萧子从容省达(挞)。'韩琬应声答曰:'萧任司录,早已免杖,岂止今日方省挞耶?'闻者欢笑。"出《御史台记》。)

17.《曲江三章章五句》

[短衣匹马随李广] 短衣,戎服,所谓"垂老戎衣窄"。岑参《北庭西郊候封大夫》诗:"自逐定远侯,亦著短后衣。"

18.《夏日李公见访》

[墙头过浊醪。 注4:"过,应是唐人口语。"] 《不知名变文》:"拾得金珠过与人。"或单言"过",或言"过与"。(乾按:《敦煌变文集》卷六王庆寂标记:"标题原缺,因不知演绎何经,姑拟今题。")《春明退朝录》:"北都使宅旧有迁马厅。按唐韩偓诗云:'外使进鹰初得按,中

官过马不教嘶。'注云:'上每乘马,必中使(《全唐诗》作"阉官")驭以进,谓之过马。既乘之,而后蹙踠嘶鸣也。'盖唐时方镇亦效之,而名厅事也。"(乾按:韩诗见《全唐诗》卷六八〇《苑中》,但"进"作"调"。注云:"以鹰隼初调习,始能擒获,谓之得按。")

[注4:"为了顾全主人家的面子,不让贵客知道酒是借来的,所以不打从大门而打从墙头偷偷地送过来。"] 应删作:"不打从大门而打从墙头送过来。"

19.《秋雨叹三首》
其三

[稚子无忧走风雨。 注11:"形容稚子无知的光景。大人正以风雨为忧;小孩则反以风雨为乐。"] 杨注:"反形亦曲尽稚子无知光景。"(乾按:见《杜诗镜铨》卷二)左思《娇女诗》:"贪走风雨中。"

20.《醉时歌》

[灯前细雨檐花落。 注14:"檐花,指檐前细雨。"] 黄山谷《醉落魄》词:"君看檐雨森银竹,我欲忧民,渠有二千石。"银竹,古人以喻大雨,则知檐花乃细雨也。杜甫《秦州杂诗》:"檐雨乱淋幔,山云低度墙。"《大云寺赞公房》:"雨泻暮檐竹,风吹青井芹。"邓绍基有异说,《文史哲》。(乾按:邓著《杜诗别解》:"《杜臆》云:'檐水落而灯光映之如银花,余亲见之,始知其妙。今注者谓近檐之花,有何意味?'这说法颇新奇,确也有'意味',只是同唐诗中用'檐花'通常指檐前之花不相合。"父眉批云:"细雨,小雨也,与微雨亦有别。杜诗'微雨不滑道','细雨鱼儿出'。")

[孔丘盗跖俱尘埃] 唐人思想比较解放,直呼孔子之名,不以为不敬,如任华《重送李审却赴广州序》:"昔孔丘尝为'东西南北之人',

张仪亦为'燕赵齐楚之客'"。他的诗文中亦往往有之,但杜此处以孔丘与盗跖并列,为稍异耳。(乾按:韩愈《赠张籍》诗:"孔丘殁已远,仁义路久荒。"父批:"名孔丘者,唐时不止李、杜二人。")

21.《官定后戏赠》
[题解:"天宝十四载杜甫被任河西县尉,他不肯作,才改任右卫率府胄曹参军。"] 《唐会要》卷七十一:"胄曹,旧为铠曹,垂拱元年二月改为胄曹。"唐人重内轻外,王建《归昭应留别城中》:"喜得近京城,官卑意亦荣。"况是朝官。

[注2:"白居易诗……"] 白居易《鳌屋县北楼望山》诗。

22.《自京赴奉先县咏怀五百字》
[杜陵有布衣……白首甘契阔] 徐凝:"欲别朱门泪先尽,白头游子白身归。"白身即布衣也。(乾按:见《全唐诗》卷四七四七绝《自鄂渚至河南将归江外留辞侍郎》,头二句为:"一生所遇唯元白,天下无人重布衣。")

[生逢尧舜君,不忍便永诀] 《新唐书·魏徵传》:"帝(太宗)曰:'徵蹈履仁义,以弼朕躬,欲致之尧舜,虽亮(孔明)无以抗'。"杜甫《大历三年春》:"此生遭圣代。"此二句与李白《书情赠蔡舍人雄》:"遭逢圣明主,敢进兴亡言。"同旨。称玄宗为"尧舜君"或"圣明主",是当时诗人一般看法。

[葵藿倾太阳,物性固莫夺。 注12:"后来诗文多葵藿连文。藿是豆叶,葵向日,藿并不向日,这是一种'复词偏义'。把自己的忠君比作葵花的向日。"] 《子夜秋歌》:"葵藿生谷底,倾心不蒙照。"李峤《日》:"倾心比葵藿,朝夕奉光曦。"唐孙顾《清露被皋兰》:"为感生成惠,心同葵藿倾。"藿无向阳特点,是连类而及。《祭故相国清河房公

393

文》:"甫也备位此官,盖薄劣耳,见时危急,敢爱生死。"《咏怀》:"万古一死生。"《遣怀》:"黄金倾有无。"《喜雨》:"滂沱洗吴越。"《壮游》:"引古惜兴亡。"《新婚别》:"结发为妻子。"《捣衣》:"宁辞捣熨倦。"《夔州歌》:"中有松柏参天长。"《莫相疑行》:"不争好恶莫相疑。"《暮秋枉裴道州手札》:"使我昼立烦儿孙。"(乾按:以上皆杜诗文句)连类而及。《飞仙阁》:"浮生有定分,饥饱岂可逃?"意亦只在饥。《石砚》诗:"其滑乃波涛,其光或雷电。"雷实无光,亦连类而及之例。(乾按:以上亦杜句)唐张蠙《雨》诗:"桑麻荒旧国,雷电照前山。"纪(昀)批:"电可云照,雷不可云照,亦一病。"不知此亦复词偏义习惯用法,如改云"闪电照前山",则与上句桑麻不成对矣。元稹《说剑》:"霆电满室光,蛟龙绕身走。"霆乃暴雷,无光。复词偏义。方回《瀛奎律髓》卷十七亦有此例,"雷电照前山"。郭璞《江赋》末云:"考川渎而妙观,实莫著于江河。"本与黄河无涉,而云江河,复词偏义,亦连类而及之例。权德舆《得抚州报喜戴员外无事》:"遮莫雪霜撩乱下,松枝竹叶自青青。"雪霜连用,亦复词偏义。雪可云撩乱下,霜则不可,然雪与霜性相近,故连类而及。汪元量《余将南归燕赵,诸公子携妓把酒饯别》:"君不见巢父许由空洗耳,伯夷叔齐空饿死。"洗耳乃许由事,因巢父为许由之友,故连类而及,此为复词偏义之变格。不可拘泥典故,谓作者误用或自我捏造也。

辛弃疾《浣溪沙》:"自有渊明方有菊,若无和靖即无梅。"杜之于向日葵,亦正可作如是观。山谷诗:"群心爱戴葵倾日。"任注:"山谷意谓徽宗践阼,群心倾戴,如日之方升。"自杜后始专用之于君主,表忠君思想。赵葵,《宋史》有传(卷四百十七),是个忠臣,无愧其名。南宋理宗时宰相有赵葵,以葵为名,显然是有取于向日葵之葵花,而非冬葵菜。戴叔伦《叹葵花》:"今日见花落,明日见花开。花开能向日,花落委苍苔。自不同凡卉,看时日几回?"可见这不是蔬菜,是花卉。薛能《黄蜀葵》："娇黄新蕊欲题诗，尽日含毫有所思。记得玉人初病起，道家妆束厌襐时。"又《题逃户》诗："雨水淹残臼，葵花压倒墙。"皆指葵，不指菜。柳浑《牡丹》诗："近来无奈牡丹何，数十千钱买一颗。今朝始得分明见，也共戎葵不较多。"当即向日葵。韦庄《使院黄葵花》："薄妆新著淡黄衣，对捧金炉待醮时。向日似矜倾国貌，倚风如唱步虚词。乍开檀炷疑闻语，试与云和必解吹。为报同人看来好，不禁秋露即离披。"（乾按韦诗见《全唐诗》卷七百，"待醮时"作"侍醮迟"，"向日"作"向月"。）明钱士升《秋葵》："太阳岂是曾私照，何独兹花感旧恩？日暮西风惨淡里，依依犹欲送黄昏。"所写当即今日之向日葵花。

臧岳《应识唐诗类释》引《说文》："葵常倾叶向日，不令照其根。"按《说文》无此文。李白《流夜郎题葵叶》："惭君能卫足，叹我远移根。白日如分照，还归守故园。"刘长卿《游南园，偶见在阴墙下葵，因以成咏》："此地常无日，青青独在阴。太阳偏不及，非是未倾心！"观偶见二字，知是野生。

《梦溪笔谈》卷二十五："予使虏，至古契丹界，大蓟茇如车盖，中国无此大者。其地名蓟，恐其因此也，如扬州宜杨，荆州宜荆之类。荆或为楚，'楚'亦荆木之别名也。"按"葵丘"当亦由其地宜葵而得名。又杜诗"豺遘哀登楚"，赵注谓楚指荆州，王粲曾在荆州作《登楼赋》。此亦可证赵说之确。不言登荆，平仄所限。岑参《东归留题太常徐卿草堂》（在蜀）："题诗芭蕉滑，封酒棕花香。"此题入书写意。芭蕉叶大便于书写，与葵为类。

［顾惟蝼蚁辈，但自求其穴。 注13："蝼蚁辈比那班自私自利奔走干谒的人。顾惟，犹言转头一想。"］ 单复《读杜诗愚得》："当今构厦之具岂云缺哉，言朝廷有人也。然葵藿倾阳，物性固有不可夺者，而况于人乎！顾我若蝼蚁耳，但当安分自求其穴，胡为慕彼大鲸辄欲偃乎溟渤，自惩自怆之词。比也。以此自误，又耻干谒，遂至于此。"单解虽

395

误,但他将"顾惟"改为"顾我",又在"但"字下增一"当"字,却能自圆其说。否则要解作诗人自谓,至少理由不充分。杜诗中有用"顾我"者,如"顾我老非题柱客"(《陪李七司马》),"顾我蓬室姿,谬通金闺籍"(《送李校书》)。李白则用"顾余",如"顾余不及仕,学剑来山东",不只一处。杜诗:"顾惟鲁钝姿。"

翁方纲:"蝼蚁辈,别有喻也。以兹句是转非承。"所谓"蝼蚁辈",即鲁迅所说的"这些东西"(指邵洵美之流。见1934年1月15日致郑振铎信)。又,1935年4月23日致肖(萧)军信:"有许多知识分子只顾自己……像白蚁一样。"杜甫《喜闻官军已临贼寇》:"穴蚁欲何逃。"《古柏行》:"苦心岂免容蝼蚁。"《青丝》:"近静潼关扫蜂蚁。"吴伟业:"一朝蚁贼满长安。"《通鉴》卷二一三(玄宗开元十四年):"张九龄言于(张)说曰:'宇文融承恩用事,辩给多权数,不可不备。'说曰:'鼠辈何能为!'"可知"蝼蚁辈"亦轻贱之词,不能视杜之自谦,其理甚明。

[以兹误生理] "误",宋本、钱本、郭本、分门本皆作"悟",蔡本作"误",仇作"悟",并注:"一作悞。"浦作"悟"。单本、杨定作"误"。

[独耻事干谒] 即《早发》所谓"干请伤直性"也。

[放歌破愁绝。 注21:"破一作颇,作破者是。"] 唐顾甄远诗:"浓醪艳唱愁难破。"

[蹴踏崖谷滑] 王元《登祝融峰》诗:"云湿幽崖滑,风梳古木香。"王建《霓裳词》:"宫女月中更替立,黄金梯滑并行难。"

[赐浴皆长缨,与宴非短褐。 注28:"长缨,指权贵。短褐,贱者所服。"] 刘长卿《闻王师收二京》:"遂令辞短褐,仍欲请长缨。"岑参《送胡象落第归王屋别业》:"野花迎短褐,河柳拂长鞭。"亦以短对长。

[中堂舞神仙,烟雾蒙玉质。 注35:"烟雾,形容衣裳的轻飘。汉《郊祀歌》:'被华文,厕雾縠。'这是最早用雾来形容衣裳的。唐人更是常用。] 宋玉《神女赋》:"动雾縠以徐步。"善注:"縠,今之轻纱,薄如

雾也。"以雾形容衣裳,此为最早。注误。

《惜别行》:"裁缝云雾成御衣,拜跪题封贺端午。"(乾按:杜诗)刘禹锡《泰娘歌》:"长鬟如云衣似雾。"崔仲容《赠歌姬》:"水剪双眸雾剪衣。"罗虬《比红儿》诗:"雾绡云縠称自裁。"

[朱门酒肉臭,路有冻死骨!荣枯咫尺异,惆怅难再述! 注37:"宫墙内外,一荣一枯,一生一死,成了两个截然不同的世界,所以说:'咫尺异。'"]《(新)唐书·韦陟传》:"(陟)性侈纵,喜饰服马,侍儿阉童列左右常数十,侔于王宫主第。穷治馔羞,择膏腴地艺谷麦,以鸟羽择米。每食视庖中所弃,其直犹不减万钱。宴公侯家,虽极水陆,曾不下箸。"杜诗盖纪实,所谓臭也。有解臭为香者。误矣。元稹《旱灾自咎贻七县宰》:"强豪富酒肉,穷独无刍薪。"亦系用对比手法,但不够深刻,苍白无力,不能感动人。所以对比也要看对比本身是否尖锐。元诗写旱情,故及刍薪,情况自不同。白居易《劝梦得酒》:"谁人功画麒麟阁?何客新投魑魅乡?两处荣枯君莫问,残春更醉两三场。"荣,指第一句;枯,指第二句。

[群冰从西下。 注39:"群冰一作群水,非。"]《宿青草湖》:"寒冰多倚薄。"此湖南所作诗,尚有此景,何况北方。王维《别綦毋潜》:"严冬爽群木,伊洛方清泚。渭水冰下流,潼关雪中启。"

[恐触天柱折。 注41:"王嗣奭说这是'隐语,忧国家将覆'。按王说甚有见。"]《祭故相国清河房公文》:"天柱既折,安仰翼戴。"知此天柱,亦有寓意。

[岂知秋禾登,贫窭有仓卒] "秋至转饥寒"。(乾按:杜甫《因崔五侍御寄高彭州》诗:"百年已过半,秋至转饥寒。为问彭州牧,何时救急难?")

[平人固骚屑。 注50:"平人,即平民。唐人为避唐太宗李世民的讳,多改'民'为'人',改'世'为'代'。"]《通鉴》卷二〇八:"李乂

上疏谏曰:'江南乡人,采捕为业,鱼鳖之利,黎元所资。'"胡注:"乡人,犹言乡民,避太宗讳,改'民'曰'人'。"又疏有"生成之惠未洽于平人"。平人,亦即平民也。《通鉴》卷二〇九:"隆基曰:'王(相王)性恬淡,不以代事婴怀。'"胡注:"代事即世事,避太宗讳云尔。"

[默思失业徒] 补:指农民。业,指田业、产业。《南史·谢弘微传》:"田业十馀处,僮役千人。"唐人多田业连文,如于濆《田翁叹》:"富家田业广,用此买金章。"失业徒,破产农民。

23.《后出塞五首》

其一

[千金装马鞭,百金装刀头] 出门所仗者,止马与刀,欲图功业之成,岂惜千金之费?一鞍尚然,其马可知;刀头尚然,其刀可知。二句急忙治具。

其三

[岂知英雄主] 贪边功之主耳。

[四夷且孤军] 所谓"悬军幕井干",(乾按:杜甫《秦州杂诗》之句。《九家注》:"悬军,谓路险阻悬之,使之下。邓艾伐蜀,悬军深入。")四夷止剩孤军矣,似并欲殄灭此孤军。阴铿《和傅郎岁暮还湘洲》:"大江静犹浪,扁舟独且征。"陈子昂《晚次乐乡县》:"故乡杳无际,日暮且孤征。"

[奋身勇所闻] 注20:"勇,是勇往;所闻,是指地方说的,即下文的'大荒''玄冥'。""不过凭谍者,影响传闻,云某处有穹庐,某处有畜牧已尔,往赴之矣。'勇所闻'妙,自来未见敌而神张貌智者,每若此。"

[注20:《汉书·张骞传》:'天子既闻大宛之属多奇物……'] 《通鉴》卷二一一:"有胡人上言海南多珠翠奇宝……"

其五［出师亦多门。　注32："多门,许多门道,有多次意。"］
"丧乱死多门"(乾按:杜诗《白马》句)。

［中夜间道归。　注37："间道归,抄小路逃回家。"］　《安禄山事迹》:"禄山发所部兵及同罗、奚、契丹、室韦,凡十五万众,号二十万,反于范阳……诸将皆引兵夜发。"夜发,故得以"中夜间道归"也。《通鉴》删"诸将皆引兵夜发"句,不妥。(乾按:见《通鉴》卷二一七)

［故里但空村］　向时送者亦不可见,奚知存亡。至于故里空村,则未必与此次反叛有关,盖其时早已"汉家山东二百州,千村万落生荆杞"矣。

第三期　陷安史叛军中、为官时期

24.《悲陈陶》

［题解:《唐书·房琯传》:"遇贼于咸阳县之陈陶斜。"］　唐时长安附近有宫人斜。杜牧《宫人冢》:"尽是离宫院中女,苑墙城外冢累累。少年入内教歌舞,不识君王到死时。"(乾按:《通鉴》卷二一九注:宋敏求《退朝录》引唐人文集曰:"唐宫人墓谓之宫人斜。四仲,遣使者祭之。然则陈涛斜者,岂亦因内人所葬地而名之邪?")又《闲题》:"借问春风何处好,绿杨深巷马头斜。"当亦指地名。

［注3:"按岑参《行军》诗也是写的这一史实。"］　不用乐府题,不显目,影响小。

［群胡归来血洗箭。　注四:"血洗箭,是说箭和其他武器上都沾满了血,就像用血洗过了似的,所谓'匣里金刀血未干'。"］　白居易《观剑南献捷》诗:"边疆氛已息,矛戟血犹残。"

25.《春望》

纪:"语语沉著,无一毫做作,而自然深至。"

[国破山河在,城春草木深] 吴:"国破而山河犹在,故城春而草木已深。深字,已兼榛芜丛原之意矣。"

[感时花溅泪,恨别鸟惊心] 顾非熊《酬陈标评事喜及第与段何共贻》:"至公平得意,自喜不因媒。榜上金门去,名从玉案来。欢情听鸟语,笑眼对花开。若拟华筵贺,当期醉百杯。"杜荀鹤《春日旅寓》:"江上有家归未得,眼前花是眼前愁。"

《围炉诗话》卷一:"诗以情为主,景为宾,景物元自生,惟情所化。情哀则景哀,情乐则景乐。唐诗能融景入情,寄情于景。""感时"二句,景随情化也。何焯:"起句笔力千钧,感时句收上,恨别句起下,感时心长,恨别意短,落句故置家言国。"仇:"首四句春望之景,睹物伤怀。"

[烽火连三月,家书抵万金] 烽火句应感时,家书应恨别。

[浑欲不胜簪。 注5:"差不多连发簪也戴不住了。"] 简直。

[注五:"关于'感时'句,有人认为由带着露水的花,联想到它也在流泪。按果如此说,溅字就很难讲得通。溅是迸发,如果是写带露的花,也许可以说'泫泪',却不能说'溅泪',因为花上的露水是静止的。"] 犹"奔泉溅水珠"之溅(《大历三年春白帝城放船》),又《贻华阳柳少府》:"涕泪溅我裳。"(乾按:上引为杜诗)可知非一般流泪、垂泪。《通鉴》卷一八五:"(炀)帝爱子杲,年十二,在帝侧,(裴)虔通斩之,血溅御服。"按:事见《隋书》卷五九《赵王杲传》:"杲在帝侧,裴虔通斩之于帝前,血湔御服。""槛菊愁烟兰泣露"(乾按:见晏殊《鹊踏枝》词),说泣露可通,如说"溅泪"就不通。胡曾《咏史·细腰宫》:"惟有青春花上露,至今犹泣细腰宫。"

26.《哀江头》

[江草江花岂终极。 注16:"终极,犹穷尽。"] 鲍照《采菱歌》:"怀古复怀今,长怀无终极。"

27.《自京窜至凤翔喜达行在所三首》

其一

[无人遂却回。 注1:"无人二字读断,是说天天盼有人来,能得到一点消息,但竟没有人来。遂却回,是说于是决意逃回来。"] 明邵傅《杜律集解》:"贼中无人得脱而回。"遂,犹因也,因而也。《戏题寄上汉中王》:"群盗无归路,衰颜会远方。"无归路者非盗,遂却回者非"人",皆上二字下三字句法,上因下。

[眼穿当落日,心死著寒灰] 如在贼中,不至云"心死著寒灰"。明为写逃窜时心情。此二句双关。

[雾树行相引,连山望忽开] 翁《杜诗附记》:"茂树行相引,即'草木长'注脚。"(乾按:杜甫《述怀》诗:"今夏草木长,脱身得西走。"翁即清人翁方纲。)唐太宗《咏小山》:"近谷交紫蕊,遥峰对出莲。"杜诗"连山"一作"莲山",以对"雾树",若作连,乃借对也。

28.《述怀》

[麻鞋见天子] 1978年《文物》第一期有汉时麻鞋照片,其制与今草鞋正相似。想唐时亦尔也。

29.《羌村三首》

其一

[峥嵘赤云西,日脚下平地] 《杨升庵外集》:"梁虞骞(《拟雨

诗》):'落晖散长足,细雨织斜文。'李白亦用其字曰:'日足森海峤。'然其惊人泣鬼,所谓自铸伟词、前无古人者乎?"则日足、日脚,似多指落晖、斜阳而言。白居易诗:"孤山寺北贾亭西,水面初平云脚低。"

其二

[娇儿不离膝:畏我复却去。 注10:"这句当在'畏'字读断,是上一下四的句法。这里的'却'字,作'即'字讲。"] "棹拂荷珠碎却圆","却"兼复、即二义。《广记》卷一七〇引《云溪友议》:韩愈见李贺来,"却插带,急命邀之"。又唐传奇《吴堪》:"具馔讫,即却入房。"白居易《看常州柘枝赠贾使君》:"莫惜新衣舞柘枝,也从尘污汗沾垂。料君即却归朝去,不见银泥衫故时。"司空图《白菊诗》:"不辞暂被霜寒挫,舞袖招香即却回。"《难陀出家缘起》:"走到门前略看,即便却来同饮。"《韩擒虎话本》凡三用"即便却回"。《全唐诗话》:"王易简,梁乾化中及第,不看榜,却归华山。"罗隐《寄渭北徐从事》:"莫恨东风促行李,不多时节却归朝。"又《寄右省王谏议》:"看却金庭芝朮老,又驱车入七人班。"刘长卿《长门怨》:"芳菲似恩幸,看却被风吹。"李贺则言"看即",其实一意。(乾按:李贺《野歌》:"寒风又变为春柳,条条看即烟濛濛。")任渊《后山诗注》引杜诗作"畏我却复去"。刘长卿《送张栩扶侍之睦州》(自注:"此公旧任建德令。"):"遥忆新安旧,扁舟复却还。"

《唐国史补》:"贞元中长安客有买妾者,居之数年,忽尔不知所之。一夜提人首而至,告其夫曰:'我有父冤,故至于此,今报矣,请归。'泣涕而诀,出门如风。俄顷却至,断所生二子喉而去。"按此"俄顷却至",谓忽然又至也。乃唐人口语。(乾按:何逊《学古三首》:"寸心空延伫,对面何由即?"杜甫《高都护骢马行》:"何由却出横门道。"宋张戒《岁寒堂诗话》卷上引杜诗句作:"眼枯却见骨。"《艺苑卮言》卷五引明刘文安《英宗挽诗》:"天倾玉盖旋从北,日昃金轮却复中。"皆"却"可以作

"即"字解之例。)

卢世漼云:"往日娇儿,依依膝下,别离既久,爱我者转而畏我。"傅(庚生)说盖本此,其实大谬。仇(兆鳌)采卢说。浦(起龙):"不离、复却,眼前态,拈出如生。"则浦亦从仇说者。蔡(梦弼)笺于畏我句云:"谓以拾遗之职所系也。"是蔡亦以复却去者为杜也。范辇云:"娇儿"二句"写出孩稚依依真景"。

其三

[苦辞酒味薄。 注20:"苦辞,就是再三的说。"] 葛洪《神仙传》"苏仙公"条:"但闻哭声,不见其形,郡守乡人,苦请相见。"(《太平广记》卷十三)

30.《北征》

[题解:"写作的目的:另一方面表示自己对借用回纥兵的意见,来提高唐肃宗的警惕。"] 借兵之害,可参戎昱《苦哉行》:"冀雪大国耻,翻是大国辱。"又《听杜山人弹胡笳》:"回鹘数年收洛阳,洛阳士女皆驱将。岂无父母与兄弟,闻此哀情皆断肠。"

[猛虎立我前,苍崖吼时裂。 注19:"猛虎,状苍崖之蹲踞。"]以静为动,此亦所谓"惊人语"也。李白《下陵阳沿高溪三门六刺滩》:"石惊虎伏起,水状龙萦盘。"薛能《褒斜道中》:"鸟经恶时应立虎。"又《伏牛山》:"虎蹲峰状屈名牛。"李义山《乱石》:"虎踞龙蹲纵复横。"东坡诗:"丑石半蹲山下虎。"《石钟山记》:"大石侧立千尺,如猛兽奇鬼,森然欲搏人。"辛弃疾《浣溪沙》:"突兀趁人山石狠。"杨万里诗:"峭壁呀呀虎擘口,恶滩汹汹雷发吼。"南宋王质《水调歌头》:"群山左顾右盼,如虎更如龙。"亦以龙虎状山。

[我仆犹木末。 注26:"木末,犹树梢。此泛指山上。"] 参《春渚纪闻》"王子直误疵坡诗"条。(会看千字谏,木杪见龟趺)(乾按:宋

403

人何薳《春渚纪闻》:"《王子直诗话》云,东坡先生作《程筠归真亭》诗,有'会看千字谏,木杪见龟趺',龟趺是碑座,不应见于木杪,指以为病。初不知亭在山半,自下望碑,则龟趺正在木杪,岂真在木上耶。杜子美《北征》诗云:'我行已水滨,我仆犹木末。'岂亦子美之仆,留挂木末,如猿猱耶!")

[颜色白胜雪。 注33:"白胜雪,指过去养得很白净。古典文学中一般都是用雪来形容颜色的美丽。"] 白居易《鹦鹉洲夜闻歌者》:"寻声见其人,有妇颜如雪。"

[见耶背面啼] 这是孩子感到没脸,不好意思,因为一身破烂像个讨饭的。也有点撒娇。绝对不是怕。

[那无囊中帛,救汝寒凛慄] 那无,岂无也。故作豪语。张相误解此那字。(乾按:《诗词曲语辞汇释》:"那,犹奈也。")

[狼藉画眉阔。 注42:"汉和唐,女子画眉都以阔为美。狼藉,不整洁。以上四句,本写妻的加意梳掠,却借痴女影衬。"] 白居易《吾雏》:"学母画眉样,效吾诵诗声。"便简而不生动。

[注45:"这是第三大段,写到家以后的悲喜情形。这一段是《北征》应有的正面文章。"] 高书引刘辰翁评("生理"一段)"《北征》精神全得一段画意。他人窘态有甚不能自言,又羞置勿道"。按此言甚有见。唐诗可贵,往往在此等处见真情。

[至尊尚蒙尘。 注46:"封建时代称皇帝为'至尊',此指肃宗。"] 《陔馀丛考》卷三六。(乾按:该书"至尊"条:"臣称君为至尊。西汉已有此语,且不一而足。")

[送兵五千人,驱马一万匹。 注51:"一人两马,故有一万匹。"] 《北史·张衮传》:"衮,道武为代王,选为左长史。从追蠕蠕五六百里。诸部帅因衮言粮尽,不宜深入。帝问衮:'杀副马,足三日食乎?'皆言足。帝乃倍道追。"据此知西北骑兵皆有副马。

[此辈少为贵。 注52:"杜甫认为借用回纥的兵,越多越难应付,故云'少为贵'。"] 鲁迅《且介亭杂文二集·后记》:"我以为要论作家的作品,必须兼想到周围的情形。"(对于言论的压迫)

[正气有肃杀] 吕温《孟冬蒲州关河亭》诗云:"雪霜自此始,草木当更新。严冬不肃杀,何以见阳春?"可作正气句注脚。

[皇纲未宜绝。 注59:"'皇纲'指唐帝业传统。"] 骆宾王《兵部奏姚州破逆贼诺设弄杨虔柳露布》:"四时行焉,天道不能去杀;五兵备矣,皇业所以胜残。"

[中自诛褒妲。 注63:"唐玄宗赐杨贵妃死,实出于被动,但不好正面揭穿,只好从侧面点破。在当时危急存亡的情况下,把皇帝说成一个昏君,便要影响举国上下'同仇敌忾'的情绪,这可能是杜甫为什么要把官军的逼迫说成天子的'圣断'的用心。"] 《诗话总龟》后集卷十五引《丹阳集》有评论,谓杜"此语出于爱君,曲文其过,非至公之论"。

31.《彭衙行》

[誓将与夫子,永结为弟昆! 注18:"这两句是代述孙宰的话,亦即下文所谓'露心肝'。夫子,是孙宰谓杜甫。"] 李白《泛沔州城南郎官湖》诗序:"张公殊有胜概,四望超然,乃顾白曰:'此湖古来贤豪游者非一,而枉践佳景,寂寥无闻,夫子可为我标之嘉名,以传不朽?'"此夫子,亦张谓称李白者,而白记之。

32.《春宿左省》

[明朝有封事。 注4:"封事,即密奏。"] 《新唐书·魏徵传》:"徵曰:'古者立谤木欲闻己过,封事,其谤木之遗乎?陛下思闻得失,当恣其所陈,言而是乎,为朝廷之福;非乎,无损于政。'帝说,皆劳遣

之。"《辞海》726页。(乾按:1977年版(词语分册)"封事"条:"古时臣下上书奏事,防有泄漏,用袋封缄,称为封事。……《旧唐书·杜正伦传》:'咸上封事称旨,太宗为之设宴。'"又1999年版解云:"密封的奏章。")

"避人焚谏草"(乾按:杜诗《晚出左掖》句),梁章钜《浪迹丛谈》二五一页"花押"条引《东观馀论》谓:"唐时令辟臣上奏,任用真草,惟名不得草。(乾按:谏草,是臣下为上书陈谏即"封事"而随手写下的草稿,也称"草"。《后汉书·皇甫嵩传》:"前后上表陈谏,有补益者五百馀事,皆手书毁草,不宜于外。")

33.《曲江二首》

其一

[莫厌伤多酒入唇。 注3:"伤多酒,过多之酒,即超过饮量的酒。"] 孟宾于《碧云集》序:"沉沦者怨刺伤多,取事者雅颂一贯。"唐人常语。任(渊)注《山谷诗》(六一)引作"不厌伤多酒入唇"。

其二

[朝回日日典春衣,每日江头尽醉归。 注7:"典,典当。是一种用实物作抵押的贷款形式,利息很重。当春日而典春衣,明已无物可典。下句正申明典衣之故,是为了买醉。"] 刘禹锡有《和乐天以镜换酒》诗。白居易《自劝》:"忆昔羁贫应举年,脱衣典酒曲江边。十千一斗犹赊饮,何况官供不著钱。"与杜诗相证,其风流传不替。"将衣质酒,命予合饮,"见李贺《申胡子觱篥歌》序,可见非虚语。其时社会风气如此。李白:"五花马,千金裘,呼儿将出换美酒。"又贺知章解金龟换酒,皆其事也。然春日而典及春衣,穷可知,嗜酒亦可知,其心情及处境之恶并可知。

[人生七十古来稀] 白居易《感秋咏意》:"旧语相传聊自慰,世间

七十老人稀。"可见此语由来已久,杜亦系用旧语者。

34.《至德二载,甫自金光门出,间道归凤翔。乾元初,从左拾遗移华州掾,与亲故别,因出此门,有悲往事》

[近侍归京邑。 注3:"京邑,指华州,华州离长安不远,故曰京邑。"] 任华《送李侍御充汝州李中丞副使序》:"华州、汝州,两京股肱郡也。朝廷以股肱之郡,非有股肱之才者,则不可造次任焉。是以命华州牧兼御史中丞李公丞乘辕于汝……"此"京邑"为指华州之证。

[驻马望千门。 注5:"千门,指宫殿。"] 韦应物《观早朝》:"丹殿据龙首,崔嵬对南山。寒生千门里,日照双阙间。"唐崔镇《北斗城赋》:"接千门之宫阙,通八达之康庄。"亦指宫殿而言者。(乾按:杜牧《过华清宫》:"长安回望绣成堆,山顶千门次第开。"亦然。)

35.《洗兵马》

[题解:"这大概是乾元二年(七五九)春二月杜甫在洛阳时所作的。一方面对祖国的走向复兴,表示了极大的喜悦和歌颂;另一方面当时朝廷存在的弊政,也以寓讽刺于颂祷之中的手法提出了严厉的指斥和'意味深长'的警告。"] 此诗可与刘长卿《闻王师收二京》一诗互参。至德二载十月收东京。(乾按:刘诗见《全唐诗》卷一五〇《至德三年春正月,时谬蒙差摄海盐令,闻王师收二京,因书事寄上浙西节度李侍郎中丞行营五十韵》。至德三年二月改元称乾元)

[河广传闻一苇过] 云"传闻"者,必有其事。黄希谓指郭(子仪)破贼十万于卫州,甚确。事在元年十月。

[已喜皇威清海岱,常思仙仗过崆峒。 注10:"崆峒,山名。肃宗在灵武、凤翔时,往来常经过崆峒山。"] 《夔府书怀》:"扈圣崆峒日,

端居滟滪时。"

　　[三年笛里关山月。　注11:"关山月,是汉乐府横吹曲中的一曲。横吹曲是一种军乐、战歌。"]　刘长卿《罪所留系,每夜闻长洲军笛声》:"只怜横笛关山月,知处愁人夜夜来。"又《听笛歌》:"静听关山闻一叫,三湘月色悲猿啸。"知当时军中多吹此曲。是唐时关山月一曲甚流行。

　　[郭相谋深古来少。司徒清鉴悬明镜。　注14:"郭相,郭子仪。乾元元年八月子仪为中书令,故称郭相。"　注15:"司徒,指李光弼。至德二载四月光弼为司徒。"]《通鉴》卷二一八:"至德元载八月,以子仪为武部尚书、灵武长史,以李光弼为户部尚书、北都留守,并同平章事。"同为同平章事,何以不称李为李相?同平章事,全称为:同中书门下三品。因侍中、中书令皆正三品,凡带同平章事的衔名的,其本官多有在三品以下者。同平章事,即同中书门下协商处理政务,虽为事实上的宰相,但与中书令毕竟不同。中书令为百僚之首,是首相。孙逖《授李林甫左仆射兼右相制》:"宜兼三绶之荣,俾在百僚之首。"盖指右相而言。右相即中书令也。所谓真宰相。《旧唐书·职官一》:"天宝元年二月,侍中改为左相,中书令改为右相。"《通鉴》卷二一八:"上(肃宗)欲以(李)泌为右相,泌固辞曰:'陛下待以宾友,则贵于宰相矣。'"右相即中书令也。中书令,《旧唐书》列在正三品,《新唐书·百官志》列在正二品,且云:"唐世宰相,名尤不正。初唐因隋制,以三省之长中书令、侍中、尚书令共议国政,此宰相职也。其后以太宗尝为尚书令,臣下避不敢居其职,由是仆射为尚书省长官,与侍中、中书令号为宰相。其品位既崇,不欲轻以授人,故常以他官居宰相职,而假以他名。……贞观八年,仆射李靖以疾辞位,诏疾小瘳,三两日一至中书门下平章事,而平章事之名,盖起于此。其后李勣以太子詹事同中书门下三品,谓同侍中、中书令也,而同三品之名,盖起于此。……自高宗以后,为宰相者

408

必加同中书门下三品,虽品高者亦然。惟三公、三师、中书令则否。"(乾按:《通鉴》卷二二〇:"肃宗乾元元年八月,以郭子仪为中书令〔右相〕,光弼为侍中〔左相〕。")

[注14:"故称郭相。"] 故独称郭相。

[尚书气与秋天杳。 注16:"尚书,指王思礼。时为兵部尚书。"

注42:"王思礼加兵部尚书,事在乾元元年八月,见《旧唐书·肃宗纪》。此尤为此诗必作于乾元元年八月以后之明证。"] 《旧唐书·肃宗纪》:"乾元元年八月,上皇诞节,上皇宴百官于金明门楼,朔方节度使郭子仪、河东节度使李光弼、关内节度使王思礼来朝,加子仪中书令、光弼侍中、思礼兵部尚书,馀如故。"《新〔唐〕书·肃〔宗〕纪》不载加兵部尚书事。《通鉴》同。(乾按:《新唐书·肃宗纪》于乾元元年漏载六月、八月事。《通鉴》如上引无是年八月思礼加兵部事。)《新唐书·王思礼传》:"收东京,战数有功,迁兵部尚书。"与《旧〔唐〕书·肃〔宗〕纪》合。旧《书》本传言"迁户部尚书"。(乾按:《旧唐书·李光弼传》:"乾元元年,与关内节度使王思礼入朝,勅朝官四品已上,出城迎谒。迁侍中。"又《郭子仪传》:"乾元元年七月破贼河上,擒伪将安守忠以献,遂朝京师……进位中书令。"《新唐书》本传均同,可为佐证)

思礼为兵部尚书,《旧〔唐〕书·肃〔宗〕纪》前后两见,又云:"至德元载十月,(房)琯请为兵马元帅,收复两京,许之,仍令兵部尚书王思礼为副。"误!与下文乾元元年八月所记矛盾。《新唐书·王思礼传》只言思礼"副房琯,战便桥不利,更为关内行营节度",未言副琯何官职。旧《书》本传亦但言"与房琯为副使,便桥之战又不利,除为关内节度使。"无兵部尚书文。《通鉴》卷二一九亦云至德元载十月王为兵部尚书,(新、旧《唐书·房琯传》及《新〔唐〕书·肃〔宗〕纪》同,《新唐书·肃宗纪》惟载,以兵部尚书王思礼副琯),亦误,且自相矛盾。前载天宝十一载三月改兵部为武部,此何得云兵部尚书?武部复改为兵部,

409

在至德二载十二月十五日。(乾按:《通鉴》该句之后有"以武部侍郎李峘为剑南节度使"一语,此前至德元载八月,有"以〔郭〕子仪为武部尚书"的记载,则此所谓王之"兵部尚书"似沿误《唐书》,当是至德二载十二月之后乾元元年八月所加官,或从子仪后继任的。据《通鉴》记载,王思礼副琯之前至德元载六月之后,为河西、陇右节度使,行在都知兵马使。故便桥兵败,除关内节度使,乾元元年八月收两京后来朝,加兵部尚书)《旧〔唐书〕·肃〔宗〕纪》前后矛盾,或是便桥之败,王曾罢兵部尚书历史失载也?

《唐仆尚丞郎表》910页有考证。(乾按:中华书局1986年版严耕望先生撰《唐仆尚丞郎表》第四册910页:"王思礼——乾元元年八月十七丙辰,由工尚·兼御史大夫·关内节度使迁兵尚,仍领节度。〔考证〕……则旧传'户部'误。新传书兵尚于乾元元年以前,亦小失。又《全唐文》四四肃宗《收复两京大赦文》:'开府仪同三司·御史大夫·兼工部尚书·持节充招讨两京(略)等军·兼关内节度使·(略)王思礼……行工部尚书。'《会要》四五功臣条略同。此在至德二载十二月十五戊午,则兵尚前官为工尚也,纪传皆失书。(旧《纪》,至德元载十月,房琯为兵马元帅,'仍令兵部尚书王思礼为副。'新《纪》同。按此时郭子仪为武部尚书。两《纪》此衔,书后官欤?)"父批注:"王当时应有官衔,如刘秩等皆书其当时官衔。思礼副房琯时或为工部尚书,两《纪》《通鉴》兵乃工之讹。"又909页:"郭子仪——至德元载八月一日壬午朔,由灵州大都督府长史·朔方节度使迁武尚·同中书门下平章事,仍兼长史·领节度。二年十二月十五戊午,迁司徒,卸武尚,仍兼左仆以下如故。""李光弼——至德二载十二月十五戊午,由检校司徒……迁司空·兼兵尚,仍平章事·领节度。"父批:"郭卸即由李兼。在此期间王思礼不可能任武尚或兵尚。"(乾按:同书1051页:"颜真卿——至德元载七月,由户侍·平原太守迁工尚。"则十月王副琯时似不大可能为工部尚书。且"兼工尚",亦非真除,乃正员之外,及迁工尚后,不过半年,即迁兵尚。兵尚在政治上实际之地位比工尚要高许多。这大概是纪传不载的一个原因)

[鹤驾通宵凤辇备,鸡鸣问寝龙楼晓。 注23:《艺文类聚》:"太子晋乘白鹤仙去,故后世称太子之驾曰鹤驾。"这里鹤驾替代的太子,钱谦益以为指肃宗,恐非杜甫本意。浦起龙据乾元元年四月立成王李俶为皇太子的史实,认为是指李俶。下凤辇(天子之车)才是指肃宗。这说法是接近真实的。"]《旧唐书·音乐志》卷三十一:①《享隐太子庙乐章·舒和》:"尚想燕飞来蔽日,终疑鹤影降凌云。"(隐太子即建成)②《享章怀太子庙乐章·迎神》:"前驱戾止,控鹤来仪。"③《享懿德太子庙乐章·迎神》:"伊浦凤翔,缑峰鹤至。"《全唐诗》卷三三五裴度《享惠昭太子庙乐章·亚献终献》:"礼成神既醉,仿佛缑山鹤。"(在唐时,缑山鹤的故事,几乎成为太子专用之典,他人不能僭用。)又卷一三《享太庙乐章·承光舞》:"监国方永,宾天不归。……龙楼正启,鹤驾斯举。"(盖指孝敬皇帝李弘,弘为太子,未及即位而死)凡涉及太子,必用周灵王太子晋缑山乘鹤故事,几无一例外。由此可证,杜《洗兵马》"鹤驾通宵凤辇备"之"鹤驾"只能作于成王李豫乾元元年五月立为太子(乾按:见《旧唐书·肃宗纪》,《新唐书·肃宗纪》作十月,新、旧《唐书·代宗纪》作四月)之后。否则,便是无中生有,违法乱纪,此钱氏曲解用心所在。以为隐指肃宗,所谓"不欲其成乎为君",以为杜甫在这里是用春秋笔法,刺肃宗以太子而自立。不知杜在此之前早已承认肃宗之自立,《北征》等诗皆可为证。未立太子而用太子故事,淆乱视听,几同造谣,杜安得出此?《文苑英华》卷五五三有颜真卿《贺肃宗即位上玄宗表》:"奉皇帝七月十二日敕,伏承陛下(玄宗)命皇太子践祚改元,皇帝上陛下尊号曰上皇天帝,臣……等蹈舞抃跃,不胜感咽。……"李白《上皇西巡南京歌》:"剑阁重关蜀北门,上皇归马若云

411

屯。少帝长安开紫极,双悬日月照乾坤。"亦无贬肃宗,不以为帝之意。

"鹤驾"一典如是写实,则《洗兵马》必作于乾元二年春,以成王于元年五月始立为太子,诗自不可能作于元年五月之前也。钱氏是注意到这点的,故硬把"鹤驾"归之于肃宗以太子而自立为帝。其说未免深文,且亦不符合杜诗实际。杜对肃宗不待传位而急于自立,虽有不满,如《壮游》诗"少海旌旗黄",但绝无"不欲其成乎为君"之意。钱氏虽能自圆其说,以为杜在此有微意,是用《春秋》具文见意的书法,但绝不可信。既用鹤驾,即表明时已有太子,否则杜不会用此一专门表明太子身份之典故。《通鉴》卷二一九至德二载:"(俶)曰:'陛下犹未奉晨昏(谓人子晨省昏定之礼),臣何心敢当储副!愿俟上皇还宫,臣之幸也。'上赏慰之。"据此知杜诗"鹤驾"定指广平,父子相随以定省上皇。

武三思《奉和春日游龙门应制》:"凤驾临香地,龙舆上翠微。"鹤驾之与凤驾、龙舆,即太子之与天子之分,丝毫不能含混。《全唐文》卷九七高宗武皇后《赐少林寺僧书》:"弟子前随凤驾,过谒鹫岩。"凤驾即凤辇,此指高宗皇帝。凤辇既有专指,"鹤驾"岂得泛称?设未立太子,杜何得妄称?此非小事,有关国家大典。此亦足证《洗兵马》必作于乾元元年五月立太子之后无疑。钱主元年,故以鹤驾为指肃宗,"不欲其成乎为君",臆测妄断。且鹤驾既指肃宗,凤辇又将何所指乎?若仍指肃宗,岂非重叠?刘长卿诗:"凤驾瞻西幸,龙楼议北征。"凤驾,指玄宗;龙楼,指肃宗,皆谓天子。

[汝等岂知蒙帝力] 《别蔡十四》:"我虽消渴甚,敢忘帝力勤。"

[关中既留萧丞相。 注28:"刘邦以萧何留守关中,使镇抚百姓。这里以比房琯。琯自蜀奉传国宝及玉册至灵武传位,并留相肃宗。"注29:"按乾元元年六月,房琯由太子少师出为邠州刺史,邠州属关内道,地在关中,故云'关中既留'。"] 《后山诗注》卷二任渊注引关中句作"正留萧丞相",不如"既"字妥,与"复"字应。"曩者书札,望公再

412

起。"(乾按:见杜《祭故相国清河房公文》)均以萧比房。《八哀诗》:"际会清河公,间道传玉册。"救王思礼一事,是房一大功。清河公即琯也。杜有《承闻故房相公灵榇自阆州启殡归葬东都》诗,仍称相公。盖念念不忘。故虽罢相而仍以萧丞相拟之,不足怪也。

郑处诲《邠州节度使厅记》:"邠为古国,其俗质而厚,其人朴而笃理……后魏改置豳州。国朝因之。开元中,诏以豳、幽为疑,因改为邠。天宝已前,太平岁久,西通伊凉,万里而远,邠实为近郡,申王、薛王以亲贤之贵居之,太尉房公以盛德之重居之……"肃宗深恶房琯,其贬琯为邠州刺史,并非其本意,但从表面看来,邠州乃近郡,好像还有意复用,故不远斥。此杜诗所以有"关中既留"之句也。"留"字可玩,虽罢其相位,却仍安置在"近郡"。白居易《除军使邠宁节度使制》:"邠邠大藩,控扼胡虏。若得良将,则无外虞。"元稹《同州刺史谢上表》:"……不料奸人疑臣杀害裴度,妄有告论,尘黩圣聪,愧羞天地。臣本待明辨亦了,便拟杀身谢责,岂料圣慈尚在,薄贬同州,虽违咫尺之颜,不远郊畿之境,伏料必是宸衷独断,乞臣此官。若遣他人商量,乍可与臣远处藩镇,岂肯遣臣俯近阙庭?"同州为"薄贬",邠州亦自非厚责,故杜有复冀用琯之心。关中既留,自非泛泛也! 若房仍在朝为太子少师,则诗当云"朝中既留"或"庙堂既留",不应泛泛但言"关中既留"。可知"关中"云云,确为指邠州刺史无疑。

刘邦尝说:"镇国家,抚百姓,给馈饷,不绝粮道,吾不如萧何。"(《史记·高祖本纪》)刘未得天下,何已为丞相。《史记·萧相国世家》:"沛公为汉王,以何为丞相。""汉王与诸侯击楚,何守关中。""汉王数失军遁去,何常兴关中卒辄补缺。上以此专属任何关中事。"《旧唐书·房琯传》:"乾元元年六月……时邠州久屯军旅,多以武将兼领刺史,法度紊废,州县廨宇并为军营,官吏侵夺百姓室屋以居,人甚弊之。琯到任,举陈令式令州县恭守,又缉理公馆,寮吏各归官曹,颇著政声。二年六月诏褒美之,征拜太子宾客。"

〔幕下复用张子房。 注29:"刘邦尝说:'运筹惟幄之中,决胜千里之外,吾不如子房。'这里比张镐。又同年(乾元元年)五月,张镐由平章事罢为荆州大都督府长史兼本州防御使,仍身居幕府,故曰'幕下复用'。"〕李白《赠张相镐》诗:"秀骨象山岳,英谋合鬼神。佐汉解鸿门,生唐为后身。"亦系以张良比张镐。赠诗多切对方之姓氏,此风唐以前已有之。又《张相公出镇荆州,寻除太子詹事,余时流夜郎,行至江夏,与张公去千里,公因太府丞王昔使车、寄罗衣二事,及五月五日赠余诗,余答以此诗》:"张衡殊不乐,应有《四愁诗》。(按张时罢相。乾元元年五月)惭君锦绣段,赠我慰相思。鸿鹄复矫翼,凤凰忆故池。(按上句指出为荆州长史,下句指罢相,应首句不乐。这可能是真情,但对张不利)荣乐一如此,商山老紫芝。"按李则以张衡拟张镐。杜《洗兵马》则以张良拟之,但云幕下复用,知亦作于罢相后。以复用字,表明已罢相,善立言。张九龄《酬宋使君见赠之作》:"罢归犹右职,待罪尚南荆。"张九龄罢相后为荆州长史,故云。虽贬官,仍重用也,故云"右职"。

"幕下"即幕府。不用幕府而用幕下者,为与上句"关中"作对也。唐人为句法所拘,亦有用"幕府下"者。不得指朝廷。李白《送程刘二侍郎》诗:"安西幕府多材雄。"杜甫《赠田九判官》:"麾下赖君才并入。"亦即幕下,指哥舒翰。高、岑等人诗中,亦多有之。高适:《酬裴员外以诗代书》:"拥旄出淮甸,入幕征楚材。"入幕指为淮南节度使事。至德元载(756)。《酬秘书弟兼寄幕下诸公》:"亚相膺时杰,群才遇良工。翩翩幕下来,拜赐甘泉宫。"此天宝九载所作。幕下指范阳、平卢节度使安禄山幕。《饯宋八充彭中丞判官之岭外》:"绣衣当节制,幕府盛威棱。"天宝四载以光禄少卿彭果以御史中丞为岭南五府经略使,故云。《自武威赴临洮谒大夫不及因书即事寄河西陇右幕下诸公》。天

414

宝十二载,哥舒翰以陇右节度使加河西节度使。《武威同诸公过杨七山人》:"幕府日多暇,田家岁复登。"在河西哥舒翰作。

岑参:《江行夜宿龙吼滩,临眺思峨眉隐者,兼寄幕中诸公》。按此乃入川后作,"幕中"即幕下,当指杜鸿渐。时以相国节度剑南,抚节成都。《送张郎中赴陇右觐省卿公》,自注:"时张卿公亦充节度留后。"诗云:"幕下多相识,边书醉懒操。"按张郎中之父为节度留后,故有"幕下"句。《送裴判官自贼中再归河阳幕府》:"东郊未解围,忠义似君稀。误落胡尘里,能持汉节归。……却向嫖姚幕,翩翩去若飞。"何年?待查。《客舍悲秋有怀两省旧游,呈幕中诸公》。《走马川行》:"幕中草檄砚水凝。"《奉陪封大夫宴得征字,时封公兼鸿胪卿》:"西边虏尽平,何处更专征。幕下人无事,军中政已成。""幕下"与下句"军中"对。

李嘉祐《送裴员外往江南》:"公务江南远,留欢幕下荣。"钱起《送王季友赴洪州幕下》。韦应物《寄洪州幕府卢廿一侍御》(原注:"自南昌令拜,顷同官洛阳。"):"文苑台中妙,冰壶幕下清。"韩愈《晋公破贼回重拜台司,以诗示幕中宾客,愈奉和》,晋公为裴度,破蔡元济后回京复任。元和十二年,以度为门下侍郎、同平章事、兼彰义节度使,仍充淮西宣慰招讨处置使。既破贼仍为相,故云"将军旧压三司贵,相国新兼五等崇"。又《郾城晚饮,奉赠副使马侍郎及冯(宿)李(宗闵)二员外(冯、李时从裴度东征)》:"幕中无事惟须饮,即是连镳向阙时。"元稹《卧闻幕中诸公征东会饮,因有戏赠》。唐人凡是在御史台做官的例云"台中",凡是在两省的则云"省中",凡是在节度使幕府任职的,则云"幕中"或"幕下",区别甚分明。张镐如未罢相,岂得云"幕下"?在相位,居廊庙。

幕下即幕府,岂得谓朝廷为幕府耶?《唐音癸签》卷廿七:"唐词人自禁林外,节镇幕府为盛。如高适之依哥舒翰,岑参之依高仙芝,杜甫之依严武,比比而是。中叶后尤多。盖唐制,新及第人,例就辟外幕,蹑级进身,要视其主之好之何如,然后同调萃,唱和广。《摭言》称:李固言在成都,有李珪、郭圆、袁不约、来择诸诗人从公,为一时莲幕之盛,惜其诗不传。惟裴度开淮西幕,有韩愈、李正封郾城□□诗。……"(乾按:《四库全书》影印本《唐音癸签》卷二七,在"韩愈。李正封郾城"下注一"阙"字。标明下文有缺字。该书古典文学出版社1958年版第238页,此处作"□□诗"。这可能是萧先生引文所本。但《四库全书》影印本《唐诗纪事》卷四〇载:"退之、正封从军有《晚秋郾城联句》诗。正封云'从军古云乐,谈笑青油幕。灯明夜观棋,月暗秋城柝。'遂为警策。"又《全唐诗》卷七九一,收韩愈、李正封《晚秋郾城夜会联句》诗。故此处□□,疑为"联句"。)高适《信安王幕府传并序》(信安王为李祎,开元廿年为河东河北道行军副元帅):"庙堂咨上策,幕府制中权。"一相一将,一文一武,一内一外。伍乔《寄张学士洎》(洎为翰林学士):"职事久参侯伯幕,梦魂长绕帝王州。"亦幕与朝廷对举。皇甫曾《送王相公赴幽州》:"台衮兼戎律,勤忧秉化元。"如张镐未罢相而兼节度使,则是以台衮而兼戎律者,今但言幕下,岂非失体。杜一字不乱下,何得有此失误? 岑参《潼关镇国军句覆使院早春寄王同州》:"何为廊庙器(即宰相),至今居外藩?"如张未罢相,何得置而不言,但言其外职、武官? 又《左仆射相国冀公东斋幽居》:"丞相百僚长,两朝居此官。成功云雷际,翊圣天地安。"晋公,裴冕也。尝劝肃宗即帝位。如张镐当时未罢相,则仍是百僚之长,杜甫岂得略而不言,但云"幕下复用"乎? 此理之所必无者。信如主作于乾元元年春一说,则罢张镐之相者,非肃宗,乃出于诗人杜甫矣。(罢镐相者非肃宗)杜岂得愤愤至此? 所以"幕下"一词,必指镐罢相后为荆州都督府长史无疑。(乾按:《通鉴》卷二二〇:乾元元年五月,"上以镐为不切事机,戊子,罢为荆州防御使……庚寅,立成王俶为皇太子。"父批:"幕下复用张子房,据此句,诗当作于镐罢相为荆州防御使〔位在节度使下〕时无疑。否则,岂得舍宰相不言而言其任幕职乎？何得如此轻重倒置？"）

[田家望望惜雨干。 注38："乾元二年春有旱灾,故农民盼雨。"]

仇："按史:乾元二年春旱,故有田家望雨之句。"按《通鉴》不载春旱,新、旧《（唐书)·肃(宗)纪》亦不载。"当期塞雨干",干不等于晴！惜雨水之干耳。曾下雨而复旱,故惜之。

[布谷处处催春种] 诗当是在张罢相之后,因为有幕下的话。张罢相在五月中旬,春天早已过去了,而诗末有"催春种"之语,将作何解释？张罢相在五月十七日,早已是过了"四月南风大麦黄"的节候了,此时春种早已过去了,还能有"催春种"的诗句吗？杜甫能写这样不通的诗吗？可见,这只能是第二年（乾元二年）春天写的诗。

36.《新安吏》

白《与元九书》："杜诗最多……然撮其《新安》、《石壕》、《潼关吏》、《芦子关》、《花门》之章,"朱门……"之句,亦不过三四十。"白所见当是杜原本,"三吏"前后次序,符合当日杜甫由洛阳回华州所经过程。宋本《杜工部集》,《新安吏》下有杜自注,表明是第一篇作品,但将《潼关吏》置于《石壕》之前,却不合。《草堂诗笺》"三吏"次第第一为潼关,第二石壕,第三新安,首尾颠倒了,又将《新安吏》题下自注改成大字并入题中,尤误。

[县小更无丁。 注2："言岂无馀丁乎？按杜'移柳更能存?'更字一作岂,可知二字相通。"] 有人解"更"为"已",欠妥。

[中男绝短小] 不相信是中男,当时是"儿童尽东征"的。已无章法,连老翁老妇全被拉走。参《宋书》卷一百《自序》"年几八十"诸语,"役少以十五为制"。（乾按:参许总《关于〈新安吏〉"中男"的年龄》,《群众论丛》1981年2期）

[眼枯即见骨。 注6："即使把眼哭瞎了,也留不住自己的孩子。"

注10："即字，疑作却者乃原文。唐时却字可作即字讲。今姑仍而不改。"〕 王梵志诗："债主暂过来，征我夫妻泪。父母眼干枯，良由我忆你。"(《冤家杀人贼》)"即"字，明万历黄升《集千家注》、许自昌《集千家注杜诗》、元刊《集千家注杜诗》刘会孟评点、《杜诗阐》均作"却"。钱、朱、仇、杨各本俱注"即一作却"。白居易《因梦得题公垂所寄蜡烛，因寄公垂》："照梁初日光相似，出水新莲艳不如。却寄两条君领取，明年双引入中书。"犹即寄也。

〔况乃王师顺。 注10："顺，是说名正言顺，合乎正义。"〕 在当时情况下，是王师顺，还是叛军顺？

〔仆射如父兄。 注10："旧注都未能指实，证明郭子仪善待士卒的一贯作风。"〕 《通鉴》卷二二三："上谓郭子仪曰：'闻朔方将士思公如枯旱之望雨。'"可见杜诗所谓，并非妄言。又"广德二年，郭子仪如汾州，怀恩之众悉归之，咸鼓舞涕泣，喜其来而悲其晚也。"此事亦足证。宜补。

〔注10："不称他现任官爵（中书令），而称其旧官爵，钱谦益以为'亦《春秋》之书法'，是有道理的。"〕 《集千家注分类杜诗》引郑曰："子仪至德二载授尚书仆射，乾元元年进中书令，而此诗第云仆射，何也？毋乃当时人熟于仆射之名，故云。"

37.《潼关吏》

〔借问潼关吏，——修关还备胡！ 注3："按这句当作叙述语看。"〕 《两当县吴十侍御宅》："借问持斧翁，几年长沙客。"下句亦非问者之语，代述。刘禹锡《武夫词》："武夫何洸洸，衣紫袭绛裳。借问胡为尔？列校在鹰扬。"自问自答。

〔连云列战格。 注4："这句以下至末，都是吏的答话。"〕 清汤启祚《杜诗笺》："今复修关，还以备胡，前鉴不远，是在后官。婆心野老,言恐见轻,托为吏辞,庶几动听。"

［请嘱防关将。 注9:"细玩'嘱'字,似根上'丈人'字来,关吏位卑,对守将不合用'嘱'。如为杜甫对关吏之言,则'请嘱'当作'为报'才合身份。《杜诗阐》云:'请丈人嘱防关者以哥舒为鉴。'结合上文为解,尤为有据。"］ 《唐律疏议》附录《唐律释文》卷五"关戍"条:"关戍者即守关之长也。关丞,守关第二等官也。关令,守关第三等官也。"潼关吏,盖三等官之类,岂得嘱防关将耶？

《史记·滑稽列传》载孙叔敖之子"负薪逢优孟"事:"孙叔敖病且死,属其子曰:'我死,汝必贫困……'居数年,其子穷困,负薪逢优孟,与言曰:'我,孙叔敖子也。父且死时,属我贫困往见优孟。'"此尊者对儿辈用属(嘱)之例。《汉书·曹参传》载:参为齐相国,萧何卒,参曰:'吾且入朝。'居无何,使者果召参,参去属其后相曰:'以齐狱市为寄,慎勿扰之!'"此上官对下官用属之例。吕温知衡州时,送毛令绝句曰:"今朝临别无他属,虽是蒲鞭也莫施!"吕为太守,对县令故用属字。《魏志》卷十六《杜恕传》:"恕上疏极谏曰:'……近司隶校尉孔羡辟大将军(司马懿)狂悖之弟(司马通),而有司嘿尔,望风希指,甚于受属。'"朝臣趋奉司马懿,亦上对下之词。《唐鉴》六:代宗乃以李泌为江西判官,"且属(魏)少游,使善待之"。亦上对下、君对臣之词。《宋人轶事》二一八页:"先尚书以此属某。"为长对幼之词。父对子故用属而不用谓。《新唐书·杨弘武传》:"弘武为吏部,高宗责其授官多非才,弘武对曰:'臣妻悍,此其所嘱,故不敢违。'"盖以讽帝也。

［慎勿学哥舒］ 将在外君命有所不受。勿学哥舒,勿学哥舒之屈从奸相杨国忠之乱命。杜批判指向主张出关迎战的决策者。（钱注）

元稹《夜深行》:"夜深犹自绕江行,震地江声似鼓声。渐见戍楼疑近驿,百牢关吏火前迎。"关吏职卑。高适《睢阳酬别畅大判官》结句云:"君还谢幕府,慎勿轻刍荛!"谢,告也。幕府指府主,故用谢字。盖

419

畅时为判官,乃是属员,要畅转告己意于府将,故云"谢"也。

38.《石壕吏》

[老妇出门看] 宋本杜诗"出门看"作"去门看",看字并无一作某字样。最可信。古诗真、文、元、寒、删、先诸韵通押,人在真部,村和门同在元部,本自押韵。看字读平声,在古韵中它和村字、人字可以通押。后人不知,故多妄改。

[室中更无人。 注3:"更无人,再没有人。"] 有人解"更"为"已"。

39.《新婚别》

杨炎《灵武受命宫颂(并序)》以一旅成百万之师……(乾按:见《全唐文》卷四二一、《文苑英华》卷七七四,语意谓"兵气"蕴含巨大能量。)

[结发为妻子] 李白《去妇词》:"自从结发日未几,离君缅山川。"以结发代结婚。

[生女有所归,鸡狗亦得将。 注4:"女子出嫁亦曰归。将,随也,与也。即俗语所谓'嫁鸡随鸡,嫁狗随狗'。" 注11:"按王建《促刺词》云:"……我身不及逐鸡飞。"则嫁鸡随鸡之谚,唐时确已有之。"] 《汉书·礼乐志》:"九夷宾将。"颜注:"将,犹随也。"陆佃《埤雅》引谚语云:"嫁鸡与之飞,嫁狗与之走。"欧阳修《代鸠妇言》:"人言嫁鸡逐鸡飞,安知嫁鸡被鸡逐。"今俗语犹有之。宋程垓《孤雁儿》(有尼从人而复出者,戏用张子野事赋此):"谁教容易逐鸡飞。"范攄云曰:"鸡狗得将,诸说牵强,想即俗所云'嫁鸡逐鸡'之谓也。"庄绰《鸡肋编》卷中:"谚有'巧媳妇做不得没面馎饦,与'远井不救近渴'之语,陈无己用以为诗云:'巧手莫为无面饼,谁能救渴需远

井。'遂不知为俗语。世谓少陵'鸡狗亦得将',用'嫁得鸡,逐鸡飞;嫁得狗,逐狗走',或几是也。"

40.《垂老别》
[题解:"这一首写一个子孙死尽,愤而参军的老人和他的妻子告别,是行者之词。"] 林孟鸣《杜诗抄选注》:"写其忠愤激烈,垂老不变,及叙其夫妇别情,浓至可伤。"
[老妻卧路啼,岁暮衣裳单] 孟郊《贫女词寄从叔先辈简》:"二月冰雪深,死尽万木身。时令自运行,造化岂不仁。"但云岁暮究难通。
[还闻劝"加餐"] 加餐,强饭也。
[杏园度亦难] 窦牟《杏园渡》:"卫郊多垒少人家,南渡天寒日又斜。君子素风悲已矣,吉园无复一枝花。"
[何乡为乐土?安敢尚盘桓!弃绝蓬室居,塌然摧肺肝。] 蔡:"不敢盘桓者义也,塌然伤别者仁也。"应该说"情也"。

41.《无家别》
[生我不得力,终身两酸嘶] 白居易《和微之道保生三日》:"相看鬓似丝,始作弄璋诗。且有承家望,谁论得力时。"杨巨源《方城驿逢孟侍御》:"军中得力儿男事,入驿从容见落晖。"王建《当窗织》:"贫家女为富家织,翁母隔墙不得力。"贯休《经弟妹坟》:"泪不曾垂此日垂,山前弟妹冢离离。年长于吾未得力,家贫抛尔去多时。"杜荀鹤《寄诗友》:"何时吟得力,渐老事关身。"《文苑英华》卷三五〇薛逢《邻相反行》:"家藏一卷古孝经,世世相传皆得力。"
[注12:"按《太平广记》卷一百十二'墨君和'条:'与尔为子,他日必大得力。'则'得力'乃唐人口语。不得力,谓不能救母于死。"] 按《太平广记》卷一百十二"……他日必大得力。"又卷二百二十一引《定

命录》:"果毅姚某者,有贵子,可嫁之,中必得力。"则"得力"乃唐人口语。

42.《秦州杂诗二十首(录四)》
其一
[满目悲生事。 注1:"这年关中大饥,又有战争,故生活艰难。说满目,便不止自身,包括所有人民了。"] 生事,不等于个人生计。《唐会要》卷九一:"乾元元年,外官给半料与职田。"
其四
[鼓角缘边郡。 注6:"四面都是鼓角声,故曰缘。《礼记》注:'缘,边饰也。'有回环的意思,故此作动词用。"] 《遣闷》:"萤鉴缘帷彻,蛛丝冒鬓长。"《后汉书·马援传》:"于是玺书拜援伏波将军,南击交趾,……遂缘海而进,随山刊道千馀里。"《后汉书》卷五三《窦宪传》。(乾按:其传载:"发北军五校,黎阳雍营缘边十二郡骑士,及羌胡兵出塞。")
其二十
[唐尧真自圣,野老复何知! 注14:"首二句仿佛是说,古人说'后从谏则圣',而你陛下却真是天生的圣帝,我这老匹夫又懂得什么呢! 你贬斥我,是不足怪的啦!"] 边:"唐尧谓肃宗,真自二字连续,犹云天生圣明也。"《陔馀》801页野老。(乾按:边指清人边连宝,著有《杜律启蒙》十二卷。赵翼《陔馀丛考》801页"野老"条:"诗人多用野老字,不过谓田野老人耳。……应劭曰:'年老居田野,相民耕种,故号野老。'")

[注14:"这是杂诗最后一首,带有总结性。"] 第一首确乎是总冒,二十首确乎是总结,中间不必定有章法次第。

43.《月夜忆舍弟》

[月是故乡明。 注2:"尽管头上所见乃是秦州的月亮,却把月亮派给了故乡。"] 刘长卿《初至洞庭,怀灞陵别业》:"长安邈千里,日夕怀双阙。已是洞庭人,犹看灞陵月。"岑参《宿铁关西馆》:"那知故园月,也到铁关西!"韦应物《楼中月夜》:"宁知故园月,今夕在兹楼!"把故园月当作亲人。更无明不明的念头。日人晁衡(阿部仲麻吕)《望乡》诗:"回首举目望苍穹,明月皎洁挂中空。遥思故国春日野,三笠山前月亦同。"王昌龄:"舟船明月是长安。""青山一道同云雨,明月何曾是两乡?"皆从"隔千里兮共明月"派生。诗意盖谓眼前所见者,惟有故乡之明月耳,非谓月色惟有故乡为明也。身在异地,举目无亲,得见故乡之月已自万分欣幸,更何暇计较异地之月与故乡之月,孰为明亮乎?得见故园月,即心满意足,不在月之明暗也。

44.《梦李白二首》

其二

[浮云终日行,游子久不至。 注10:"游子,指李白。"注17:"细玩'久不至'三字,当是由华州赴秦州途中所作。秦州距华州九百六十里,非数日间可达,故云久不至。游子乃杜自谓,不指李白。李既'在罗网',杜本人又在行役中,自不应作此期待语。前解未谛,姑过而存之。"] 杜《鹿头山》诗云:"游子出京华,剑门不可越。"此杜自离华州后以"游子"自谓之证也。

[千秋万岁名] 翁:"千秋万岁名,此老竟先知之,奇哉!"(乾按:清人翁方纲)

45.《捣衣》

［题解:"唐时捣衣仍为二人对立。但不必拘于二人。"］ 唐释慧偘有《听独杵捣衣》诗:"令君闻独杵,知妾有专心。"杜此诗所写,似即独杵捣衣。王湾:"月华照杵空悲妾,风响传砧不到君。"

［宁辞捣熨倦。 注3:"这里捣熨也是'复词偏义'。"］ 连类而及。

46.《空囊》

［囊空恐羞涩:留得一钱看］ 陆龟蒙诗:"千首文章二顷田,囊中未有一钱看。"即用杜句。

47.《病马》

［尘中老尽力,岁晚病伤心］ 白居易《往年稠桑曾丧白马,题诗厅壁,今来尚存又复感怀,更题绝句》:"路傍埋骨蒿草合,壁上题诗尘薜生。马死七年犹怅望,自知无乃太多情。"

48.《佳人》

［题解:"在这位佳人身上我们看到诗人自身的影子和性格。"］《通鉴》卷二一八载安禄山叛军屠杀王妃、驸马等,可能是此诗历史背景。《学术月刊》(1979 年第 8 期)认为是"作者自身的写照"。

［万事随转烛］ 《大目乾连冥间救母变文》:"但且歌,但且乐。人命由由(攸攸)如转烛。"

49.《乾元中寓居同谷县作歌七首》

清刘逢源有《七歌》仿杜。

其一

[岁拾橡栗随狙公。 注2:"王维诗'行随拾栗猿'。"] 王维诗:"行随拾栗猿,归对巢松鹤。"(《燕子龛禅师》)王渔洋《读冯圃芝余事集因题天章还山诗卷》:"吴生家山南,拾橡恒苦饥。"此则未必。诗不可假。

其二

[长镵长镵白木柄,我生托子以为命!黄独无苗山雪盛,短衣数挽不掩胫] 黄庭坚《乞假诗》:"君不见公车待诏老诙谐,饥来索米长安街。君不见杜陵白头在同谷,夜提长镵掘黄独。文人古来例寒饿,安得野蚕成茧天雨粟。"鲍照有《过铜山掘黄精》诗。

50.《剑门》

[惟天有设险。 注1:"天本无知无为,但观剑门之险,又好似天故意制造出来的。惟,发语词,无义。] 徐仁甫《广释词》66页:"惟犹在,介词……杜《赠特进汝阳王》:'瓢饮惟三径,岩栖在百层。'亦惟、在互文。又《剑门》:'惟天有设险,剑门天下壮。'谓在天有设险也。……"赵(次公):"公诗参取蜀中语,以言剑门乃天造之险也。"

[连山抱西南,石角皆北向。 注2:"抱西南,见有利于地方割据;角北向,见显与中原朝廷为敌。为篇末欲铲叠嶂的根由。"] 参考岑参《入剑门》一诗,"始知德不修,恃比险何益?""四海今一家,徒然剑门石。"观此知"石角北向",应指有利于割据而言。蜀后主王衍《题剑门》:"作千寻壁垒,为万祀依凭。道德虽无取,江山粗可矜!"即矜恃险。可证是有利于割据称雄的。汪元量《剑门》:"剑门崔嵬若相向,云栈萦回千百丈。石角钩连皆北向,失势一落心胆丧。侧身西望不可傍,猛虎毒蛇相下上。安得朱亥袖椎来,为我碎却双叠嶂。"亦可与杜诗相参。石角北向,有抗拒中原之势,故欲碎打之。石角非

425

善物。

［三皇五帝前,鸡犬各相放］　注6:"上古时代,四川未通中原,那时人们不分彼此,鸡犬也是乱放的。"］　汉高祖置新丰城以居太上皇为地宽所营,"虽鸡犬混放,亦识其家"。潘岳《西征赋》:"浑鸡犬而乱放,各识家而竞入。"(见《文选》)

［恐此复偶然,临风默惆怅］　注11:"恐复有凭险割据之事,但又感到无能为力,所以只好临风惆怅。"］　赵注《上白帝》(排律)"不是烦形胜,深惭畏损神"二句云:"此与'恐此复偶然,临风默惆怅'之意同,盖以畏其险而损神,翻以为惭,叠嶂既不可铲,则付之一惆怅耳。皆无可奈何之语也。"

第四期　漂泊西南时期

［这一期律诗特多］　《唐音癸签》卷十:"少陵七律与诸家异者有五:篇制多,一也;一题数首不尽,二也;好作拗体,三也;诗料无所不入,四也;好自标榜,即以诗入诗,五也。此皆诸家所无。"

51.《蜀相》

［题解:"这是七六〇年春杜甫居成都游武侯神祠时所作。"］　汪元量有《忠武侯庙》:"夔门春水拍天流,人日倾城踏碛游。"指在奉节之庙。

［映阶碧草自春色,隔叶黄鹂空好音］　注2:"'自'、'空'二字念情。因为自己景仰的人物已不可得见。"］　《诗话总龟》卷六引《金陵语录》:"杜子美诗'映阶……',此正咏武侯庙而托意其间。"

［两朝开济老臣心］　杜诗:"炎风朔雪天王地,只在忠良翊圣朝。"

叶适《习学记言序目》卷廿八:"陈寿言'及其举国托孤于诸葛亮而心神无二,诚君臣之至公(老臣心),古今之盛轨',道得出,司马迁不能过也。"

[出师未捷身先死] 何焯:"捷,注一作用。按《顺宗实录》中作'出师未用身先死'。未用,未展其用也。作未捷,了无意味矣。读袁子论武侯语自知。"

52.《江村》

[微躯此外更何求? 注4:"此,指禄米。"] 白居易《初除户曹喜而言志》末句云:"苟免饥寒外,馀物尽浮云。"

53.《宾至》

[乘兴还来看药栏。 注5:"看药栏,意即看花。"] 王建有《别药栏》诗:"芍药丁香手里栽,临行一日绕千回。"可证即花圃。

54.《客至》

[樽酒家贫只旧醅。 注3:"按古人好饮新酒,故杜甫以旧醅待客为歉。"] 按唐人好饮新酒。元稹有《饮新酒》诗:"闻君新酒热,况值菊花秋。"

55.《春夜喜雨》

范梈云《岁寒堂读杜》:"知时节,即《诗》所云灵雨也。发生即指雨言。潜字细字,正见雨之可喜,若猝风暴雨则所伤者多矣。""以'明'刊'黑',是雨夜真景妙景。""雨后花茂,故重。梁文帝诗'渍花枝觉重'。"

［好雨知时节］ 《雨晴》："今朝好晴景,久雨不妨农。"大典禅师《杜律发挥》："《移居夔州郭》：'春知催柳别,江与放船清！'知,能也；与,为也,皆以无情为有情,成自慰之语。"李白："春风知别苦,不遣柳条青。"

［野径云俱黑,江船火独明］ 边(连宝)："五六句合看,始见其妙。盖非俱黑之云,不能见独明之火；非独明之火,亦不能显俱黑之云也。"

［注四："张谓诗……"］ 张谓《郡南亭子宴》诗。

56.《江上值水如海势,聊短述》

［老去诗篇浑漫与。 注2："漫与,随意付与。"］ 辛稼轩《念奴娇》："老子忘机浑漫与,鸿鹄飞来天际。"作漫兴者,非。《光明日报》1979年9月12日陈美林《从对一首杜诗的评论谈起》。

57.《所思》

［可怜怀抱向人尽］ 顾况《行路难》："一生肝胆向人尽,相识不如不相识。"

58.《绝句漫兴九首》(录六)

其一

［眼见客愁愁不醒］ 眼见,口语。《魏书·杨播附传》杨椿诫子孙："又愿毕吾兄弟,世不异居异财,汝等眼见,非为虚假。"李益《度破讷沙》："眼见风来沙旋移,经年不省草生时。"《北齐书》卷二四《杜弼传》："高祖骂之曰：'眼看人瞋,乃复牵经引礼。'叱令出去。"眼看,即眼见也。

其二

[野老墙低还是家。 注4:"墙低二字可玩。"] 即所谓"邻鸡还过短墙来"之短墙。

[恰似春风相欺得] 杜诗:"恰有三百青铜钱。"崔国辅《杂诗》:"与酤一斗酒,恰用十千钱。"

[注4:"相欺得,是说欺负人(野老)。有人解作春风欺负花,非。此诗盖嗔人偷折其花。"] 明唐元竑已见及此。

[夜来吹折数枝花] 韩愈《风折花枝》:"春风也是多情思,故拣繁枝折赠君。"则风折花枝,亦是实情。

其九

[谁谓朝来不作意。 注11:"作意,有著意、注意或立意等义,盖唐时俗语。"] 薛能《送友人出塞》:"此地堪悲想,霜前作意还。"《齐东野语》有"乃作意相侮"之语。蒋防《玄都观桃》:"旧传天上千年熟,今日人间五日香。红软满枝须作意,莫交方朔施偷将。"

59.《江畔独步寻花七绝句》(录四)

其五

[春光懒困倚微风] 孟郊《古离别》:"春芳役双眼,春色柔四支。"即懒困也。

其六

[黄四娘家花满蹊。 注8:"至于称妓人亦为某某娘,可能是当时一种习惯上的体面称呼,犹称妓女为校书之类。"] (《升庵诗话》卷四"吴二娘"条:"吴二娘,杭州名妓也,有《长相思》一词云:'暮雨潇潇郎不归。'白乐天诗:'吴娘暮雨潇潇曲,自别江南久不闻。'又,'夜舞吴娘袖,春歌蛮子词。'自注:'吴娘歌词有"暮雨潇潇郎不归"之句。'"吴二娘亦杜公之黄四娘也,聊表出之。")杜甫《陪诸贵公子丈八沟携妓纳凉》诗:"佳人雪藕丝。"此佳人即指妓。"谁能载酒开金盏,唤取佳人舞

绣筵。"亦妓人也。唐人多称妓为娘或娘子。李白《赠段七娘》："罗袜凌波生网尘,那能得计访情亲。千杯绿酒反辞醉,一面红妆恼杀人。"此七娘自指妓女。亦系习惯上的客气称呼。《北梦琐言》载娼妓徐月英送一营妓葬,有"此娘平生风流"之语。《野客丛谈》："苏杭妓名见于乐天诗中,特录出,以资好事者一笑……则所谓玲珑、谢好、陈宠、沈平、李娟、张态、真娘、心奴、杨琼、容、满、英、倩、罗等,皆当时妓姓名。所谓黄四娘之名,因杜子美而著也。"则宋人已以黄四娘为妓人矣。

[留连戏蝶时时舞,自在娇莺恰恰啼。 注9："恰恰啼,正好叫唤起来。"] 《青城说杜》："流连者蝶,恋花而不肯去,故曰时时;自在者莺,乍啭而若迎宾,故曰恰恰。皮日休《宿报恩寺水阁》："往往竹梢摇翡翠,时时杉子掷莓苔。"杜俨《客中作》："容颜岁岁愁边改,乡国时时梦里还。"杜甫《上牛头寺》："何处莺啼切,移时独未休。"怪其久啼也。白居易《春江》："莺声引诱来花下,草色勾留坐水边。"又《天津桥》："报道前驱少呼喝,恐惊黄鸟不成啼!"元稹《酬翰林白学士代书一百韵》："莺声爱娇小,燕翼玩逶迤。"则"娇"字即是形容莺声者。

60.《赠花卿》

赵嘏有《赠女仙》诗(指女冠),李义山有《赠歌妓》诗,薛能有《赠解诗歌人》、《赠韦氏歌人二首》,此类甚多,全是赞美歌唱之妙者。凡云赠,一般都是善意的,如有不满则云"嘲"或戏赠。(崔涯《嘲李湍》,后则题《重赠》,以改变嘲讽也)李义山《席上赠人》："淡云微雨悠高唐,一曲清声绕画梁。"杜《赠花卿》亦此类。

[此曲只应天上有,人间能得几回闻] "天上"可以理解为双关语。唐人多以天上、九重喻宫廷、朝廷,但明是希望之词,有求之不及之意。赵嘏《送李给事》："眼前轩冕是鸿毛,天上人间漫自劳。脱却朝衣独归去,青云不及白云高。"顾况《郑女弹筝》："郑女八岁能弹筝,春风

吹落天上声。"薛逢《听曹刚弹琵琶》："禁曲新翻下玉都,四弦抈触五音殊。不知天上弹多少,金凤衔花尾半无。"凤拨也。崔敏童诗："能向花间几回醉?"杜诗："几回青琐点朝班?"

[注1："这句杨慎以为是讽刺'僭用天子礼乐,黄生则以为只是赞美歌曲之妙。按黄生说近是。唐时宫中乐曲,流传世间,本属常事,说不上什么'僭'。"] 白居易有《临卧听法曲霓裳》诗："起尝残酌听馀曲,斜背银釭半下帷。"又《偶作》："何以送闲夜?一曲秋霓裳。"尝谓"曲爱霓裳未拍时",不以为僭。杨巨源《听李凭弹箜篌》："花咽娇莺玉漱泉,名高半在御筵前。汉王欲助人间乐,从遣新声坠九天。"统治者自己不但不禁止传唱宫中乐曲,而且加以鼓励。"不但不以为僭而已,亦皆是以天上反衬音乐之妙绝人间。与僭用无涉。王建《温泉宫行》："梨园弟子偷曲谱,头白人间教歌舞。"公开偷卖,何僭之有?又《宫词》："供御香方加减频,水沉山麝每回新。内中不许相传出,已被医家写与人。"歌舞当亦然。刘禹锡《听旧宫中乐人穆氏唱歌》："休唱贞元供奉曲。"唐时统治者颇开明,后人反以封建理会之。

[注1："黄生说:'用修(杨慎)止据天上二字遂漫为此说,元瑞(胡应麟)讥之,是矣。'"] 恒仁《月山诗话》谓："详玩语意,即重闻天乐不胜情之意。天下同姓名者何限,况歌妓称卿,尤为允协,与其为用修所欺,而以莫须有事冤古人,不如从元瑞说愈也。近见浦氏《心解》云僭礼乐事,虽无考,但其人骄恣,必多非分之奢淫,若作赠妓诗,反觉肤浅无谓,此论甚痴且腐,愚所不取。"

61.《戏为六绝句》
其二

[王杨卢骆当时体] 《寄彭州高三十五使君》："近代惜卢王。"又《寄刘峡州伯华》："学并卢王敏。"

[轻薄为文哂未休。　注5:"轻薄指人说,所谓轻薄子。即下'尔曹'。"］　《赠王侍御契》:"洗眼看轻薄,虚怀任屈伸。"《移居公安敬赠卫大郎》:"交态遭轻薄,今朝豁所思。"卢世㴶、宗廷辅、周甸亦以为指人。吴见思:"今日轻薄之流,为文何似而哂之哉?"《容斋四笔》卷五有评论:"王勃等四子之文,皆精切有本原,其用骈俪作记序碑碣,盖一时体格如此,而后来颇议之。杜诗云……身名俱灭,以责轻薄子。"

［尔曹身与名俱灭］　尔曹,贬斥之词。《旧唐书》卷一七五:唐文宗责乐官刘楚材等曰:"陷吾太子皆尔曹也。"

其三

［历块过都见尔曹］　陈后山《赠魏衍》:"妙年文墨秀儒林,老眼今晨得再明。历块过都聊可待,未须回首一长鸣。"任渊注引杜句,观此,知历块过都乃赞词,谓后生辈不能尔也。又后山《次韵苏公西湖徙鱼》诗:"诗成落笔骥历块,不用安西题纸背。"任注:"此两句指东坡诗语俊快,书复雄奇也。"

其四

［凡今谁是出群雄］　并无无视李白之意,正如李白说"屈宋已没,无可与言",并无无视杜甫之意一样。

其五

［清词丽句必为邻］　《文心·明诗》:"五言流调,则清丽居宗……茂先凝其清,景阳振其丽。兼善则子建、仲宣,偏美则太冲、公幹。"

其六

［递相祖述复先谁］　《唐会要》卷八五《开元十八年十一月勅》:"比来富商大贾,多与官吏往还,递相凭嘱,求居下等。"《上元元年正月勅》:"丞簿等有犯赃私,连坐县令,其罪减所犯官一等,使递相管辖,不敢为非。"则递相祖述,谓彼此互相祖述也。非专指后人述前人也。

62.《楠树为风雨所拔叹》

［东南飘风动地至］　《尔雅·释天》："回风为飘。"注："旋风也。"

63.《茅屋为秋风所破歌》

［忍能对面为盗贼。　注5："能字这里作'这样'讲。"］　黄山谷《思贤》诗："忍能持禄保卒岁？归去求田问四邻。"

［公然抱茅入竹去］　《唐律疏议》卷廿："诸盗公取、窃取皆为盗。"疏议曰："公取，谓行盗之人公然而取。"

［唇焦口燥呼不得。　注7："呼不得，喝不住。"］　皮日休《钓侣》："趁眠无事避风涛，一斗霜鳞换浊醪（吴中卖鱼论斗）。惊怪儿童呼不得，尽冲烟雨漉车螯。"

［床头屋漏无干处］　床头，应作床床。曾几《自七月二十五日大雨三日，秋苗以苏，喜雨有作》："不愁屋漏床床湿，且喜溪流岸岸深。"化用杜诗。《柳南续笔》卷一"床床非雨声"条："杜诗'床床屋漏无干处'，床床二字，自来无注，而后人用者多作雨声。余意床床句，自是跟上文两句说，言床上布衾，儿玩踏裂，而屋内所设之床，无不漏湿，岂能安眠到晓乎？作为此解，六句方一串。床床犹言村曰'村村'，家曰'家家'，不作雨声。后见曾茶山《七月大雨三日》诗颔联云：'不愁屋漏床床湿，且喜溪流岸岸声（当作深）。'以岸岸对床床，且下一湿字，此亦足以征吾之说矣。"

［何时眼前突兀见此屋。　注17："突兀，高耸的样子，这里形容广厦。"］　辛弃疾《满江红》："老子平生，原自有、金盘华屋。还又要方间寒士，眼前突兀。"（影响）《光明》1983年10月18日据新华社：苏联国家室内合唱团在一个音乐会上演唱了为我国伟大诗人杜甫的诗篇谱写的一组歌曲，包括《茅屋为秋风所破歌》、《梦李白》等九首

杜诗。

64.《不见》

[题解:"这是杜甫怀念李白的最后一首诗。"] 皮日休《皮子文薮》卷九:"呜呼,才望显于时者,殆哉! 一君子爱之,百小人妒之,一爱固不胜于百妒,其为进也,难。"

65.《遭田父泥饮,美严中丞》

[差科死则已,誓不举家走! 注8:"差科,指一切徭役赋税。"]《陔馀丛考》卷四十三:"官府遣役辄曰差。……今云差科亦此意。遣人曰差,盖亦谓拣择其人可应役者耳。"《唐代民歌考释》41页。(乾按:杨公骥《唐代民歌考释及变文考释》四一页"早死无差科"条:"所谓差科,也就是'差遣劳役法规'。唐时通常所谓的差科,乃是指劳役和劳役代金(附加税)而言。当时人将差役称作差科。")

[须知风化首。 注12:"风化首,是说为政的首要任务在于爱民。"]《颜氏家训·治家篇》:"夫风化者,自上而行于下者也,自先而施于后者也。是以父不慈则子不孝……"

[仍嗔问升斗] 问升斗,当指酒言。喝了一天的酒,照例是会谈到酒数的。唐人及杜诗中多有以升或斗指酒数者。白居易《招东邻》:"小榼二升酒,新簟六尺床。能来夜话否,池畔欲秋凉。"又,杜诗多以斗言酒,如"李白一斗诗百篇","速来相共饮一斗","斗酒新诗终自疏"等。

66.《闻官军收河南河北》

明王维桢《杜律颇解》:"篇内忽、却、漫、须、好、即从、便下九字,能

434

挑出喜意。白首忘年,放歌纵酒,喜之极也。非公不能自道。"非骈非散,亦骈亦散,律诗而兼散文美。化意。白居易诗:"近海饶风春足雨,白须太守闷时多。"权德舆《览镜见白发数茎光鲜特异》:"一曲酣歌还自乐,儿孙嬉笑挽衣裳。"

[却看妻子愁何在?漫卷诗书喜欲狂!"] 明刊虞集《杜律七言注解》:"'却看'作'即看'解云:故随看己妻子,已无前日之愁,且有可归之机。"即"回头却向秦云哭"之却。《语文教学》1979年第3期《关于"却"字的注释》:"情态副词,作'再'、'还'讲。"却形容看,漫形容卷,皆副词。《语文教学》1980年第3期商育英文:"欲是'想要',下文放歌、纵酒正是欲狂的具体行动。"过去妻离子散,而今妻子无恙,故有却看句,然妻子无愁亦自在其中,不如此作解,与下句不能作对了。

[白日放歌须纵酒,青春作伴好还乡] 当是兼含妻子作伴来,作伴归。明李献吉诗:"卧病一春违报主,啼莺千里伴还乡。"上句言坐牢,下句言人情寥落,但造句、用字亦本杜。

[即从巴峡穿巫峡,便下襄阳向洛阳。 注7:"按《太平御览》卷六五引《三巴记》云:'阆、白二水合流……有如巴字,亦曰巴江,经峻峡中,谓之巴峡。'杜诗巴峡,盖指此。若长江中巴东三峡之巴峡,乃在巫峡之东,杜时在梓州,不得云'从巴峡穿巫峡',注解多误。"]王勃《春思赋》:"长卿未达终须达,曲逆长贫岂剩贫?"此句式所自。杜甫《更题》:"只应踏初雪,骑马发荆州。"当系由江陵陆行至襄阳耳。

《四库全书》无《三巴记》,但《中国古今地名大词典》曾引及此书。待查。袁文引《三巴记》:"阆、白二水,南流曲折三面,如巴字,故名。"系据《清一统志》。杜《南池》诗,杜田补遗:"《三巴记》:'阆自(白)二水合流,自汉中至始宁城下,入涪陵,曲通三曲有如巴字,曰巴江,经峻峡中,谓之巴峡。'唐诗:'杜宇呼名叫,巴江学字流。江水连巴字,钟声出汉川。'"乐天《送萧处士游黔南》云:"江从巴峡初成字,猿过巫阳始断肠。"即用《三巴记》语。又《对酒示行简》:"今春自巴峡,万里平安归。"诗作于忠州,在三峡之西,杜诗之巴峡,正与此类也。又《霓裳羽衣歌》:"溢城但听山魈语,巴峡唯闻杜鹃哭。"

"何路出巴山"(乾按:杜甫《九日奉寄严大夫》诗),此以巴代蜀也,巴蜀相连,而此字须用平声,故以巴代蜀也。看诗不可泥。"巴峡"字亦可以此为例,盖指巴地之峡,类名。"日见巴东峡,黄鱼出浪新"(乾按:杜诗《黄鱼》),诗作于夔州,是夔州亦可称为巴峡也。①沈佺期《过蜀龙门》:"龙门非禹凿,诡怪乃天工。西南出巴峡,不与众山同。"此龙门在巴县(重庆),此巴峡即泛指巴州一带之峡。②王维有《晓行巴峡》诗。③刘长卿《寄万州崔使君令饮》:"摇落秋江暮,怜君巴峡深。"④戎昱《云安阻雨》:"日长巴峡雨濛濛,又说归舟路未通。"此以渝州以下之峡为巴峡之证。盖泛称,与巫峡专指不同。⑤熊孺登《蜀江水》:"若论巴峡愁人处,猿比滩声是好音。"此巴峡亦泛指巴中之峡耳,非专指巫峡下之巴峡也。⑥白居易《桐花》诗:"何此巴峡中,桐花开十月。"以忠州之峡为巴峡。又《荔枝图序》:"荔枝生巴峡间,树形团团如帷盖。"又诗题有《木莲树生巴峡山谷间,巴民亦呼为黄心树》,此巴峡乃泛指。又忠州所作《巴水》诗云:"城下巴江水,春来似曲尘。"重庆以东至奉节,长江亦称巴江。又《南宾郡斋即事寄杨万州》:"山上巴子国,山下巴江水。"此巴江即长江,以在巴地万县一带,故亦得称巴江。

李绅《闻猿》:"见说三声巴峡深,此时行者尽沾襟。"此巴峡则指巴东三峡。唐人用巴峡字颇灵活,有时泛指,有时专指。

67.《有感五首》(录一)

[题解:"这一首是反对迁都洛阳之议的。"] 边连宝:"顾、仇二家相合,实一说;朱、浦、王道俊"博议"又一说,有同冰炭。然以王说求诗,稳顺贯串,似属可从。盖此诗欲代宗暂幸而东都,号召诸侯以图恢复,为周宣故事,非如程元振劝帝长迁洛下,以避蕃寇,为黍离、扬水之续也。(?)正所谓同床异梦,不得以同元振为异汾阳为公疑也。"

[莫取金汤固,长令宇宙新] 勿谓洛阳狭隘,无金汤可守,乘此时而赫然东巡,号令天下则宇宙长新矣。

68.《岁暮》

[济时敢爱死] 谓不惜一死也。正言之,即不畏死。《晋书·张华传》:"华曰:'臣先帝老臣,中心如丹,臣不爱死,惧王室之难,祸不可测也。'遂害之于前殿马道南,夷三族。"

69.《题桃树》

[天下车书正一家。 注4:"这时安史之乱初定,严武再来镇蜀,太平可望,故杜甫有此想法。但说'正一家',而不说'已一家',下语还是很有分寸的。"] 岑参《入剑门》诗:"四海今一家,徒然剑门石。"

70.《绝句四首》(录一)

北大研究生有《谈"两个黄鹂鸣翠柳"》一文(《文史知识》1981年第5期),同意杨伦寓意下峡之说和浦江清注。按此乃漫兴、口号之类,不仅是喜悦心情,上两句表现喜悦,下两句因春色触动乡愁,内心惆怅。不能简单化。

437

71.《宿府》

[注2:"是上五下二句法,应在悲字和好字读断。"] 唐元竑:"'永夜角声悲自语,中天月色好谁看',句法绝异。如五言'白发少新洗,寒衣宽总长',皆集中少见,偶一为之耳,盖五言第三字断、七言第五字断也。后人惯用好谁字,沿袭不已,不知此二字何曾相联哉?五言第三字断,古诗自有此句法,《十九首》'出郭门直视',曹子建'太仓令有罪'是也。"

[注2:"自语,指角声。南朝乐府《神弦歌》:'破纸窗间自语。'"] 又《道君曲》:"中庭有树自语。"苏轼《大风留金山两日》诗:"塔上一铃独自语,明日颠风当断渡。"陈后山《雪》诗:"木鸣端自语,鸟起不成飞。"

72.《太子张舍人遗织成褥段》

[开缄风涛涌,中有掉尾鲸。……锦鲸卷还客,始觉心和平] 皮日休《夜会问答》诗:"锦鲸荐(贲问日休),碧香红腻承君宴。几度闲眠却觉来,彩鳞飞出云涛面。"知此物唐时颇流行在上层社会间。

[注14:"'茹藜羹'与前'终宴荣'相应。"] 《义门》(乾按:指清何焯《义门读书记》):"愧客茹句从终宴荣句来。"

[注14:"关于此诗的写作目的,钱谦益笺注有所阐明:'……特借以讽谕,朋友责善之道也。……'吴祥农则认为:'借此以戒大臣豪侈纵欲者,不第武也。'其说皆可信。"] 《义门读书记》:"此诗复归草堂时作。诗极谨严,命意则微觉太过,为后来合闹诗篇之祖。'叹息当路子'五韵,似可省,岂以蜀中奢僭自扰,不复识上下之分,故因事以讽晓之耶。"

73.《丹青引》

[先帝御马玉花骢] 任注黄诗(卷九)引作"先帝天马玉花骢",云"一本作'五花骢'。"(乾按"任注黄诗"即任渊《山谷内集诗注》)

[榻上庭前屹相向] 榻上当指坐榻后面的屏扆。

[至尊含笑催赐金,圉人太仆皆惆怅。 注25:"这两句都是从旁观者的态度上来写画马的神似的。"] 从《陌上桑》来。高适《同鲜于洛阳于毕员外宅观画马》。

74.《送韦讽上阆州录事参军》

[解题:"上,犹赴也。"] 颜真卿《郭子仪家庙碑》:"迁扶州刺史,未上,除左卫威左郎将监牧南使。"

[挥泪临大江,高天意悽恻] 唐元竑:"'挥泪……恻',公衣食不自谋,万方嗷嗷,疮痍反侧,官务剥削,蛮赋未去,此何与隐人事?而惓惓若此,真所谓'葵藿倾太阳,物性固莫夺'者。后来词人动言国事,大都借为诗料耳。"

75.《忆昔二首》

其一

[张后不乐上为忙] 何焯《义门读书记》:"此句前人多议其径率。"

[老儒不用尚书郎] 岑参《韦员外家花树歌》:"君家兄弟不可当,列卿御史尚书郎。"则唐时固甚重郎官也。

76.《去蜀》

[题解:"永泰元年(七六五)四月杜甫的朋友剑南节度使严武死

439

了,他失去依靠,便于五月离开成都,乘舟东下,故以《去蜀》为题。按浦注谓此诗作于武死之前,诗中'大臣',乃指严武,待考。"〕 洪仲《杜诗评律》卷六:《哭严仆射归榇》,"死后有所赠遗曰遗后。""长即远"。"此严公归榇至三峡,公作此诗哭之也。盖公在严公幕,为其幕下所短,故未久即辞幕府先下峡。集有《赤霄行》、《莫相疑行》等诗可考。世俗尽云在蜀依严武,及武薨,公方下峡者,谬"。按此甚有见,但未能明其底细,何故先下峡?总缘不敢相信严、杜交谊深厚,严不至有欲杀杜之事。又杜当武死时,如仍在成都,必有诗哭之。不哭其遗体,而哭其归榇,此不可理解,不通人情。杜闻高亡而有诗哭之,岂有亲见武死而反无诗哭之?杜自正月归溪上,至武死,历时约三个月,在此期间,竟无接触,并诗歌唱和亦无之,此何故也?值得深思追究,加以注意。若似往昔,一无隔阂,不宜有此种冷漠现象。此亦足证二人之间,必有某种不愉快之事。陆游诗:"熟视严武名挺之。"《十驾斋养新录》卷六有"居官避家讳"条(见甫不使后面)。参施鸿保书215页。(乾按:陆句出自《读杜诗》,萧先生曰:"犯忌正坐此。"〔批于仇注附录上〕萧先生原引《十驾斋养新录》作"卷18",按该卷有"居官忌二事"条,谓居官忌贪与聚敛,掊克百姓。或许杜甫、严武间不愉快之事亦此。施书指《读杜诗说》。"见'甫不使'后面"一句,所指未详,待查。)

又卷三评《去蜀》云:"此公去严武将下瞿塘之作也。……且再至成都亦因武,一年居梓州以送武,故将前面蹉跎六年句,于起处分析言之,公之意亦自可见也。后半勉强自宽之词,然正反言见意法。泪长流,自比贾生流涕也。安危自有大臣在,身系安危之大臣焉在?"为何去武下瞿塘,亦未能予以说明。

《杜律通解》卷一。又金圣叹语。"笔记"引《碧溪诗话》卷四。周春以此诗为伪(二三二)。

［安危大臣在］ 《唐书·郭子仪传》："代宗不名，呼为大臣，以身为天下安危者二十年。"杜在夔有《送韦之晋》诗云："苍生倚大臣"，大臣即指韦。此诗大臣，亦即指严。

77.《三绝句》

其一

［前年渝州杀刺史，今年开州杀刺史］ 《唐诗纪事》卷四十引《梦溪笔谈》："沈存中云：唐人以诗主人物，故虽小诗，莫不挺踪极工而后已。所谓旬锻月炼者，信非虚言。小说：护《题城南》诗，其始曰……人面不知何处去……后以其意未全，语未工，改第三句曰'人面只今何处去'，至今所传有此两本。惟《本事诗》作'只今何处在'。唐人作诗，大率如此，虽有两今字，不恤也。取语意为主耳。后人以其有两今字，故多行前篇。"杜甫此诗连接两史字，尤足为证也。

［注一："这两次杀刺史，史书没有记载。"］ 分门集注本、王状元集百家注本皆引"师曰"，以实其事，无据。邵注仍其谬。蔡笺亦引"师古曰"，以与鲍说比，谓未知孰是。仇氏辨之甚详，谓"师古妄人"，捏造人名。（乾按：仇注："……渝、开之事，史不及书，而杜诗载之，师古妄人，用杜诗而曲为之说，并吴璘等姓名，皆师古伪撰以欺人耳。"）九家注只引鲍说，不引师古说，甚审慎。则宋人已知其非。

其二

［唯残一人出骆谷］ 《降魔变文》（丁卷）："一切燕儿总去尽，唯残钝鸠瞿昙恩。"知"唯残"乃唐人口语。

《义门读书记》："《三绝句》第三首，杀人，明不贼也。殿前兵马，忍为盗贼，投鼠忌器，故于末章始见之。"

78.《八阵图》

刘禹锡有《观八阵图》诗:"水落龙蛇出,沙平鹅鹳飞。波涛无动势,鳞介避馀威。"清冯景《解春集诗抄》有《观八阵图,有感老杜"遗恨失吞吴"之句》诗(见《丛书集成》)。周篆有说,见353后(乾按:指后衬上的批注,录文见504页补遗6[1]周篆)。《明文在》下册512页有杨慎文。

[遗恨失吞吴。 注3:"关于'失吞吴',历来解说不一,大致可分为两派:一派把'失'解作丧失,也就是说以未得吞吴为恨;一派把'失'解过失……诸葛亮的联吴,其实是一种吞吴的手段,并不是他的目的。"] 假如当时刘备一举把吴吞了,诸葛会不会有遗恨?由此亦可见当以前说为长。杜诗:"干戈未定失壮士","西南失大将","及见秘书失心疾","一失不足伤","失道非关出襄野","晚来江门失大木","未济失利涉","枣木传刻肥失真","嗜酒不失真","鄠杜秋天失雕鹗","自失论文友","青天失万艘","但恐失桃花","将老失知音","穷猿失木悲","梦尽失欢娱","指挥若定失萧曹","结根失所埋风霜","暂蹶霜蹄未为失","默思失业徒"。

79.《负薪行》

[更遭丧乱嫁不售] 售,用也。不售,即不用。有社会原因。售与雠通,匹配。《汉书·地理志下》:"虽免为民,俗犹羞之,嫁取无所雠。"

[至老双鬟只垂颈] 顾嫁不售。

[野花山叶银钗并。 注6:"因穷,故野花山叶与银钗并插。"] 只好用荆钗,并是比义。刘诗。(乾按:所谓"刘诗",今不得知。《全唐诗》卷一四八有刘长卿《别李氏女子》诗:"俯首戴荆钗,欲拜凄且謇。本来儒家子,莫耻梁鸿贫。"又卷五四五载刘得仁《长门怨》诗:"早知雨露翻相识,只插荆钗嫁匹夫。"可参。)

[兼盐井。 注:"负薪之外,不负盐。"] 未负水。

80.《最能行》

［撇漩捎濆无险阻］ 周篆："撇，拂而过之。捎，拨而去之。漩，旋回之水；濆，涌起之水。"段玉裁《说文解字注》在"淀（漩）回泉小"下说："杜诗（最能行）：'撇漩捎濆无险阻。'漩，夔州土人读去声，谓峡中回流大者，其深不测，舟遇之，则旋转而入，（郭璞）《江赋》所谓'盘涡谷转'也。濆，土人读如濆，谓峡中回流渐平，则突涌如山，《江赋》所谓'渨㵽濆瀑'也。斯二者必撇之、捎之而行，不可正犯。杜用峡中语言入诗。"

［误竞南风疏北客］ 周篆："竞，强也。以南风自夸而欺北人也。"

81.《古柏行》

［云来气接巫峡长，月出寒通雪山白］ 何焯："霜皮一连（联）材大，云来一联，材大虽夸饰语，然巫峡句是东川，雪山句是西川，不拉杂下语也。"

［崔嵬枝干郊原古，窈窕丹青户牖空］ 何云："二句言徒有古柏，不见古人也。"

［冥冥孤高多烈风。……大厦如倾要梁栋，万牛回首丘山重。不露文章世已惊，未辞剪伐谁能送］ 周篆："或以冥冥三句为仍指夔州庙柏，非。大厦以下言夔州庙柏既不受伤，复不能用，所以能成其大，万牛一重，万牛其运，重若丘山，但回首而已，不能举也。文章谓其内文理。未辞剪伐，言剪伐之害亦所不辞。送，送往梁栋之地。"

［苦心岂免容蝼蚁］ 何云："句谓为不知者所陵藉也。"原作"通蝼蚁"。史注黄诗（卷十六）《岁寒知松柏》"或容蝼蚁穴"句引杜《古柏行》："苦心岂免通蝼蚁。"按杜诗如为"容蝼蚁"，则史正应引以注黄诗。可知史所见杜诗原作"通"，不作"容"。（乾按："史注黄诗"即"史容《山谷外集诗注》"。）

［古来材大难为用］ 何云："落句公自慰云。"

82.《白帝》

[白帝城中云出门,白帝城下雨翻盆] 城中云出门,一作城头云若屯。翻盆,蜀人方言。

[哀哀寡妇诛求尽,恸哭秋原何处村] 李嘉祐《南浦渡口》:"寡妇共(供)租税,渔人逐鼓鼙。"李与杜同时。边:"何处村,言痛哭者,不止一村也。"

83.《诸将五首》

其一

[见愁汗马西戎逼,曾闪朱旗北斗殷。 注4:"二句写吐蕃的不断入寇。殷,赤色。唐人多以'殷'作'红'字用。这句是说吐番势盛,闪动朱旗而北斗亦为之赤。"] 汗马,汗血马的省文,用对朱旗。杜甫《季秋江村》:"素琴将暇日,白首望霜天。"素对白,犹汗马对朱旗。汗即朱汗、赤汗,血赤者汗,作颜色岂非名词也。暇谐作夏,以对霜,亦系借对法。逼字有分寸,未入长安也。又杜甫《奉送卿二翁统节度镇军还江陵》:"火旗还锦缆,白马出江城。"火旗,朱旗也,创语,即军旗。高适《塞下曲》:"万鼓雷殷地,千旗火生风。"旗为红色,故云火生风。樊衡(玄宗时)为幽州长史所作露布,有"铁甲霜野,朱旗火天"之语。《诗人玉屑》卷四引唐人诗句:"箭飞琼羽合,旗动火云张。"元好问《赤壁图》:"疾雷破山出大火,旗帜北卷天为红。"北斗,指北斗城,即京师长安,如《秋兴》诸诗,不代替天。杜于不便直言处,多借星象影映,可参《伤春》诗。

《广雅·释诂四》:"磤,声也。"又为煙,或为蔫。《左氏·成·二》:"左轮朱殷。"注:"今人呼赤黑为殷色。"按注为杜预所作,是西晋时已以殷为红色。杜《白丝行》"象床玉手乱殷红",《韦讽录事宅观曹将军画马歌》"内府殷红马脑盘",殷、红二字连文即本之乃祖注。卢仝

《观放鱼歌》:"刺史密会山客意,复念网罗婴无辜。忽脱身上殷绯袍,尽负罟获尽有无。"殷绯连文,即殷红色。岑参《暮春虢州东亭送李司马归扶风别庐》:"柳鞭莺娇花复殷,红亭绿酒送君还。"殷即作红字用。

《学术月刊》1979年第7期程千帆《杜诗"曾闪朱旗北斗殷"解》:"闲"字实际上是后人改的。《杜臆》说,非。又引钱、张溍说。朱旗不指敌人旗帜或象征敌人力量。"见"字当包括763年、765年两度被攻史实。下句用意以汉喻唐,回忆过去军容的强大,以一今一昔,一衰一盛,一敌强我弱,一敌弱我强的形势,作强烈对比,发抒对安危深切关怀。与"胡来"一联是一样方式,与"越裳"二句正对,和"正忆"二句流水对不同,而是反对。唐代诗人乐于以汉事写唐事。又云:红色是汉朝人认为最尊贵的颜色。班固《封燕山铭》:"朱旗绛天。"又《汉书·叙传》:"朱旗乃举。"张衡《东京赋》:"仗朱旗而建大号。"《蜀志·后主传》注引诸葛亮《为后帝伐魏诏》:"朱旗未举。"可见朱旗是一褒词,含有政治内容的庄严的名词,只能代表自己国家正面力量,决不能用来代表敌人的反面的力量(这含义一直沿用至今,如红旗)。杜精《文选》,我们怎能轻率地断定是用朱旗代表他当时所认为的敌人呢?诗人对现在的衰微,想先朝的强盛,作出对比强烈的诗句,很自然。弄清词的历史意义,对正确理解作品很必要。——涤按:关于此诗,《午亭文编》卷四十九《杜律诗话》说之甚详确,宜引证。郭曾炘《读杜劄记》299页引诸家说尤备,并有按语,可参。

殷字作闲,远不是孙觌本一本,且始于赵次公,赵次公本作"北斗闲",云蔡伯世改作"殷",师民瞻本改作"閒",皆缘以为杜不应直斥父名,其实不然。按赵盖据传世最早之宋王洙本,王本并无"一作某"字样。仇兆鳌作"殷",下注云:"音烟,诸本作閒,《正异》作'殷'。"《正异》即蔡伯世本,与赵注合。赵谓蔡改,殆可信。按清人注,几无一不作"殷"字,惟《杜臆》从赵说作"闲",但究难通。朱鹤龄注云:"诸本多同《正异》定作'殷'。"(不云"改")"此诗'北斗殷',当以旗言之,次公注谓:'闪朱旗于北斗城中,閒暇自若。'文义难通。用修已经驳正。"又云:"此诗前四句追言禄山破潼关……援往事以戒之也。下遂言禄山之祸未已,吐蕃又屡告警急,曾不思朱旗闪斗,军容何盛,而任其深入内地,泾渭戒严,尔诸将独不忧及陵墓耶?"则朱主朱旗指唐军,并指当时之军容。此亦有问题,一是"逼"字与吐蕃占领京师不切合,太轻,意思不贯;二是不合事实,祸在眉睫,此时何暇回思过去,夸说过去。况且,在京师而云"朱旗绛天",又何值得夸耀,在此时此地夸说,亦毫无意义作用,但以作"闲"者为非则是。

"见愁"二句流水对。"曾闪朱旗"者即上句之西戎。是今昔串联,下句补足上句,方与下二句关联,并引起结联。浦起龙云:"北斗殷,见贼帜之盛。""下句申上句。是。此北斗乃专指长安城而言,吐蕃曾占领长安,今又逼之,如此危险,岂可不吸取教训仍蹈覆辙?故云。当与《冬狩行》"得不哀痛尘再蒙"合观。《唐会要》卷九十七:"仪凤三年(675年),上(高宗)以李敬元初败,吐蕃为患转甚,召侍臣曰:'吐蕃小丑,屡犯边境,置之则疆场日骇,图之则未闻上策,宜论其得失,各书所怀。'……中书舍人刘祎之曰:'臣观自古圣主明君,皆有夷狄为梗。今吐蕃凭陵,未足为耻,愿暂戢万乘之威,以宽百姓之役。'"当时吐蕃不过犯边,远离京师,尚以为耻,杜写此诗时,吐蕃已占领过长安,岂能不引为奇耻大辱,岂得放过,避重就轻,舍占领而不言,而只轻轻以一"逼"字含胡了之?如谓包含在"逼"字中,则说不通,时间不合。逼者逼迫,尚未入也。故知下句所指正是吐蕃入长安事。

杜对吐入侵,占领长安,代宗仓皇逃往陕州一事,十分愤慨,"怒发冲冠",诗中屡屡道及,如云:"大戎直来坐御床"(《忆昔》),"犬戎也复临咸京"(《释闷》),"犬羊曾烂熳,宫阙尚萧条"(《寄董卿嘉荣》),"吐蕃凭陵气颇粗"(《入奏行》),"北极朝廷终不改,西山冠盗莫相侵"

(《登楼》），"扬镳惊主辱"（《夔府书怀》），"所忧盗贼多,重见衣冠走。中原消息断,黄屋今安否？"（《将适吴楚》）。这正是"曾闪"句的具体内容,如说包括在上句"逼"字中,能包括得了吗？这一点,从句首"曾"字即可见出。日人津阪孝绰《杜律详解》说："曾,言往事,指广德元年之乱。"可谓有见。《通鉴·唐纪一》卷一八五："高祖武德元年（618）五月,隋恭帝禅位于唐……唐王即皇帝位于太极殿,……大赦,改元。罢郡,置州,以太守为刺史。推五运为土德,色尚黄。"可见汉唐不同,汉以火德,因而尚赤,尊重朱色,唐则不然。《禄山事迹》："黄旗军数百队。"《旧唐书·舆服志》卷四五："武德初,禁士庶,不得以赤黄为衣服杂饰。"总章元年（668）,始一切不许着黄。肃宗不敢服黄袍迎玄宗（因自立为帝）,必待玄宗亲为服黄袍,故杜诗云："少海旌旗黄。"黄为唐天子专用之色,以别贵贱。此皆唐色尚黄之明证。（乾按：《旧唐书·舆服志》："文明元年（684）七月甲寅,诏旗帜皆从金色,饰之以紫,画以杂文。"此亦唐色尚黄之明证。唐尚黄、尊黄旗,却也是不争的事实。）

苏颋《芙蓉园应制》："御道红旗出,芳园翠辇游。"又《扈从鄠杜间奉呈刑部尚书舅崔黄门马常侍》诗："翠辇红旗出帝京,长杨鄠杜昔知名。"可知唐皇出游时亦用红旗,不尽是黄旗。有时用朱旗,与红旗无异,不含褒义。（乾按：《旧唐书·舆服志》："天宝十载五月,改诸卫旗幡队仗,先用绯色,并用赤黄色,以符土德。"）

《通鉴·秦纪》卷二始皇帝廿六年："初,齐威、宣之时,邹衍论著终始五德之运。及始皇并天下,齐人奏之。始皇采用其说,以为周得火德,秦代周,从所不胜,为水德。……衣服、旄旌、节旗皆尚黑。"（乾按：唐高祖又曾以白旗为号。《新唐书·高祖纪》隋炀帝大业十三年（617）七月壬子："高祖杖白旗誓众于野,有兵三万。"戎昱《出军》诗："龙绕旌竿兽满旗,翻营乍似雪山移。中军一队三千骑,尽是并州游侠儿。"以雪为喻,显是白旗。）

"朱旗"即红旗,亦即军旗,汉时亦称"赤帜",在唐人心目中往往毫无褒义或贬义的区别。前人由于未能参透这一关,故对这句的解释,多闪烁其词,如钱(谦益)等人,浦(起龙)斥为"贼帜",直捷了当,很有胆识,但对朱旗可以指吐蕃,未加解说论证。《通典·兵二》卷一四九叙述操练布阵时情况:"白旗点,鼓音动,则左右厢齐合;朱旗点,角声动,则左右厢齐离。合之与离,皆不离中央之地。……白旗掉,鼓音动,左右各云蒸鸟散,弥川络野,然而不失部队之疏密;朱旗掉,角音动,左右各复本初。前后左右,无差尺寸。"这里,朱旗与白旗分担不同的指挥作用,是平等的,无任何褒义、贬义之可言。这是很明显的。朱旗在唐无特殊地位。先看唐人诗中的"朱旗",诸如:"绛节朱旗分白羽,丹心白刃酬明主。"(骆宾王《从军中行路难》)"猎猎朱旗映彩霞,纷纷白刃入陈家。"(汪遵《破阵》)再看杜诗:"金甲雪犹冻,朱旗尘不翻。"(杜甫《览柏中丞兼子姪数人除官制词》)"白日照舟师,朱旗散广川。"(杜甫《湘江宴饯裴二端公赴道州》)即红色军旗耳,何褒之有?如谓"曾闪朱旗"为褒义词,则杜《冬狩行》:"飘然时危一老翁,十年厌见旌旗红",又将作何解释?这里的"旌旗红",还不就是"朱旗"吗?"厌见旌旗红"即"厌见旌旗朱",为押韵而改朱为红,即如齐己《折杨柳词》"多谢将军绕营种,翠中闲卓战旗红"一样,并无尊重之意。未必用朱旗时就表示褒义,用红旗时就表示贬义,那是说不通的。要知朱旗并非唐之国旗,乃红色军旗,因战事不息,故云厌见也。杜诗"朱旗"并不存在什么象征意义,正是不合朱旗的历史意义。历史是变动的,词的含义也是变动的,此一时彼一时。

问题在于吐蕃军旗是否红色。朱旗用之军中,非汉所特有之物,胡人惟回纥用白旗,故史书特著之以为异。杜甫《往在》:"前者厌羯胡,后来遭犬戎。"又"京都(柏)不再火,泾渭开愁容。"杜对吐蕃入占京师非常愤恨,屡见于诗。每引以为戒。"曾闪朱旗北斗殷",亦当指此事而言。朱旗即红色军旗耳,唐军用之,吐蕃亦用之,不含华夷之歧义。(乾按:《新唐书·吐蕃传》:"部人处小拂庐,多老寿至百馀岁者,衣率毡韦,以赭塗面……〔文成〕公主恶国人赭面,弄赞下令国中禁之。"〔《旧唐书》本传同〕又,"河之西南地如砥,原野秀沃,夹河多柽柳,山多柏,坡皆丘墓旁作屋,赪涂之,绘白虎,皆房贵人有战功者,生衣其皮,死以旌勇。"是吐蕃习俗亦尚赤。"汉尚赤,用赤帜",则吐蕃军旗烂熳红,用朱旗,应无疑。——以上"涤按",据先父各书批注和所录资料手迹整理,倘有语意重复、语气不接处,系辑录所致。)

〔将军且莫破愁颜〕 李义山《赠歌伎》:"水精如意玉连环,下蔡城危莫破颜。"

其三

〔注18:"广德二年(七六四)拜同平章事。"〕 广德二年(七六四)拜黄门侍郎同平章事。

其四

明王维桢《杜律颇解》:"'越裳'比交趾,应'铜柱'字,'南海'应'扶桑'字。'大司马'与'侍中'皆诸将当时加官之号。'炎风'仍指安南,'朔雪'指蓟北,'忠良'以勉诸将。"此解颇简当。杜岂能以'忠良'望之于宦官之之为将者乎?

〔殊锡曾为大司马,总戎皆插侍中貂。 注22:"大司马,即太尉。"注23:"这句泛指一般将帅及节度使而带'侍中'之衔的。" 注25:"钱谦益谓此诗乃戒朝廷不当使中官为将,故以殊锡为指李辅国,未免歪曲事实。"〕 (乾按:范祖禹《唐鉴》卷一:"太尉掌武,盖古者大司马之职也;司徒主民;司空主土;皆六卿之任,非三公之官也。"萧先生眉批:"杜诗'殊锡曾为大司马',拙注以为指太尉而非兵部尚书。观此尤信。"今移录于此。)《午亭文编》论大司马不得指兵部尚书,甚确。宜参。又,参《钱注杜诗补》。《隋书·五行志下》:"臣每患官卑,彼(指隋军)若度来,臣为太尉矣。"何焯:"第四首注家谓以杨思勖、吕太一为用李辅国、鱼朝恩之前鉴,真善据也。'殊锡'一联,'大司马'句谓李(光弼)、郭(子仪)皆元勋,不相统也,并为大司马,详《汉书》中。'侍中貂'句,但指朝恩。"——涤按:杜甫《有感》之一:"将帅蒙恩泽,兵戈有岁年。"之五:"登坛名绝假,报主尔何迟。"诸诗作于《诸将》之前,皆意主责备诸将者,与宦官领兵无涉。盖宦官领兵毕竟是少数,如以五、六二句为讽宦官,则末语"忠良"二字无着落矣,岂得目宦官为忠良而寄以恢复"天王地"之希望乎?

[炎风朔雪天王地,只在忠良翊圣朝] 何(焯):"炎风二句,用忠臣则炎风朔雪尽入版图,任小人则两京庙社皆不保。何谓忠臣?不求明珠翡翠以蛊君焚身者而已。末句言当忧根本也。五岭不臣,事同癣疥;内任忠臣,先取巨憝,则闻风清荡矣。"

84.《秋兴八首》

其一

周篆:"前四句是天地之秋,后四句是少陵之秋,合而言之,则为《秋兴八首》之秋。夔界五溪有关隘之义,故亦称塞上。波浪兼天、风云接地,言高塞天地,无非萧森气象也。他日,前日也,与'他日嘉陵泪'之他日同义。"巫峡、瞿塘峡,(郭沫若)《东风集》183、184页。

[丛菊两开他日泪。 注3:"此诗他日泪,亦犹前日泪,见得不始于今秋,乃是流了多年的老泪。] "丛菊"二句参《柳南随笔》卷五(九七页)。欧阳詹《观送葬》:"他时不见此山路,死者还曾哭送人?"他时即他日,因平仄关系改用时字。他时亦即往时意。他日,有作前之日,或后之日两解。见清王文濡《冷庐杂识》卷一。

其二

[每依北斗望京华。 注5:"京华即长安。长安城上直北斗,号北

斗城。长安不可得而望见，所可得而望见者，只有上直长安之北斗星，故每依北斗为标准以望长安。北斗一作南斗，大谬。"] 周篆："依斗望京华者，盖京华不可见，以北斗准之，则约略在望，所谓'秦城北斗边'者也。"杜审言《蓬莱三殿侍宴奉敕咏终南山应制》："北斗挂城边，南山倚殿前。"沈佺期《初达驩州》："摇首向南荒，拭泪看北斗。"北斗下临长安城也。唐明皇《同二相已下群官乐游园宴》："地入南山近，城分北斗馀。"贾至《洞庭送李十二赴零陵》："共说京华旧游处，回看北斗欲潸然。"为何回看北斗且欲出涕？正以京华长安在北斗下也。此尤足证当作北斗。又，唐崔镇有《北斗城赋》"城倖北斗，御星汉而曾披"之语。虞注："不知南斗乃江湖之分，不直夔城，况长安之上直北斗，作北字无疑矣。"

[听猿实下三声泪，奉使虚随八月槎。 注7："槎，木筏。杜甫以检校尚书工部员外郎的朝官身份作严武的参谋，故得云'奉使'。"] 仇以奉使为指严武为节度使，欠确切。听猿者杜也，奉使者亦杜也。骆宾王《海曲书情》："薄游倦千里，劳生负百年。未能槎上汉，讵肯剑游燕！"槎上汉，喻置身朝廷。剑游燕，谓从军幕府。李邕《谢入朝表》："臣邕言：伏奉七月十五日恩勅，许臣会计京师者，止水一杯，忽闻朝海；枯查八月，更得浮天。臣某中谢。"此唐人以浮槎至天河比喻入朝之证。

其三

[清秋燕子故飞飞。 注12："故，即故意。"] 张窈窕《春思》："双燕不知肠欲断，衔泥故故傍人飞。"

其四

[征西车马羽书驰。 注17："羽书，是插羽于书，取其迅速。"] 沈佺期《送卢管记仙客北伐》："羽檄西北飞，交城日夜围。"又《塞北》："五原烽火急，六郡羽书催。"羽书驰，犹羽书催也。

其五

[云移雉尾开宫扇,日绕龙鳞识圣颜。] 张莒(盛唐时人)《元日望含元殿御扇开合》:"冕旒开处见,钟磬合时闻。"盖扇开始能见皇帝,故前人谓五、六二句为不用虚字之流水对,信然。张诗形容御扇"影动承朝日,花攒似庆云"。元稹《酬翰林白学士》诗:"日轮光照耀,龙服瑞葳蕤。"

[注22:"圣颜,天子之颜,指玄宗。对于玄宗,杜甫还是有一种文章知己之感的。有同志认为此诗前六句皆言官拾遗之事,'圣颜'指肃宗。"]《通鉴》卷二一一:"上(玄宗)素友爱,近世帝王莫能及,初即位,为长枕大被与兄弟同寝……"《唐会要》卷二十五"文武百官朝谒班序"条载:"其诸卫及率府中郎将,皆不及升殿。"故诗云"识圣颜",当系为率府胄曹参军时,若拾遗则在上左右,"天颜有喜近臣知"。

[一卧沧江惊岁晚,几回青琐点朝班。 注23:"点,传点。或解作点辱,不确。"] 沧谐苍,以对青,借对。吕温有《奉和李相公早朝于中书候传点偶书所怀》诗。周篆引楼钥曰:"点与玷通,古诗多用之,束晳《补亡》诗:'鲜侔晨葩,莫之点辱。'陆厥《答内兄》诗:'复点铜龙门。'点朝班,正承用此也。"点字意似可兼含点辱意。唐人麻察文:"滓秽流品,点辱衣冠。"

其六

羊士谔《乱后曲江》:"忆昔曾游曲水滨,春来长有探春人。游春人静空池在,直至春深不似春。"(羊登贞元元年即785年进士第)

[锦缆牙樯起白鸥] 杜诗:"春鸥懒避船。"薛能《清河泛舟》:"旗里惊飞尽白鸥。"

其七

庾信、江总、元行恭、薛道衡均有咏昆明池诗。1980年《考古与文物》创刊号胡谦盈《汉昆明池及其有关遗存踏察记》。

［织女机丝虚夜月,石鲸鳞甲动秋风。］ 唐童汉卿《省试昆明池织女石》:"有脸莲同笑,无心鸟不惊。"应参考。今织女石不知下落。朱庆馀《晦日同志昆明池泛舟》:"戏鸟随兰棹,空波荡石鲸。"周弘正有《咏石鲸应诏》诗。石鲸今犹存陕西省博物馆,鳍尾已残缺,石作淡黄色,非玉石也。

［波漂菰米沉云黑,露冷莲房坠粉红。］ 周(篆):"菰米沉云里,不过言其多;莲房坠粉红,不过言其晚。苟如诸家所云,岂太平之菰米不沉,至乱离而始沉;太平之荷花不坠,至乱离而始坠耶?"周:"(沉云黑)如云之多而黑也。房莲实,粉红莲瓣也。凡此皆昆明池昔日清秋极盛景象,至今犹可想见也。""中四句乃极言昆明气象之异,为'鸟道''渔翁'作势而已。"

［关塞极天惟鸟道,江湖满地一渔翁。］ 虞注:"自长安入蜀皆鸟道。"王维《道人入蜀》诗亦云"鸟道一千里"。周:"江湖句言沦落江湖无往不为渔翁也。"

其八

［香稻啄馀鹦鹉粒,碧梧栖老凤凰枝。 注33:"盖举鹦鹉凤凰以形容二物之美,非实事也。"］ 从陈子昂《春日登金华观》"鹤舞千年树,虹飞百尺桥"变化而来,其实无鹤无虹。唐时宫中多植梧,庾肩吾《奉和太子纳凉梧下应令》诗:"桐横栖凤条。"又杜诗"西掖梧桐树"等皆可证。杜尝出入并寓值省中,想必甚爱此梧桐也。《文学研究动态》1982年总第81期《英美研究古汉诗音象的几种方法》:"措置词语,使两种或数种语法关系在诗句中同时存在,出现'歧义'(ambiguity),如杜名句'香稻啄馀鹦鹉粒'。"

［佳人拾翠春相问,仙侣同舟晚更移。］ 周:"佳人仙侣,亦指士女之游渼陂者耳。或作公与岑参辈,尤非。翠,翠羽也。《洛神赋》'或拾翠羽'。问,赠也,言以翠羽相赠答也。仙侣谓流连之际无异神仙也。"

453

［彩笔昔曾干气象，白头吟望苦低垂。　注35："末二句收归自身作结，并总结八首。"］　周："彩笔句作献赋解者亦非。气象谓溟陂景物。吟望，且吟且望也，与前'有所思'相应。此一句是一首之结，亦是八首之结。"

85.《咏怀古迹五首》（录三）

其三

［群山万壑赴荆门，生长明妃尚有村。］　元稹《寄薛涛》诗："锦江滑腻峨眉秀，生出文君与薛涛。"用意与杜亦同，而风神格调顿异。元有私心杂念，人品不高。

［一去紫台连朔漠，独留青冢向黄昏。　注10："朱瀚云：'连字写出塞之景，向字写思汉之心，笔下有神。'"］　杜《舍弟观赴蓝田》："鸿雁影来连峡内，鹡鸰飞急到沙头。"又《春望》："烽火连三月。"

［画图省识春风面，环珮空归月夜魂？　注11："省字，或解作约略，或以为是'岂省'的省文，按省识，犹觉识或解识。《西京杂记》：'乃使画工图形。'"］　韩愈《蓝田县丞厅壁记》："丞涉笔占位，署惟谨，目吏问可不可？吏曰得，则退，不敢略省，漫不知何事。"王绩《看酿酒》："六月调神麹，正朝汲美泉。从来作春酒，未省不经年。"杜荀鹤《伤病马》："骑来未省将鞭触，病后长教觅药医。"吴："元帝仅于画之中一识春风之面，今日即有环珮之响……"按《汉书·叙传》："时乘舆幄坐张画屏风，画纣醉踞妲己，作长夜之乐。上（成帝）以（班）伯新起，数日礼之，因顾指画而问伯：'纣为无道，至于是乎？'伯对曰：'《书》云"乃用妇人之言"，何有踞肆于朝。所谓众恶归之，不如是之甚者也。'"则汉时固已有此种画也。《西京杂记》所载，事或有之。李山甫《代崇徽公主意》诗："金钗坠地鬓堆云，自别昭阳帝岂闻。遣妾一身安社稷，不知何处用将军。"李义山（？）《昭君》："猛将谋臣徒自贵，蛾眉一笑塞尘

清。"(乾按:(?)表示萧先生对此诗作者有疑问。经查此实为晚唐汪遵诗,见《全唐诗》卷六〇二)

86.《壮游》

[嫉恶怀刚肠] 《通鉴》卷二一一,玄宗敕书慰李杰曰:"……卿宜以刚肠疾恶,勿以凶人介意。"(开元四年事)疑杜兼用敕书语。(原见《绝交书》)

[每趋吴太伯,抚事泪浪浪。 注12:"写谒太伯庙。杜甫感太伯之能让,故抚事泪流。"] 《通鉴》卷二百四:"狄仁杰以吴楚多淫祀,奏焚其一千七百馀所,独留夏禹、吴太伯、季札、伍员四祠。"陆龟蒙《太伯庙》:"故国城荒德未荒,年年椒奠湿中堂。迩来父子争天下,不信人间有让王。"

[春歌丛台上。 注12:"丛台,六国时赵王故台,在河北邯郸县。"] 即在邯郸市,现辟为公园。1981年4月20日《文汇报》有丛台照片及简介。

[射飞曾纵鞚。 注22:"射飞,射飞鸟。"] 唐李嶷《少年行》:"侍猎长杨下,承恩更射飞。"刘商《胡笳十八拍》:"髦胡少年能走马,弯弓射飞无远近。"

[少海旌旗黄。 注37:"骆宾王《自叙状》:'沐少海之波澜,照重光之丽景。'……皆唐人称太子为'少海'之证。"] 骆宾王……照重光之丽景。(当中宗为太子时,骆为东宫属僚)……姚班《上节愍太子书》:"倪得遥山益峻,少海增深,碎首糜躯,其甘如荠。"李乂《节愍太子哀册文》:"阅少海而不留。"常衮《代宗让皇太子表》:"观象于天,应前星之环极;取法于地,视少海之朝宗。"卢照邻《歌储宫》:"波澄少海,景丽前星。"(前星,太子的别称)

[荣华敌勋业。 注52:"即前'朱门务倾夺'意。"] 杜《秋野》:

455

"吾老甘贫病,荣华有是非。"

87.《遣怀》

[存殁再呜呼！ 注15:"呜呼,恸哭也。"] 贯休《送人之岭外》:"三闾遗庙在,为我一呜呼。"谓哭吊也。

88.《宿江边阁》

藏云山房《杜律详解》:首句是说沿山径而入,水面之鹳鹤追飞寂静,山中之豺狼出窟,闻其得食争喧,盖因军旅不兴,盗贼得志,故即景以含情。黄鹤谓鹳鹤喻军士,豺狼喻盗贼,所见不差也。末联申明上意。又解"宿"为人宿歇,恐非。

89.《历历》

[无端盗贼起。 注2:"盗贼,指安史之乱。仇兆鳌以为是'讳言',其实是一种幽默的讽刺,天下宁有无端而起之事故?"] 边(乾按:清人边连宝《杜律启蒙》):"开元遗事,历历在眼,何其盛也,乃无端盗贼忽起,积时累世,至今不休,何耶？嗟嗟木不腐则出已生,若果以开元之治而致盗贼,则盗贼之起诚为无端,而岂其然哉？公于此,盖几费惨淡经营矣。惜无有窥其苦心者。"

90.《解闷十二首》(录五)

其五

[侧生野岸及江浦] 浦,赵次公作蒲,谓"戎夔间,以亩为蒲,官私契约皆然。因以押韵。师民瞻本作江浦,非是。"(乾按:见林继中《杜诗赵次公先后解辑校》1107页。)

91.《阁夜》

[野哭千家闻战伐,夷歌几处起渔樵。] 《(古今图书)集成·乐律典》卷七十二陈侍中王叔斋《籁纪》"野哭"条:"野哭者,死丧离别激于中而发也。"陈羽《犍为城下夜泊闻夷歌》:"犍为城下牂牁路,空冢滩西贾客舟。此夜可怜江上月,夷歌铜鼓不胜愁。"

92.《缚鸡行》

唐元竑:"《缚鸡行》前七句俚甚,末句不深不浅,恰在正中,千古脍炙,苏、黄有意效之,转入义路,所谓学而后知其难。"《朱雪鸿批杜诗》(乾按:清人朱颢英撰)有可取。

[鸡虫得失无了时,注目寒江倚山阁。 注2:"这两句是作诗的本旨。因为作者既未明言,我们得进行臆测。"] 《文艺研究》1981年第6期吴战垒《窥探"心灵之窗"——艺术欣赏随笔》:"这首诗的结句是从鸡虫不能两全这件生活琐事中,引起深沉的感触,但又不直截点破,只是含蓄地画出诗人倚阁望远之状,却使人感到忘怀得失之意已在言外。这是把哲理寓于形象之中的点睛之笔。供一说……结句之妙,非他人所能跂及也。"王渔洋《瀼西谒少陵先生祠五首》:"飘零逐猿鸟,得失感鸡虫。"鲁迅《哀诗三首》:"华颠萎寥落,白眼看鸡虫。"有"附记"说明,可列入"备考"。又"把酒论当世,先生小酒人"。杜诗:"当代论才子,如公复几人。"(乾按:鲁迅诗后附记云:"随手写之,而将鸡虫做人,真是奇绝妙绝。"周作人解释说,原来"鸡虫"恰是"何几仲"之名的谐音,此人虽曰同事,却专门排挤范爱农,令人生厌。不意入诗,一语双关,故绝。参张向天《鲁迅旧诗笺注》。"备考"指萧先生主编《杜甫全集校注》之一体例。杜句出自《奉简高三十五使君》诗。)

93.《愁》

[题解:"杜甫自注:'强戏为吴体。'吴体,即拗体。"] 《杜臆》:"吴体即拗律也。胸有抑郁不平之气,借拗律发之。公之拗体诗,大都如此。黄生曰:'戏者,明其非正律也。'"

94.《麂》

唐元竑:"《麂》诗于诸咏物中,可谓拔乎其萃,不意淋漓满志如此。"(乾按:见所著《杜诗捃》。)

[无才逐仙隐,不敢恨庖厨。乱世轻全物,微声及祸枢。] 《通鉴》6470页徐有功语。(乾按:《通鉴》卷二百四:"有功伏地流涕固辞曰:'臣闻鹿走山林而命悬庖厨,势使之然也。陛下以臣为法官,臣不敢枉陛下法,必死是官矣。'"《汉书·匈奴传》卷九十四:"今圣德广被,天覆匈奴,匈奴得蒙全活之恩。"《论衡·祸虚篇》:"若此言之,颜渊不当早夭,盗跖不当'全活'也。"唐人多全活连文,张说《姚崇神道碑》:"公持法无颇,全活者众。"

95.《复愁十二首》(录五)

[注5:"《晋书》卷五十六《江统传》:"昔汉光武皇帝时,有献千里马及宝剑者,马以驾鼓车,剑以赐骑士。"] 此语又见《旧唐书·魏徵传》"徵谏曰"云云。杜盖与此同意。

[注8:"见得欲求国家安全,应加强边防。"] 《唐音癸签》232页有说。(乾按:《唐音癸签》卷二十六:"杜诗云:'任转……凤凰城。'最晓天下大计矣。人主守在四夷,区区添兵京城,足救缓急乎?")

96.《同元使君舂陵行并序》

唐元竑:"元诗两篇皆直赋时事,绝无比兴。公诗小序乃曰:'不意复见此比兴体制,微婉顿挫之词',何也?"按杜所谓比兴,着重内容美刺,已突破传统观点。

[增诸卷轴,简知我者]　韩偓《录旧诗有感》:"缉缀小诗抄卷里,将思闲事到心头。自吟自泣无人会,肠断蓬山第一流。"张文昌诗:"诗成添旧卷,酒尽卧空瓶。"唐人皆自有诗卷。

[叹时药力薄。　注6:"因忧患重,故吃药不见效。黄生云:"盖身疾可医,心疾不可医耳。"]　周篆《杜工部诗集集解》:"叹时药力薄,言为感时所伤,药力不能疗疾。"

97.《又呈吴郎》

虞注解此诗,与□□不谋而合,可取。唐元竑《杜诗捃》卷三:"详诗意乃是公移居东屯后,虚瀼西草堂以与吴司法,此枣树定在交界口(?),公在日,便乞与之。公去,而寡妇插篱为界(?),公恐吴有言,故代为周旋,'即防远客虽多事,便插竹篱却甚真。'远客指吴。防者,寡妇防之。使者,公使之(?)。(乾按:上列问号均表示不以为然,说法可疑。虞注,指虞集《杜律虞注》。)当知不必真公使之,须如是,吴使(便,应作始)嘿然耳。赈邻妇之乏,人或能之,业舍之他适矣,谁肯始终斡旋若此,且委曲入人,使吴意消而不觉?大用之,即宰相作略也。"按言杜使寡妇插篱,殊属臆测。诗明言"堂前",何"界口"之云?

98.《暇日小园散病,将种秋菜,督勤耕牛,兼书触目》

[冬菁饭之半,牛力晚来新。　注2:"浦注:'冬菁,芜菁、蔓菁之

属,盖约举秋菜之名。饭之半,谓其功,半可敌饭。按冬菁饭之半,俭岁贫人之计也。如此则菜之功用亦重,所以须督牛耕种,以供采撷接春之需。'"] 邓有驳议,不知二句是两码事。饭之半,表明须种秋菜之故;牛力之新,当由于休息而然,观"晚来"字可见。牛须喂,自不在话下,种秋菜是为人食,非为牛饲料也。(乾按:邓《杜诗别解》中华书局1987年版215页:"我幼时在吴中常见水牛喜食蔓菁叶。但为什么诗中说是'饭之半'呢?因牛同时须吃一些粮(如豆类)。"先父曾批注:"好阔气的牛。我未见过以豆饲牛,我亦南人,小时放过牛,不论水牛黄牛,一概是吃草和稻秆。这是夔州,一千多年前的夔州,且当乱世,当时正是'黎民糠秕窄',而牛却要一饭有一半是吃豆粮食。与题旨亦不合,题明言'种秋菜'。")

[注2:"浦注:'旧以饭之半,作饭半解,殊无理!'"] "作饭半解"应为"作饭牛解"。

99.《登高》

(乾按:本页夹有一信,节录如下)

萧先生:您好!

最近老师教《登高》,讲"万里悲秋常作客,百年多病独登台"时,根据您的观点分析了这两句所包含的九层意思,事后我又查了您的《杜甫研究》,说实在的,在讲课之前,在看您的著作之前,谁也不曾这样深入地去理解。不过,老师讲这首诗的对仗时,我产生了一个疑问:大家都认为此诗八句全对,从对仗的角度看,我觉得这两句似乎可说"八可悲"或"十可悲",即把"多病"作一悲,或把"悲秋"分作两悲:重九佳节还在他乡,不能与家人团聚,可悲;又当这"风急天高猿啸哀"的萧瑟景象中作客,可悲。萧先生,不知我这样理解是否牵强?请指教。另外,不知您的《杜甫研究》是否还要再版?

　　祝

身体健康!

学生　汪钰明草上 10.14

(乾按:可参《杜甫研究》齐鲁书社修订本96页"语言的精炼性"一节。)

100.《写怀二首》(录一)

　　[无贵贱不悲,无富贫亦足。　注4:"正因为社会有贵贱贫富的不同,所以也就有悲有喜有趋竞和羁束。"]　为追求富贵。《门类增广十注》:"'无贵'二句,言贵贱贫富一委顺之而已,所谓乐天知命者。"又引赵次公云:"贱之所以悲者,以贵形之也,故无贵则贱者不悲;贫之所以不足者,以富形之也,故无富则贫者亦足。此义甚明,而旧注乱之。"贫困屈辱的生活实践,不可能产生那种自我麻醉、自我欺骗、自我安慰的齐物说一类的唯心主义的想法。齐彭殇、等贵贱,那是吃饱了饭的人,没落的有闲阶级的高调。经常低颜下色的杜甫,单凭心中无富无贵能不悲吗?

　　[曲直吾不知,负暄候樵牧。　注13:"这也是说反话,如果以为杜甫真是一个不知曲直、不分是非的达观者流,那就大错而特错了。这是对那个黑暗社会恨到了家的话。"]　才说曲直,偏又说不知,知非真不非也。语妙。如真不知曲直,何必写诗?上二句就分了达士、小人,何故?杜《遣兴五首》:"北里富薰天,高楼夜吹笛。焉知南邻客,九月犹缔绤。"又,"朝逢富家葬,前后皆辉光。……送者各有死,不须羡其强。"皆作愤恨语,无达观意。

101.《观公孙大娘弟子舞剑器行并序》

〔开元五(一作三)载,余尚童稚,记于郾城观公孙氏舞剑器浑脱。注3:"剑器浑脱,是剑器与浑脱二舞的综合。"〕 (?)敦煌大曲《剑器》末遍云:"排备白旗舞,先自有由来。合为花焰秀,散若电光开。喊声天地裂,腾踏山岳摧。剑器呈多少,浑脱向前来。""就是对《剑器》的持刀队舞的实际描写"。非公孙之舞。《文物》1980年2期关于浑脱。(乾按:"(?)"系卡片手迹,表示引者此处露疑,记忆可能不确处。敦煌大曲《剑器》末遍,即王重民辑《敦煌曲子词集》下卷《剑器》第三,文字略有不同。)

〔玉貌锦衣,况余白首〕 周篆:"玉貌锦衣,公自谓。盖开元五年,公止六岁,故曰。"大谬。玉貌锦衣,指当年还是妙龄女子的公孙大娘,但这个主语被省略了。这是杜甫"以诗为文"。

〔昔者吴人张旭善草书、书贴,数尝于邺县见公孙大娘舞西河剑器,自此草书长进。 注9:"西河剑器,大概是剑器舞的一种,……'实际出西胡'。……公孙之舞,乃能启发'草圣',那么她的舞也就可知了。"〕 岑参《酒泉太守席上醉后歌》:"酒泉太守能剑舞,高堂置酒夜击鼓。胡笳一曲断人肠,座上相看泪幽雨。"《独异志》:"开元中,将军裴旻居母丧,诣道子,请于东都天宫寺画神鬼数壁,以资冥助。道子答曰:'废画已久,若将军有意,为吾缠结舞剑一曲,庶因猛励,获通幽冥。'旻于是脱去缞服,若常时装饰,走马如飞,左旋右抽,掷剑入云,高数十丈,若电光下射,旻引手执鞘承之,剑透室而入。观者数千百人,无不惊慄。道子于是援毫图壁,飒然风起,为天下壮观。道子平生所画,得意无出于此。"(《广记》卷二一二引)杜诗之妙,亦可谓得力于公孙之舞剑,与张旭之于草书正同。艺术有其共性。

〔㸌如羿射九日落,矫如群帝骖龙翔。来如雷霆收震怒,罢如江海凝清光。 注一一:"以上四句是对舞的本身作具体描写。此诗'江海凝清光'，也应当是以水色喻剑光的。由此可见，剑器舞，必用剑，否则不可能有此境界。"］《旧唐书·乐志》载《节愍太子庙乐》武舞："剑光挥作电，旗影列成虹。"李白《司马将军歌》："手中电击（一作曳）倚天剑，直斩长鲸海水开。"颜真卿《赠裴将军》（按当即裴旻）："将军临八荒，烜赫耀英材。剑舞若游电，随风萦且回。"正所谓"爥如"、"罢如"所描写者。剑有光，不舞则光凝。李贺《走马引》："朝嫌剑花净，暮嫌剑光冷。"凡言及剑者，例用"电"或"光"以形容之，与杜诗"罢如江海凝清光"正合。因舞罢收剑，故曰"凝清光"也。如无剑，不可能出现此种景象，《大食刀歌》："凭轩拔刀天为高。"如非大刀也不可能产生这种意境。

凡剑必有光，自古而然。梁陶弘景《刀剑录》："殷太甲在位三十二年，以四年岁次甲子，铸一剑，长二尺，文曰定光，古文篆书。""武丁……铸一剑，长一尺，铭曰照胆，古文篆书。""后天禅延熙二年造一大剑，长一丈二尺，镇剑口山，往往人见光辉，后人求之不获。""孙亮以从建兴二年铸一剑，文曰流光，小篆书。""怀帝炽以永嘉元年造一剑，长五尺，铭曰步光。"唐李君元《天子剑赋》："独立而光连日月，横行而气压山川。"白行简《欧冶子铸剑赋》："利可吹毛，光能莹雪。"李白《东海有勇妇》："学剑越处子，超腾若流星。"韩愈《利剑》诗："利剑光耿耿，佩之使我无邪心……我心如冰剑如雪。"总之剑与光分不开。唐周铖《羿射九日赋》有"四发而辉流星斗，五发六发而烨烨霞散，七发八发而离离电走"之喻，皆与剑光有关。空手固不可能有，即其它舞具，亦不可能有此境界也。

102.《冬至》

［路迷何处望三秦］　"望"作"见"，一作"是"。

463

103.《短歌行赠王郎司直》

[眼中之人吾老矣。 注9:"眼中之人,当指王郎,是呼而告之的口气,应略顿。"] 李白《寄远》其五:"不见眼中人,天长音信短。"又《自代内赠》:"曲度入紫云,啼无眼中人。"皆指情人、爱人言。

104.《江汉》

明邵傅《杜律集解》:首句"身在江汉,心则思归"。次句"虽自贬,而有自负意在"。"公自言江汉思归之客,于片云与天共远,于永夜与月同孤。乾坤虽一腐儒,然心壮病苏,尚堪一用。古人之于老病,但存其智,而不必其力,可思矣乎。"赵注云:"中四句以情景混合言之,云天夜月、落日秋风,物也,景也;与天地共远、与月同孤,心视落日而犹壮,病遇秋风而欲苏者,我也,情也。若此虚实一贯,人能效之者鲜。"(乾按:此段为元明间人赵汸注。萧涤非先生主编《杜甫全集校注》第5576页,有赵汸《杜律五言赵注句解》。)

[落日心犹壮,秋风病欲苏。 注3:"落日二字,不是实景,乃是比喻年老和环境的困难,所谓'日薄西山'、'日暮途穷'。所以'落日'二字的涵义是很广阔很丰富的。"] "落日"可能有三种解释:1.落日与心情类比——心似落日,壮志未已;2.落日作人生途穷象征,用来反衬心情——壮志未已,不似落日;3.落日点明时间、环境——身临落日,壮志未已。因此孤立词语的获得即单纯意象的形成。

105.《公安送韦二少府匡赞》

[时危兵革黄尘里] 任注黄诗(任渊《山谷内集诗注》)卷十引作"时危兵甲黄尘里"。

106.《暮归》

［城上击柝复乌啼。 注1："击柝，即打更。"］ 《集成·乐律典》卷七二：陈侍中王叔斋《籁纪》："城柝者，逻卒之柝声也。"

107.《晓发公安》

［邻鸡野哭如昨日，物色生态能几时？］ 明王维桢《杜律颇解》："邻鸡野哭，言鸡鸣之时人哭也。物色生态，言物象之著于目者有生意也。虞注作就句对格，非也。详野哭如昨日，时盖兵戈之役未已；物态能几时，言光景迅速易凋谢也，皆从首句'复'字来。此二句感伤之词，以起后四句，言由是放迹江湖无系恋之情焉。"

108.《登岳阳楼》

［昔闻洞庭水，今上岳阳楼］ 白居易有题岳阳楼诗。《光明日报》1979年12月21日《保护湖泊自然生态刻不容缓》：湖泊水体对环境有巨大的调节作用，关系到气温的升降，科学家提出洞庭湖水面要保护。

［亲朋无一字，老病有孤舟］ 《中宵》诗云："亲朋满天地，兵甲少来书。"尚言少，此则无一字矣。徐仁甫《广释词》72页训"有"为"在"，大失诗意。言"有孤舟"，则此外一无所有，不言可知，训为"在"，则此意不明。在孤舟，不一定只有孤舟也。训诂往往失诗意。

109.《岁晏行》

［往日用钱捉私铸，今许铅锡和青铜。］ "锡"作"铁"，不必改，一本作"锡"。《唐书·食货志》："武后时，钱非穿穴，及铁锡铜液皆得用之……自是盗铸蜂起……先天之际，两京钱益滥，郴衡钱才有轮郭，铁

锡五铢之属皆可用之,或镕锡模钱,须臾百十。"

110.《客从》

鹤曰:按史大历四年三月,遣御史税商钱,此诗故托珠以讽征敛之及于商贾也。

[开视化为血,哀今征敛无!] 赵曰:"至于化为血矣,犹虑公家之征敛(焉),而无以供应之,故哀(其征敛无以问之也)。"

111.《暮秋枉裴道州手札,率尔遣兴,寄递,呈苏涣侍御》

[使我昼立烦儿孙。 注6:"儿孙二字,复词偏义,因为杜甫这时并没有孙子。"] 近人有《杜甫之死及其它》(《安大学报》1979年第4期),据此一诗句谓"杜此时还有孙子,《枉裴道州》诗:'使我昼立烦儿孙。'想即嗣业。"误矣。(拘于字面)又谓"杜在世时已有嗣业,杜逝世后四十三年才归葬,嗣业应已五旬左右人,亦有子孙了。"盖由误解"昼立烦儿孙"句。嗣业为宗武所生,宗武此时不过十七岁左右,何得有子耶?

[舞剑霜雪吹青春。 注17:"霜雪,形容剑光。"] "剑树刃山霜雪白"(482页)(乾按:"剑树"句,出自敦煌变文《佛说阿弥陀经讲经文》,见王重民等编《敦煌变文集》下卷,人民文学出版社1984年版第482页)。李白《赠友人》:"袖中赵匕首,买自徐夫人。玉匣闻霜雪,经燕复历秦。"直以"霜雪"代刀剑。

112.《楼上》

[天地空搔首,频抽白玉簪。] 二句倒装。

113.《追酬故高蜀州人日见寄并序》

《杜诗捃》:"……高在时,公颇不满之,死后却追思流涕者,公既笃于友朋,不肯自居于薄,又题中'老病怀旧',追酬此诗,因寄王敬,盖晚景寥落,属望生者,故借高以引意,意实不在高也。"

附:高适诗《人日寄杜二拾遗》

[身在南蕃无所预(谓甫不预政事)] (?)《客居》诗:"儒生老无成,臣子忧四藩。箧中有旧笔,情至时复援。"岑参《潼关镇国军句覆使院早春寄王同州》诗:"何为廊庙器,至今居外藩?"高诗"南蕃",即外藩,作自谓亦通。

[一卧东山三十春(指杜甫),岂知书剑老风尘!] 《暮春题瀼西新赁草屋》:"壮年学书剑,他日委泥沙。"杜自谓。李华《咏老十一首》:"秦灭汉帝兴,南山有遗老。……高卧三十年,相看成四皓。"李白《安陆白兆山桃花岩寄刘侍御绾》:"云卧三十年,好闲复爱仙。"李白基本上没有作官,所以说"云卧"。高适自为封丘尉后,一直做官,愈做愈大,杜诗所谓"飞腾无奈故人何",作此诗时又正为刺史,岂得云"老风尘"。

114.《江南逢李龟年》

[岐王宅里寻常见] 《古今图书集成·艺术典》卷八二四引《云仙杂记》:"李龟年至岐王宅,闻琴声,曰:'此秦声。'良久,又曰:'此楚声。'主人入问之,则前弹者陇西沈妍也,后弹者扬州薛满。二妓大服,乃赠之破红绡蟾酥麨。龟年自负,强取妍秦音琵琶捍拨而去。"据此,可知龟年固常出入岐王之宅也。

467

115.《逃难》

[五十白头翁] 白居易《白鹭》："人生四十未全衰,我为愁多白发垂。"

116.《聂耒阳以仆阻水,书致酒肉,疗饥荒江,诗得代怀,兴尽本韵。至县,呈聂令。陆路去方田驿四十里,舟行一日,时属江涨,泊于方田》

[麾下杀元戎,湖边有飞旐。 注6:"二句即指臧玠杀崔瓘事。飞旐,指崔瓘灵柩所悬之素旐。"] 元结有有关崔瓘材料(《全唐文》第四册)。

[礼过宰肥羊。 注8:"感聂令致酒肉。古人以牛、羊、豕三者具备为太牢,无牛只有羊、豕则为少牢,聂令送的大概是牛肉,所以说'礼过宰肥羊'。"] 韩愈《洞庭阻风赠张十一署》:"犬难断四听,粮绝谁与谋。……男女喧左右,饥啼但啾啾。"此可见舟行绝粮苦况,故杜对聂甚感激。《文苑英华》卷五四七《杀牛判》:"景(丙)告丁杀牛事,丁别款景铸钱,州断尽处极刑,使出从徙。对:……(2793页)下又有《为父杀牛判》:"韩孝随父行,牛惊觚人,恐损父,遂以刀杀牛,牛主论告,孝请价陪填事。对云:原始虽称犯罪,要未可论辜。"同卷《父病杀牛判》:"壬父病,杀牛祈祷,县以行孝,不之罪,州科违法。对:力施南亩,屠则干刑。……壬忧或满容,杀非无故,爱人以德,未闻易簀之言,获罪于天,遂抵椎肥之禁。"可见,唐时杀牛有禁。又《射牛判》有"误杀不禁"之文,则故杀有禁。诗题只云肉,未言何肉,《杂录》以诗中有"礼过宰肥羊"之句,遂以牛肉当之,无据,岂有县令而自杀牛者?史(容)注《山谷诗外集》卷十七引"老杜诗:'礼遇宰肥羊,愁当置青醥。'"作"遇",则宰者正羊耳。与下句当字合。可知所谓"牛肉"者,乃从"过"

字望文生义而来，不能作为定论。又按韩翃《奉送王相公缙赴幽州巡边》："位高汤左相，权总汉诸侯。"商汤以仲虺为左相，而王缙时为黄门侍郎同平章事，故云。句意盖谓位高如汤之左相，权大如汉之诸侯。非谓高于汤之左相。杜诗作"过"字，其意亦即指下"宰肥羊"而言，非有过于宰羊。

117.《暮秋将归秦，留别湖南幕府亲友》
[题解："现在乱子既已平定，他自然要掉转船头北归了。（可参看集中《回棹》一诗。）"]《草堂先生杜工部诗》于《暮秋将归秦，留别湖南幕府亲友》题下注云："大历五年。"是编者不信新、旧《唐书》之说。白居易有《臼口阻风十日》诗，阻水亦往往如是。聂令馈酒肉，亦自有限，故掉转船头，回棹潭州，且可解决饥饿问题。

[北归冲雨雪。 注4："暮秋从湖南出发，到秦中，已是冬季了，故曰冲雨雪。"] 气候多变化无常。"湖南冬不雪"，但当年即"北雪犯长沙"。又刘长卿有《奉酬辛大夫喜湖南腊月连日降雪见示之作》。

118.《风疾舟中伏枕书怀三十六韵奉呈湖南亲友》
《杜诗捃》卷四："《风疾舟中伏枕》诗'轩辕休制律，虞舜罢弹琴。尚错雄鸣管，犹伤半死心。'语意奇特。详其微旨，谚所谓'好事不如无'也。诗瘦有年，重以衰老，据云'兴尽才无闷，愁来遽不禁。'得非以此三十六韵故转添岑岑乎？'述作异陈琳'，用事绝巧。……'应过数粒食，得近四知金'，谓较鹡鸰差过之耳，彼四知金那得近傍？'彼苍回幹人得知''骐骥人得有'，句法较然。梦弼注，误。'春草封根'，封即闲意，谓方留滞他乡，未作故园想耳。（?）'却假苏张舌，高夸周宋镡'，此诗盖呈亲友者，冀其为老人作曹丘也。'畏人千里井，问俗九州箴'，首句言到处兢兢，次句言浪游非止一方也。'葛洪'四句，真是风烛

469

之虞。"

[题解:"伏枕,即卧病,题云'伏枕书怀',亦可见是力疾写成的。"] 杜甫有好些诗,包括长篇排律都是在病中写成的。如《寄彭州高三十五使君适、虢州岑二十七长史参三十韵》,据自注"时患疟疾",便是在病中写的。与"寄高岑"作于同时之《寄岳州贾司马六丈、巴州严八使君两阁老五十韵》一诗中,更明言"多病加淹泊,长吟阻静便"。并足证。

[轩辕休制律,虞舜罢弹琴。尚错雄鸣管,犹伤半死心。 注1:"这一个开头,相当离奇,但正是说的风疾。这里'半死心'兼有自比之意。"] 前人谓"用意太深"。王绩诗:"竹生大夏溪,苍苍齐富质。裁为十二管,吹作雌雄律。"刘希夷《有所思》:"寄言全盛红颜子,须怜半死白头翁。"白居易《为薛台悼亡》:"半死梧桐老病身。"桐盖自比。虞世基《零落桐》:"零落三秋干,摧残百尺柯。空余半心在,生意渐无多。"

[舟泊常依震。 注3:"震,东方。"] 卢僎《上(玄宗)幸皇太子新院应制》:"佳气晓葱葱,乾行入震宫。"震宫,东宫,太子所居。

[故国悲寒望,群云惨岁阴。 注5:"观此二句,知诗作于冬季。"] 杜有《瀼西寒望》诗,写于冬日。

[牵裾惊魏帝,投阁为刘歆。 注12:"二句指出'羁旅'、'淹留'的来由。"] 被目为房党。

[微才谢所钦。 注13:"谢,愧也。所钦,所钦敬的人,这里是反话,指朝贵。"] 张九龄诗中多用"所钦"一词,应补注。张九龄《别乡人南还》:"牵缀从浮事,迟回谢所钦。"杜句所本。又《和许给事中直夜简诸公》:"他日闻更直,中宵属所钦。"张九龄诗:"徘徊从所钦。"即指同游之友人。(乾按:见《尝与大理丞袁公、太府丞田公偶诣一所,林沼尤胜,因并坐其次,相得甚欢,遂赋诗焉,以咏其事》。)杜诗有些词汇

往往取之张九龄,其赞叹张诗"未缺一字警",非偶然也。

[吾安藜不糁,汝贵玉为琛。] 或云指在蜀承严武厚待。"吾安"句或云指与严反颜辞幕府,"汝贵"句指严爵封郑国公。

[源花费独寻。 注21:"'源花'即'桃花源',陶潜有《桃花源记》,相传即在湖南。杜甫到湖南想找个安身的处所,也是实情,但却找不到,所以说'费独寻'。]《春日江村》:"茅屋还堪赋,桃源自可寻。"盖当时亦实有寻觅桃源之傻人傻事,杜故漫言之。李白有《奉饯十七翁二十四翁寻桃花源序》,知唐时实有这种傻人傻事。非泛言也。

[转蓬忧悄悄。 注22:"自伤流落,如蓬草之随风飘转。"] 李颀:"男儿在世无产业,行子出门如转蓬。"(乾按:见《欲之新乡答崔颢綦毋潜》诗。)

[畏人千里井。 注32:"赵次公云:谚云:'千里井,不泻刬(饲马的草料)。'……或又云:'千里井,不堪唾。'亦是古语。"] 李白《平虏将军妻》:"古人不唾井,莫忘昔缠绵。"念昔情意。

[葛洪尸定解。 注34:"尸解是道家术语,不想直说死,故用葛洪尸解自比。"]《霍小玉传》:"先此一夕,玉(霍小玉)梦黄衫丈夫抱生来,至席,使玉脱鞋。惊寤而告母。因自解曰:……'鞋'者,谐也。夫妇再合。'脱'者,解也。既合而解,亦当永诀。"由此徵之,必遂相见,相见之后,当死矣。"按此事近迷信,然可知唐人以"解"为解脱,既指死。足证杜"葛洪尸定解"一语,正是自谓必死也。董老《挽沈衡山先生》:"先生尸解归南极,尊老人犹说寿星。"

471

封页等处批注

1. 封面:

①《新唐·肃纪》:至德二载十二月,崔圆为中书令。

②《新(唐书)·郭(子仪)传》:乾元元年朝京师,进中书令(据《通鉴》,事在八月)。

③未立太子,何来鹤驾?尚在朝中,何云幕下?鹤驾不可随便用,杜甫尤其讲究,如少海句。

④元稹《缚戎人》:"缘边饱馁十万众,何不齐驱一发时。"

2. 封二:

①岑参《与独孤渐道别》:"奉使三年独未归,边头词客旧来稀。"

②何焯:"按《赤霄行》当别有谓,以牛况尹,不若是其易也。'不争好恶莫相疑',汝自好钱好官职,我自好声名功业文章,所谓不相争也。"又:"'落日邀双鸟'一联,落日、归翼方拟迅飞,崖谷回碍,若邀留不遣也。(?)一作谷中易暗,日才落而鸟已栖,若邀之也。晴天无云,得养片云于谷中,则崖谷之深峻可知矣。山泽多藏蓄,山川出云,皆合养字之义,似新实稳。"(乾按:"不争"句出《莫相疑行》。"落日邀双鸟,晴天养片云"一联,出《秦州杂诗》十五。)

③秦观《泗州东城晚望》:"林梢一抹青如画,应是淮流远处山。"可以互证。"齐鲁青未了"之青,正是写远望所见泰山山色。

3. 前衬：

①王建《送吴谏议上饶州》："鄱阳太守是真人,琴在床头箓在身。"

②太宗诗："羽骑绿沉弓",又"荒裔一戎衣。"

③张九龄《酬周判官……》："葵藿是倾心,豺狼何反噬。"又："成蹊谢李径,卫足感葵阴。"（乾按：上例出《酬周判官巡至始兴,会改秘书少监见贻之作兼呈耿广州》,下例：《郡舍南有园畦杂树聊以永日》。）

④《南史》卷二十二《王昙首传》有有关避家讳事。（王慈）

⑤《通鉴·隋纪六》（5695页）："上谷贼帅王须拔,自称漫天王。"胡注："漫,谟官翻。""瞿塘漫天虎须怒。"（乾按：杜《最能行》。）

⑥窦巩《寻道者所隐不遇》："欲题名字知相访,又恐芭蕉不奈秋。"

⑦恰恰——"黄四娘"。白居易《天津桥》,"报道前驱少呼喝,恐惊黄鸟不成啼！"（乾按：《江畔独步寻花》之六："黄四娘家花满蹊,……自在娇莺恰恰啼。"）

⑧《东坡志林》："蜀中有杜处士,好书画,所宝以百数。有戴嵩牛一轴,尤所爱,锦囊玉轴。一日曝书画,有一牧童见之,拊掌大笑曰：'此画斗牛也,牛斗,力在角,尾搐入两股间,今乃掉尾而斗,谬矣！'处士笑而然之。古语云：'耕当问奴,织当问婢。'不可改也。"

⑨《隋唐嘉话》："褚遂良为太宗哀册文,自朝还,马误入人家而不觉也。"此事殆难信,褚时官品甚高,还家当有侍卫,岂得任马误入人家。但为文时,因用心而忘其所以,则诚有之,亦不独褚为然也。

⑩陈子昂曾上疏言八事（《答制问事八条》）,其一云："有逆君意而利天下者,唯忠臣能逆意。"对忠君思想要具体分析。

⑪《不寐》："瞿塘夜水黑。"此可用以解"飞星过水白"句（乾按：《中宵》诗）,水为之白。

4.扉页：

①父讳问题。

②《庄子·齐物论》："大知闲闲,小知閒閒。"是两种不同境界,不能混而为一。闲闲,广阔;閒,精细。上古没有"间"字,间字原都写作"閒"(即音 jiān 和 jiàn)。閒和闲一般不相通,只有空閒有时写作闲。因此閒字必须保留。

③杜决不是愚忠,有一定条件,所以他称隋末众多的农民起义领袖为群雄,称炀帝为独夫,所以当肃宗不信任他时,能拂衣而去,弃官客秦州。无论史言因"关辅饥"的话是否属实,即使属实,如果杜抱着愚忠思想,那也不会采取丢纱帽的行动,公然表示不合作。

④杜甫绝少梦游、梦天一类作品,他即使是做梦也不离"现实"。如《昼梦》、《梦李白》、《归梦》,"梦中吾见弟"。从这点也可说明李、杜二大诗人创作方法的差异。

⑤李峤《武三思挽歌》："玉匣金为缕,银钩石作铭。"

⑥彭毅《钱牧斋笺注杜诗补》("国立"台湾大学文史丛刊)可参阅。

⑦何焯《义门读书记·杜工部集》诗题或诗句下,即评点文字,当是谢世后,由他人搜集整理,传刻成书。

5.书内夹纸：

①岑参《送张直公归南郑拜省》："夫子思何速,世人皆叹奇。万言不加点,七步犹嫌迟。"

②岑参《虢中酬陕西甄判官见赠》："阃外佐戎律,幕中吐兵奇。"又《武威送刘单判官》："夫子佐戎幕,其锋利如霜。"又《送王著作赴淮西幕府》："早年抱将略,累岁依幕中。"又有《江行夜宿龙吼滩,临眺思峨嵋隐者兼寄幕中诸公》诗。

③元稹《靖安穷居》:"喧静不由居远近,大都车马就权门。"

④杨凝《别李协》:"明月峡添明月照,峨眉峰似两眉愁。"微瑕。可见不易构成。

⑤《地理大辞典》:明月峡,一在四川广元县北八十里。宋江所经,一名朝天峡。《水经注》:江水又左经明月峡之东至犁乡。李膺《益州记》:峡首西岸壁立高四十丈,其壁有圆孔,形若满月,因以为名。二在湖北宜昌县西二十里,一名扇子峡。陆游《入蜀记》:扇子峡重山相掩,正如屏风扇,疑以此得名。《舆地纪胜》:倚江而壁,石白如月。

宋江即四川阆中县之东河。东河自陕西宁羌县流入四川广元县界,又南经苍溪县到阆中县东南入嘉陵江,即古东游水也,又名宋江。

⑥沈佺期《过蜀龙门》:"龙门非禹凿,诡怪乃天工。西南出巴峡,不与众山同。"此龙门在巴县(重庆)大江水中。此巴峡即泛指巴州一带之峡。

⑦《大汉和辞典》巴峡引《南史·梁纪》:"元帝(承圣)元年,武陵王纪率巴蜀之众东下,遣护军将军陆法和屯巴峡以拒之。"唐人所云巴峡,多指夔州以上之峡。唐诗人所云巴江,尤宽泛,重庆以下至夔州之长江亦称为巴江或巴峡。

⑧兴会:㈠犹言兴致。如兴会淋漓。也指文章的情致。《宋书·谢灵运传论》:"灵运之兴会标举。"㈡兴到的时候,一时高兴。《世说新语·赏誉》:"王恭始与王建武甚有情,后遇袁悦之间,遂致隙嫌。然每至兴会,故有相思时。"(乾按:见《辞海》。)

⑨《文苑英华》卷五五一《税千亩竹判》:"乙家渭滨,有竹千亩,京兆府什一税之,辞云:非九谷。"对(李阳冰)云:"……至什一而取,井田遗制,九谷之外,均输未闻。苟修篁之可率,且丹桔其何赋?"

⑩严公弼《题汉州西湖》:"西湖创置自房公,心匠纵横造化同。见说凤池推独步,高名何事滞川中?"

475

⑪唐人对太宗昭陵特有感情。司空图《与都统参谋书有感》:"惊鸾迸鹭尽归林,弱羽低垂分独沉。带病深山犹草檄,昭陵应识老臣心。"又杜牧诗。又"昭陵恸哭一生休"。(?)(乾按:"杜牧诗",未详。杜牧《将赴吴兴登乐游原一绝》:"清时有味是无能,闲爱孤云静爱僧。欲把一麾江海去,乐游原上望昭陵。"见《全唐诗》卷五三一。又,李洞残句:"公道此时如不得,昭陵恸哭一生休。"见《全唐诗》卷七二三。)

⑫萧关,"尚入关"。司空图《河湟有感》:"一自萧关起战尘,河湟隔断异乡春。汉儿尽作胡儿语,却向城头骂汉人。"

⑬唐高宗《临文不讳诏》:"孔宣设教,正名为首,戴圣贻苑,嫌名讳。比见钞写古典,至于朕名,或缺少点画,或随便改换,恐六经雅言,会意多爽,九流通义,指事全违,诚非立书之本意。自今以后,缮写旧典文字,并宜使成,不须随义改易。"实际上,唐人诗文中多讳"治"为"理"。从此诏可知避讳之法有二,一缺笔,一换字。(汉时已然,宋以后尤甚。)

⑭《文苑英华辨证》:"有避家讳者,如杜甫《宴王使君宅》诗:'留欢上夜关。'世谓子美不避家讳,诗中两押闲字。麻沙传孙氏觊《杜诗押韵》作'卜夜闲''北斗闲',今《文苑》亦作'卜夜闲',其实皆非也。或改作'卜夜阑'(乾按:《辨证》无'卜'字。),又不在韵。按卞氏集注杜诗及别本,自是'留欢上夜闟',盖有投辖之意。上字误为卜字,闟字讹为闲字耳。此北斗闟者,乃《诸将》诗"曾闪朱旗北斗殷"。殷,于颜切,红色也。用班固《燕然铭》"朱旗绛天"之意。或者当国初时,宣祖(太祖父)讳殷正紧,音虽不同,字则一体,遂改为闲耶?(原注:《文苑》不载《诸将》诗,因并及之。)"按赵注主闲。"讳殷正紧",周必大亦言之。然杜诗"象床玉手乱殷红"、"乐动殷胶葛",二殷字皆只缺末笔,而此处独改字,何耶?

⑮应引《辨证》原文,原文"宣宗"作"宣祖",故云"由于彭叔夏将

宣祖或宣帝写成了宣宗", 实误。不是彭写成宣宗! 即本之《文苑·宴王侍御宅》夹注。又谓"宋朝人何以要避唐讳", 北宋末已能说了。

⑯关于"曾闪朱旗北斗殷"句:

a. 钱:"指胡虏焚宫之烟焰, 故曰曾闪朱旗。"

b. 仇:"闪朱旗, 谓焚宫烟焰。"

c. 浦指贼帜。

d. 杨引张潛"言闪朱旗而北斗皆赤, 见胡氛蔽天意。"

e. 吴见思作"殷", 解云:"责诸将不能守长安也。方忧吐蕃逼处, 当时曾直入长安。"按吴意以"曾闪朱旗"句为指吐蕃。但不明确。杜《将适吴楚》诗:"所忧盗贼多, 重见衣冠去。中原消息断, 黄屋今安否?"亦指广德元年吐蕃入长安、代宗逃陕州事。念念不忘。

f. 高(乾按:指高步瀛)

g. 张(乾按:指张上若)

h. 郭(乾按:曾炘按:"此诗诸家所解与钱笺大略相同。……北斗殷, 浦注谓见贼帜之盛, 钱笺以焚宫烟焰释闪旗, 仍混入初寇事。此则二说皆可通。"又"朱注所引《左传》、《汉书》皆中国故事, 此句既指胡虏言, 岂其旌旗亦有北斗之辰象耶? 据公诗有'秦城北斗边'句。张上若云:'言闪朱旗而北斗皆赤, 见胡氛蔽天意。'所解较是。")

i.《杜臆》卷六:"公他诗止云焚烧宫殿, 观此诗则陵亦遭发掘, 更惨矣。……北斗指京师, 而宿卫之士, 空闪朱旗, 有名无实, 故谓之闲。"(主唐军)(按清人注, 几无一不作"殷"者, 惟《杜臆》从赵说作"闲", 但究难通。)

j. 朱(鹤龄)注云:"《东观汉记》云:'段颎征还京师, 鼓吹曲盖, 朱旗骑马, 殷天蔽日。'周必大曰:《汉书》有'朱旗绛天', 杜云'曾闪朱旗北斗殷', 是因朱旗绛天, 闪见斗亦赤也。本是殷字, 于颜切, 红色也。修书时, 宣宗讳正紧, 或改作閒。今既祧不讳, 则是殷字何疑。按(朱按):《左传》:'三辰旂旗。'疏云:'画北斗七星。'《汉书》:'招摇灵旗……'此诗北斗殿,当以旗言之。次公注谓:'闪朱旗于北斗城中,闲暇自若。'文义难通,用修已经驳正。"朱注指为旗上斗星。又,朱注:"此诗前四句追言禄山破潼关……援往事以戒之也。下遂言禄山之祸未已,吐蕃又屡告警急,曾不思朱旗闪斗,军容何盛,而但任其深入内地,泾渭戒严,尔诸将独不忧及陵墓耶?(按朱以朱旗指唐军,并指当时之军容。)此亦有问题,不合事实。逼字与吐蕃占领京师不切合,太轻。但以作"闲"者为非。

k. 卢注云:"今日仆固怀恩复诱吐蕃入寇,便桥之度(按指玄宗入蜀)几几再见。诸将不见朱旗绛天,北斗为赤,岂乏军容,而使至是?"(语颇含胡,本朱说,卢当主指唐军。)

主唐者:《杜臆》、朱、卢。

主吐者:钱、吴、仇、浦、杨、高、张、郭。

⑰裴虬问题。杜《奉送卿二翁统节度镇军江陵》:"火旗还锦缆,白马出江城。……留滞嗟衰疾,何时见息兵?"火旗即朱旗、红旗。唐时君臣皆可用。不含华夷之歧义。送裴虬道州诗:"朱旗散广川",与此火旗皆出行时仪所用。杜不管有乱无乱,有机会就要说到"息兵",尤其在晚年。

⑱《通鉴》:代宗广德元年(763)七月,"吐蕃入大震关,陷兰、廓、河、鄯、洮、岷、秦、成、渭等州,尽取河西、陇右之地。"

"冬,十月,吐蕃寇泾州,刺史高晖以城降之,遂为之乡导,引吐蕃深入,过邠州,上始闻之。辛未,寇奉天、武功,京师震骇。诏以雍王适为关内元帅,郭子仪为副元帅,出镇咸阳以御之。""上方治兵,而吐蕃已度便桥,仓猝不知所为。丙子,出幸陕州。官吏藏窜,六军逃散。郭子仪闻之,遽自咸阳归长安,比至,车驾已去。丁丑(第二天),车驾至华州,官吏奔散,无复供拟,扈从将士不免冻馁。戊寅(出走后第三天),吐蕃入长安。立承宏为帝,改元,置百官。吐蕃剽掠府库市里,焚闾舍,长安中萧然一空。辛巳,上至陕。庚寅,(吐蕃)悉众遁去(自戊寅至庚寅,吐在长安计十三日)。太常博士柳伉上疏以为'犬戎犯阙度陇,不血刃而入京师,劫宫闱,焚陵寝,武士无一人力战者,此将帅叛陛下也。'"

"十二月丁亥,车驾发陕州,颜真卿请上先谒陵庙,然后还宫。甲午,上至长安。(十二月)吐蕃陷松、维、保三州及云山新筑二城,西川节度使高适不能救,于是剑南诸州亦入于吐蕃矣。"

"广德二年(764)七月,李光弼卒。八月,……仆固怀恩引回纥、吐蕃十万众将入寇,京师震骇。冬,十月,怀恩引回纥、吐蕃至邠州,进逼奉天,京师戒严。"

⑲杜对吐蕃一度占领长安之事,十分痛心,诗中屡屡言及。《伤春五首》:"胡虏登前殿,王公出御河。""夺马悲公主,登车泣贵嫔。""烟尘昏御道,耆旧把天衣。""西京疲百战,北阙任群凶。"

⑳《大辞典》"朱旗"条:曹植《责躬诗》:"朱旗所拂,九土披攘。"曹植诗注:李陵《与苏武书》:"雷鼓动天,朱旗翳日。"汉火德,操为汉臣,故建朱旗。有褒义。(乾按:《中文大辞典》。)

㉑《佩文韵府》

a. 朱旗:

《汉书·叙传》:"皇矣汉祖,断蛇奋旅,神母告符,朱旗乃举。"《东京赋》:"高祖膺箓受图,仗朱旗而建大号。"《燕然山铭》:"玄甲耀日,朱旗绛天。"(漏引《九叹》)张说《乐章》:"黄钺诛群盗,朱旗扫多罪。"李端诗:"壶中开白日,雾里卷朱旗。"(按漏引杜诗及王维诗)

b. 赤旗:

《淮南子》:"孟夏之月,天子服赤玉,建赤旗。"

c. 红旗：

《韵府》引杜诗："健儿簸红旗"，白居易诗："绿杨风外飐红旗。"（在杜、白前者甚多）

d. 火旗：

王毂诗："火旗焰焰烧天红。"

e. 赤帜（2465页）：

《史记·淮阴侯传》："选轻骑二千人，人持一赤帜……疾入赵壁，拔赵帜，立汉赤帜。"（《史记·高祖纪》"旗帜皆赤"）

f. 汉帜：

钱起诗："汉帜远成霞，胡马来如蚁。"

g. 白旗：

《淮南子》："孟秋之月，天子服白玉，建白旗。"

h. 丹旗：

曹植《七启》："丹旗曜野，戈殳晧旰。"

i. 赤羽旗：

引杜诗"宫殿晴熏赤羽旗"。

㉒杜诗中的朱旗：

a.《览柏中丞兼子侄数人除官制词》："奉公举骨肉，诛叛经寒温。金甲雪犹冻，朱旗尘不翻。"

b.《湘江宴饯裴二端公赴道州》："白日照舟师，朱旗散广川。"

c.《诸将》："曾闪朱旗北斗殷。"

㉓杜诗中的红旗：

a.《将适吴楚留别章使君留后兼幕府诸公》："健儿簸红旗，此乐或难朽。"

b.《冬狩行》："飘然时危一老翁，十年厌见旌旗红。"（很反感）

c.《扬旗》："材归俯身尽，妙取略地平。虹霓就掌握，舒卷随人轻。"（红旗）

㉔唐人诗中的红旗：

苏颋《扈从鄠杜间奉呈刑部尚书舅崔黄门马常侍》："翠辇红旗出帝京，长扬鄠杜昔知名。"又《芙蓉园应制》："御道红旗出，芳园翠辇游。"（不说"朱旗"。可知皇帝出游时亦用红旗，不尽是黄旗。有时用朱旗，与红旗无异，不含褒义。）王昌龄《从军行》："大漠风尘日色昏，红旗半卷出辕门。"岑参《白雪歌》："纷纷暮雪下辕门，风掣红旗冻不翻。"又，《虢州郡斋南池》："行军在函谷，两度闻莺啼。相看红旗下，饮酒白日低。"（军旗）韩愈《赠马侍郎》诗："红旗照海压南荒，征入中台作侍郎。"

红旌：宋之问《幸岳寺应制》："泛流张翠幕，拂迥挂红旌。"韦庄《赠戎兵》诗："红旌不卷风长急，画角闲吟日又曛。"

红斾（即红旗也）：宗楚客《安乐公主山庄》诗："玉楼银牓枕严城，翠盖红斾列楚营。"

红旆（红旗）：高适《部落曲》："琱戈蒙豹尾，红旆插狼头。"（乾按：《全唐诗》2225页先父批注："一作马逢，诗见十一册8761页。"此诗"红旆"乃吐蕃军队用朱旗之一确证。）

㉕简文《度关曲》："锐气且横行，朱旗乱日精。"（乾按：简文，梁简文帝萧纲。）

张说《送赵彦昭北伐》："日华光组练，风色焰旌旗。"（即红旗）

㉖朱瀚："汉氏诸陵无不发者，至乃烧取玉匣金缕，骸骨殆尽。见《虞世南传》。"

㉗台湾简明勇《杜甫七律研究与笺注》："自得句，谓未若判官自得之句，如隋和之珠觉其夜亦光明也。"此解大误。按自，谓自从。得，谓得到。隋珠比郭诗。意谓自从得到郭赠诗之后，只觉得夜里都发出光明。隋侯珠即夜光珠也。（乾按：《全唐诗》卷二三三载《酬郭十五受判官》："只同燕石能星陨，自得隋珠觉夜明。"）

又解"北斗殷"云:"曾闪句,谓曾因躲闪盗寇,朱旗集于长安,长安城为之深红也。"喷饭。朱旗,吐蕃所建旗帜。《东京赋》云:"高祖仗朱旗而建大号。"释"闪"为躲闪,亦大误。不明字义。

"远害朝看"二句,"谓不贪于赏识今夜金银之气也,谓远而妨害明朝观看麋鹿之游也。"不知所云矣。因不明句法结构。(乾按:《题张氏隐居二首》:"不贪夜识金银气,远害朝看麋鹿游。")

《腊日》"侵陵雪色"句,"谓雪色侵陵已过,大地还生萱草也。"又"漏洩"句,"谓春光漏泄之中,大地长有柳条也。"不知此乃倒装句法。(乾按:《腊日》:"侵陵雪色还萱草,漏泄春光有柳条。")

该书几无可取之处。

㉘七律对苟鹤影响,无事不可入。

㉙扫骅骝,为君扫。(乾按:见本书《题壁上韦偃画马歌》:"戏拈秃笔扫骅骝。")

㉚李白:"吴江女道士,头戴莲花巾。"

㉛独孤及有有关薛华材料。(《全唐文》四册)

㉜"天险不可升也。"《易·坎》:"地险山川丘陵也。""险之时用大矣哉。"王弼注"不可得而升,故得保其威尊"。"国之卫,恃于险也。言自天地以下,莫不须险也。"(乾按:杜《怀锦水居止》:"天险究难立。"九家注:"剑门天设之险也,无德不可恃。赵云:忧吐蕃能犯蜀之险也。《易》曰:天险不可升。")

6. 后衬:

①周篆:"三分割据纡筹策,以孔明论之,乃云霄羽毛耳,不足为孔明重也。此诗以三分称其功,八阵称其名,无乃自相刺谬耶? 要之孔明断不以三分、八阵见重于公,公断不以三分、八阵为孔明重,其曰:'功盖三分国,名成八阵图。'盖伤之也! 伤其功名止于如是也。'失吞

吴',谓不得削尽僭窃也。盖灭魏平吴,复汉一统,孔明心事于是乎始尽。孔明岂欲与吴为唇齿者哉?因犄角之援,与之通好,出于一时之不得已,非复汉之志也。魏灭则必从事于吴,以中原之甲横江而前,蜀中之兵建瓴而下,首尾并举,吴之为吴,在股掌间耳,所以置吴而伐魏者此也。不幸贼魏未亡,营星先殒。魏无恙而吴无恙,吴无恙而功止盖于三分,名止成于八阵。进不能使伊吕改容,退不能使萧曹失色,岂非千古遗恨?盖至于吞吴而阵图之事始毕。……以吞吴为词,非仅指吴也。且八阵图原为平天下而设,未尝用以吞吴,何得以吞吴之失恨之?况此诗咏八阵图,非论汉之与吴也。奈何言恨蜀有吞吴之志,故为晋所灭?奈何言孔明不能止征吴之举,致秭归之败,如诸家所言耶?总之,解者将上三句截住,以断章取义法解'吞吴'一句,所以穿凿傅会如此。失乃遗失之失,非过失之失。为晋所灭,失在吞吴,其说之谬已有人辨。即以致秭归挫辱为孔明遗恨,亦于文义不顺,必如所解,则当改'遗失恨吞吴',不得云遗恨失吞吴也。"按此说甚有理。与予解亦合。

②《通鉴》卷二百八:"武三思尝言:'我不知代间何者谓之善人,何者谓之恶人,但于我善者则为善人,于我恶者则为恶人耳。'"代间即世间也。

③刘长卿《春过裴虬郊园》诗(1508页)。

④刘长卿《负谪后登干越亭作》:"独醒翻(一作空)取笑,直道不容身。"杜诗:"取笑同学翁。"

⑤白乐天诗:"除醉无因破得愁。"(乾按:杜《诸将》:"将军且莫破愁颜。")

⑥《北齐书》卷二四有避家讳事。

⑦《红拂传》:"问去者处士第几?居何处?"

⑧范荦云《岁寒堂读杜》:"凡杜诗有数首,一首一句未明,须连数首合看便解。此八首(指洛阳诸诗)是也。余看《春秋》亦用此法。"

(按有时须全部合看方得确解)

⑨吴兴祚《杜诗论文》序:"独家齐贤诵其诗,能会心其所文,即以文章之法,次第疏导之,不强杜以从我,而举杜以还杜。但觉晦者如揭,塞者以开,血脉贯通,而神气盎溢,则不待易其衣冠,改其故步,而千载之活杜公出矣。其真公之知己也欤! 余于是而叹古人之赖有后人也。一诗耳,善论之,则九原可作,千载犹有生气;不善论之,则其言虽存,将同人与骨而俱朽焉。"

7. 封三:
①李颀:"男儿在世无产业,行子出门如转蓬。"
②王建《行见月》:"不缘衣食相驱遣,此身谁愿长奔波?"
③元结《丐论》:"今之世有丐者,丐宗属于人,丐嫁娶于人,丐名位于人,丐颜色于人。甚者则丐权家奴,耻以售邪佞;丐权家婢,责以容媚……更有甚者,丐家族于仆圉,丐性命于臣妾,丐宗庙而不敢,丐妻子而无辞,有如此者,不可为羞邪?……"门阀观念。
④"天地西江远,星辰北斗深。"所谓"五云高太甲"也。
⑤唐人诗:"人间路止潼关险。"
⑥《通鉴·唐纪》卷二百八:"御史大夫李承嘉附武三思,诋尹思贞(时为大理卿)于朝,思贞曰:'公附会奸臣,将图不轨,先除忠臣耶!'承嘉怒,劾奏思贞,出为青城刺史。或谓思贞曰:'公平日讷于言,及廷折承嘉,何其敏耶?'思贞曰:'物不能鸣者,激之则鸣。承嘉恃威权相凌,仗义不受屈,亦不知言之从何而至也。'"语甚可味。理通于诗。好诗未有不如此者。杜诗可证。

8. 封底:
①魏收《永世乐》:"关门今可下,落珥不相嫌。"(乾按:参见《汉魏

六朝乐府文学史》人民文学出版社1984年版,297页。)

②"句法是非诗的,因为诗歌不同于散文,……以缓慢的节奏将实在的事物源源不断地送入读者的眼帘。抛弃句法,便得到好诗。"高友工、梅祖麟《论唐诗中的句法、措词与意象》引英国美学家休姆(T. E. Hulme)说。

③"词的多元性。兼具活动与状态两种不可分的情况。江羽白——天地青——横北郭的横,即兼有动词和介词的特点。"

④"诗句无主语。'移舟泊烟渚',用我(作主语),则限于一人的参与。不限于我则使诗情诗境普及化,既可由诗人参与,亦可由你与我参与。中国诗人不把自我观点硬加存在的现象之上,不站在物象与读者之间缕述和分析,暗合中国传统美学中的虚以待物、忘我而万物归怀。"

⑤李峤《奉和送金城公主适西蕃应制》:"曲怨关山月,妆消道路尘。"

附 记

关于杜诗《诸将》"见愁汗马西戎逼,曾闪朱旗北斗殷"的解释,萧先生在看到程先生文章后,极为重视,陆续作了考证。这些写在程文上、几张稿纸上,特别是许多卡片、纸头上的材料和批注,东一点西一点看到想到就写下来,内容繁富,字迹驳杂,往往理不清头绪,难以辨识,但它对于我们解决问题,尤其是解决问题的思路、方法,很有意义。故勉为其难,稍作董理,分为:一、在书刊上的批语(格式同前);二、在纸片上的批注,包括:(一)版本,(二)诗意,(三)关于"朱旗";三、"朱旗"新考。"附记"书末,以飨读者。

一、在书刊上的批语

(一)在程千帆《杜诗"曾闪朱旗北斗殷"解》上的批语

[第一首的第六句"曾闪朱旗北斗殷",可能多数注家都讲错了。"殷"字,某些古本(如《〈文苑英华〉辩(应作"辨")证》卷八称孙觌本杜诗)作"闲"。有的注家就依以立论。王嗣奭《杜臆》卷六云:"北斗指京师,而宿卫之士,空闪朱旗,有名无实,故谓之'闲'。"] 且慢。远不是孙本一本。说本赵。最早是赵注,朱驳之。"曾"字何解?(乾按:程文凡三处引《〈文苑英华〉辨证》,皆误"辨"为"辩"。)

[但杜甫的父亲名闲,唐人还保存着南北朝以来国讳之外,兼重家讳的风气,断无以父名入诗的道理。这个"闲"字,实际上是后人改的。] 为何而改?赵次公本作"北斗闲",云蔡伯世改作"殷";师民瞻本改作"间",皆缘以为杜不应直斥父名,其实不然。按赵盖据传世最早之宋王洙本。王本并无一作某字样。

［钱谦益笺注《杜工部集》卷十五引彭叔夏《〈文苑英华〉辩（当作"辨"）证》（仇兆鳌《杜诗详注》卷十六所引略同）云："……修书时，宣宗讳正紧，或改作'闲'。今既祧不讳，则'殷'字何疑？"页下注（1）："仇氏这一错误可能由于彭叔夏将宣祖或宣帝写成了宣宗而引起的，未免太大意了。"］ 始于赵次公。应引《辨证》原文。原文宣宗作宣祖。北宋末已能说了。《文苑》未载《诸将》诗。不是彭写成宣宗！即本之《文苑·宴王侍御宅》夹注。

［朱旗是指敌人的旗帜，对下句的解释，则各家都张冠李戴了。它的用意是在以汉喻唐，回忆过去隆盛时期军容的强大。在这一联里，是用《文心雕龙·丽辞篇》所谓反对的方式。］ 此时何暇回思过去，夸说过去？祸在眉睫。如程说，上文意思不贯。"见愁"二句，流水对。"曾闪朱旗"者，即上句之西戎。逼字有分寸，未入长安也。杜岂得避重就轻、舍占领而不言？杜最痛恨吐蕃入京一事，屡见于诗。浦云："北斗殷，见贼帜之盛。下句申上句。"是。不始于杨伦，仇、张等皆指吐蕃。

［朱旗是个褒义词。它只能用来代表自己国家的、正面的，而决不能用来代表敌人的、反面的力量。这一不同于多数注家的解释，是以对于朱旗这个有着深远历史意义的词的探索为依据的。］ 夸大。朱旗即红旗耳。如谓"曾闪朱旗"为褒义词，则杜《冬狩行》"飘然时危一老翁，十年厌见旌旗红"，又将作何解释？要知朱旗并非国旗，乃红色军旗，因战事不息，故云厌见也。"厌见旌旗红"，即厌见旌旗朱，为押韵而改朱为红。并无尊重之意。杜诗朱旗并不存在什么象征意义。

［"曾闪朱旗北斗殷"，也可以说，就是"朱旗绛天"的译文。"天"，杜诗里用"北斗"代替了。］ 非也。此"北斗"专指长安城而言，不代替天。吐蕃占据长安一事，杜最痛心，故他诗又有"犬戎也复临咸京"（《释闷》）、"犬戎直来坐御床"（《忆昔》）之句。

［《〈文苑英华〉辩（辨）证》指出载在《后汉书·窦宪传》的《封燕然

487

山铭》中有"朱旗绛天"这句话，倒是真正把问题提到了点子上。] 在《辨证》之前，已两人指出。

［或认为是比喻长安遭兵乱，或认为是说吐蕃势盛。到头来都不能符合诗意。］ 问题在于吐蕃军旗是否红色。如当时回纥皆用白旗，衣白甲。

［这一事例说明，弄清楚某些词的历史意义，对于正确理解古代作品来说，有时是很必要的。］ 正是不合朱旗的历史意义。历史是变动的，词含意也是变动的。此一时彼一时。关于此诗，《午亭文编》卷四十九《杜律诗注》，说之甚详。可参。郭曾炘《读杜劄记》（上海古籍出版社1984年版）299页引诸家说尤备，并有按语。（乾按：郭曾炘按语，如："北斗殷，浦注谓见贼帜之盛。钱笺以焚宫烟焰释闪旗，仍混入初寇事。此则二说皆可通。""此句既指胡虏言，岂其旌旗亦有北斗之辰象耶？据公诗有'秦城北斗边'句。张上若云：言闪朱旗而北斗皆赤，见胡氛蔽天意。所解较是"云云。程文见《古诗考索》上海古籍出版社1984年版，第169—174页。）

（二）在程千帆《〈杜诗镜铨〉批抄》上的批语

［曾闪朱旗北斗殷。张溍注："言闪朱旗而北斗皆赤，见胡氛蔽天意。"（程批）：张注似以朱旗属之胡人，然赤帜朱旗，本皆汉物。此诗既从汉朝陵墓咏起，则朱旗不属胡甚明。公此联盖以今昔对比出之。"曾闪"句当谓汉（唐）盛时，朱旗蠹天，北斗亦为之殷，以见今日西戎相逼之可哀耳。别有详考。］ 张注是。朱旗即红旗，用之军中，非汉所特有之物。胡人惟回纥用白旗，故史书特著之以为异。是今昔串联，下句补足上句，并引起结联。如此危险，岂可不吸取教训，仍蹈覆辙？此流水对，方与下二句关联。此北斗乃专指长安城而言，吐蕃曾占领长安，"犬戎也来坐御床"，故云。当与《冬狩行》（结尾连呼）"得不哀痛尘再蒙"合观。在京师而云"朱旗绛天"，此何值得夸耀？在此时此地

夸说,亦毫无意义作用。(见《草堂》1985年第2期第74页)

(三)在郭曾炘《杜诗劄记》上的批语

[第300—301页引:"周益公云:《汉书》有'朱旗绛天',杜云:曾闪朱旗北斗殷,是因朱旗绛天,闪见斗亦赤也。本是殷字,……修书时,宣祖讳正紧,或改作閒,今既祧不讳,则是殷字何疑。"] (周益公云)出何处?引文见《文苑英华》卷二一四杜甫《宴王使君宅》第二首夹注。应注明。(修书时)何时?《礼记》远祖为祧。孙希旦曰:"盖谓高祖之父,高祖之祖之庙也。"赵弘殷为宋太祖赵匡胤之父,庙号宣祖。按宋本杜诗于"乐动殷胶葛"、"象床玉手乱殷红",殷字皆缺末一笔。"殷"字在北宋前半期确是避讳。然不必改字。周说可疑。又,二诗皆在《诸将》前,何为忽改避讳之例乎?此当与押韵有关。

(四)在《〈文苑英华〉辨证》卷八上的批语

[又有避家讳者,如杜甫《宴王使君》诗:"留欢上夜关。"世谓子美不避家讳,诗中两押"闲"字。麻沙传孙氏觌《杜诗押韵》作"卜夜闲"、"北斗闲",今《文苑》亦作"卜夜闲",其实皆非也。或改作"卜夜阑",又不在韵。按卞氏集注杜诗及别本,自是"留欢上夜關"盖有投辖之意。上字误为卜字、關(即'关')字讹为闲字耳。北斗闲者,乃《诸将》诗"曾闪朱旗北斗殷"。殷,于颜切,红色也。用班固《燕然铭》"朱旗绛天"之意。或者当国初时,宣祖(太祖父)讳殷正紧,音虽不同,字则一体,遂改为闲耶?(原注:《文苑》不载《诸将》诗,因并及之。)] 按杜诗"象床玉手乱殷红"、"乐动殷胶葛",二殷字皆只缺末笔,而此处独改字,何耶?(按赵注是"闲"。"讳殷正紧",周必大亦言之。)临文不讳:唐高宗《临文不讳诏》:"孔宣设教,正名为首,戴圣贻范,嫌名讳。比见钞写古典,至于朕名,或缺少点画,或随便改换,恐六经雅言,会意多爽,九流通义,指事全违,诚非主书之本意。自今以后,缮写旧典文字,并宜使成,不须随文改易。"(实际上,唐人诗文中多讳"治"为"理"。从此

诏可知避讳之法有二,一缺笔,一换字。汉时已然,宋以后尤甚)

(五)在《杜臆》卷六的批语

[公他诗止云焚烧宫殿,观此诗则陵寝亦遭发掘,更惨矣。……北斗指京师,而宿卫之士,空闪朱旗,有名无实,故谓之闲。……] (按主朱旗指唐军。清人注,几无一不作"殷"者。惟《杜臆》从赵说作"闲"。但究难通)

(六)《杜甫七律研究与笺注》(简明勇《杜甫七律研究与笺注》)

["北斗殷":"曾闪句,谓曾因躲闪盗寇,朱旗集于长安,长安城为之深红也。"] 按朱旗,吐蕃所建旗帜。《东京赋》云:"高祖仗朱旗而建大号。"释"闪"为躲闪,亦大误。不明字义。

(七)在周振甫《说杜甫〈诸将〉二首》的批语

[吐蕃的声势浩大,他们的朱旗闪动,照耀天空,使得北斗星也像是成为赤色的了。见同现,现在,指杜甫作诗的七六六年,他当在那年得到吐蕃入侵的消息。汗马,战时马奔跑出汗,指行军抵敌。殷,赤色,读如"烟"。] 汗马,当指汗血马,即指西戎。杜诗:"京师皆骑汗血马,回纥馁肉葡萄宫。"汗马乃汗血马之省文,以对"朱旗"。汗作形容词用。指占据长安时事。(乾按:周文见《唐诗鉴赏集》人民文学出版社1981年版,第172页。)

二、在纸片上的批注

(一)版本。

1. 郭(知达《九家集注杜诗》):作闲。详引赵注。

2. 王状元集(《百家注编年杜陵诗史》):亦作闲,无一作某。注引"洙曰":"子美父名闲,集中两处用闲字,皆非是。谓吐蕃于河陇陷京师也。"注亦删引赵注,删去临文不讳及蔡氏改字等语。又,"强戏为吴体"上有"鲁曰"。又引"洙曰巫一作春。"(涤按王洙本五字小注在题下。有"巫一作春"四字。知状元本编者确曾有洙本。)

3. 分门本(《分门集注杜工部诗》):亦作闲,引洙曰与状元本同。

4. 分类注本(《集千家注分类杜工部诗》):亦作闲。

5. 钱(谦益《杜工部集笺注》):作殷。无注一作某。"指胡虏焚宫之烟焰,故曰曾闪朱旗。"

6. 仇(兆鳌《杜诗详注》):作殷,下注云:"音烟。诸本作'闲'。《正异》作'殷'。"《正异》即蔡伯世本,与赵注合。赵注谓蔡改,殆可信。闪朱旗,谓焚宫烟焰。又注:"按赵次公曰:闪朱旗于北斗城中,闲暇自若。此以闲对逼,似为工称,但'汗马西戎'四字,既属连用,则'朱旗斗城'不应凑用。朱注指为旗上斗星,则殷字正与闪字相应。周必大曰:'《汉书》有朱旗绛天,此云朱旗北斗殷,见斗亦赤矣。殷,红色也。修书时,避唐宣宗讳,故改作闲耳。'考《左传》:三辰旗旄。疏云:画北斗七星。……《东观汉记》:段颎征还京师,鼓吹曲盖,朱旗骑马,殷天蔽日。《左传》:左轮朱殷。张希良曰:注家以少陵父名闲,因改闲为殷,非也。上云'西戎逼',下云'北斗闲',二字反对,言戎马之急如此,而我军旗帜高并北斗者,悠飏闪烁,如此闲暇,则其逗留玩寇可知矣。当从赵次公之说。(涤按"曾"字说不通。)且闲字从木,閒字从月,义同而点画各别,何嫌名之可讳乎?又如'娟娟戏蝶过閒幔',閒幔若改作开幔,意致索然。"(涤按:张说见补注。应注明。《文苑英华》作"宣宗",已误,仇增"唐"字,尤非。)

7. 卢(元昌《杜诗阐》):作殷。注云:"诸将不见朱旗绛天、北斗为赤?""红色为殷。"(本朱说)"今日仆固怀恩复诱吐蕃入寇,便桥之度(按指玄宗入蜀),几几再见。诸将不见朱旗绛天,北斗为赤,岂乏军容,而使至是?"(语颇含糊。卢当指唐军。按杜《将适吴楚》诗:"所忧盗贼多,重见衣冠走。中原消息断,黄屋今安否?"亦指广德元年吐蕃入长安、代宗逃陕州事。念念不忘。)

8. 朱(鹤龄《杜工部诗集辑注》):亦作殷,注云:"荆作閒,诸本多同《正异》定作'殷'。"(不云"改")又云:"《东观汉记》云:'段颎征还京师,鼓吹曲盖,朱旗骑马,殷天蔽日。'周必大曰:《汉书》有'朱旗绛天',杜云'曾闪朱旗北斗殷',殷是因朱旗绛天,闪见斗亦赤也。本是殷字,于颜切,红色也。修书时,宣宗讳正紧,或改作'閒'。今既祧不讳,则是殷字何疑。按(朱按)《左传》'……疏画北斗七星',《汉书》'招摇买旗'。此诗北斗殷,当以旗言之。次公注谓'曾闪朱旗北斗殷',城中闲暇自若,文义难通。用修(杨慎)已经驳正。"朱注:"此诗前四句追言禄山破潼关……援往事以戒之也。下遂言禄山之祸未已,吐蕃又屡告警急,曾不思朱旗闪斗,军容何盛,而但任其深入内地,泾渭戒严,尔诸将独不忧及陵墓耶?"(按朱盖以朱旗指唐军。此亦有问题,逼字与吐蕃占领京师不切合,太轻)

9. 沈德潜(《杜诗偶评》):亦作殷。

10. 范(荦云《岁寒堂读杜》):作殷。

11. 吴见思(《杜诗论文》):作殷。解云:"责诸将不能守长安也。方忧吐蕃逼处,当时曾直入长安。"(按吴意以曾闪朱旗句为指吐蕃。但不明确。)

12. 浦(起龙《读杜心解》):作殷。注云:"旧作閒,非。"朱旗指贼帜。

13. 杨(伦《杜诗镜铨》):作殷。引张溍注:"言闪朱旗而北斗皆赤,见胡氛蔽天意。"

朱旗,主唐者:杜臆、朱、卢;主吐蕃者:钱、吴、仇、浦、杨、高(步瀛)、张(溍)、郭(曾炘)。

(二)诗意

1. 以史证诗:

(1)《通鉴》卷二二三,代宗广德元年(763)七月,"吐蕃入大震关,陷兰、廓、河、鄯、洮、岷、秦、成、渭等州，尽取河西、陇右之地。""冬，十月，吐蕃寇泾州，刺史高晖以城降之，遂为之乡导，引吐蕃深入，过邠州，上始闻之。辛未，寇奉天、武功，京师震骇。诏以雍王适为关内元帅，郭子仪为副元帅，出镇咸阳以御之。""上方治兵，而吐蕃已度便桥，仓促不知所为。丙子，出幸陕州。官吏藏窜，六军逃散。郭子仪闻之，遽自咸阳归长安，比至，车驾已去。""丁丑（第二天），车驾至华州，官吏奔散，无复供拟，扈从将士不免冻馁。""戊寅（出走后第三天），吐蕃入长安。立承宏为帝，改元，置百官。吐蕃剽掠府库市里，焚闾舍，长安中萧然一空。""辛巳，上至陕。""庚寅，（吐蕃）悉众遁去。""太常博士柳伉上疏，以为：犬戎犯关度陇，不血刃而入京师，劫宫闱，焚陵寝，武士无一人力战者，此将帅叛陛下也。""十二月丁亥，车驾发陕州。颜真卿请上先谒陵庙，然后还宫。""甲午，上至长安。""（十二月）吐蕃陷松、维、保三州及云山新筑二城，西川节度使高适不能救，于是剑南、西山诸州亦入于吐蕃矣。"

广德二年（764）七月，李光弼卒。八月，……仆固怀恩引回纥、吐蕃十万众将入寇，京师震骇。冬，十月，怀恩引回纥、吐蕃至邠州，进逼奉天，京师戒严。

(2)《唐会要》卷七十九："仪凤三年（678年）上（高宗）以吐蕃为患转甚，召侍臣曰：'吐蕃小丑，屡犯边境，置之则疆埸国骇，图之则未闻上策。宜论其得失，各抒所怀。'……中书舍人刘祎之曰：'臣观自古圣主明君，皆以夷狄为梗，今吐蕃凭陵，未足为耻。愿暂戢万乘之威，以宽百姓之役。'"（当时吐蕃不过犯边，远离京师，所云未足为耻，其实尚已为耻。杜写此诗时，吐蕃已占领过长安，岂能不引为奇耻，而只轻轻以一逼字含糊了之？故知下句所指正是入长安事。是奇耻大辱，诗中岂能放过。如谓包含在逼中，说不通。时间不合。逼者，逼近、尚未入也）

2、以杜解杜

(1)杜对吐蕃一度占领长安之事,十分痛心,诗中屡屡言及。《伤春》五首:"胡虏登前殿,王公出御河。"(之五)"夺马悲公主,登车泣贵嫔。"(之四)"烟尘昏御道,耆旧把天衣。"(之三)"西京疲百战,北阙任群凶。"(之一)他如"犬戎也复临咸京"、"犬戎直来坐御床"诸句。北斗殿,北斗指北斗城。可参《伤春》诗:"不成诛执法,焉得变危机。大角蹋兵气,钩陈出帝畿。"(之三)杜不便直言处,多借星象影映,大角、钩陈、执法。"每依北斗望京华"(《秋兴》),为何依北斗? 即由"北斗直上临城"。(乾按:此句来历待考。参本书第268页注〔5〕和第450—451页补注。)

(2)杜《忆昔》:"为留猛士守未央,致使岐雍防西羌。犬戎直来坐御床,百官跣足随天王。"《登楼》:"北极朝廷终不改,西山寇盗莫相侵。"《夔府书怀》:"扬镳惊主辱,拔剑拨年衰。"《释闷》:"四海十年不解兵,犬戎也复临咸京。""失道非关出襄野,扬鞭忽是过胡城。""天子亦应厌奔走,群公固合思升平。"《入奏行赠西山检察使窦侍御》:"吐蕃凭陵气颇粗,窦氏检察应时须。"(俱指广德元年七月,吐蕃陷长安、代宗奔陕事。对此,杜甫十分愤慨,简直怒发冲冠,屡屡道及。又《冬狩行》:"飘然时危一老翁,十年厌见旌旗红。喜君士卒甚整肃,为我回辔擒西戎。草中狐兔尽何益,天子不在咸阳宫。"又《寄董卿嘉荣十韵》:"犬羊曾烂漫,宫阙尚萧条。猛将宜尝胆,龙泉必在腰。黄图遭污辱,月窟可焚烧。"《将适吴楚》:"所忧盗贼多,重见衣冠走。中原消息断,黄屋今安否?"念念不忘此一事。这正是"曾闪"句具体内容。如说包括在上句"逼"字中,能包括得了吗?)

(3)杜《季秋江村》:"素琴将暇日,白首望霜天。"素对白,犹汗马对朱旗。汗即朱汗、赤汗、血赤者。作颜色字,非名词。暇谐作夏,以对霜。亦系借对法。又《登楼》:"北极朝廷终不改,西山寇盗莫相侵。"北极,北辰,以喻朝廷安固。西山寇盗,即指吐蕃。因朝廷既终不改,故告以莫相侵。这两句也是流水对。

(4)殷。《广雅·释诂四》:"磤,声也。"又为烟,或为蔫。《左传》成〔公〕二〔年〕:"左轮朱殷。"注:"今人呼赤黑为殷色。"(按注为杜预所作,是西晋时已以殷为红色。杜《白丝行》"象床玉手乱殷红",殷红二字连文,即本之乃祖注。)卢仝《观放鱼歌》:"忽脱身上殷绯袍,尽买罝获尽有无。"岑参《暮春虢州东亭》:"柳弹莺娇花欲殷,红亭绿酒送君还。"殷即作红字用。殷绯连文,即殷红色。

(三)关于"朱旗"

乾按:萧先生在一张稿纸的背面,拟有《关于"曾闪朱旗北斗殷"的解释》一个简单的提纲,上面或简或繁写了几句话:"1、'朱旗'即红旗,亦即军旗,汉时亦称'赤帜'。在唐人心目中,毫无褒义或贬义的区别。(1)唐人诗中多用'红旗',即汉人所谓朱旗。如王昌龄诗。杜诗中亦有之,或用红,或用朱。(2)朱旗的作用与白旗是同等的。《通典》卷149《兵二》(781页)叙述操练布阵时情况:'白旗点,鼓音动,则左右厢齐合;朱旗点,角声动,则左右厢齐离。合之与离,皆不离中央之地。……白旗掉,鼓音动,左右各云蒸鸟散,弥川络野,然而不失部队之疏密;红旗掉,角音动,左右各复本初。前后左右,无差尺寸。'这里,朱旗与白旗分担不同之指挥作用,是平等的,无任何褒义贬义之可言。这是很明显的。2、对于这种标志着战争的'朱旗',杜甫是有反感的。'十年厌见旌旗红',因为它给人民带来了灾难。这里的旌旗红,还不就是'朱旗'吗?未必用朱旗时,就表示褒义,用红旗时就表示贬义,那是说不通的。前人由于未能参透这一关,故对这句的解释,多闪烁其词,如钱等人。浦很直捷了当,斥为'贼帜',很有胆识,但对朱旗可以指吐蕃,未加解说论证。"

1、各朝各色之旗帜。《佩文韵府》122页卷四:(1)朱旗。《汉书·叙传》:"皇矣汉祖,断蛇奋旅。神母告符,朱旗乃举。"《东京赋》:"高祖膺箓受图,仗朱旗而建大号。"《燕然山铭》:"玄甲耀日,朱旗绛天。"……张说《乐章》:"黄钺诛群盗,朱旗扫多罪。"(漏引《九叹》)李端诗:"壶中开白日,雾里卷朱旗。"(按漏引杜诗)(2)赤旗。《淮南子》:"孟夏之月,天子服赤玉,建赤旗。"(3)红旗。杜诗:"健儿簸红旗",白居易诗:"绿杨风外飐红旗"。(在杜、白前者甚多。)(4)火旗。王毂诗:"火旗焰焰烧天红"。(5)白旗。《淮南子》:"孟秋之月,天子服白玉,建白旗。"(6)黄旗。《吴书》:"先哲知命,旧说紫盖黄旗,运在东南。"陆倕《石阙铭》:"青盖南泊,黄旗东指。"谢朓诗:"青精翼紫軑,黄旗映朱邸。"李商隐诗:"欲举黄旗竟未成。"《禄山事迹》:"黄旗军数百队。")又,《韵府》卷六三,第2465页:(1)赤帜。《史记·淮阴侯传》:"选轻骑二千人,人持一赤帜……疾入赵壁,拔赵帜,立汉赤帜。"(《史记·高祖纪》:"旗帜皆赤。")(2)汉帜。钱起诗:"汉帜远成霞,胡马来如蚁。"

2、秦、汉、唐各代所崇尚之旗色之记载。(1)《通鉴·秦纪》卷二始皇帝二十六年:"初,齐威、宣之时,邹衍论著终始五德之运。及始皇并天下,齐人奏之。始皇采用其说,以为周得火德,秦代周,从所不胜,为水德。……衣服、旄旌、节旗皆尚黑。"(2)《中文大辞典》朱旗条:曹植《责躬诗》:"朱旗所拂,九土披攘。"黄〔节〕《〔曹〕植诗注》:"李善注曰:李陵《与苏武书》曰:'雷鼓动天,朱旗翳日。'汉火德,曹为汉臣,故建朱旗也。时献帝在故。"涤按此有褒义。(3)《通鉴》卷一八五《唐纪一》:"高祖武德元年五月,隋恭帝禅位于唐,……唐王即皇帝位于太极殿……大赦,改元。罢郡,置州,以太守为刺史。推五运为土德,色尚黄。"(5791页)(可见汉、唐不同,汉尚赤。唐尚黄。与汉以火德之,因而它尚赤者不同。汉尊重朱色,唐则不然。故读"少海"句而知,即是太子自立为帝,故用黄旗。何褒之有。朱旗在唐无特殊地位)(4)《新唐书·高祖纪》:"隋炀帝大业十三年(618)七月壬子,高祖杖白旗誓众于野,有兵三万。"第二年五月,高祖即位,始尚黄。(5)《旧唐书》卷四五《舆服志》:"武德初,禁士庶,不得以赤黄为衣服杂饰。""总章元年(668)始一切不许著黄。"涤按肃宗不敢服黄袍迎玄宗(因自立为帝),必待玄宗亲为著黄袍,故杜诗"少海旌旗黄"。皆唐色尚黄之明证。黄为六马专用之色,以别贵贱。

3、古人诗中的朱旗。(1)汉魏六朝诗。曹植《责躬诗》:"朱旗所拂,九土披攘。"简文[帝萧纲]《度关山》:"锐气且横行,朱旗乱日精。"(2)唐诗。骆宾王《从军中行路难》:"绛节朱旗分白羽,丹心白刃酬明主。"王维《和太常韦主簿五郎温泉寓目》:"汉主离宫接露台,秦川一半夕阳开。青山尽是朱旗绕,碧涧翻从玉殿来。"汪遵《破阵》:"猎猎朱旗映彩霞,纷纷白刃入陈家。看看打破东平苑,犹舞庭前玉树花。"(3)杜甫诗。《览柏中丞兼子侄数人除官制词》:"奉公举骨肉,诛叛经寒温。金甲雪犹冻,朱旗尘不翻。"(乾按:仇注:"陆倕《石阙铭》:'朱旗万里。'鹤注:'天宝中,诸卫队仗,所用绯色旗幡,并改为赤,故诸节度亦准此。'"又《湘江宴饯裴二端公赴道州》:"白日照舟师,朱旗散广川。……上请减兵甲,下请安井田。"又《诸将》:"见愁汗马西戎逼,曾闪朱旗北斗殷。"

4、唐人诗中的"红旗"(红旌、红旒、红旆)。王昌龄《从军行》:"大漠风尘日色昏,红旗半卷出辕门。"苏颋《芙蓉园应制》:"御道红旗出,芳园翠辇游。"又《扈从鄠杜间奉呈刑部尚书舅崔黄门马常侍》:"翠辇红旗出帝京,长杨鄠杜昔知名。"(不说朱旗。可知皇帝出游时,亦用红旗,不尽是黄旗。有时用朱旗,与红旗无异,不含褒义。唐时君臣皆可用)岑参《白雪歌送武判官归京》:"纷纷暮雪下辕门,风掣红旗冻不翻。"又《虢州郡斋》:"行军在河洛,两度闻莺啼。相看红旗下,饮酒白日低。"韩愈《赠马侍郎》:"红旗照海压南荒,征入中台作侍郎。"刘禹锡《和仆射牛相公》:"久辞龙阙拥红旗,喜见天颜拜赤墀。"陈羽《从军行》:"横笛闻声不见人,红旗直上天山雪。"红旌。宋之问《幸岳寺应制》:"泛流张翠幕,拂迥挂红旌。"韦庄《赠戍兵》:"红旌不卷风长急,画角闲吹日又曛。"宗楚客《安乐公主山庄》:"玉楼银榜枕严城,翠盖红旌列楚营。"高适《部落曲》"琱戈"。白居易《送令狐相公赴太原》:"青衫书记何年去,红旆将军昨日归。"原注:"红旆将军,藩镇例驱红旆。"又,《送徐州高仆射赴镇》:"大红旆引碧幢旌,新拜将军指点行。"

5、杜甫诗中的红旗(火旗)。(1)《将适吴楚留别章使君留后兼幕府诸公》:"健儿簇红旗,此乐或难朽。"(2)《冬狩行》:"飘然时危一老翁,十年厌见旌旗红。"(乾按:十年,当与《释闷》"四海十年不解兵,犬戎也复临咸京"合观;厌见旌旗红,当与《寄董卿嘉荣》"犬羊曾烂熳,宫阙尚萧条"合观。齐己《折杨柳词》:"多谢将军绕营种,翠中间卓战旗红。")(3)《扬旗》:"材归俯身尽,妙取略地平。虹霓就掌握,舒卷随人轻。三州陷犬戎,但见西岭青。"(乾按原注:"〔广德〕二年夏六月,成都尹严公置酒公堂,观骑士试新旗帜。"虹霓,依唐藩镇例,喻指红旗。)(4)《奉送卿二翁统节度镇江陵》:"火旗还锦缆,白马出江城。……留滞嗟衰疾,何时见息兵。"(火旗即朱旗、红旗。《送裴道州》诗"朱旗泛广川",与此火旗,皆出行时仪仗所用。杜不管有乱无乱,有机会就要说到"息兵",尤其在晚年)

498

后　记

　　一九六二年，是诗人杜甫诞生的一千二百五十周年，同时也是杜甫作为世界文化名人之一来纪念的一年。那时我正在北京，参加《中国文学史》教科书的编写工作，人民文学出版社编辑同志为了配合纪念活动，特来相商，拟将拙作《杜甫研究》中的作品注释部分改编为《杜甫诗选注》。也知我一时势难兼顾，建议我只作些小的修订，并即以给《诗刊》写的那篇题为《人民诗人杜甫》的纪念文字用代"前言"。我有些为难，但还是接受了。经与编辑同志磋商，将原选二百六十六首删去了八首，增选了二十七首，共得二百八十五首。大约是一九六五年，我曾看过这个修订本的清样，于今已是十多年，我早把它忘却了。

　　最近，出版社仍拟将该修订本付印，要我再次作些修改。在粉碎"四人帮"的大好形势的鼓舞下，虽自觉年力就衰，但还是乐于承命。这次没有新增篇目，只删去了四首，所以这个选本实际上是二百八十一首。对于注释，则作了比较全面、细致的修订，有的甚至不惜推翻自己原来的说法，如关于《茅屋为秋风所破歌》中的"群童"。

　　"但是诗人多薄命，就中沦落不过君。"这是白居易《李白墓》一诗的最后两句，对杜甫也是完全适用的。李白死时，还有他的从叔当时著名的篆书家当涂县令李阳冰为他料理后事，给他报丧，还为他的文集作序，死于何年何月何地，都有明文记录。至于杜甫，那就凄凉得多。"死去凭谁报？"没有任何人啊，只有诗人曾经歌颂过的那"乾坤日夜浮"的洞庭湖水！仅仅凭了诗人自己写的幸而流传下来的那篇追酬高适的诗，我们得知他是死在大历五年，从而纠正了所谓正史的《旧唐

499

书》的错误。但是，究竟死在这一年的哪一个月，死在什么地方，怎样死的，却缺乏明文。这样也就形成了一桩关于杜甫之死的争论不休的老公案。在这个问题上，我觉得有一点需要说明：我不认为凡是主张病死一说的便是为了要美化杜甫之死，因为这根本说不上什么美化，正如主张死于牛酒一说之不足以丑化杜甫之死一样。我们需要的是实事求是。有关杜甫之死的最重要的参考资料，是杜甫的《耒阳阻水》和《风疾舟中》两首诗。这两首诗，我都选录了。关于这两首诗，我曾写过两篇小论文，对杜甫不可能死于牛肉白酒，有所论证，请读者参阅拙作《杜甫研究》附录。

"李杜优劣"，是又一聚讼纷纭的老公案。有的扬李抑杜，有的扬杜抑李；有的是就诗论诗，有的则兼及思想作风、生活细节方面。过去，我自己也未能摒除这一积习，存在着抑李扬杜的偏向。这种偏向，有时也流露在杜诗的注释中，这次都作了必要的修订。在对杜诗的评价上，苏轼的眼光是并不高明的，只看到杜甫"忠君"这一消极面，远远落后于他的前辈白居易。但在总的对待李、杜二人的看法和态度上，却比白居易更为客观、持平。他说："谁知杜陵杰，名与谪仙高。扫地收千轨，争标看两艘！"（《次韵张安道读杜诗》）这最后一句，把李、杜二人比作端午竞渡中的两只龙舟，很新鲜，很生动，也很恰切。我们现在自然看得更清楚。在创作上，李、杜二人原不是走的一条路、乘的一条船。他们打的旗号，一边是浪漫主义，一边是现实主义，分道扬镳，各奔前程，而又各有千秋。正是"离之则双美，合之则两伤"。因此，我现在认为，在谈论这两位大诗人时，最好不要把他们扭作一团，分什么你高我低。而且这样做，首先就不符合他们二人之间相互尊重的精神。杜甫说："白也诗无敌"，态度固然十分明朗；李白说："飞蓬各自远"，寓意也是可想而知。

以上便是这本小书改编的来由和个人的一些想法。

在先后两次修改过程中,我都得到人民文学出版社编辑同志的大力协助,给我提供了许多宝贵意见,对我有很大帮助和启发,谨在此表示我的谢忱和敬意。

萧涤非
一九七八年五月三十一日

谨以此书批注本,纪念父亲萧涤非先生诞辰 111 周年!母亲黄兼芬老师诞辰 100 周年!

萧光乾偕萧海川叩上
二〇一七年八月二十日
于济南山大南路宿舍 3 号楼老屋